KB111020

동양심리학

최상진 윤호균 한덕웅
조긍호 이수원

지식산업사

동양심리학

초판 제1쇄 발행 1999. 12. 15.
초판 제4쇄 발행 2013. 9. 5.

지은이   최상진·윤호균·한덕웅·조긍호·이수원
펴낸이   김경희
펴낸곳   (주)지식산업사
        본사 ◈ 413-832, 경기도 파주시 교하읍 문발리 520-12
             전화 (031) 955-4226~7 팩스 (031)955-4228
        서울사무소 ◈ 110-040, 서울시 종로구 통의동 35-18
             전화 (02)734-1978 팩스 (02)720-7900
        한글문패 지식산업사
        영문문패 www.jisik.co.kr
        전자우편 jsp@jisik.co.kr
        등록번호 1-363
        등록날짜 1969. 5. 8.

책값 20,000원

ⓒ 최상진 외, 1999
ISBN 89-423-3041-X 93180

이 책을 읽고 저자에게 문의하고자 하는 이는
지식산업사 전자우편으로 연락 바랍니다.

머 리 말

이 책은 씌어진 배경부터 아주 동양적이다. 서구인들이 보통 여러 저자가 공동으로 책을 쓸 때에는 친밀 관계나 교분에 따라 저자들을 구성하지 않고, 그 책이 목표하는 주제에 따라 각 분야의 전문가를 발굴한 후 그 책의 구성과 내용에 대한 협의를 거쳐 약속된 대로 이를 이행하는 지극히 사무적인 절차와 방법에 따른다. 그러나 이 책을 쓰게 된 배경과 과정은 이와는 정반대였다.

지난 20, 30여 년 동안 함께 심리학이라는 울타리 속에서 서로 몸을 비비며 살아오면서 뜻을 나누던 친구들이 그 동안 키워 온 우정을 바탕으로 어떤 보람있는 일을 함께 할 수 없을까 하는 생각을 서로 마음 속에 간직하면서 그렇게 지내던 어느 날, 고(故) 이수원 교수의 양평 별장에서 함께 술을 나누던 중 그 가운데 누군가가 동양심리학 책을 한번 써보자고 갑자기 제안한 것이 만장일치로 가결되어(아마도 술 기분에서 모두 좋다고 했던 것 같다), 어쩔 수 없이 이 약속은 실행하지 않으면 안 되는 의무규정으로 우리들의 마음속에 자리잡게 되었다. 그러면서 원고 마감을 미루기를 아마도 십수 번은 하면서(이것도 동양식임) 이제 막판에 몰려 이 책이 밀려나오게 되었다.

그렇게 미루고 미루고 해서 태어난 책인지라, 그 덕에 내용이 크게 부실해지지는 않게 되었다. 이 책의 공동저자인 윤호균, 한덕웅, 조긍호, 고(故) 이수원 교수 등은 지난 십수 년 동안 유교 및 불교심리학을 우리나라에서는 선구적으로 천착해 왔다. 특히 한덕웅 교수는 '퇴계심리학'

이라는 한국 초유의 유학심리학 저서를 발표하여 도산서원과 퇴계학연구원이 주관하는 퇴계학 국제학술상을 수상하였고, 조긍호 교수는 심리학은 물론 우리나라 사회과학에 한 획을 긋는 '유학심리학'이라는 책을 써서 학술원에서 주는 1999년도 학술원상을 받기도 하였다. 또한 윤호균 교수는 1980년대 초부터 불교상담에 관한 논문을 지속적으로 발표해 오면서 이 분야의 선구자로 연구와 임상에 몰입해 왔다. 고(故) 이수원 교수도 세상을 떠나기 몇 달 전까지 한국인 심리학의 연구에 몸을 태워왔으며, 그것이 화근이 되어 마지막 대작인 〈중용의 심리학적 탐구〉를 남기고 우리 곁을 떠났다. 그는 이 논문의 '맺는말'에서 그가 얼마나 이 글에 집착했는지를 눈에 선하게 보여주는 글귀를 남기고 있다.

    필자는 이 연구를 수행하면서 능력의 한계를 많이 느꼈다. 그럼에도 불구하고 착상이 새로운 것이라는 점에서 한 가닥 위로를 받기도 하였다. 사실 우리가 동양심리학을 탐구하려 할 때 처음에는 누구라도 어쩔 수 없이 필자와 같은 처지에 놓이게 될 것 같다.

그렇다. 우리 모두는 이 책을 쓰면서 능력의 한계를 느꼈고, 우리들이 쓴 글에 만족하지 못하고 있다. 그러나 한가지 위로를 삼는다면 어설픈 대로 동양심리학의 얼개를 하나 만들었다는 것이다. 앞으로 이 책을 발판으로 더욱 정제된 이론이 개발되고 더 나은 연구물이 나올 것으로 기대하면서 필자들은 위로를 삼고자 한다. 이것이 바로 우리가 존경하고 사랑했던 고 이수원 교수를 기리려는 이 책의 뜻을 살리는 길이기도 하다.

필자들도 이번의 저작으로 일을 끝냈다고 생각하지 않는다. 필자들보다 학문이 더 깊은 독자들의 질정을 받아 계속 내용을 수정하고 잘못된 부분은 고치면서 새롭게 배워 나가고자 한다. 잘못된 부분에 대하여 독자들에게 머리 숙여 사과하고 필자들의 잘못을 관용과 애정으로 감싸주기를 기대한다.

1999년 겨울
저자들을 대신하여 최상진 씀

차　례

제1장 서 론

1. 동양심리학의 학문패러다임적 정위(正位) : 문화심리학

신이 인간에게 부여한 가장 큰 재능은 '마음'이다. 인간의 마음은 사물에게는 존재하지 않는, 동물과는 비교가 안 되는 무한한 잠재능력을 지닌 사람 속의 창조주로서, 이러한 창조주로서의 마음은 스스로에 대해 생각하고 회의하며 마음의 작위 결과에 따라 끊임없이 새로운 형태로 재탄생되는 자기 변화의 역동을 그 자체 내에 생득적으로 내장하고 있다. 이 점에서 마음은 미리 예정된 생각이나 계획에 따라 세상을 창조했다고 우리가 믿고 있는 신보다도 더욱 위대하다. 마음이 갖는 속성을 얼른 생각해보더라도 마음은 신묘하기 짝이 없는 특징들을 갖는다. 우선 마음은 현실에 또는 현세에 존재하지 않는 것을 스스로 상상을 통해 만들어내고 이것이 마치 실재로 존재하거나 존재 가능한 것으로 믿는 허무맹랑한 실재(實在)를 만들어 내기도 한다. 또는 가상이건 현실이건 실재하는 사물과 사건에 대한 원인이나 이유를 때로는 인과적 형태로, 때로는 의미있는 해석의 형태로, 때로는 미적 감정표현의 형태로 구성하는 천지창조와 천지개벽의 능성(能性)을 내재하고 있다. 이처럼 마음이 자유자재로운 것은 마음이 갖는 속성의 하나인 마음의 '생각하는 자유', '느끼는 자유', '경험하는 자유'와 마음이 남에게 노출되지 않는 데서 오는 마음의 '은밀성'과 유관하다고 볼 수 있다.

그러나 다른 한편, 마음은 주변의 환경과 사물, 사건에 의해 구속되기도 한다. 예컨대, 농경사회에 살고 있는 사람과 산업사회에 살고 있는 사람들의 마음은 다를 수 있고 서구인의 마음과 동양인의 마음은 그 관심사나 감정경험 및 인식-가치체계에서 차이를 보일 수 있으며, 이러한 차이는 환경에 의해 구속되거나 생겨난 마음이 다르기 때문이다. 그러나 동일한 환경 속에서도 서로 다른 마음이 생길 수 있으며, 이렇게 해서 생긴 자기 마음에 대한 해석도 사람에 따라 다를 수 있어서 마음에 대한 연구는 항상 주관성과 개인차를 배제하기 어려운 난제로 심리학자들을 괴롭혀 왔다. 심리학자들은 이러한 문제점들을 극복하기 위한 대안의 하나로 객관적으로 관찰이 가능한 행동을 연구의 대상으로 삼고, 마음은 행동의 기저에 있는 것으로 간주하여 행동에 대한 연구를 통해 마음을 간접적으로 추론해 보려는 우회적 접근을 시도해 왔다. 그 동안 심리학은 바로 이러한 행동의 법칙을 자연과학의 실험적 방법을 통해 찾아내는 일에 치중해 왔으며, 이를 통해 얻어진 지식을 인간의 마음을 이해하는 틀로 대치시켜 왔다. 그러나 이러한 객관을 바탕으로 한 자연과학적 접근은 행위당사자인 일반인들이 현실적 삶의 여러 상황에서 경험하고, 느끼며, 의식하게 되는 심리 내적 마음세계의 실물성을 있는 그대로 포착하고 기술하는 데는 많은 문제점을 갖게 되었다.

이러한 자연과학적 심리학은 특정인이나 특정 집단인의 행동법칙을 제3자의 입장에서 이해하는 데는 도움을 주나, 이러한 심리학의 인과적 설명방식은 현실적 삶을 살아가는 당사자들이 자신들의 행동을 이해하고, 의미 지우며, 설명하거나 정당화하는 방식과는 그 질과 형식에서 크게 다르다. 따라서 지금까지 서구를 중심으로 발달해 온 행동주의 심리학이나 실험심리학의 연구결과들은 이를 연구하는 심리학자 본인들에게는 흥미거리가 될 수 있었으나 일상적 삶을 살아가는 일반인의 자기이해나 타인이해에는 큰 도움이 되지 못하고 있다. 자연과학적 심리학이 갖는 또 다른 문제의 하나는 인간의 마음이 고정불변하는 특정한 본질을 가지고 있다는 전제 위에서 인간의 마음을 이해하려 하고 있다는 점이다. 이러한 본질주의적 가정은 자연과학의 대상인 물질을 포함한 자연현상에 대한 고정불변가설로부터 차용해 온 것으로 자연계에 대한 연구에서는 매우 적합한 것으로 판명되어 왔다. 그러나 마음의 세계는 물질의 세계와 달리 스스로 자체를 만들어내는 생성성(generativity)과 끊임없는 가변성(changeability)을 갖는 속성을 그 자체 내에 내장하고 있어서 고정불변적 고착을 전제로 한 자연과학적 접근은 시간횡단적으로 한 시점에서 연구할 경우 그 당시에는 고정불변성을 갖는 것처럼 보일 수 있어도 상황이 바뀐 그 이후에 똑같은 연구를 할 경우 이전의 연구결과는 더 이상 타당성을 지니지 못한다.

이와 관련된 문제로 나타나는 세 번째 문제는 인간의 마음이 그들이 살고 있는 문화나 역사와 관계없이 높은 유사성을 갖고 있는 것으로 보고, 역사와 문화를 초월하는 보편적 심리와 이에 따른 보편적 심리이론이 존재한다는 가정이다. 그러나 이러한 가정은 문화인류학자나 심리인류학자들의 가정과는 상반되는 것이며, 심리학 내에서도 문화환경이 다른 사람들을 대상으로 한 연구에서 문화적 성장배경에 따라 지각, 인지, 태도, 동기, 사회적 행동 등이 서로 다를 수 있다는 결과가 보편성 가정을 위협할 정도로 많이 축적되고 있다. 물론 보편성 가정을 지지하는 결과도 많다. 그러나 이처럼 보편성 가정이 지지되는 경우에도 그 이유를 심층적으로 살펴보면, 연구자들이 사용하는 개념이 문화적으로 탈색된 개념인 동시에 구체적 생활현실과 괴리된 지극히 추상화된 개념으로써 보편성 가정을 지지하는 데 유리하게 구성된 개념을 연구자들이 사용하는 데서 비롯된 것이라는 해석도 가능하다. 개념이 고도의 추상화를 통해 구성되었을 때 그 개념은 탈문화적, 탈실물적 개념이 되며 결과적으로 그러한 개념은 비록 보편성이 있는 것으로 지지되었다 하더라도 현실의 문화적 삶을 살아가는 일반인들에게는 현실성과 중요성을 갖는 개념 또는 현상으로 다가올 수 없다. 결과적으로 서구의 심리학은 현재 탈역사적, 탈문화적, 탈일반인적 심리학으로 그 성격을 형성하게 되었으며, 이러한 자연과학적 심리학에 대한 불만과 이에 대한 대안으로 인지심리학이 태동되게 되었다. 즉 서구의 행동주의에 대한 문제점을 깨닫고 인간의 마음을 심리학의 본 영역으로 끌어들이기 위해 생겨난 것이 인지심리학 내지 인지혁명이다. 인지심리학은 생각하기(thinking), 믿기(believing), 원하기(desiring), 의도하기(intending), 의미하기(meaning) 즉 사고 및 지향성 마음의 세계를 인지적 측면에서 연구하려는 동기에서 태어났다. 그러나 인지심리학의 발전 방향은 그 본래의 취지에서 벗어나 마음의 모델보다는 컴퓨터의 계산모델로 기울어져 '의미'보다는 '정보', '의미의 구성'보다는 '정보의 처리과정'으로 기울어져 있어 그 본래의 취지를 벗어나고 있다고 브루너(Bruner, 1990)는 비판하고 있다. 그는 이러한 문제점을 수정하기 위해 '의미와 의미구성의 심리학'을 새롭게 제안하고, 이러한 의미구성이 문화적 맥락에서 이루어짐을 전제하면서 문화심리학의 필요성을 제안하였다. 따라서 브루너는 문화심리학의 핵심개념을 의미의 사회적 구성으로 삼고 심리와 문화의 연계고리를 '일반인 심리학'(folk psychology)으로 설정하였다. 여기서 말하는 일반인 심리학은 일반인이 역사문화적 맥락 속에서의 삶의 과정을 통해 사람의 마음은 물론, 사람의 마음과 연계된 사물, 사건, 행위 및 개념에 대해 일반인이 가지고 있는 해석 및 설명체계를 뜻한다.

  일반인 심리학의 설명체계는 학문으로서의 심리학체계와 형식면에서 크게 다르다. 후자인 '학문심리학'의 이론체계는 인과원리나 법칙추구적이라 한다면, 전자인 일반인 심리학은 사안중심적 의미 및 해석내용 지향적이다. 또한 후자는 주관과 객관의 분리지향적인 반면, 전자는 주관과 객관의 미분화-통합적이다. 또한 후자는 인과추구 중심적이라면 전자는 이유-정당화 추구적이다. 서구심리학의 한 분야인 사회심리학에서도 하이더(Heider)에 의해 일반인 심리학적 접근이 제안된 바 있다. 그러나 하이더의 이론이 켈리(Kelley)의 귀인이론으로 발전하면서 결과적으로 인과모형으로 귀결되는 왜곡을 가져왔다. 그러나 다른 한편 인류학 특히 심리인류학 분야에서 문화심리학 및 일반인 심리학의 전통이 심리학과는 별개로 나타나게 되었고 대표적 제창자는 슈웨더(Shweder, 1991)였다. 그는 '문화가 개입되지 않은 사고는 없다'는 대명제를 인도 사람들의 세상과 인생에 대한 믿음체계 연구를 통해 사고가 곧 문화라는 사실을 실증해 보임으로써 문화가 인간심리의 핵심 내용물이며, 사고 및 경험의 심리문법이 됨을 이론적으로 구체화하였다. 그는 문화심리학을 문화적 전통과 사회적 관행이 인간의 심리를 구성하고 표현하며 변형시키는 과정에 대한 연구로 규정하였다. 따라서 문화와 사회적 구조가 다른 집단이나 사회에서 살고 있는 사람들의 마음은 다르거나 다를 수 있다는 것을 그는 인도인의 심리를 예로 들어 극명하게 설명하고 있다.

그러나 심리학에서의 문화심리학적 전통은 현대 심리학의 창시자인 분트(Wundt)의 심리학으로 거슬러 올라간다. 다만 그의 전통이 한동안 끊겼다가 비고츠키(Vygotsky, 1978)에 의해 부활되는 과정을 거쳤을 뿐이다. 분트는 심리학의 성격을 규정하는 과정에서 두 개의 심리학을 제안한 바, 하나는 감각과 지각을 연구대상으로 삼는 실험심리학이고 다른 하나는 문화와 사회적 과정을 통해 집단적으로 구성되는 민족심리학(Volkerpsychologie)이었다. 그의 민족심리학은 오늘날 말하는 문화심리학의 성격을 그대로 닮지(湛志)하고 있는 것으로, 문화심리학에 대한 필요성에 대한 그의 생각은 다음의 글에서 찾아볼 수 있다.

> 1860년에 나는 실험심리학의 상층부에 하나의 상위구조(super structure)를 위치시켜야 된다는 생각을 하였다. 실험심리학은 집단전체가 아닌 개개인의 심리적 삶에 대한 사실들(facts)을 연구하는 데 초점을 두나, 상위구조는 이러한 사실적 하위구조를 기반으로 하여 사실적 현상을 초월하는 사회적 삶의 세계를 말한다. 이러한 상위구조 심리는 심리학의 상위과제로서 이에 대한 심리학이 이루어질 때 심리학은 완성된 학문이 될 수 있다(1920, p.120 ; Jahoda, 1993, p.133 ; Wertsch, Rio, & Alvarez, 1995, pp.4-5에서 재인용).

분트는 민족(또는 문화)심리학의 연구방법으로 언어, 관습, 신화, 상징, 문화적 유물 등에 대한 분석을 제안하였던바, 이러한 그의 방법론은 비고츠키 등에 의해 역사문화심리학의 연구방법으로 사용되었다. 피아제(Piaget)와 동시대를 살았던 비고츠키는 소련의 역사문화주의 심리학파로 마음의 구성에서 언어의 매개를 강조하였다. 더불어 그는 인간의 마음이 진화적 과정을 거치며 이러한 진화는 역사, 사회적 맥락 속에서 문화를 매개도구로 하여 구성되는 공유된 이해와 설명방식의 구성과 변화를 통해 이루어진다는 것이다. 비고츠키의 이론은 그의 후계자인 레온체프(Leontiev, 1981)와 그의 이론의 계승자인 라트너(Ratner, 1997) 등에 의해 그 이론의 강조점이 변하면서, 비고츠키가 강조했던 마음이나 언어보다는 실천적 삶의 활동(practical social activity)에 강조점이 옮겨지게 되었다. 이들은 문화적 상징과 사회적 현실이 어떻게 해석되느냐의 문제보다 누가 어떤 사회적 상황 속에서 무슨 동기로 어떤 도구와 수단을 이용하여 무슨 활동을 수행하느냐의 의도적 활동과정을 통해 구성되거나 변화하는 의식의 과정에 연구와 이론의 초점을 둔다. 이 점에서 비고츠키의 이론은 형성론적 측면을 강조하는 문화심리학이라 한다면, 레온체프와 라트너의 이론은 생성론적 측면을 강조하는 문화심리학이라 할 수 있으며, 동시에 전자의 이론은 '언어-상징중심적 문화심리학'이라 한다면 후자의 이론은 '삶의 활동중심적 문화심리학'이라고 특징 지울 수 있다.

　문화심리학이 언어-상징중심적이건, 삶의 활동중심적이건 결과적으로 수렴되는 것은 마음의 경험이다. 마음의 경험은 자유자재로우면서 동시에 고정관념이나 기대와 같은 경험 틀 속에서 조형되는 형태로 일어나기도 하고, 사실과 가상을 구분하기도 하고 혼동하기도 하며, 주관과 객관의 경계를 분리하기도 하고 허물기도 한다. 그럼에도 불구하고 한 가지 분명한 것은 사람들은 일상적 마음경험에서 구태적(舊態的) 경험방식과 내용을 답습하려는 경향을 강하게 나타내고 있다는 것이며, 이러한 구태적 경험양식은 흔히 전통 또는 문화 혹은 사회적 규범으로 구체화되거나 이들에 의해 영향받기도 한다. 또한 이러한 전통, 문화, 규범 및 도덕 등은 단순한 사물 경험에서 나타나는 지각이나 인식의 차원을 넘어 '사람으로서 추구해야할' 또는 '사회적으로 지켜져야 할' 도리나 당위성을 그 자체 내에 내재하고 있어 사람들에게 지향성의 틀로 작용한다. 이 점에서 전통은 과거에 일어난 사실에 대한 객관적 형태의 기술을 강조하는 역사학과 다르며, 문화는 단순히 삶의 양식이라는 형태적 기술을 넘어서 가치지향을 함의하는 규범적 및 도덕적 준거 틀이라고 볼 수 있다. 이러한 규범과 도덕성은 외부적으로 강요된 행위의 규칙이라는 인간 외적 삶의 조건을 넘어서는 인간 내적 동기 및 가치체계를 구성하게 된다. 즉 전통이나 문화, 규범 및 도덕성은 사람의 마음속에 내장된 것으로 마음의 지향성과 마음의 경험 그 자체를 구성하거나 마음으로 경험되어진 것을 해석하는 기본적 틀이라고 볼 수 있다.

　문화가 마음 경험을 구성하는 데 미치는 영향은 크게 두 가지 방향에서 조망해 볼 수 있다. 하나는 언어나 제도 또는 관습과 같은 인공물 속에 의미나 상징의 형태로 내장되어 있거나 행위의 환경 속에 활성적 형태로 작동하여 마음의 경험을 형삭함으로써 마음의 질료로 또는 마음의 구성 틀로 작용하는 형태이며, 다른 하나는 학자를 포함한 전문가들에 의해 개념화되고 체계화된 문화관련 지식체계가 일반인의 경험해석은 물론 경험의 양식에 직접적으로 영향을 미치는 형태이다. 여기서 편의적으로 전자를 일차적 문화경험이라 지칭한다면, 후자를 이차적 문화경험이라고 볼 수 있다. 그러나 이 양자는 상호 구성적이며 가역적이고 때에 따라서는 동시적일 수 있다. 오늘날 서구 사회에서 당연시하는 심리적 실체로서의 자기개념(the concept of self)은 미국의 심리학자들이 개념화하고 체계화한 문화관련 심리지식체계로 출발했으나 최근에는 일반인들이 일상생활에서 당연스럽게 경험하는 마음의 경험계로 편입됨으로써 일차적 문화경험의 형태로 발전한 것이라고 볼 수 있다. 우리는 일상생활에서 '어진 사람' 또는 '착한 사람'이라는 말을 특별한 의식없이 자연스럽게 또는 너무나 당연스럽게 사용하고 있는바, 이러한 말이 자연화된 배경에는 공자의 '인'(仁)에 대한 개념화가 일반인의 마음경험계에 정착됨으로써 이루어진 문화적 현상이라고 볼 수 있다.

단지거(Danziger, 1997)라는 캐나다의 심리학자는 《마음에 이름 붙이기》(*Naming the mind*)라는 책에서 '심리학이 어떻게 해서 심리학적 개념을 발견하게 되었는가'라는 부제를 달고 있다. 이러한 부제명은 마음이 문화적으로 구성된 구성물이며, 동시에 마음의 연구와 관계된 개념도 문화적으로 명명된 것임을 함축한다. 그는 문화권이 다른 인도네시아에서 심리학을 강의하면서 그 나라의 토착심리학이 자신이 알고 있는 서구의 심리학과 너무나 달라 겪게 되었던 황당한 경험을 다음과 같은 에피소드를 들어 심리학 그 자체가 문화심리학임을 극명하게 전달하고 있다. 내용인즉 다음과 같다.

> 그는 인도네시아 대학에서 심리학을 강의하기로 하여 그 나라에 도착했다. 그러나 그는 곧 그의 동료인 인도네시아 교수가 심리학 강의를 해왔다는 것을 알고 서로 분반하여 자신은 서구의 심리학을, 그의 동료는 인도네시아 심리학을 가르치기로 하였다. 그런데 문제는 서로의 강의안을 협의하는 과정에서 두 문화권의 심리학이 서로 맞물리는 공통의 개념을 발견하기 어려웠을 뿐 아니라, 심리적 현실(psychological reality)이라는 동일한 대상을 설명하는 이론체계가 구조적으로 다르다는 것을 발견하고 공동강의를 통해 이러한 차이점을 오히려 장점으로 활용하자고 합의하였다. 그러나 공동강의를 위한 공동의 주제를 찾는 과정에서부터 문제가 생겼다. 예컨대, '동기적'(motivational)이라는 서구심리학의 가장 기본적인 개념에서도 그의 동료의 문화권에서는 전혀 다른 '잡동사니 사물의 집합'을 의미하는 것으로 전혀 중요한 토픽이 될 수 없다는 것이 판명되었다. 이 문제는 단순히 두 문화권의 이론을 서로 연계시킬 수 있는 심리학의 영역이나 개념을 발견하기 어렵다는 차원을 넘어 그 영역이나 개념과 관련된 이론의 구성에서 어떤 형태로든 서로 연계시킬 수 있는 이음섬을 찾기 어렵다는 문제로까지 발전되었다. 결국 그는 자신이 알고 있는 서구의 심리학을 가르치지 않으면 안 되는 어쩔 수 없는 선택을 하지 않으면 안 되었다(pp.1–2).

그가 이러한 경험을 통해서 얻어낸 결론은 1) 심리학은 주어진 것이 아니라 문화적으로 구성되는 것이며, 2) 이러한 문화적 구성이 마음의 경험을 주조하게 되고, 3) 일상적인 말이 서로 다른 문화권의 심리학을

실체화하는 데 결정적인 기능을 한다는 것이다(pp.3-4). 이런 시각에서
보면, 사람의 마음과 마음의 기능을 인지, 정서, 학습, 동기, 성격, 태도,
지능 등으로 분류하는 서구심리학의 범주화 방식은 서구적 또는 서구문
화적 범주화 및 범주명명 방식이며 따라서 자연적 분류체계라기보다는
인위적인 구성체계이다. 슈웨더를 비롯한 문화심리학자들은 서구의 심
리학이 결코 자연산이 아니며 서구의 문화권에 익숙한 서구인 학자가
서구의 문화적 사고 틀을 사용하여 서구인을 대상으로 구성한 문화적
인공산임을 주장하면서 심리학은 하나가 아닌 복수의 심리학들(mul-
tiple psychologies)이 문화권에 따라 다르게 구성될 수 있으며 또한 그
렇게 구성되어야 함을 주창하고 있다. 이제 서구의 심리학이 세계의 심
리학이 아니며, 동양인의 심리를 설명하는 데 그대로 원용될 수 없다.
그럼에도 불구하고 서구의 심리학자들은 자신들의 심리학을 동양을 포
함한 타문화권에 부지런히 전파함으로써 그들 자신은 물론 타문화권의
심리학자들 또는 사회과학자들이 이들의 심리학을 보편성을 지닌 세계
인의 심리학인 것처럼 느껴지게 만들고 있다.

한국을 포함한 동양의 심리학자들은 한편으로는 서구의 심리학이 동
양문화권 사람들의 심리를 설명하는 데 적합하지 않은 모형임을 스스로
느끼면서도, 다른 한편으로 서구의 심리학자 반열에 참여함으로써 오는
유형, 무형의 이점 때문에 스스로 정통적 서구심리학의 대가임을 증명
해 보여야 하는 모순을 스스로 만들어 왔다. 지난 20, 30년 동안 심리학
을 포함한 사회과학분야에서 유행처럼 풍미해 왔던 비교문화(심리학)적
연구의 지식구조와 권력구조를 들여다보면 비교문화심리학적 연구가
서구심리학과 서구심리학자에 편파된 허구적 문화비교 연구임이 현실
로 나타나고 있다. 이러한 비교문화적 연구에서 사용되는 이론적 틀은
서구인의 심리학적 틀이 기본으로 채택되고 따라서 연구의 주도권은 서
구의 심리학자가 갖게 된다. 이러한 맥락에서 동양의 심리학자는 서구
인이 제작한 설문지에 대한 자국어 번역과 이를 이용해서 수집한 자료
를 서구의 학자에게 제공하는 역할에 그치고 있다. 현재와 같이 이러한

서구 중심적 지식생산구조에서는 동양인의 심리를 서구인의 심리와 동등한 입장에서 균형있게 반영할 수 있는 소지가 마련될 수 없다.

이처럼 비교문화심리학적 연구에서 서구심리학의 모델을 추종하지 않을 수 없는 구조적 문제를 조망해볼 때, 그 이유의 하나는 서구심리학에 비견되거나 이와 경쟁할 수 있는 수준 및 정교성을 가진 동양심리학 이론이 아직 구성되지 않아 불가피하게 서구적 이론을 기본적 틀로 채택하지 않으면 안 되는 상황을 들 수 있다. 동양의 틀 또는 한국의 틀이 문화비교 연구의 기본틀로 채택되기 위해서는 동양 또는 한국에서 발전된 이론 틀이나 개념이 서양의 그것에 비견되는 논리성과 정교성을 갖추고, 동시에 경험적 검증을 거쳐 현대적 학문으로서의 요구조건을 충족시키고 있어야 한다. 그러나 현재의 수준에서는 이러한 기준들을 충족시킬 수 있는 수준의 이론체계가 아직 동양에는 발달되어 있지 못하다. 다행히 최근 들어 심리학을 포함한 사회과학 일반에서 '자생적 학문', '학문의 주체성' 등과 같은 '주체성 담론'이 활성화되고 있다. 이러한 주체성 담론이 활성화된 배경에는 기존의 학문패러다임에 대한 대안으로 등장한 '해체주의', '후기 구조주의', '탈근대', '사회적 구성주의' 등의 신학문사조가 주체성 담론의 철학적 하부구조와 지지구조를 만들어 주었기 때문이다.

이러한 학문환경과 학문사상의 격변 속에서 자생적 이론을 구축하려는 노력들이 한국의 인문사회과학 여러 분야에서 나타나고 있으며, 이들 연구를 서지학적으로 분석하고 종합한 것이 《한국사회과학의 탈식민성 담론 서지연구》(1999)라는 제목으로 출판되기도 하였다. 심리학 분야는 어느 인문사회과학분야보다 앞서 자생적 동양심리학 및 한국심리학을 구성하려는 노력이 이루어져 왔다. 예를 들면, 1994년에 윤진과 최상진은 'Psychology of the Korean People'을, 한덕웅은 '퇴계심리학'(1994)을, 조긍호는 '유학심리학'(1998)을, 윤호균은 '불교와 상담'(1995)을, 이수원은 '중용의 심리학'(1999)을, 최상진은 '한국인의 심리특성'(1997)을 통해 동양 및 한국의 심리학을 구성해 보려 했으며, 한규석(1995)은 사회

심리학 교과서에 한국인의 심리를 다루는 독립된 장을 별도로 마련하여
한국에서는 최초로 자생적 심리학을 공식적으로 승인하는 계기를 마련
하게 되었다.

이 밖에도 논문 형태로 출판된 동양심리학 및 한국인 심리학 관련 논
문은 상당수에 이르고 있다. 한국심리학계에서 자생적 심리학을 구성하
는 과정에서 나타난 공식적 심포지엄 학술활동을 보면, 1977년에 〈한국
사회와 심리학〉이라는 주제의 심포지엄이, 1990년에는 〈개인주의와 집
단주의―동서양심리학의 만남〉이라는 국제학술대회가, 1993년에는 〈한
국인의 특성―심리학적 탐색〉이라는 주제의 심포지엄이, 1994년에는
'아시아의 심리학―토착적, 사회 문화적 조망'(Asian Psychologies :
Indigenous, Social and Cultural Perspectives)이라는 주제의 아시아 워
크숍을, 1996년에는 한국심리학회 창립 50주년 국제학술대회가, 1999년
에는 〈문화와 심리학〉이라는 주제의 심포지엄이 열렸으며, 이러한 심
포지엄 학술활동들은 자생적 심리학에 대한 심리학계 및 심리학회 차원
의 공식적 수용과 제도화에 중요한 계기를 만드는 사건으로 정리될 수
있다(한국심리학회, 1996).

이러한 자생적 심리학들은 연구자들의 서로 다른 학문적 관심과 배경
위에서 발전해 왔다. 그 큰 축을 보면, 조긍호는 선진유학 사상에 근거
한 유학심리학을 구축하는 일에, 한덕웅은 조선의 성리학과 실학의 심
리학을 중심으로 한 한국 유학심리학에, 이수원은 《중용》(中庸)을 중심
으로 한국 사회심리학 구성에 초점을 맞추고 있으며, 이들은 모두 유학
을 바탕으로 한 심리학 이론을 구축하려 했다는 점에서 유학적 접근으
로 분류될 수 있다. 다른 한편 윤호균은 상담(相談)이라는 주제에 문제
의식을 두고 불교의 연기론과 선(禪)을 상담의 이론과 기술로 어떻게
도입될 수 있는가를 모색하고 있다는 점에서 상담에서의 불교적 접근으
로 분류된다. 또한 이들 유학 및 불교적 접근들은 경전에 나타난 유학
및 불교의 개념 및 이론체계를 심리학적 관점에서 분석하고 개념화하며
체계화하고 이를 현재를 살아가는 지금의 한국인의 심리적 생활과 연계

시키려 했다는 점에서 이론에서 현실로, 위에서 시작하여 아래로의 접근이라고 규정할 수 있다. 다른 한편, 최상진은 한국인의 생활 속에서 관찰되는 일상의 말과 행동 속에 묻혀 있는 심리를 관찰하여 이를 개념화하고 경험적으로 구체화하며 궁극적으로는 한국인의 심리이론으로 체계화하려 했다는 점에서 현실에서 이론으로, 아래로부터 위로의 한국인 심리학 접근이라고 명명해 볼 수 있다.

이러한 두 개의 역방향적(위에서 아래로, 아래에서 위로) 접근은 문화심리학적 연구에서 문화와 심리를 연계시키고 동시에 한쪽의 연구를 다른 쪽에서 서로 타당화시키는 방법이 될 수 있다는 점에서 서로 보완관계에 있는 접근이라고 볼 수 있다. 예컨대, 한국인의 체면심리를 연구할 경우 한국인의 일상생활에서 체면현상을 포착하여 이를 분석하고 여기서 체면에 관계된 개념과 이론을 도출했을 경우 이것이 어떻게 한국의 유교문화와 연계되는가를 알아보기 위해 유학심리학 분야로 거슬러 올라갈 때 거기서 예의염치라는 체면의 기본심리를 만날 수 있게 된다. 이와는 반대방향에서 예의염치라는 유학심리학의 개념이 한국인의 일상생활 현장에서 어떻게 발현되고 작동되고 있는가를 알아보기 위해 한국인의 체면현상에 대한 실증적 연구를 수행하는 일은 문화적 차원의 예의염치 개념이 심리차원의 체면행위에서 어떻게 나타나는가를 알아보는 데 반드시 필요한 과정이라고 볼 수 있다. 더 나아가 이러한 한국 내에서의 쌍방향적 체면연구 결과는 다시 동일한 유교문화권의 일본과 중국의 체면연구와 비교해 봄으로써 동양의 체면심리학이 구성될 수 있다. 이처럼 동양문화권의 한 하위단위에서 구성된 문화심리학을 다른 단위의 문화심리학과 비교하는 비교-문화심리학적 접근은 동양문화권에 속하는 사람집단들의 공통된 심리적 특성과 더불어 독특성을 갖는 심리가 어떤 것인가를 밝히는 데 기여할 뿐 아니라 궁극적으로는 동양심리학이라는 범주의 심리학적 이론체계를 구축하는 데 필수적이라고 볼 수 있다.

2. 이 책의 구성과 동양심리학의 특징

이 책은 이처럼 한국문화와 한국인을 포함한 동양인의 심리에 대해 서로 다른 학문적 관점과 접근을 하고 있는 5명의 심리학자들의 글을 모아 만든 것으로, 서론을 포함하여 모두 6개 장으로 구성되었다. 그 구성 내용을 보면 다음과 같다.

먼저, 제2장(조긍호)에서는 "만일 지금 맹자와 순자가 살아 있다면 어떤 심리학 책을 썼을까?"라는 화두(話頭)를 걸고 '심리학'이라는 조망체계를 통해 맹자와 순자의 선진유학사상에서 발견되는 심리함축적 개념과 명제들을 이끌어내어 이에 대한 현대적 의미의 심리학적 해석을 통해 선진유학의 심리학체계를 도출, 구성해내고 있다. 그는 먼저 네 개의 심리학적 하위주제를 설정하고 이 각각에 대한 맹자와 순자의 유학심리학적 이론체계를 도출해내고 있다. 그러나 여기서는 주로 이 두 학자의 공통점을 중심으로 요약해 보기로 한다. 먼저 필자는 이 두 학자의 인성론을 통해 이들이 인간의 마음을 보는 관점과 이론을 심리학적 시각에서 도출해내고 이를 '심리구성체론'이란 제목으로 요약정리하고 있다. 여기서 맹자와 순자는 모두 인간의 기본적 조건을 인의예지(仁義禮智)를 갖춘 도덕적 존재가 되는 것으로 설정하고, 인간은 이를 알 수 있고, 실현할 수 있는 가능성과 동시에 주체성을 태생적으로 인간 내에 내재하고 있는 것으로 규정하고 있다. 두 번째 하위주제는 이러한 가능태로서의 도덕적 인성이 도달해야 할 이상적 인간상에 대한 문제이다. 여기서 필자는 자기완성, 타인과의 관계완성, 사회적 책임완성이라는 삼차원적 목표를 도출해내고 있다. 세 번째 하위주제는 사회적 관계를 완성하는 방법의 문제와 관련된 것으로 두 학자 모두 관계태 속의 역할수행을 전형적 규범으로 제시하고 있다. 그러나 관계의 지향목표와 관련해 맹자는 '융화'라는 인간관계의 측면을, 순자는 '조화'라는 집단군거(集團群居)의 측면을 강조하고 있는 것으로 필자는 해석하고 있다. 마지막 하위주제는 인격수양에서의 제1의적 목표인 자기통제의 문제를 다루고 있는바, 여기서 맹자와 순자의 이론이 크게 대비된다. 맹자는 인간이 태생적으로 구유한 사덕을 보존하고 기르는 것을 강조하는 반면, 순자는 교육과 실천을 통한 욕구의 다스림(지도와 절제)을 강조하고 있다. 이러한 주제중심적 분석을 통해 필자는 선진유학의 심리학을 도덕주체로서의 인간을 다루는 주체심리학, 사회적 책임과 역할을 강조하는 사회관계심리학, 자기통제를 통해 자아를 실현하는 성숙의 심리학으로 선진유학을 정리하고 있다. 더 나아가, 이를 서구의 심리학 이론과 대비시켜 봄으로써 동·서 심리학이 어떻게 상호 보완될 수 있는가를 밝히고 있다.

제3장(한덕웅)에서는 한국유학의 거성인 퇴계, 율곡 및 다산을 중심으로 조선성리학과 실학의 심리학 사상에 대한 필자의 비교해석학적 분석을 통해 한국유학의 심리학을 분석하기 위한 이론적 위계구조 틀을 정립하고, 이러한 틀 속에서 퇴계와 율곡 그리고 다산의 이론이 어떻게 특징화되고 정위될 수 있는가를 도식의 형태로 구체화하고 있다. 필자는 우선 위계구조를 위에서부터 '형이상학 → 심리학 → 사회과학'의 세 수준으로 구분하고, 각 수준에서 이들 유학이론들의 형이상학적 우주관, 심리학적 심성 및 행위론, 사회과학적 실천론을 비교이론적 관점에서 개념화하고 구체화하고 있다. 먼저 형이상학적 차원에서 퇴계와 율곡은 태극론, 이기론, 천명론을, 다산은 천명론과 천도론을 제시하고 있으며, 심리학적 차원의 인성론·심성론에서 퇴계와 율곡은 본체론과 작용론으로 구분하여 본체론에서는 성선설, 본연지성, 기질지성이란 개념을, 작용론에서는 정(情), 사단칠정론, 심통성정, 인심도심, 수양론(존양, 성찰, 독행, 경, 성) 등의 개념을 중심으로 하고 있다. 다른 한편, 다산의 심리학설로부터 본체론으로 성선설과 성기호설을, 작용론에서는 심(心)의 자율설 및 권형설을 중심 개념으로 다루고 있다. 두 번째 심리학적 차원의 행위론에서 퇴계와 율곡에서는 오류, 독행, 무실역행, 예론을, 다산에서는 오류, 행사설, 예론을 도출해 내고 있다. 사회과학적 실천론에서 시대 상황에 따른 제약을 반영하는 방향에서 퇴계와 율곡은 성리학에 조

화되는 수신 우선의 경세론을, 다산은 사회적 개혁을 염두에 두고 행위
실천 중심의 실학 경세론을 제기한 것으로 도식화하고 있다. 필자는 이
러한 비교분석을 통해 유사하면서도 서로 다른 한국유학의 이론들이 현
대 시점에서 볼 때 어떻게 맞물릴 수 있는가를 개념적으로 구축하고 궁
극적으로 통일성과 체계성을 담지할 수 있는 '한국유학의 심리학'이라
는 새로운 학문체계의 성립가능성을 도식화를 통해서 가시화하고 있다.
더 나아가 그는 유학심리학의 기본목표인 자기수양, 자기조절 등과 관
련하여 불가피하게 관여되는 주관적 심리과정 또는 주관주의 등의 방법
론적 특징점들이 결코 문제가 될 수 없음을 '주체적 학문관'이라는 개념
을 도입하여 밝히고 있다. 끝으로, 필자는 동양과 서양 심리학 이론간의
비교를 통해서 두드러진 특징점을 부각시키고 상호보완적 발전 가능성
을 탐색하고 있다.

　제4장(이수원 교수 집필)에서는 한국인의 일상적 언어생활 속에 유기
적으로 동화된 유학의 개념 또는 용어 중 가장 일상성과 친근성이 높은
'중용'에 대한 심리학적 개념화를 시비(是非), 호오(好惡)의 갈등상황과
연계시켜 시도하고, 이러한 심리학적 개념화가 갈등의 해소는 물론 사
회적 대인인식 및 태도의 구성에 어떻게 적용될 수 있는가를 구체적인
예를 들어 제시하고 있다. 그는 먼저 유학의 여러 경전 속에 나타나는
중용이라는 말에 대한 개념적 분석과 더불어 이에 대한 심리학적 재해
석을 통해 중용의 심리 상태를 '자기를 비운 상태에서 사물을 있는 그대
로 바라보고 행동하는 것'으로 규정하고 있다. 일상생활에서 중용에 따
른다는 것은 '양극단을 모두 포용하여 이를 초월하며 때에 맞춰(자신의
처지에 맞게) 행동하는 것'으로 나타난다고 풀이하고 있다. 또한 일상생
활에서 중용의 실천은 '역지사지'(易地思之)의 인식 틀 전환을 단초로
하여 이루어지며 이를 통해 이기적인 아집을 탈피함으로써 상대의 생각
을 받아들일 수 있는 마음속의 여유공간이 마련될 수 있다는 것이다. 저
자는 다시 역지사지의 개념을 처해진 역할상황과 결부시켜, 역할과 관
계된 사회(적) 정체를 개인(적) 정체와 구분하게 될 때 상대와 자신의

참모습이 드러난다는 것을 밝히고 있다. 저자는 이러한 역지사지 과정 에서 인식틀 전환의 관점을 사람과 사물에 대한 가치 인식의 문제로까 지 확대 적용하고 있다. 즉, 대상에 대한 가치 인식 과정에서 새로운 가 치 요소와 차원의 생성은 인식의 틀 전환을 통해 가능하며, 갈등의 해소 에서 경쟁관계의 양자가 새로운 가치 요소나 차원의 생성을 통해 '제로 섬관계'의 갈등을 무화시킬 수 있다는 것이다.

제5장(윤호균 교수 집필)에서는, 인간의 실존과 관련된 문제 자체를 태초의 화두로 하여 체계화된 불교의 사상과 철학이 똑같은 인간 실존 의 문제를 다루는 상담의 실제와 이론에 어떻게 화용(和用)될 수 있는 가를 상담심리학의 시각에서 논하고 있다. 특히 필자는 불교의 연기론 의 개념에 초점을 맞추어 십이연기의 불교철학적 본질과 과정을 인간의 일상적 경험구성요소와 과정으로 도출해내고, 여기서 인간의 고통과 불 행, 교란된 마음과 경험을 유발해내는 연기적 원천의 핵심개념으로 '자 기중심-자기집착적 변별·평가체제'라는 개념을 설정하고 있다. 이러한 변별·평가체계는 타인을 포함한 사물에 대한 직접적 접촉을 통해 나타 나는 유기체적 경험은 물론 이러한 직접적 경험과정에 결부되어 나타나 는 현상적 경험에 영향을 미치고 궁극적으로는 인간의 표현반응으로 외 현화된다는 것이다. 또한 이러한 외현반응은 다시 변별·평가체계로 역 환되는 것을 보여주는 연기론적 경험과정 도식으로 나타내고 있다. 더 나아가 그는 외부로 지향된 자기 마음을 거두어 들여 자기의 내면을 탐 색[廻光反照]하는 불교의 관법과 선의 개념 및 기법을 치료적 상담의 과 정에 적용할 수 있음을 선에 대한 심리학적 해석 및 분석을 통해 조망하 고, 구체적인 실례를 들어 그 현실적 타당성을 예중하고 있다. 끝으로, 필자는 상담에서 이러한 불교적 접근이 어떻게 서구의 이론과 비교될 수 있는가를 로저스(Rogers)의 치료법을 예로 하여 논하고 있다.

위에서 소개한 2장에서 5장까지의 글들은 모두 유학과 불교의 경전과 사상에 근거한 동양심리학 이론의 구성에 초점을 둔 것이다. 그러나 제6 장(최상진 교수 집필)은 한국인들이 일상적 삶 속에서 높은 일상성과 친근성을 가지고 접하게 되는 심리함축적 사회현상과 일상의 심리적 경험을 일반인 심리학(folk psychology)의 관점에서 분석하고, 이를 정제된 개념으로 구성하는 접근을 취하고 있다. 앞에서 언급한 유학적 불교적 접근을 위에서부터 아래로의 접근이라 한다면 후자의 접근은 아래로부터 위로의 접근이라고 볼 수 있다. 또한 전자의 접근법으로 쓰여진 네 논문들 가운데 비록 한덕웅 교수는 한국 유학을 다루고 있지만 모두 유학과 불교사상을 공유하는 동아시아 문화권의 심리학을 다룬다고 한다면, 후자는 그 중 한국인이라는 한정된 사람들의 문화-사회심리에 초점을 둔 한국인의 심리학이라고 볼 수 있다. 필자는 이러한 한국인 심리학 구성의 메타이론적 근거를 최근에 발전되고 있는 '문화심리학'(cultural psychology) 패러다임에 두고 한국인이 공유하는 심리적 특성을 분석하고 있다. 필자가 사용하는 접근의 형태를 보면, 한국인의 관념 및 언어체계, 경험체계, 그리고 한국사회의 인습 및 제도체제에 횡적으로 연계-연동되어 있으며, 동시에 전통과 현대라는 역사-문화적 축상에서 연계성과 진화-전화(轉化)성을 갖는 한국인의 심리적 특성과 이와 관련된 현상을 추출하여 이를 심리학적 개념과 이론으로 체계화, 정교화, 상세화시키는 방식을 택하고 있다. 이러한 절차와 방법을 통해 한국인의 우리성, 정, 심정의 현상을 정제된 형태의 심리학적 개념과 심리학적 논리성을 내장한 이론체계로 구성하고 있으며, 이들 개념들 간의 비교분석을 통해 이들 개념들이 어떻게 분별되고 동시에 통합되는 화의부동의 동조개념세트가 될 수 있는가를 밝히고 있다. 또한 그는 우리성, 정, 심정 등의 개념이 간주관성을 띤 즉자적(卽自的) 심리 개념이라는 데 착안하여 한국인의 이와 대비되는 서구의 대자적(對自的) 심리이론과 대비시켜 전자의 심리학을 당사자 심리학으로 후자의 심리학을 제3자 심리학으로 명명하고 이에 대한 이론적 구성을 시도하고 있다. 끝으로, 필자는 현재 우리 사회에서 통용되는 서구적 의미의 자기개념이 한국인의 심리 속에 어떤 형태로 현현화되고 있는가에 대한 분석을 통해 한국인의 자기개념을 한국인의 문화심리적 관점에서 구축하고 이를 서구의 자기개념과 대비시켜 그 차이점을 논하고 있다.

지금까지 앞에서 고찰한 글 가운데 2장에서 5장에 이르는 글들은 한국을 포함한 동양심리학에 관한 것이라면, 제6장은 한국인의 심리에 국한된 것이라고 볼 수 있다. 그러나 한국인도 중국인, 일본인과 같이 유교와 불교를 중심으로 한 동북아 문화권에 살고 있다는 점에서 이 책의 제목에 '동양심리학'이란 말을 사용하였다.

끝으로 동양심리학의 특성을 서구의 심리학과 대비시켜 그 특징을 다음과 같이 요약해 보았다. 서구의 심리학자들이 서구인을 연구대상으로 하여 발전시켜 온 서구의 심리학에서는 '사람이 당위적으로 추구해야 할 목표가 무엇이며, 이를 위해 어떻게 살아야 하는가, 그리고 이와 관련하여 사람이라는 존재는 이 우주에서 어떤 위치를 점하고 있는가' 등과 같은 도덕적 그리고 형이상학적 존재특성에 대해서는 관심을 두고 있지 않다. 그 대신 서구의 심리학은 '지금 여기서 살고 있는 사람들의 행동(지·정·의적)이 어떤 조건에서 어떤 원리에 따라 어떻게 나타나는가에 대한 해답을 찾는 일이 서구심리학의 주 관심과제였다. 그러나 동양심리학에서는 바로 앞에서 제시된 바와 같은 철학적 또는 당위론적 의무 또는 요구조건 위에서 이러한 삶을 실현하기 위해 무엇을 어떻게 할 것인가에 대한 해답을 인간의 마음과 관련시켜 추구하고 있다. 따라서 동양심리학은 형이상학적 우주론, 의무론, 도덕론 등의 기본적 구조틀 속에서 이루어지는 인간심리의 문제를 다룬다는 특징을 갖는다.

이러한 동양심리학에서는 특히 마음의 본질문제에서부터 마음의 발동, 마음의 수양 및 조절 등을 핵심 관심주제로 다루고 있다는 점에서 '심성론'(心性論)으로 요약될 수 있다. '심리학'이라는 용어 자체가 '심성'(心性)이라는 개념을 준거점으로 구성된 학문이란 점에서 동양의 심성론은 그대로 동양의 심리학체계라고 보아도 큰 무리는 아닐 것 같다. 특히 서구의 심리학이 '인간의 마음이 있다'는 전제에서 출발했음에도 불구하고 그 발전과정에서 '심'(心)의 문제를 등한시 한채, '행동'(行動)의 문제에 집착한 나머지 오늘의 서구심리학은 행동물리학 또는 행동공

학의 형태로 발전하게 되었다고 볼 수 있다. 서로 다르게 외현화된 행동
들로부터 공통점을 찾아내어 서로 연계시키는 방법은 이러한 행동들의
기저에 공통적으로 작용하는 '마음' 또는 '심리'라는 매개체를 통해서 서
로 다르게 외현화된 행동을 동일한 범주의 심리적 개념 속에서 묶어주
는 방법이다. 그러나 마음을 비켜간 서구의 심리학에서는 이러한 묶음
이 어렵거나 불가능해진다. 그 결과 오늘의 서구심리학은 '조각난 행동
이론들의 모음집'으로 그 특징을 나타내게 되었다. 지금 서구의 심리학
계에서는 이처럼 서로 연계되지 않는 행동의 파편적 이론들을 어떻게
연계된 심리학체계로 이끌어 낼 것인가의 문제에 고심하고 있다. 이에
대한 해답의 하나는 마음의 문제를 다시 심리학의 연구대상 및 연구과
제로 불러들이는 일이다. 최근 발간되는 심리학 책의 제목에 '마인
드'(mind)라는 말이 두드러지게 자주 등장하는 현상은 바로 이러한 '마
음'에로의 회귀현상으로 볼 수 있다.

그러나 다른 한편 마음을 중요하게 다루는 동양심리학에서도 연구방
법론과 관련되는 문제점은 많다. 먼저 동양심리학에서 마음이 다루어지
는 방식을 보면, 주로 도심(道心)과 같은 '도덕적 마음' 또는 '성인(聖人)
의 마음'이나, 열반(涅槃), 선(禪), 진아(眞我)와 같은 초월적 마음을 논
의의 본체로 삼는 반면 일상을 사는 일반인의 세속적 마음의 측면은 서
구의 심리학에 비해 상대적으로 약하게 다루어지고 있다. 이러한 이유
는 동양심리학이 도덕론 또는 도론에 수반되어 전개되고 있다는 점에서
찾아볼 수 있다. 따라서 동양심리학이 현재를 살아가는 동양인의 세속
적 마음과 심리현상을 보다 포괄적으로 다룰 수 있기 위해서는 동양심
리학의 지평을 성인(聖人)에서 일반인에 이르기까지 확대시켜야 한다.

동양심리학에서 다루는 마음의 문제와 관련하여 발견되는 또 다른 문
제점은 사용하는 개념에 상응하는 구체적인 준거설정이 약하고 동시에
그 개념이 무엇을 의미하는가에 대한 구체적인 개념화가 일정하게 이루
어지지 않은 상태에서 그러한 개념을 이론체계 형성이나 설명의 구성에
사용하고 있어 이에 대한 해석이 서로 다르며 구구해 질 수 있다는 문제

점을 지닌다. 물론 동양심리학이 발달된 그 당시를 생각한다면 이것은 문제로 제기될 수 없는 문제이기도 하다. 그럼에도 불구하고 지금 심리학자들이 연구하고 체계화하려는 동양심리학이 현재에도 적실성과 학문성을 갖춘 심리학 이론으로 발전시키기 위해서는 개념에 대한 정제화는 불가피한 과제이기도 하다. 이 과제에 대한 필자들의 조심스런 대답을 이 책에서 볼 수 있다. 그러나 앞으로 동양심리학을 연구하는 과정에서 반드시 새롭게 다시 도전하고 학자들의 합의를 얻기 쉬운 수준으로 해결해야 할 과제라고 볼 수 있다.

동양심리학에서의 '마음'을 다루는 방식과 관련하여 제기될 수 있는 세 번째 문제점은 마음을 탈상황적, 탈자극적 맥락 속에 위치시키고 있다는 점을 들 수 있다. 사람의 마음은 경우에 따라서 사물이나 상황과 독립적으로 작동될 수도 있으며, 이와 반대로 사물이나 상황과 맞물려 마음의 질과 결이 구성될 수도 있다. 서구의 심리학 특히 사회심리학은 바로 지나치게 후자 쪽에 치우치고 있는 문제점이 있다면, 동양심리학은 반대로 전자 쪽에 치우치는 문제점을 지녔다고 볼 수 있다. 동양심리학이 전자에 기울어질 때 나타나는 이와 관련된 또 하나의 문제점은 마음과 관련된 개념들이 시대와 역사의 맥락 속에서 새롭게 발생되거나 변형되어 가는 사회-역사-문화 심리현상을 심리학의 이론체계 속에 반영하기 어려울 뿐 아니라 새로운 심리학적 개념이나 개념체계를 구성하기 어렵다는 문제점을 지닐 수 있다. 이러한 문제점들은 더 나아가 동양심리학이 개방된 이론체계로서의 발전적 전환을 모색하는 데 제한점이 되기도 한다고 볼 수 있다. 이 책을 계기로 이러한 제한점들을 극복할 수 있는 연구작업과 이론형성이 나타날 것을 믿으며, 이 과정에서 이 책이 새로운 도약을 위한 디딤돌이 되기를 기대한다.

▌참고문헌

윤호균 (1995a). 정신분석, 인간중심의 상담 및 불교의 비교―인간 및 심리적 문제와 그 해결. 임능빈 편저. 동양사상과 심리학. 성원사. 469-516.

윤호균 (1995b). 정신치료와 수도―정신분석과 선을 중심으로. 임능빈 편저. 동양사상과 심리학. 성원사. 517-534.

이수원 (1999). 중용의 심리학. 미출판 원고.

조긍호 (1998). 유학심리학. 나남출판.

최상진 (1997). 한국인의 심리특성. 한국심리학회 편. 현대심리학의 이해. 학문사. 695-766.

한국심리학회 편 (1996). 한국심리학회 50년사. 교육과학사.

한규석 (1995). 사회심리학의 이해. 학지사.

한덕웅(1994). 퇴계심리학 : 성격 및 사회심리학적 접근. 성균관대출판부.

Bruner, J. S. (1990). *Acts of meaning*. MA : Harvard University Press.

Danziger, K. (1990). *Constructing the subject : Historical origins of psycho logical research*. Cambridge University Press.

Danziger, K. (1997). *Naming the mind : How psychology found its language*. London : Sage.

Harre, R. & Gillett, G. (1994). *The discursive mind*. London : Sage.

Leontiev, A. N. (1981). The problem of activity in psychology. in J. V. Wertsch (Ed.). *The concept of activity in Soviet psychology*. NY : Sharpe. 37-71

Ratner, C. (1997). *Cultural psychology and qualitative methodology : Theoretical and empirical considerations*. NY : Plenum.

Shweder, R. A. (1991). *Thinking through cultures : Expeditions in cultural psychology*. Cambridge. MA : Harvard University Press.

Vygotsky, L. S. (1978). *Mind in society : The development of higher psychological processes*. Cambridge : Harvard University Press.

Wertsch, J. V., Rio, P. d. & Alvarez, A. (1995). Sociocultural studies :
History, action, and mediation. in J. V. Wertsch. P. del Rio & A. Alvarez
(Eds.). *The sociocultural studies of mind*, NY : Sharpe.
Yoon, G. & Choi, S. C. (1994). *Psychology of the Korean people*. Seoul :
Dong-A Publishing Co.

제2장 선진유학사상에서 도출되는 심리학의 문제

— 《孟子》와 《荀子》를 중심으로

1. 머리말

　　인간이 역사적 존재라는 사실은 동서고금을 막론하고 진리이다.……현대 서구철학의 한가지 공통된 증언이 있다면, 그것은 인간이 철두철미 역사적 존재라는 점이며, 언어공동체·전통·문화·삶의 양식들(forms of life)과 실천을 떠난 절대적 인식과 윤리는 존재하지 않는다는 사실이다. 추상적 개인·보편적 인간은 어디에도 존재하지 않는다. 존재하는 것은 다만 특정한 사회와 문화, 인간관계와 삶의 방식들 속에서 특정한 언어를 통해 사고하면서 삶을 영위하고 있는 구체적 인간들뿐이다(길희성, 1998, p.5).

　　오늘날에 와서는 자명해진 이러한 사실을 현대의 사상가들이 분명히 인식하게 된 것은 그리 오래된 일이 아니다. 이는 현대 해석학적 철학에 의해 고전의 새로운 해석이 시도되고, 탈근대사조의 도입으로 인해 근대성의 허와 실을 비판적 시각으로 보게 됨에 따라, 계몽주의가 표방하고 나섰던 보편적 이성의 추구와 획일적 이성의 횡포를 자각하게 된 이후인 것이다. 그 결과 "전통과 공동체로부터 소외된 개인, 어떤 것에도 구애받지 않는 자유로운 인간은 실제로 존재한다 해도 오히려 전통의 속박보다도 더 무서운 속박의 위험에 봉착한다는 자유의 역설을 현대 서구 지성은 깨닫기 시작했다. 극도의 개인주의가 낳는 소외와 고독, 권위와 방향성의 상실을 목도하면서 일부 서구 지성인들은 원자화되고 파편화된 인간관계 속에서 전통의 힘과 공동체의 가치를 새롭게 회복시킬 방도를 모색하고 있다. 최근 서구에서 일고 있는 유학에 대한 새로운 관심, 즉 가족주의·권위주의·초월적 비판의 결여 등 종래의 비판적 관점을 극복하고, 유교를 긍정적 시각에서 새롭게 바라보기 시작한 것은 이와 같은 사회·문화적 맥락에서 이해되어야 할 것이다"(길희성, 1998, p.5).

이와 같이 전통은 우리가 그것을 잘 이해하고 있든 그렇지 못하든 간에 살아 있는 현실의 일부로서, 이러한 전통과의 교섭은 인간의 삶에서 좋든 싫든 피할 수 없는 운명과도 같은 것이라고 볼 수 있다. 한마디로 전통 사상은 현대인의 삶과 행동 및 사유 속에 녹아들어서 현대인들이 그것을 인식하든 인식하지 못하든 영향을 미치고 있는 것이다. 이러한 전통 사상 가운데 동아시아인, 특히 한국인의 생활과 의식구조의 뼈대를 이루어 온 것은 유학사상이었다(이광세, 1998a). 즉, "유학의 전통은 아직도 한국인은 물론이요 동아시아인들 모두의 삶의 방식, 인생관과 가치관을 지배하고 있다 해도 과언이 아닌 것이다"(길희성, 1998, p.3).

이러한 유학사상은 고려 중기에 접어드는 11세기 전반 최충(崔冲)과 그 문하생들에 의해 받아들여지기 시작하여, 13세기 말과 14세기 초엽 안향(安珦)과 백이정(白頤正) 등에 의해 주자학(朱子學)이 본격적으로 도입된 다음(윤사순, 1997), 조선조에 와서는 유학사상이 국가 경영의 최고 이념이 되면서 우리나라 정신사의 가장 기본적인 틀이 되어 오늘에 이르고 있다. 17세기에 들어서면서 유학사상의 중심인 중국 대륙의 주인이 한족(漢族)의 명(明)에서 만주족(滿州族)의 청(淸)으로 바뀌자 이러한 경향은 더욱 심화되었다. 즉, "명이 청에 망하자, 조선은 이제 자신이 명을 대신하여 중화세계의 중심이라고 자부하였다. 이른바 '대중화'(大中華)가 사라져 버렸기에 조선의 '소중화'(小中華)가 '우주'의 유일한 중심이라고 생각하게 되었으며, 이것이 조선 문화의 긍지를 뒷받침해 주었던 것이다"(장석만, 1999, pp.266-267).

그 결과 유학사상은 한국인의 "문화 전통과 의식 구조의 중추"(이광

세, 1998a, p.63)가 되어 있다. 고병익은 우리나라에서 실시된 어떤 여론 조사의 결과를 인용하면서, 우리나라의 "모든 사람은 유교인"(all men are Confucians ; Koh, 1996, p.197)이라고 결론짓고 있다. 이 조사에서 조사대상자 총 400명 가운데 자신이 '유교인'이라고 '확신'하고 있는 사람은 2명(0.50%)에 지나지 않아, 자신을 '개신교인'이라고 확신하는 사람 106명(26.50%)이나 '불교인'이라고 확신하는 사람 77명(19.25%)에 비해 비교도 할 수 없을 만큼 적었다. 그러나 이러한 개인적 '확신'(conviction)과는 달리, 실생활에서의 '실행'(practice)에서는 한국인의 압도적 다수가 실제로 유교에서 요구하는 삶의 자세와 생활 관습을 따르고 있기 때문에, 우리나라의 모든 사람은 실질적으로 유교인이라는 것이다(이광세, 1998b, p.89에서 재인용).

이러한 배경을 바탕으로 하고, 보편주의(universalism)를 근간으로 해 온 그 동안의 현대심리학은 북미와 북유럽 등 서구인의 심리학일 뿐이라는 전제(Fiske, Kitayama, Markus & Nisbett, 1998)에서, 필자는 한국인의 고유한 심리학을 새로이 구성하기 위해서는 현대 우리나라 사람들의 삶 속에 깊이 착근되고 있는 유학사상의 심리학적 이해가 필수적이라 보고, 이를 위해서 그 뿌리가 되는 공자(孔子), 맹자(孟子), 순자(荀子) 등 진(秦) 통일 이전 시대 유학[先秦儒學]의 사상에 담겨 있는 심리학적 함의의 독해 작업에 몰두해 왔다(조긍호, 1990, 1991, 1994, 1995, 1997a, b, 1998a, b). 유학사상은 극동아시아인들의 정신적 지주가 되어 왔던 사상체계라는 점에서 생각해 보면, 그 뿌리가 되는 선진유학사상의 심리학적 탐구는 한국심리학뿐만 아니라 동양심리학의 새로운 지평을 모색해 보고자 하는 시도라 볼 수도 있을 것이다. 필자는 이러한 작업을 통해 공자, 맹자 그리고 순자 같은 선진시대의 사상가가 오늘날 다시 태어나 심리학자가 되었다면, 그들은 어떤 모습으로 심리학을 구성하였을까 하는 점을 그들의 안목에서 그려봄으로써, 새로운 동양심리학의 얼개를 짜 볼 수 있을 것이라고 기대하였다.

2. 맹자와 순자의 인물과 사상

유학은 공자에 의해 창시되어, 혼란이 극에 달했던 당시 중국 사회에서 횡행했던 제자백가(諸子百家)와의 경합 속에서 맹자와 순자 등 걸출한 사상가에 의해 기초가 닦여진 사상체계이다. 보통 공자가 살았던 시대를 춘추(春秋)시대라 하고, 맹자와 순자가 살았던 시대를 전국(戰國)시대라 한다. 이 시기는 주(周) 왕실이 쇠퇴하고, 여러 제후국들이 부국강병(富國强兵)에 열을 올려 합종연횡(合從連衡)이 성행하던 불안한 시대였다. 춘추시대까지만 해도 주 왕실의 권위가 어느 정도 유지되고 있었으나, 전국시대에 주 왕실은 완전히 몰락하여 근근히 명맥만 유지하고 있을 뿐이었다. 순자는 특히 전국시대 말기에 살았는데, 이 시기는 혼란이 극에 달하였으며, 그 결과 통일 중국의 꿈이 무르익어 가던 시대였다.

유학은 이러한 혼란의 시대를 배경으로 하여 태어났는데, 초기의 유학자들은 유학의 왕도사상(王道思想)을 펼치고, 제가백가와의 경쟁에서 유학을 수호하는 일을 사명으로 삼고 있었다. 이 시대의 유학을 선진유학(先秦儒學) 또는 원시유학(原始儒學)이라고 하는데, 이 시기는 그 이후 동아시아 특히 중국, 한국, 일본 등 극동아시아의 정신사를 지배해 왔던 유학사상의 기초가 확립되었던 시기였던 것이다.

이 이후 유학사상은 관학으로 승격되어 국가의 통치이념으로 부각된 한대로부터 당대에 이르는 약 천년간의 한당유학(漢唐儒學), 불교 및 도교와의 경합 속에서 사변적 형이상학적 철학체계로 확립된 송대 이후의 신유학(新儒學), 그리고 청대의 고증학적 학풍에 의해 유학에 차용된 도교와 불교의 사변적 영향을 제거하고 선진유학의 순수한 형태로 돌아가자는 고증학적 유학(考證學的 儒學) 및 근대의 서세동점(西勢東漸)의 여파로 인한 유학 배척운동에 대항하여 서양 문명과 유학 전통의 절충적 종합을 통해 동양의 문화적 정체성(cultural identity)을 회복하고자 했던 1930년대 이후의 현대신유학(現代新儒學)을 거치면서 오늘에 이르고 있다(김승혜, 1990 ; 이승환, 1998a).

이러한 신유학과 고증학적 유학 등 새로운 유학의 사조들은 항상 선진유학의 본래 모습으로 돌아가자는 기치 아래, 선진유학의 경전들을 그이전 시대와는 달리 새롭게 해석하려는 시도들이었다. 즉, "원시유학(선진유학)의 본래 사상으로 돌아간다는 주장은 사실 새로운 해석이 등장할때마다 있었던 것이다"(김승혜, 1990, p.311 ; 괄호 안은 필자). 따라서 선진유학은 가장 순수하고 원형적인 유학사상의 정수라고 볼 수 있다.

전술한 유학의 여러 사조들 중 우리나라에서 주로 받아들인 것은 그시기상의 일치로 인해 송대 신유학의 한 갈래인 주희(朱熹) 계통의 성리학(性理學)이었다. 그러나 성리학의 뿌리는 선진유학에 있다. 이러한맥락에서 필자는 현대 한국인의 행동과 심성의 이해를 위해서는 그들의정신사의 주축이 되고 있는 유학의 뿌리인 선진유학사상의 이해가 필수적이라 보고, 선진유학 고전의 핵심[1]인《맹자》(孟子)와《순자》(荀子)에서 심리학적 함의를 찾아보고자 시도해 왔던 것이다(조긍호, 1990, 1991, 1994, 1995, 1997a, b, 1998a, b).

필자가 유학의 창시자인 공자의《논어》(論語)를 제쳐놓고《맹자》와

---

1) 선진유학 사상에 나타난 심리학적 함의를 도출해 내기 위해서는 "秦漢 이전에 성립된 것이 확실한 유학적 사료만을 포함시켜야 하는데, 이러한 조건을 충족시키는 것은《論語》,《孟子》,《荀子》뿐이다"(김승혜, 1990, p.18).《詩經》과《書經》은 일부만이 공자 이전의 사료로 인정되고 있고,《周易》은 先秦의 유학자들에게는 전혀 주목받지 못하던 경전이며,《春秋》도 공자의 저작이아니라는 설이 지배적이고,《春秋左傳》만이 공자 이전의 저술임이 판명되고있다. 그리고《大學》과《中庸》을 각각 한 장으로 포함하고 있는《禮記》는 前漢시대 순자의 제자들의 작품일 가능성이 있음이 정설이 되고 있다(김승혜, 1990, pp.9-39 참조). 이러한 배경에서 필자는《論語》,《孟子》,《荀子》와《禮記》를 선진유학 사상의 기본틀을 파악할 수 있는 주요 경전으로 보고, 이들가운데 우선《孟子》와《荀子》에서 심리학적 함의를 찾고자 시도해 왔던 것이다. 여기에 시대적으로 뒤지는《禮記》를 포함시키는 것은 四書 중의 두 가지인《大學》과《中庸》이《禮記》의 한 편씩(각각 제42편과 제31편)으로 포괄되고 있어서 유학 경전 가운데 중요한 위치를 차지하고 있을 뿐만 아니라, 이는 순자의 제자들의 저술일 가능성이 크므로 순자의 사상을 추론하는 주요자료로서 가치가 충분하다고 사료되기 때문이다.

《순자》를 먼저 읽은 데에는 몇 가지 이유가 있다. 우선 선진유학은 공자에 의해 창시되었지만, 그 사상적 완성은 맹자와 순자에 의해서 이루어졌으므로(勞思光, 1967 ; 張其昀, 1984), 선진유학사상의 진면목은 이 두 사상가에게서 여실히 찾아볼 수 있을 것이라고 판단했기 때문이었다. 다음으로 유학사상에서 가장 심리학적 함의가 깊은 체계는 인성론(人性論)이라고 볼 수 있고, 기실 유학의 체계는 인성론을 바탕으로 해서 성립되고 있다고 생각할 수 있는데(김충렬, 1982), 이러한 인성론은 맹자와 순자에게서 본격적으로 전개되고 있을 뿐, 공자는 이에 대해 뚜렷한 입장을 표명하고 있지 않기 때문이다. 이는 성(性)이 《맹자》에서는 35회,[2] 《순자》에서는 92회[3]나 쓰이고 있지만, 《논어》에서는 오직 2회[4]만 쓰일 뿐이라는 사실에서 잘 드러난다. 공자가 직접 성에 대해 말한 것은 "사람의 본성[性]은 대체로 비슷하지만, 익히는 바[習]에 따라 서로 달라진다"[5]는 것뿐이고, 이에 대해 거의 언급하지 않았던 것이다.[6] 따라서 선진유학사상으로부터 심리학적 함의를 도출하기 위해서는 본격적으로 인성론을 제기하고 있는 맹자와 순자를 우선하는 것이 좋겠다고 판단했던 것이다.

---

2) 《孟子引得》(Harvard-Yenching Institute, Sinological Index Series, Supplement 17, 1941) 참조.

3) 《荀子引得》(Harvard-Yenching Institute, Sinological Index Series, Supplement 22, 1950) 참조.

4) 《論語引得》(Harvard-Yenching Institute, Sinological Index Series, Supplement 16, 1940) 참조.

5) 子曰 性相近也 習相遠也(《論語》陽貨 2 ; 이는 《論語》의 陽貨篇 2장을 가리킨다. 이 책에서 《論語》 편차는 朱熹의 《論語集註》를 따랐는데, 이하 《論語》의 인용은 이 예와 같이 한다.)

6) 子貢曰 夫子之文章 可得而聞也 夫子之言性與天道 不可得而聞也(《論語》公冶長 12)

1) 맹자의 인물과 저술

맹자는 전국시대 사람으로 이름은 가(軻)이다. 그는 공자가 죽은 지약 100여 년 후에 출생하였으므로, 공자에게 직접 배우지는 못하고, 공자의 고제자인 증자(曾子)의 학문을 공자의 손자인 자사(子思)의 문인을 통해 배웠다. 학문이 완성되자, 여러 나라로 돌아다니며 인의왕도(仁義王道)의 정치를 구현하려고 노력하였다. 그러나 당시의 제후들은 합종연횡에 힘쓰고, 무력통치와 부국강병에 열을 올리고 있었으므로, 현실적으로 그의 이상을 펼 수 없었다. 그리하여 조용히 물러나, 만장(萬章) 등의 제자와 함께 공자의 뜻을 풀어 밝히고, 《맹자》[7] 7편을 지었다.

맹자의 정치상의 환경은 대략 공자와 비슷하였다. 그러나 맹자의 학술상의 처지는 공자와 크게 달랐다. 공자는 춘추시대 말기에 태어나서유학의 대의를 밝혀 창시하였는데, 당시에 아무도 그와 항거하여 다투는 자가 없었다. 그런데 맹자가 생존하였던 전국시대에는 그렇지 않았다. 당시에 이미 양주(楊朱)·묵적(墨翟)의 학이 성행하였고, 소진(蘇秦)·장의(張儀)의 무리들도 모두 제각기 그 설을 마음대로 펼치는 이른바백가쟁명의 시대였다. 유학은 이때에 이미 적대론자들의 위험에 직면해있었다. 그러므로 맹자가 공자의 가르침을 말할 때에는 반드시 이를 넓혀서 논함으로써 백가를 꺾어야 하였다. 이로 말미암아 맹자는 유학을보전하고 옹호하여, 이단의 학설을 반박해 물리치는 일을 자기의 임무로 삼았다. 그리하여 맹자는 요(堯)·순(舜)·우(禹) 및 주공(周公)·문왕(文王)·무왕(武王)·공자(孔子)의 사업을 낱낱이 풀어 밝히고 열거하여, 성인들은 제각기 역사적 임무를 가지고 있었다고 주장하면서, 맹자 자신의 임무는 그릇된 학설을 반박하여 물리치고, 올바른 학문인 유학을빛내는 데 있다고 생각하여, 이렇게 말하였다.

---

7) 맹자(孟子)는 사람과 함께 그가 지은 저술명으로도 통한다. 이 글에서는 사람 이름으로는 맹자로, 저술명으로는 《孟子》로 통일하여 기술하기로 한다.

나도 역시 인간의 마음을 바로잡고, 그릇된 학설을 불식시키며, 정도에서 벗어난 행위를 거절하고, 음란한 말을 내몰아 버리어, 세 분의 성인(여기서는 우·주공·공자를 가리킴)을 계승하고자 한다.[8]

이때 맹자가 반박하여 물리치려는 그릇된 학설은 주로 양주의 위아설(爲我說)과 묵적의 겸애설(兼愛說)이었다. 그러므로 "논쟁으로써 양주·묵적을 물리칠 수 있는 이는 오직 성인의 문도뿐이다"[9]고 말하기도 하였다. 이를 보면, 맹자는 당시의 상황에서 정면적 이론을 건립하고, 이단의 학설을 반박하여 물리침으로써, 유학의 이상을 구현하는 일을 자기의 임무라고 여긴 유가의 이상주의자(馮友蘭, 1948)였으며, 이러한 과정에서 공자가 창시한 유학체계를 완성시킬 수 있었던 것이다.

이렇게 "공자가 중국 유학의 창설 단계를 대표한다면, 맹자는 유학 이론의 초보적인 완성을 대표한다.……공자 사상은 유학에 대하여 방향을 정해 놓는 작용을 하였으며……맹자가 비로소 비교적 완전한 유학체계를 건립한 철인이다"(勞思光, 1967, p.119). 그리하여 맹자는 후한(後漢)의 조기(趙岐)가 《맹자장구》(孟子章句) 제사(題辭)에서 명세아성지대재(命世亞聖之大才)라 부른 이래 지성(至聖) 공자에 버금가는 성인[亞聖]으로 추존되어 오고 있으며, 남송의 주희가 선사서 후육경(先四書 後六經)을 주장한 이래 《맹자》는 사서(四書)의 하나로 편입되어 유학의 기초로서 받아들여짐으로써, 맹자의 도통성(道統性)과 《맹자》의 학문적 가치가 중시되어 왔던 것이다.

맹자 자신도 유학의 완성자 또는 옹호자로서의 강한 자부심을 가지고 있었던 것 같다. 그러기에 그는 당시 제후들에게 받아들여지지 못함에도 불구하고, 절대로 하늘을 원망하거나 남을 탓하지 않으면서, "무릇

---

8) 我欲正人心 息邪說 距詖行 放淫辭 以承三聖者(《孟子》滕文公下 9 ; 이는 《孟子》滕文公篇 下卷 第9章을 가리킨다. 이하 《孟子》본문의 인용은 이 예에 따르며, 앞으로 《孟子》본문의 인용에서 대조를 위해 필요한 경우 이외에는 《孟子》라는 서명은 기록치 않는다.)

9) 能言距楊墨者 聖人之徒也(滕文公下 9)

하늘이 아직도 천하가 잘 다스려지기를 원치 않는 모양이다. 만일 하늘이 천하가 잘 다스려지기를 원한다면, 당세에 있어 나를 제쳐 놓고 누가 있겠는가?"[10]라는 부동심(不動心)을 견지할 수 있었던 것이다. 그러나 그는 결코 유학의 완성자로 자처하지 않고 단지 공자의 계승자로서만 자처하였다. 그리하여 그는 "나는 아직 이루지 못하였다. 나의 소망은 오직 공자를 배우는 것이다"[11]고 말하곤 하였다.

이러한 《맹자》의 심리학적 해석을 위해 필자는 《맹자》에 대한 가장 정통한 주석서로 인정받고 있는 후한시대 조기(趙岐)의 《맹자장구》와 남송시대 주희의 《맹자집주》(孟子集註)를 기초로 하고,[12] 그리고도 미진한 부분은 《맹자》에 대한 여러 주해를 종합해서 영역한 레게(Legge, 1970)의 주석서와 장기근(1980)의 국역본을 참고로 하여, 《맹자》 7편 총 261장 각각을 분석하고, 이 가운데 심리학적으로 해석될 수 있는 부분을 가려내어 현대 심리학의 연구 결과와 대조해 보았다.

2) 순자의 인물과 저술

순자는 전국시대 말기의 조(趙)나라 사람으로 이름은 황(況)이다. 그는 공자가 죽은 지 약 150여 년 후에 출생하였으며, 맹자보다는 약 50세 정도 연하였다. 그의 행적에 대한 기록은 분명치 않은데, 50세[13]에 당시 학문의 중심지인 제(齊)의 직하(稷下)에 유학하여 약 10년 동안 머물면서, 학장격인 좨주(祭酒)를 세 번이나 역임할 정도로 당시 직하의 학원에서는 가장 위대한 사상가였다(馮友蘭, 1948 ; 張其昀, 1984 ; 김승혜,

---

10) 夫天未欲平治天下也 如欲平治天下 當今之世 舍我其誰也(公孫丑下 13)
11) 吾未能有行焉 乃所願 則學孔子也(公孫丑上 2)
12) 《孟子章句》는 《漢文大系》 卷一(服部宇之吉 編, 東京 ; 富山房, 1972)을 사용하였고, 《孟子集註》는 《原本備旨 孟子集註》(太山文化社, 1984)를 사용하였다.
13) 순자가 稷下에 유학한 시기에 대해서는 50세설(《史記》 孟荀列傳)과 15세설의 두 가지가 있다. 郭沫若(1945)은 15세설을 강력히 내세우고 있는데, 여기에서는 일반적인 연구 경향대로 《史記》의 50세설을 따른다.

1990). 이 기간 동안 그는 제자백가의 사상을 독자적으로 비판하고 종합하여 이론적 체계화를 시도하였다. 그 후 그는 여러 나라를 유력하면서 왕도정치의 실현을 위해 노력하였는데, 만년에는 초(楚)의 춘신군(春申君)에 초빙되어 난릉령(蘭陵令)에 임명되었고, 춘신군의 사후에는 그곳에 은퇴해서 《순자》[14]를 저술하였다.

순자도 맹자와 마찬가지로 당시 유학사상에 대립해 있던 제자백가를 물리치고 유학의 왕도사상을 펼치는 것을 주요 임무로 삼았다. 맹자는 "나도 역시 인간의 마음을 바로잡고, 그릇된 학설을 불식시키며, 정도에서 벗어난 행위를 거절하고, 음란한 말을 내몰아 버리어 세 분의 성인을 계승하고자 한다.……(그러니) 나는 부득이 변설을 하지 않을 수 없는 것이다"(《孟子》滕文公下 9)라 말하고 있는 데 비해, 순자도 역시 "오늘날 성왕이 사라지고 천하가 혼란하여 간사스러운 말들이 성행하나, 군자가 세력을 얻어 이에 임하지 못하고, 또 형벌로써 이들을 금하지 못하니 (내가) 변설을 하는 것이다"[15]고 하여, 유학을 가지고 제자백가를 비판하는 자신들의 입장을 표현하고 있다.

그러나 순자는 같은 유가인 맹자와 자사(子思)도 "대략 선왕을 따르기는 하지만, 그 전체적 계통을 이해하고 있지 못하다"[16]고 비판하여, 선왕의 가르침을 온전히 확립한 공자[17]의 적통은 바로 자신에게 있음을 과시하고 있다. 순자가 이렇게 맹자를 비판한 것은 양자가 공히 성인으로 추앙하던 공자의 어록에 대한 해석 또는 강조점의 차이 때문이라 보인다. 그리고 이 점이 바로 맹자와 다른 순자의 독특한 이론체계를 구축하는 계기가 되었다고 할 수 있다.

---

14) 앞으로 서명으로는 《荀子》로, 인명으로는 순자로 통일하기로 한다.
15) 今聖王沒 天下亂 姦言起 君子無勢而臨之 無刑而禁之 故辯說也(《荀子》正名 14 ; 이는 富山房本《漢文大系》卷十五《荀子集解》의 正名篇 p.14를 가리킨다. 이하 《荀子》 본문의 인용은 이 예에 따르며, 앞으로 《荀子》 본문의 인용에서 대조를 위해 필요한 경우 이외에는 《荀子》라는 서명은 기록치 않는다.)
16) 略法先王 而不知其統(非十二子 26)
17) 孔子仁知且不蔽 故學亂術 足以爲先王者也(解蔽 9)

오늘날 남아 있는 《순자》는 모두 32편으로 대부분 순자의 자작일 것으로 추정된다[18](馮友蘭, 1948). 현재 전해지는 《순자》 32편은 한대 유향(劉向)이 그 당시 전해지고 있던 322편의 사본을 교정하여, 중복된 290편을 제거하고, 나머지 32편을 《순경신서》(荀卿新書)로 채택한 것이다. 이는 오늘날에는 서록(敍錄)만이 전해지고 있으며, 현존하는 유일한 고주(古注)는 당대 양량(楊倞)이 유향본의 순서를 재조정하여 쓴 《순자주》(荀子注)이다. 송대에는 순자를 이단시하였으므로 그에 대한 주석이 없고(김승혜, 1990), 청대 말에 왕선겸(王先謙)이 청대의 고증학적인 연구 결과를 수집 정리한 《순자집해》(荀子集解)를 출간하였다. 본고에서는 양량의 《순자주》와 왕선겸의 《순자집해》[19]를 주본으로 하고, 덥스(Dubs, 1966)와 왓슨(Watson, 1963)의 영역본 및 정장철(1992)의 국역본을 참고로 하여 연구를 진행하였다.

3) 맹자와 순자의 차이

이상에서 보았듯이 맹자와 순자는 모두 전국시대인 당시 유학사상에 대립해 있던 제자백가를 물리치고, 공자를 이어 유학의 왕도사상을 펼치는 것을 주요 임무로 삼았던 선진유학의 완성자이다. 이 중에서 순자는 맹자보다 50여 살 연하의 사람으로, 맹자를 비판하고 그의 독특한 이론체계를 제시하고 있다. 이러한 양자의 차이는 공자의 어록에 대한 양자의 해석과 강조점의 차이에 그 근원이 있다.

공자의 어록에 대한 맹자와 순자의 강조점의 차이 중 가장 대표적인 것은 "자기를 극복하고[克己] 예로 돌아가는 것[復禮]이 인(仁)을 이루는 길이다"[20]라는 "가장 함축적이고 정확한 인에 대한 공자의 설명"(김

---

18) 郭沫若(1945, p.250)은 《荀子》 전체 중 약 80퍼센트 정도는 순자 자신이 저술한 것이라 보고 있다.
19) 《荀子注》와 《荀子集解》는 《漢文大系》 卷十五(服部宇之吉編, 東京 : 富山房, 1972)를 사용하였다.

승혜, 1990, p.112)에 대한 양자의 입장의 차이이다. 여기서 극기(克己)란 자기의 인격을 닦는 일을 말하고, 복례(復禮)란 대인관계 안에서 예에 맞는 바를 실천하여 남을 편안하게 해 줌을 말하는 것으로, 공자의 인간론 내지 성인론의 요체인 수기(修己)와 안인(安人)·안백성(安百姓)에 각각 해당하는 것이다. 따라서 "극기복례(克己復禮)란 자기에게서 시작되어 남에게로 확대되는 인(仁)의 사회적 성격을 드러내는"(김승혜, 1990, p.113) 공자 사상의 핵심이라 할 수 있다. 그런데 이 두 가지 측면 중에서 맹자는 도덕적이고 내면적인 극기를 강조하고, 순자는 사회문화적인 복례를 강조하는 이론을 각각 전개하였다. 이러한 사실은 일과 대인관계에서의 올바름[義]에 대한 양자의 입장의 차이에서 극명하게 드러난다. 즉, "양자가 말하는 의(義)의 내포적 의미는 서로 다른데, 맹자는 주관 내재적 의미에서 의를 말하여 인과 의가 상통하는 것으로 보았고, 순자는 객관적 의미를 중시하여 예(禮)와 의를 함께 칭하고 있다. 인의(仁義)를 말하게 되면 이는 수양성덕(修養成德)을 문제의 핵심으로 삼게 되고, 예의(禮義)를 강조하게 되면 이는 정치·사회 방면의 효용을 중시하게 된다"(蔡仁厚, 1984, p.456). 그리하여 공자는 인의 또는 예의라 연용하여 사용한 경우가 전혀 없는 데 반하여,[20] 《맹자》에는 인의라고 연용한 경우가 26회(84%)로 예의라 연용한 5회(16%)보다 압도적으로 많으며,[22] 반대로 《순자》에서는 예의라 연용한 경우(112회, 78%)가 인의라 연용한 경우(32회, 22%)보다 압도적으로 많다.[23] 바로 이러한 차이 때문에 맹자는 사람을 교육시키는 데 있어서 "인에 거(居)하며, 의를 따른다"[24]는 인의설(仁義說)을 주장하고 있는 데 반해, 순자는 "예를 높이고, 의를 귀히 여긴다"[25]는 예의설(禮義說)을 주장하고 있는 것(張其昀,

---

20) 克己復禮爲仁(《論語》 顔淵 1)
21) 《論語引得》 참조.
22) 《孟子引得》 참조.
23) 《荀子引得》 참조.
24) 居仁由義 大人之事備矣(《孟子》 盡心上 33)
25) 隆禮貴義者 其國治(《荀子》 議兵 7)

1984)이라 볼 수 있다.

공자의 어록에 대한 맹자와 순자의 또 한 가지 중요한 강조점의 차이는 "타고나는 성품[性]은 대체로 비슷하지만, 익히는 바[習]에 따라 서로 달라진다"(性相近也 習相遠也 ; 《論語》 陽貨 2)는 구절에 대한 양자의 입장의 차이이다. 여기서 맹자는 성상근(性相近)의 입장을 강조하여 본유적으로 갖추고 태어난 선단(善端)의 확충을 수양론으로 제시했고, 순자는 습상원(習相遠)을 강조하여 후천적인 적습(積習)의 수양론을 제시하였다(김형효, 1990). 바로 이러한 차이에서 지(知)의 근거, 내용, 추구 방법에 관한 양자의 입장의 차이가 나오는 것이라 볼 수 있다. 공자는 "태어나면서부터 아는 것이 으뜸이고, 배워서 아는 것은 그 다음이다"[26]라 하여, 선험지(先驗知)와 경험지(經驗知)를 구분하였다(정인재, 1981). 그리고 지식을 추구하는 방법으로 "배우기[學]만 하고 생각하지[思] 않으면 어두워지고, 생각하기만 하고 배우지 않으면 위태로워진다"[27]고 하여, 사(思)와 학(學)의 두 가지를 들고 있다. 여기서 맹자는 생이지지(生而知之)와 사(思)를 강조하는 입장을 취하고 있다. 그에 의하면, 생이지지하는 내용은 선단(善端)의 본유성이고, 따라서 이는 자기반성인 사(思)에 의하여 자기 안에서 찾아야 하는 것이다(정인재, 1981). 따라서 그가 말하는 심(心)은 곧 도덕주체이다(蔡仁厚, 1984). 그러나 순자는 학이지지(學而知之)와 학(學)을 강조하는 입장을 취하고 있다. 그는 "지식이란 결코 선천적으로 얻어질 수 있는 것이 아니며, 또한 내심을 반성하여 이를 확충함으로써 생겨나는 것도 아니다"(정인재, 1981, p.327)고 본다. 그러나 "무릇 알 수 있는 것은 인간의 본성이고, (이를 통해) 알게 되는 것은 사물의 이치다"[28] 또는 "그에 의해 알게 되는 바의 까닭이 인간에게 내재한 것을 지(知 ; 인식능력)라 하고, 이 지(知)가 사물과 합치되는 것을 또한 지(知 ; 인식 결과)라 한다"[29]는 입장에서, 인간에게 본

---

26) 生而知之者 上也 學而知之者 次也(《論語》 季氏 9)
27) 學而不思則罔 思而不學則殆(《論語》 爲政 15)
28) 凡以知 人之性也 可以知 物之理也(《荀子》 解蔽 25)

유적으로 인식능력이 갖추어져 있고, 이를 통해 알게 되는 것은 외계 사물의 이치이므로, 지식은 "객관세계를 관찰하거나 선인의 지식을 배움으로써 얻어지는 것"(정인재, 1981, p.327)이라 보는 것이 순자의 입장이다. 따라서 순자가 말하는 심(心)은 곧 지성주체(知性主體)를 의미하는 것이다(蔡仁厚, 1984). 이러한 사실을 두고 진대제(陳大齊, 1954)는 맹자는 주정주의(主情主義)에 기울어졌고, 순자는 주지주의(主智主義)에 기울어졌다고 표현하고 있다.

공자의 어록에 대한 이와 같은 강조점의 차이로 인해 맹자와 순자는 각각 독특한 이론체계를 구축하게 되었다고 볼 수 있다. 채인후(蔡仁厚, 1984)는 맹자와 순자의 이상과 같은 차이에 근거하여 그들이 유학사상에 끼친 공헌의 상이점을 두 가지로 정리하고 있다. 그 하나는 맹자는 극기를 강조했다는 점에서 유학의 주관 내재적인 도덕의 근거를 드러내고 있는 반면, 순자는 복례를 강조했다는 점에서 공자로부터 이어지는 유학의 객관 정신을 잘 표현하고 있다는 것이다. 또 하나는 맹자는 심(心)의 도덕적 기능을 강조하고 순자는 심(心)의 지적 기능을 강조함으로써, 전자는 인간의 덕성주체(德性主體)의 측면을 드러낸 반면 후자는 인간의 지성주체(知性主體)의 측면을 잘 드러내고 있다는 것이다. 이와 같이 맹자와 순자는 함께 공자에 의해 창시된 선진유학을 완성했다는 평가를 받는 것이다. 그리하여 학자에 따라서는 맹자를 서양철학의 플라톤에 비유하고, 순자를 아리스토텔레스에 비유하기도 하며(張其昀, 1984 ; 유명종, 1989), 맹자를 유가의 이상주의자, 순자를 유가의 현실주의자라 평하기도(馮友蘭, 1948) 하는 것이다.

4) 이 글의 내용

이상에서 보았듯이 맹자와 순자의 사상 사이에는 독특한 차이점이 여

---

29) 所以知之在人者 謂之知 知有所合 謂之智(《荀子》 正名 3 ; 《荀子集解》에서는 謂之智의 智를 知의 오자로 보고 있다.)

러 가지가 있지만(김형효, 1990), 그들에게는 성덕과 지행합일을 추구하
는 유학사상의 초기의 완성자(勞思光, 1967)라는 공통점이 있다. 여기서
는 이들의 사상체계의 공통점에 초점을 맞추어, 양자에게서 공통적으로
찾아지는 심리학적 함의를 이끌어 내어 보기로 하겠다. 필자는 이들의
사상 가운데 심리학적 관련이 깊은 체계는 다음과 같은 네 가지 측면의
입론일 것이라 보고 있다.

첫째는 우주 안에서의 인간의 독특한 위치와 특성은 무엇인가에 관한
사색이다. 이는 양자의 인성론(人性論)으로 구체화되고 있는데, 이로부
터 심리구성체론(心理構成體論)의 문제를 도출해 낼 수 있다.

둘째는 위에서와 같은 독특성을 갖는 사람으로서 지향해야 할 최상의
이상적 상태는 어떤 것인가에 관한 사색이다. 이는 양자의 성인론(聖人
論) 또는 군자론(君子論)으로 구체화되고 있는데, 이로부터 이상적 인간
형론(理想的 人間型論)의 문제를 도출해 낼 수 있다.

셋째는 사회적 존재로서의 사람들 사이의 바람직한 관계는 어떠한 것
인가에 관한 사색이다. 이는 양자의 도덕실천론(道德實踐論)과 예론(禮
論)으로 구체화되고 있는데, 이로부터 사회관계론(社會關係論)의 문제
를 도출해 낼 수 있다.

그리고 넷째는 개인적 차원에서나 사회관계에서 이러한 이상적 상태
를 이루기 위해 인간이 해야 할 일이 무엇인가에 관한 사색이다. 이는
양자의 수양론(修養論)의 구체적인 내용을 이루고 있는데, 이로부터 자
기통제론(自己統制論) 또는 자기조절론(自己調節論)의 문제를 도출해
낼 수 있다.

이제 이들 네 가지 문제 영역에서의 맹자와 순자의 기본 입장을 개략
적으로 제시하고, 이어서 이로부터 도출되는 심리학적 함의를 해당 분
야의 서양심리학의 기본 입장과의 차이를 중심으로 살펴보기로 하겠다.

3. 인성론과 심리구성체론의 문제

유학에서 본격적인 인성론은 맹자로부터 비롯되는 것이다. 공자도 자기의 도가 인(仁)으로 관통된다고 주장하기는 하였지만,[30] "어째서 인간이 인을 실천해야 하는가에 대한 이유를 설명하지 아니하였다. 맹자는 바로 이러한 질문에 해답을 주려고 하였으며, 이것이 바로 성선설(性善說)이다"(馮友蘭, 1948, p.106). 이러한 맹자의 성선설은 유학사에서 획기적인 의의를 갖는 것이다. "왜냐하면, 맹자의 성선설이 나옴으로 해서 유가는 비로소 인간을 만물과 구별하고 도덕의 총부로 보는 천지지성(天地之性) 또는 천명(天命)과 연결시킬 수 있는 근본이 섰기 때문이다"(김충렬, 1982, pp.173-174). 실로 맹자 사상의 핵심은 성선설에 있으며, 다른 문제에 대한 입장들은 모두 성선설에 뿌리를 대고 있다고 볼 수 있다.

이에 비해 순자의 인성론은 성악설(性惡說)로 알려져 있다. 이는 《순자》 32편 가운데 제23편인 성악편(性惡篇)에 근거하는 것이다. 그러나 최근에는 순자의 인성론을 성악설로 단정짓는 것은 순자의 전체 이론체계를 잘못 이해하게 만들 소지가 많다는 주장이 설득력을 얻어가고 있다. 이렇게 성악설을 순자의 핵심 이론체계로 보는 것이 옳지 않다는 주장은 대체로 세 가지 방향에서 제기되고 있다. 이들은 문헌학적인 비판, 성악설 자체가 갖는 논리적 모순성에 대한 비판과 이와 밀접한 관련이 있는 것이기는 하지만 성악설과 순자의 다른 이론체계와의 모순성에

---

30) 子曰 參乎 吾道一以貫之 曾子曰 唯 子出 門人問曰 何謂也 曾子曰 夫子之道 忠恕而已矣(《論語》 里仁 15 ; 朱熹는 《論語集註》에서 忠이란 자신을 다하는 것[盡己]이고, 恕는 자기를 이루어서 남에게까지 미치게 하는 것[推己]이라 설명하였다. 그는 程子의 말을 빌려서 이 忠은 天道로서 體이며, 恕는 人道로서 用이어서, 이 둘은 결국 한가지로 통일되는 것으로 보았다. 이 忠恕는 바로 仁을 이루는 방법, 즉 仁之方으로서, 공자의 道가 忠恕로 관통된다는 것은 곧 仁으로 관통된다는 의미로 볼 수 있다. 이에 관해 김승혜, 1990, pp.111-115 참조).

대한 비판 등이다.[31]

이러한 비판들에 근거하여 곽말약(郭沫若, 1945)은 "성악설은 순자가 맹자에게 지기 싫어서 억지로 주장한 것에 불과하며, 그의 심리설이나 교육설과도 일정한 유기적 관련이 없는 것"(p.265)이라 혹평하고 있으며, 서복관(徐復觀, 1969)도 순자의 성악설은 예(禮)·사(師)·법(法)·군주(君主)의 정치를 중시하려는 전국 말기의 시대적 요구를 반영한 것일 뿐 엄밀한 논증이 부족한 이론이라 폄하하고 있다. 또한 진대제(陳大齊, 1954)는 순자도 성은 본래 악을 지향하는 것이라고 했지 선한쪽으로 방향을 바꿀 가능성마저 부인하는 것은 아니며, 따라서 이는 인성향악설(人性向惡說)이라고 보는 것이 타당하다는 주장을 펴고 있다. 김충렬(1982)도 유사한 견해를 표방하면서, 맹자의 성선설과 순자의 성악설은 사람의 어느 측면을 중심으로 고찰했느냐의 차이에 불과하므로, 맹자의 이론은 심의 자각작용을 중시한 심선설(心善說), 순자의 이론은 정의 자연스런 충동을 중시한 정악설(情惡說)이라고 보는 것이 타당하다고 주장한다. 이러한 배경에서 필자는 좁은 의미에서의 전통적인 성악이란 입장에서 떠나서, 순자가 전반적으로 인성에 본유한 것으로 보고 있는 요소들을 확인하고, 이를 넓은 의미에서 성(性)이라 보는 입장을 취하고자 한다.

1) 맹자의 인성론

맹자는 자주 인간 본성의 착함을 말하곤 하였는데, 그의 성선설은 유명한 사단설(四端說)을 근거로 하는 것이다. 이 사단설은 《맹자》 공손추상(公孫丑上) 6장에 다음과 같이 기술되어 있다.

---

31) 이에 대해서는 郭沫若(1945, pp.256-265), 김승혜(1990, pp.220-221, 244-245) 및 조긍호(1995, pp.4-6) 참조.

불쌍히 여기는 마음[惻隱之心]이 없으면 사람이 아니요, 부끄러워하고 미워하는 마음[羞惡之心]이 없으면 사람이 아니요, 사양하는 마음[辭讓之心]이 없으면 사람이 아니요, 옳고 그름을 가리려는 마음[是非之心]이 없으면 사람이 아니다. 불쌍히 여기는 마음은 인(仁)의 시초[端]요, 부끄러워하고 미워하는 마음은 의(義)의 시초요, 사양하는 마음은 예(禮)의 시초요, 옳고 그름을 가리려는 마음은 지(智)의 시초이다. 사람이 이 네 가지 시초[四端]를 가지고 있는 것은 마치 사람에게 팔 다리가 있는 것과 같다.[32]

이렇게 사람에게는 인의예지(仁義禮智)의 근거가 되는 곤경에 빠진 사람을 불쌍히 여기는 마음[惻隱之心], 자기가 옳지 않음을 부끄러워 하고 남의 옳지 않음을 미워하는 마음[羞惡之心], 남에게 사양하고 공경하는 마음[辭讓之心], 옳고 그름을 가리려는 마음[是非之心]의 사단이 갖추어져 있고, 그렇기 때문에 사람의 본성은 착하다는 것이 맹자의 성선설이다. 그렇다면, 맹자가 이러한 성선설을 통해 말하려고 한 근본적인 뜻은 무엇이었을까?

이를 통해 맹자가 제시하려고 한 것은 인의예지의 근거가 인간 본성 속에 내재되어 있는 자연적인 것이지, 외부로부터 주어지는 인위적인 것은 아니라는 사실이다. 이는 마치 사람이 팔 다리를 가지고 태어나는 것과 같이 본유적으로 갖추어져 있는 인간의 본성이라는 것이다.

그렇다면, 인간에게 본유적으로 내재해 있는 본성이 모두 선하다는 것인가? 그렇지는 않다. 맹자는 동물과 구별하여 인간만이 가진 특성의 측면에서 성선을 말하고 있는 것이다. 즉, 맹자가 말하는 성은 인간이 다른 동물과 구별되는 까닭, 다시 말하면 사람만이 독특하게 가지고 있는 특성을 말하는 것이며, 그런 점에서 사람의 본성은 선하다는 것이다.

이러한 맹자의 입장은 성에 관한 전통적인 해석의 입장에서 "태어난 그대로를 성이라 한다"는 고자(告子)의 생지위성론(生之謂性論)에 대한

---

32) 無惻隱之心 非人也 無羞惡之心 非人也 無辭讓之心 非人也 無是非之心 非人也 惻隱之心 仁之端也 羞惡之心 義之端也 辭讓之心 禮之端也 是非之心 智之端也 人之有是四端也 猶其有四體也(《孟子》 公孫丑上 6)

맹자의 비판에서 잘 드러난다.[33] 고자는 태어나면서부터 갖추어져 있는
것[生以具有]을 성이라 본다. 그리하여 그는 식욕과 색욕 등 생리적 감
각적 욕구를 성이라 보고,[34] 이는 인간과 동물이 다를 것이 없으므로 사
람을 포함한 모든 동물의 본성은 다 같으며, 따라서 태어난 그대로의 특
성, 즉 생명현상으로서의 성은 선도 악도 아닌 중성적인 것으로 볼 수
밖에 없다는 성무선·무불선설(性無善無不善說)을 주장하기에[35] 이르는
것이다.

그러나 맹자는 일체의 사물의 성은 각각이 독특하게 가지고 있는 특
성에서 찾아야 한다고 본다. 따라서 개와 소, 그리고 사람은 타고난 특
성이 서로 다르므로, 각각의 성은 서로 다르다는 것이다. 그렇다면, 사람
이 다른 동물과 달리 특유하게 가지고 있는 특성은 무엇인가?

물론 맹자도 사람에게 감각적 생리적 욕구가 선천적으로 갖추어져 있
음을 인정한다. 그러나 이는 모든 동물이 함께 가지고 있는 것이고, 그
충족 여부는 외적 환경조건에 달려 있으므로, 이를 인간의 본성으로 볼
수는 없다는 것이다. 그 대신 사람에게는 다른 동물과는 달리 인의예지
의 뿌리를 갖춘 심(心)이 있고, 이는 인간만이 독특하게 갖추고 있는 것
으로, 이를 인간의 본성으로 보아야 한다는 것이다.[36]

이렇게 맹자는 사람은 태어날 때부터 도덕성의 근거인 사단(四端), 식
욕·색욕 등의 생물적 감각적 욕구의 체계를 가지고 태어난다고 본다. 이
이외에 또한 사람은 태어날 때부터 생각하지 않고도 알 수 있는[不慮而
知] 양지(良知)와 배우지 않고도 할 수 있는[不學而能] 양능(良能)을 갖

---

33) 告子曰 生之謂性 孟子曰 生之謂性也 猶白之謂白與 曰 然 白羽之白也 猶白
   雪之白 白雪之白 猶白玉之白與 曰 然 然則犬之性 猶牛之性 牛之性 猶人之性
   與(告子上 3)
34) 告子曰 食色性也(告子上 4)
35) 公都子曰 告子曰 性無善無不善也(告子上 6)
36) 口之於味也 目之於色也 耳之於聲也 鼻之於臭也 四肢之於安佚也 性也 有命
   焉 君子不謂性也 仁之於父子也 義之於君臣也 禮之於賓主也 智之於賢者也 聖
   人之於天道也 命也 有性焉 君子不謂命也(盡心下 24) ; 君子所性 仁義禮智根於
   心(盡心上 21)

추고 있다고 본다.[37] 즉, 지적인 능력과 도덕적 행위 능력을 선천적으로 갖추고 있다는 것이다. 이렇게 보면, 맹자는 사람은 태어날 때부터 도덕성의 근거[四端]와 이를 주체적으로 인식하고[良知] 실행할 수 있는 주체적 의지와 능력[良能], 그리고 생물적 감각적 욕구의 체계를 갖추고 있는 존재로 파악하고 있는 것이다.

2) 순자의 인성론

순자의 모든 사상체계는 그의 독특한 천인관계론(天人關係論)에 그 논리적 뿌리를 두고 있다. 그는 인간에게 사명을 부여하는 주체로서의 하늘[天]을 말하는 공자나, 인성에 도덕성을 부여하는 형이상학적 실체로서의 하늘을 말하는 맹자와는 아주 다른 입장을 취한다. 즉, 순자는 치란, 길흉 등의 인간사와는 관계없는 객관적이고 기계적인 자연현상으로서의 하늘의 파악에 근거하여, 천지와 직분을 달리하는 사람의 독자성을 밝혀 내고[天人之分], 사람은 이러한 독자성으로부터 연유되는 고유 직분을 충실히 수행함으로써 천지에 동참하게 된다[參於天地]는 독특한 천인관계론을 전개하고 있는 것이다. 그러므로 천인지분(天人之分)에 따라 사람이 해야 할 일[所爲]과 해서는 안 될 일[所不爲]을 명확히 하여[明於天人之分], 소불위(所不爲)에 속하는 하늘에 달린 것[在天者]을 사모하거나 알려고 하지 말고, 소위(所爲)에 속하는 자기에게 달린 것[在己者]을 갈고, 닦고, 익혀서 바르게 하는 것이 바로 참어천지(參於天地) 하는 길이라고 보는 것이 순자의 천인관계론의 핵심이다.[38] 이렇게 사람의 능동성과 자율성을 강조하는 순자의 천인관계론의 논리적 뼈대는 바로 '분(分)과 합(合)'에 있다.

그런데 여기서 순자의 "분 개념은 합을 위한 예비적 성격을 띠는"(김

---

37) 人之所不學而能者 其良能也 所不慮而知者 其良知也(盡心上 15)
38) 이에 관해서 김승혜(1990, pp.288-305), 정인재(1992) 및 조긍호(1994) 참조.

승혜, 1990, p.297) 것이라는 사실에 주목할 필요가 있다. 즉, '분'을 통해 각 구성요소와 그 직분을 분명히 하게 되면, 각각의 구성요소들이 각자의 직분을 충실히 수행함을 통해 '합'에 도달하게 되는데, 이 '합'에 도달하는 것이 최종적인 목표 상태가 된다는 것이 순자의 이론 체계의 뼈대인 것이다. 이러한 이론적 뼈대는 전술한 바대로 천인지분과 참어천지라는 천인관계론을 근간으로 하는 것으로, 이러한 '분과 합'의 개념은 그의 인성론, 예론, 수양론 등 전체 이론의 논리적 기초로 그대로 이어지고 있다(김승혜, 1990 ; 정인재, 1992).

순자에게 인성론은 천인지분을 통해서 하늘로부터 독립된 사람이 할 수 있고 또 해야 할 일[所爲]을 찾아내는 근거가 된다는 점에서 중요성을 갖는다. 순자는 이를 우주만물과 다른 사람의 독특성에서 찾고 있다. 그는 사람에게 있는 것을, 태어나면서부터 가지고 있는 자연적인 것과 후천적으로 갖추게 된 인위적인 것으로 나누고, 전자를 성(性), 후자를 위(僞)[39]라 부르고 있다. 이러한 성위지분(性僞之分)은 천인관계론에서

---

39) 이는 '거짓'이나 '꾸밈'의 뜻이 아니라 '人爲'의 뜻이다. 王先謙의 《荀子集解》에 서는 《荀子》에 나오는 僞는 대체로 爲로 보아야 한다고 논하고 있는데(《荀子》 正名 2의 心慮而能爲之動 謂之僞의 해설에서 王은 荀書多以僞爲爲라 기술하고 있다), 특히 性과 대립되어 僞가 쓰일 때는 항상 爲를 가리키는 것이다.
   Dubs(1927, pp.82-83)는 宋代에 朱熹 등에 의해 순자의 인성론이 이단으로 배척된 데에는 두 가지 요인이 있는데, 그 중 하나가 순자의 본의와는 달리 僞를 "거짓"이나 "꾸밈"의 뜻으로 해석한 것이라고 본다. 즉, 人之性惡 其善者僞也(性惡 1)를 "사람의 본성은 악하다. 그 착한 것은 인위적인 노력의 소산이다" [The nature of man is evil ; his goodness is acquired training, p.83]로 해석하지 않고, "(사람의 본성이기도 한) 자연은 악하다. 그 (겉보기에) 착한 것은 사악한 것이다" [Nature (which is also man's nature) is evil ; its (apparent) goodness is evil, p.83]라고 해석한 때문이라는 것이다. Dubs가 순자 배척의 또 하나의 요인으로 제시하고 있는 것은, 맹자와 순자가 "인간 본성"(human nature)을 지칭하는 용어로 사용하고 있는 性이란 글자를 朱熹는 "우주의 자연"(the nature of the Universe)으로 해석하여, 우주론적 개념(cosmological concept)으로 만들었다는 점이다. 이러한 맥락에서 朱熹는 性惡이란 말을 "자연은 악하다"(Nature is evil, p.82) 또는 "우주는 악하다"(the Universe is evil, p.82)로 해석했고, 만유의 생성 근거로서의 "자연"을 악하다고 보는 입장을 받아들일 수 없었다는 것이다. 이러한 두 가지 배경에서 朱熹와 그의 추종자들이

의 천인지분의 인성론적 전개인 셈이다.

순자는 사람이 자연적으로 태어나면서부터 갖추고 있는 질박한 재질로서의 성(性)[40]에는 감각적 생리적 욕구[欲], 인식능력[知], 도덕적 행위능력[能]의 세 가지가 있다고 보아(김승혜, 1990 ; 陳大齊, 1954), 이를 다음과 같이 표현하고 있다.

사람의 성은 태어나면서부터 이익을 좋아함이 있고……태어나면서부터 미워하고 싫어함이 있으며……태어나면서부터 감각기관의 욕구가 있어서 아름다운 소리와 색깔을 좋아함이 있다.[41]

알 수 있는 근거[所以知]가 사람에게 갖추어져 있는 것을 지(知 ; 인식능력)라 하고……행할 수 있는 근거[所以能]가 사람에게 갖추어져 있는 것을 능(能 ; 행위능력)이라 한다.[42]

여기서 첫 번째 인용문은 사람에게 감각적 생리적 욕구[欲]가 갖추어져 있음[43]을 말하고 있으며, 두 번째 인용문은 인식능력[知]과 도덕적 행

"순자를 비난하고 배척한 것은 그야말로 자연스러운 결과였다"(the condemnation of Hsüntze was a natural result, p.83)는 것이다. 이러한 논의가 맞다면, 신유학자들의 순자펌하론은 이승환(1998b)이 제시하는 바의 "해석의 5단계" 중 제1단계인 "어원학적 이해"(philological understanding)의 장벽을 넘지 못한 데에 그 원천이 있다고 볼 수 있을 것이다.

40) 生之所以然者 謂之性 性之和所生 精合感應 不事而自然 謂之性(正名 2 ;《荀子集註》에서는 性之和所生을 生之和所生으로 보아, 여기서의 生之를 앞의 生之所以然者의 生之와 같은 뜻으로 보고 있다) ; 凡性者 天之就也 不可學 不可事……不可學 不可事 而在人者 謂之性(性惡 3) ; 性者 本始材朴也(禮論 24). 蔡仁厚(1984)는 이 세 인용문에서 "性은 각각 自然義, 生就義, 質樸義를 나타낸다"(p.387)고 보고 있다. 따라서 이에 대립되는 僞는 각각 積習義, 人爲義, 隆文義를 가지는 것으로 볼 수 있다.

41) 今人之性 生而有好利焉……生而有疾惡焉……生而有耳目之欲 有好聲色焉(性惡 1)

42) 所以知之在人者 謂之知……所以能之在人者 謂之能(正名 3)

43) 사람에게 이렇게 감각적·생리적 욕구가 갖추어져 있으며, 이것이 人性을 악으로 향하게 하는[向惡] 근원이 된다는 것은 性惡篇의 주된 논지이다. 감각적·생리적 욕구가 사람의 본유적인 특성의 하나라는 사실은 性惡篇 이외에도 榮辱 31(凡人有所一同 飢而欲食 寒而欲煖 勞而欲息 好利而惡害 是人之所生而有

위 능력[能]이 사람에게 갖추어져 있음[44]을 말하고 있다. 이렇게 순자는 사람이 욕(欲), 지(知), 능(能)의 세 측면의 구조로 이루어져 있다고 보며, 이 세 가지가 바로 성(性)의 내용이 되는 것이라 할 수 있다. 성의 이러한 세 측면 가운데에서 지와 능은 위(僞)를 이룰 수 있는 바탕이 된다. 위란 사려를 쌓고[知] 능력을 익힌[能] 다음에 이루어지는 것[45]이기 때문이다. 그리고 이러한 지와 능은 각각 인간의 인간된 소이인 변(辨)[46]과 인간이 천하에서 가장 귀한 존재가 되는 까닭인 의(義)[47]의 근거이기도 하다.

그렇다면, 성(性)과 위(僞) 사이에는 어떠한 관계가 있는가? 이 둘 사이의 관계는 기본적으로 상보적이다. 이를 순자는 다음과 같이 표현하고 있다.

> 성(性)이 없으면 위(僞)가 더해질 데가 없고, 위가 없으면 성은 스스로 아름답게 될 수가 없다. 성과 위가 합해진 연후에야 성인의 이름이 이루어지고, 천하를 통일시키는 공이 이루어지는 것이다. 그러므로 천지가 합하여 만물이 생기고, 음양이 접하여 변화가 일어나듯이, 성위(性僞)가 결합되어야 천하가 다스려진다.[48]

그러나 이러한 상보적 관계에서 성위지합(性僞之合)이 이루어지는 데에는 인위적인 노력, 즉 위가 더 중추적인 역할을 한다. 이는 "성이란 사람이 일삼아 할 수는 없는 것이지만 변화시킬 수는 있는 것"[49]이므로,

---

也 是無待而然者也) 등 《荀子》 전편에서 산견된다.

44) 사람에게 인식 능력과 도덕적 행위 능력이 본유하고 있다는 주장은 이 이외에도 榮辱 28(材性知能 君子小人一也), 解蔽 25(凡以知 人之性也 可以知 物之理也), 性惡 13(塗之人也 皆有可以知仁義法正之質 皆有可以能仁義法正之具 然則其可以爲禹明矣) 등 《荀子》 전편에서 산견된다.

45) 心慮而能爲之動 謂之僞 慮積焉 能習焉 而後成 謂之僞(正名 2)

46) 故人之所以爲人者 非特以其二足而無毛也 以其有辨也(非相 9-10)

47) 水火有氣而無生 草木有生而無知 禽獸有知而無義 人有氣有生有知 亦且有義 故最爲天下貴也(王制 20)

48) 無性則僞之無所加 無僞則性不能自美 性僞合 然後成聖人之名 一天下之功 於是就也 故曰 天地合而萬物生 陰陽接而變化起 性僞合而天下治(禮論 24)

성인이 지와 능을 통해 성을 변화시키고 위를 일으켜서[化性起偽] 위의 핵심인 예의를 만들었으며,[50] 근본적으로 사람은 이 예의를 통해서 성위지합을 이루게 된다[51]는 사실을 통해 알 수 있다. 순자는 천인관계론에서 천인지분을 나누고 이 가운데에서 사람의 직분의 수행을 통해 참어천지할 수 있다고 보고 있는데, 인성론에서도 인간의 주체적인 노력인 위를 통해 성위지분의 상태에서 성위지합을 이룰 수 있다고 보는 것이다.

3) 심리구성체론의 문제

이렇게 맹자와 순자의 인성론은 사람에게 본래 갖추어져 있는 인간 본성의 구성체들과 그들 각각의 기능 및 그들 간의 관계에 관한 이론체계이다. 이로부터는 심리학에서 다루어야 할 문제영역을 확인하는 작업, 즉 심리구성체론 문제에 대한 시사를 얻어낼 수 있을 것으로 보인다.

현대 서구의 심리학은 전통적으로 인간의 심성을 지(知)·정(情)·의(意)의 구조로 파악하는 입장에 근거하여 성립되고 있다고 볼 수 있다. 현대심리학에서는 이들 각각을 인지(cognition)·정서(emotion)·동기(motiva-tion)로 연구해 오고 있다. 그러나 지·정·의의 의를 생물학적 욕구체계로 대표되는 동기로 이해할 수 있겠는가 하는 문제가 대두된다. 이는 칸트가 말하는 선의지(善意志)나 도덕의지(道德意志)와 더 가까운 개념으로 보아야 할 것이며(김형효, 1990), 따라서 이를 생물적 근거를 갖는 욕구체계로 대표되는 현대심리학에서의 동기라 볼 수는 없을 것이다.

이러한 점에서 현대심리학은 지·정·의 중에서 지와 정만을 다루고 있는 것이 아닌가 하는 생각을 해 볼 수 있다. 이렇게 된 까닭은 실증과학을 지향해 온 현대심리학에서 자유의지(free will) 또는 도덕의지의 측

---

49) 性也者 吾所不能爲也 然而可化也(儒效 35)
50) 聖人積思慮 習僞故 以生禮義 而起法度……故聖人化性而起僞 僞起而生禮義 禮義生而制法度 然則禮義法度者 是聖人之所生也(性惡 6-7)
51) 禮者所以正身也……無禮何以正身(修身 36) ; 禮及身而行修(致士 16)

면은 경험적으로 접근하기 어려웠을 것이라는 점과, 기본적으로 인식론 철학에 연원을 두고 있는 현대심리학이 인간의 지적 측면의 분석에 지나치게 경도되어 왔다는 점에서 찾아볼 수 있을 것이다.

그리고 인지·정서·동기 체계간의 관계도 인지우월론(認知優越論)의 입장에서 정서나 동기 체계는 부차적인 체계이거나 또는 인지 체계에 의해 유발되는 체계(예 : Lazarus, 1982, 1984 ; Weiner, 1974)라고 보는 입장이 주조를 이루어 왔다고 볼 수 있다. 비록 최근에는 이에 대한 반론이 대두되고(예 : Zajonc, 1980, 1984, 1998), 동기와 정서가 인지에 미치는 영향이 지대하다는 사실이 밝혀지고 있음(Fiske & Taylor, 1991 ; 조은경, 1994)에도 불구하고, 아직까지 지적 과정 또는 체계를 중심으로 인간을 보는 근본적인 입장이 심리학을 지배하고 있다는 사실은 부인하기 힘들다(Kunda, 1990).

그러나 선진유학자들이 보는 심리구성체론은 이와는 다르다. 맹자는 도덕의 근거인 사단(四端), 생물적·감각적 욕구[欲], 인식능력[良知]과 도덕적 행위 능력[良能]을 사람이 갖추고 태어난다고 본다. 순자는 감각적·생리적 욕구체계[欲], 인식능력[知], 그리고 도덕적 행위 능력[能]을 사람이 갖추고 있다고 본다. 이렇게 보면, 선진유학자들은 도덕성과 도덕 의지(도덕적 행위 능력), 인식능력, 그리고 생물적·감각적 욕구체계로 인간의 심리구성체를 파악하고 있다고 볼 수 있다.

그렇다면, 이들은 정서의 측면은 인간 이해에서 제외하였는가? 그렇지는 않다. 비록《맹자》에서는 정(情)이란 말이 네 번 등장하나[滕文公上 4 ; 離婁下 18 ; 告子上 6, 8],[52] 이들은 모두 사물이나 인간의 본성의 의미로 쓰이고 있다. 그러나 그의 사단(四端)은 타인지향적 정서로 개념화되고 있을 만큼(정양은, 1970 ; 한덕웅, 1994) 정서적인 내포가 강하다. 또한 순자가 말하는 욕(欲)은 감각적·생리적 욕구만을 지칭하는 것이 아니라, 정서적 측면도 포괄하는 것이라는 사실을 주목할 필요가 있다.

---

52)《孟子引得》참조.

이는 《순자》에서는 정성(情性)이라고 연용하는 경우가 17회, 성정(性情)이라고 연용하는 경우가 2회로써[53] 모두 19회나 성(이는 좁은 의미의 性으로, 欲을 가리킨다)과 정을 연용하고 있다는 점에서 드러나고 있다. 이에 대해 순자는 다음과 같이 진술함으로써, 이같은 자신의 입장을 분명히 드러내고 있다.

> 성(性)이란 하늘이 이루어 낸 것[性者天之就]이다. 정(情)은 성의 바탕[情者性之質]이다. 그리고 욕(欲)은 외부 사물에 대한 정의 반응[欲者情之應]이다.[54]

여기서 "성자천지취(性者天之就)란 성은 선천적으로 타고나는 것으로, 태어나면서부터 갖추어져 있음을 말한다. 정자성지질(情者性之質)이란 성은 정을 그 바탕[本質]으로 하는 것으로, 정 이외에는 성이 없으므로, 정이 곧 성으로서, 성과 정은 동질적이고 동위적(同位的)임을 말한다.……그리고 욕자정지응(欲者情之應)이란 욕은 정에 대한 반응으로 생겨나는 것임을 가리킨다. 말하자면, 귀와 눈이 아름다운 소리와 색깔을 좋아하는 것은 욕인데, 이러한 욕은 사랑하고 좋아하는 감정[愛好之情]에 대한 반응으로 생겨나는 것"(蔡仁厚, 1984, p.390)임을 나타내고 있다. 이렇게 보면, 순자가 보는 좁은 의미의 성은 정과 욕을 의미하는 것으로, 이러한 "정(情)과 욕(欲)은 이성적인 것이 아니라 감성적인"(黃公偉, 1974, p.465) 인간구조의 측면을 나타내는 것이다.

이렇게 보면, 선진유학에서는 심리구성체가 도덕성(또는 도덕의지), 지성(知性), 욕구(欲求) 및 정서(情緒)의 체계로 이루어져 있다고 보는 셈이다. 이러한 관점에서는 덕성(德性)이 종래의 심리학에서 추구했던 인지(認知)·동기(動機)·정서(情緒)에 덧붙여져서 연구되어야 할 필연성이 도출되며, 여기에 바로 동양심리학이 성립될 수 있는 기저가 놓여 있다고 볼 수 있을 것이다.

이러한 인간 심성의 구조론에서 또 한 가지 도출해 볼 수 있는 심리

---

53) 《荀子引得》 참조.
54) 性者天之就也 情者性之質也 欲者情之應也(《荀子》 正名 22)

학적 문제는 각 구성요소 간의 관계의 문제이다. 전술한 바대로 현대심리학에서는 인지우월론이 대세를 이루어 왔다. 그러나 맹자는 덕성의 우월성을 주장한다. 순자도 이런 입장이지만, 그는 이것이 인지에 의해 보완되어야 한다고 본다.[55] 이는 유학이 기본적으로 성덕을 지향하는 체계라는 점에서, 당연한 논리적 귀결이라 할 수 있다.

마지막으로 이러한 인간 심성의 구조론에서 도출해 볼 수 있는 또다른 심리학적 문제는 각 구성요소의 기능에 관한 것이다. 여기서는 특히 도덕의지의 기능에 관한 선진유학자들의 입장이 두드러진다. 이는 순자보다는 맹자의 주 관심사였는데, 맹자는 인간의 욕구나 의지를 생물적 욕구체계, 자기완성의 욕구체계 및 사회관계 완성의 욕구체계로 나눌 수 있다고 보고(조긍호, 1990), 이 가운데에서 사회관계 완성의 욕구체계를 중시하였다. 이는 이후에 《대학》에서 격물(格物)-치지(致知)-성의(誠意)-정심(正心)-수신(修身)-제가(齊家)-치국(治國)-평천하(平天下)로 발전되는 욕구위계설(欲求位階說)의 이론적 기초가 되고 있는 것이라 하겠다.

4) 심리구조론의 동·서 대비

지금까지 서양심리학과 맹자 및 순자의 심리구성체론을 비교해 보았는데, 이를 정리하면 다음 표 1과 같다.

선진유학 체계에서 도출되는 이러한 심리구성체론의 관점에서 보면, 종래까지 서구의 심리학이 인간을 얼마나 좁은 관점에서 파악해 왔는지가 단적으로 드러나고 있다. 즉, 서구의 심리학에서는 인간의 사회성의 근거가 되는 도덕성의 문제는 도외시해 왔던 것이다. 이러한 도덕심리학의 문제는 피아제(Piaget, 1932)와 콜버그(Kohlberg, 1963) 등의 도덕판단의 발달에 관한 연구를 제외하면, 거의 연구가 이루어지고 있지 않

---

55) 이에 관해서는 조긍호(1990, 1994) 참조.

표 1. 세 심리구성체론의 대비

	서양심리학	맹자이론	순자이론

심리
구성체
	知(인지 cognition)
	情(정서 emotion)
	意(동기
	   motivation)
		良知(인식능력)
		四端(타인지향정서)
		欲(생물적·감각적 욕구
		   및 개인지향 정서)
		良能(도덕성·도덕의지)
			知(인식능력)
			情(정서)
			欲(생물적·감각적 욕
			   구)
			能(도덕적 행위능력)

구성체 간의 기본관계	인지우월론	덕성우월론	덕성우월론· 인지보완론

은 것이다. 그리고 이들 연구들도 도덕 판단의 발달을 인지 능력 발달의
함수로 보고 있다는 점에서, 발달심리학이나 인지심리학의 일부이지 순
수하게 도덕심리학의 연구라고 보기는 힘들다.

　서구의 심리학에서 도덕성의 문제를 다루고 있는 체계는 피아제와 콜
버그 등 인지발달론자 외에도 프로이트(Freud)를 들 수 있다. 프로이트
는 인간의 심성을 구성하는 체계를 무의식적이며 본능적인 생물적 욕구
체계인 원초아(原初我, id), 원초아의 욕구를 현실생활에서 충족시키는
현실생활의 담당 체계인 자아(ego), 그리고 자아가 욕구를 충족시킬 때
사회적으로 용납받는 방법으로 충족시키도록 지도 감독하는 체계인 초
자아(超自我, super-ego)의 세 가지로 보고 있다. 여기서 초자아는 바로
개인에게서 양심(conscience)의 역할을 하는 도덕성의 체계이다. 이렇
게 보면, 프로이트도 인간의 도덕성 또는 도덕의지를 인간의 심성을 구
성하는 핵심 체계 중의 하나로 잡고 있다고 생각할 수 있다.[56]

　그러나 프로이트가 말하는 초자아는 도덕성 또는 도덕의지나 도덕적
행위 능력인 맹자의 양능(良能)이나 순자의 능(能)과는 여러 가지 점에서
서로 다르다. 우선 생각해 볼 수 있는 것은 도덕성의 근거에 대한 입장의

---

56) Freud의 이론체계에 대해서는 이진숙(1960/1993), Hall과 Lindzey(1978), Hjelle
　　와 Ziegler(1981) 및 Phares(1984)를 주로 참조하였다.

차이이다. 프로이트에 따르면, 초자아는 외디푸스 복합(Oedipus complex)
의 결과로서 나타나는 동성 부모에의 동일시(同一視, identification)를 통
해, 사회의 도덕 규범과 행위 양식을 내면화함으로써 형성되는 것이다.
즉, 초자아는 외재적 근거를 갖는 것으로, 후천적으로 습득된다는 것이다.
그러나 맹자와 순자는 도덕적 행위의 근거 또는 도덕 의지인 양능(良能)과
능(能)은 인간에게 본유한 것으로 본다. 비록 순자는 도덕의 내용인 예의
(禮義)가 외재적인 근거를 갖는 것으로 보기는 하지만, 맹자는 도덕의
내용인 인의예지(仁義禮智)의 사덕(四德) 자체가 그 시원적인 형태[四端]
로 인간 본성에 갖추어져 있다고 보는 것이다.

또 한 가지 생각해 볼 수 있는 것은 덕성(德性)의 위상에 대한 입장의
차이이다. 프로이트는 인간행동의 근거는 모두 원초아의 무의식적·본능
적 욕구에 있는 것으로 보고, 자아나 초자아는 이러한 욕구의 집행을 담
당하거나 그 과정에 통제적인 영향을 미치는 것으로 보고 있다. 즉, 원
초아가 본유적인 체계라면, 자아나 초자아, 특히 초자아는 욕구 충족을
억제하거나 지연시키는 역할을 하는 부수적인 체계라고 보고 있는 것이
다. 이에 비해 맹자나 순자는 본유적인 도덕성 또는 도덕의지[良能·能]
를 인간 존재 특성의 핵심에 두어, 덕성우월론(德性優越論)의 입장을 펴
고 있다. 즉, 도덕의지에 의한 전 인간 존재 특성의 통합을 강조하고 있
는 것이다.

이러한 측면에서 맹자와 순자가 제시하는 도덕성이나 도덕의지의 중
핵적 위상을 가늠해 볼 수 있을 것이다. 도덕성이나 도덕의지를 심리학
적으로 접근하게 될 이러한 도덕심리학은 선진유학사상에서 도출되는
심리학의 연구문제 중 가장 핵심적인 것의 일부로서, 전술한 바와 같이
이 점이 바로 서양심리학과는 다른 동양심리학이 성립되는 기반이 된다
고 볼 수도 있을 것이다. 그리고 이러한 관점에서라야 비로소 인간을 전
체적으로 조감하여 이해하는 심리학이 출현하게 될 것이다(Allport,
1968).

4. 성인론과 이상적 인간형론의 문제

유학은 요(堯)·순(舜)·우(禹)·탕(湯)·문(文)·무(武)·주공(周公)·공자(孔子) 등 이상적 인간을 성인(聖人)으로 설정해 놓고, 이러한 상태에 도달하는 일을 사람의 삶의 목표로 삼는 사상 체계이다. 따라서 유학사상의 정수는 성인론(聖人論)에 있다고 볼 수 있으며, 결과적으로 이는 그들의 교육론·수양론·도덕실천론·예론 등의 기저가 되고 있다. 선진유학자들의 저술에서 이러한 이상적인 인간은 대인(大人), 대장부(大丈夫), 대유(大儒), 현인(賢人), 지인(至人), 성인(成人), 군자(君子), 성인(聖人) 등 다양한 용어로 표현되고 있는데, 이들 중에서 공통적으로 가장 많이 쓰이는 것은 군자(君子)와 성인(聖人)이란 표현이다. 군자는 《논어》의 91개 장, 《맹자》의 54개 장에서 나오고 있고, 《순자》에서는 무려 276회나 쓰이고 있다. 그리고 성인은 이보다 좀 적어서 《논어》의 6개 장, 《맹자》의 18개 장에 나오고 있고, 《순자》에서는 83회나 쓰이고 있다.[57]

1) 맹자의 성인론

공자는 "성인은 내가 아직 만나 보지 못하였다. 그러니 군자라도 만나볼 수 있다면 좋겠다"[58]거나 "군자에게는 두려워할 것이 세 가지가 있으니, 천명(天命)과 대인(大人)과 성인(聖人)의 말씀이다"[59]고 하여, 성인을 군자보다 상위 개념으로 잡고 있다. 그는 "성인은 요·순도 이를 어렵게 여겼다"[60]고 하여, 보통 사람으로 이룰 수 있는 이상적 인간형은 군자

---

57) 《論語引得》, 《孟子引得》, 《荀子引得》 참조.
58) 子曰 聖人吾不得而見之矣 得見君子者斯可矣(《論語》 述而 25)
59) 孔子曰 君子有三畏 畏天命 畏大人 畏聖人之言(《論語》 季氏 8)
60) 子貢曰 如有博施於民而能濟衆 何如 可謂仁乎 子曰 何事於仁 必也聖乎 堯舜其猶病諸(《論語》 雍也 28)

로 보고, 이를 자주 언급하고 있다. 공자의 군자상은 다음 구절에서 잘
나타나고 있다.

> 자로(子路)가 군자에 대해 묻자, 공자는 "군자는 자기를 닦음으로써 삼가
> 는 사람이다[修己以敬]라고 대답하였다. 자로가 "그것뿐입니까?"라고 묻자,
> 공자는 "군자는 자기를 닦음으로써 사람들을 편안하게 해 주는 사람이다[修
> 己以安人]라고 대답하였다. 자로가 거듭 "그것뿐입니까?"라고 묻자, 공자는
> "군자는 자기를 닦음으로써 온 백성들을 편안하게 해 주는 사람이다[修己以
> 安百姓]. 자기를 닦음으로써 온 백성들을 편안하게 해 주는 일은 요·순도 오
> 히려 어렵게 여겼다"라고 대답하였다.[61]

이 인용문에서 공자는 이상적 인간의 특징을 수기이경(修己以敬), 수
기이안인(修己以安人), 수기이안백성(修己以安百姓)의 세 가지로 보고
있는데, 이는 맹자에게 그대로 이어지고 있다. 그는 백이(伯夷)·이윤(伊
尹)·유하혜(柳下惠)·공자를 비교하면서, 성인의 유형을 다음과 같이 정
리하고 있다.

> 백이는 성인 중에서 가장 순수하고 깨끗한 분이고[聖之淸者], 이윤은 성인
> 중에서 가장 사회적인 책임을 다한 분이고[聖之任者], 유하혜는 성인 중에서
> 가장 융화를 도모한 분이며[聖之和者], 공자는 성인 중에서 가장 시중(時中)
> 을 취하신 분이다[聖之時者]. 이 중에서 공자는 이들을 모두 모아서 크게 이
> 루신 분이다.[62]

이 인용문에서 공자는 앞에 언급된 백이·이윤·유하혜의 청(淸)·임
(任)·화(和)를 모두 모아서 크게 이루신 분이라고 표현되고 있다. 이는
백이·이윤·유하혜가 어느 한쪽으로 편벽된 성인의 한 측면만을 이룬 것
이라면, 공자는 이들을 모두 모아서 크게 이루어[集大成] 시의에 맞게

---

61) 子路問君子 子曰 修己以敬 曰 如斯而已乎 曰 修己以安人 曰 如斯而已乎 曰
　　修己以安百姓 修己以安百姓 堯舜其猶病諸(《論語》 憲問 45)
62) 伯夷聖之淸者也 伊尹聖之任者也 柳下惠聖之和者也 孔子聖之時者也 孔子之
　　謂集大成(《孟子》 萬章下 1)

중용(中庸)을 취한 성인의 전형이라는 의미이다. 이러한 사실은 맹자가
다른 곳에서 "백이는 좁고, 유하혜는 소홀하다. 좁거나 소홀한 것을 군
자는 따르지 않는 법이다"[63]라고 비판한 데에서 잘 드러난다. 그러나 맹
자는 또 다른 곳에서 백이와 유하혜를 칭찬하여, "성인은 백대 후에도
본받을 스승으로, 백이와 유하혜가 바로 이러한 사람이다"[64]라고 높이
평가하고 있다. 이 세 사람 중에서 맹자가 시종 높게 평가하고 있는 것
은 이윤뿐이다.[65] 이러한 점에서 보면, 맹자가 이상적 인간의 특징으로

---

63) 伯夷隘 柳下惠不恭 隘與不恭 君子不由也(公孫丑上 9)
64) 聖人百世之師也 伯夷柳下惠是也(盡心下 15)
65) 이 세 사람에 대한 기술은《孟子》전편을 통하여 伯夷는 8개 장(公孫丑上
2, 9；滕文公下 9；離婁上 13；萬章下 1；告子下 6；盡心上 22；盡心下 15),
柳下惠는 5개 장(公孫丑上 9；萬章下 1；告子下 6；盡心上 28；盡心下 15),
그리고 伊尹은 8개 장(公孫丑上 2；公孫丑下 2；萬章上 6, 7；萬章下 1；告
子下 6；盡心上 31；盡心下 38)에서 산견된다. 이 중 백이와 유하혜를 비판
한 公孫丑上 9章을 제외하고는 대체로 백이는 聖之淸의 전형으로, 유하혜는
聖之和의 전형으로, 그리고 이윤은 聖之任의 전형으로 표현되고 있어, 맹자가
이 세 사람을 얼마나 높이 평가했는지를 잘 알 수 있다.
    이 세 사람 중 이윤은 전혀 맹자의 비판을 받고 있지 않다는 점에서 맹자
가 가장 높이 평가하고 있는 것으로 볼 수 있으며, 公孫丑上 9章에서 "백이
는 좁고, 유하혜는 소홀하다"라고 비판한 것은 맹자 자신의 처신에 대한 合
理化를 위한 탄식이 아니었을까 추측된다. 즉, 맹자가 처했던 戰國시대도 백
이가 처했던 殷 나라 말기의 紂王 때와 마찬가지로 난세였는데, 백이는 이
혼란을 피해 숨어 버려서 淸을 견지했음에 반하여, 맹자는 仁義王道를 실현
하려는 꿈을 버리지 않고 제후국을 순방하였으며, 그렇다고 유하혜 같이 낮
거나 높은 관직을 가리지 않고 맡아 항상 和를 추구하지도 못하고, 가는 곳
마다 자기의 뜻이 받아 들여지지 않으면 버리고 떠났으므로, 맹자 자신이 보
기에 仁義王道를 펴 보려는 뜻도 가지지 않고 숨어 버린 백이는 지나치게 좁
고, 仁義王道를 펼 만한 자리가 아닌데도 머무르곤 했던 유하혜는 지나치게
소홀했다고 비판해야 자기의 처신이 合理化될 수 있다고 생각한 것은 아닐까
추측할 수 있는 것이다. 그러나 이윤은 역시 난세인 夏 나라 말기의 桀王 때
에 湯을 도와 殷나라의 성립에 결정적 역할을 했으므로, 맹자가 추구하는 仁
義王道의 실현을 이룬 인물로 나무랄 점을 찾기 어려웠을 것이며, 또한 그를
추켜 올리므로써, 이를 통해 자기의 처신을 合理化하는 발판을 삼으려 했다
고 생각할 수도 있을 것이다.
    어떻든 伯夷·柳下惠·伊尹의 세 인물은 聖人의 특징 각각을 전형적으로 대
표할 수 있는 인물이라고 맹자가 보고 있는 것만은 틀림없는 사실인 것이다.

보고 있는 것은 바로 백이의 청(淸)·유하혜의 화(和)·이윤의 임(任)[66]이
라고 생각할 수 있다.

여기서 **성지청(聖之淸)**은 수기를 통하여 인의를 체득함으로써 본래
타고난 깨끗함과 순수함을 견지하는 상태[67]를 말하는데, 이의 전형은 백
이에게서 볼 수 있다. 이렇게 순수하고 깨끗함을 지킬 수 있는 것은 이
들이 "사람의 마음에 뿌리를 두고 있는 인의예지를 성으로 삼아"(盡心
上 21) 항상 "인에 머물고, 의를 따르기"(盡心上 33) 때문이다. 그리하여
이들은 "예답지 않은 예나 의답지 않은 의는 절대로 행하지 않고"[68], 오
로지 자기가 체득한 "인의를 자연스럽게 행할 뿐이지 억지로 그 효과를
바라고 행하지는 않으며"[69], 이(利)를 좇지 않고 오로지 인의(仁義)에만

---

66) 앞에 인용한 萬章下 1章에서는 淸(伯夷)·任(伊尹)·和(柳下惠)의 순서로 제시
되고 있지만, 여기에서는 淸·和·任의 순서로 기술하고자 한다. 이는 公孫丑上
9章에서의 기술대로 伯夷(淸)와 柳下惠(和)는 맹자에 의해 비판을 받고 있지
만, 伊尹(任)은 孟子 전편을 통하여 전혀 비판을 받고 있지 않다는 점과, 또한
淸은 개인적 수양, 和는 대인관계에서의 조화, 그리고 任은 사회적 책임의 측
면에서의 성인의 특징을 나타내므로, 그 적용 범위로 보아도 淸·和·任의 순서
로 이상적 인간의 특징을 논술하는 것이 타당하다고 생각되기 때문이다.

67) 大人者 不失其赤子之心者也(離婁下 12)

68) 非禮之禮 非義之義 大人弗爲(離婁下 6). 이와 똑 같은 내용이 離婁下 28章
에도 "이런 까닭에 군자에게는 일생 동안의 걱정이라면 '舜도 사람이고 나도
사람으로, 순은 천하의 표본이 되어 후세에 전해지는데, 나는 아직 일개 평범
한 마을 사람에 불과하다'는 것이니, 이는 걱정할 만한 일이다. 이를 걱정한
다면, 어떻게 해야 하는가? 오직 순과 같이 할 따름이다. 이렇게 된다면, 군
자에게 있어서 근심 거리는 없어지는 것이다. 仁이 아니면 하지 않고, 禮가
아니면 행하지 않는다면, 만일 일시적 환난이 닥쳐 온다 해도 군자는 근심하
지 않게 되는 것이다"(是故君子有終身之憂 無一朝之患也 乃若所憂則有之 舜
人也 我亦人也 舜爲法於天下 可傳於後世 我由未免爲鄕人也 是則可憂也 憂之
如何 如舜而已矣 若夫君子所患則亡矣 非仁無爲也 非禮無行也 如有一朝之患
則君子不患矣)라 제시되고 있다.

69) 舜明於庶物 察於人倫 由仁義行 非行仁義(離婁下 19). 이렇게 仁義의 도를
체득한 사람은 仁義와 일체가 되어 이를 자연스럽게 행하는 것이지, 그 효과
를 바라고 억지로 仁義에 맞도록 인위적으로 행동하는 것이 아니라는 사실은
이 이외에도 滕文公下 4(君子之道也 其志將以求食與), 離婁下 11(大人者 言不
必信 行不必果 惟義所在), 盡心下 33(哭死而哀 非爲生者也 經德不回 非以干祿
也 言語必信 非以正行也 君子行法 以俟命而已矣) 등에 기술되어 있다.

전념하는 것이다.[70]

이렇게 이상적 인간은 본래의 깨끗함과 순수함을 견지함으로써 "하늘을 우러러도 부끄럽지 않고, 사람들을 굽어보아도 부끄럽지 않으며"[71], "천하의 넓은 곳에 머물고, 천하의 바른 지위에 서며, 천하의 대도를 행하여……부귀하게 되어도 마음을 방탕하게 흩뜨리지 않고, 빈천에 빠져도 마음을 변하지 않으며, 위세나 무력에도 굴복하지 않는 대장부"[72]의 당당함을 갖춘 사람인 것이다. 이러한 성지청(聖之淸)은 바로 공자가 말하는 수기이경(修己以敬)의 상태와 같은 경지라고 볼 수 있을 것이다.

다음으로 **성지화(聖之和)**는 수기를 통하여 체득한 인의를 대인관계에서 발현함으로써 사람들과의 사이에 조화를 이루는 상태를 말하는데, 이의 전형은 유하혜에게서 볼 수 있다. 이상적 인간이 이렇게 인화를 이룰 수 있는 것은 그가 사람을 널리 사랑하기 때문이다. 그는 "자기 어버이를 친애하는[親親] 마음을 넓혀 사람들을 인애하고[仁民], 또 이를 넓

---

70) 《孟子》 전편에서 利는 仁義의 대립개념으로 쓰이고 있다. 이는 《孟子》의 첫 머리인 梁惠王上 1章이 "양혜왕이 맹자에게 '선생님께서 불원 천리하고 오셨으니, 역시 장차 우리나라를 이롭게 할 방도가 있겠습니까?'라고 묻자, 맹자는 '왕께서는 하필 利를 말씀하십니까? 역시 仁義가 있을 뿐입니다'라고 대답하였다"(孟子見梁惠王 王曰 叟 不遠千里而來 亦將有以利吾國乎 孟子對曰 王何必曰利 亦有仁義而已矣)는 구절로부터 시작한다는 데에서 잘 드러난다. 利와 仁義를 대립시킨 구절은 告子下 4(何必曰利)에도 나온다. 따라서 仁義를 좇는 사람은 利와 富貴를 탐하지 않는다는 것이 맹자의 생각인데, 이는 "富해지려 하면 仁할 수 없고, 仁을 행하면 富해지지 않는다"(滕文公上 3, 爲富不仁矣 爲仁不富矣)는 표현에 그대로 드러나 있다. 이러한 생각은 유학의 기본 정신이라고도 생각할 수 있는데, 일찍이 공자도 이에 대해 "君子는 義에 밝고, 小人은 利에 밝다"(《論語》 里仁 16, 君子唯於義 小人唯於利)라고 적고 있다. 《孟子》에서 이러한 논지는 離婁下 29(顔子當亂世 居於陋巷 一簞食 一瓢飮 人不堪其憂 顔子不改其樂 孔子賢之), 告子上 17(言飽乎仁義也 所以不願人之膏粱之味也 令聞廣譽施於身 所以不願人之文繡也), 告子下 9(君不鄕道 不志於仁 而求富之 是富桀也), 盡心上 25(欲知舜與跖之分 無他 利與善之間也) 등 여러 곳에서 거듭 나타나고 있다.

71) 仰不愧於天 俯不怍於人(盡心上 20)

72) 居天下之廣居 立天下之正位 行天下之大道……富貴不能淫 貧賤不能移 威武不能屈 此之謂大丈夫(滕文公下 2)

혀 사물을 아끼고 사랑한다[愛物].”[73] 즉, “어진 사람은 남을 사랑하고, 예를 지키는 사람은 남을 공경한다. 따라서 남을 사랑하는 사람, 그를 사람들도 사랑하고, 남을 공경하는 사람, 그를 사람들도 공경하게 되는 것이다.”[74]

이들이 이렇게 널리 사람을 사랑할 수 있는 것은 “무릇 자기에게서 나온 것은 자기에게로 돌아간다”[75]는 사실을 잘 인식하고, 항상 모든 일의 원인을 자기에게로 돌이켜 구하기 때문이다. 즉, 이들은 절대로 “하늘을 원망하지 않고, 남을 탓하지 않으면서”[76], “자기가 남을 사랑하는데도 그가 친근하게 대해 오지 않으면, 자기의 인이 부족하지 않은지 반성하고……남에게 예로 대했는데도 그가 예로써 답하지 않으면, 자기의 공경함이 부족하지 않은지 반성한다.”[77] 그럼으로써 주위 사람들이 그들을 믿고 따르게 되고, 결과적으로 인화가 자연스럽게 이루어지게 되는 것이다. 이러한 성지화(聖之和)는 바로 공자가 말하는 수기이안인(修己以安人)의 경지라고 볼 수 있을 것이다.

끝으로 성지임(聖之任)은 수기를 통하여 체득한 인의를 사회적으로 구현함으로써 사회적 책임을 다 하는 상태를 말하는데, 이의 전형은 이윤에게서 볼 수 있다. 이렇게 이상적 인간은 사회적 책임을 강하게 느끼고, 이를 널리 실천하는 사람이다. 그는 자기가 체득한 인의의 도를 통해 스스로의 깨끗함을 견지하거나 대인관계에서의 인화를 도모하는 데만 머물지 않고, 다른 사람도 인의의 도를 체득케 하려 하고, 또 이를 그들과 더불어 실행코자 하며, 더 나아가 이러한 인의의 은택을 그들이 누리도록 하려는 사회적 책임을 떠맡는 사람인 것이다. 즉, 이상적 인간은 “다른 사람으로부터 선을 취하여 이를 그들과 함께 행하려 하는데,

---

73) 親親而仁民 仁民而愛物(盡心上 45)
74) 仁者愛人 有禮者敬人 愛人者人恒愛之 敬人者人恒敬之(離婁下 28)
75) 出乎爾者反乎爾者也(梁惠王下 12)
76) 君子不怨天 不尤人(公孫丑下 13)
77) 愛人不親 反其仁……禮人不答 反其敬(離婁上 4)

이것이 바로 남과 더불어 선을 이루는 것이며, 군자에게 있어 이렇게 남과 더불어 선을 이루는 일[與人爲善]보다 더 큰 일은 없는 것이다."[78]

이들은 교육과 현실 참여를 통하여 교화를 베풂으로써, 사람들이 자신 속에 본래 갖추어져 있는 인의의 도를 깨닫도록 한다. 즉, 이들은 "자신이 깨달은 밝은 도리로써 사람들을 밝게 깨우쳐 줌으로써",[79] "자기 스스로를 바르게 하고, 나아가서는 천하 만물도 바로잡아 주는 사람"[80]인 것이다. 그리하여 "이들이 지나간 곳의 백성들은 모두 교화되고, 이들의 덕을 속에 간직하면 마음이 신통하게 되어, 위아래가 천지의 조화와 일치하여 흐르게 되는 것이다."[81] 이러한 성지임은 바로 공자가 말하는 수기이안백성(修己以安百姓)의 상태와 같은 경지라고 볼 수 있겠다.

이렇게 이상적 인간은 순수함과 깨끗함, 대인관계에서의 조화 및 사회적 관심과 책임의 완수를 특징으로 하는 사람이라는 것이 공자와 맹자의 공통된 생각인 것이다.

2) 순자의 성인론

《순자》에서 군자는 소인(小人)과 대비하여 이상적 인간형으로도 그려지고 있지만, 성인과 대비하여 아직 완전한 인격체에 도달하지는 못한 상태의 사람을 지칭하는 용어로도 쓰이고 있다. 따라서 순자가 그리고 있는 이상적 인간형의 대표적인 모습은 소인과 대비된 군자와 성인에게서 찾아 볼 수 있는데, 그는 이상적 인간의 특징을 다음과 같이 다양한 측면으로 나누어 고찰하고 있다.

그러므로 군자는 예에 있어서는(a) 삼가 이에 안주하며, 일에 있어서는(b) 바르게 행하여 실수가 없게 하며, 다른 사람에 대해서는(c) 원망이 적고 너그

---

78) 取諸人以爲善 是與人爲善者也 故君子莫大乎與人爲善(公孫丑上 8)
79) 賢者以其昭昭 使人昭昭(盡心下 20)
80) 有大人者 正己而物正者也(盡心上 19)
81) 夫君子所過者化 所存者神 上下與天地同流(盡心上 13)

럽되 아첨하지 아니하며, 자기자신에 있어서는(d) 조신하고 가다듬되 도에
어긋나지 않게 하며, 변전하는 일을 처리할 때는(e) 민첩하고 빠르되 미혹되
지 아니하며, 천지만물, 곧 자연계의 현상에 대해서는(f) 그렇게 된 까닭을 따
지려 하지 않고 그 이용가치를 발휘하는 데 힘쓰며, 많은 관리와 기술자에 대
해서는(g) 그들과 능력을 경쟁하려 하지 않고 오직 그 공적을 잘 이용하며,
윗사람을 섬길 때는(h) 충성스럽고 순종하되 게으르지 아니하며, 아랫사람을
부릴 때는(i) 고르게 두루 미쳐서 편벽되지 않게 하며, 친구와 교제할 때는(j)
의로움에 따라 만사에 법도가 있게 하며, 향리에 거할 때는(k) 널리 포용하되
혼란스럽지 않게 한다.[82]

순자가 이 인용문에서 제시하고 있는 11가지 측면은 대체로 자신의
수양에 관한 것(a, d), 대인관계에 관한 것(c, j, k), 일과 사물에 관한 것
(b, e, f), 그리고 사회적인 책임에 관한 것(g, h, i)의 네 가지로 묶어 볼
수 있다. 이렇게 보면, 순자가 제시하고 있는 이상적 인간형의 특징은
이러한 네 측면에서 정리될 수 있는 것이다.

우선 **자기수양**의 측면에서 군자나 성인은 예(禮)에 안주하고, 이에
따라 근신하며 스스로를 가다듬는 사람이다. 즉, 그들은 도를 밝게 깨닫
고 실행하여, 도와 일체가 된 사람인 것이다.[83] 이들은 도와 일체를 이룬
사람[體道者]으로서, 도에 전일하기 때문에 항상 올바르고,[84] 따라서 당
당함을 견지할 수 있다.[85]

다음으로 **대인관계**의 측면에서 군자나 성인은 예의에 따라 서로 사

---

82) 故君子之於禮 敬而安之 其於事也 徑而不失 其於人也 寡怨寬裕而無阿 其爲
身也 謹修飭而不危 其應變故也 齊給便捷而不惑 其於天地萬物也 不務說其所以
然 而致善用其材 其於百官之事 技藝之人也 不與之爭能 而致善用其功 其待上
也 忠順而不懈 其使下也 均徧而不偏 其交遊也 緣義而有類 其居鄕里也 容而不
亂(《荀子》 君道 6-7 ; 《荀子集解》에서는 其爲身也 謹修飭而不危의 危를 詭
로 보아 違의 뜻으로 풀고 있다.)
83) 知道察 知道行 體道者也(解蔽 13)
84) 故君子壹於道 而以贊稽物 壹於道則正 以贊稽物則察 以正志行察論 則萬物官
矣(解蔽 17)
85) 古者先王審禮 以方皇周浹於天下 動無不當也(君道 5 6) ; 君子貧窮而志廣 富
貴而體恭(修身 39) ; 故君子……貧窮而不約 富貴而不驕(君道 6)

귀고, 다른 사람을 너그럽게 포용하는 사람이다. 이렇게 사람을 널리 포용하는 것은 이들이 "자기를 기준으로 하여 남을 헤아리기 때문"[86]이다. 즉, 이들은 "사람들을 두루 포용하는 법도"[兼術]로써 대인관계를 맺는 사람[87]으로, 《대학》(大學) 전(傳) 10장에서 이르는 바의 "자기를 척도로 하여 남을 헤아리는 혈구지도(絜矩之道)"를 생활화하고 있는 것이라고 볼 수 있다.

이어서 **일 및 사물과의 관계**의 측면에서 군자나 성인은 모든 일을 바르게 행하고, 변화하는 사태에 민첩하게 대응하되 실수가 없으며, 각 사물의 가치를 제대로 인식하여 실생활에 바르게 사용하는 사람이다. 이들은 올바른 이치에 밝기 때문에, 이렇게 일에 있어서 실수가 없고, 사물의 이치를 바르게 인식하고 있는 것이다.[88] 이렇게 이들은 도에 합치되어 지식이 온갖 사물과 일에 합당하게 되었으므로,[89] 여러 가지 사태의 변화에 대해 막히지 않고, 신속하게 대응할 수 있는 것이다.[90]

---

86) 聖人者以己度者也(非相 13). 이렇게 "자기를 기준으로 하여 남을 헤아리는 것"은 공자로부터 비롯된 태도로, 유학 사상에서 바람직한 대인관계를 형성하는 기본원리로 제시하는 것이다. 《論語》에서 공자는 "자기가 바라지 않는 것을 남에게 베풀지 말라"(己所不欲 勿施於人, 顔淵 2)거나 "자기가 서고자 하는 곳에 남을 먼저 세우고, 자기가 도달하고자 하는 곳에 남을 먼저 도달하게 하라"(己欲立而立人 己欲達而達人, 雍也 28)고 권하고 있는데, 《大學》에서는 이를 "자기를 척도로 하여 남을 헤아리는 태도"[絜矩之道]라 부르고 있다(所惡於上 毋以使下 所惡於下 毋以事上 所惡於前 毋以先後 所惡於後 毋以從前 所惡於右 毋以交於左 所惡於左 毋以交於右 此之謂絜矩之道, 傳之十章). 이는 현대심리학에서 共感(empathy)으로 탐구되는 현상과 유사하다 하겠다. 이에 대해서는 조긍호(1991, pp.96-103) 참조.

87) 故君子度己以繩 接人則用抴 度己以繩 故足以爲天下法則矣 接人用抴 故能寬容 因求以成天下之大事矣 故君子賢而能容罷 知而能容愚 博而能容淺 粹而能容雜 夫是之謂兼術(非相 17; 王先謙은 《荀子集解》에서 接人用抴의 抴를 絏로 보아 繁의 뜻으로 풀고, 因求以成天下之大事矣의 求는 衆의 誤字로 보고 있다.)

88) 君子行不貴苟難 說不貴苟察……唯其當之爲貴(不苟 1; 《荀子注》에서는 끝 구절의 當을 合禮義라 풀고 있다.); 言必當理 事必當務 是然後君子之所長也(儒效 12)

89) 以義應變 知當曲直故也(不苟 6); 宗原應變 曲得其宜 如是然後聖人也(非十二子 39)

그리고 **사회적 책임**의 측면에서 군자나 성인은 위아래 사람과 경쟁하려 들지 않고, 오로지 자기의 책임을 다 하며, 또 다른 사람들이 그들의 책임을 다 하도록 도와주는 사람이다. 이들은 "그 도를 닦고, 그 의를 행하여, 천하 사람들이 함께 바라는 이익을 일으켜 주고, 그들 모두에게 해가 되는 일을 제거해 주는 까닭에, 천하의 모든 사람이 믿고 따른다."[91] 이렇게 이들은 천하 사람들과 고통과 즐거움을 함께 하는[92] 책임을 즐겨 떠맡는 사람인 것이다.[93]

순자가 보는 이러한 이상적 인간형의 모습은 공자나 맹자의 그것과 유사하다고 볼 수 있다. 다만 순자는 일 및 사물과의 관계의 측면을 따로 떼어서 고찰하고 있을 뿐인데, 공자나 맹자에게 있어서 이는 "일 때문에 사람으로서 할 도리에서 소외되지 않는 것" 곧 수기이경(修己以敬)과 성지청(聖之淸)에 포괄되어 있다고 볼 수 있을 것이다.

이러한 순자의 입장을 한 마디로 표현하면, 그는 도를 밝게 깨닫고[察道] 이를 실행함으로써[行道] 도를 체현한 사람[體道者]을 온전한 이상

---

90) 並遇變態而不窮 審之禮也(君道 6) ; 此言君子能以義屈伸變應故也(不苟 7)

91) 修其道 行其義 興天下之同利 除天下之同害 而天下歸之也(正論 5)

92) 仁之所在無貧窮 仁之所亡無富貴 天下知之 則與天下同苦樂之 天下不知之 則傀然獨立天地之間而不畏(性惡 18)

93) 《荀子》에서도 君子는 治者 자신 또는 治者 계층을 나타내는 용어로 사용되고 있는 경우가 많다(예 : 修身 11-12 ; 王制 5, 19 ; 富國 10-11, 君道 1, 4 ; 致士 17). 특히 王制篇 19에서 순자는 "천지가 군자를 낳았지만 군자는 천지를 다스린다. 군자라는 사람은 천지에 참여하여 만물을 거느리는 백성들의 부모인 것이다. 그러므로 군자가 없으면 천지가 다스려지지 못하고, 예의도 통일되지 않는 것이다"(故天地生君子 君子理天地 君子者天地之參也 萬物之摠也 民之父母也 無君子 則天地不理 禮義無統)라 하여, 이러한 군자통치의 이념을 극명하게 드러내 보이고 있다. 이는 《孟子》에서도 역시 마찬가지이다(이에 대해서는 조긍호, 1991, p.83의 註 50 참조). 이러한 군자통치의 이념은 유가에서 "성인이 되는 것을 인생의 최고의 목표로 생각하도록 한다. 內聖外王이 바로 그것이다"(정인재, 1992, p.57). 內聖과 外王은 모두 성인의 경지에 도달하였다는 공통점이 있는데, "유가의 학문은 內聖을 본질로 삼고, 外王은 그 공능의 표현으로 보는 것이다"(蔡仁厚, 1984, p.456). 이렇게 보면, 결국 이상적 인간이 사회에 대한 책임을 져야 한다는 것은 유가의 근본적인 이념인 것이다.

적 인간으로 보고 있다(解蔽 13)고 할 수 있다. 즉, 수양을 통해 "선을 쌓아서 온전하게 다 이룬 사람"[94] 또는 "도를 갖추어 온전히 아름답게 된 사람"[95]이 바로 성인인 것이다. 이러한 순자의 성인론에서는 무엇보다도 인식능력인 지(知)에 의한 인도(人道)의 분명한 자각을 강조한다.[96] 앞에서도 보았듯이 순자는 심(心)의 지적 기능을 강조하여 인간의 지성 주체로서의 측면을 강조하고 있는데, 성인론에서도 그의 이러한 측면이 잘 나타나고 있는 것이다.

바로 이러한 이유 때문에 순자는 성인은 태어나면서부터 성인이 아니라, 사람이 할 일을 배우고 닦아서 이루어진 것임을 강조한다.[97] 그러므로 "배우는 사람은 본래 성인이 되기 위해 배우는 것"[98]이며, 이렇게 배운 내용을 실행하여 밝게 된 사람이 바로 성인이라는 것이다.[99] 말하자면 성인은 성위지합(性僞之合)을 완전히 이루어낸 사람(禮論 24)이어서 "도의 표준"(禮論 14)이므로, "천하를 달아보는 저울"(正論 6)이 된다는 것이다.

3) 이상적 인간형의 특징

현대심리학에서는 이러한 이상적 인간형에 대해 건전성격(健全性格,

---

94) 積善而全盡 謂之聖人(儒效 36)

95) 聖人備道全美者也 是縣天下之權稱也(正論 6)

96) 이러한 논점은 修身 36 ; 非相 20 ; 儒效 14, 19-20 ; 禮論 15, 37 ; 解蔽 26 ; 性惡 16 ; 哀公 27-28 등에서 士·君子·聖人을 대비하여 제시한 부분에서 잘 드러나고 있다. 순자는 士·君子·聖人을 이상적 인간에 이르는 단계로 보고 있는데, 이에 대해서는 "이상적 인간형의 발달 단계"의 진술에서 논의하게 될 것이다.

97) 涂之人百姓 積善而全盡 謂之聖人 彼求之而後得 爲之而後成 積之而後高 盡之而後聖 故聖人也者 人之所積也(儒效 36) ; 今使塗之人伏術爲學 專心一志 思索孰察 加日縣久 積善而不息 則通於神明 參於天地矣 故聖人者 人之所積而致也(性惡 14)

98) 聖人者道之極也 故學者固學爲聖人也(禮論 14)

99) 不聞不若聞之 聞之不若見之 見之不若知之 知之不若行之 學至於行之而止矣 行之明也 明之爲聖人 聖人也者……無他道焉 已乎行之矣(儒效 33)

healthy personality ; Erikson, 1959), 성숙성격(成熟性格, mature per-
sonality ; Allport, 1961), 또는 자기실현(自己實現, self-actualization ;
Maslow, 1954, 1962, 1971) 등으로 개념화하여 연구하고 있다. 이러한 문
제에 대해 관심을 보이고 있는 학자들은 프롬(Fromm, 1949), 매슬로우
(Maslow, 1954, 1962, 1971), 에릭슨(Erikson, 1959) 및 올포트(Allport,
1961) 등인데, 김성태(1976, 1989)는 현대심리학에서 전개된 이상적 인간
형에 관한 연구를 섭렵하여, 여러 학자들이 제시한 이상적 인간형의 특
징이 52가지 특성으로 구성되어 있음을 밝혀내고, 이들을 유사한 것끼리
묶어 본 결과를 제시한 바 있다. 이 분석에 따르면, 현대 서양심리학에서
성숙성격자들은 다음과 같은 다섯 종류의 특징을 가지는 것으로 개념화
되고 있다(김성태, 1978, pp.280-281).

첫째, 성숙된 사람은 타고난 자기의 가능성을 옳게 파악하고 이를 성
취하며, 자기에 맞게 자주적으로 행동하고, 자기의 책임을 충분히 알아
차리고 이를 달성한다. 둘째, 성숙된 사람은 자기의 현실을 효율적으로
인지하고, 현실 속에서의 자기를 객관적으로 볼 수 있으며, 현실과 자기
자신을 있는 그대로 받아들인다. 셋째, 성숙된 사람은 보람있는 생활을
할 수 있게 확고하고도 타당한 인생관을 지니고 살며, 통일된 세계관을
세우고, 이에 맞추어 행동해 나간다. 넷째, 성숙된 사람은 남을 사랑하고
이해할 수 있는 애정적 태도로써 타인과 따뜻한 관계를 유지하여 나간
다. 다섯째, 성숙된 사람은 문제를 현실 속에서 직접 해결하는 데 만족
을 느끼며, 자기중심적이 아니고 문제중심적으로 일에 열중한다.

현대심리학에서는 성숙성격자가 이렇게 주체성·자기수용·자기통일·
따뜻한 대인관계·문제중심성의 다섯 가지 특징을 가지는 것으로 개념
화하고 있다. 이 중에서 따뜻한 대인관계를 뺀 나머지 네 가지는 모두
개체로서의 자기의 실현 또는 완성에 국한되는 특징임을 주목할 필요가
있다. 즉, 자기실현 또는 자기완성(自己完成)이 이상적 인간의 최대의
특징이라고 보는 것이 현대 서양심리학의 기본 입장인 것이다.

여기서 성숙성격의 특징에 대한 이러한 현대심리학의 연구 결과와 선

진유학에서 제시하고 있는 이상적 인간의 특징 사이에 커다란 차이점이 있음을 발견하게 된다. 즉, 현대심리학에서 제시하고 있는 성숙 성격의 특징 중 따뜻한 대인관계는 공자의 수기이안인(修己以安人) 및 맹자의 성지화(聖之和), 그리고 순자의 대인관계에서의 포용력[兼術]과 직결되고, 나머지 네 가지는 대체로 개인적 수양 및 문제 해결과 관계가 깊다는 점에서 공자의 수기이경(修己以敬) 및 맹자의 성지청(聖之淸), 그리고 순자의 자기수양과 연결된다고 볼 수 있다. 그렇다면, 현대심리학에서는 성숙 성격의 특징으로 공자가 제시하는 수기이안백성(修己以安百姓) 및 맹자가 제시하고 있는 성지임(聖之任), 그리고 순자의 사회적 책무의 자임(自任)의 특징은 간과하고 있다고 볼 수 있다. 그러나 공자와 맹자 및 순자는 이상적 인간은 이 세 가지 특징을 공유하고 있는 사람으로, 이들은 결코 서로 분리될 수 없는 것으로 본다. 이 중에서 사회적 책임감은 인간의 사회적 존재 특성을 강조하는 것으로서, 개인 존재와 사회 사이의 관계에 대한 선진유학자들의 생각을 잘 표출하고 있는 것이다.

필자는 앞선 글에서 맹자(조긍호, 1990)와 순자(조긍호, 1994)는 기본적으로 인간 존재를 사회적 관계태(關係態) 속에서 파악하고 있음을 지적하였는데, 이러한 입장이 이상적 인간의 특징에 대한 기술에서도 그대로 드러나고 있는 것이라 볼 수 있다. 여기서 사회적 존재 특성을 모두 사상(捨象)해 버리고 나면 그러한 인간은 실제로는 어디에도 존재하지 않는 상상적 원자(原子)에 불과하다(Sampson, 1983)는 사실을 생각해 본다면, 인간이 지향하는 가장 건전하고 성숙된 모습을 이렇게 사회적 책임감을 간과하고 그려내는 지나치게 개인중심적인 서양 현대심리학의 연구 내용이 한계를 가질 수밖에 없음은 쉽게 추론될 수 있을 것이다.

4) 이상적 인간형의 발달 단계

이상적 인간형론의 문제에서 또 한 가지 살펴 볼 것은 어떤 단계를 거쳐 이러한 이상적 인간형에 도달할 수 있는가 하는 것이다. 초기 유학

에서 이러한 단계론을 가장 집약적으로 제시하고 있는 사람은 공자인
데, 그는 이상적 인간형에 도달하는 단계를 다음과 같이 연령의 함수로
제시하고 있다.

> 나는 열 다섯에 배움에 뜻을 두었고, 서른에 도에 굳건히 설 수 있게 되었
> 으며, 마흔에는 외부 사물에 의해 미혹되지 않게 되었고, 쉰에는 천명을 알게
> 되었으며, 예순에는 어떤 것을 들어도 저절로 깨닫게 되었고, 일흔에는 무엇
> 이나 마음에 하고자 하는 바를 좇아도 도리에 어긋나지 않게 되었다.[100]

여기서 각 연령 수준에서 공자가 도달했다고 밝힌 단계들이 심리학적
으로 어떤 의미를 갖는가 하는 점에 대해서는 앞으로 많은 연구가 뒤따
라야 할 것이다. 예를 들면, 삼십이립(三十而立)은 자아정체성(自我正體
性, ego-identity)의 확립과, 사십이불혹(四十而不惑)은 정서적 안정과,
오십이지천명(五十而知天命)은 통일된 인생관의 확립과, 그리고 육십
이순(六十而耳順)은 자기객관화와 관계가 있는 것으로 해석해 볼 수도
있을 것이다.

순자는 사(士)·군자(君子)·성인(聖人)의 3단계론을 제시하고 있다. 이
러한 사실은 "배움의 목적은 사(士)가 되는 것에서 시작하여 성인(聖人)
이 되는 것으로 끝난다"[101]는 진술에서 잘 드러나고 있다. 왕선겸(王先
謙, 1891)은 《순자집해》에서 이 귀절을 해설하면서 "《순자》에서는 사·
군자·성인을 세 등급으로 보고 있다"[102]라 하여 이러한 사실을 확인해
주고 있다. 여기서 "사는 예를 좋아하여 이를 행하는 사람이고, 군자는
뜻을 돈독히 하여 그것을 체득한 사람이며, 성인은 편벽됨이 없이 전체
를 밝게 통찰하여 막히는 데가 없게 된 사람이다."[103] 즉, 성인은 사와 군

---

100) 吾十有五而志于學 三十而立 四十而不惑 五十而知天命 六十而耳順 七十而從
　　　心所欲 不踰矩(《論語》 爲政 4)
101) 學惡乎始 惡乎終……其義則始乎爲士 終乎爲聖人(《荀子》 勸學 12). 그의 3단
　　　계설은 이 이외에 修身 36；榮辱 28；非相 15, 19-20；儒效 13-14, 19-20；王
　　　覇 3；君道 7, 16；天論 28；正論 6, 28-29；禮論 15, 37；解蔽 13, 26；性惡
　　　16；哀公 27-28 등에 직접 또는 간접적으로 제시되고 있다.
102) 荀書以士君子聖人爲三等(《荀子集解》)

자의 단계를 거쳐서 도달된다고 순자는 보고 있는 것이다.

순자의 이 세 단계는 의지[志]·행위[行]·인식[知]의 세 측면에서의 성숙의 정도를 나타내는 것이다(蔡仁厚, 1984). 즉, 사는 이 세 가지가 닦여지는 과정에 있는 사람이고, 군자는 상당히 닦여져 있지만 아직 미진한 상태에 있는 사람이며, 성인은 완전히 도와 일체가 되어 억지로 노력함이 없이도 스스로 편안하게 된 사람이다.[104] 이렇게 순자는 다방면 동시 점진(多方面 同時 漸進)의 과정을 거쳐 이상적 인간의 상태에 도달하게 된다고 보고 있는 것이다.

이러한 공자와 순자의 단계론은 주로 개인적 수양의 측면을 강조하는 입장이 강한 데 비해, 맹자는 인간의 사회적 존재 특성을 강조하는 입장에서 독특한 단계론을 제시하고 있다. 이는 맹자와 그 제자인 호생불해(浩生不害)와의 다음과 같은 문답에서 잘 드러나 있다.

> 모든 사람이 좋아하고 욕심내는 사람을 선인(善人)이라 하고, 선한 덕성을 자기 몸에 지녀 체득함으로써 믿음을 얻게 되면 신인(信人)이라 하고, 선을 힘써 실천하여 이를 꽉 채우면 미인(美人)이라 하고, 충실하고 또 그 덕업이 빛을 발휘하게 되면 대인(大人)이라 하고, 크면서도 생각하거나 노력함이 없이도 도와 일치하여 남을 감화하게 되면 성인(聖人)이라 하고, 성(聖)하면서 알 수 없는 경지에 이르면 신인(神人)이라 한다.[105]

---

103) 好法而行士也 篤志而體君子也 齊明而不竭聖人也(修身 36 ;《荀子集解》에서는 첫 구절의 法을 禮로, 둘째 구절의 篤을 固, 體를 履道로 풀고 있다.) 이러한 논지는 儒效 13-14(彼學者 行之曰士也 敦慕焉君子也 知之聖人也 ;《荀子集解》에서는 敦慕를 둘 다 勉으로 보아, 이 구절을 行而加勉 則爲君子라 풀고 있다.) 및 解蔽 26(故學者以聖王爲師 案以聖王之制爲法 法其法以求其統類 以務象效其人 嚮是而務士也 類是而幾君子也 知之聖人也) 등에 거듭 제시되고 있다.

104) 志忍私 然後能公 行忍情性 然後能修 知而好問 然後能才 公修而才 可謂小儒矣 志安公 行安修 知通統類 如是則可謂大儒矣(儒效 37-38). 이 이외에도 이 세 측면에서의 축적을 표현하는 순자의 진술은 非相 15, 19 ; 儒效 19-20 ; 王霸 3 ; 君道 7, 16 ; 天論 28 ; 榮辱 28 ; 正論 6, 28-29 ; 解蔽 13 등 여러 곳에서 산견된다.

105) 可欲之謂善 有諸己之謂信 充實之謂美 充實而光輝之謂大 大而化之之謂聖 聖

이 인용문 중의 신인(神人)에 대해 주회는 《맹자집주》에서 정자(程子)의 말을 인용하여 "성하면서 알 수 없다[聖而不可知]란 성(聖)의 지극히 묘함을 사람이 추측할 수 없다는 말이지, 성인의 위에 또 한 등급의 신인이 있다는 말은 아니다"[106]라고 기술함으로써, 맹자의 입장을 선(善)·신(信)·미(美)·대(大)·성(聖)의 다섯 단계론으로 정리하고 있다. 여기서 선(善)은 개인적인 도의 체득의 측면, 신(信)과 미(美)는 대인관계의 측면, 그리고 대(大)와 성(聖)은 사회적 책임의 측면의 이상적 인간의 특징과 결부되는 것이라 볼 수 있고, 따라서 맹자는 "도의 체득을 통한 깨끗함과 순수함의 견지 → 대인관계에서의 조화의 달성 → 사회적 책임의 완수"로 이상적 인간형에 도달하는 단계를 논하고 있는 것이라 할 수 있을 것이다. 이러한 사실은 앞서 기술한 바대로 사회적 책임의 완수는 이상적 인간들도 오히려 어렵게 여긴 경지라고 본 공자의 입장에서도 그대로 표출되고 있다 하겠다.

이렇게 "성지청(聖之淸 ; 修己以敬) → 성지화(聖之和 ; 修己以安人) → 성지임(聖之任 ; 修己以安百姓)"의 단계로 이상적 인간형에 도달하는 단계를 고찰하는 입장은 사서(四書)의 하나인 《대학》에 극명하게 표출되고 있다.

옛날에 광명한 덕을 천하에 밝히려 한 사람은 먼저 자신의 나라를 다스렸고, 자기의 나라를 다스리려 한 사람은 먼저 자신의 집을 정돈하였으며, 자기의 집을 정돈하려 한 사람은 먼저 자신의 덕을 닦았다. 자기의 덕을 닦으려 한 사람은 먼저 자신의 마음을 바로 잡았고, 자기의 마음을 바로 잡으려 한 사람은 먼저 자신의 뜻을 참되게 하였으며, 자기의 뜻을 참되게 하려 한 사람은 먼저 자신의 지혜를 넓혔다. 이렇게 지혜를 넓히는 것은 사물의 이치를 구명하는 데 달렸다. 그러므로 사물의 이치가 구명된[格物] 후에야 지혜가 극진하게 되고, 지혜가 극진하게 된[致知] 후에야 뜻이 참되어지고, 뜻이 참되어

而不可知之之謂神(盡心下 25)
106) 程子曰 聖不可知 謂聖之至妙 人所不能測 非聖人之上 又有一等神人也(《孟子集註》)

진[誠意] 후에야 마음이 바로 잡히고, 마음이 바로 잡힌[正心] 후에야 덕이 닦여지고, 덕이 닦여진[修身] 후에야 집이 정돈되고, 집이 정돈된[齊家] 후에야 나라가 다스려지고, 나라가 다스려진[治國] 후에야 천하가 화평하여지는[平天下] 것이다.[107]

이것이 《대학》에 나오는 유명한 격물(格物) - 치지(致知) - 성의(誠意) - 정심(正心) - 수신(修身) - 제가(齊家) - 치국(治國) - 평천하(平天下)의 수양의 팔조목(八條目)이다. 여기서 격물로부터 수신까지는 수기이경의 단계, 그리고 제가는 수기이안인의 단계, 그리고 치국과 평천하는 수기이안백성의 단계를 가리키는 것이라 볼 수 있다. 이렇게 보면, 선진유학자들은 자기완성(自己完成)으로부터 비롯하여 관계완성(關係完成)을 거쳐 사회완성(社會完成)의 경지에 이르는 것으로 이상적 인간형의 발달 단계를 그리고 있다 하겠다.

현대심리학에서 이러한 이상적 인간형에 도달하는 단계론에 관한 연구는 거의 찾아보기 힘든데, 이에 대해서는 아마도 에릭슨과 매슬로우(1954, 1962, 1971)가 가장 많이 관심을 기울이고 있는 듯하다. 에릭슨(1959)은 사람의 성격은 태어나면서부터 늙어 죽을 때까지 지속적으로 발달한다고 보았다. 그는 인생을 여덟 단계로 나누고, 각 단계마다의 고유한 심리·사회적 위기(psychosocial crisis)를 제시하고 있는데, 각 단계에서 이를 잘 극복하면 여덟 가지의 바람직한 성격 특성이 갖추어진다고 한다. 이렇게 해서 갖추어지는 성격 특성은 차례대로 신뢰감(basic trust) - 자율성(autonomy) - 주도성(initiative) - 근면성(industry) - 정체감(identity) - 친밀감(intimacy) - 생산성(generativity) - 통합감(integrity)이다. 그러니까 각 단계마다의 심리·사회적 위기를 극복하고, 이러한 여덟 가지의 바람직한 성격 특성을 갖추어 가는 과정이 바로 이상적 인간

---

107) 古之欲明明德於天下者 先治其國 欲治其國者 先齊其家 欲齊其家者 先修其身 欲修其身者 先正其心 欲正其心者 先誠其意 欲誠其意者 先致其知 致知在格物 物格而后知至 知至而后意誠 意誠而后心正 心正而后身修 身修而后家齊 家齊而后國治 國治而后天下平(《大學》經 1章)

형에 도달하는 단계라는 것이 에릭슨의 입장인 것이다. 여기서 이러한 여덟 가지 특성 중 친밀감을 제외한 나머지는 모두 개체로서의 자기실현과 관련되는 특성들이라는 사실에 주목할 필요가 있다. 이렇게 보면, 에릭슨의 이론은 자기실현에 초점을 맞추어 이상적 인간형의 발달 단계를 정리하고 있다 할 수 있을 것이다.

매슬로우(1954)는 인간의 동기가 위계적으로 출현한다는 이론을 제시하고 있다. 그에 따르면, 인간의 동기는 생리적 욕구 추구의 동기-안전 추구의 동기-소속감과 애정 추구의 동기-자존감 추구의 동기-자기실현의 동기의 순서로 출현하는데, 하위 단계의 동기가 충족되어야 그 다음 단계의 동기가 나타난다고 한다. 즉, 생리적 욕구가 충족되어야 안전을 도모하게 되고, 안전의 욕구가 충족되어야 사회집단에 소속되어 다른 사람들과 애정을 주고받으려는 욕구가 나타나게 되며, 이것이 충족되어야 자존감을 높이려는 동기가 나타나고, 자존감이 높아진 후에라야 비로소 자기실현의 동기가 나타나게 된다는 것이다.

"매슬로우는 자기실현 동기가 개인의 핵심적 동기로 작용되고 있는 경우를 성숙된 성격으로 보았는데, 이러한 고차적인 동기는 보다 저급한 여러 수준의 동기들이 모두 충족됨으로써 발전될 수 있다고 보았다"(김성태, 1989, p.19). 즉, 매슬로우(1962)는 자기실현을 지향하는 생활의 동기를 성장동기(成長動機)라고 보고, 이보다 하위에 있는 여러 동기들을 결핍동기(缺乏動機)라고 보면서, 개인의 생활이 성장동기에 의해 주도되는 상태가 바로 성숙 성격의 상태라고 보는 것이다. 이는 그 (1954)의 동기 위계설에 따른 당연한 논리적 귀결이라 하겠다.

매슬로우(1962)는 하위 단계의 동기인 결핍동기에 의해 주도되는 사람과 상위 단계의 동기인 성장동기에 의해 주도되는 사람의 지각과 사고 양상의 차이에서 이러한 단계론의 근거를 찾고 있다. 그에 따르면, 결핍동기에 의해 주도되는 사람은 자기 집착성·자기 중심성·자기 의식성이 강하고, 성장동기에 의해 주도되는 사람은 자아 초월성·문제 중심성· 자기 망각성이 강한 편이라고 한다. 김성태(1989)는 이를 요약하여,

이 두 동기 사이에는 "특히 자기 중심성 대 자기 초월성의 차이가 중요한 것"(p.20)이라고 보고 있다. 즉, 결핍동기에 의해 주도되고 있는 사람의 지각이나 사고는 자기 중심적인 데 반해, 성장동기에 의해 주도되는 사람의 지각이나 사고는 자기 초월적이라는 것이다. 이를 바꾸어 말하면, 성숙 성격에 도달하는 과정은 자기 중심적 지각 및 사고가 지배하는 결핍동기 단계에서 자기 초월적 지각 및 사고가 지배하는 성장동기 단계로의 이행과정으로 볼 수 있다는 것이다.

이러한 입장은 맹자의 단계론과 유사한 점이 있다. 그러나 마슬로우가 얘기하는 자아 초월성이란 기본적으로 자기실현을 지향할 뿐으로, 맹자가 말하는 사회적 책임의 완수와는 다른 것이다. 맹자와 순자에게 있어서 개인 존재의 의미는 사회적 관계망 속에서 찾아질 수밖에 없는 것이고(조긍호, 1990), 이러한 점에서 사회적 책임의 완수 속에는 사회적 관계의 완성이라는 의미가 강하게 함축되고 있는 것이지, 결코 자기 개체의 실현에만 국한되는 것은 아니다. 이러한 맹자와 순자의 관점에서 보면, 성장 동기의 배경이 되는 자아 초월성도 역시 자기 중심적인 것일 수밖에 없으며, 이 점이 바로 선진유학자들과 매슬로우의 커다란 차이라고 볼 수 있을 것이다.

5) 이상적 인간형의 동·서 대비

지금까지 살펴본 서양심리학의 성숙성격 이론과 맹자와 순자의 이상적 인간형론을 대비하여 제시하면, 다음 표 2와 같다.

이렇게 서양의 현대심리학에서는 개체로서의 개인의 자기실현에 초점을 맞추어 이상적 인간의 모습을 그려내고 있는 데 반해, 선진유학에서는 사회적 존재로서의 인간의 타인 및 사회와의 관계에 초점을 맞추어 이상적 인간의 모습을 상정하고 있다. 그 결과 현대심리학에서는 이상적 인간형의 발달 단계를 개체로서의 개인이 자기실현을 하는 데 필요한 바람직한 개인적 특성이 획득되는 과정이나 다양한 개인적 목표가

표 2. 세 이상적 인간형론 대비

	성숙성격이론	맹자이론	순자이론
이상적 인간의 특징	자기실현 (주체성·자기수용·자 기 통일 및 문제중심성) 따뜻한 대인관계	淸(자기완성) 和(관계완성) 任(사회완성)	자기수양 신속하고 빈틈없는 일 처리 포용성 사회적 책무자임(自任)
이상적 인간형의 발달단계	욕구위계설· 성격특성첨가설	단계설 (淸·和·任)	다방면 동시 점진설

추구되고 획득되어지는 과정으로 파악한다. 이에 비해 선진유학에서는 인간의 개인으로서의 자기완성은 조화로운 관계의 달성이나 사회적인 책임의 완수를 위한 기본조건이라는 전제 아래, 자기완성을 거쳐 관계완성과 사회완성을 지향하는 과정으로 이상적 인간형의 발달단계를 정리해 내고 있는 것이다.

이상적 인간형에 대한 이러한 동·서양의 입장의 차이는 근본적으로 두 진영에서의 인간관 및 개인과 사회 사이의 관계에 대한 입장의 차이로부터 비롯되는 것이다. 선진유학에서는 인간은 타인과의 관계 속에 존재하고, 이에 의해 규정되며, 따라서 사회는 각자가 이러한 관계 속에 내포된 역할을 충실히 수행함으로써 유지된다고 본다. 즉, 사회의 궁극적 구성단위는 사람 사이의 관계라고 보며, 이러한 관계를 떠난 개인 존재는 상상적인 원자일 뿐 존재 의미를 상실하게 된다고 본다. 따라서 이러한 체계에서는 개인간의 관계를 사회 제도의 출발점으로 삼기 때문에, 관계 속에서의 역할과 상호의존성을 사회 행위의 규범적 단위로 보게 되는 것이다. 그 결과 상황의존적이고 관계중심적인 인간관이 두드러지게 되어, 상호관계에서의 조화와 질서의 추구를 사회관계의 목표로 삼는 집단주의적인 인간 파악의 입장이 부각되는 것이다.

이에 비해 서구에서는 개인주의 또는 자유주의의 사상적 전통으로 인해 사회의 궁극적인 존재론적 단위는 평등하고 독립적인 개인이라고 보며, 사회는 이러한 개별적 개체들의 복수적인 집합에 불과하다고 상정한다. 이러한 입장에서는 다양한 능력, 동기, 정서 및 특성들을 완비하고, 상황이나 타인과 분리된 독립적인 개인을 사회 제도의 출발점으로 삼기 때문에, 기본적으로 비사회적인 개인이 가지고 있는 내적인 특성들을 사회 행위의 규범적 단위로 보게 되는 것이다. 그 결과 상황유리적이고 개인중심적인 인간관이 두드러지게 되어, 개인의 자율성과 독특성의 추구를 사회관계의 목표로 삼는 개인주의적인 인간 파악의 입장이 부각되는 것이다.

지금까지 고찰해 온 바와 같은 동·서양의 이상적 인간형의 차이는 바로 이러한 인간 이해의 입장의 차이에 근원을 두고 있는 것이다. 말하자면, 동·서양의 인간 이해의 입장의 차이는 이상적 인간형에 대한 입론의 차이에서 가장 극명하게 드러나고 있다 하겠다. 이상적 인간형을 파악하는 이러한 동·서양의 입장의 차이는 필연적으로 두 진영에서 전개되어 왔거나 또는 앞으로 전개될 심리학의 모습의 차이를 유발하게 될 것이다.

5. 도덕실천론·예론과 사회관계론의 문제

사람과 사람 사이의 바람직한 관계는 어떠해야 하는가 하는 점에 대해서 맹자는 도덕실천론으로, 그리고 순자는 예론으로 정리해 내고 있다. 맹자는 도덕의 기초가 인간 본성 속에 내재한다고 보기 때문에, 각자가 기본적으로 갖추고 있는 덕성(德性)을 일상 생활에서 실천하는 것이 바람직한 사회생활의 조건이라고 본다. 이에 비해 순자는 성인의 위(僞)에 의해 생겨난 예의가 덕성의 핵심으로서, 이러한 예의가 바람직한 사회생활의 규준이라고 본다. 이러한 차이는 바로 도덕의 근거에 대한 양자의 입장 차이에서 나오는 것이다. 즉, 맹자는 도덕의 인성내재설(人性內在說)을 펴고 있는 데 반해, 순자는 외재설(外在說)을 제시하고 있는 데에서(牟宗三, 1979 ; 蔡仁厚, 1984) 바람직한 사회관계의 근거를 도덕실천론(맹자)과 예론(순자)에서 찾는 까닭을 이해할 수 있는 것이다.

1) 맹자의 도덕실천론

유학은 기본적으로 성덕(成德)을 지향하는 체계이고, 이러한 성덕은 수기(修己)를 통하여 체득한 인의의 도를 일상 생활에서 실천함으로써 완성된다. 이렇게 일상 생활에서 인의의 도를 실천하는 것을 맹자는 집의(集義)라 표현하고 있다. 이러한 집의를 통하여 사람은 스스로 체득한 도를 일상생활에서 실천하게 되고, 그렇게 함으로써 다른 사람들과 함께 인(仁)을 이룰 수 있게 되는 것이다. 즉, 이러한 일상적 도덕 실천을 통하여 사회적 관계망(關係網) 속에서 생존하고 있는 사람들이 그들의 사회적 존재 의미를 달성하여 사회적 책임을 다 하게 되는 것이며, 바로 여기에 맹자의 도덕실천론의 의의가 있는 것이라 볼 수 있다.

맹자는 인간을 사회적 관계망 속에서 파악하며, 이러한 사회적 관계가 인간의 존재 의미를 규정하는 것이라고 본다(조긍호, 1990). 이러한 사실은 전술한 바와 같이, 이상적 인간의 가장 중요한 특징 중의 하나를 사회적 책임의 완수라고 보고 있다는 점에서도 단적으로 드러나고 있다. 따라서 그는 사람은 스스로가 체득한 인의의 도를 일상 생활에서 실천함으로써 다른 사람들과 함께 선을 이루도록[與人爲善] 노력하여야 하며, 이것이 바른 삶의 태도라고 본다. 이러한 점에서 집의의 궁극적인 목적은 바로 여인위선(與人爲善)에 있다고 볼 수 있다. 이러한 입장은 다음과 같은 진술에서 잘 표현되고 있다.

순임금은 역시 큰 덕을 지녔다. 그는 착한 일을 남들과 함께 했으며, 남이 옳을 때는 언제나 자기를 버리고 남을 따랐고, 또 자진해서 남의 장점을 취해 착한 일 하기를 즐겁게 여겼다. 그는 일찍이 미천하여 농사짓고, 질그릇 굽고, 물고기를 잡았을 때부터 후에 임금 자리에 올랐을 때까지 언제나 다른 사람의 선을 취했던 것이다. 남의 착한 점을 취하여 선을 행한다는 것은 남과 더불어 선을 이루는 것이다. 그러므로 군자에게 있어서는 다른 사람과 더불어 선을 이루는 일[與人爲善]보다 더 큰 일은 없는 것이다.[108]

이러한 도덕 실천으로서의 집의는 모두 가치 자각을 전제로 하는 것이다. 이렇게 집의를 위해서는 우선 해야 할 일[所爲]과 해서는 안될 일[所不爲] 및 바랄 일[所欲]과 바라서는 안될 일[所不欲]을 분별해야 한다. 그래야만 해야 할 일만을 행하고, 바라야 할 일만을 바라는 인의를 실행할 수 있기 때문이다. 맹자는 이러한 사실을 지적하여 "사람은 해서는 안될 일이 있고 난 후에야 할 일을 이룰 수 있다"[109]거나 "해서는 안될 일은 하지 않고, 바라서는 안될 일은 바라지 않도록 할 뿐이다"[110]라고 표현하고 있다.

따라서 이러한 소위(所爲)와 소불위(所不爲), 소욕(所欲)과 소불욕(所不欲)을 분별하지 못하면 절대로 인의를 실행할 수 없다. 이러한 점을 맹자는 "멈추어서는 안될 때 멈추는 사람은 언제나 멈추지 않는 바가 없게 되고, 후하게 할 곳에 박하게 하면 박하게 하지 않는 곳이 없게 된다"[111]라고 표현하고 있다. 이렇게 "누구나 사람으로서 차마 하지 못하는 바를 가지고 있는데, 이러한 마음을 무엇이든지 마구 하는 바에까지 미루어 나가는 것이 바로 인(仁)이고, 누구나 해서는 안될 바를 가지고 있는데, 이러한 마음을 무엇이든지 해치우고 말겠다는 바에까지 미루어 나가는 것이 바로 의(義)"[112]이므로, 이러한 인의의 실행은 곧 소위와 소불위, 소욕과 소불욕을 분별하여 자각하는 것을 그 전제로 하고 있다고

---

108) 大舜有大焉 善與人同 舍己從人 樂取於人以爲善 自耕稼陶漁 以至爲帝 無非取 於人者 取諸人以爲善 是與人爲善者也 故君子莫大乎與人爲善(《孟子》 公孫丑 上 8)
109) 人有不爲也 而後可以有爲(離婁下 8)
110) 無爲其所不爲 無欲其所不欲 如此而已矣(盡心上 17)
111) 於不可已而已者 無所不已 於所厚者薄 無所不薄也(盡心上 44)
112) 人皆有所不忍 達之於其所忍 仁也 人皆有所不爲 達之於其所爲 義也(盡心下 31)

보는 것이 맹자의 입장인 것이다.

이렇게 집의는 소위와 소불위, 소욕과 소불욕의 분별을 기초로 하여 일상 생활에서 인의를 실행함으로써, 다른 사람들과 함께 선을 이루는 일[與人爲善]을 궁극적인 목적으로 한다. 그렇다면, 이러한 집의의 궁극적인 목적은 어떻게 이룰 수 있는가? 맹자가 제시하고 있는 집의의 요체는 바로 자기를 미루어 남에게까지 미쳐 가는 일[推己及人]과 남과 더불어 즐거움과 걱정을 함께 하는 일[與民同之]이다.

공자는 인(仁)이란 "자기가 바라지 않는 일을 남에게 베풀지 않는 일"(《論語》 顏淵 2) 또는 "자기가 서고자 하는 곳에 남을 서도록 하고, 자기가 이르고자 하는 곳에 남을 이르도록 하는 일(《論語》 雍也 28)"이라고 보고 있다. 맹자도 바로 이러한 입장을 이어 받아 "어진 사람은 자기가 사랑하는 것을 그 사랑하지 않는 것에까지 미루어 가고, 어질지 못한 사람은 자기가 사랑하지 않는 것을 그 사랑하는 것에까지 미루어 간다"[113]고 보면서, 이렇게 "자기가 바라는 일을 남과 더불어 모으고, 자기가 싫어하는 일을 남에게 베풀지 않으면, 백성들의 마음을 얻게 된다"[114]고 생각함으로써, 추기급인(推己及人)이 백성들의 마음을 얻고 나아가 천하를 얻는 기초가 된다고까지 표현하여, 이에 적극적인 의미를 부여하고 있다. 이렇게 자기가 하고자 하는 바를 남들에게까지 미치도록 미루어 가고, 또한 자기가 바라는 바를 남들에게까지 미치도록 미루어 가는 것[推己及人], 이것이 바로 사람들과 더불어 함께 선을 이루는 [與人爲善] 하나의 요체라고 맹자는 보고 있는 것이다.

추기급인 이외에 집의의 또 하나의 요체로 맹자가 들고 있는 것은 남과 더불어 즐거움과 걱정을 함께 하는 일[與民同之]이다. 이러한 여민동지의 태도는 특히 군주에게 요청되는 것이다.[115] 그러나 여민동지는 단

---

113) 仁者 以其所愛 及其所不愛 不仁者 以其所不愛 及其所愛(盡心下 1)
114) 得天下有道 得其民斯得天下矣 得其民有道 得其心斯得民矣 得其心有道 所欲 與之聚之 所惡勿施爾也(離婁上 9)
115) 이러한 생각은 《孟子》의 첫편인 梁惠王篇의 중심이 되고 있다. 예를 들면.

순히 선심(善心)만을 갖는다거나 또는 올바른 법도만을 갖추고 있다고 해서 이루어지는 것은 아니다.[116] "천하에 물에 빠진 사람이 있으면, 마치 자기가 빠뜨린 것처럼 생각하는 우(禹)나, 천하에 굶주리는 사람이 있으면, 마치 자기가 굶주리게 한 것처럼 생각하는 후직(后稷)"[117]처럼 천하의 중책을 자임하여,[118] 남에게 인의를 베푸는 것이 바로 남들과 더불어 즐거움과 걱정을 함께 하는 여민동지의 길이며, 이것이 바로 추기급인과 함께 집의의 또 한 가지 요체라고 맹자는 보고 있는 것이다.

이상에서 본 바와 같이, 자기를 미루어 남에게까지 미쳐 가고, 남들과 더불어 즐거움과 걱정을 함께 함으로써, 일상 생활에서 인의를 실행하는 것이 바로 집의의 요체이다. 여기서 인은 곧 사랑이고, 의는 인을 실행하는 일에 있어서의 마땅함이다.[119] 그렇다면, 이러한 사랑의 실행은 처음부터 누구나 똑같이 사랑하는 것이 마땅하다고 맹자는 생각하는가? 그렇지는 않다. 사랑의 실행에는 마땅히 그 차등 또는 단계가 있다는 차등애설(差等愛說) 또는 단계설(段階說)을 주장하는 것이 바로 맹자의 입장인 것이다(馮友蘭, 1948).

그는 인의는 곧 어버이를 친애하고[親親] 어른을 공경하는 것[敬長]

梁惠王上 2(古之人 與民偕樂 故能樂也), 梁惠王下 1(今王與百姓同樂則王矣), 梁惠王下 2(文王之囿 方七十里……與民同之 民以爲小 不亦宜乎), 梁惠王下 4(爲民上而不與民同樂者 亦非也 樂民之樂者 民亦樂其樂 憂民之憂者 民亦憂其憂 樂以天下 憂以天下 然而不王者未之有也), 梁惠王下 5(王如好貨 與百姓同之 於王何有……王如好色 與百姓同之 於王何有) 등에서 이러한 입장을 직접적으로 표출하고 있는 것이다.

116) 堯舜之道 不以仁政 不能平治天下…故曰徒善不足以爲政 徒法不能以自行…… 聖人……既竭心思焉 繼之以不忍人之政 而仁覆天下矣(離婁上 1)

117) 禹思天下有溺者 由己溺之也 稷思天下有飢者 由己飢之也(離婁下 29)

118) 伊尹曰 何事非君 何使非民 治亦進 亂亦進 曰 天之生民也 使先知覺後知 使先覺覺後覺 予天民之先覺者也 予將以此道覺此民也 思天下之民匹夫匹婦有不與被堯舜之澤者 若己推而內之溝中 其自任以天下之重也(萬章下 1)

119) 朱熹는《孟子集註》에서 "인은 마음의 덕으로 사랑의 이치이고, 의는 마음을 다잡는 것으로 일의 마땅함이다(仁者心之德 愛之理 義者心之制 事之宜也 ; 梁惠王上 1)라고 봄으로써, 인은 곧 사랑이고, 의는 곧 이를 실행하는 일에 있어서의 마땅함이라고 보고 있다.

에서 출발한다고 본다. 즉, 친친(親親)과 경장(敬長)이 인의의 근본이며 출발점이라는 것이다.[120] 바로 이렇게 내 가까이에서 출발되는 친친과 경장의 인의지도(仁義之道)를 백성을 인애하고 사물을 아끼는 데까지 확장해야 한다는 것이 맹자의 단계설 또는 점진적 확장주의(漸進的 擴張主義)의 핵심이다. 이를 맹자는 다음과 같이 표현하고 있다.

군자가 사물을 대할 때는 이를 아끼고 사랑하기는 하지만, 사람을 대하듯
이 인애하지는 않는다. 군자가 사람들을 대할 때는 그들을 인애하기는 하
지만, 어버이를 대하듯이 친애하지는 않는다. 군자는 어버이를 친애하고 나서
사람들을 인애하고[親親而仁民], 사람들을 인애하고 나서 사물을 아끼고 사
랑하는[仁民而愛物] 것이다.[121]

여기서 볼 수 있는 바와 같이, 다른 사람을 인애하는 것은 어버이를 친애한 후의 일이며, 사물을 아끼고 사랑하는 것은 다른 사람을 인애한 후의 일이라는 것이 맹자의 생각인 것이다. 이렇게 친친과 경장을 인민(仁民)과 애물(愛物)로까지 확장하는 것이 바로 인의 실행의 단계이다. 이러한 확장을 통하여 "나의 집 어른을 공경하는 마음을 미루어 남의

---

120) 이러한 논지는 《孟子》 전편에서 널리 산견된다. 예를 들면, 離婁上 27章에
는 "仁의 핵심은 어버이를 모시는 것이고, 義의 핵심은 형을 따르는 것이며,
智의 핵심은 이 두가지를 깨달아 이를 버리지 않는 것이고, 禮의 핵심은 이
두가지를 조절하고 아름답게 꾸미는 것이다(仁之實 事親是也 義之實 從兄是
也 智之實 知斯二者弗去是也 禮之實 節文斯二者是也)"라는 기술이 보인다. 또
한 盡心上 15章에서는 "사람이 배우지 않고서도 할 수 있는 바가 있으니 그
것이 바로 본래의 良能이며, 또한 배우지 않고서도 알 수 있는 바가 있으니
그것이 바로 본래의 良知이다. 어린 아이는 누구나 다 자기 어버이를 사랑할
줄 알게 마련이고, 점차 자라게 되면 누구나 다 자기 형을 공경할 줄 알게
마련이다. 어버이를 친애하는 것이 바로 仁이고, 웃사람을 공경하는 것이 바
로 義이다. 仁義는 다른 것이 아니라 바로 이를 넓혀서 천하에 달통하게 하
는 것일 뿐이다(人之所不學而能者 其良能也 所不慮而知者 其良知也 孩提之童
無不知愛其親也 及其長也 無不知敬其兄也 親親 仁也 敬長 義也 無他 達之天
下也)"라고 하여, 親親과 敬長은 바로 良知·良能의 소산이며, 仁義는 바로 이
로부터 비롯되는 것임을 밝히고 있다.
121) 君子之於物也 愛之而不仁 於民也 仁之而弗親 親親而仁民 仁民而愛物(盡心上 45)

어른을 공경하는 데까지 미쳐가고, 나의 집 어린이를 보살피는 마음을 미루어 남의 어린이를 보살피는 데까지 미쳐가는"[122] 추기급인을 이룰 수 있게 되는 것이며, 결국 여인위선으로까지 발전할 수 있게 되는 것이다. 맹자는 이러한 인의의 점진적 확장을 강조하면서, 이를 "도는 가까이에 있는데 이를 멀리에서 구하려 하며, 해야 할 일은 쉬운 데 있는데 이를 어려운 데서 찾으려 한다. 사람마다 자기 어버이를 친애하고, 자기 어른을 공경한다면, 천하가 화평하게 될 것"[123]이라 표현하고 있기도 하다. 공자도 또한 이러한 점을 지적하여 "가까운 데에서 취하여 미루어 깨우치는 것이 바로 인을 실행하는 방법"[124]이라고 기술하고 있는 것이다.

2) 순자의 예론

순자는 "도(道)는 하늘의 도도 아니고, 땅의 도도 아니며, 사람이 행해야 할 바로서 군자가 따르는 것"[125]이라는 유명한 인도론(人道論)을 제시하고 있는데, 이러한 인도의 표준이 바로 예(禮)이다.[126] 그러므로 순자의 예론은 곧 그의 인도론이 되는 셈이며, 이러한 점에서 순자 사상의 핵심[127]이라고 볼 수 있다.

순자 사상의 핵심으로서의 이러한 예는 어느 시대, 어느 사회에서나 누구나가 걸어야 할 보편적인 이치이다(蔡仁厚, 1984). 즉, 예는 순자에

---

122) 老吾老 以及人之老 幼吾幼 以及人之幼 天下可運於掌……故推恩 足以保四海 不推恩 無以保妻子 古之人 所以大過人者無他焉 善推其所爲而已矣(梁惠王上 7)

123) 道在邇而求諸遠 事在易而求諸難 人人親其親 長其長 而天下平(離婁上 11)

124) 能近取譬 可謂仁之方也已(《論語》雍也 28)

125) 道者非天之道 非地之道 人之所以道也 君子之所道也(《荀子》儒效 9-10 ; 楊倞 은《荀子注》에서 人之所以道也를 人之所行之道也로 풀고 있으며, 王先謙도《荀子集解》에서 人之所以道也의 道를 行의 誤字로 보고 있다.)

126) 禮者人道之極也(禮論 13)

127) 王先謙(1891)은《荀子集解》의 序에서 "순자가 學을 논하고 治를 논함에 있어 모두 禮를 그 종지로 삼아 세밀한 부분을 반복하여 제시함으로써, 그 지향하는 뜻을 밝히기에 힘썼다"(荀子論學論治 皆以禮爲宗 反復推詳 務明其指趣)고 하여, 순자 사상의 핵심은 예론에 있음을 밝히고 있다.

게 있어서 절대 규범으로 부각되고 있으며(김승혜, 1990), 이러한 절대
규범으로서의 예를 인위적인 노력을 통해 체득하고 일상 생활에서 실천
하는 것이 사람의 도리이며, 사람으로서 해야 할 일이라고 보고 있는 것
이다. 그러므로 유가 인간론의 중추인 수양론(김승혜, 1990 ; 정인재,
1981 ; 唐君毅, 1986)은 순자에게 있어서는 그의 예론을 근간으로 하고
있다고 생각할 수 있으며, 이 점에서 바로 순자의 예론이 그의 인간론
전체에서 중심적인 위치를 차지하는 소이를 찾아볼 수 있을 것이다.

순자에 따르면, 사람이 태어날 때부터 자연적으로 갖추고 있는 성(性)
은 육체를 키우고 보존하려는 욕구와 감정적인 면을 포괄하는 욕(欲),
경험을 종합하여 사리를 분별할 수 있는 지성적인 인식능력인 지(知),
그리고 사리에 맞다고 판단된 것을 행할 수 있는 행위 능력인 능(能)의
세 요소로 이루어져 있다(조긍호, 1995). 이 중에서 욕은 감관이 주재하
고, 지와 능은 심(心)이 주재하는데, 성인의 위(僞)의 지도를 받지 않는
자연 상태에서는 감관의 욕이 심을 가리워서 악하게 될 수 있는[向惡]
가능성이 커진다는 것이다. 여기에서 화성(化性)의 필요성이 도출된다
고 순자는 보고 있다.

그러나 자연상태 그대로 있다고 해도, 만일 사람들이 아무런 관계도
맺지 않고 각기 개별적으로 독거(獨居)한다면, 예(禮)는 필요하지 않을
것이다. 그러니까 예의 필요성은 직접적으로 인간의 사회성(社會性)에
서 나오는 것이다(김형효, 1990). 순자는 바로 이러한 인간의 사회성에
서 예의 필요성을 도출해 내고 있다.

순자는 사람은 기본적으로 사회 조직을 떠나서는 살 수 없는 존재라
고 본다. 즉, 사람은 필연적으로 서로 모여 살[群] 수밖에 없는 존재라는
것이다.[128] 이렇게 사회생활을 할 수밖에 없는 까닭은 두 가지이다(馮友
蘭, 1948). 첫째, 인간은 태어날 때부터 허약하고 무력한 존재이기 때문
에, 다른 생물과의 생존경쟁에서 살아남기 위해서 단결할 필요가 생긴

---

128) 故人生不能無群(王制 21) ; 人之生不能無群(富國 6)

다는 것이다.[129] 둘째, 인간 개개인은 능력과 기술에 한계가 있기 때문에, 삶을 영위하기 위하여 협동하고 상부상조할 필요가 생긴다는 것이다.[130]

이렇게 인간은 태어날 때부터 허약하고 무력하며, 또한 한 개인의 능력에는 한계가 있기 때문에 필연적으로 더불어 모여 살 수밖에 없는 존재로서, 이렇게 모여 살게 되면 다툼이 있게 되는데, 이러한 다툼을 제거할 수 있는 원칙이 필요하게 된다고 순자는 보고 있는 것이다. 이러한 "모여 사는 도리[群道]가 올바르면, 만물이 모두 마땅함[宜]을 얻게 되고, 가축들이 모두 잘 자라게 되며, 뭇 생물들이 모두 그 명(命)을 보존하게 되는데"[131] 이러한 올바른 군도(群道)가 바로 인도의 표준인 예의[禮論 13]라는 것이 순자의 논리인 것이다.

이렇게 더불어 모여 사는 것이 인간의 존재 특성이라면, 더불어 모여서 서로 화목하게 살지 못하고, 모여 살게 되면 필연적으로 다툼이 생겨나게 되는 까닭은 무엇인가? 이는 사람들의 욕구는 많고, 자원은 부족하다는 데 그 원인이 있다. 즉, "사람들은 같은 물건을 가지고 싶어하고, 또 싫어하기도 한다. 그런데 욕구는 많고, 자원은 부족하다. 이렇게 자원이 부족하면, 반드시 다투게 되는 것이다."[132] 따라서 "몫을 분명히 하여 더불어 모여 살게 함으로써"[明分使群](富國 3), 이러한 다툼을 방지하고, 사회생활을 평화롭게 하는 장치가 필요해지는 것이다. 그는 이를 다음과 같이 표현하고 있다.

무릇 귀(貴)하기로는 천자가 되고 부(富)하기로는 천하를 차지하는 것, 이

---

129) 力不若牛 走不若馬 而牛馬爲用 何也 曰人能群 彼不能群也 人何以能群 曰分
    分何以能行 曰以義 故義以分則和 和則一 一則多力 多力則彊 彊則勝物……故
    人生不能無群 群而無分則爭 爭則亂 亂則弱 弱則不能勝物……不可少頃舍禮義
    之謂也(王制 20 21)
130) 故百技所成 所以養一人也 而能不能兼技 人不能兼官 離居不相待則窮 群而無
    分則爭 窮者患也 爭者禍也 救患除禍 則莫若明分使群矣(富國 2-3)
131) 群道當 則萬物皆得其宜 六畜皆得其長 群生皆得其命(王制 21)
132) 欲惡同物 欲多而物寡 寡則必爭矣(富國 2) ; 勢位齊 而欲惡同 物不能澹 則必
    爭(王制 6)

것은 사람의 성정으로 똑같이 바라는 것이다. 따라서 사람의 욕구에만 따르면, 그 세(勢)는 용납할 수가 없고, 자원은 넉넉할 수가 없다. 그러므로 선왕이 그것을 위해 감안해서 예의를 제정하여, 각자의 몫[分]을 나누었다. 그리하여 귀천의 등급, 장유의 차이, 지혜로운 사람과 어리석은 사람[智·愚], 유능한 사람과 무능한 사람[能·不能]의 구분(分)이 있도록 하여, 사람들로 하여금 모두 자기의 일을 하도록 맡기고, 각각 그 합당함[宜]을 얻도록 하였다. 그런 뒤에 보수[穀祿]를 많거나 적게 하고, 후하거나 박하게 하는 알맞음[稱]이 있도록 하였다. 이것이 대체로 "더불어 모여 살면서 조화롭게 통일을 이루는 길"[群居和一之道]이다.[133]

이렇게 예의는 함께 모여 살면서 욕구는 많고 자원은 부족한 데에서 [欲多而物寡] 필연적으로 빚어지는 다툼[爭]을 방지함으로써 "더불어 모여 살면서 조화롭게 통일을 이루는 길"[群居和一之道]이다. 이러한 사회생활에서 혼란 방지와 질서유지의 필요성에서 바로 예의의 필요성이 도출되는 것이다.

이상에서 보았듯이, 예(禮)의 가장 기본적인 기능은 각자의 몫을 나누어 분명히 함으로써 사회생활을 원만히 할 수 있도록 하는 것[明分使群]이다. 즉, 예의 가장 핵심적인 기능은 분(分)의 기능이다. 예의 핵심 목표인 군거화일(群居和一)은 명분(明分)으로부터 비롯되며, 이러한 명분사군(明分使群)은 예를 통해 이루어진다고 보는 것이 바로 순자의 입장인 것이다. 이러한 그의 생각은 다음의 진술에서 분명히 나타나고 있다.

　　나눔이 고르게 되면 두루 미치지 못하고, 세력이 가지런하면 통일되지 못하며, 무리가 똑같으면 서로 부리지 못한다. 하늘이 있고 땅이 있듯이 위·아래의 차별이 있는 법으로서, 밝은 제왕[明王]이 세워져야 비로소 나라 일 처리함에 등차[制]가 생기게 된다. 대체로 두 귀한 존재는 서로 섬길 수가 없고,

133) 夫貴爲天子 富有天下 是人情之所同欲也 然則從人之欲 則勢不能容 物不能瞻也 故先王案爲之制禮義以分之 使有貴賤之等 長幼之差 知賢愚能不能之分 皆使人載其事 而各得其宜 然後穀祿多少厚薄之稱 是夫群居和一之道也(榮辱 39-40 ;《荀子集解》에서는 知賢愚에서 知는 智로 읽어야 하고, 賢은 원문에서 삭제되어야 하며, 慤祿은 穀祿이 되어야 한다고 본다.)

부 천한 존재도 서로 부릴 수가 없는 법이다. 이것이 천수(天數)이다. 세력과 지위가 나란하고, 하고 싶은 것과 싫어하는 것이 같은데 자원이 풍부하지 못하면, 반드시 다투게 된다. 다투면 혼란되고, 혼란되면 곤궁해진다. 선왕(先王)은 이러한 혼란을 싫어하였다. 그리하여 예의를 제정해서 몫을 나누어, 가난한 이와 부자, 귀한 이와 천한 이의 등급이 있게 함으로써, 서로 겸하여 마주 대하기에 충분하게 하였다. 이것이 천한 사람들을 기르는 근본이다.《서경》에 이르기를 "오로지 가지런한 것은 가지런한 것이 아니다"[維齊非齊]라고 했는데, 바로 이것을 말한 것이다.[134]

그렇다면, 이러한 예에 의해 무엇을 나누고, 또 이러한 나눔의 결과는 무엇인가? 앞에 인용된 영욕편(榮辱篇 39-40)에 따르면, 예의에 의해 "귀천의 등급, 장유의 차이, 지(知)·우(愚)와 능(能)·불능(不能)의 나뉨이 있게 되고, 그 결과 사람들이 모두 자기의 일을 맡아서 각각 그 합당함을 얻게 되며[皆使人載其事 而各得其宜], 그런 뒤에 보수의 다소(多少)와 후박(厚薄)의 알맞음이 있게 된다." 이 인용문에서 보면, 예의에 의하여 귀천으로 대표되는 사회 등급, 장유로 대표되는 사회 윤리, 지·우와 능·불능으로 대표되는 사회 직분이 나누어지게 된다. 그리고 이러한 나눔의 결과 각자가 자기의 일을 맡아서[各得其事] 그에 맞는 합당한 보수를 얻게 됨으로써[稱宜][135] 사회생활을 조화롭게 유지하게 되는 것[群居和一]이다.

이러한 명분(明分)과 정분(定分)은 정명(正名)을 통해 이루어지는 것으로 순자는 보고 있다(정인재, 1982). 그는 이를 "귀천의 차등이 밝혀지지 아니하고, 동이(同異)의 한계가 구별되지 아니하면, 뜻[志]에는 반드

---

134) 分均則不偏 勢齊則不壹 衆齊則不使 有天有地 而上下有差 明王始立 而處國有制 夫兩貴之不能相事 兩賤之不能相使 是天數也 勢位齊 而欲惡同 物不能澹 則必爭 爭則亂 亂則窮矣 先王惡其亂也 故制禮義以分之 使有貧富貴賤之等 足以相兼臨 是養天下之本也 書曰 維齊非齊 此之謂也(王制 5-6 ;《荀子集解》에서는 分均則不偏의 偏을 偏으로 읽어야 한다고 보고 있다.)

135) 禮者貴賤有等 長幼有差 貧富輕重皆有稱者也(富國 5) ; 曷謂別 曰 貴賤有等 長幼有差 貧富輕重皆有稱者也(禮論 2)

시 알려지지 못하는 근심이 있게 되고, 일[事]에는 반드시 곤란하고 망가지는 재앙이 닥치게 될 것이다. 그러므로 현명한 사람이 이를 위해 분별하여 이름을 지어 사실을 가리킴으로써, 위로는 귀천을 밝히고 아래로는 동이를 가려내게 하였다"[136]고 표현하고 있다. 그 결과 상례와 제례[喪祭]같은 사회 의식(儀式), 귀천과 같은 사회 등급(等級), 군신·부자·형제 같은 사회 윤리(倫理), 그리고 사·농·공·상 같은 사회 직분(職分)이 모두 예에서 통일되어, 각각의 맡은 몫과 역할을 충실히 수행하게 되는 것이다.[137]

이러한 분(分) 이외에 예는 절(節)·중(中)·문식(文飾)의 기능을 하는 것으로 순자는 보고 있다. 예가 가지는 절(節)의 기능은 욕구 절제와 한계 수립의 기능을 말한다. 즉, 순자는 사람의 욕구는 많고 누구나가 원하는 것은 똑 같은데, 자원이 적으므로 반드시 다툼이 생길 수밖에 없으므로, 사회를 이루어서 다투지 않고 공생하려면 최소한의 욕구를 충족시키는 상태에서 욕구 추구의 한계를 수립하는 일이 필요하다고 보고, 이러한 한계 수립의 기능을 예에 부여하였던 것이다.[138] 이러한 절(節)은 사물을 씀에는 절용(節用)이 되고[139], 일상의 행동에서는 절제(節制) 또는 절한(節限)이 된다.[140] 그러나 이러한 절은 욕구를 모두 버린다거나

---

136) 貴賤不明 同異不別 如是則志必有不喩之患 而事必有困廢之禍 故知者爲之分別 制名以指實 上以明貴賤 下以辨同異(正名 6)
137) 故喪祭朝聘師旅一也 貴賤殺生與奪一也 君君臣臣父父子子兄兄弟弟一也 農農 士士工工商商一也(王制 20)
138) 人生而有欲 欲而不得 則不能無求 求而無度量分界 則不能不爭 爭則亂 亂則窮 先王惡其亂也 故制禮義以分之 以養人之欲 給人之求 使欲必不窮乎物 物必不屈 於欲 兩者相持而長 是禮之所起也(禮論 1)
139) 足國之道 節用裕民 而善臧其餘 節用以禮 裕民以政(富國 3-4) ; 程者物之準也 禮者節之準也(致士 19)
140) 夫義者 所以限禁人之爲惡與姦者也……夫義者內節於人 而外節於萬物者也 上 安於主 而下調於民者也 內外上下節者 義之情也(彊國 19-20 ; 이 구절의 결론 부분에 故爲人上者 必將愼禮義 務忠信 然後可 此君人者之大本也하는 말이 이 어지는데, 여기서는 禮義라고 연용되고 있는 것으로 보아, 본문의 義는 禮義 라고 보아야 한다.)

[去欲] 욕구를 아주 적게 하는 것[寡欲]을 의미하는 것은 아니다. 이는 바라서는 안될 것은 바라지 않도록 욕구를 지도하는 도욕(道欲)과 욕구 추구를 한도[定分]에 넘치지 않도록 하는 절욕(節欲)을 말하는 것이다.[141] 이는 앞의 예론편(禮論篇 1)의 인용문에 바로 이어서 "예는 기르는 것이다"[禮者養也]는 구절이 거듭 이어지고 있다는 점에서도 명백히 드러나는 사실이다.

예가 가지는 중(中)의 기능은 예가 모든 규범의 총칭임을 말하는 것이다(張其昀, 1984). 즉, 이는 "인도의 표준으로서의 예"(禮論 13)가 가지는 규범의 기능을 말하는 것이다. 이러한 예는 개인의 일상생활의 규범은 물론[142] 자연질서의 유지, 개인감정의 조화 및 사회질서 유지의 규범으로도 작용하는 것[143]으로 순자는 보고 있다. 이렇게 예는 모든 규범의 총칭이자 최고의 규범으로, 더 이상 더하거나 뺄 것이 없다는 것이다. 즉, "근본과 종말, 처음과 끝이 서로 따르고 맞지 않는 것이 없어서 만세의 법칙이 되기에 족한 것, 이것이 바로 예"[144]라는 것이다. 그러므로 순자에게 있어서 예는 바로 개인을 바로잡는 도구이면서[145] 동시에 국가와

---

141) 凡語治而待去欲者 無以道欲 而困於有欲者也 凡語治而待寡欲者 無以節欲 而困於多欲者也(正名 19-20)

142) 宜於時通 利以處窮 禮信是也 凡用血氣志意知慮 由禮則治通 不由禮則勃亂提僈 食飮衣服 居處動靜 由禮則和節 不由禮則觸陷生疾 容貌態度 進退趨行 由禮則雅 不由禮則夷固辟違 庸衆而野 故人無禮則不生 事無禮則不成 國家無禮則不寧(修身 24-26)

143) 天地以合 日月以明 四時以序 星辰以行 江河以流 萬物以昌 好惡以節 喜怒以當 以爲下則順 以爲上則明 萬物變而不亂 貳之則喪也 禮豈不至矣哉 立隆以爲極 而天下莫之能損益也(禮論 11-12 ; 본문의 天地以合부터 以爲上則明까지에서 以는 모두 以禮를 가리킨다.) 禮가 개인 감정의 조화나 사회 질서의 유지 이외에도 이렇게 자연 질서 유지의 규범으로도 작용한다는 것은 人道인 禮를 극진히 함으로써 사람이 천지에 참여하여(參於天地) 천지의 화육을 완성시킬 수 있다고 순자가 보고 있기 때문이다. 이는 다음과 같은 순자 자신의 진술들에서 잘 드러나고 있다 ; 天地者生之始也 禮義者治之始也 君子者禮義之始也 爲之貫之 積重之 致好之者 君子之始也 故天地生君子 君子理天地 君子者天地之參也 萬物之摠也 民之父母也 無君子 則天地不理 禮義無統(王制 19)

144) 使本末終始 莫不順比 足以爲萬世則 是禮也(禮論 24)

온 세상을 바로 잡는 도구이기도[146] 한 것이다.

끝으로 순자는 예에 인간의 감정을 순화시켜 주고 정화시켜 주는 문식(文飾)의 기능을 부여하고 있다. 이때의 예는 예의(禮儀)로서, 관혼상제 등의 사회 의식(儀式)을 말한다.[147] 이러한 사회의식은 모두 사람의 감정을 꾸며서 나타내는 기능을 한다는 것이 순자의 생각이다. 즉, "무릇 예란 산 사람을 섬길 때에는 즐거움을 꾸미는 것[飾歡]이요, 죽은 이를 보낼 때에는 슬픔을 꾸미는 것[飾哀]이며, 제사를 지낼 때에는 공경함을 꾸미는 것[飾敬]이요, 군대 의식을 행할 때에는 위엄을 꾸미는 것[飾威]이다. 이것은 모든 왕이 한결같이 한 것으로, 옛날이나 지금이나 한 가지"[148]라는 것이다. 그러므로 "각각의 일을 당했을 때 느끼는 사람으로서의 당연한 감정에 맞추어서 알맞게 꾸밈을 하는 것"[稱情而立文](禮論 31)이 바로 예라는 것이다. 그러므로 예에서는 감정과 꾸밈이 병행된다. 이러한 "꾸밈[文理]과 진정한 감정[情用]이 마치 안과 밖, 겉과 속같이 서로 함께 섞여 있는 것, 이것이 바로 예의 중도(中道)인 것이다."[149]

---

145) 禮者所以正身也……無禮何以正身(修身 36) ; 禮及身而行修(致士 16)
146) 國無禮則不正 禮之所以正國也 譬之猶衡之於輕重也(王霸 11) ; 禮者表也 非禮昏世也(天論 36)
147) 馮友蘭(1948)은 예가 이러한 문식(文飾)의 기능을 하는 것으로 보는 순자의 이론은 예에 관한 유가의 이론 발전에 커다란 공헌을 하고 있는 것으로 해석하고 있다. 이렇게 봄으로써 예의 근거와 실생활에서의 적용의 합리성이 얻어질 수 있기 때문이다. 순자가 사회 의식을 문식으로 보고 있다는 사실은 기우제와 같은 의식은 비를 바라는 감정을 꾸며 나타내기 위한 것이지, 꼭 그렇게 해야 비가 온다고 믿기 때문은 아니라는 진술이나(日月食而救之 天旱而雩 卜筮然後決大事 非以爲得求也 以文之也 故君子以爲文 而百姓以爲神 以爲文則吉 以爲神則凶 ; 天論 37), 제사의 경우에도 이를 인도(人道)라고 보지 귀신의 일이라고 보지 않는다는 진술(其在君子以爲人道也 其在百姓以爲鬼事也, 禮論 37) 등에서도 분명히 드러나고 있으며, 이러한 진술들에서 제반 사회 의식의 기원과 그 적용에 대한 순자의 합리적인 사고를 엿볼 수 있다.
148) 凡禮事生飾歡也 送死飾哀也 祭祀飾敬也 師旅飾威也 是百王之所同 古今之所一也(禮論 28)
149) 文理情用 相爲內外表裏 竝行而襍 是禮之中流也(禮論 24)

3) 사회 교환 관점의 사회관계론

선진유학으로부터 도출되는 사회관계론의 특징을 부각시키기 위해서는 현대 서구, 특히 미국심리학에서 제시된 대표적인 사회관계론과 대비해 보는 것이 좋을 것이다. 현대 사회심리학의 최대의 화두로 등장한 문화심리학(조긍호, 1993, 1996, 1997c ; Fiske, Kitayama, Markus, & Nisbett, 1998 ; Taylor, Peplau, & Sears, 1994)의 연구에서는 호프스테드(Hofstede, 1980, 1983, 1991)를 따라 문화의 유형을 집단주의(集團主義, collectivism) 문화와 개인주의(個人主義, individualism) 문화로 구분하고 있는데, 전통적으로 유학의 영향을 크게 받은 중국·한국·일본 등 동양의 국가들은 집단주의 문화에 속하는 대표적인 사회로 분류되고 있다. 이는 유학의 기본 입장이 인간을 사회적인 존재로 파악하고 있음을 반영하는 것이다. "유학의 인간 중심 철학에서는 사람은 개별적으로는 존재할 수 없으며, 모든 행위는 사람과 사람 사이의 상호작용의 맥락 속에서 이루어진다고 간주한다"(King, 1985, p.57). 이러한 점에서 보면, 유학의 사상은 오랫동안 이를 국가의 기본 이념으로 삼아 왔던 사회에 집단주의 문화가 형성되도록 한 원동력이 되었던 것이다(Kim, 1995 ; Kim & Choi, 1993 ; King & Bond, 1985 ; Lew, 1977). 이러한 배경에서 유학의 원형인 선진유학으로부터 도출되는 사회관계론은 본질적으로 집단주의 문화의 기본적인 사회관계론이 될 수밖에 없으므로, 개인주의 문화의 전형인 서구, 특히 미국의 사회심리학에서 전개된 사회관계론과의 대비에서 그 특징이 잘 드러나게 될 것이라 볼 수 있는 것이다.

현대심리학에서 제시된 사회 관계에 관한 대표적인 이론은 호만스(Homans, 1961), 블라우(Blau, 1964), 켈리와 티보(Kelley & Thibaut, 1978), 월스터, 월스터와 버샤이드(Walster, Walster, & Berscheid, 1978) 등에 의하여 제시되고 발전된 사회 교환 관점(社會交換觀點, social exchange perspective)의 이론들이다(Brehm, 1992 ; Rosenberg

& Turner, 1992 ; Taylor et. al., 1994). 거겐, 그린버그와 윌리스(Gergen, Greenberg, & Willis, 1980)에 의하면, 이러한 "교환의 관점은 사회과학 전체에 걸쳐 연구자들의 관심을 사로잡아 온 이론들이다"(p.viii). 교환이 론들은 대체로 인간 존재의 특성과 사회구성의 단위에 대한 두 가지 기 본 전제와 사회관계의 목표와 사회관계 유지의 규범에 관한 두 가지 기 본 명제로 구성된다.

교환이론에서의 인간 존재의 특성에 대한 기본 전제는 인간은 쾌락추구 적이고 이기적인 존재라는 것이다(Homans, 1961 ; Shaw & Constanzo, 1982 ; Walster et. al., 1978). 사실 이는 현대 서구심리학의 기초가 되어 있는 입장이라고 볼 수 있다(Dollard & Miller, 1950 ; Rosenberg & Turner, 1992 ; Sampson, 1977, 1978, 1989). Allport(1968)는 지금까지 인간의 사회 행동을 설명하는 "단순하면서도 최고의 이론 체계"(simple and sovereign theories ; p.10)로 제시된 것들 중 가장 핵심적인 것은 쾌락주의(快樂主義, hedonism)와 이기주의(利己主義, egoism)임을 밝히고 있다. 여기서 쾌락 주의는 사람은 고통을 피하고 쾌락을 추구하려 한다는 입장이고, 이기주의 는 사람은 자기의 쾌락과 이익을 무엇보다 중시한다는 입장이다. 현대심리 학에서는 강화의 원리(reinforcement principle) 또는 효과의 법칙(law of effect)이 쾌락주의를 대신하게 되었으며(Dollard & Miller, 1950), 이는 개인주의의 사조에 힘입어 이기주의와 연합하게 되었던 것이다.

또한 그들은 인간 개개인은 평등하고 독립적인 개별적 존재라고 본 다. 즉, 각 개인은 "분명한 경계를 가진 독특하며 통합적인 동기적 및 인지적인 소우주로서, 개별적인 전체로 조직화된 인식·정서·판단 및 행 위의 역동적인 중심이며, 타인·사회 및 자연적인 배경과는 분명하게 대 조되는 존재"(Geertz, 1975, p.48)라는 것이다. 그리고 사회관계란 이러 한 평등하고 개별적인 존재들 사이의 계약과 거래의 관계라고 파악한다 (Triandis, 1990). 이는 모든 사회관계를 논리적 관점에서 분석하려는 개 인주의 사회의 합리주의적 사고의 소산이다(정양은, 1988).

이렇게 개인 존재를 상호 평등하고 독립된 개별적인 이기적 존재로 파악하는 교환이론의 관점에서는 사회 구성의 기본 단위를 이러한 평등한 개별적 독립체인 개인에게서 찾으며, 사회는 이러한 개별적 개체들의 복수적인 집합에 불과하다고 본다(정양은, 1988 ; Chung, 1994 ; Hui & Triandis, 1986 ; Markus & Kitayama, 1991). 이렇게 교환이론의 관점에서는 상황이나 타인과 분리된 독립적인 개인을 사회 제도의 출발점으로 간주하기 때문에, 기본적으로 비사회적인(asocial) 개인을 모든 사회행동의 규범적 단위로 보게 되며(Miller & Bersoff, 1992), 개인과 개인 또는 개인과 상황과의 상호의존성을 최소화하려고 노력하게 된다(Markus & Kitayama, 1991).

이상과 같은 기본 전제를 가지고 있는 교환이론에서는 사회관계를 이기적인 존재로서의 각 개인이 자기와 똑같이 평등하고 독립적인 타인과 보상과 부담을 주고받는 거래를 하는 것이라고 본다. 따라서 각 개인은 이러한 거래 관계 속에서 각자가 추구하는 이익을 최대화하려고 노력하며, 결국 최대의 개인적인 이익의 추구가 바로 사회관계의 기본목표라고 보는 것이 교환이론의 관점이다. 이러한 사실은 교환이론의 관점을 착취자-피착취자 관계, 원조자-수혜자 관계뿐만 아니라 친구 관계, 부부 관계 같은 친밀 관계나 심지어는 부모-자식 관계까지도 포함하는 모든 인간관계에 확대 적용하려 한 월스터 등(1978)의 형평이론(衡平理論, equity theory)의 제1명제가 "개인들은 각자의 성과(사회관계에서 얻은 보상과 부담의 차이)를 최대화하려 한다"(p.6)는 것이라는 점에서 잘 드러나고 있다. 이렇게 교환이론의 관점은 바로 인간을 쾌락추구적이며 이기적인 존재라고 보는 데에서 출발하여, 이러한 이기적 존재로서의 개인들은 사회관계를 통해 각자의 이익의 최대화를 도모하려 하는데, 이것이 사회관계의 기본목표라고 간주하는 것이다.

이러한 사회관계 형성의 목표에 관한 제1명제에 이어, 모든 사회관계론의 이론적 초점은 집단이 형성됨으로써 발생하게 되는 이익 갈등과 분쟁을 어떻게 조정하여 사회관계를 유지하게 되는가에 관한 것이다. 이러한 사회관계 유지의 규범이 대부분의 사회관계론의 제2명제를 형성한다. 교환이론의 관점에서는 이기적인 존재인 개인들은 모두 자신의 이익을 최대화하려 하므로, 이들이 모이게 되면 필연적으로 이들 사이에 갈등이 야기된다고 본다. 따라서 이 이론의 관점에서는 이러한 갈등의 회피를 위한 규정(prescription)을 상정할 필요가 생기는데, 여기서는 이를 교호성 규범(交互性規範, reciprocity norm) 또는 공정성 규범(公正性規範, fairness norm)으로 제시하고 있다. 즉, 교환이론에서는 상호간의 공정한 교환을 통해 성원들 사이에 야기될 수 있는 갈등을 해소함으로써, 사회관계의 유지가 가능하게 된다고 간주하고, 따라서 사회에서는 이러한 규범을 발전시켜서 사회화 과정을 통해 성원들에게 강요하게 된다고 본다.

이러한 사실은 교환이론 중 가장 광범위하게 적용되고 있는 체계인 형평이론(Walster et. al., 1978)의 다음과 같은 두 명제에서 확인될 수 있다. "명제Ⅱa ; 각 집단은 성원들에게 보상과 부담을 형평하게 배분하는 공인된 체계를 개발함으로써, 집단적인 보상을 최대화할 수 있다. 따라서 모든 집단은 그러한 형평체계를 개발하여, 성원들로 하여금 이러한 체계를 받아들이고 준수하도록 유도할 것이다."(p.7) ; "명제Ⅱb ; 일반적으로 모든 집단은 형평 원칙에 맞게 타성원을 대우하는 성원은 보상해 주지만, 불형평스럽게 타성원을 대우하는 성원에게는 부담을 많이 지움으로써 그를 처벌할 것이다"(p.9). 이렇게 형평이론에서는 형평 원칙이라는 공정 교환의 규범을 사회에서 개발하여 성원들에게 이의 준수를 강요함으로써, 성원간의 분쟁을 조정하고, 사회관계의 유지를 도모할 수 있다고 보는 것이다.

4) 맹자의 관계 융합 관점의 사회관계론

사회관계를 파악하는 맹자의 관점은 이러한 교환 이론의 관점과는 근본적으로 대립된다. 맹자는 개인 존재를 사회적 관계망 속의 상호 연관적인 존재로 본다. 개별적 존재로서의 개인은 이러한 사회적 관계망 속의 일부로서의 의미만을 가질 뿐이며, 사회적 관계를 떠나서는 존재 의의를 찾을 수 없다고 본다. 개인 존재에 의의를 부여하는 이러한 관계망으로는 부자·군신·부부·장유·붕우 등을 들 수 있으며,[150] 이 중 부자와 장유(형제) 등 가족관계가 가장 기본적인 것이다. 이러한 점은 맹자 자신이 "인(仁)의 핵심은 어버이를 모시는 것이고, 의(義)의 핵심은 형을 따르는 것이며, 지(智)의 핵심은 이 두 가지를 깨달아 버리지 않는 것이고, 예(禮)의 핵심은 이 두 가지를 조절하고 아름답게 꾸미는 것"(離婁上 27)이라고 봄으로써, 인간 행위의 당위 규범인 인의예지의 기초를 부자와 형제의 가족관계에서 찾고 있다는 사실에서 잘 드러난다. 이는 인간 존재의 기초를 가족관계에서 구하고 있는 것으로, 여기에서 체득된 인의의 도를 백성을 친애하고[仁民] 사물을 아끼고 사랑하는[愛物] 단계, 즉 가족 밖의 사회 관계로 확장하여야 한다(盡心上 45)고 본다. 따라서 그는 사회관계의 단위를 개인 존재가 아닌 그가 속한 관계망으로 잡고 출발하는 것이다.

또한 맹자는 인간에게는 본유적으로 선단(善端)이 갖추어져 있으며, 스스로 이를 자각하고 일상생활에서 실천할 수 있다고 본다. 그가 보는 선단은 남을 불쌍하게 여기는 마음[惻隱之心], 자기의 착하지 못함을 부끄러워하고 남의 착하지 못함을 미워하는 마음[羞惡之心], 남을 공경하고 남에게 사양하는 마음[辭讓之心], 옳고 그름을 가리려는 마음[是非之心] 등 대체로 다른 사람과의 관계를 지향하고 있는 것이다. 즉, 사람은 기본적으로 타인에 대한 관심과 사랑을 갖추고 있는 존재라고 맹자는 보는 것이다.

이러한 전제에서 보면, 사회관계에서 사람들이 추구하고 있는 목표는 각 관계에서의 자연적인 조화와 질서의 추구이다. 즉, 부자·군신·부부·장유·붕우 사이의 관계에서 각각 친(親)·의(義)·별(別)·서(序)·신(信)을

---

150) 人之有道也 飽食煖衣 逸居而無敎 則近於禽獸 聖人有憂之……敎以人倫 父子有親 君臣有義 夫婦有別 長幼有序 朋友有信(《孟子》滕文公上 4)

유지함으로써, 각 관계에 내재하는 조화와 질서를 도모하는 것이 사회관계의 목표라고 보는 것이다. 이러한 조화와 질서는 각자가 놓여져 있는 관계망 속에서 각자가 "나"와 "너"라는 별개의 존재로서가 아니라, "우리"라는 하나의 단위로 통합되는 관계융합(關係融合)을 통해 이루어진다고 볼 수 있다. 이렇게 보면, 맹자가 보는 사회관계의 목표는 바로 대인 간의 관계융합이라 할 수 있는 것이다. 맹자의 도덕실천론에서 언급한 추기급인(推己及人)과 여민동지(與民同之)가 바로 이러한 관계융합의 핵심이라고 볼 수 있을 것이다.

앞에서 맹자는 인간 존재를 성선(性善)의 관점에서 이해함을 보았다. 그러나 그렇다고 해서 맹자가 인간의 생물적·이기적 욕구를 완전히 부정하는 것은 아니다. 아직 선단의 확충이 이루어지지 않아 물욕(物欲)에 가려지게 되면, 이기적 욕구에 휩쓸릴 수도 있다는 점을 맹자도 받아들이는 것이다. 이렇게 보면, 사회 구성 이후 사람들 사이에 이기적 갈등이 빚어질 가능성이 있다는 점은 맹자도 인정하는 셈이다. 그렇다면, 맹자에게 있어서 이러한 사회관계에서의 이익 갈등을 제거함으로써 사회관계를 유지하는 방법은 무엇인가?

맹자는 이를 사회관계 속에 내재된 역할(役割)의 수행에서 찾는다. 맹자가 보는 사람을 둘러싸고 있는 기본적인 사회관계망은 부자·군신·부부·장유·붕우의 다섯 가지이다(滕文公上 4). 이 다섯 가지 중 전자의 네 가지는 역할 구분에 의한 관계이다. 맹자에 따르면, 이러한 역할 구분은 인간 생활에서 필연적인 것이다. 그는 "무릇 모든 사물이 서로 같지 않은 것은 사물의 실상"[151]이므로 "대인(大人)이 할 일이 있고 또 소인(小人)이 할 일이 있다.……어떤 이는 마음을 쓰게 마련이고, 또 어떤 이는 힘을 쓰게 마련"[152]이라고 본다. 따라서 사람들은 사회적 관계망 속에서 자기에게 부여된 역할을 충실히 수행하여야 이러한 관계가 원만히 유지

---

151) 夫物之不齊 物之情也(滕文公上 4)
152) 有大人之事 有小人之事……故曰 或勞心 或勞力(滕文公上 4)

될 수 있다는 것이다. 이러한 사실은 공자도 이미 지적하고 있었던 바이다. 공자는 "제(齊)나라 경공(景公)이 정치에 대하여 묻자, '정치란 임금은 임금의 구실을 다 하고 신하는 신하의 구실을 다 하며, 아버지는 아버지의 구실을 다 하고 아들은 아들의 구실을 다 하는 것일 뿐'이라고 답하여"[153] 유명한 정명론(正名論)을 펴고 있다. 즉, 각각의 관계망 속에 내재된 역할을 충실히 수행하는 것이 모든 일의 근본이 된다는 것이다.

맹자는 사회관계에서의 이러한 역할의 수행은 바로 인의를 실행하는 일이라고 본다.[154] 즉, 사회관계에서 자기에게 부여된 역할을 충실히 수행하는 것이 바로 인을 실행하는 길이며, 따라서 이를 통해 사회 관계가 유지되는 것이라는 주장이 바로 맹자의 기본 입장인 것이다. 말하자면, 맹자는 사회 관계 유지의 규범을 사회관계에 내재한 역할수행(役割遂行)에서 찾고 있는 것이라 하겠다.

5) 순자의 군거화일 관점의 사회관계론

인간 존재의 특성을 보는 순자의 입장은 자못 독특한 바가 있다. 그는 사람은 이기적 욕구[欲]를 본유적으로 갖추고 있어서, 자연 상태에서는 악하게 될 수 있는[向惡] 존재라고 본다. 그러나 사람은 또한 예를 인식하고 행할 수 있는 능력[知·能]을 본유적으로 갖추고 있으므로, 성위지합(性僞之合)에 의해 화성기위(化性起僞)하여 선하게 될 가능성을 보유하고 있는 존재이기도 하다. 이렇게 순자는 사람은 자연상태 그대로에서는 악하게 될 가능성이 다분한 존재이지만, 화성기위에 의하여 선하게 될 가능성을 보유한 양면적인 존재로 규정하는 것이다.

이러한 점에서 순자의 사회관계론은 인간을 이기적 존재로 전제하는

---

153) 齊景公問政於孔子 孔子對曰 君君 臣臣 父父 子子(《論語》 顔淵 11)
154) 欲爲君 盡君道 欲爲臣 盡臣道 二者皆法堯舜而已矣 不以舜之所以事堯事君 不敬其君者也 不以堯之所以治民治民 賊其民者也 孔子曰 道二 仁與不仁而已矣(《孟子》 離婁上 2)

사회교환이론과 비슷한 조망에서 출발하였으나, 〈분(分)과 합(合)〉의 이론적 뼈대, 특히 성위지분과 성위지합의 논리를 통해 인간의 선화(善化)의 가능성을 인정하고 강조하였으며, 이러한 화성기위의 이론 체계를 기초로 하여 사회교환이론과는 달리 맹자와 같은 궤도의 사회관계론을 제시하기에 이르렀다고 볼 수 있을 것이다.

순자는 이러한 선화의 가능성을 보유하고 있는 사람들의 근본적인 사회성을 전제한다. 즉, 순자는 사회의 기본적인 구성단위를 독립된 개인 존재에서 찾지 않고, 사람 사이의 관계에서 찾는다. 이는 다음과 같은 진술에서 잘 드러나고 있다.

> 군주와 신하, 부모와 자식, 형과 동생, 남편과 아내의 관계는 처음이자 마지막이고, 마지막이자 처음으로서, 천지와 더불어 이치를 같이 하고, 만세를 통해 영구히 지속되는 것이다. 무릇 이를 일러 "위대한 근본"[大本]이라 한다.[155]

이는 군신·부자·형제·부부 등의 사회관계의 보편성을 지적한 것으로서, 이러한 관계가 사회의 가장 궁극적인 단위임을 표현하고 있는 것이라 볼 수 있다. 따라서 사람은 필연적으로 사회를 이루어 살지 않을 수 없는(王制 21 ; 富國 6) 사회적 존재인 것이다. 그 결과 사람들은 서로에게 의존해서 살아갈 수밖에 없는 것이다. 즉, "한 사람이 살아가기 위해서는 수많은 기술자들이 이루어 놓은 것이 필요한 법인데, 한 개인의 능력으로는 여러 기술을 겸하여 가질 수 없고, 또 여러 기능을 겸할 수도 없어서, 떨어져 살면서 서로 의존하지 않으면 필시 곤궁해질 수밖에 없으므로"(富國 2) 사람들은 서로 의존해서 살 수밖에 없는 것이다. 이렇게 사람은 부자·형제·부부·장유 등의 가족 및 윤리적인 관계뿐만 아니라, 군신·귀천 등의 등급 관계 및 사·농·공·상의 직분 관계에서도 상호 의존할 수밖에 없고, 이러한 사람들 사이의 관계가 사회를 이루는 "위대

---

155) 君臣父子兄弟夫婦 始則終 終則始 與天地同理 與萬世同久 夫是之謂大本(《荀子》 王制 19-20)

한 근본"이라는 것이 순자의 지론인 것이다.

앞에서 본 대로, 순자는 사람은 자연상태 그대로는 이기적 욕구에 의해 가려져서 악하게 될 가능성이 크지만, 후천적으로 "몸과 마음을 두고 익히는 바"[注錯習俗]에 따라 착하게 되어 남에게 양보할 수 있는 존재라고 본다. 즉, "반드시 장차 스승과 법의 감화와 예의의 인도가 있게 되면, 사양하는 데로 나아가고, 규범과 합치되어, 안정된 사회가 이루어지게 되는 것이다."[156] 이렇게 사람은 후천적으로 "예의의 감화를 받으면[化禮義], 온 나라 사람에게도 양보하게 되는"[157] 존재라는 것이다.

이렇게 화예의(化禮義)의 가능성을 가진 사람들은 서로 서로 의존하면서(富國 2) 사회를 이루어 모여 살지 않을 수 없는(王制 21 ; 富國 6) 존재이고, 사회 윤리, 등급 및 직분의 관계를 떠나서는 존재 의의를 찾기 힘들다고 순자는 본다. 그러므로 이러한 모든 관계를 예의로 검속하고, 관계 속의 역할[分]을 예의에 의해 수행하여 "함께 모여 살면서 조화롭게 통일을 이루는 일"[群居和一](榮辱 39-40)이 모든 사회관계의 기본목표라고 보는 것이 순자의 사회관계론의 제1명제라 할 수 있는 것이다. 이러한 사실을 순자는 앞에 인용한 왕제편(王制篇 19-20)에 이어 곧바로 다음과 같이 표현하고 있다.

> 그러므로 상례와 제례[喪祭], 조정의 의식[朝聘], 군대의 의례[師旅]가 결국 하나로 통일된다. 사회적 신분[貴賤], 사법 제도의 적용[殺生], 정치 권한의 실천[與奪]도 하나로 통일된다. 군주가 군주답게 하고[君君], 신하가 신하답게 하는 것[臣臣], 아버지가 아버지답게 하고[父父], 아들이 아들답게 하는 것[子子], 형이 형답게 하고[兄兄], 아우가 아우답게 하는 것[弟弟]도 모두 하나로 통일된다. 그리고 농부가 농부답게 하고[農農], 선비가 선비답게 하며[士士], 공인이 공인답게 하고[工工], 상인이 상인답게 하는 것[商商]도 모두 하나로 통일되는 것이다.[158]

---

156) 故必將有師法之化 禮義之道 然後出於辭讓 合於文理 而歸於治(性惡 2)
157) 化禮義 則讓乎國人矣(性惡 7)
158) 王制 20(註 140 참조) ; 본문의 번역은 金勝惠(1990, p.277)를 많이 참고하였다.

여기서 모든 사회의식과 사회제도 및 사회등급·사회윤리·사회직분의 사회관계를 하나로 통일하는 원리는 바로 예(禮)이다. 바로 이렇게 예에 의해 일체의 관계를 조율하여(修身 24-26 ; 致士 19 ; 彊國 20) 군거화일(群居和一)하는 것, 이것이 바로 순자의 사회관계론에서 보는 모든 사회관계의 기본목표인 것이다.

모든 사회관계론의 이론적 초점은 집단이 형성됨으로써 발생하게 되는 이익 갈등과 분쟁을 어떻게 조정하여 사회관계를 유지하게 되는가에 관한 것이다. 이것이 대부분의 사회관계론에서 제2의 명제를 형성한다. 순자도 사람은 비슷한 것을 원하기 때문에 자원이 부족하면 반드시 다투게 된다(王制 6 ; 富國 2)고 본다. 즉, 사람은 모여 살지 않을 수 없는데, "모여 살면서 나눔이 없으면 다투게 된다[群而無分則爭]"(王制 21 ; 富國 2, 7)는 것이다. 그렇다면, 사회생활의 이러한 분쟁을 없애고 사회관계를 유지함으로써 사회관계의 목표인 군거화일을 이루기 위해서는 어떻게 해야 하는가?

이에 대해서는 앞의 인용문(王制 21 ; 富國 2, 7)에 이미 그 해답이 제시되어 있다. 즉, 모여 살면서 "나눔이 없으면" 다투게 되므로, 다툼을 해소하는 길은 "나눔"[分]에 있는 것이다. 이렇게 "나눔이 없는 것은 사람의 커다란 재앙이고, 나눔이 있는 것은 천하의 근본적인 이익"[159]이므로, 나눔의 기준인 예[160]에 따라 "귀천으로 대표되는 사회 등급, 장유로 대표되는 사회 윤리, 지·우와 능·불능으로 대표되는 사회 직분의 나눔이 있게 하여, 그 결과 사람들이 모두 자기의 일을 맡아서 각각 그 합당함을 얻게 하며, 그런 뒤에 보수의 다소와 후박의 알맞음이 있게 하는 일이 바로 군거화일을 이루는 길"(榮辱, 39-40)이라는 것이 순자의 사회관계론의 핵심인 것이다.

이렇게 나눔을 통해 다툼을 방지하고 군거화일을 이루기 위해서는 우

---

159) 人之生不能無群 群而無分則爭 爭則亂 亂則窮矣 故無分者 人之大害也 有分者 天下之本利也(富國 6-7)
160) 故人道莫不有辨 辨莫大於分 分莫大於禮(非相 10)

선 각자가 할 일과 그 몫을 분명히 해야 하고[明分], 이러한 기초 위에서 각자의 직분을 충실히 수행해야 한다[守分]는 것이 순자의 생각이다. 즉, 순자의 사회관계론에서는 사회관계 유지의 규범을 바로 명분(明分)과 수분(守分)에서 찾고 있는 것이다.

다양한 사회관계 중에서 순자가 특히 중시한 것은 군신·부자·부부·장유·형제 등 사회윤리의 관계와 사·농·공·상 등 사회 직분의 관계이다. 그러므로 사회관계 유지의 규범으로서의 명분과 수분도 이 두 관계의 측면으로 나누어 고찰해 볼 수 있다.

사회윤리 관계에서든 사회직분 관계에서든 각자가 해야 할 일의 구분[明分]은 예에 의해 규정된다고 순자는 본다.[161] 이렇게 명분에 따라 "모든 사람이 각각 그 일을 맡아 그 합당함을 얻게 하는 일"(榮辱 40)이 바로 사회 윤리 관계나 사회 직분 관계 등 모든 사회관계 유지의 제1규범이라는 것이 순자의 입장인 것이다.

순자가 보는 사회관계 유지의 제2규범은 명분에 의해 밝혀진 각자의 일을 사회관계에서 충실히 지키고 수행하는 일[守分]이다. 우선 사회 윤리 관계에서 수분은 두 사람의 관계에서 요구되는 역할을 쌍무적으로 수행하는 일이다. 이를 순자는 다음과 같이 비교적 장황하게 기술하고 있다.

　　남의 군주 노릇 하는 방법은 예로써 나누어 베풀어 고르게 두루 미치면서 치우치지 않게 하는 것이고, 남의 신하 노릇 하는 방법은 예로써 군주를 모시고 충성스럽게 순종하면서 게으르지 않은 것이다. 남의 아버지 노릇 하는 방

---

161) 禮以定倫(致士 19) ; 遇君則修臣下之義　遇鄕則修長幼之義　遇長則修子弟之義　遇友則修禮節辭讓之義　遇賤而少者　則修告導寬容之義　無不愛也，無不敬也，無與人爭也　恢然如天地之苞萬物　如是則賢者貴之　不肖者親之(非十二子 33) ; 農分田而耕　賈分貨而販　百工分事而勤　士大夫分職而聽　建國諸侯之君　分土而守　三公總方而議　則天子共己而已矣　出若入若　天下莫不平均　莫不治辨　是百王之所同也　而禮法之大分也(王霸 16-17, 25-26 ; 《荀子注》에서는 天子共己의 共을 恭으로 보고 있다.)

법은 너그럽게 베풀되 예를 지키는 것이고, 남의 아들 노릇 하는 방법은 경애하면서 지극히 공손한 것이다. 남의 형 노릇 하는 방법은 자애로우며 우애를 보여주는 것이고, 남의 동생 노릇 하는 방법은 공경하여 굽히고 어긋나지 않는 것이다. 남의 남편 노릇 하는 방법은 조화에 치중하되 음란하지 않고, 일에 임하여 분별이 있는 것이고, 남의 아내 노릇 하는 방법은 남편이 예가 있으면 부드럽게 따라서 듣고 모시고, 남편이 예가 없으면 두려워하여 스스로 나서지 않는 것이다. 이러한 길은 한쪽만 서면 어지러워지지만[偏立而亂], 양쪽이 다 서면 질서 있게 될 것이니[俱立而治], 이는 잘 상고해 보아야 할 것이다[162]

이는 사회윤리 관계에서 할 일은 쌍무적인 것이므로, 각자가 주어진 역할을 동시에 함께 수행해야 양자간에 질서가 이루어져 관계의 유지가 가능함을 말하고 있는 것이다. 이는 군신·부자·형제·부부간의 관계가 엄격한 상하관계가 아니라 쌍무적이고 상호의존적인 관계임을 의미하는 것으로, 이러한 역할 수행의 쌍무성(雙務性) 곧 상호의존성(相互依存性)이 바로 사회윤리 관계에서의 수분의 핵심이라는 순자의 입장이 이 진술문에서 잘 드러나 있다 하겠다.

이에 비해 사회직분 관계에서의 수분의 방법으로 순자가 제시하고 있는 것은 "각자가 자기의 일을 익히고 이를 확고히 지키며, 마치 귀·눈·코·입 등의 기관이 그 기능을 서로 빌려서 할 수 없듯이 사람의 모든 일도 마찬가지이므로, 일단 일이 나누어지면 다른 일을 찾지 말고, 차례가 정해지면 순서를 혼란스럽게 하지 말아야 한다"[163]는 것이다. 즉, 사

---

162) 請問爲人君 曰以禮分施 均徧而不偏 請問爲人臣 曰以禮待君 忠順而不懈 請問爲人父 曰寬惠而有禮 請問爲人子 曰敬愛而致文 請問爲人兄 曰慈愛而見友 請問爲人弟 曰敬詘而不苟 請問爲人夫 曰致功而不流 致臨而有辨 請問爲人妻 曰夫有禮 則柔從聽侍 夫無禮 則恐懼而自竦也 此道也 偏立而亂 俱立而治 其足以稽矣 [君道 5 ; 《荀子集解》에 따라 人子句의 文은 恭, 人弟句의 苟는 悖로 보고, 人夫句의 功은 鄭長澈(1992, p.273)과 鄭仁在(1992, p.68)를 따라 和로 보았다.]

163) 人習其事而固 人之百事 如耳目鼻口之不可以相借官也 故職分而民不探 次定而序不亂(君道 15) ; 治國者 分已定 則主相臣下百吏 各謹其所聞 不務聽其所不聞 各謹其所見 不務視其所不見 所聞所見 誠以齊矣 則雖幽閒隱辟 百姓莫敢不敬分

회직분 관계에서의 수분의 방법은 다른 사람의 일에는 관여하지 말고, 자기에게 주어진 직분에만 충실하는 일이다. 즉, "군신과 상하, 귀천과 장유로부터 모든 서민에 이르기까지 모두가 예를 높여서 바른 표준으로 삼은 다음에, 안으로 스스로를 살펴서 자기의 본분에만 삼가 열심히 하는 것[謹於分], 이것은 모든 임금들이 같이 실천한 바로서 바로 예법의 핵심"[164]이라는 것이다. 이렇게 자기의 본분만을 삼가고 지켜서, 모든 사람이 자기의 일에만 열심이고, 다른 일에는 마음을 쏟지 않는 것,[165] 이것이 바로 사회 직분 관계에서의 수분의 핵심이라는 것이 순자의 논지인 것이다.

6) 사회관계론의 동·서 대비

지금까지 서구의 교환이론과 맹자 및 순자의 사회관계론을 비교하여 보았는데, 이는 다음 표와 같이 정리할 수 있다.

이 표에서 보는 대로 교환이론은 두 가지의 기본 명제를 축으로 하여 구성되고 있다. 즉, 이기적인 존재인 독립체로서의 개인이 사회관계를 통해 자기의 이익을 최대화하려 한다는 제1명제와 공정한 교환을 통해 상호 간의 이익 갈등을 해소하려 한다는 제2명제이다. 여기서 제1명제는 사회관계에서 추구하는 목표를 규정하는 것이고, 제2명제는 사회관계 유지의 규범을 규정하는 것이라 볼 수 있다. 따라서 인간의 사회관계를 이해하는 이러한 조망에서는 이기적 본성을 가지고 있는 상호 평등하고 독립된 개인이 자기의 이익 극대화를 위해 어떤 행동을 선택하고 결정하는지 하는 문제와, 서로 간의 이익 갈등을 필연적으로 내포하는

安制 以化其上 是治國之徵也(王覇 28-29)

164) 君臣上下 貴賤長幼 至于庶人 莫不以是爲隆正 然後皆內自省 以謹於分 是百王至所同也 而禮法之樞也(王覇 25)

165) 순자는 이러한 생각을 농부를 예로 들어 "농부가 성실하게 농사일에만 힘을 쓰고, 다른 일은 잘하지 못하게 한다"(使農夫樸力而寡能, 王制 6 ; 農夫朴力而寡能, 王覇 36 ; 農夫莫不朴力而寡能矣, 王覇 36)고 여러 번 진술하고 있다.

표 3. 세 사회관계론 대비

	사회교환이론	맹자이론	순자이론
인간존재의 특성 (전제1)	이기적	性善이나 물욕보유	이기적이나 善化 가능성 보유
사회구성의 단위 (전제2)	평등하고 독립적인 개인	사람 사이의 관계 (五倫)	사람 사이의 관계 (윤리·직분)
사회관계의 목표 (명제1)	개인의 이익 최대화	관계융합 (推己及人과 與民同之)	群居和一 (察道와 行道)
관계유지의 규범 (명제2)	공정한 교환	역할수행	역할구분[明分]과 역할수행[守分]

사회관계가 어떻게 형성되고 유지되는지 하는 문제에 관심을 기울이게
된다. 교환이론의 관점에서는 전자의 문제는 합리성을 기초로, 후자의
문제는 공정성을 기초로 하여 접근하려 한다고 생각할 수 있으며, 전자
는 합리적 의사 결정에 관한 연구를, 후자는 분배 정의 및 친교 관계 형
성과 유지에 관한 연구를 이끌게 되었다고 볼 수 있을 것이다.

이에 비해 맹자와 순자는 사람 사이의 관계를 사회구성의 기본단위로
인식하여, 이러한 관계의 융합이나 조화롭게 통일된 관계를 형성하는
것을 사회관계의 목표로 본다. 그리고 이러한 관계의 융합이나 조화로
운 관계는 모두 관계 속에 내포된 역할의 분명한 인식과 충실한 수행을
통해 이루어지는 것으로 본다. 이러한 관계 중심적인 관점에서는 관계
융합(關係融合)과 군거화일(群居和一)의 근거로서의 추기급인(推己及
人)과 여민동지(與民同之), 그리고 예의 인식[察道]과 체현[行道]의 문제
가 우선적인 연구주제로 떠오른다. 이는 맹자와 순자의 수양론의 핵심
내용이다.

맹자와 순자의 사회관계론에서 도출되는 또 다른 연구 주제는 사회관
계 유지의 규범으로서의 역할수행과 관련된 것으로서, 사회관계에서의
역할취득(役割取得)과 역할수행(役割遂行)의 주제이다. 이 문제는 맹·
순의 사회관계론에서 도출되는 핵심주제라고 볼 수 있는 것이다. 이렇

게 맹자와 순자의 입장을 따르면, 사회관계가 유지되는 과정의 이해를
위해서는 사회적 역할수행의 문제가 핵심적인 연구주제로 떠오른다. 그
러나 이러한 역할의 문제는 지금까지 사회학자들의 관심사였지 심리학
자들의 관심은 끌어오지 못하였다.[166] 이러한 사실은 현대심리학에서 사
회심리학의 교과서로 널리 사용되고 있는 죤스와 제랄드(Jones &
Gerard, 1967), 배론과 번(Baron & Byrne, 1987), 애럴슨(Aronson,
1988) 및 테일러 등(Taylor et al., 1994)의 교과서에서는 이 문제가 전혀
다루어지지 않거나[167] 기껏해야 성역할(性役割, sex role)의 관점에서만
다루어지고 있으며, 레이븐과 루빈(Raven & Rubin, 1983)의 교과서에
서는 의사소통 구조(communication structure)와의 관련에서 간단히 언
급되고 있을 뿐이다.

지금까지 심리학자들이 역할의 문제를 도외시해 왔던 것은 "사회적
역할"이란 것이 개인의 심리적인 내용 속에 있는 것이 아니라 객관적인
현실로서 제반 사회의 규정(social prescription) 속에 존재하는 것, 즉
개인 속에 내재하는 것이 아니라 개인 밖에 외재하는 것이라는 생각이
배경에 깔려 있었던 것이 아닌가 싶다. 이는 성역할의 문제도 기존의 엄
격하게 구분되어 상호 불가침의 관계였던 남성의 일과 여성의 일이 여
성해방 운동으로 인해 그 경계가 모호해졌고, 그 결과 성역할을 각자가

---

166) 역할의 문제가 사회학자들의 관심의 표적이 되어 왔다는 사실은 사회학자
(Rosenberg & Turner, 1992)가 사회학의 관점에서 정리한 사회심리학에서
현대 사회학적 사회심리학의 기본 이론 체계를 네 가지로 잡고 있는데(상징
적 상호작용론·사회교환이론·사회비교이론·역할이론), 역할이론이 그 중의
하나에 들고 있다는 사실에서 잘 드러난다. 이에 비해 심리학자(Taylor et.
al., 1994)가 심리학의 관점에서 정리한 사회심리학에서 현대 심리학적 사회
심리학의 기본 이론 체계를 여섯 가지로 보고 있는데(동기이론·학습이론·인
지이론·의사결정이론·사회교환이론·사회문화적 관점), 이 중에 역할이론은
들어 있지 않다.

167) Taylor 등(1994)에 의하면, 최근에 심리학적 사회심리학에서도 문화가 주요
한 연구 주제로 등장하면서 사회적 역할(social role)의 문제가 문화 비교 연
구의 주된 개념 틀의 하나로 제기되고 있음을 지적하여, 심리학자들도 서서
히 역할의 문제에 관심을 갖기 시작했음을 보고하고 있다.

받아들인 심리 내용 속의 개념으로 인식하기 시작한 이후에 본격적으로 연구가 이루어지기 시작한 것으로 볼 수 있다는 시사(Taylor et. al., 1994)에서 그 개연성의 일단을 찾아볼 수 있을 것이다.

그러나 순자는 역할 구분의 근거이며 예의 체계인 도에 대해 "마음이 도를 인식한[知道] 연후에야 도를 옳은 것으로 받아들이게 되고[可道], 그런 후에야 도를 지키고[守道] 도가 아닌 것을 금할 수[禁非道] 있게 된다"[168]고 봄으로써, 예에 의한 분(分)의 규범이 개인의 심리적인 인식과 수용을 전제로 하여 실제에 실행될 수 있는 것임을 시사하고 있다. 그는 또한 "올바름[義]을 바른 것으로 받아들여서 이를 행하는 것이 바로 도덕적 행위"[169]라고 봄으로써, 예의의 실행은 이의 개인 내적 인식을 근거로 함을 말하고 있다.

이런 진술들은 모두 예(禮)의 개인 심리 내용으로의 전화(轉化)가 바로 화성(化性)이라는 사실(조긍호, 1995 ; 蔡仁厚, 1984)과 결부시켜 보면, 예의 체계인 분(分, 役割)이 바로 개인 심리적 문제가 됨을 말하는 것으로 볼 수 있다. 이렇게 되면 역할의 문제는 바로 심리학적 연구문제가 되는 것이며, 따라서 선진유학자들에게서의 역할과 예의 문제는 사회학의 문제가 아니라 심리학의 문제로 떠오르게 되는 것이다. 따라서 사회적 존재로서의 인간의 상호관계의 형성과 유지 과정을 포괄적으로 이해하기 위해서는 사회적 역할 취득과 그 수행의 문제에 대한 탐구가 앞으로 사회심리학에서 본격적으로 전개될 필요가 있으며,[170] 이것이 바로 맹자와 순자의 사회관계론이 현대 사회심리학에 던져주는 중요한 시사점이라고 볼 수 있을 것이다.

---

168) 心知道 然後可道 可道然後能守道 以禁非道(《荀子》 解蔽 11)
169) 正義而爲 謂之行(正名 3)
170) 이수원(1993, 1994)은 이미 "역할"이 개인 내의 심리 내용에 근거를 두고 있음을 밝혀내고, 이로부터 파생되는 외계 인식의 틀인 "조망"이 사회 행동의 근거임을 제시함으로써, 이러한 연구의 새로운 가능성을 보여주고 있다.

6. 수양론과 자기통제론의 문제

선진유학의 특징 중 한가지는 인간론을 중심으로 하고 있다는 것인데, 인간론의 문제 중에서도 "인성론보다는 실천적인 수양론이 핵심을 이루고 있다"(김승혜, 1990, p.328). 이는 유학이 기본적으로 적선성덕(積善成德)을 지향하는 이론체계라는 점에서 쉽게 이해될 수 있는 사실이다.

맹자는 사람은 다른 동물과는 달리 반성적 사고의 능력을 갖춘 마음[心]을 본유적으로 가지고 있으며, 바로 이러한 사실에서 인간의 본성을 이해해야 한다고 본다. 그에 따르면, 사람의 마음속에는 인의예지(仁義禮智)의 기초인 사단(四端)이 내재적으로 갖추어져 있으며, 따라서 사람은 누구나 반성적 사고를 통해 스스로에게 갖추어져 있는 선단(善端)을 인식하여 스스로가 도덕 주체임을 자각함으로써, 누구나가 바라는 상태인 선을 이룰 수 있는 존재이다. 그러나 환경의 영향이나 과다한 욕구의 가리움 등으로 인해 스스로에게 내재적으로 갖추어져 있는 선단을 내쳐버리거나[放心] 잃어버리기[失心] 쉽다. 그러므로 스스로에게 본유적으로 갖추어져 있는 사단을 잃지 않고 간직하여[存心] 이를 잘 기르도록[養性] 주체적으로 노력해야 할 필요가 생기는 것이다.

이렇게 존심(存心)·양성(養性)을 하는 데에는 반성적으로 사물의 이치와 사람의 도리를 밝게 깨달아 자각하는 명도(明道)와 사람으로서 마땅히 해야 할 일을 끊임없이 수행하는 집의(集義)의 방법이 있을 수 있다(조긍호, 1990). 이러한 명도와 집의를 통해 인간은 인의를 체득함으로써 도덕 주체로서의 존재 특성을 확고히 할 수 있게 된다는 것이 맹자의 수양론의 대지이다.

순자에게도 수양론은 그의 사상의 핵심을 이루는 부분의 하나인데(金勝惠, 1990 ; 鄭仁在, 1981), 이 순자의 수양론 역시 그의 인성론을 근간으로 하고 있다. 즉, 순자는 자연 상태에서는 악으로 향할 가능성이 많은 성(순자 자신이 性惡篇에서 말하는 좁은 의미의 性)과 선의 근거로서의 위의 구별[性僞之分]로부터 필연적으로 악을 지양하고, 선으로 지향하는 성위지합(性僞之合)의 상태를 이루기 위한 방법론으로서 수양론을 제시하고 있는 것이다.

이러한 순자의 수양론의 핵심은 인도의 극치인 예를 밝게 통찰하고[察道] 이를 실행하는[行道] 것으로 요약될 수 있다(조긍호, 1998a). 여기서 찰도의 문제는 성위지분을 밝게 깨달아 사람으로서 해야 할 일[所爲]과 해서는 안될 일[所不爲]을 분명히 체득하는 것이고, 행도란 이를 실천하여 실생활에서 종합적으로 체현함으로써 성위지합을 이루는 것이다.

1) 맹자의 명도·집의의 존심·양성론

맹자에 따르면, 환경이나 물욕 등으로 인해 인간은 방심(放心) 또는 실심(失心)하여 불선(不善)하게 되기가 쉽다. 인간이란 결코 완선(完善)의 상태로 태어나는 것이 아니다. 사단설(四端說)에 나타나 있듯이 단지 착하게 될 수 있는 싹을 지니고 있을 뿐이며,[171] 이러한 점을 자각하여

---

171) 四端에서 端을 설명하는 견해는 朱熹와 趙岐의 설이 서로 다르다(吳善均, 1989). 朱熹는 《孟子集註》에서 "端은 실마리(緖)이다. 그 情의 발로로 인하여 性의 본래의 모습을 얻어 볼 수 있다. 이는 마치 속에 물체가 있으면 그 실마리가 밖으로 나타나는 것과 같다(端 緖也 因其情之發 而性之本然 可得而見 猶物在中 而緖見於外也)"라고 보아 端緖說을 주장하고 있다. 이는 惻隱·羞惡· 辭讓·是非의 情을 端緖로 하여 마음속에 가지고 있는 仁義禮智의 德을 찾을 수 있다는 견해로서, 四德은 인간이 본유한 것이며, 그 내재의 德이 四端이라는 情이 되어 그 일부가 발로된다고 보는 것이다. 따라서 "朱熹는 인간의 성품은 본래 완전한 것이며, 仁義禮智는 생득적으로 구유된 것이라고 하여, 도덕의 완전·순수한 선천성을 주장하였다"(吳善均, 1989, p.42).

이에 비해 趙岐는 《孟子章句》에서 "端이란 첫머리(首)이다. 사람은 누구나 仁義禮智의 첫머리를 가지고 있어, 이를 이끌어 쓸 수가 있다(端者 首也 人皆 有仁義禮智之首 可引用也)"라고 보아 端本說을 주장하고 있다. 즉, 端이란 나무의 首端, 즉 싹이라고 보아, 생장하여 거목이 될 수 있는 싹이 바로 四端이라고 파악한 것이다. "그러므로 四端은 완성된 仁義禮智로 性에 구유된 것이 아니라, 그 萌芽로서 완전한 四德으로 발전될 端本에 불과하다는 것이다. 고로 端本論者들은 맹자가 擴充이라고 한 것은 이 端本인 萌芽를 길러 요·순 같은

"착하게 될 수 있는[可以爲善] 존재일 뿐이다."[172] 따라서 인간은 "이러한 선단을 넓혀서 채워야[擴而充之] 부모를 모시고 사해까지도 보전할 수 있게 되지만, 그렇지 못하면 부모조차도 모실 수 없는 존재인 것이다."[173] 그러므로 인간은 자신에게 갖추어져 있는 본래의 착한 마음을 구

성인의 경지에 이르게 하기 위함이니, 인간이 聖人之心을 본유한 것이 아니라 그 萌芽인 四端을 갖추고 있을 뿐이라고 하는 것이다"(吳善均, 1989, p.42).

　이 중에서 朱熹의 端緒說은 宋代의 性理學에 따라 性·情, 理·氣를 엄격히 구분하고, 이를《孟子》의 해석에도 적용하는 데서 나오는 입장이라 할 수 있다. 그는 "측은·수오·사양·시비는 情이고, 仁義禮智는 性이며, 心은 情과 性을 통섭하는 것(惻隱羞惡辭讓是非 情也 仁義禮智 性也 心統性情者也)"이라는 입장에서 위에서와 같은 논리를 전개하고 있는 것이다. 그러나 맹자는 전혀 性과 情을 대립되는 개념으로 파악하고 있지 않다.《孟子》전편에 情字는 단지 4번 나오고 있을 뿐으로(滕文公上 4, 夫物之不齊 物之情也 ; 離婁下 18, 故聲之過情 君子恥之 ; 告子上 6, 乃若其情則可以爲善矣 ; 告子上 8, 人見其禽獸也 而以爲未嘗有才焉者 是豈人之情也哉), 이는 모두 "실제의 상태"를 의미하고 있는 것이지, 性理學에서 말하듯이 "性의 已發 상태"를 의미하는 것이 아니다. 또한《孟子》전편에서 理字는 3개 章(萬章下 1, 告子上 7, 盡心下 19)에서만 보일 뿐인데, 條理(萬章下 1), 利(盡心下 19)의 뜻으로 쓰이고 있고, "도리나 이치"의 뜻으로 쓰인 것은 告子上篇 7章의 한 곳 뿐인데, 이곳에서도 氣와 대립되는 의미는 전혀 없다. 그리고 氣字도 3개 章(公孫丑上 2, 告子上 8, 盡心上 36)에서만 보일 뿐인데, "용기·기개·의기"(公孫丑上 2)나 "기운"(告子上 8) 또는 "기품"(盡心上 36)의 뜻으로 쓰일 뿐, 理氣論에서 말하듯이 "理나 性의 發動 에너지"의 뜻으로는 쓰이지 않고 있다. 따라서 宋代에 이르러 程·朱에 의해 제시된 性理學의 체계에 의해 그 1500여 년 이전의《孟子》를 해석하는 것은 맹자의 본 뜻을 바로 파악하는 것이라고 보기 어렵다. 勞思光(1967)도 이러한 점을 지적하여 "宋儒가 맹자의 학설을 해석할 때에 그들은 매번 다른 투의 자료를 근거로 삼아서 맹자의 철학 입장을 판정한다. 그러나 이와 같이 입론할 때 표현된 것은 주로 해석자의 입장이었지《孟子》본서의 입장은 아니었다(p.163)"라고 석고 있다.

　따라서 본고에서는 朱熹의 端緒說보다는 趙岐의 端本說을 취하여 논리를 전개하려 한다. 이는 趙岐가 맹자 사후 대략 420여년 뒤의 사람으로, 아직 先秦儒學의 학풍이 남아 있을 때《孟子章句》를 서술하여, 性理學의 이론 체계에 얽매였던 주희보다는 객관적으로 맹자의 사상을 해석하였다고 보여지고, 또한 맹자의 수양론을 파악하는 데는 朱說보다는 趙說이 더 타당하다고 생각되기 때문이다.

172) 乃若其情 則可以爲善矣 乃所謂善也(《孟子》告子上 6)
173) 凡有四端於我者 知皆擴而充之矣 若火之始然 泉之始達 苟能充之 足以保四海

하여 얻어야 한다. "이는 구하면 얻고, 그대로 두면 잃어버리게 마련이다. 이것은 나에게 갖추어져 있는 것을 구하는 것이기 때문에, 구하면 반드시 얻어질 것이다."[174] 이렇게 본래의 마음을 구하여 "그것을 간직하고[存心], 또 본래의 성을 기르는 것[養性]은 바로 하늘을 섬기는 일"[175]이 되는 것이다.

그렇다면, 이러한 존심과 양성은 어떻게 해야 이룰 수 있는 것인가? 이는 공손추 상(公孫丑上) 2장의 유명한 양호연지기론(養浩然之氣論)[176]에 잘 드러나 있듯이, 사물의 이치와 사람의 도리를 밝게 깨달아 자각하는 명도(明道)와 사람으로서 마땅히 해야 할 일을 끊임없이 수행하는 집의(集義)라고 볼 수 있다(馮友蘭, 1948 ; 이강수, 1982). 이 두 가지는 상호보완적인 것으로, 이를 "의와 도가 짝을 이룬다[配義與道]."고 표현하고 있는데, 여기서 의는 집의를, 도는 명도를 가리키는 것으로 볼 수 있다. 이렇게 명도와 집의가 존심(存心)·양성(養性)의 기초라는 점은 맹자 자신의 다음과 같은 말속에서 잘 드러나 있다.

사람이 금수와 다른 점은 아주 적다. 그런데 보통 사람은 이를 없애버리고 (그리하여 금수같이 되고), 군자는 이를 간직한다 (그리하여 사람다운 사람이 된다). 순임금은 모든 사물의 이치를 밝게 깨달았고, 아울러 인간의 도리3도 자세히 이해하였으며[明於庶物 察於人論], (자연스럽게 천성적인) 인의를 따라 행하였지 (억지로) 인의를 행하려 하지는 않았다[由仁義行 非行仁義].[177]

이 인용문에서 명어서물 찰어인륜(明於庶物 察於人倫)은 바로 명도

苟不充之 不足以事父母(公孫丑上 6)

174) 求則得之 舍則失之 是求有益於得也 求在我者也(盡心上 3)

175) 存其心 養其性 所以事天也(盡心上 1)

176) 敢問夫子惡乎長 我知言 我善養吾浩然之氣 敢問何謂浩然之氣 曰 難言也 其爲氣也 至大至剛 以直養而無害 則塞於天地之間 其爲氣也 配義與道 無是餒也 是集義所生者 非義襲而取之也 行有不慊於心 則餒矣……必有事焉而勿正 心勿忘勿助長也(公孫丑上 2)

177) 人之所以異於禽獸者 幾希 庶民去之 君子存之 舜明於庶物 察於人倫 由仁義行 非行仁義也(離婁下 19)

를 가리키는 것이고, 유인의행 비행인의(由仁義行 非行仁義)는 바로 집의를 가리키는 것이라 볼 수 있을 것이다.

여기서 명도(明道)는 도덕적 주체가 바로 자신임을 자각하는 것이다.[178] 이러한 도덕주체로서의 자각이 바로 맹자의 성선설의 요지인데, 이러한 도덕적 자각의 요체는 바로 인간의 본래 선성(善性)에 비추어 마땅히 해야 할 일[所爲]과 마땅히 해서는 안될 일[所不爲]을 분별하는 것이다(勞思光, 1967). 즉, "사람에게는 해서는 안될 일이 있고 난 후에야 할 일을 이룰 수 있게"(離婁下 8) 되므로, "해서는 안될 일은 하지 않고, 또 바라서는 안될 일은 바라지 않도록"(盡心上 17) 도덕적 주체가 바로 자신임을 자각하는 것이 바로 명도의 내용인 것이다.

그렇다면, 이러한 도덕적 자각을 이루기 위해서는 어떻게 해야 하는가? 그 하나는 마음과 뜻을 한결같이 하는 일[專心致志]이다. "그 마음을 다 하는 사람은 그 성(性)을 깨달아 알게"[179] 되지만, "마음과 뜻을 한결같이 하지 못하면 이를 깨달아 얻지 못하므로"[180] 오로지 내 마음속에 본래 갖추어져 있는 "인의(仁義)에만 뜻을 두고 지향해야"[181] 도덕 주체로서의 자각을 이룰 수 있는 것이다.

또 하나는 자기를 반성하여 성실히 하고[反身而誠], 모든 책임을 자기에게 돌이켜 찾는 일[反求諸己]이다. "만물의 이치가 모두 나에게 구비되어 있어서, 자기를 반성하여 보아 성실하다면, 즐거움이 이보다 더 클수가 없기"[182] 때문에, 모든 책임을 스스로에게서 찾아야 한다고 맹자는 본다. 이렇게 스스로에게서 모든 책임을 구하여 항상 반성하는 일이 도덕주체로서의 자각을 이룰 수 있는 또 하나의 길인 것이다.

존심·양성의 기초로서의 집의(集義)에 대해서는 제자인 공손추(公孫

---

178) 君子深造之以道 欲其自得之也 自得之 則居之安 居之安 則資之深 資之深 則取之左右逢其原 故君子欲其自得之也(離婁下 14)
179) 盡其心者 知其性也(盡心上 1)
180) 不專心致志 則不得也(告子上 9)
181) 何謂尙志 曰 仁義而已矣(盡心上 33)
182) 萬物皆備於我矣 反身而誠 樂莫大焉(盡心上 4)

丑)와의 문답 중에서 호연지기(浩然之氣)에 대한 맹자의 다음과 같은
설명에 잘 드러나고 있다.

> 그 기(氣)란 지극히 크고 지극히 강건하여, 곧게 길러 아무런 해침이 없으
> 면 천지 사이에 꽉 차 있게 된다. 그 기는 의와 도에 짝하고 있어서[配義與
> 道], 이것이 없으면 시들어 버린다. 이것은 의(義)를 모아서 생기게 되는[集義
> 所生] 것이지, 의를 갑자기 엄습함으로써 취해지는 것이 아니다. 따라서 행위
> 하는 것이 마음에 흡족하지 않음이 있으면, 이는 시들어 버린다.……그러므
> 로 집의(集義)를 일삼되 그 효과를 미리 기대하지 말고[勿正], 마음에 잊지
> 말며[勿忘], 조장하려고 하지 말아야[勿助長] 한다.[183]

이 인용문에서 특히 주목할 것은 존심·양성의 결과로써 갖추어지는
호연지기는 "의를 모아서 생기게 된다[集義所生]"는 구절이다. 이렇게
집의한다는 것은 바로 명도를 통하여 "해서는 안될 일은 하지 않고, 또
바라서는 안될 일은 바라지 않으면서"(盡心上 17) 사람으로서 마땅히
해야 할 일을 끊임없이 수행하는 것이다.

그렇다면, 이러한 집의는 어떻게 해야 하는가? 위의 인용문에서는 효
과를 미리 기대하지 않는 일[勿正], 마음에 잊지 않는 일[勿忘] 및 억지
로 조장하지 않는 일[勿助長]의 세 가지를 들고 있다.

집의를 하는 데 있어서는 우선 자기가 자각한 천성적인 "인의를 자연
스럽게 좇아야지, 억지로 그 효과를 바라고 행해서는 안된다[由仁義行
非行仁義]."(離婁下 19) 즉, "대인은 말하는 데 있어서 반드시 남이 믿어
줄 것을 기대하지 않고, 행하는 데 있어서 반드시 그 효과를 기대하지
않으며, 오로지 의가 있는 것을 따를 뿐[184]"인 것이다. 외형적인 효과를
기대하여 "행위하는 것이 마음에 흡족하지 않음이 있으면 호연지기가

---

183) 註 180(公孫丑上 2) 참조. 여기서 맨 마지막 구절의 勿正을 "그 효과를 미리
　　기대하지 말고"라고 해석한 것은 朱熹의 《孟子集註》에 따른 것이다. 그는 正
　　을 豫期로 본 것이다. 그러나 趙岐는 《孟子章句》에서 이를 止로 보고 있는데,
　　이렇게 되면 이 구절은 "이를 멈추지 말고"라고 해석해야 한다. 여기서는 趙說
　　을 따를 경우 이는 集義와 내용상으로 중복되는 것으로 보아, 朱說을 따랐다.
184) 大人者 言不必信 行不必果 惟義所在(離婁下 11)

시들어 버리므로"(公孫丑上 2), 집의를 하는 데에서는 미리 그 효과를 바라고 해서는 안 되는 것이다.

다음으로 집의의 과정에서는 마음속에서 도를 잊지 않는 일이 중요하다. 이는 앞의 인용문 중 배의여도(配義與道)라는 구절에 그 내용이 잘 나타나 있다. 여기서 의는 집의를, 도는 명도를 가리키는 것으로, 배의여도란 "이 두 가지 수양 공부는 그 어느 하나도 빠뜨릴 수 없다"(李康洙, 1982, p.205)는 말이다. 즉, 이렇게 "선(善)을 밝게 깨닫지 못하면 그 몸을 성실하게 할 수 없으므로",[185] 집의하여 몸을 성실히 하기 위해서는 명도가 선행되어 이 두 가지가 짝을 이루어야 하며, 따라서 수행하는 사람은 이렇게 자각한 도를 마음속에 항상 간직하고 잊지 말아야 한다는 것이다.

그리고 집의의 과정에서 또 한 가지 중요한 것은 억지로 성급하게 조장하려고 하지 않는 일이다. 앞의 인용문에 나와 있듯이 호연지기는 "의를 갑자기 엄습함으로써 취해지는 것이 아니다"(公孫丑上 2). 그러므로 의를 오래 축적해야지, 억지로 성급하게 조장하려 해서는 안된다는 것이다. 억지로 의를 조장하려 하는 것은 무익할 뿐만 아니라 또 그것을 해치는 일이 되므로, 성급하게 하지 말고 오랫동안 "인(仁)에 거하고 의(義)에 말미암는 것"(盡心上 33)이 집의의 또 하나의 방도인 것이다.

2) 순자의 찰도·행도의 체도론

순자는 "도를 인식한 다음 이를 밝게 살피고[知道察], 도를 인식한 다음 이를 실제로 행하면[知道行], 도와 일체가 된 사람[體道者]"(解蔽 13)이라고 본다. 수양의 목적은 이러한 도와 일체가 되는 데 있으므로, 이 말은 찰도(察道)와 행도(行道)가 바로 수양의 요체임을 말하고 있는 것이다. 그렇다면, 이러한 찰도와 행도는 각각 무엇에 의존하여 이루어지

---

185) 不明乎善 不誠其身矣(離婁上 12)

는가?

이에 대해서는 인위적 노력과 그 결과인 위(僞)에 관한 순자의 주장에서 그 해답을 구할 수 있다. 순자는 위를 "사려를 쌓고[積慮] 행위 능력을 익힌[習能] 다음에 이루어지는 것"(正名 2)이라 보고 있다. 이는 인위적인 수양의 결과로 이루어지는 것이 바로 위임을 지적하고 있는 것으로, 이러한 수양은 적려(積慮)와 습능(習能)을 그 핵심 내용으로 한다는 진술로 받아들일 수 있다(蔡仁厚, 1984). 여기서 사려를 쌓으면 도를 밝게 깨닫게 되고[察道], 행위 능력을 익히면 실생활에서 도에 알맞는 행위를 하게 될 것[行道]이라 볼 수 있다. 따라서 적려와 습능은 각각 찰도와 행도의 근거가 되는 것이다.

이 중에서 적려는 인식능력인 지(知)의 기능에 속하고, 습능은 행위 능력인 능(能)의 기능에 속한다. 이렇게 보면, 성위지합을 이루는 방법론으로서의 수양은 사람을 이루는 욕(欲)·지(知)·능(能) 세 측면의 구조 중에서 지와 능에 의해 이루어지는 것이다. 여기서 적려를 이루는 방법은 배움[學]이고, 습능을 이루는 방법은 수신(修身)이다(김승혜, 1990 ; 정인재, 1981).

앞에서 보았듯이 맹자는 인의예지 등 모든 도덕의 근거가 사람의 본성 속에 본래 내재해 있으므로, 이를 잘 간직하여[存心]) 기름으로써[養性] 생득적인 선의 싹[善端]을 다 이루도록[盡心]하는 것이 수양의 핵심이라고 본다. 이에 비해 순자는 도덕 규범으로서의 예의의 근거는 성인이 지와 능의 재능을 발휘하여 이루어낸 위에 있으므로(牟宗三, 1979 ; 蔡仁厚, 1984), "예의의 도는 곧 마음이 인지하는 바의 외재 표준이며, 이러한 외재적인 예의에 의존해서 이루어지는 도덕은 타율 도덕일 뿐"(蔡仁厚, 1984, p.417)이라고 본다. 따라서 순자는 사람이 이러한 외재 표준으로서의 예의를 인지하고 실천하는 것은 선천적인 지·능의 재능을 통한 인위적인 노력에 의존하는 것 이외에는 다른 길이 있을 수 없다고 보게 되는 것이다. 이는 순자의 다음과 같은 진술에서 잘 드러나 있다.

초나라에 살면 초나라 사람이 되고, 월나라에 살면 월나라 사람이 되며, 중
국에 살면 중국 사람이 된다. 이는 천성 때문이 아니라, 쌓고 따르는 것[積靡]
이 그렇게 만드는 것이다. 그러므로 사람이 마음과 몸을 두기[注錯]를 삼가
고, 익히는 바[習俗]를 신중히 하며, 쌓고 따르기를 크게 할 줄 알면 군자가
된다. 그러나 감정과 욕구를 방자히 따르고, 묻기와 배우기를 충실히 하지 못
하면 소인이 되고 만다.[186]

이러한 인위적인 노력의 실질적인 방법이 바로 배움과 수신인 것이
다. 이렇게 배움과 수신이 인도인 예의를 체득하고 체현하는 방법이라
는 사실은, 적려와 습능 자체인(正名 2) 위(僞)에 대한 순자의 다음 진술
에서 명백하게 드러나고 있다.

예의는 성인이 만들어낸 것으로, 사람이 배워서 할 수 있고[所學而能] 또
한 일삼아서 이루어지는[所事而成] 것이다……이렇게 사람에게 있어서 배워
서 할 수 있고[可學而能] 또 일삼아서 이루어질 수 있는 것[可事而成], 이것이
바로 위(僞)이다.[187]

여기서 "일삼는다"[所事·可事]는 말이 일상생활에서의 수신을 가리
키는 것이라 보면, 이 인용문은 인도인 예의는 배움과 수신을 통해 체득
하고[察道] 체현할[行道] 수 있음을 단적으로 제시하고 있다 하겠다. 이
러한 사실을 순자는 다른 곳에서 "군자가 널리 배우고, 이를 매일 자기
에게 참험하여 살펴보면, 아는 것이 밝아지고, 일상생활의 행위에 아무
런 잘못도 없게 될 것이다"[188]라 진술하고 있다. 이는 배움의 결과는 "아

---

186) 居楚而楚 居越而越 居夏而夏 是非天性也 積靡使然也 故人知謹注錯 愼習俗
　　大積靡 則爲君子矣 縱情性 而不足問學 則爲小人矣(《荀子》 儒效 36)
187) 禮義者聖人之所生也 人之所學而能 所事而成者也……可學而能 可事而成之在
　　人者 謂之僞(性惡 3)
188) 君子博學 而日參省乎己 則智明而行無過矣(勸學 2 ; 《荀子集解》에 인용된 兪
　　樾은 본문 중 省乎 두 글자는 본래는 없었던 것으로, 후대인들이 參을 三으
　　로 읽어 《論語》 學而 4장의 吾日三省吾身에 의거하여 잘못 첨가한 것으로 보
　　고 있다. 따라서 그는 參을 驗의 뜻으로 보아, 參己를 "자기에게 참험하여 살
　　펴본다" 또는 "자기에게 비추어 살펴본다"의 의미로 풀이하고 있다. 또한 그
　　는 智도 知의 오자로 보아 智明을 知明으로 풀이하고 있다. 여기서는 이러한

는 것이 밝아지는 것"[知明] 곧 찰도이고, 자기반성과 자기교정[參己, 곧 修身]의 결과는 "일상생활의 행위에 아무런 잘못이 없는 것"[行無過], 곧 행도임을 말하는 것으로, 배움과 수신이 각각 찰도와 행도의 조건임을 분명하게 드러내고 있는 진술인 것이다.

그렇다면, 적려의 방법으로서의 배움을 통해 찰도하기 위해서는 어떻게 해야 하고, 또 습능의 방법으로서의 수신을 통해 행도하기 위해서는 어떻게 해야 하는가?

순자는 배움을 통해 도를 인식하기 위해서는 마음을 비워서[虛] 기존 지식 체계의 편견에서 벗어나고, 마음을 전일하게 하여[壹] 사물 사이의 변별을 잘 해야 하며, 마음을 고요하게 하여[靜] 번뇌나 망상으로 인해 마음의 능동적 작용이 방해받지 않도록 하는 것이 중요하다고 역설한다. 즉, 심(心)의 허일이정(虛壹而靜)이 찰도하는 요체가 된다는 것이다. 이에 대해 순자는 다음과 같이 진술하고 있다.

> 마음은 어떻게 하여 도를 알 수 있는가? 그것은 마음을 비우는 허(虛)와 전일하게 하는 일(壹)과 고요하게 하는 정(靜)에 달려 있다.……사람은 태어나면서부터 인식능력[知]을 갖추고 있는데, 이를 통한 인식의 결과 기억[志]이 생긴다. 기억이란 채워서 간직하는[臧] 것이지만, 그러면서도 비워질 수 있는데, 이미 간직한 것 때문에 앞으로 받아들일 것이 방해받지 않는 것, 이것이 바로 마음이 비워진 것[虛]이다. 또한 마음은 태어나면서부터 인식능력을 갖추고 있는데, 이를 통한 인식의 결과 변별[異]이 생긴다. 변별이란 동시에 여러 가지를 함께 인식하는 것[同時兼知之]이다. 동시에 여러 가지를 함께 인식하게 되면 마음이 여러 갈래로 나뉘어지지만[兩], 그러면서도 하나로 모두어질 수 있는데, 이쪽 하나 때문에 저쪽 하나가 방해받지 않는 것, 이것이 바로 마음을 전일하게 하는 것[壹]이다. 마음은 누우면 상상[夢]을 하고, 한가로우면 방종하며[自行], 부려서 쓰면 여러 가지 계획[謀]을 한다. 그러므로 마음은 항상 움직이고[動] 있지만, 그러면서도 고요하게 될 수 있는데, 내외의 복잡하고 번다한 생각 때문에 인식능력을 혼란하게 하지 않는 것, 이것이 바

俞說을 따랐다.)

로 마음을 고요하게 하는 것[靜]이다. 아직 도를 얻지 못하고 도를 얻고자 하는 사람에게는 허(虛)와 일(壹)과 정(靜)을 법칙으로 삼도록 가르쳐 주어야 한다.……이러한 마음의 허와 일과 정[虛壹而靜]을 일러 "크게 맑고 밝은 상태"[大淸明]라 한다.[189]

비교적 장황한 이 인용문에서 지적하고 있듯이 순자는 마음을 비우고, 전일하게 하며, 고요하게 하는 것[虛壹而靜]이 바로 도를 얻어 체득하는 전제이며, 따라서 도를 체득하고 체현하고자 하는 사람은 이러한 허일이정을 배워서 준칙으로 삼아야 한다고 보고 있다. 즉, 찰도의 전제는 바로 마음의 허일이정이며, 이는 곧 찰도의 방법인 배움[學]의 결과 궁극적으로 도달되는 상태라고 볼 수 있는 것이다.[190] 이러한 허일이정

---

189) 心何以知 曰 虛壹而靜……人生而有知 知而有志 志也者臧也 然而有所謂虛 不以所已臧害所將受 謂之虛 心生而有知 知而有異 異也者同時兼知之 同時兼知之 兩也 然而有所謂一 不以夫一害此一 謂之壹 心臥則夢 偸則自行 使之則謀 故心 未嘗不動也 然而有所謂靜 不以夢劇亂知 謂之靜 未得道而求道者 謂之虛壹而靜 作之則……虛壹而靜 謂之大淸明[解蔽 11-13 ; 蔡仁厚(1984, p.415)는 본문 중 未得道而求道者 謂之虛壹而靜의 謂之를 告之로 보아, 본고에서와 같이 "가르쳐 준다"는 뜻으로 풀이하고 있다. 본문의 해석은 대체로 蔡仁厚(1984, pp.413-417)를 따랐다.]

190) 虛壹而靜을 본고에서와 같이 修身과 함께 수양의 한 방법인 學의 효험이라고만 보는 견해에는 많은 무리가 따를 수 있다. 蒙培元(1990)은 虛壹而靜을 學과는 관계없이 수신의 한 방법인 養心의 두 가지 방법 중 한가지(나머지 하나는 不苟篇 11-13에서 제시하는 誠)라 보고 있다. 김승혜(1990)도 이러한 견해를 지지하면서 "虛壹而靜은 心을 맑게 해 주는 내면적이고 구체적인 방안이라고 한다면, 誠은 그 이전에 이미 가져야 할 인간의 전체적 삶의 자세 및 외부적 행위를 지칭하는 것"(p.259)이라 보고 있다.

이에 비해 蔡仁厚(1984)는 "學은 당연히 수양의 공부를 모두 포괄한다"(p.485)는 입장에서 "순자에 의하면 虛壹而靜의 大淸明한 마음으로 인해 知道·可道·守道·禁非道할 수 있는데……사람은 모두 虛壹而靜의 공부를 할 수 있는 것"(pp.416-417)이라고 보므로써, 虛壹而靜이 學의 功效임을 주장하고 있다. 이러한 蔡仁厚(1984)의 입장은 學은 곧 수양 전체라 보는 것으로, 본고에서 보다도 學의 가치를 높이 끌어 올리고 있는 것이다.

위의 인용문(解蔽 11-13)의 마지막 구절인 虛壹而靜 謂之大淸明의 바로 앞에는 知道察 知道行 體道者也란 진술이 제시되어 있는데, 이에서 유추해 보면, 虛壹而靜은 察道와 行道 전체, 즉 體道 전체의 조건이라고 볼 수도 있다. 이렇게 보면, 蔡說이 타당하다고 할 수 있다. 그러나 본고에서는 "마음이 어

의 마음 상태로부터 사람으로서 해야 할 일[所爲]과 해서는 안될 일[所不爲]을 분명히 체득하게 된다고 순자는 본다.[191]

이렇게 도의 인식와 수용[察道]은 허심(虛心)·일심(壹心)·정심(靜心)의 상태에서 가능한 것인데, 이러한 허일이정의 마음 상태는 "쉬지 않고 조금씩 쌓아 가는 배움"[積微不已][192], "마음을 한 곳에 집중하고 뜻을 한결같이 하는 배움"[專心一志][193], 그리고 "어느 한 쪽에 가려져서 큰 이치에 어둡게 되는 폐단에서 벗어나는 배움"(解蔽)[194]을 통해 이루어지게 된다는 것이 순자의 생각이다.

이러한 배움을 통하여 체득한 도는 일상생활을 통해 실천되었을 때에만 참으로 그 효능을 발휘하는 것(儒效 33)임은 순자가 누누이 강조하고

떻게 하여 도를 알 수 있는가? 그것은 虛壹而靜에 달려 있다"(心何以知 曰 虛壹而靜)는 이 인용문의 첫 구절을 염두에 두고, 虛壹而靜을 學의 효험이라 보는 입장을 택하였다. 앞에서도 언급하였듯이 순자는 인간을 지성주체로 보는 주지주의적 입장에서 知道를 可道·守道·禁非道의 조건으로 보고, 따라서 察道(知道·可道)는 행도(守道·禁非道)의 전제라는 논리를 전개한다. 이러한 관점에서 보면, "心何以知 曰 虛壹而靜"에서 虛壹而靜은 知道察, 곧 察道의 조건이고, 따라서 察道의 방법인 學의 효험이라고 볼 수 있는 것이다. 鄭仁在(1981)도 순자는 大淸明 이외에 또 誠을 말하였는데, 虛壹而靜은 心의 知的인 면에 속한 방법이요, 誠은 그 行的인 수신에 속한 방법(pp.348-349)이라고 보아, 대체로 본고와 유사한 입장을 제시하고 있다.

191) 聖人淸其天君 正其天官……養其天情 以全其天功 如是則知其所爲 知其所不爲矣 則天地官而萬物役矣(天論 25)

192) 君子曰 學不可以已(勸學 1) ; 積土成山 風雨興焉 積水成淵 蛟龍生焉 積善成德 而神明自得 聖心備焉(勸學 8 ; 《荀子集解》에서 王先謙은 이 구절을 "배움은 반드시 작은 것을 쌓아서 높고 크게 하는 것으로, 이러한 뜻을 한결같이 하면 이루어진다는 말이다"(言學必積小高大 一志者成也)라고 해석하여, 이 구절 전체를 積學으로 풀이하고 있으며, 蔡仁厚(1984)는 본문 중 "積善은 곧 積學의 의미이다"(p.483)라고 하여 王說을 지지하고 있다.]

193) 學也者 固學一之也(勸學 20) ; 故君子結於一也(勸學 11) ; 幷一而不二 則通於神明 參於天地矣(儒效 35)

194) 聖人知心術之患 見蔽塞之禍 故無欲無惡 無始無終 無近無遠 無博無淺 無古無今 兼陳萬物 而中縣衡焉 是故衆異不得相蔽以亂其倫也 何謂衡 曰 道 故心不可以不知道 心不知道 則不可道 而可非道(解蔽 10 ; 《荀子注》에서는 兼陳萬物 而中縣衡焉을 不滯於一隅 但當其中而縣衡 揣其輕重也라 해석하고 있고, 亂其倫也의 倫을 理라 보고 있다.)

있는 바이며, 이는 유학사상의 정수이기도 하다. 이러한 행도는 스스로의 몸을 닦는 수신(修身)을 통해 이루어지는데, 이렇게 몸을 닦는 것은 이것이 바로 유학의 최고 목표인 성덕(成德)에 이르는 길[195]이기 때문이다.

이러한 수신의 요체를 "한마디로 표현하면 치기양심지술(治氣養心之術 ; 氣를 다스리고 마음을 키우는 방법)이라고 할 수 있다"(김승혜, 1990, p.246).[196] 여기서 치기(治氣)는 인간의 혈기, 곧 좁은 의미의 인간 본성으로서의 욕(欲)을 다스리는 일을 가리키고, 양심(養心)은 인간의 도덕적 행위능력인 능(能)을 기르는 일을 가리킨다.[197] 이렇게 보면, 찰도의 방법인 배움[學]이 인간 본성 중 지(知)를 기르는 일이라고 한다면, 행도의 방법인 수신은 인간본성 중 욕과 능을 각각 다스리고 키우는 일이라 할 수 있을 것이다.

이러한 수신은 기본적으로 "욕구나 혈기가 너무 강한 것은 억누르고 너무 약한 것은 보충해 주는"[抑强補弱] 치기(治氣)[198]와 성실함을 근거로 하여 "끊임없이 선을 쌓는"[積善不息] 양심(養心)을 통해 이루어지는데, 이 중 양심이 핵심이 되는 것이라고 순자는 역설한다. 그는 "군자가 마음을 기르는 데에는 성실함보다 더 좋은 것이 없으므로, 성실함이 지극하게 되면 다른 일은 필요 없다. 그러므로 성실하게 오로지 인(仁)만을 지키고, 오로지 의(義)만을 행해야 한다. 마음을 성실하게 하여 인을

---

195) 堯禹者非生而具者也 夫起於變故 成乎修修之爲 待盡而後備者也(榮辱 32) ; 故君子務修其內…務積德於身…如是則貴名起之如日月 天下應之如雷霆(儒效 16-17)
196) 이에 대해서는 蔡仁厚(1984, pp.485-489)도 같은 의견을 제시하고 있다.
197) 김승혜(1990)는 養心의 "心은 知慮, 곧 인간 마음의 인식능력 및 그 작용을 지칭한다"(p.246)고 기술하여, 養心을 知를 기르는 일이라 보고 있다. 그러나 본고에서는 인식능력인 知를 기르는 방법은 學을 통한 虛壹而靜이라는 입장에서, 誠을 주 내용으로 하는 養心은 能을 기르는 일이라고 보았다.
198) 治氣養心之術 血氣剛彊 則柔之以調和 知慮漸深 則一之以易良 勇膽猛淚 則輔之以道順 齊給便利 則節之以動止 狹隘褊小 則廓之以廣大 卑濕重遲貪利 則抗之以高志 庸衆駑散 則刦之以師友 怠慢僄弃 則炤之以禍災 愚款端愨 則合之以禮樂 通之以思索 凡治氣養心之術 莫徑由禮 莫要得師 莫神一好(修身 27-29 ;《荀子集解》에서는 知慮漸深의 漸을 潛으로, 通之以思索을 衍文으로 보고 있다.)

지키면 겉으로 나타나고, 겉으로 나타나면 신묘한 힘을 가지게 되며, 신묘한 힘을 가지게 되면 능히 내적으로 변화될 수 있다. 그리고 마음을 성실하게 하여 의를 행하면 이치에 맞게 되고, 이치에 맞으면 밝아지며, 밝아지면 능히 외적으로 변화될 수 있다"[199]고 주장한다. 이렇게 되면, "그 본성이 오래 옮겨져서 처음의 악한 상태로 되돌아가지 않게 된다[長遷而不反其初]"(不苟 13)는 것이다. 이러한 성(誠)은 천지와 더불어 사람이 상도(常道)를 갖는 소이로서 사람이 참어천지(參於天地)하는 근거가 되는 것인데,[200] 이는 바로 이 성(誠)을 통해 도를 실행함으로써 성위지합이 완성될 수 있기 때문인 것이다.

순자는 이러한 체도(體道)의 요체로서의 찰도와 행도 중 찰도는 행도의 선행조건이 되고, 행도는 찰도의 목표가 된다고 본다. 즉, 순자는 "마음이 도를 인식한[知道] 후에야 도를 옳은 것으로 받아들이게 되고[可道], 그런 후에야 비로소 도를 지키고[守道] 그럼으로써 도가 아닌 것을 금할 수[禁非道] 있게 된다"(解蔽 11)고 기술하고 있다. 이는 마음이 도를 인식하는 주체이며, "도를 행할 수 있느냐의 여부는 마음이 도를 알 수 있느냐의 여부에 달려 있음을 보이는 것으로, 지도(知道)는 가도(可道)와 수도(守道)의 선결 조건"(蔡仁厚, 1984, p.409)임을 명시한 것이다. 그러나 순자는 또한 "아는 것은 행하는 것만 같지 못하다. 배움이란 알게 된 것을 행하는 데에 이르러서야 끝나는 것이다"(儒敎 33)라고 하여, 행도는 찰도의 목표임을 강조하고 있다.

---

199) 君子養心 莫善於誠 致誠則無它事矣 唯仁之爲守 唯義之爲行 誠心守仁則形 形則神 神則能化矣 誠心行義則理 理則明 明則能變矣(不苟 11)

200) 天不言 而人推高焉 地不言 而人推厚焉 四時不言 而百姓期焉 夫此有常 以至其誠者也 君子至德 嘿然而喩 未施而親 不怒而威 夫此順命 以愼其獨者也……天地爲大矣 不誠則不能化萬物 聖人爲知矣 不誠則不能化萬民 父子爲親矣 不誠則疏 君上爲尊矣 不誠則卑 夫誠者君子之所守也 而政事之本也[不苟 11-13 ; 《荀子集解》에서는 以愼其獨者也의 愼을 誠의 뜻으로, 獨을 專一로 풀어 愼其獨을 "오로지 한결같이 성실히 한다"로 풀고 있다. 蔡仁厚(1984, p.488)도 이렇게 풀면서, 여기서의 愼其獨은 앞의(註 199 참조) 致誠則無它事의 뜻이라 보고 있다.]

3) 자기통제론의 문제

이러한 맹자와 순자의 수양론으로부터 도출해 낼 수 있는 심리학적 연구문제는 자기통제론(自己統制論)에 관한 것이다. 현대심리학에서는 "자기통제(self-control)란 개인에게도 유익하고 사회적으로도 바람직한 결과를 가져오는 어떤 행동(표적 행동)과 그 행동의 실행을 방해하는 요인이 있을 때, 방해 요인의 영향을 제어하고 표적 행동을 실행하도록 자신을 규제하는 것"(정영숙, 1995, p.86)이라 보고 연구를 진행해 왔다. 이러한 자기통제 또는 자기규제(self-regulation)에 관한 심리학적 연구들에서는 자기통제 또는 자기규제에는 목표 설정, 목표지향적으로 행동하기 위한 인지적 준비(계획, 연습책략 등) 및 목표 지향 활동의 상시 점검과 평가 등의 요소가 개재하는데(Markus & Wurf, 1987), 이러한 목표추구 활동의 과정에서 이를 방해하는 혐오사건이나 방해요인의 영향을 제어함으로써 자기효능감(self-efficacy)을 유지하는 일이 자기통제 또는 자기규제의 핵심이라고 보아 왔던 것이다(Fiske & Taylor, 1991). 즉, 자기통제란 미래에 설정된 목표의 획득으로부터 오는 더 큰 욕구의 충족이나 쾌(快)를 위해 즉각적인 쾌를 추구하려는 욕구나 즉각적인 고통을 회피하려는 욕구를 제어하는 것이라는 입장이 이러한 연구들의 배경이었다. 그 결과 "자기통제에 관한 기존 연구들에서는 자기통제를 증진시키는 원천으로서 행위자 자신에게 돌아가는 보상(물질적 보상 또는 사회적 보상)을 이용하는 패러다임만을 사용하였다"(정영숙, 1994, p.2). 말하자면, 외적 보상의 크기의 함수로서 표적 행동의 유인력이 커지고, 동시에 방해 요인의 제어력이 줄어들 것이라는 전제에서, 미래에 설정된 보상의 크기를 크게 함으로써, 표적 행동의 유인력을 높이거나 즉각적인 쾌나 고통의 방해력을 줄이는 등 외적 조건의 조작을 통해 주로 연구해 왔던 것이다.[201]

그러나 욕구의 통제에 대한 순자의 생각은 이와는 다르다. 즉, 예(禮)

는 욕구를 기르는 것이므로(禮論 1) 욕구는 예에 의해 지도하고[道欲] 절제하도록[節欲] 해야지, 외적 조건에 의해 통제하려 해서는 안된다고 본다. 이를 순자는 다음과 같이 기술하고 있다.

무릇 정치를 말하면서 사람들의 욕구가 없어지기를 기다리는 것은 욕구를 지도해 줌[道欲]이 없이 욕구가 있다는 사실에 곤란해하는 것이다. 무릇 정치를 말하면서 사람들의 욕구가 적어지기를 기다리는 것은 욕구를 절제하는 일[節欲]을 가르쳐 줌이 없이 욕구가 많다는 사실에 곤란해하는 것이다.……욕구는 충족되든 충족되지 못하든 간에 일어나기 마련이지만, 사람이 구하는 것은 가능한 바를 좇는다. 충족되지 못할지라도 욕구가 일어나는 것은 하늘로부터 자연적으로 받은 바이기 때문이고, 가능한 바를 좇는 것은 마음[心]으로부터 나온 것이기 때문이다.……그러므로 욕구가 과도할지라도 행동이 이를 따르지 않을 때가 있는데, 이는 마음이 제지하기 때문이다. 이때 마음이 가능하다고 좇는 바가 이치[理]에 맞으면, 비록 욕구가 많다고 해도 잘 다스려짐에 무슨 해가 되겠는가? 또한 욕구는 별로 심하지 않을지라도 행동이 과도할 때가 있는데, 이는 마음이 시키기 때문이다. 이때 마음이 가능하다고 좇는 바가 이치에 맞지 않으면, 비록 욕구가 적다고 해도 어찌 혼란스러움에만 그칠 것인가?…… 그러므로 비록 문지기가 된다고 해도 욕구를 모두 없앨 수는 없고……비록 천자가 된다고 해도 욕구를 모두 채울 수도 없다. 욕구란 비록 다 채우지는 못할지라도 이에 가까이 갈 수는 있고, 다 없애지는 못할지라도 구하는 바를 절제할 수는 있는 것이다.[202]

이 인용문에서 드러나듯이, 순자는 사람의 욕구는 태어날 때부터 갖추고 있는 것으로, 심(心)이 내재적으로 이치[禮]에 따라 인도하고 조절해야 하는 것이지, 외적 조건에 의해 통제되는 것은 아니라고 본다.

---

201) 자기통제에 관한 심리학적 연구의 개관은 정영숙(1994, pp.1-9), 한덕웅(1994, pp.407-500) 및 Fiske와 Taylor(1991, pp.195-242) 참조.

202) 凡語治而待去欲者 無以道欲 而困於有欲者也 凡語治而待寡欲者 無以節欲 而困於多欲者也……欲不待可得 而求者從所可 欲不待可得 所受乎天也 求者從所可 所受乎心也……故欲過之而動不及 心止之也 心之所可中理 則欲雖多 奚傷於治 欲不及而動過之 心使之也 心之所可失理 則欲雖寡 奚止於亂……故雖爲守門 欲不可去……雖爲天子 欲不可盡 欲雖不可盡 可以近盡也 欲雖不可去 求可節也 (《荀子》正名 19-22).

　　이렇게 욕구를 지도하고 조절하는 방법은 예에 따라 두루 저울질하고 살펴보아, 욕구의 올바름을 얻는 일이다. 인간의 욕구와 행위는 모두 복합적이어서[203] "도(道)에 따라 욕구를 제어하면[以道制欲] 즐거움이 따를 뿐 혼란스럽지 않으며, 욕구만을 따름으로써 도를 잊게 되면[以欲忘道] 만물에 현혹되어 즐거움이 없어지므로",[204] 인도(人道)의 표준인 예의에 따라 욕오(欲惡)와 취사(取舍)의 양단을 함께 고려함으로써, 욕구를 지도하고 조절해야 한다는 것이 순자의 생각인 것이다. 이러한 관점에서 보면, 자기통제에 관한 심리학적 연구에서는 욕구의 조절을 유도하는 내적 요인을 중점적으로 탐구해야 할 것이다.[205]

---

203) 순자는 "좋아할 만한 것을 보거든 반드시 앞뒤로 그 싫어할 만한 점이 없는지 생각해 보고, 이로울 만한 것을 보거든 반드시 앞뒤로 그 해로움을 끼칠 만한 점이 없는지 생각해 보아서, 그 득실을 두루 저울질하고 깊이 생각해 본 다음, 좋아하거나 싫어하고, 취하거나 버릴 것을 결정해야 한다"(見其可欲也 則必前後慮其可惡也者 見其可利也 則必前後慮其可害也者 而兼權之 熟計之 然後定其欲惡取舍, 不苟 17)거나 "무릇 사람이 좋아하는 것을 취하려 함에 있어서는 그 취하려 하는 것에 순수하지 않은 것도 끼어 오게 마련이고, 싫어하는 것을 버리려 함에 있어서는 그 버리려 하는 것에 나쁜 것만이 아니라 좋은 것도 끼어서 버려지기 마련이므로, 사람은 항상 이를 달아볼 수 있는 저울을 갖추고 있지 않아서는 안된다……저울이 바르지 않으면, 그 바라는 바에 禍가 붙어 있어도 그것을 福으로 알고, 싫어하는 바에 福이 붙어 있어도 그것을 禍로 여긴다"(凡人之取也 所欲未嘗粹而來也 其去也 所惡未嘗粹而往也 故人無動而不可以不與權俱……權不正 則禍託於欲 而人以爲福 福託於惡 而人以爲禍, 正名 24 ; 《荀子集解》에서는 不可以不與權俱의 不可以를 衍文이라 본다)고 진술하여, 이러한 입장을 드러내고 있다.
　　여기서 복합적인 욕구와 행위 및 제반 인간사를 달아 보는 저울은 곧 人道의 표준인 禮(禮論 13)이다. 이렇게 人道의 표준인 禮를 저울이라 표현하는 것은 《荀子》 전체에서 산견된다(예 : 禮者人主之所以爲群臣寸尺尋杖檢式也, 儒效 38 ; 禮之所以正國也 譬之猶衡之於輕重也, 王覇 11 ; 禮者節之準也, 致士 19 ; 道者古今之正權也, 正名 25 ; 兼陳萬物 而中縣衡焉…何謂衡 曰 道, 解蔽 10)

204) 以道制欲 則樂而不亂 以欲忘道 則惑而不樂(樂論 7)

205) "자신으로 인해 타인에게 미쳐질 유익이나 불편을 생각하는 타인 지향적인 사회적 기대"(정영숙, 1995, p.87) 중 가장 강력한 것의 하나인 어머니에 대한 배려("자기 어머니의 과거, 현재 및 미래의 상태에 주목하여 어머니를 이롭게 하려는 것", 정영숙, 1994, p.11)가 자기통제의 동기적 요인으로 작용함을 밝힌 정영숙(1994, 1995, 1996)의 최근 연구는 이러한 방향의 연구의 좋은 예가

이러한 순자의 소극적인 욕구 조절의 자기통제보다 맹자는 더 적극적인 자기통제를 강조한다. 물론 순자도 모든 책임의 자임(自任)과 적극적인 자기반성(自己反省)을 강조하지만,[206] 이는 맹자에게서 더욱 두드러

될 수 있을 것이다.

206) 서구심리학의 환경우세론(環境優勢論)에 비해(민경환, 1986 ; 조긍호, 1998b) 순자는 인간의 행위 주도 능력과 반성적 능력(反省的 能力)을 강조하는 입장을 보이고 있다. 물론 순자도 환경이 인간에게 미치는 커다란 영향을 인정한다(예 : 勸學 6-7 ; 儒效 36 ; 性惡 20-21). 그러나 "몸과 마음을 두기를 삼가고[謹注錯], 익히는 바를 신중히 하며[愼習俗], 쌓고 따르기를 크게 하면[大積靡] 군자가 되는 법"(儒效 36)으로서, 이렇게 누구든지 善을 쌓아서 온전하게 다 이루면[積善而全盡] 성인이 된다고 순자는 본다. 즉, 사람의 삶의 목표인 成德의 여부는 스스로가 하기에 달려 있다는 것이다. 말하자면, 순자는 사람의 모든 일은 자기결정적(自己決定的)이라는 것이다. 이를 순자는 "지향하는 바를 닦고, 덕행에 힘쓰며, 인식과 판단을 명확히 하고, 오늘날에 태어났지만 옛날에 뜻을 두는 것, 이들은 모두 자신이 하기에 달린 것이다. 그러므로 군자는 자기에게 달려 있는 것을 삼가 행할 뿐, 하늘에 달린 것을 사모하지 않는다……그런 까닭에 군자는 날로 발전하는 것이다"(若夫心意修 德行厚 知慮明 生於今而志乎古 則是其在我者也 故君子敬其在己者 而不慕其在天者……是以日進也, 天論 28-29 ; 《荀子集解》에서는 心意修를 志意修의 誤字로 보고 있다)라 기술하고 있다. 이렇게 모든 일이 자기결정적이기 때문에 사람들은 스스로를 먼저 닦도록 해야 하며(故君子務修其內……務積德於身, 儒效 16) 따라서 "자신을 아는 사람은 남을 원망하지 않고, 천명을 아는 사람은 하늘을 원망하지 않는"(自知者不怨人 知命者不怨天, 榮辱 25) 것이다.

이렇게 사람의 모든 행위는 자기결정적이므로 모든 원인을 반드시 스스로에게서 찾아야 하며, 따라서 스스로를 항상 반성해 보아야 한다는 것이다. "그러므로 군자는 스스로 닦여지지 못한 것을 부끄러워할 뿐 남들로부터 더럽힘 당하는 것을 부끄러워하지 않고, 스스로 신뢰롭지 못한 것을 부끄러워할 뿐 남들로부터 신임받지 못하는 것을 부끄러워하지 않으며, 스스로 능력이 없음을 부끄러워할 뿐 등용되지 못하는 것을 부끄러워하지 않는다"(故君子恥不修 不恥見汚 恥不信 不恥不見信 恥不能 不恥不見用. 非十二子 36)는 것이다. 따라서 순자에 따르면, 무엇이든지 남에게 탓을 돌릴 것은 아무 것도 없고, 모든 것은 자기 책임이라는 것이다. 즉 "같이 놀면서 사랑받지 못하는 것은 반드시 내가 먼저 어질지 못하기 때문이고, 서로 사귀면서 공경을 받지 못하는 것은 반드시 내가 먼저 어른을 공경하지 않기 때문인데……도대체 자기가 잘못해 놓고서 도리어 남에게 책임을 미루는 것은 아주 사정에 어두운 일"(同遊而不見愛者 吾必不仁也 交而不見敬者 吾必不長也……失之己 而反諸人 豈不亦迂哉, 法行 21-22)이라는 것이다. 그러므로 모든 일이 자기결정적이라는 사실을 잘 깨달아, 항상 스스로를 반성하여 모든 책임을 스스로에게서

진다. 맹자는 도덕적 자각의 방법으로서 모든 책임을 자기에게 돌이켜 찾는 일[反求諸己]을 제시함으로써, 적극적인 자기반성을 통한 자기통제를 강조하고 있는 것이다. 그에 의하면, "군자는 인과 예로써 마음을 간직하는데……어떤 사람이 있어 나에게 포악무도한 태도로써 대한다면, 스스로가 불인(不仁)하고, 무례(無禮)하고……불충(不忠)한 점이 없었는지를 반드시 반성하여야 한다"[207]는 것이다. 이러한 점은 맹자의 다음과 같은 진술에서 잘 표명되고 있다.

　　내가 남을 사랑하는 데도 그가 나에게 친근해지지 않으면 내 스스로의 인
　(仁)이 부족하지 않은지 반성해야 하고, 사람을 다스리는데도 다스려지지 않
　으면 내 지혜가 모자라지 않은지 반성해야 하고, 남에게 예로써 대했는 데도
　그가 예로써 답하지 않으면 나의 공경함이 부진함이 없는지 반성해야 한다.
　행함에 있어 그에 상응하는 결과를 얻지 못할 때에는 모두 자기에게 돌이켜
　그 까닭을 찾아보아야 한다. 자기 몸이 바르고 나서야 천하가 나에게 돌아오
　게 되는 법이다.[208]

이렇게 모든 책임을 자기에게 돌이켜 찾는 것은 "만물의 이치가 모두 나에게 구비되어 있기 때문이다. 그러므로 자기를 반성하여 보아 성실하다면, 즐거움이 이보다 더 클 수가 없는 것이다"(盡心上 4). 따라서 "스스로 반성하여 옳다면, 비록 천만 사람이 있는 곳이라도 나는 갈 수 있다"[209]는 당당함을 지니게 된다. 이상과 같이 스스로에게서 모든 책임을 구하여 항상 반성하는 일이 도덕주체로서의 자각을 이룰 수 있는 또 하나의 길인 것이며, 이러한 적극적 반성으로 인한 자기의 통제를 통해 성인의 길에 들어갈 수 있다고 보는 것이 바로 맹자의 자기통제론의 요체인 것이다.

찾는 일이 자기통제의 핵심이라고 순자도 보고 있는 것이다.
207) 君子以仁存心 以禮存心……有人於此 其待我以橫逆 則君子必自反也 我必不仁
　　也 必無禮也……我必不忠(離婁下 28)
208) 愛人不親 反其仁 治人不治 反其智 禮人不答 反其敬 行有不得者 皆反求諸己
　　其身正 而天下歸之(離婁上 4)
209) 自反而縮 雖千萬人 吾往矣(公孫丑上 2)

4) 자기통제론의 동·서 대비

이상에서 제시된 서구의 자기통제론과 맹자 및 순자의 그것을 비교해 보면, 다음 표 4와 같이 정리할 수 있을 것이다.

표 4. 세 자기통제론의 비교

	서양심리학	맹자이론	순자이론
행위의 주 원천	환경자극	도덕주체로서의 자기	知·能을 갖춘 자기
귀인의 주 양상	외부귀인	내부귀인[反求諸己]	내부귀인[反身]
통제소재	외부통제	내부통제	내부통제
욕구통제 방법	외적 보상의 크기 조작	사단의 간직[存心]과 확충[養性]	욕구의 지도[道欲]와 절제[節欲]

마커스와 기타야마(Markus & Kitayama, 1991 ; Kitayama, Markus, Matsumoto, & Noyasakkinkit, 1997)에 따르면, 동·서양에서의 인간 일반 및 자기(self)에 대한 관점의 차이로부터 필연적으로 통제(control)의 의미와 자존감(self-esteem)의 근거에 대한 문화간 차이가 빚어지게 된다. 서구의 개인주의 사회에서는 사회의 궁극적인 구성단위를 개체로서의 개인이라고 보므로, 개체중심적인 인간관을 가지게 되어 독립성과 자율성을 신장시킬 수 있는 자기주장을 적극 권장한다는 것이다. 따라서 개인주의 사회에서는 개인 내적 속성의 주장과 성취를 강조하므로, 통제란 결과적으로 사회상황이나 외적 제약을 변화시키는 일차적 통제(primary control)를 의미하게 되고(Weisz, Rothbaum, & Blackburn, 1984), 따라서 독특성과 수월성이 자존감의 근거가 된다.

이에 비해 유학사상의 전통이 강한 집단주의 사회에서는 사회의 궁극적인 단위를 사람들 사이의 관계라고 보므로, 사회화 과정에서 충동의 억제와 집단지향적인 성취를 강조하게 된다는 것이다. 그러므로 집단주의 사회에서는 자기억제와 대인 상황에 맞게 자기를 효율적으로 조정하는 것을 주도성(agency)의 표현으로 받아들인다. 그 결과 내적 욕구나 개인적 목표 또는 사적 감정 등의 내적 특성을 억제하거나 조정하는 이차적 통제(secondary control)를 중시하게 되고(Weisz et. al., 1984), 이러한 이차적 통제와 상황 적응성 및 대인관계에서의 조화의 유지가 자존감의 근거가 되는 것이다.

바로 이러한 차이들 때문에 서구의 심리학에서는 지금까지 환경조건과 외적 보상의 조작을 통해 인간의 행위를 통제하려는 연구들이 주류를 이루어 왔다고 볼 수 있다. 이러한 배경에는 바로 서구 사회를 지배해 왔던 초월적 준거처의 지향과 획일적 이성에 의한 세계 개혁 내지 정복이라는 계몽주의 사상에 따른 근대화의 이념이 깔려 있었던 것이라고 생각할 수 있다.

이에 비해 선진유학자들은 모든 일의 원천은 자기자신이라는 인문주의의 입장에서 항상 모든 책임을 스스로에게서 찾고, 따라서 스스로를 통제함으로써 환경 세계와 조화를 이루며 사는 일을 지향해 왔다고 볼 수 있다. 더 배리(de Bary, 1983)가 유학사상을 "도덕적 개인주의"라 부르는 것은 바로 이러한 점을 지적하여 말하는 것이다. 이러한 맹자와 순자의 입장에서 생각해 보면, 앞으로 자기통제에 관한 심리학적 연구에서는 자기반성의 문제와 욕구의 조절을 유도하는 내적 요인의 문제들에 좀더 주의를 기울여야 할 것이라 사료된다.

7. 종합고찰

지금까지 선진유학의 사상, 특히 《맹자》와 《순자》에 담긴 심리학적 함의를 찾아보려는 필자의 그 동안의 작업(조긍호, 1990, 1991, 1994, 1995, 1997a, b, 1998a, b)의 결과를 정리해 보았다. 필자는 맹자와 순자의 사상 체계 중에서 심리학적 관련이 깊은 이론을 네 가지로 정리하였다. 인간의 독특한 특성[人性論], 이상적 인간의 특징과 그 발달[聖人論], 바람직한 사회관계[道德實踐論·禮論] 및 이상적 인간이나 바람직한 사회관계를 이루는 방법[修養論]에 관한 사색들이 그것이다. 이러한 이론들로부터 필자는 선진유학에서의 독특한 심리구성체론(心理構成體論), 이상적인간형론(理想的 人間型論), 사회관계론(社會關係論) 및 자기통제론(自己統制論)을 도출해 내고, 이러한 선진유학에 담긴 심리학적 함의들이 서구의 현대심리학의 체계와 어떤 점에서 차이가 있는지를 부각시켜 보려 하였다.

이제 여기에서는 이러한 작업들을 근거로 하여, 맹자와 순자가 보는 인간 파악의 기본 입장을 추출해 보고, 이에 기초하여 전통적인 서양심리학을 조감해 본 다음, 이러한 선진유학 사상의 탐구를 통해 새로이 구성될, 또는 그럴 수 있으리라고 희망하는 새로운 심리학의 위상에 대해 논의해 보기로 하겠다.

1) 선진유학에서의 인간 파악의 기본틀

어떻게 보면, 선진유학 사상의 핵심은 바로 "인간의 존재 확대 또는 확장"이라고 요약할 수 있을 것이다.[210] 선진유학자들은 인간의 인간된

---

210) 이는 앞으로 좀 더 천착해 보아야 할 가설이다. 이는 본래 1999년 2월 1일 頭崙會 慶州 모임에서 集團主義와 個人主義의 문화차에 관한 논의가 벌어졌을 때, 두 문화권의 차이를 각각 상호의존적 자기(interdependent self)와 독립적 자기(independent self)의 차이로 설명하는 Markus와 Kitayama(1991)의 이론을 염두에 두고, 安晨鎬 교수(부산대)가 상호의존적 자기는 독립적 자기의 확대, 즉 자기확장(self-expansion)으로 볼 수 있다는 제안을 한 데에서 시사받은 것이다. 그는 한국인에게 있어서 집단주의 성향이 높은 사람일수록 자기확장의 정도가 크다는 연구 결과(안신호, 1999)를 토대로 이러한 제안을 하고 있다. 필자는 유학의 사상은 이를 오랫동안 국가의 기본 이념으로 삼아 왔던 중국·한국·일본 등 동아시아 사회에 집단주의 문화가 형성되도록 한 원동력(Kim, 1995 ; Kim & Choi, 1993 ; King & Bond, 1985 ; Lew, 1977)이라는 전제에서, 이 문화권의 지배적인 자기관인 상호의존적 자기를 자기의 확대, 즉 자기확장으로 볼 수 있다면, 이는 유학 사상의 배경에서 배태되었을

소이에 관한 입장[人性論]을 통해 존재 확대의 가능성을 타진하고, 존재 확대의 이상적 모형[聖人論]을 제시함으로써 존재 확대를 삶의 목표로 설정한 다음, 존재 확대를 이루기 위한 도구[道德實踐論·禮論]와 그 방법[修養論]을 제안하고 있는 것이다.

　그들이 이렇게 인간의 존재 확대를 부르짖게 되는 근거는 그들의 인간 파악의 기본 틀에 놓여 있다. 이 글의 독서 대상이었던 《맹자》와 《

　것이므로, 유학 사상은 바로 인간의 존재 확대를 핵심으로 하는 사상 체계가 아닐까 하는 생각을 하게 되었던 것이다.

　이러한 생각의 근거는 다양할 수 있으나, 가장 중요한 것으로 꼽을 수 있는 것은 修己-安人-安百姓(《論語》), 聖之淸-聖之和-聖之任(《孟子》), 士-君子-聖人(《荀子》)의 3단계 君子論(聖人論)과 格物-致知-誠意-正心-修身-齊家-治國-平天下의 《大學》에서 제시하는 八條目의 욕구위계설이다. 특히 《大學》에서는 "옛날에 광명한 덕을 천하에 밝히려 한 사람은 먼저 자신의 나라를 다스렸고, 자기의 나라를 다스리려 한 사람은 먼저 자신의 집을 정돈하였으며, 자기의 집을 다스리려 한 사람은 먼저 자신의 덕을 닦았다. 자기의 덕을 닦으려 한 사람은 먼저 자신의 마음을 바로 잡았고, 자기의 마음을 바로 잡으려 한 사람은 먼저 자신의 뜻을 참되게 하였으며, 자기의 마음을 참되게 하려 한 사람은 먼저 자신의 지혜를 넓혔다. 이렇게 지혜를 넓히는 것은 사물의 이치를 구명하는 데 달렸다"(經 1章 ; 註 108 참조)라고 제시하여, 자기 확장의 단계를 분명히 제시하고 있다. 즉, 八條目 각각에서 상위 조목은 하위 조목의 목표로서, 최상위의 목표인 平天下까지 자기확장이 이루어질 수 있고 또 그렇게 되도록 노력해야 함을 역설하고 있는 것이다.

　최근에 Aron 등(Aron & Aron, 1986 ; Aron, Aron, & Smollan, 1992 ; Aron, Aron, Tudor, & Nelson, 1991)은 자기확장 동기(self-expansion motivation)가 인간 행동의 가장 핵심적인 동기임을 제안하고 있다. 또한 이수원(1993, 1994)은 대인관계에서 타인의 역할을 수행해 보는 것이 사회적 자아중심성에서 벗어나는 길임을 밝히고 있으며, Davis, Conklin, Smith 및 Luce(1996)는 역할 수행이 초면인 타인과 자신의 일치를 야기함을 입증하고 있다. 이수원과 Davis 등의 이러한 결과들은 맹자와 순자가 사회관계론에서 제시하는 역할취득과 수행이 곧 자기확장의 방안임을 시사하는 것으로, 맹·순의 이론의 핵심이 자기확장에 있음을 간접적으로 추론해 볼 수 있게 하는 결과라 하겠다.

　이렇게 유학의 주지가 인간의 존재 확대에 있고, 이는 개체로서의 개인 존재의 자기확장을 통해 이루어지는 것이라 보면, 이러한 자기확장을 모토로 삼는 유학 체계의 중핵은 곧 심리학의 체계에 의해 접근될 수밖에 없을 것이라 생각할 수 있다. 이미 한덕웅(1994)은 退溪 心學의 체계를 心的 自己 調節의 체계라고 정리함으로써, 이러한 입장을 구체적으로 드러내고 있는 것이다.

순자》전편을 꿰뚫고 있는 인간 파악의 기본 입장은 대체로 세 가지 정도로 요약해 볼 수 있을 것 같다. 이는 개인으로서의 맹자나 순자뿐만 아니라 선진 시대 유학자들의 공통적인 입장이라고 하겠는데, 그들은 인간을 능동적·주체적 존재, 가능체(可能體)로서의 존재, 그리고 사회적 관계체로서의 존재로 파악하고 있는 것이다. 즉, 인간은 개체로서의 존재를 뛰어넘어 사회에 대한 책임을 스스로가 짊어지고 실천해야 하는 존재[社會的 關係體]로서, 능동적·주체적으로[能動性·主體性] 존재 확대를 이루어낼 수 있는 가능성을 보유하고 있다는 것이다.

(1) 능동적·주체적 존재

선진유학자들의 인간 파악의 입장 중 가장 핵심적인 것은 역시 인간의 능동성과 주체성의 강조라고 볼 수 있다. 맹자는 모든 문제의 핵심을 인간의 주체적 자각에서 찾고 있다. 이러한 입장은 고자(告子)의 인내의외설(仁內義外說)에 대한 맹자의 다음과 같은 비판에서 잘 드러난다.

맹자가 고자에게 "당신은 인(仁)은 마음속에서 우러나오는 내재적인 것이지만, 의(義)는 본래 외재적인 것이지 마음속에서 우러나오는 것이 아니라고 주장하는데, 이는 무슨 뜻인가?" 하고 물었다. 이에 대해 고자는 "상대방이 연장자이면 내가 그를 어른으로 받드는 것이지, 나에게 본래부터 어른으로 받드는 마음이 갖추어져 있는 것은 아니다. 이는 마치 대상물이 흰 경우, 그 밖에 드러난 흰 것을 따라 내가 그것을 희다고 하는 것과 같다. 따라서 의를 외재적이라고 하는 것이다"라고 답하였다. 이를 듣고 맹자는 "말의 흰 것을 희다고 하는 것은 얼굴이 흰 사람을 희다고 하는 것과 다르지 않겠지만, 늙은 말을 나이 먹은 것으로 여기는 것은 연장자를 어른으로 받드는 것과 다르지 않겠는가? 이때 상대방을 연장자라고 인정하는 것이 의이겠는가? 아니면 그를 어른으로 받드는 것이 의이겠는가?"라고 물었다.[211]

---

211) 孟子曰 何以謂仁內義外也 曰 彼長而我長之 非有長於我也 猶彼白而我白之 從其白於外也 故謂之外也 曰 異於 白馬之白也 無以異於白人之白也 不識長馬之長也 無以異於長人之長與 且謂長者義乎 長之者義乎(《孟子》 告子上 4 ; 趙岐는 《孟子章句》에서 본문 중 異於를 다음 白馬之白也의 白과 연결해서 異於白

이 논쟁에서 고자는 객관적인 사물 존재 자체에서 의(義)가 나오므로 의는 객관적 존재에 구속되는 것이고, 따라서 외재적이라고 본 데 반해, 맹자는 객관적 사물 존재가 문제되는 것이 아니라 내가 그를 공경하는 주체적 인식이 문제이고, 따라서 의는 내재적이라고 본 것이다. 이렇게 맹자는 인의예지 등 모든 인간 행위의 근거를 주체적 인식에서 구하고 있고, 따라서 인간의 능동성과 주체성을 강조하고 있는 것이다.

이러한 사실은 인간이 본래 갖추고 태어난 선단을 잃지 않고 그대로 간직[存心]하기 위해서는 우선 주체적으로 도를 인식하여야[明道] 하고, 이러한 도의 주체적 인식을 위해서는 모든 일의 책임을 스스로에게 돌이켜 찾아야 한다[反求諸己]는 입장에서도 잘 드러나고 있다. "만물의 이치는 모두 나에게 구비되어 있으므로"(《孟子》 盡心上 4) 내가 모든 일의 주체이고, 따라서 모든 일이 나로부터 비롯되는 것이다. 그리하여 "화(禍)와 복(福)이 모두 자기 스스로가 초래하지 않은 것이 없고",[212] "무릇 사람들은 스스로가 먼저 모멸한 다음에 남이 그를 모멸하게 되는 것"[213]이기에, 능동적 주체자로서의 자기에게서 모든 책임과 근거를 찾아야 한다는 것이 바로 맹자의 주장인 것이다. 이렇게 능동적·주체적 존재로 인간을 파악하고 있다는 것이 맹자의 인간 이해의 핵심이다.

순자도 인간을 능동적이고 주체적인 존재로 파악하고 있다. 이는 천인지분(天人之分)과 참어천지(參於天地)에 관한 그의 이론 체계로부터 쉽게 추론해 볼 수 있는 사실이다. 즉, 하늘은 인간사와 무관한 자연현상일 뿐이므로,[214] 하늘·땅·사람은 각각의 독특한 직분을 가지고 있다는

으로 끊어 읽고 있고, 朱熹는 《孟子集註》에서 異於라고 끊어 읽어 이를 衍文이라 보고 있다. 어떻게 보든 대체적인 뜻은 위의 해석과 별로 다르지 않다.)

212) 禍福無不自己求之者(公孫丑上 4)

213) 夫人必自侮 然後人侮之(離婁上 8)

214) 이러한 논지는 《荀子》天論篇의 대지로서, 예를 들면, 天論 30(夫星之隊 木之鳴 是天地之變 陰陽之化 物之罕至者也 怪之可也 而畏之非也) 및 33(雩而雨 何也 曰 無何也 猶不雩而雨也 日月食而救之 天旱而雩 卜筮然後決大事 非以爲得求也 以文之也……以爲文則吉 以爲神則지也) 등에 잘 드러나고 있다.

것이 천인지분의 논리이며, 순자는 바로 여기서 하늘에 종속되지 않은 독립적인 인간의 자율성과 능동성의 근원을 찾고 있다. 이러한 사실은 다음과 같은 논술에서 잘 드러나고 있다.

> 하늘의 도에는 한결같음이 있어서 성인인 요(堯) 때문에 존재하는 것도 아니고, 악인인 걸(桀) 때문에 없어지는 것도 아니다. 잘 다스림으로써 이에 응하면 길하게 되고, 혼란으로써 이에 응하면 흉하게 된다. 농사에 힘쓰고 쓰는 것을 절약하면 하늘도 가난하게 할 수 없고, 양생을 갖추고 때에 맞게 움직이면 하늘도 병들게 할 수 없으며, 도를 따라 어긋나지 않으면 하늘도 화(禍)를 내릴 수 없다.……(이와는 반대로) 농사를 거칠게 하고 쓰는 것을 호사롭게 하면 하늘도 부자가 되게 할 수 없고, 양생을 소홀히 하고 움직이기를 드물게 하면 하늘도 건강을 온전하게 하지 못하며, 도를 배반하고 망령되이 행동하면 하늘도 길하게 하지 못한다.……(이와 같이) 사람이 받는 하늘의 때[時]는 치세(治世)와 난세(亂世)가 같지만, 사람이 당하는 재앙과 화(禍)는 치세와 난세가 다르다. 그렇다고 해서 하늘을 원망할 수는 없다. 도(道)가 바로 그러하기 때문이다. 그러므로 하늘과 사람의 직분을 명확히 자각하면[明於天人之分] 가히 "지극한 사람"[至人]이라 부를 수 있다.[215]

이러한 천인지분의 논리는 천·지·인 각각이 따르는 바가 서로 다르다는 점을 전제로 하여 성립된다. 즉, "하늘은 한결같은 도[常道]를 지니고 있고, 땅은 한결같은 법칙[常數]을 가지고 있으며, 군자(君子)는 한결같이 행하여야 할 바[常體]가 있다"[216]는 것이다. 그렇다면, 천·지·인이 한결같이 따르는 각각의 직분은 무엇인가? 순자는 이를 "하늘은 그 때[時]를 가지고 있고, 땅은 그 재원[財]을 가지고 있으며, 사람은 그 다스림[治]

---

215) 天行有常 不爲堯存 不爲桀亡 應之以治則吉 應之以亂則凶 彊本而節用 則天不能貧 養備而動時 則天不能病 修道而不貳 則天不能禍……本荒而用侈 則天不能使之富 養略而動罕 則天不能使之全 倍道而妄行 則天不能使之吉……受時與治世同 而殃禍與治世異 不可以怨天 其道然也 故明於天人之分 則可謂至人矣(《荀子》天論 21-23)

216) 天有常道矣 地有常數矣 君子有常體矣(天論 28 ; 여기서는 군자가 사람을 대표하고 있다. 순자는 대체로 사람으로서의 道를 체득하고 이룬 사람인 군자나 성인을 천지와 마주하는 사람의 대표로 기술하고 있다.)

을 가지고 있다. 이를 일러 '사람이 천지와 나란히 참여할 수 있음'[能參]이라고 한다"[217]고 논술하고 있다. 말하자면 하늘과 땅은 각각 그 시(時)와 재(財)를 가지고 사람을 포함한 만물을 만들어 내는 직분을, 사람은 이를 이치에 맞게 조화시키고 다스리는 직분을 지니고 있다는 것이다.

그러나 이렇게 만물을 만들어 내는 하늘은 만물을 변별해 내지는 못하며, 사람을 실어서 그 위에서 활동하게 하는 땅은 사람을 다스리지는 못한다. 따라서 우주 안의 모든 만물은 사람의 대표인 성인(聖人)에 의해서야 비로소 분별되고 다스려지게 되므로,[218] 천지가 만들어 놓은 만물을 완성시키는 것[219]이 바로 천지와 독립된 자율적이고도 능동적인 사람의 고유한 직분이라는 것이 천인지분의 논리인 것이다. 바로 여기에 "도(道)는 하늘의 도도 아니고, 땅의 도도 아니며, 사람으로서 행해야 할 바로서 군자가 따르는 것"(儒效 9-10)이라는 인도론(人道論)이 나오게 되는 근거가 있다.

이렇게 사람은 천지와 직분을 달리 하는 존재로서, 스스로의 능동적이고 주체적인 노력에 의해 천지에 질서를 부여하고 만물을 부림으로써, 천지의 화육에 동참할 수 있는 존재라는 것이다. 이러한 생각은 인간을 외부 환경조건에 의해 영향을 받기만 하거나, 환경조건에 의해 수동적으로 규정되기만 하는 존재가 아니라, 능동적·주체적으로 스스로를 규정하는 존재로 파악하는 입장을 명백히 드러내는 것이다.

(2) 가능체로서의 존재

이러한 능동성과 주체성의 근거는 인간이 마음[心]을 갖추고 있다는 데 있다. 맹자의 성선설의 대지는 동물과는 다른 인간만의 독특한 특성에서 인간 본성을 찾고 있다는 것이다. 전술한 바대로 인간도 동물과 마

---

217) 天有其時 地有其財 人有其治 夫是之謂能參(天論 23)
218) 天能生物 不能辨物也 地能載人 不能治人也 宇中萬物生人之屬 待聖人然後分也(禮論 24-25)
219) 天地生之 聖人成之(富國 11)

찬가지로 생물적·감각적 욕구 체계를 갖추고 있다. 그러나 인간은 이 이외에 다른 동물이 갖추지 못한 마음을 갖추고 있고, 마음의 기능은 바로 생각한다는 것이다. 이는 감각기관의 작용과 대비하여 제시한 다음과 같은 언급에서 잘 표명되고 있다.

> 눈과 귀 같은 감각기관은 생각하지 못하고 (외부의) 사물(事物)에 가려진다. 감각기관[物]이 외부의 사물[物]과 교접하면, 거기에 이끌려 버릴 뿐이다. 이에 비해 마음은 생각을 한다. 생각하면 스스로가 갖추고 있는 사람의 도리를 깨달아 얻고, 생각하지 않으면 그것을 깨달아 얻지 못한다. 이는 하늘이 나에게 준 것이다.[220]

이 글에서 드러나고 있듯이 감각 경험은 어떤 조건하에서 성립하는 것이어서 사상(事象)의 관계만을 표시할 뿐이다. 그러므로 "감각기관이 외부의 사물과 교접하면[物交物] 거기에 이끌릴 뿐"이라고 한 것이다. 그러나 마음은 생각하는 작용을 한다. 여기서 생각하는 작용은 가치 의식의 자각을 말하는 것이다. 즉, 가치 의식의 자각이 마음의 작용인 것이다.[221]

이렇게 인간은 스스로를 반성하고 자각할 수 있는 능력을 갖추고 있으며, 배우지 않고도 인의를 알 수 있고, 배우지 않고도 인의를 행할 수 있는 양지(良知)·양능(良能)을 구비하고 있으므로(盡心上 15), 스스로에게 갖추어져 있는 선단을 깨달아 이를 넓혀서 채우면 "누구나 다 요·순같이 될 수 있는"[222] 가능성을 갖추고 있는 존재인 것이다.

순자도 인간을 무한한 가능성을 지닌 존재로 파악한다는 점에서는 맹

---

220) 耳目之官 不思而蔽於物 物交物 則引之而已矣 心之官則思 思則得之 不思則不得也 此天之所與我者(《孟子》告子上 15)
221) 心之官則思의 내용을 마음의 작용은 가치 의식을 자각하는 것이라고 보는 것은 《孟子》를 연구하는 여러 학자들(예 : 馮友蘭, 1948 ; 勞思光, 1967 ; 이상은 1976 ; 김충렬, 1982 ; 배종호, 1982 ; 이강수, 1982 ; 양승무, 1986 등)의 공통된 견해이다.
222) 人皆可以爲堯舜(告子下 2)

자와 마찬가지이다. 이러한 사실은 성위지분(性僞之分)과 성위지합(性僞之合)의 인성론과 이에 바탕을 두고 있는 그의 수양론으로부터 쉽게 추론해 낼 수 있다. 즉, 사람은 인식능력[知]과 도덕적 행위 능력[能]을 본유적으로 갖추고 있는 존재로서(《荀子》正名 3), 이러한 본유적 능력을 발휘하여 도의 최고 규범인 예를 배우고 익혀 실행함으로써, 이상적 인간형인 성인의 상태에 도달할 수 있는 존재라는 것이다.[223] 이는 인간이 과거나 현재에 의해서만 규정되는 존재가 아니라, 무한한 미래의 가능성에 따라 규정되는 존재로 파악하는 입장을 분명히 드러내는 것이다.

또한 순자는 지(知)와 능(能)의 한 글자씩을 가지고 가능태(可能態, potentiality)로서의 인간 본성 또는 능력과 현실태(現實態, actuality)로서의 작용결과를 모두 나타내는 개념으로 설명하여, 인간 파악의 이중성을 드러내고 있다(김승혜, 1990 ; 정인재, 1981 ; 蔡仁厚, 1984). 이를 순자는 다음과 같이 진술하고 있다.

> 알 수 있는 근거가 사람에게 갖추어져 있는 것[所以知之在人者]을 지(知)라 하며, 이 지가 외부 사물과 합치됨이 있는 것[知有所合]을 또한 지(知)라 한다. 행할 수 있는 근거가 사람에게 갖추어져 있는 것[所以能之在人者]을 능(能)이라 하며, 이 능이 외부 사물과 합치됨이 있는 것[能有所合]을 또한 능이라 한다.[224]

여기서 "알 수 있는 근거로서 사람에게 갖추어져 있는 지[所以知]"와 "행할 수 있는 근거로서 사람에게 갖추어져 있는 능[所以能]"은 각각 본유적인 가능태로서의 인식능력[知]과 행위능력[能]의 존재를 언급한 것

---

223) 이는 《荀子》 전편에서 산견되는 순자의 인성론과 수양론의 핵심이다. 예를 들면, 榮辱 31-32(可以爲堯禹……在注錯習俗之所積耳), 儒效 36(故聖人者 人之所積也……故人知謹注錯 愼習俗 大積靡 則爲君子矣), 性惡 2-3(今之人化師法 積文學 道禮義者 爲君子), 性惡 13-14(塗之人可以爲禹……今使塗之人伏術爲學 專心一志 思索孰察 加日縣久 積善而不息 則通於神明 參於天地矣 故聖人者 人之所積而致也) 등에서 이러한 논지가 구체적으로 드러나고 있다.

224) 所以知之在人者 謂之知 知有所合 謂之智 所以能之在人者 謂之能 能有所合 謂之能(正名 3 ; 《荀子集解》에서는 謂之智의 智를 知의 誤字로 보고 있다)

이다. 이에 반해, 이들 구절 각각에 이어지는 "외부 사물과 합치된 지" [所合知]와 "외부 사물과 합치된 능"[所合能]은 각각 인식능력과 행위능력의 작동 결과인 현실태로서의 인식내용과 도덕적 행위를 가리키는 것이다. 말하자면, 소이지(所以知)와 소이능(所以能)은 가능태로서 사람에게 본유한 특성을 말하고, 소합지(所合知)와 소합능(所合能)은 현실태로서의 작용결과를 말하는 것이다.

그런데 "여기서 중요한 것은 순자가 가능태보다도 현실태를 중시하여서, 가능태로서의 인간의 인식능력이나 행위능력에 대해서는 직접적인 언급이 별로 없는 대신에, 사려와 선택을 통해 이루어지는 위(僞), 곧 인간의 도덕적 행위 및 인격 형성에는 지대한 관심을 표명했다는 것이다"(김승혜, 1990, p.237). 이러한 가능태의 현실태로의 전화(轉化)가 바로 성위지합(性僞之合)이라 볼 수 있다. 그리고 이러한 성위지합의 논리야말로 인간을 무한한 가능성의 존재로 보는 순자의 입장을 가장 잘 드러내고 있는 것이다.

(3) 사회적 관계체로서의 존재

인간이 양지(良知)·양능(良能)을 구비하고 있다는 사실은 누구나 어려서부터 배우지 않고도 자기 어버이를 사랑할 줄 알고, 자기 형을 공경할 줄 안다는 사실에서 드러난다(《孟子》盡心上 15). 맹자가 말하는 인의는 다른 것이 아니라 어버이를 친애하고[親親] 어른을 공경함[敬長]으로부터 비롯되는 것이다(離婁上 11, 27 ; 盡心上 15). 즉, 맹자는 "인(仁)의 핵심은 어버이를 모시는 것이고, 의(義)의 핵심은 형을 따르는 것이며, 지(智)의 핵심은 이 두 가지를 깨달아 이를 버리지 않는 것이고, 예(禮)의 핵심은 이 두 가지를 조절하고 아름답게 꾸미는 것"(離婁上 27)이라고 본다. 이렇게 맹자는 인간 행위의 당위적 규범인 인의예지의 핵심을 바로 친친(親親)과 경장(敬長)에서 구하고 있는 것이다.

이는 인간 존재의 기초를 부자와 형제의 관계에서 구하고 있는 것이라 해석할 수 있다. 그리하여, 여기에서 체득된 인의의 도를 백성을 친애하고, 사물을 아끼고 사랑하는(盡心上 45) 단계로까지 확장하여 실천하기에 이르러야 한다는 것이 바로 맹자 사상의 핵심 입장인 것이다. 이를 맹자는 "도는 가까이에 있는데 이를 멀리에서 구하고, 할 일은 쉬운 데에 있는데 이를 어려운 데서 구하려 한다. 사람마다 자기 어버이를 친애하고 자기 어른을 공경한다면 천하가 화평하게 될 것이다"(離婁上 11)라고 지적하고 있다. 이러한 점에서 맹자가 군자의 세 가지 즐거움 중 첫 번째를 "부모가 모두 생존해 계시고, 형제들에게 아무 탈이 없는 것"[225]으로 잡고 있는 까닭을 이해할 수 있는데, 이는 바로 이러한 인의 체득과 실천의 객관적 대상이 존재하고 있기 때문에 즐겁다는 의미라고 풀이해 볼 수 있을 것이다.

이러한 관점에서 보면, 맹자는 인간 존재의 의미를 사람과 사람 사이의 관계에서 찾고 있는 것이라 볼 수 있다. 즉, 부자·군신·부부·장유·붕우 사이의 관계에서 인간의 존재 특성이 부각되는 것이므로, 개별적인 존재에서는 인간 존재의 의미를 찾을 수 없다는 것이 맹자의 입장인 것이다. 부자·군신·부부·장유·붕우 사이의 관계에서 각각 친(親)·의(義)·별(別)·서(序)·신(信)이 있도록 하는 것이 바로 사람이 지켜야 할 다섯 가지 도리[五倫]인데, "사람이 편안히 살고 가르침이 없으면 금수와 같아질 수밖에 없으므로, 성인이 이를 걱정하여 이 다섯 가지 사람의 도리

---

225) 孟子曰 君子有三樂 而王天下不與存焉 父母俱存 兄弟無故 一樂也 仰不愧於天 俯不怍於人 二樂也 得天下英才而敎育之 三樂也 君子有三樂 而王天下不與存焉 (盡心上 20). 여기서 맹자가 말하는 군자의 세 가지 즐거움이 모두 인간의 사회성을 강하게 함축하고 있는 것이라는 사실을 주목할 필요가 있다. 一樂은 인의 체득과 실천의 대상(부모와 형제)이 존재하고 있기 때문에 느끼는 즐거움이고, 二樂은 실제로 인의를 체득하여 일상생활의 대인관계에서 실천하므로써 느끼는 즐거움이며, 三樂은 다른 사람들에게 스스로가 체득한 인의의 도를 가르쳐 주는 즐거움인 것이다. 이렇게 군자의 즐거움은 모두 사람들과의 관계에서 설정되는 것으로 맹자는 보고 있으며, 사회 속에서의 사회적 존재로서 成德을 지향하는 데에 즐거움의 근거가 있으므로 "천하를 지배하고 다스리는 것은 군자의 즐거움에 들지 못한다"는 당당함이 나오게 되는 것이라 하겠다.

를 가르치게 하였다"(滕文公上 4)는 지적은 이러한 입장을 단적으로 드러내는 것이다. 이를 보면, 사람의 도리는 바로 사람들 사이의 관계에서 찾아질 수 있는 것이고, 따라서 인간은 개별적인 존재로 태어나고 살아가는 것이 아니라 이러한 관계 속에서 태어나고 살아가는 존재, 즉 사회적 관계체로서의 존재로 인간을 보는 것이 맹자의 인간 파악의 또 하나의 입장이라 하겠다.

순자도 인간의 사회성을 강조하며, 따라서 사회관계가 인간의 존재 특성을 규정하는 것으로 파악하고 있다. 순자는 다른 생물체에 대비한 인간 존재의 생득적인 허약함과 무력함으로 인한 단결의 필요성(《荀子》王制 20-21) 및 개인적인 능력과 기술의 한계로 인한 협동과 상부상조의 필요성(富國 2-3) 때문에(馮友蘭, 1948), 사람은 필연적으로 모여서 사회생활을 할 수밖에 없다[人生不能無群](王制 21 ; 富國 6)는 것이다. 이러한 점은 그의 명분사군(明分使群)의 예론으로부터 쉽게 이해될 수 있다. 즉, 사람은 군신·부자·형제·부부 등의 사회 윤리 관계나 사·농·공·상 등의 사회직분 관계 속의 존재로서, 이러한 관계 속에서 예에 의해 규정되는 각자의 역할[分]을 충실히 수행함으로써 사회생활[群]을 영위해야 하는 존재라는 것이다(榮辱 39-40). 이러한 관점은 인간을 상호 독립적이고 분리된 존재로서가 아니라, 사회관계에 의해 본질적으로 연관을 맺고 있는 상호의존적인 존재로 파악하는 입장을 잘 드러내는 것이다.

순자의 이러한 입장은 "군신·부자·형제·부부의 관계는 처음이자 마지막이고, 마지막이자 처음으로서, 천지와 더불어 이치를 같이 하고, 만세를 통하여 영구히 지속되는 것으로, 무릇 이를 일러 '위대한 근본'[大本]이라 한다"(王制 19-20)는 지적에서 여실히 드러나고 있다. 이는 군신·부자·형제·부부 등의 사회관계의 보편성을 지적한 것으로서, 이러한 관계가 사회의 가장 궁극적인 단위임을 표현하는 것이라 볼 수 있다. 바로 이러한 사실에서도 인간을 사회적인 관계체로 보는 순자의 입장의 일단을 확인해 볼 수 있는 것이다.

2) 전통적 심리학에 대한 몇 가지 비판

이러한 선진유학의 인간 파악의 기본 입장으로부터 우리는 전통적 심리학의 몇 가지 측면에 대한 반성을 도출해 볼 수 있다. 우선 인간을 능동적·주체적 존재로 보는 입장을 통해서는 전통적 심리학의 기계론적 환원론(機械論的 還元論)에 대한 반성을, 가능체로서의 존재로 인간을 보는 입장을 통해서는 지나친 과거 및 현상 중심주의(過去·現狀 中心主義)에 대한 반성을, 그리고 사회적 관계체로서의 존재로 인간을 파악하는 입장을 통해서는 지나친 개인중심주의(個人中心主義)에 대한 반성을 이끌어 낼 수 있을 것이다.

(1) 기계론적 환원론

인간을 능동적·주체적 존재로 파악하는 맹자의 입장에서 우리는 기계론적 인간관에 입각하여 인간의 반성적 능력을 무시하고, 인간을 단지 수동적인 피동체로만 파악해 온 전통적 심리학(Harré & Secord, 1972)의 한계를 생각해 볼 수 있다. 이러한 비판은 현대심리학 자체에서도 특히 인본주의(人本主義)를 표방하는 학자들에 의해 제기되어 왔던 것이다.

인본주의 심리학자들은 기존의 심리학을 지배해 왔던 입장을 행동주의와 심층심리학이라고 보고, 이 두 세력이 모두 기계론적 환원론에 입각하여 인간을 이해하려는 오류에 빠져 있다고 지적한다. 즉, 행동주의자들은 인간을 환경 자극의 피동적인 수용체라고 보는 입장에서 자극-반응 관계(S-R relationship)에서 인간 행동을 파악함으로써, 모든 행동의 원인을 환경 자극의 함수로서 파악하는 기계적인 환경환원론에 빠지고 말았다는 것이다. 물론 신행동주의에서 유기체 변인(organismic variable)을 삽입하여 S-O-R 관계의 연구로 그 입장을 변경시키기는 하였지만, 궁극적으로 환경 자극에서 인간행동의 원인과 근거를 찾으려

고 했다는 점은 같은 것이다. 또한 정신분석학 체계에서는 인간 행동의
원인을 전적으로 무의식적인 생물적 욕구에서 구함으로써 역시 기계적
인 생물학적 환원론에 빠지고 말았다.

행동주의와 심층심리학이 이러한 기계론적 환원론에 빠지게 된 것은
인간의 반성적 능력(反省的 能力)을 인정하지 않았기 때문이라고 볼 수
있다. 인간을 자율적인 행위자로 파악하는 입장은 인간이 동물과는 질
적으로 다르다는 전제에서 출발하는 것이다. 스켈러(Scheler, 1928)는
인간과 동물의 근본적인 차이를 인간만이 반성적 능력을 갖추고 있다는
데에서 찾는다. 이 반성의 능력은 인간에게 자신의 관찰자로서의 자격
을 부여하고, 동시에 인간이 생물학적인 충동에 의해서만 움직이지 않
고 적절한 행동을 선택하여 수행하는 내적인 자유, 즉 행위주체성을 누
릴 수 있게 해 주는 것이다(Mead, 1934).

맹자와 순자는 인간과 동물의 차이를 인간은 생각하는 기능을 갖춘
마음[心]과 인지 능력[知]과 도덕적 행위 능력[能]을 가지고 있다는 사
실에서 찾는다(《孟子》 告子上 15 ; 《荀子》 正名 3). 여기서 지(知)와
능(能)의 기능은 바로 반성적 능력을 말하는 것이며, 이러한 반성적 능
력을 통해 모든 것을 자기에게 돌이켜 구하는[反求諸己] 태도를 견지할
수 있게 되는 것이다. 이러한 점에서 보면, 인간과 다른 동물의 차이를
인정하지 않음으로써 인간을 단지 환경 자극의 피동적 수용체로만 보거
나, 생물적인 욕구 체계에 의해 지배되는 존재로만 봄으로써 기계론적
환원론에 의해 인간을 이해하려는 전통적 심리학의 입장은 타당한 것이
라고 보기 힘든 것이다.

(2) 과거 및 현상 중심주의

인본주의 심리학자들은 또한 기존의 심리학이 과거결정론의 오류에
빠지고 있다고 주장한다. 즉, 행동주의는 S-R 관계에 대한 학습 경험에
의해 현재의 개인을 이해할 수 있다고 봄으로써, 현재의 개인 행동을 과
거 학습사(學習史) 또는 강화사(强化史)를 통해 이해할 수 있다는 과거

결정론에 빠지고 있다는 것이다. 또한 정신분석학, 특히 프로이트의 입장도 개인의 현재의 행동 및 성격 체계는 5, 6세경, 즉 남근기(男根期, phallic period)까지의 욕구 충족의 양상에 의해 결정된다는 과거결정론에 빠지고 있다는 것이다.

그리하여 인본주의자들은 "여기서 현재"(here and now) 경험하는 주관적 체험을 강조한다. 최근에 위세를 떨치고 있는 인지주의 심리학의 입장도 이렇게 현상적 인식을 강조하는 것이라 볼 수 있다. 즉, 객관적 환경조건 자체보다는 이에 대한 현상적인 주관적 체험 또는 인식이 개인 행동의 결정요인이라고 보는 입장인 것이다. 이렇게 보면, 지금까지의 심리학은 인간 행동의 원인을 전적으로 과거 경험에서 찾거나 또는 현재의 자극조건이나 이에 대한 현상적 체험 및 인식에서 찾아왔다고 볼 수 있다. 즉, 지나친 과거 및 현상 중심주의(過去·現狀 中心主義)에서 인간 행동을 이해하려고 해 왔다는 것이다.

그러나 선진유학에서는 인간을 무한한 가능체로서 파악한다. 사람은 누구나 요·순 같은 성인(聖人)이 될 수 있는 가능성을 갖추고 있는 존재(《孟子》告子下 2 ; 《荀子》性惡 1)이다. 이러한 점에서 본다면, 인간의 행동의 동인(動因)을 과거와 현재에서만 찾을 수는 없다고 볼 수 있다. 과거와 현재보다는 미래의 가능태(可能態)를 지향하는 데에서 인간의 독특한 특성을 찾으려고 하는 것이 맹자와 순자의 기본 입장이다. 물론 그들도 인간생활에서 과거나 현재에 전적으로 의존되어 있는 측면이 없다고 보는 것은 아니다. 맹자와 순자도 감각적 욕구의 충족은 현재의 자극 조건에 달려 있다고도 본다(《孟子》告子上 15 ; 盡心下 24 ; 《荀子》正名 8 ; 天論 24-25). 그러나 이러한 것은 동물적 생존과 관계가 있는 것으로 인간만의 독특한 특성은 아니다. 스스로가 갖추고 있는 선단(善端)을 주체적으로 자각하고, 이의 체득과 구현을 위한 능동적인 노력을 하는 데에 인간 존재의 특이성이 있는 것이다. 그러므로 인간에게 있어서는 현재의 조건이나 현상적인 체험보다는 미래의 가능태를 인식하고 이를 지향하는 것이 중요하다고 맹자와 순자는 보는 것이다. 따라서 이러한 관점에서 보면, 인간 행동의 결정 요인을 과거나 현상적 인식에서만 구하는 것은 타당한 입장이 되지 못한다고 하겠다. 이러한 입장은 맹자의 다음과 같은 진술에서 잘 드러난다.

　　그러므로 하늘이 이들(堯와 舜)에게 큰 임무를 내리고자 하면 먼저 그들의 마음과 정신을 괴롭히고, 그들의 근골을 수고롭게 만들며, 몸을 굶주림에 시달리게 하고, 그들의 몸에 걸칠 옷도 없게 하며, 또 그들이 하는 일을 어긋나게 만든다. 이는 하늘이 그들에게 시련을 주어 마음을 분발시키고 인내성을 키워서, 그들이 전에는 하지 못하던 경지까지 할 수 있도록 능력을 증대시켜 주기 위해서 인 것이다.[226]

이 구절에서 함축되고 있듯이, 현재의 자극 조건이 문제가 아니라 이를 통해 얻어지거나 달성될 수 있는 가능태를 인식하고, 이를 위해 주체적으로 노력하는 것이 올바른 삶의 태도라고 맹자는 보고 있는 것이다. 따라서 이러한 관점에서 보면, 인간 행동의 결정 요인을 과거나 현상적 인식에서만 구하는 것은 타당한 입장이 되지 못한다고 하겠다.

(3) 개인중심주의

전통적 심리학은 인간의 사회적 존재로서의 특성을 도외시하고, 지나치게 추상화된 원자적(原子的) 존재로서의 개인(abstracted atomistic individual)을 대상으로 하여 왔다. 즉, 실제적인 생활인이 아니라 실제로는 존재하지 않는 상상적인 원자(imaginary atom)로서의 개인을 상정하고, 다시 말하면 사회적 존재 특성을 모두 사상(捨象)해 버리고 남는 껍데기만을 다루어 왔던 것이다(Sampson, 1983). 이는 미국식의 개인주의적 생활 태도(Sampson, 1983)와 지나친 자연과학의 모방 및 과도한 보편성의 추구(Gergen, 1973)에 그 까닭이 있었던 것으로 보인다.

그러나 인간에게서 사회적 존재 특성을 제거하고 추상화시키게 되면,

---

226) 故天之將降大任於是人也　必先苦其心志　勞其筋骨　餓其體膚　空乏其身　行拂亂
　　其所爲　所以動心忍性　曾益其所不能(《孟子》告子下 15)

실제로는 그런 사람은 어디에도 존재하지 않는다. 이는 단지 심리학자들의 상상 속에서만 존재할 뿐이며, 이런 빈 껍데기들을 실험실에 모아 놓고 실증적인 실험이나 관찰을 한다고 해서, 실제적인 인간 이해, 특히 사회행동의 이해에는 별로 도움이 되지 않을 것이다. 하이더(Heider, 1958)가 심리학, 특히 사회심리학의 나아갈 방향을 일상심리학(naive psychology)이라고 규정한 것은 바로 이러한 이유에서 일 것이다.

선진유학자들은 인간 존재를 사회적 관계망 속에서 파악한다. 인간의 존재 특성과 의미는 부자·군신·장유·부부·붕우 등의 관계 속에서 찾아질 수밖에 없으며, 따라서 인간 행위 또는 인간 완성의 당위 규범인 인의(仁義)의 핵심은 바로 이러한 관계에서의 자연적인 조화와 질서의 추구에서 구할 수밖에 없다는 것이 그들의 기본 입장인 것이다. 친친(親親)과 경장(敬長)이 인의의 핵심(《孟子》離婁上 27 ; 盡心上 15)이라고 본 것은 부자와 형제 등 가족관계에서의 자연스러운 조화와 질서에서 인의의 근거를 찾는 것이며, 인의의 궁극적 실현을 인민(仁民)과 애물(愛物)에서 찾는 것(《孟子》盡心上 45)은 가족이라는 좁은 관계에서 뿐만 아니라 모든 사회 관계에서의 자연적인 조화와 질서의 추구를 인간 행위의 전범으로 보고 있는 것이다.

이러한 관점에서 보면, 사회적 관계를 사상(捨象)해 버린 추상화된 인간 존재란 그 자체 상정할 수 없는 것이다. 따라서 전통적인 심리학의 지나친 개인중심주의를 타당한 연구 방향이라고 보기는 힘들다 하겠다. 샘프슨(Sampson, 1983)도 이러한 점을 지적하여 "인류 역사에 대한 심리학의 가장 중요한 기여는 추상화된 원자적 개인의 분석으로부터……개인 중심에서 벗어난 관계 속의 대상(decentered subject in relation)의 이해로……그 자체 급격한 변혁을 하는 데에서 찾아질 수 있을 것이다"(p.140)라고 기술하고 있다.

3) 새로운 방향의 탐색

서양의 현대심리학은 인지 능력·동기·정서 및 성격 특성 등 행위의 모든 원천들을 완비하고 있는 개체로서의 개인이 인간 삶의 중심이라고 본다. 물론 이러한 개인의 속성들은 개인을 둘러싸고 있는 환경과 개인의 과거 경험에 의해 조형되는 것들이다. 그러므로 개인이 갖추고 있는, 그리하여 그의 모든 행위의 원천이 되고 있는 이러한 개인의 인지 능력·동기·정서·성격 특성 등이 환경과의 접촉을 통하여 어떻게 조성되는지, 그리고 이러한 속성들이 차후에 개인의 행동에 어떠한 영향을 미치는지 하는 것을 심리학의 핵심적인 연구문제로 보게 된다. 즉, 서양심리학은 개인의 속성과 환경의 영향에 초점을 맞추는 성향주의(dispositionism)와 상황주의(situationism)에 의해 지배되어 왔던 것이다. 이 중에서도 전통적인 심리학, 특히 사회심리학을 지배해 왔던 것은 상황주의이었다. 이러한 사실은 로스와 니스벳(Ross & Nisbett, 1991)의 다음과 같은 진술에 잘 드러나 있다.

> 레빈(Lewin)의 일반적인 이론적 공식은 행동을 개인과 상황의 함수로 보는 유명한 명제로부터 시작된다.……그러나 레빈의 공식에서는 행동에 대한 (환경적) 상황과 (개인적) 성향의 결정력을 똑 같이 보고 있음에도 불구하고 ……레빈의 특별한 관심은, 정상적으로는 개인적 성향과 선호의 반영으로 보이는 행동 유형임에도 불구하고, 이에 미치는 상황적 요인 및 사회적 조작의 영향력에 특별한 관심을 보이고 있었던 것이다(p.9).

그러나 선진유학 사상에서는 인간의 사회적 특성과 주체적인 반성적 능력 및 가능태(可能態)에의 지향성을 강조한다. 따라서 이러한 선진유학의 체계를 사상적 배경으로 하는 동양에서 전개되는 심리학은 이와는 다른 모습의 것이 될 수밖에 없다. 즉, 인간의 사회적 존재 특성을 강조하는 동양심리학에서는 이러한 사회적 특성으로부터 비롯되는 도덕성이나 역할 수행 등을 개인의 특성과 함께 심리학의 중요한 연구대상으로 삼을 수밖에 없을 것이다. 뿐만 아니라 인간의 주체적 반성 능력과 가능태에의 지향성을 강조하는 사상적 배경 하에서 동양심리학에서는 인간의 능동적이고 주체적인 자기 결정성(自己決定性)을 본격적으로 탐구해야 할 것이다. 이렇게 해서 개인주의와 상황주의라는 지금까지의 서양심리학을 지배해 왔던 질곡으로부터 벗어나고, 반성적 능력·가능태에의 지향성 및 사회적 존재 특성에 기초를 둔 인간의 주체적인 행위집행성(行爲執行性, action agency)을 전제로 하는 대안적인 또는 보완적인 연구 패러다임(paradigm)을 정립하기 위한 노력을 기울여야 할 것이라 사료된다.

그러나 이것이 기존 심리학의 연구방법론(方法論)의 포기를 의미하는 것은 아니다. 즉, 선진유학에서 도출되는 연구문제들이 전적으로 기존의 실험연구법(實驗硏究法)에 의해 연구될 수 없다는 얘기는 아닌 것이다. 그렇다면, 구체적으로 이러한 심리학을 어떻게 탐구할 것인가? 이에 대해서는 많은 논의가 있어야 하겠지만, 유학의 사상적 전통에서 전개되는 심리학적 이론을 서구에서 제시된 다양한 이론들과 비교·검토해 봄으로써 구체적인 연구방향을 설정받는 방법,[227] 이렇게 해서 도출된 연구 주제를 현대심리학의 실증적인 연구법을 통해 탐구해 보는 방법[228] 및 전통적인 유학사상을 배경으로 하여 살아온 한국인에게 고유한 행동 특성을 찾아 다양한 심리학적 방법을 통해 개념적으로 재구성화해 보는 방법[229] 등이 있을 수 있을 것이다. 이러한 작업들을 통해 구성되는

---

227) 退溪의 심리학에서 도출되는 자기조절이론(自己調節理論)을 서구의 다양한 자기조절이론과 비교·검토하여, 퇴계에게서 도출되는 자기조절이론의 특징과 앞으로 이 분야에서 이루어질 새로운 연구 주제를 도출해 낸 한덕웅(1994)의 연구는 이러한 방법의 연구의 좋은 예라 할 것이다.

228) 조선조 성리학의 사단칠정론(四端七情論)에서 제시되고 있는 인간의 정서 체계에 대한 명제를 구체적인 실험 가설로 설정하여, 대학생을 대상으로 한 실증 연구를 통해 그 타당성을 검증한 한덕웅(1997)의 연구는 이러한 방법의 연구의 좋은 예이다.

229) 한국인의 토착심리학의 개념적 구조화를 위한 최상진(1991, 1993a, b, 1997)의 작업은 이러한 방법의 연구의 좋은 예가 될 것이다.

심리학은 문화적 배경에 따른 인간이해 양식의 차이와 결과적으로 조성
되는 심성과 행동의 차이 및 그 기제를 종합적으로 탐구하는 새로운 문
화심리학(文化心理學)의 모태가 되는 것이라 생각할 수 있을 것이다.

하지만 기존의 실험 연구법에 의한 연구에 한계가 있을 수밖에 없는
연구문제도 많을 것이다. 예를 들면, 자아의 차원, 동기의 차원, 이상적
인간형 및 그 발달 단계, 관계융합 등의 연구문제들은 전통적인 단순한
현상적 기술의 방법보다는 심층적인 구조분석의 방법에 의해 좀더 포괄
적으로 접근해 볼 수 있을 것이다. 이러한 연구방법으로는 설명분석
(account analysis)이나 분석모형(analytical model)의 활용을 꾀하는 사
회행위발생학(ethogenics)의 연구방법(Harré, 1979, 1983 ; Harré &
Secord, 1972), 사회적 지식의 형성 과정을 역동적으로 접근하는 사회표
상(social representation)의 연구방법(Moscovici, 1984) 및 외인적 설명
(外因的 說明, exogenic explanation) 체계보다 내인적 설명(內因的 說
明, endogenic explanation) 체계를 선호하는 사회합리주의(socioration-
alism)의 연구방법(Gergen, 1973, 1982, 1985) 등을 생각해 볼 수 있을
것이다.[230]

지금까지 보았듯이, 선진유학의 체계로부터는 도덕심리학, 사회적 책
임과 사회적 역할 수행을 강조하는 심리학, 그리고 자기의 통제 과정을
강조하는 심리학 등 종래의 전통적인 심리학과는 다른 모습의 심리학이
요청되고 있다. 선진유학의 체계에서 도출되는 이러한 심리학적 연구문
제들은 바로 인간의 존재 특성 자체에서 연유되는 연구문제들이라고 볼
수 있다. 즉, 도덕적 주체와 무한한 가능성을 갖춘 사회적 관계체로서의
인간의 존재 특성 자체를 이러한 심리학은 다루게 되는 것이다. 이렇게
보면, 선진유학에서 도출되는 심리학은 콩트(Comte, 1852)가 그의 학문
분류체계에서 얘기하는 도덕학(la morale)과 유사하다고 할 수 있다. 꽁
뜨는 그의 유명한 학문 분류체계에서 생물학 다음에 사회학을 위치시키

---

230) 이들의 구체적인 내용에 관해서는 민경환(1986, pp.242-264)을 참조할 것.

고, 모든 학문의 근거 학문으로 사회학 다음에 도덕학을 설정하였다. 여기서 도덕학이란 생물적 측면과 사회적 측면의 인간 존재를 모두 포괄하는 인간의 존재 특성에 관한 종합적인 연구를 말하는 것으로, 따라서 이는 인간학을 지칭하는 것이라 볼 수 있으며, 그런 의미에서 이는 모든 학문의 근거가 된다는 것이다. 올포트(Allport, 1968)는 콩트의 도덕학이 곧 심리학에 해당된다고 보고 있는데, 여기서 그가 언급하고 있는 심리학이란 곧 선진유학에서 도출되는 바와 같은 연구문제를 탐구하는 것이라고 볼 수 있을 것이다.

끝으로 한 가지 강조해 두어야 할 것은, 필자가 여기서 동양의 선진유학 사상에 바탕을 둔 새로운 심리학의 출현을 기대하고 있다고 해서, 이 것이 전적으로 기존의 현대 서양심리학의 포기를 주장하는 것은 아니라는 사실이다. 동·서양의 철학과 사상들은 삶의 양식, 언어와 개념, 사유 양식 등 다양한 차이를 배경으로 하고 있는 것으로, 서로 완전히 일치될 수 없다는 것은 너무나도 당연한 일이다. "따라서 우리가 보편적 진리에 대한 열망을 포기하지 않는다 해도, 우리의 작업은 우선 동·서양 철학에서 말하는 진리의 기준 자체가 다양하며 상대적이라는 사실에 대한 뚜렷한 자각으로부터 출발해야 한다. 우리에게 필요한 것, 그리고 우리가 바랄 수 있는 최상의 진리론은 어느 특정한 시각을 절대화한 하나의 획일적 진리론이 아니라 상이한 문화간에 해석학적 대화를 통해 얻어지는 '간 문화적 진리론'(a cross-cultural theory of truth)일 것이다"(길희성, 1998, p.16). 이러한 관점에서 보면, 여기에서 감히 심리학의 새로운 방향을 모색해 보는 것은 기존의 서양심리학이 시·공을 초월하여 보편적으로 타당한 인간관에 토대를 둔 것이 아닐 수도 있다는 인식 아래, 기존의 심리학에 대한 하나의 대안 또는 새로운 연구문제의 제시에 목적이 있는 것이지, 이를 통해 기존의 심리학을 전폭적으로 대치해야 한다는 주장을 펴고자 하는 것은 아니다. 이렇게 하기에는 현재 우리의 역량이 너무 부족할 뿐만 아니라, 또한 이는 다양성의 포용이라는 동양적 다원주의의 전통(Hall & Ames, 1995)에 비추어 볼 때 받아들여지기 힘든 태도이기도 한 것이다.

물론 여기에서 제안하는 바와 같은 동양심리학은 앞으로 오랜 세월에 걸쳐 여러 사람의 노력을 통해 더욱 정교하고 구체적인 모습으로 구축되어야 할 것이다. 그러나 서양심리학과는 다른, 또는 그 미비점을 치유할 수 있는 하나의 대안으로서의 이러한 동양심리학의 탐색은 보편성·항구성 및 절대성을 해체하고, 특수성·시의적절성 및 상대성을 추구하고자 하는 탈근대의 시대사조에 비추어 볼 때(Toulmin, 1990), 타당하면서도 동시에 시대를 선도하는 작업이라는 것이 바로 필자의 신념이다.

█ 참고문헌

1. 1차 사료

楊倞 (818). 荀子注.(服部宇之吉編, 漢文大系, 卷十五. 東京：富山房, 1972.)

王先謙 (1891). 荀子集解.(服部宇之吉編, 漢文大系, 卷十五. 東京：富山房, 1972.)

張基槿 譯 (1980). 孟子新譯. 서울：汎潮社.

鄭長澈 譯解 (1992). 荀子(惠園東洋古典 19). 서울：惠園出版社.

趙岐 (130-201?). 孟子章句.(服部宇之吉編, 漢文大系, 卷一. 東京：富山房, 1972.)

朱熹 (1177). 論語集註.(京城書籍組合編, 原本備旨 論語集註. 서울：太山文化社, 1984.)

朱熹 (1177). 孟子集註.(京城書籍組合編, 原本備旨 孟子集註. 서울：太山文化社, 1984.)

朱熹 (1177). 大學集註.(京城書籍組合編, 原本備旨 大學·中庸. 서울：太山文化社, 1984.)

朱熹 (1177). 中庸集註.(京城書籍組合編, 原本備旨 大學·中庸. 서울：太山文化社, 1984.)

車柱環 譯 (1969). 論語. 서울：乙酉文化社.

車柱環 譯 (1974). 中庸·大學. 서울：乙酉文化社.

韓相甲 譯 (1982). 四書集註(I·II). 서울：三省出版社.

Dubs, H. H.(1966). *The works of Hsüntze.* Taipei : Ch'eng-Wen Publishing Co.

Harvard-Yenching Institute (1940). 論語引得. HYI Sinological Index Series, Supplement 16. Cambridge, Massachusetts : Harvard University Press.

Harvard-Yenching Institute (1940). 孟子引得. HYI Sinological Index Series, Supplement 17. Cambridge, Massachusetts : Harvard University Press.

Harvard-Yenching Institute (1950). 荀子引得. HYI Sinological Index Series, Supplement 22. Cambridge, Massachusetts : Harvard University Press.

Legge, J. (1970). *The works of Mencius.* New York : Dover.

Watson, B. (1963). *Hsün Tzu : Basic wrightings.* New York : Columbia University Press.

2. 2차 사료 및 심리학 자료

郭沫若 (1945). 十批判書. 重慶 : 科學出版社.(조성을 역, 중국고대사상사. 서울 : 까치, 1991.)

吉熙星 (1998). 철학과 철학사 : 해석학적 동양 철학의 길. 한국철학회 1998년도 춘계 학술발표회 주제 논문.

김성태 (1976). 성숙인격론. 서울 : 고려대학교출판부.

김성태 (1978). 발달심리학(전정판). 서울 : 법문사.

김성태 (1989). 경과 주의(증보판). 서울 : 고려대학교출판부.

金勝惠 (1990). 原始儒敎. 서울 : 民音社.

金忠烈 (1982). 東洋 人性論의 序說. 韓國東洋哲學會編, 東洋哲學의 本體論과 人性論. 서울 : 연세대학교출판부. 169-184.

金炯孝 (1990). 孟子와 荀子의 哲學思想. 서울 : 三知院.

唐君毅 (1986). 中國哲學原論 : 原性編. 臺北 : 學生書局.

勞思光 (1967). 中國哲學史 : 古代篇. 臺北 : 三民書局. (성인재 역, 중국철학사 : 고대편. 서울 : 탐구당, 1986.)

牟宗三 (1979). 名家與荀子. 臺北 : 學生書局.

蒙培元 (1990). 中國心性論. 臺北 : 學生書局. (이상선 역, 중국심성론. 서울 : 法仁文化社, 1996.)

민경환 (1986). 사회심리학의 방법론 논쟁. 김경동·안청시 편, 한국 사회과학 방법론의 탐색. 서울 : 서울대학교출판부. 233-267.

裵宗鎬 (1982). 동양 인성론의 의의. 한국동양철학회 편. 동양철학의 본체론과 인성론. 서울 : 연세대학교출판부. 343-367.

徐復觀 (1969). 中國人性論史 : 先秦篇. 臺北 : 商務印書館.

안신호 (1999). 한국의 집단주의에 관한 동기-자아개념-행동 모형의 검증. 한국 심리학회지 : 사회 및 성격, 13(1). 121-164.

梁承武 (1986). 맹자 성선설의 함의에 대한 고찰. 동양철학연구회편, 중국철학사 상논구 1. 서울 : 여강출판사. 99-120.

吳善均 (1989). 孟子의 敎育思想 硏究. 미간행 박사학위 논문, 한양대학교.

劉明鍾 (1989). 中國思想史(Ⅰ) : 古代篇. 大邱 : 以文社.

尹絲淳 (1997). 한국 유학 사상사론. 서울 : 예문서원.

李康洙 (1982). 원시 유가의 인간관. 한국동양철학회편, 동양철학의 본체론과 인 성론. 서울 : 연세대학교출판부. 185-219.

李光世 (1998a). 유교를 다시 생각한다. 이광세, 동양과 서양 : 두 지평선의 융 합. 서울 : 길. 41-63.

李光世 (1998b). 근대화, 근대성, 그리고 유교. 이광세, 동양과 서양 : 두 지평선 의 융합. 서울 : 길. 64-93.

李相殷 (1976). 맹자의 성선설에 대한 연구. 이상은, 유학과 동양문화. 서울 : 범 학도서. 55-120.

이수원 (1993). 사회적 갈등의 인지적 기제 : 사회적 자아중심성. 한국심리학회 지 : 사회, 7(2). 1-23.

이수원 (1994). 사회적 자아중심성 : 타인이해에서 성향주의의 원천. 한국심리학 회지 : 일반, 13(1). 129-152.

李承煥 (1998a). 후기 근대 유학담론의 두 유형 : 뚜웨이밍(杜維明)과 에임스 (Roger Ames)를 중심으로. 東亞硏究(서강대학교 동아연구소). 35, 363-416.

李承煥 (1998b). 유가사상의 사회철학적 재조명. 서울 : 고려대학교출판부.

이진숙 (1960/1993). 프로이트. 서울 : 中央適性出版社.

張其昀 (1984). 中華五千年史 : 戰國學術編. 臺北 : 華岡書城. (中國文化硏究所 譯, 中國思想의 根源. 서울 : 文潮社, 1984.)

장석만 (1999). '근대문명'이라는 이름의 개신교. 역사비평(역사문제연구소), 1999년 봄호(통권 46호). 255-268.

정양은 (1970). 감정론의 비교연구. 한국심리학회지, 1(3). 77-90.

정양은 (1988). 조직에서의 인간관계. 사회심리학연구, 4(1). 1-13.

정영숙 (1994). 어머니에 대한 배려가 자기통제에 미치는 효과. 미간행 박사학위 논문, 서울대학교.

정영숙 (1995). 두 유형의 사회적 기대가 자기통제에 미치는 효과. 한국심리학회지 : 사회, 9(1). 85-97.

정영숙 (1996). 어머니에 대한 배려가 아동의 과제수행 열심도에 미치는 효과. 한국심리학회지 : 사회, 10(1). 159-170.

鄭仁在 (1981). 荀子의 知識論. 姜聲渭 外, 東西哲學의 饗宴. 大邱 : 以文社. 323-357.

鄭仁在 (1992). 중국사상에서의 社會的 不平等. 金榮漢 外, 不平等思想의 硏究. 서울 : 西江大學校 人文科學硏究所. 49-74.

조긍호 (1990). 맹자에 나타난 심리학적 함의(I) : 인성론을 중심으로. 한국심리학회지 : 사회, 5(1). 59-81.

조긍호 (1991). 맹자에 나타난 심리학적 함의(II) : 교육론과 도덕실천론을 중심으로. 한국심리학회지 : 사회, 6(1). 73-108.

조긍호 (1993). 대인평가의 문화간 차이 : 대인평가 이원모형의 확대 시론. 한국심리학회지 : 사회, 7(1). 124-149.

조긍호 (1994). 순자에 나타난 심리학적 함의(I) : 천인관계론에 기초한 연구 방향의 정초. 한국심리학회지 : 사회, 8(1). 34-54.

조긍호 (1995). 순자에 나타난 심리학적 함의(II) : 인성론을 중심으로. 한국심리학회지 : 사회, 9(1). 1-25.

조긍호 (1996). 문화유형과 타인이해 양상의 차이. 한국심리학회지 : 일반, 15(1). 104-139.

조긍호 (1997a). 순자에 나타난 심리학적 함의(III) : 예론을 중심으로. 한국심리학회지 : 사회 및 성격, 11(2). 1-27.

조긍호 (1997b). 선진유학의 심리학적 함의. 한국심리학회편, 동양심리학의 모색 (한국심리학회 1997년도 추계 심포지엄 자료집). 서울 : 한국심리학회. 41-406.

조긍호 (1997c). 문화유형과 정서의 차이 : 한국인의 정서 이해를 위한 시론. 심리과학(서울대학교 심리과학연구소), 6(2). 1-43.

조긍호 (1998a). 순자에 나타난 심리학적 함의(IV) : 수양론을 중심으로. 한국심리학회지 : 사회 및 성격, 12(2). 9-37.

조긍호 (1998b). 유학심리학 : 맹자·순자편. 서울 : 나남출판.

조은경 (1994). 사회심리학의 최근 동향 : 동기와 정서의 복귀. 한국심리학회편, 심리학 연구의 최근 동향 : '94. 서울 : 한국심리학회. 39-82.

陣大齊 (1954). 荀子學說. 臺北 : 中華文化出版.

蔡仁厚 (1984). 孔孟荀哲學. 臺北 : 學生書局.

최상진 (1991). '한'의 사회심리학적 개념화 시도. 한국심리학회편, 1991년도 한국심리학회 연차대회 학술발표 논문집. 333-350.

최상진 (1993a). 문화심리학적 관점에서 본 한국인의 자기. 한국심리학회지 : 사회, 7(2). 24-33.

최상진 (1993b). 한국인의 심정심리학 : 정과 한에 대한 현상학적 한 이해. 한국심리학회편, 한국인의 특성 : 심리학적 탐색(한국심리학회 1993년도 추계 심포지엄 자료집). 3-22.

최상진 (1997). 한국인의 심리특성 : 한국인의 고유심리에 대한 분석과 한국인 심리학 이론의 구성. 한국심리학회편, 현대심리학의 이해. 서울 : 학문사. 695-766.

馮友蘭 (1948). A short history of Chinese philosophy. 臺北 : 雙葉書店. (정인재 역. 중국 철학사. 서울 : 형설출판사, 1977.)

한덕웅 (1994). 퇴계심리학. 서울 : 성균관대학교출판부.

한덕웅 (1997). 한국유학의 사단칠정 정서설에 관한 심리학적 실증 연구. 한국심리학회편, 1997년도 한국심리학회 연차대회 학술발표 논문집. 331-360.

黃公偉 (1974). 孔孟荀哲學證義. 臺北 : 幼獅書店.

Allport, G. W. (1961). Pattern and growth in personality. New York : Rinehart & Winston.

Allport, G. W. (1968). The historical background of modern social psychology. In G. Linzey & E. Aronson(Eds.), The handbook of social psychology(2nd ed.). Vol. 1. Reading, MA : Addison-Wesley.

Aron, A., & Aron, E. N. (1986). Love and the expansion of self : Understanding attraction and satisfaction. New York : Hemisphere.

Aron, A., & Aron, E. N., & Smollan, D. (1992). Inclusion of Other in the Self Scale and the structure of interpersonal closeness. Journal of Personality and Social Psychology, 63, 596-612.

Aron, A., & Aron, E. N., Tudor, M., & Nelson, G. (1991). Close relationships as includig other in the self. *Journal of Personality and Social Psychology, 60,* 241–253.

Aronson, E. (1988). *Social animal*(2nd ed.). New York : Freeman. (윤진·최상진 역, 사회심리학. 서울 : 탐구당, 1990.)

Baron, R. A., & Byrne, D. (1987). *Social psychology : Understanding human interaction*(5th ed.). Boston, MA : Allyn & Bacon.

Blau, P. M. (1964). *Exchange and power in social life.* New York : Wiley.

Brehm, S. S. (1992). *Intimate relationships*(2nd ed.). New York : McGraw-Hill.

Chung, Y. E. (1994). Void and non-conscious processing. In G. Yoon & S. C. Choi(Eds.), *Psychology of the Korean people : Collectivism and individualism.* Seoul : Dong-A.

Comte, A. (1852). *The positive polity.* Vol. 2.(Transl. London : Longmans, Green, 1875.)

Davis, M. H., Conklin, L., Smith, A., & Luce, C. (1996). Effect of perspective taking on the cognitive presentation of person : A merging of self and other. *Journal of Personality and Social Psychology, 70,* 713–726.

de Bary, W. T. (1983). *The liberal tradition in China.* New York : Columbia University Press.

Dollard, J., & Miller, N. E. (1950). *Personality and psychotherapy.* New York : McGraw-Hill.

Dubs, H. H. (1927). *Huüntze : The moulder of ancient Confucianism.* London : Arthur Probsthain.

Erikson, E. H. (1959). Growth and crisis on the healthy personality. *Psychological Issues, 1,* 50–100.

Fiske, A. P., Kitayama, S., Markus, H. R., & Nisbett, R. E. (1998). The cultural matrix of social psychology. In D. T. Gilbert, S. T. Fiske & G. Lindzey(Eds.), *The handbook of social psychology*(4th ed., Vol. Ⅱ). Boston, MA : McGraw-Hill.

Fiske, S. T. (1993). Social cognition and social perception. *Annual Review of Psychology, 44,* 155–194.

Fiske, S. T. & Tayolr, S. E. (1991). *Social cognition*(2nd ed.). New York : McGraw-Hill.

Fromm, E. (1949). *Man for himself.* London : Routledge & Kegan Paul.

Geertz, C. (1975). On the nature of anthropological understanding. *American Scientist, 63*, 47-53.

Gergen, K. J. (1973). Social psychology as history. *Journal of Personality and Social Psychology, 26*, 309-320.

Gergen, K. J. (1982). *Toward transformation in social knowledge.* New York : Springer-Verlag.

Gergen, K. J. (1985). Social constructionist inquiry : Content and implications. In K. J. Gergen & K. E. Davis(Eds.), *The social construction of the person.* New York : Springer-Verlag.

Gergen, K. J., Greenberg, M. S., & Willis, R. H.(Eds.) (1980). *Social exchange : Advances in theory and research.* New York : Plenum.

Hall, C. S., & Lindzey, G. (1978). *Theories of personality*(3rd ed.). New York : Wiley.

Hall, D., & Ames, R. (1995). *Anticipating China : Thinking through the narratives of Chinese and Western cultures.* Albany, NY : State University of New York Press.

Harré, R. (1979). *Social being.* Oxford : Blackwell.

Harré, R. (1983). *Personal being.* Oxford : Blackwell.

Harré, R. & Secord, P. F. (1972). *The explanation of social behaviour.* Oxford : Blackwell.

Heider, F. (1958). *The psychology of interpersonal relations.* New York : Wiley.

Hjelle, L. A., & Ziegler, D. J. (1981). *Personality theories : Basic assumption, research and applications*(2nd ed.). New York : McGraw-Hill. (이훈구 역. 성격심리학. 서울 : 법문사, 1983.)

Hofstede, G. (1980). *Cultures consequences : International differences in work-related values.* Beverly Hills, CA : Sage.

Hofstede, G. (1983). Dimension of national cultures in fifty countries and three regions. In J. B. Deregowski, S. Dziurawiec, & R. C. Annis(Eds.),

Explorations in cross-cultural psychology. Lisse, Netherlands : Swets & Zeitlinger.

Hofstede, G. (1991). *Cultures and organizations : Software of the mind.* London : McGraw-Hill. (차재호·나은영 역, 세계의 문화와 조직. 서울 : 학지사, 1995.)

Homans, G. C. (1961). *Social behaviour : Its elementary forms.* New York : Harcourt, Brace, & World.

Hui, C. H., & Triandis, H. C. (1986). Individualism-collectivism : A study of cross-cultural researchers. *Journal of Cross-Cultural Psychology, 17,* 225-248.

Jones, E. E., & Gerard, H. B. (1967). *Foundations of social psychology.* New York : Wiley.

Kelley, H. H., & Thibaut, J. W. (1978). *Interpersonal relations : A theory of interdependence.* New York : Wiley.

Kim, U. (1995). *Individualism and collectivism : A psychological, cultural and ecological analysis.* Nordic Institute of Asian Studies(NIAS) Report Series, No. 21. Copenhagen, Denmark : NIAS Books.

Kim, U. & Choi, S. C. (1993). Asian collectivism : Indigenous and comparative perspectives. (중앙대학교 사회과학연구소편, 한국적 심리학의 탐색('93 사회과학연구소 국제학술세미나 자료집). 서울 : 중앙대학교 사회과학연구소.)

King, A. Y. C. (1985). The Individual and group in Confucianism : A relational perspective. In D. Munro(Ed.), *Individualism and holism.* Ann Arbor, MI : University of Michigan Press.

King, A. Y. C., & Bond, M. H. (1985). The Confucian paradigm of man : A sociological view. In W. T. Tseng & D. Wu(Eds.), *Chinese culture and mental health.* New York : Academic Press.

Kitayama, S., Markus, H. R., Matsumoto, H., & Norasakkunkit, V. (1997). Individual and collective process of self-esteem management : Self-enhancement in the United States and self-depreciation in Japan. *Journal of Personality and Social Psychology, 72,* 1245-1267.

Koh, B. I. (1996). Confucianism in contemporary Korea. In Tu Wei-Ming(Ed.), *Confucian traditions in East Asian modernity.* Cambridge, MA : Harvard

University Press.

Kohlberg, L. (1963). The development of chidren's orientation toward a moral order : I. Sequence in the development of moral thought. *Vita humnan*, *6*, 11-33.

Kunda, Z. (1990). The case for motivated reasoning. *Psychological Bulletin*, *108*, 480-498.

Lazarus, R. S. (1982). Thoughts on the relations between emotion and cognition. *American Psychologist, 37*, 1019-1024.

Lazarus, R. S. (1984). On the primacy of cognition. *American Psychologist*, *39*, 124-129.

Lew, S. K. (1977). Confucianism and Korean social structure. In C. S. Yu(Ed.), *Korean and Asian religious tradition*. Toronto, Canada : Univeristy of Toronto Press.

Markus, H. R., & Kitayama, S. (1991). Culture and the self : Implications for cognition, emotion and motivation. *Psychological Review, 98*, 224-253.

Markus, H. R., & Wurf, E. (1987). The dynamic self-concept : A social psychological perspective. In M. R. Rosenzweig & L. W. Porter(Eds.), *Annual review of psychology*(Vol. 38). Palo Alto, CA : Annual Review.

Markus, H. R. & Zajonc, R. B. (1985). The cognitive perspective in social psychology. In G. Lindzey & E. Aronson(Eds.), *Handbook of social psychology*(3rd ed., Vol. 1). New York : Random House.

Maslow, A. H. (1954). *Motivation and personality*. New York : Harper & Row.

Maslow, A. H. (1962). *Toward a psychology of being*. New York : Van Nostrand.

Maslow, A. H. (1971). *The farther reaches of human nature*. New York : Viking.

Mead, G. H. (1934). *Mind, self and society*. Chicago, IL : University of Chicago Press.

Miller, J. G., & Bersoff, D. M. (1992). Cultural and moral judgment : How are conflicts between justice and interpersonal responsibilities resolved? *Journal of Personality and Social Psychology, 62*, 541-554.

Moscovici, S. (1984). The phenomenon of social representations. In R. M. Farr & S. Moscovici(Eds.), *Social representations*. Cambridge, England : Cambridge University Press.

Phares, E. J. (1984). *Introduction to personality*. (홍숙기 역, 성격심리학. 서울 : 博英社, 1989.)

Piaget, J. (1932). *The moral judgment of the child.* (M. Gabain, transl. New York : Free Press, 1965.)

Raven, B. H., & Rubin, J. Z. (1983). *Social psychology*(2nd ed.), New York : Wiley.

Rosenberg, M., & Turner, R. H. (1992). *Social psychology : Sociological perspectives*. New Brunswik, NJ : Transaction Publishers.

Ross, L., & Nisbett, R. E. (1991). *The person and the situation : Perpectives of social psychology*. New York : McGraw-Hill.

Sampson, E. E. (1977). Psychology and the American ideal. *Journal of Personality and Social Psychology, 32*, 762-782.

Sampson, E. E. (1978). Scientific paradigms and social values : Wanted-A scientific revolution. *Journal of Personality and Social Psychology, 36*, 1332-1343.

Sampson, E. E. (1983). *Justice and the critique of pure psychology*. New York : Plenum.

Sampson, E. E. (1989). The challenge of social change for psychology : Globalization and psychology's theory of the person. *American Psychologist, 44,* 914-921.

Scheler, M. (1928). *Die Stellung des Menschen im Kosmos*. Darmstadt.

Shaw, M. E., & Constanzo, P. R. (1982). *Theories of social psychology*(2nd ed.). New York : McGraw-Hill. (홍대식 역, 사회심리학이론. 서울 : 박영사, 1985.)

Taylor, S. E., Peplau, L. A., & Sears, D. O. (1994). *Social psychology*(8th ed.). Englewood Cliffs, NJ : Prentice-Hall.

Toulmin, S. (1990). *Cosmopolis : The hidden agenda of modernity*. New York : Free Press. (이종흡 역, 코스모폴리스 : 근대의 숨은 이야깃거리들. 마산 : 경남대학교출판부, 1997.)

Triandis, H. C. (1990). Cross-cultural studies of individualism and collectivism. In J. J. Berman(Ed.), *Cross-cultural perspectives : Nebraska symposium on motivation, 1989*. Lincoln, NB : University of Nebraska Press.

Walster, E., Walster, G. W., & Berscheid, E. (1978). *Equity : Theory and reserach.* Boston, MA : Allyn & Bacon.

Weiner, B.(Ed.) (1974). *Cognitive views of human motivation.* New York : Academic Press.

Weisz, J. R., Rothbaum, F. M., & Blackburn, T. C. (1984). Standing out and standing in : The psychology of control in America and Japan. *American Psychologist, 39,* 955-969.

Zajonc, R. B. (1980). Feeling and thinking : Preferences need no inferences. *American Psychologist, 35,* 151-175.

Zajonc, R. B. (1984). On the primacy of affect. *American Psychologist, 39,* 117-123.

Zajonc, R. B. (1998). Emotions. In D. T. Gilbert, S. T. Fiske & G. Lindzey(Eds.), *The hand book of social psychology*(4th ed., Vol. Ⅰ). Boston, MA : McGraw-Hill.

제3장 한국 유학의 심리학

1. 머리말

서구심리학에서 이른바 과학적 방법론을 적용한 지는 100여 년에 불과하지만 서구의 심리학 이론은 그들 사상들 가운데 오랜 기간에 걸쳐서 제안된 심리학설들에 근거를 두고 발전됐다. 이와 달리 현재 한국에서 이루어지고 있는 대부분의 심리학 연구들은 적어도 명시적으로는 과거 한국에서 발전된 심리학설들과 무관하다. 현 시점에서 볼 때 이런 사실로부터 여러 측면에서 시사점을 얻을 수 있다. 우선 한국문화에서 형성된 전통 심리학 연구의 필요성에 대해서 부정적으로 볼 수 있다. 예를 들면 전통 심리학 사상이 한국인의 사고에 영향을 미쳤기 때문에 명시적으로 과거에 제안된 학설들과 연결짓지 않더라도 한국 심리학자가 제안하는 이론에 반영된다고 주장할 수도 있다. 그러나 이처럼 주장할 경우에도 현 시점에서 제안된 이론 가운데 어떤 내용이 어느 측면에서 전통 심리학설의 영향을 반영했는지 근거를 제시할 수 없기 때문에 그 주장의 타당성을 판단할 수 없다. 또한 조선시대에 제안되었던 심리학설이 현재 시점에서는 현실적 타당성이 없기 때문에 다룰 필요가 없다고 주장할 수도 있다. 그러나 조선시대에 제안되었던 심리학설이 현대 시점에서 타당성 있는 이론으로 발전될 수 없다고 주장할 때 어떤 심리학설이 어떤 근거에서 새로운 이론으로 발전될 수 없는지 해명하지 못한다면 이 주장 역시 설득력이 없다.

전반적으로 말해서 한국심리학회가 창립된 지 50년이 지난 현 시점에서조차 근대 한국 심리학사의 정리가 시도되지 않은 점에서 볼 때 조선시대 제안된 심리학설들은 적절하게 평가할 만한 위치에 있다고 볼 수 없다. 이 상황은 한국의 근대 심리학설을 연구하고 배울 기회가 없었다는 점에서 놀랄 일이 못된다. 이 상황을 벗어나기 위한 하나의 시도로서 이 논문에서는 개괄적 개론 수준에서 조선시대 유학에서 심리학 사상을 전개한 핵심 학자들 가운데 퇴계, 율곡 및 다산을 중심으로 한국의 유학 심리학사를 간략히 정리하고자 한다.

먼저 역사적으로 중국과 한국에서 유학의 심리학이 전개된 경로를 간략히 살펴보자. 선진 유학사상이 성립된 초기부터 인간의 본성, 인간의 심리 및 인간의 행동을 설명하는 독특한 견해들이 제안되었다. 그 후 중국 송(宋)나라 때 회암(晦庵, 朱熹)에 의해서 신유학으로 성리학(性理學)이 성립된 후 서산(西山, 眞德秀)이 유학의 경전들 가운데 인간의 마음을 설명하는 내용들을 편집하여 《심경》(心經)을 출간하였다. 역사적으로 보면 《심경》의 출간은 유학의 경전에 산재해 있던 심리학설들을 일부 수집함으로써 이른바 심학(心學)이라는 독립된 분야로 연구하는 구체적 계기를 제공했다고 볼 수 있다. 그런데 시대마다 영향력을 발휘했던 유학의 성질에 따라서 《심경》을 해석하는 방식이 달라지게 된다. 중국 명대(明代)에는 황돈(篁墩, 程敏政)이 《심경》을 해석하는 주석을 붙여서 《심경부주》(心經附註)를 간행하였다. 이 주석서는 주회의 성리학과 상산(象山, 陸九淵)의 심리학설을 절충한 주석으로 평가된다. 상산의 사상은 송나라 때 양명(陽明, 王守仁)에게 계승되어서 성리학과 대립되는 양명심학(陽明心學)을 이루게 된다. 현 시점에서 보면 유학의 심리학은 성리학의 심학과 양명심학으로 양분된다고 볼 수 있다. 그러나 정씨 형제(程明道와 程伊川)와 회암의 사상을 계보로 발전된 정주성리학(程朱性理學)을 국교로 삼은 조선시대에는 성리학과 구별짓는 의미에서 심학(心學)이라고 하면 양명심학만을 일컫는 용어로 사용되었다. 그러나 유학에서 강조하는 대로 자기수양을 근거로 세상을 다스린다는 일관된 관점에서 볼 때 성리학이나 양명학의 심학은 모두 인간의 수양이라는 측면에서 심리와 행위를 설명하는 동일한 과제를 서로 다른 관점에서 수행했다고 볼 수 있다.

조선시대에는 퇴계(退溪)의 양명학 비판을 계기로, 유학에서는 마음을 설명하려 할 때 양명심학은 성리학과 배치되는 이단사상으로 평가되어서 17세기 하곡(霞谷, 鄭齊斗)이 등장하기까지 큰 발전을 하지 못하게 된다. 반면 퇴계를 비롯한 조선 성리학의 심리학이 크게 발전된다. 성리학에서 심(心)은 성정(性情)과의 관계에서 정의되는 독특한 개념으로 사용된다. 따라서 서구심리학이 발전된 사상적 배경으로 볼 때 이 관점들은 현대 심리학의 용어로 옮기기가 어렵다. 그러므로 칼튼(Kalton, 1988, pp.216-217)이나 드 베리(de Bary, 1989, p.1)는 'mind & heart'로 옮기거나 그대로 심(心)으로 사용하고 있다. 이 사실은 유학심리학에서 심이 서양심리학에서와 다른 의미로 사용되고 있음을 보여준다. 성리학의 관점에서 구성 내용을 중심으로 정의하자면 마음[心]은 사고, 감정, 의지 등 의식뿐만 아니라 무의식을 모두 포괄하는 개념으로 사용되었다. 더구나 마음과 몸의 관계를 다룬 성리학의 심신론(心身論)에서 마음은 몸을 주재하는 주체로 가정되었다. 그러므로 서구심리학에서 의식을 중심으로 한정된 마음[心]의 개념을 사용하는 바와는 대조된다.

더욱 흥미롭게도 유학에서는 인간의 심리학적 발달 수준이 높아짐에 따라서 심적 경험이 포괄하는 영역이 점차 확대된다고 주장한다. 좀더 구체적으로 말해서 유학의 계보에 함께 포함되는 성리학이나 양명학 모두 심리학적으로 높은 발달 수준에 이르면 마음의 경험이 세상만사와 연결되는 폭 넓은 지평을 지닌다고 주장한다. 물론 이 두 학파에서 이처럼 높은 수준의 심리학적 발달 수준에 이르는 과정이나 방법을 설명하는 논리는 서로 다르다. 그러나 학술적으로 마음[心]이 단순히 개인의 신체와 대비되는 의식의 개념으로 한정하지 않는 점은 공통된다.

성리학에서나 양명학에서 차별적으로 사용하는 마음의 개념에 관해서는 퇴계 심학 부분에서 다시 다루기로 한다. 조선시대 성리학자들 가운데 특히 퇴계는 마음을 수양하는 공부의 측면에서 《심경》을 평생 애독했다. 퇴계의 성리학 이론에서 심리학의 연구에 기여할 수 있는 다양한 주제들이 발견되는 점도 이 사실과 무관하지 않다고 볼 수 있다. 그뿐만 아니라 퇴계 이후 역대 왕이 왕도를 실현하기 위하여 이른바 성학(聖學)을 교육받는 교재들 가운데 《심경》이 포함되었다.

그러나 조선 후기에 이르면 그 당시 현실 상황에 적합하게 발전하지 못한 성리학을 극복하고 새로운 유학을 지향하는 학술연구가 대두된다. 그 가운데 다산(茶山, 丁若鏞)은 성리학의 한계를 벗어나서 공자와 맹자의 유학으로 되돌아간다는 관점에서 실천윤리를 강조하는 유학의 심리학을 제안하게 된다.

지금까지 조선시대 유학의 심리학이 전개된 경로를 간략히 살펴보았다. 다음으로 이 논문에서 조선시대 유학자들의 심리학설을 논의하는 방법을 간략히 제시하기로 한다. 이 논문에서 다루게 될 퇴계, 율곡 및 다산의 심리학설은 모두 유학사상에 근거를 두고 있다. 그러나 이들이 각각 심리학설을 제안하면서 취한 관점들을 보면, 생존 당시에 영향력이 컸던 유학사상을 반영하기 때문에 동일한 경전을 인용한 경우에도 서로 다른 해석을 제시한다. 그러므로 현재 시점에서 이들의 심리학설을 논의하려면 이들이 각각 설명하고 있는 내용과 출처를 정확하게 제시하고, 필자가 제안한 해석 이외에 또 다른 해석이 가능한지 검토할 필요가 있다.

이 논문의 앞부분에서 다루게 될 조선 성리학 가운데 퇴계와 율곡의 심리학설에 관해서는 필자가 다른 논문과 책에서 이와 같이 시도한 바 있다. 그러므로 이 논문에서는 퇴계와 율곡의 심리학설을 다루는 부분에서는 핵심이 되는 내용을 정리하고, 그 가운데 해석에서 중요한 쟁점이 될 수 있는 부분에 한정해서 원전의 출처를 밝히기로 한다. 그러나 이 논문에서 처음 다루게 되는 다산의 심리학에 관해서는 중요한 원전

의 내용과 출처를 제시하고, 필자의 해석이 제안되는 배경을 설명하며,
퇴계와 율곡의 심리학과 비교하여 유사점과 차이점을 논의하기로 한다.
이어서 퇴계와 율곡의 성리학적 심학과 다산의 심리학이 유학심리학의
관점에서 일관성있게 통합될 수 있는지 검토하고, 이처럼 통합된다면
이 유학심리학이 현대 심리학 연구에 시사하는 점들이 무엇인지 논의하
기로 한다.

2. 조선 성리학의 심리학

유학에서 인간 심리에 관한 이론은 심학(心學)에서 다루는데, 역사적
흐름을 거슬러 올라가 보면 유학 심학의 개조(開祖)인 맹자의 사상과 연
결된다(安炳周, 1987). 퇴계와 율곡의 성리학 가운데 심리학과 관련되는
심성론은 정주(程子, 朱子) 성리학의 영향을 크게 받았지만 조선시대 한
국 유학은 정주의 성리학과 차별화될 만큼 독특성을 지닌 이론으로 평
가받고 있다(杜維明, 1978 ; 배종호, 1974 ; 유승국, 1976 ; 윤사순, 1971,
1980). 조선 유학의 심리학에는 공자의 사상을 맹자의 관점에서 심리학
을 파악하는 정주성리학 계통으로 마음을 수양[心性修養]하는 학문으로
서 성리학의 퇴계심학(退溪心學 ; 安炳周, 1987, 1995) 외에도 여러 학설
들이 포함된다. 이 가운데 상산과 양명의 양명심학(陽明心學) 계통에서
하곡은 독자적 이론을 개척한다. 성리학에서 성(性)이 바로 이(理)라고
보는 성즉리(性卽理)의 관점을 제안한 바와 달리, 양명학에서는 심(心)
이 바로 이(理)라는 심즉리(心卽理)의 관점에서 이론을 전개한다. 그런
데 성리학을 국교로 정한 조선시대에는, 특히 양명에 대한 퇴계의 비판
을 계기로, 양명학을 이단으로 보고 배척함으로써 적어도 조선 후기 시
점까지 조선 양명심학은 독자적 발전의 기틀을 마련하지 못했다.

심리학의 측면에서 볼 때 퇴계와 율곡 이후 성리학을 인성론에 접목
시킴으로써 이기론, 심성정론 및 사단칠정론 등에서 정주성리학과 구별

되는 심리학이 전개되어서 조선 유학의 특징을 보이는 퇴계심학이 형성된다. 중국 송대 주희의 성리학은 불교와의 대립을 통해서 심리학 부분에 크게 발전하게 된다. 이와 유사하게 조선 성리학은 조선의 개국 이후 국교로서 고려시대 국교였던 불교의 심리학을 극복하려는 시도에 의해서 독자적인 유학심리학을 창출했다고 볼 수 있다. 고려말 성리학을 도입한 이후 회암의 이기론과 심성론을 수용하는 과정에서 퇴계와 율곡은 서로 다른 관점을 제시한다.

회암의 성리학에서는 횡거(橫渠, 張載)와 정씨 형제의 사상을 발전시켜서 마음의 구조와 작용을 설명하는 이론을 제안하였다. 이 관점의 핵심은 이른바 마음[心]이 성(性)과 정(情)을 통섭한다(혹은 관장한다)는 뜻을 담은 심통성정론(心統性情論)에서 볼 수 있다. 이들의 심통성정론이 지니는 특징은 우주만물의 존재와 현상을 설명하는 이기론(理氣論)에서 볼 수 있다. 인간 심리의 측면에서 보면 정주 이기론의 핵심은 심(心)의 속성에서 이(理)가 바로 성(性)이라고 보는 성즉리의 관점이다. 퇴계 이전까지 성리학의 인성론에서 이(理)는 자체로서는 발(發)하지 않는 마음의 원리·원칙·도리·법칙으로서 정의된다. 이(理)와 달리 마음의 작용[發]을 지칭하는 개념이 기(氣)이다. 성리학에서는 모든 존재와 현상이 이와 기의 묘한 조화[妙合]에 의해서 이루어진다고 가정하기 때문에 이와 기는 서로 떨어질 수도 없고 섞어서 말할 수도 없는[不相離, 不相雜] 관계를 이룬다고 설명한다. 회암이 만년에 이(理) 역시 작용하는 속성을 지닌다는 이발(理發)의 의견을 제시하였으나, 이 때 이발의 성질을 기의 발하는 성질과 구별지어서 이기(理氣)의 작용이나 기능을 일관되게 설명하는 데까지 이르지는 못하였다. 이 부분이 퇴계심학이 보인 중요한 발전이다.

1) 퇴계의 심학

퇴계사상에서는 심(心)의 존재를 중시하여 이론을 제안한다. 이 관점에서 제안된 학설이 퇴계심학(退溪心學)이다. 퇴계심학은 인간의 도덕적 심성과 행위를 자기조절하는 과정을 다룬다(한덕웅, 1993c). 여기서 도덕적 심성과 행위를 조절하는 일은 인간의 사사로운 욕망을 막고 하늘의 도리를 지키는 일로 표현된다. 퇴계 자신이 심학을 정의한 내용은 다음과 같다.

> 무릇 심학(心學)이 다양하게 전개되기는 하지만, 요약하여 말하자면 인욕(人欲)을 막고 천리(天理)를 보존하는 두 가지 일[遏人慾, 存天理]에 불과하다.[1]

그렇다면 퇴계심학에서 인욕을 막고 천리를 보존하는 두 가지 일은 어떻게 달성될 수 있다고 가정하는가?

> 천리(天理)와 인욕(人欲)의 구분이던가 중절(中節)과 부중절(不中節)의 분별은 특히 심(心)의 주재(主宰)에 있다.[2]

이 인용문 가운데 중절(中節)이란 마음이 작용하여 정(情)으로 활성화되기 이전에 당연한 하늘의 도리에 맞는 심리상태[中]를 이루고, 심이 활성화된 이후에는 천리에 맞는 심리상태[和]를 이룬 경우를 모두 포괄하는 개념이다. 그러므로 마음이 작용하기 이전이나 이후에 모두 인욕을 막고 천리를 보존하는 심리를 형성하고 유지하는 일이 퇴계심학의 과제가 된다. 따라서 심성뿐만 아니라 몸을 통해서 이루어지는 행위가 모두 심(心)의 수양에 근거하여 달리 나타난다. 퇴계심학에서 인간의 마음이 몸도 역시 주재한다고 가정한다. 그리고 인간의 마음은 경(敬)이 주재한다고 주장한다. 이 관점이 이른바 퇴계의 경(敬) 사상의 핵심이다. 이에 관한 퇴계의 진술은 다음 인용문에서 볼 수 있다.

> 인간의 마음[心]은 한 몸[一身]을 주재하며, 경(敬)은 마음을 주재한다.[3]

---

1) 大低心學雖多端, 總要而言之, 不過遏人欲存天理兩事.(《退溪全書》上, 答李平叔, p.849)
2) 然則天理人欲之判, 中節不中節之分, 特在乎心之宰與不宰.(《退溪全書》上, 答李宏仲問目, p.816)

또한 퇴계는 경의 심학을 성인이나 훌륭한 임금이 되기 위한 학습[王道]에 적용한 이른바 성인의 학문[聖學]에서 "경이 성학(聖學)의 시작[始]과 끝[終]을 이루는 요체"[4]라고도 주장한다. 혹은 달리 표현하여 "경이 한 마음의 주재가 되어서 만사의 근본이 된다"[5]고도 말한다.

지금까지 퇴계의 진술을 직접 인용하여 퇴계심학의 내용과 방법을 간략히 정리하였다. 이어서 퇴계심학에서 마음과 행위를 설명하는 이론을 먼저 총괄하여 요약하기로 한다.

필자의 분석으로 보면 퇴계가 사용한 심(心)은 아래에서 언급되는 두 가지 의미를 모두 포괄하는 개념으로 필요에 따라서 각각 달리 사용된다. 이 글에서는 퇴계사상에서 심이 두 가지 용법으로 쓰이고 있다는 전제에서 이를 구분해서 논하게 된다. 이 두 용법 가운데 첫째는 신체와 구별되는 심적구조 전체를 나타내기 위해서 사용되는 심의 개념이다. 이 뜻으로 사용된 심에서는 넓은 의미로 마음의 구성 요소나 외연에 관한 포괄적 논의가 이루어 질 수 있다. 둘째는 심적 역동이나 작용을 설명하기 위하여 기능의 주체를 표현하려고 사용된 심의 개념이다. 이 개념은 심이 성(性)과 정(情)을 통섭한다는 견해에서 보는 대로, 심의 주재에 의해서 성이나 정이 심적으로 조절되는 과정을 설명하기 위하여 사용된다.

우선 신체와 구별하기 위하여 넓은 의미로 사용되는 마음의 구조를 보기로 하자. 마음의 구조는 매우 다양한 요소들로 구성되지만, 핵심은 성(性)·심(心)·정(情)의 세 요소이다. 이 가운데 심은 성의 성질에 맞게 정을 경험토록 좁은 의미의 심이 우세한 통합기능을 하도록 생성될 수 있다. 이 기능의 강도는 거경(居敬)이나 성찰(省察 ; 예를 들면 一日三省)을 포함하는 경(敬) 과정에 의해서 미발(未發)이나 이발(已發) 과정

3) 蓋心者一身之主宰而敬又一心之主宰也.(《退溪全書》上, 聖學十圖, 心學圖說, p.208)

4) 敬爲聖學之始終豈不信哉.(《退溪全書》上, 聖學十圖, 敬齊箴圖, p.210)

5) 敬者一心之主宰而萬事之本根也.(《退溪全書》上, 聖學十圖, 大學圖, p.203)

에서 모두 크게 영향을 받는다.

넓은 의미의 심적 구조는 매우 복잡한 요소들로 구성되지만, 핵심은 성·심·정이다. 이 가운데 성은 선천적 사덕(四德 : 仁義禮智)에 의해서 설명된다. 이 사덕의 요체는 인(仁)의 개념으로 요약되기도 한다. 사덕(四德)은 성리학에서 상호의존적 대인관계나 사회관계를 실현하는 데 요구되는 덕목으로 간주된다. 이 사덕은 태어날 때부터 이미 마음에 존재하지만 자기수양이 없다면 마음에서 우세한 기능을 획득하거나 적어도 행동으로 표출되기 어려운 요소이다. 이 요소들은 거경이라는 심적 훈련 방법이나 자신의 행동 혹은 심적 상태를 환류시키는 성찰을 통해서 각각의 발현이나 존속의 가능성 수준이 결정되기 때문에 항상 생성 과정으로 존재하게 된다.

경(敬) 수준에 따라서 확립되는 마음의 상태는, 사회심리나 행동과 관련지워 볼 때, 두 범주로 구분할 수 있다. 즉, 마음에서 사덕이 실현된 수준에 따라서 구분하면 상호의존적 대인관계 지향의 도심(道心)이거나 혹은 자기중심적 개인 지향의 인심(人心)으로 질적 측면에서 양분하여 명명할 수 있다.

이들 심적 상태에서 사회적 자극을 접하면 정서를 경험하고 사회행동을 표출하게 된다. 퇴계사상에서는 사회-정서 행동을 유발하는 과정에서 행위자의 주체적 역할을 강조하므로 대체로 주관적 정서 경험이 선행되는 면을 강조한다. 그러나 다른 한편으로 이미 사회행동이 표출된 후 행동 결과의 환류를 통해서 정서와 행동이 결정되는 측면도 지닌다고 주장한다. 그러므로 주관적 정서 경험과 정서의 표출 행동이 상호결정론적으로 작용하여 서로 영향을 미친다고 해석할 수 있다.

퇴계는 정서 경험이 질적으로 사단(四端)과 칠정(七情)으로 나뉜다고 본다. 이 사단칠정의 경험에 의해서 영향을 받는 사회행동의 표출 역시 정(情)이므로, 이 또한 성(性)의 상대적 우세성에 의해서 영향을 받는다. 또한 정서나 사회행동은 상황의 적합성을 판단하는 성리학의 준거들에 따라서 정서 경험이나 행동의 결과가 하루 중에도 몇 차례씩 환류되는 성찰 과정을 거치게 됨으로써 다시 거경과정과 연결된다.

　위에서는 퇴계심학에 나타난 심리나 행동과정을 필자의 해석에 따라서 포괄적으로 설명하였다. 이 설명에서 각 단위별 의미와 기능이 설명에서 제외되고, 시계열 단계들에서 선후관계가 지나치게 단순화되었다. 이제는 각 단위 별로 특징을 제시하고, 기존의 쟁점이나 해석의 난점에 관해서 언급하고자 한다.

(1) 마음의 구조 ; 성(性), 심(心), 정(情)

　퇴계는 원래 넓은 의미로 볼 때 마음의 구조에서 핵심이 되는 성, 심, 정의 세 요소들 이외에 허(虛), 영(靈), 지(知), 각(覺), 인(仁), 의(義), 예(禮), 지(智)의 다양한 요소들로 구성되어 있다고 본다. 〈성학십도〉(聖學十圖)의 제6도에는 이렇게 나타내지만, 다른 문헌을 보면, 마음의 작용에 포함되는 의(意), 지(志), 사(思) 등도 심리구조와 관련지어서 논의되기도 한다.

　이 가운데 허령(虛靈)과 지각(知覺)을 먼저 설명하면, 허령은 마음이 제약되거나 구속됨이 없는 상태로서 작용이 미묘하여 신령한 측면을 나타낸다. 지각은 허령성(虛靈性)에 근거한 인식능력을 의미한다. 그러므로 의미로 보면 "허령은 심의 본체요, 지각은 이에서 사물을 응접(應接)하기 때문에",[6] 퇴계의 〈성학십도〉 가운데에서 〈심통성정도〉(心統性情圖 ; 《退溪全書》上, p.204)에서 허령은 심의 본체(體)를 나타낸 부분에 그려 넣고, 지각은 아래 부분에 그려 넣었다.

　인의예지는 사덕이라고 부르는데, 성(性)의 핵심 구성요소들이다. 이 인의예지는 이(理)가 마음에서 우세한 조건일 때 심리의 구성요소들이다. 위에서 설명한 심리의 다양한 구성요소들 가운데 심이 성과 정을 통솔한다는 말에서 보는 대로, 성·심·성이 심적구조의 핵심을 이루는 세

---

6) 上曰虛靈在上, 而知覺在下, 何也, 對曰虛靈, 心之本體, 知覺, 乃所以應接事物者也, 所以如此矣.(《退溪全集》下, 言行錄, p.832)

요소이다(《聖學十圖》第6圖).

성·심·정이 모두 넓은 의미의 마음을 구성하는 요소들인데, 이 가운데 성은 마음에 갖추어져 있는 이(理)이다. 달리 말해서 이가 갖추어져 있는 심의 부분만을 성이라고 부를 수 있다. 이 해석과 관련해서 퇴계가 성심(性心)의 관계를 논한 진술을 살펴보자.

> 성(性)은 심(心)에 갖추어져 있어서 혼자서 발(發)하거나 일할 수 없으며, 그 주재하고 운용하는 것은 실로 심(心)에 있어서 심(心)을 기다려 발하므로 성이 먼저 동한다고 할 수 없으며, 심은 성으로 말미암아 동하기 때문에 심이 먼저 동(動)한다고도 할 수 없는 것입니다. 또한 함께 한다고 말하는 것은 두 물(物)이 함께 함을 이르는 것인데, 심과 성은 이미 선후로 나누어 말할 수 없는 것인 즉, 또 어찌 두 물(物)이 함께 동한다고 말할 수 있겠습니까?[7]

이 설명에서 심이 동할 수 있는 바는 실은 성이 동하게 하기 때문이라고 본다. 예를 들어서 '측은지심(惻隱之心)은 인(仁)의 단(端)이다'라는 표현에서 보는 대로 구체적으로 사단 가운데 측은이 경험된 심(마음)은 성의 단(端)이라고 표현한다. 심과 성은 이처럼 선후가 있는 배타적 요소들이 아니므로 다음과 같이 적고 있다.

> 대개 마음이 이(선후 없는) 이치를 갖추어 능히 동(動)하고 정(靜)할 수 있기 때문에 성정(性情)의 이름이 생긴 것인데, 성과 정이 마음과 상대되어 두 물(物)이 되는 것이 아니라 하였으니, 기왕 두 물(物)이 아니라면 심이 동하는 것은 곧 성의 그러한 바[所以然]로서, 성이 동하는 것은 곧 심이 그렇게 하는 바[所能然]입니다.[8]

---

7) (蓋性非有物, 只是心中所具之理,) 性具於心, 而不能自發而自做, 其主宰運用, 實在於心, 以其待心而發, 故不可謂性先動也, 以其由性而動故, 不可謂心先動也, 且凡言俱者, 有二物偕併之謂, 心性既不可以先後分言之, 則又安有二物而可謂之俱動耶.(《退溪全書》上, 答金而精, 別紙, p.679)

8) 蓋心具此理, 而能動靜, 故, 有性情之名, 性情, 非與心相對, 而謂二物也, 既曰, 非二物, 則心之動, 即性之所以然也, 性之動, 即心之所能然也.(《退溪全書》上, 答金而精, 別紙, p.679)

요약해서 정리해 보면, 심이 작용하는 것은 성 자체의 작용이며, 또한 성은 심이 아니면 스스로 작용할 수 없기 때문에, 심이 작용할 때에만 성이 발현될 수 있다고 해석할 수 있다. 그런데 이 명제는 심과 성이 서로 다른 대상도 아니고, 선후도 없으며, 상호의존관계를 이루는 하나라고 해석되므로, 두 개념을 포괄하는 상위 범주로 묶을 수 없는 한, 개념정의에서 상호 모순된다. 퇴계의 심리구조론에서 이 모순점은 다음과 같이 해명된다. 넓은 의미의 심은 성을 담고 있는 그릇이며, 성은 심의 내용들 가운데 성리학의 원리와 조화되는 내용만을 지칭한다. 그러나 성은 가능태이므로 심리현상으로서 정의 경험을 통해서만 그 존재가 추론된다. 이 모순점이 이처럼 해명된다고 하더라도 또 다른 난제를 낳게 된다. 이 난제는 성과 심의 관계를 이기(理氣)와 관련시키는 데서 파생된다. 즉, 성과 심 간의 상호관계뿐만 아니라 성과 심을 각각 이와 기에 관련시켜서 이원적 체계로서 설명할 때 모순점이 없어야 하기 때문이다.

퇴계는 심중(心中)에 갖추어져 있는 이(理)가 성(性)이라고 정의했다. 이를 필자의 견해로 해석해 보면, 성이 이에만 연결된 조건에서 마음의 원리가 구성하는 내용이 성이다. 이는 이른바 본연지성(本然之性)을 의미한다. 그러나 기질지성(氣質之性)의 개념에서 보는 대로, 성은 이 당위의 원리가 아닌 경우 불합리할 수 있다. 물론 퇴계의 이론에서 성의 개념 가운데 본연지성이 심적으로 발현시켜야 할 핵심과제이다. 달리 말해서 마음 가운데 유학에서 가정하는 당위의 원리에 어긋나는 요소는 성이 아니므로 당위의 원리에 맞는 요소만 관심의 대상이 된다.

성을 이와 연결짓는 성의 정의와 대비시켜서 이해하면, 정은 기만 연결되는 감성적 구성요소라고 볼 수 있다. 그러나 정 가운데 기에 연결되지 않고 당위적 원리와 연결된 정도 있다. 이는 당위적 원리가 인지적 도식으로 작용함으로써 이 도식에 의해서 매개된 정서에서 보는 바와 같다. 마음의 구성요소들 가운데 성 및 정과 대비되는 협의의 심은 성이나 성의 상대적 우세성이나 성정의 일관성 수준에 영향을 미치도록 발현을 주재하고 운용하는 주체이다.

필자의 해석 방식은 넓은 의미의 심리구조에 좁은 의미의 심, 성 및 정을 모두 포괄함으로써 심과 성의 해석에서 오는 모순을 제거할 수 있는 관점이다. 그러나 이 관점은 성의 미발성(未發性)과 정의 이발성(已發性)을 주장하는 성리학자들의 체용(體用) 이원론적 이론들과 상충된다. 필자(1996)는 이 해석의 지지 기반을 마련하고, 퇴계심학과 달리 성정과 이기의 이원론을 극복하려는 목적에서 이기(理氣)의 발(發)에서 발의 개념을 달리 해석하는 관점을 제안한 바 있다. 필자가 제안하는 핵심점은 이미 마음이 작용한 이발(已發)의 경우 인간의 심리작용으로 볼 때 성의 상대적 우세성을 추론해 낼 수 있다. 따라서 이와 기는 어느 한 쪽이 강하게 작용할 수 있어서, 이기의 작용 강도에 따라서 심리구조에서 성의 우세성이 달리 나타난다고 해석한다. 그리고 이 성의 상대적 우세성은 심리조절 방법인 광의의 경(敬)에 의해서 영향을 받는다.

필자처럼 마음의 작용으로 본 이기를 성정과 직접 관련짓게 되면 퇴계가 이기나 성정을 선악과 직접 대응된 개념으로 보는 이론과도 상충된다. 필자의 견해로는 이기나 성정을 각각 선악과 관련짓는 퇴계의 이론은, 이기나 성정으로 달리 나타낼 수 있는 심리 조건들을 모두 포괄하는 일반이론이 아니라, 성정이 각각 선악과 관련되는 조건에 한정시켜서 진술한 특수이론이라고 본다. 달리 말해서 퇴계의 이론은 성리학의 목적 때문에 이기 혹은 성정이 모두 선한 심리 상태거나 행동 표출에 관련된 조건만을 다루는데 목표를 두었다.

이 논의를 전제로 성의 성질에 관해서 논하기로 한다. 원래 성은 인간을 포함하여 모든 사물에 적용된 형이상학적 개념이다. 그러나 인간만이 지니는 특수성에서 볼 때 성은 선천적 생래적이면서 선한 요소이다. 성은 이(理)와 관련되는 본연지성을 나타내는데, 이는 체질의 개인차를 포함하는 기질지성과 구별된다. 본연지성과 기질지성이 이처럼 구분될 수 있다고 하지만, 이기나 성정의 개념에서도 보는 바와 같이, 성리학에서 이 두 개념이 서로 배타적으로 정의되지 않는 점에 유의하여야 한다. 다만 성 가운데 순전히 선한 심(心)을 지칭하는 개념이 본연지성이다.

이와 달리 기질지성이란 개인이나 상황에 따라서 달리 나타날 수 있는 마음[心]의 맑고[淸], 흐리고[濁], 순수하고[粹], 뒤섞임[駁]을 분별하여 나타내기 위한 개념이다. 이처럼 개념적으로 구분되는 본연지성과 기질지성은 인간이면 모두 생래적으로 지니고 태어난다고 가정된다.

이 가운데 인간이면 누구나 보편적으로 지니고 태어나는 성선의 요소만을 가려내어 본연지성으로 개념화한다. 이와 달리 기질지성으로 보면 사람에 따라서 성선적 혹은 이기적·충동적 수준이 다르다고 가정된다. 이처럼 생래적 면에서 선하거나 악한 수준에 따라서 사람마다 기질지성을 달리 지니기 때문에 성격심리로 보면 기질지성은 선천적이며 기질적인 개인차 요인으로 볼 수 있다.

기질지성은 사람이나 상황에 따라서 선하거나 악하게 구조화된다고 가정된다. 성리학 저술들에서는, 본연지성과 구별하여 논하는 경우, 기질지성의 악한 측면에 관심을 보이기 때문에 흔히 악한 요소로서 잘못 일반화되어 설명되는 경우가 적지 않다. 그러나 퇴계는 악한 기질지성조차도 성선의 본연지성이 심적으로 우세하게 확보되는 경(敬) 조건이 습득되면 선한 요소가 강한 표출력을 지니게 된다고 주장한다. 이 이론은 성격의 변화나 심리치료의 면에서 연구가 이루어져야 할 과제이다.

성의 속성 가운데 본연지성을 사회정서의 측면과 관련지어 본다면, 핵심은 인의예지의 사덕목(혹은 信을 포함하여 5덕목)이다. 이 사덕목(四德目)은 주관적 정서 경험이나 행동의 표출로 나타난 사단(四端)에 의해서 존재가 추론될 수 있는 추상 개념이다. 네 덕목들로 규정될 수 있는 성(性)의 근거는 이(理)이다. 그런데 이(理)의 개념과 관련해서 두 가지 심리학적 미해결 과제를 지적할 수 있다. 그 하나는 이발(理發) 문제이고, 다른 하나는 성정과 이기의 대응성 문제이다.

퇴계의 수리론(主理論)에서는 이(理) 자체로도 활성화되는[理發] 힘이 있다고 주장하기 때문에, 성심정(性心情)을 구조로 본 측면과 대조시켜 볼 때, 이기는 심리 기능의 역동성을 설명하는 개념들로 볼 수 있다. 그러므로 유정동(柳正東, 1974, p.24)의 지적처럼 퇴계와 기고봉(奇高峯)

간의 사단칠정 논쟁도 처음에는 성과 정의 발(發)이 핵심 과제였다가, 논의가 발전된 후에는 이기의 발(發)의 문제도 함께 다루게 되는 방향으로 확대되었다. 여기서 발의 개념은 활성화로 옮겼는데, 이 용어의 해석은 학자에 따라서 다소 다르다. 윤사순(尹絲淳, 1973, p.183, 189)은 심적 작용의 개시 또는 유무를 뜻하는 발동 혹은 발출로 해석하지만 송긍섭(宋兢燮, 1974, pp.66-67)은 나타남 혹은 드러남[顯現]으로 해석함으로써 차이를 보인다. 이 해석들은 작용의 개시나 나타남으로 각각 정리될 수 있는데, 모두 심리가 작용하거나 나타난다는 의미로 해석되지만 행위주체와의 관계는 명시되지 않는 개념이다. 이와 같은 의미를 살린다는 면에서 볼 때 심리학적으로 활성화의 개념이 가장 적절하다고 본다.

잘 알려진 바와 같이 이(理)가 자체로서 활성화될 수 있는 지에 대해서는 주리파(主理派)와 주기파(主氣派)의 주장이 다르다. 주리파를 대표하는 퇴계심학에서는 이(理)가 스스로 발현할 수 있다는 의미에서 활성화의 기능을 지니고 있으며, 이(理)의 활성화 기능은 개인의 수양에 의해서 강도가 결정된다고 보는 점에서 주기파의 주장과 다르다. 고봉 기대승이나 율곡에 의해서 대변되는 주기파에서는 이(理) 자체의 활성화 기능을 부정한다. 즉, 발(發)을 지칭하는 활성화 자체가 기의 기본속성이므로 활성화되는 것은 다만 기뿐이며, 이(理)는 이 기의 활성화 과정을 통해서 기능을 한다고 주장한다. 이는 율곡의 이른바 기발이승(氣發理乘)의 이론인데, 이 이론에서도 만약 이가 기에 의존적이며 타율적이라고 주장하려면 기발시(氣發時) 이(理)가 어떻게 기에 태워져서 작용하는지 심리학적으로 설명해야 하는 난제를 미해결 과제로 남겨 놓고 있다.

퇴계가 자체로서 활성화된다고 주장하는 이(理)는, 표출되는 힘이라는 면에서 볼 때 기에 비해서 생래적으로 극히 미약하기 때문에, 유학의 심리 훈련을 통한 성숙이 없이는 잘 발현되지 않는다. 생래적으로 약한 이(理)의 발에 의해서만 실현될 수 있는 성도 역시 본래는 심적으로 발현되고 행동으로 표출되는 힘이 약하다. 본래 이처럼 약한 성은 이(理)의 존재에 대한 인식 방법인 궁리(窮理), 사욕을 조절하고 한 가지 사상

(事象)에 전념하는 심적 태세를 확립하는 방법인 거경(居敬), 심리 상태나 주관적 정서 경험에 대한 반성, 그리고 외부로 표출된 정서나 사회행동의 자기 점검을 거쳐서 환류를 활용하는 성찰(省察)을 통해서, 성이 강한 표출력을 획득하게 되는 심리구조로 생성될 수 있다.

(2) 마음의 작용

넓은 의미로 심은 육체와 대비되는 마음을 통칭하므로, 심의 기능에는 사고와 정서를 모두 포괄한다. 넓은 의미의 심과 대조되는 좁은 의미의 심은 여러 학자들에 의해서 의식 또는 의식작용 일반으로 해석되고 개념화되었다. 그러나 성리학에서 사용하는 심의 개념은 이에 한정되지 않고 자신의 심리 조절의 대상이 되는 무의식도 포함한다. 이러한 필자의 주장은 퇴계가 심을 의식과 무의식을 포괄하는 의미에서 일신(一身)의 주재자(主宰者)로 보고 있는 점에 의해서도 밑받침된다. 그러므로 윤사순(1973, p.182)이 주장하듯이, 심을 의식으로 한정해서는 심의 한 부분만을 지적한 결과가 된다. 그러나 만약 그가 지적한 대로 "의식(정신) 또는 의식작용 일반"을 의미한다고 보면, 그 정의의 모호성 때문에 논의의 여지는 있지만, 반드시 잘못된 정의라고 보기는 어렵다. 그가 심을 해석한 대로, "일신의 주재자란 인간으로 하여금 의지적이고 선택적인 행위를 할 수 있도록 통솔함"(1973, p.183)을 뜻하는 좁은 의미로 봄이 적절하다. 이처럼 좁은 심의 의미로 볼 때도 의지나 선택을 지칭할 수 있는 의(意)는 심의 한 가지 작용에 불과하다. 마음의 작용과 관련해서 심, 성, 정의 관계를 설명한 내용은 퇴계의 언행록에서도 볼 수 있다.

> 대개 기(氣)는 형체가 되고 이(理)는 이 가운데 갖추어져 있는 것이니, 이와 기가 합쳐져서 심이 되어서 한 몸의 주재(主宰)가 됩니다. 이른바 그 가운데 갖추어져 있다는 이(理)는 성이요, 성에서 나와 작용하는 것이 정이니, 그렇다면 이와 기가 합해서 한 몸의 주재가 된다는 것은 성과 정을 거느리는 것이 아닙니까. 대개 성을 간직하고 있는 것도 심이요 나아가서 작용하는 것도 심입니다. 이것이 심통성정(心統性情)인 까닭입니다.[9]

이른바 심통성정설(心統性情說)을 요약한 이 인용문에는 작용하는 주체로서 심이 설명되고 있다. 심의 체(體)와 용(用)이 각각 성과 정이라면, 성이 어떤 과정을 거쳐서 정으로 나타나는지 설명해야 한다. 이는 퇴계심학에서 심리학적으로 다듬어지지 못한 이론적 과제로 볼 수 있다. 좁은 의미로 정은 감정만을 의미한다. 그러나 심의 용(用) 가운데 포함되는 이성 혹은 사유 역시 심의 작용인 만큼 이 심의 작용 측면도 심과 관련지어서 함께 설명해야 한다. 그런데 퇴계심학에서는 정의 개념에서 감정과 사유 혹은 이성의 요소가 개념적으로 구별되어 있지 못하다(尹絲淳, 1973, p.189). 이 두 요소가 구별되지 않음을 볼 수 있는 예는 사단(四端) 가운데 시비지심(是非之心)을 보면 분명하다. 시비지심은 시비를 가리는 마음을 뜻할 뿐만 아니라 옳고 그름을 따지려는 정서적 행동 태세인 시비를 가리려는 마음도 의미한다. 달리 말해서 시비지심에서는 시비를 가리는 사유나 이성적 작용과 시비를 가리려는 동기 혹은 정서작용이 모두 포함된다. 그러므로 퇴계의 이론에서 두 요소가 함께 혼재되어 있다는 지적은 전반적으로 설득력이 있다.

정에서 사고작용을 설명하기 위하여 제안한 퇴계의 이론은 정을 이(理)와 직접 관련짓지 않고 간접적으로 정을 의(意)와 관련짓는 접근법이다. 그런데 의는 〈성학십도〉나 사단칠정론에서 직접 다루어지지 않으므로 이 전거들 이외의 진술에서 관련된 내용을 취하여야 한다. 퇴계는 심의 용(用)에 염(念)·려(慮)·사(思)·지(志)·의(意)가 포함됨을 인정한다. 심의 용에서 볼 수 있는 이 다섯 가지가 모두 심의 이 용어들로 보면, 심의 용 가운데 앞서 말한 정서적 측면의 정(情) 이외에 사고나 의지 요소들을 시인한 진술로 볼 수 있다. 그는 의와 정의 관계를 다음과 같이 논한다.

---

9) 合理氣爲心而爲一身之主宰焉, 所謂理具於其中者性也, 自性發用者情也, 然則理氣合而爲一身之主宰者, 非統性情者乎, 蓋盛貯是性, 心也, 發用, 亦心也, 此所以心統性情也.(《退溪全集》下, 言行錄, 告君陳誠, p.832)

정(情)이 발함으로 인하여 경영(經營) 왕래하는 것으로서 이처럼 하려고 주장함이 의(意)이다.[10]

이 진술을 보면, 심이 발할 때 일정한 방향으로 활성화시키는 의가 선행되어야 정이 나타난다고 주장한 듯하다. 이 논리로 보면, 의도 역시 심의 발(發)이므로 정이 발생하는 데 영향을 미친다고 추론할 수 있다. 이처럼 해석한다면 이 주장은 인지작용이나 정의 명명과 관련해서 몇 가지 중요한 시사점과 연구과제를 제공한다. 첫째, 심의 용(用)인 의(意)와 감정이 발현한 후 인지과정이 뒤따라서 순서대로 나타난다는 주장으로 해석하면 인지적 명명이 정서 혹은 동기의 기반을 전제로 나타남을 의미한다. 이는 정서 대 인지의 선행성 논쟁으로 보면 정서 혹은 동기의 선행설과 일관된다고 해석할 수 있다. 그리고 이 해석을 밑받침해 줄 수 있는 다른 근거로는 칠정(七情) 가운데 욕(欲)이 포함되어 있는 바와 연결지어서도 설명할 수도 있다.

둘째, 정서 경험으로 인하여 그 후에 인지과정이 뒤따른다고 하더라도, 퇴계는 이 인지과정으로 인해서 반드시 심이 선(善)해짐을 보장하지 못한다고 본 점에 유의해야 한다. 즉, 그는 인지과정을 거치더라도 염·려·사·지·의의 다섯 가지는 모두 심이 선하거나 악한 때 사용할 수 있으니, "악함을 버리고 선을 따르고자 하면 역시 경(敬)을 주로 하고 이(理)를 밝힘에 있을 따름"[11]이라고 주장한다. 이 진술은 유학에서 가정하는 도덕원리인 사덕 혹은 이(理)의 기준이 없이는 정의 경험 후 발생한 심리과정 자체만으로 선(善)이 확보되지 못함을 나타낸다. 그렇다면 정서의 경험 후 사덕이나 이(理)가 심리과정에서 우세하게 작용하여 선한 마음이 형성되는 한정된 조건이 어떻게 마련되는지 해명해야 한다. 퇴계심학에서 이 과제를 경을 중심으로 설명한다.

---

10) 因情之發而經營計度, 主張要如此主張要如彼者, 意也.(《退溪全書》上, 答李宏仲問目, p.823)

11) 其欲去惡而從善, 亦在主敬與明理而己.(《退溪全書》上, 答金而精, p.684)

정과 관련해서 성리학에서 사단칠정 정서의 측면이 중요하게 다루어
짐에는 틀림없다. 그러나 정은 이발(已發)된 상태를 포괄적으로 나타내
기 위한 용어임으로 심적으로 활성화된 인지, 동기, 정서 상태라고 포괄
적으로 정의할 수 있다. 퇴계의 심학에서 마음의 작용과정에 관한 이론
은 마음과 행동의 수양 이론과 연결되는 경(敬) 사상에서 볼 수 있다.

(3) 경(敬) ; 존양(存養)과 거경(居敬)

존양(存養) 혹은 거경(居敬)은 경(敬) 상태를 이루는 심리 조절 방법
들 가운데 일부를 지칭한다. 퇴계의 성리학 이론에서 넓은 의미로 경의
중요성은 다른 어떤 학자들보다 강조된다. 퇴계가 이처럼 경을 중요시
하는 이유는 그의 이론으로 볼 때 "악함을 버리고 선을 따르고자 하면
역시 경을 주로 하고 이(理)를 밝힘에 있을 따름"[12]이기 때문이다. 그러
므로 퇴계는 심학을 중시하는 점에서 "경이 성학(聖學)의 시(始)와 종
(終)"[13]이 된다고 본다. 퇴계는 또한 달리 표현하여 "경이 한 마음의 주
재가 되어서 만사의 근본이 된다"[14]고도 말한다.

가장 포괄적 의미로 볼 때 경을 이루는 방법은 심의 미발상태와 이발
상태에 모두 관련된다. 그러므로 경은 거경, 궁리 및 성찰을 모두 포함
한다. 퇴계는 이를 다음과 같이 설명한다.

경을 이루는 방법은 반드시 삼가고, 엄숙하고, 고요한 가운데 마음을 두어
[存養], 배우고, 묻고, 생각하고, 분별하는 사이에 이(理)를 궁리하여, 보이지
않고 들리지 않는 속에서 경계하고 두려워함이 더욱 엄숙하고, 더욱 공경할
것이요[居敬], 은밀한 곳과 혼자 있는 곳에서 성찰함이 더욱 정밀하여[省察],
하나의 그림을 생각할 적에는 마땅히 그 그림에만 마음을 오로지 해서 다른
그림이 있음을 알지 못하는 듯하고, 한 일을 습득할 적에는 그 일에만 오로지
하여 다른 일이 있음을 알지 못하는 듯이 하고[主一無適], 아침저녁으로 변함

---

12) 주11 참조.(《退溪全書》上, 答金而精, p.684)
13) 주4 참조.(《退溪全書》上, 聖學十圖, 經退溪全書, 聖學十圖, 敬齋箴圖, p.210)
14) 주5 참조.(《退溪全書》上, 聖學十圖, 大學經, p.203)

이 없이 매일 계속한다.[15]

기법으로서 경은 반드시 의식 과정에만 한정되지 않고, 초의식 혹은 전의식 과정을 거쳐서 자동처리되는 과정을 포괄하는 심리와 행동의 조절 방법을 통칭한다. 경의 달성 기법과 구분해서 말하자면, 경(敬) 상태란 일반적으로 경이 달성된 정도를 나타내는 개념이지만, 흔히 경 상태라고 부를 때는 일정 수준 이상의 경이 달성된 경우를 지칭한다.

경 가운데 거경(혹은 존양)과 궁리는 신유학에서 선천적 선으로 주장된 인의예지의 사덕이 심리나 행동으로 발현될 수 있도록 마음에서 우세하게 만드는 심리 조절 방법이다. 거경과 궁리에 의해서 도달된 심적 상태는 신유학 이념에서 추구하는 덕목을 실현하려는 동기가 발현되기 좋은 조건을 형성하는 기능을 한다. 거경이란 마음이 흐트러짐이 없이 한 가지 일에 집중되어 있으며[主一無適], 행동이 침착하고, 상황에 맞는 상태(金聖泰, 1989)를 의미한다. 한편 경 과정에 포함되는 궁리는 성리학 이념과 조화되는 방향에서 사물이나 심적 대상의 본질을 추구하여 사물의 이치를 파악하는[格物致知] 의식적이며 인지적인 탐구 방법이다. 퇴계는 거경과 궁리 가운데 거경을 특히 강조한다. 그러나 이해를 돕기 위하여 먼저 이 두 가지를 모두 묶어서 언급하고자 한다. 거경과 궁리를 통해서 추구하고자 하는 목표는 사회적 자극에 당면하여 심적으로 발(發)하기 이전 상태에서 성선의 사덕이 마음의 우세한 성질로 형성되고, 통제하기 어려운 이기적 충동적 심리가 발생되지 않도록 하는데 있다. 만약 이기적 충동적 심리가 발생된다면, 마음의 작용 후에 사용되는 성찰 등 경 방법을 활용하여 마음이 친사회적이고 선한 방향으로 제어되도록 함으로써, 이기적 충동적 정서가 마음의 자의적 조절권

---

15) 其爲之之法, 必也存此心於齊莊靜一之中, 窮此理於學問思辨之際, 不睹不聞之前, 所以戒懼者愈嚴愈敬, 隱微幽獨之處, 所以省察者愈情愈密, 就一圖思則當專一於此圖, 而如不知有他圖, 就一圖而習則當專一於此事, 而如不知有他事, 朝焉夕焉有常, 今日明日而相續.(《退溪全書》, 上, 進聖學十圖劄, p.197. 괄호 안의 명칭은 필자가 첨가)

내에 놓이도록 하는 데 있다.

퇴계의 이기 개념을 사용하여 설명하자면, 마음에서 성리학의 당위적 원리가 특출한 이(理)의 지배적 우세 속에서, 이(理)의 활성화 방향과 조화되도록 동기 및 정서 요소인 기(氣)가 작용하는 심리 상태를 추구하는 일이 거경과 궁리의 기능적 목표이다. 요약해서 말하면, 선천적 성선의 사덕을 포괄하는 성이나 이기적 충동적 요소를 포함할 수 있는 정은 모두 심에 의해서 조절될 수 있는데, 거경과 궁리는 마음의 이 통제 수준을 결정하는 데 중요한 영향을 미친다.

궁리는 거경과 서로 구별되지만 이 두 가지는 모두 이(理)를 실현하는 심리나 행위에 이르려는 점에서 공통된다. 또한 이 둘이 서로 다르다고 해서 그 중 어느 하나만으로 이(理)를 알고 실현할 수 있는 방법이 되지도 않는다. 그러므로 퇴계는 다음과 같이 말한다.

> 이 둘(궁리와 거경)이 비록 앞과 끝을 이루기는 하지만 실은 양쪽의 공부라고 떨어질까봐 절대 걱정할 것이 없다. 오로지 호진(互進)으로서 법칙을 삼아야 한다.[16]

이 주장은 거경과 궁리가 각각 떨어진 별개 요인들로 심에 작용하지 않고, 거경은 궁리를 잘 할 수 있는 조건을 마련해 주며, 다른 한편으로 궁리에 의해서 거경이 촉진될 수 있음을 강조한 내용이다. 퇴계 이론으로 보면 궁리 자체의 목적은 물리(物理)와 사리(事理)를 탐구하여 마음에서 이를 알게 되는 치지(致知)에 있다. 그러나 궁리하게 되는 최종 목표는 치지에 그치지 않는다. 사물의 이(理)를 알아서 활연관통(豁然貫通)한 앎에 이름에 있다. 이 앎의 구체적 내용은 모든 사물이 마땅히 그렇게 되어야 할 바[所當然]와 그러한 까닭[所以然]을 아는 일이다.

이에 이르는 궁리의 과정은 사욕이나 사심(邪心)에서 나타나는 편견이나 아집을 벗어나서 거경 상태에서 바른 객관적 앎을 얻는 과정이다.

---

16) 二者雖相首尾, 而實是兩段工夫, 絶勿以分段爲憂, 惟必以互進爲法.(《退溪全書》上, 自省錄, 答李叔獻, p.171)

즉, 거경 상태가 선행되지 않으면 궁리를 통하여 참앎[眞知]에 이를 수 없다. 거경 조건에서 궁리가 이루어지는 과정, 방법 및 결과에 대하여 퇴계는 다음과 같이 진술한다.

경을 위주로 하여 모든 사물에서 소당연과 소이연의 까닭을 궁구(窮究)하고, 침잠(沈潛), 반복(反覆), 완색(玩索), 체인(體認)하기를 지극히 하여, 세월이 오래되고 공력(功力)이 깊어지면, 하루아침에 자기도 모르게 시원스럽게 풀리어 활연(豁然)히 관통함이 있게 되면, 체용(體用)이 한 근원이요, 현미(顯微)가 틈이 없다는 말이 진실로 그러함을 비로소 알게 될 뿐만 아니라, 현미에 미혹되거나 정일(精一)에 현혹되지 않아서 중(中)을 잡을 수 있게 되니, 이를 참앎이라 한다.[17]

이 진술에서 진지(眞知)란 거경을 전제로 하는 궁리를 거쳐서 반복과 체인(體認)을 하여야 획득됨을 강조한다(尹絲淳, 1980, 제1장 眞理觀). 여기서 궁리를 통해서 획득하고자 하는 진리가 단지 객관적 인식의 대상을 의미하는 단순한 지식이라기 보다, 주체적 실천지(主體的 實踐知)와 연결되는(尹絲淳, 1980, p.26) 지혜를 의미한다(尹絲淳, 1980, p.38).

앎(知)과 행함(行)의 관계 : 퇴계는 궁리를 통해서 추구하는 지(知)와 체현을 통해서 획득되는 행(行)이 불가분리의 관계로서 서로 영향을 미친다고 본다. 이 주장이 지행호진설(知行互進說)인데, 이에 관해서 살펴보자.

궁리에 의해서 획득되는 지와 체인에 의해서 실행되는 행(行)이 서로 연결된다는 퇴계의 주장은 지식과 학문에 대한 관점을 살펴보면 이해하기 쉽다. 앞에서 살펴본 대로, 퇴계는 궁리 과정을 통하여 획득되는 지식의 추구가 물리(物理)와 사리(事理)를 탐구하여 마음이 이를 알고 행

---

17) 敬以爲主, 而事事物物莫不窮其所當然, 與其所以然之故, 沈潛反覆玩索體認而極其至, 至於歲月之久功力之深, 而一朝不覺其有氿融繹, 豁然貫通處, 則如知所謂體用一源, 顯微無間者, 眞是其然而不迷於顯微, 不眩於精一而中可執, 此之謂眞知也.(《退溪全書》上, 戊辰六條疏, p.185)

동하게 되는 지행(知行)에 있다고 본다. 한편, 그는 이른바 도학(道學)의 학문을 설명할 때 다음과 같이 말한다.

경을 근본으로 삼아서, 궁리에 의해서 치지(致知)하고, 몸소 돌이켜 이를 실천하는 일이 심법(心法)을 미묘롭게 하고 도학을 전하는 요점이니, 제왕과 보통 사람이 어찌 다름이 있겠습니까.[18]

이 인용문에서 보는 바와 같이, 도학에서 추구하는 학문은 치지만이 아니라 행함[行]을 반드시 포괄해야 한다. 〈성학십도〉의 제4대학도(第四大學圖)를 보더라도 앎과 행함으로 나누어 설명할 때 지(知)는 격물치지(格物致知)로, 행(行)은 성의(誠意), 정심(正心), 수신(修身)으로 나타내지만, 경에 의하여 이 모두가 연결된다(《退溪全書》上, 聖學十圖, 第四大學圖, pp.202-203).

그렇다면 지와 행은 어떤 관계를 이루며 어떤 형태로 서로 연결되는가? 퇴계 이론에서 지와 행의 관계는 다음과 같이 설명된다.

생각하건대 지와 행 두 가지는 마치 두 바퀴나 두 날개와 같이 서로 선후(先後)가 되고 경중(輕重)이 된다. 그러므로 성현의 말씀에는 지를 선(先)으로 하고 행을 후(後)로 한 것이 있으니 《대학》과 《맹자》등이 이러하며, 행을 선으로 하고 지를 뒤로 한 것이 있으니 《중용》과 《답회숙서》(答晦叔書) 등이 이러하다. 이처럼 (지와 행을 선후로 말한 내용) 매우 많아서 다 들 수 없을 만큼 많다. 그러나 지를 선으로 했다고 해서 지를 다한 후에 비로소 행을 시작하라는 것이 아니며, 행을 선으로 했다고 하여 행을 다한 후에 비로소 지를 하라는 것이 아니다. 지의 시작으로부터 지가 지극해지기까지, 행의 시작으로부터 지를 마쳐서 끝날 때까지, (지와 행은) 서로 통하고 상호 도움을 주면서[貫徹相資] 호진(互進)한다.[19]

---

18) 敬以爲本, 而窮理以致知, 反躬以踐實, 此乃妙心法而傳道學之要, 帝王與恒人豈有異哉.(《退溪全書》上, 戊辰六條疏, p.186)

19) 竊意知行二者, 如兩輪兩翼, 互爲先後, 相爲輕重, 故聖賢之言, 有先知而後行者, 大學與孟子之類是也, 有先行而後知者, 中庸與答晦叔書之類是也, 以此甚多不可勝擧, 然先知者, 非盡知而後始行也, 先行者, 非盡行而後始知也, 自始知至知至至之, 始行至知終終之, 貫徹相資而互進也.(《退溪全書》上, 答李剛而問目, p.521)

이 인용문을 필자 나름대로 해석하면, 지와 행은 서로 앞선 요인에 따라서 병행하며 진전되고[相須並進] 서로 미흡한 부분에 도움을 주는 형태로 모두 진전되므로[相資互進], 이 둘을 선후로 따로 떼어서 생각하게 되면 서로 진전에 도움이 되는 과정은 이해할 수 없다.

지금까지 설명된 퇴계의 지행호진설(知行互進說)을 요약하면 다음과 같다. 앎[知]이 행함을 촉진하며, 행함도 앎을 촉진하는 면이 있기 때문에, 퇴계는 양자 관계를 이해하는 데에서 양자가 상호영향을 미치는 핵심을 떠나서 지와 행을 떼어서 접근해서는 안 된다고 주장한다.

양명심학 비판 : 퇴계의 이 지행호진설은 조선시대 정통 성리학에서 일탈한 사상이라고 비판받은 양명학이나 서구의 지행관계설들과 관련해서 논의해야 할 과제들을 시사한다.

먼저 양명심학에 대한 퇴계의 비판을 간략히 살펴보자. 양명이 제안한 심이 바로 이(理)라는 심즉리설은 대체로 다음 논리에 근거를 둔다. 마음은 지선(至善)이니, 곧 이(理)이다. 세상에 심 이외에 다른 이치가 있을 수 없다. 마음이 개인적 이해[私利]의 욕구에 가리워짐이 없으면 곧 하늘의 도리(天理)이다. 행을 밝게 깨우치고 정밀하게 살핀 바가 지이며, 지를 진실되게 실행한 바가 곧 행이다. 이 진실한 양지(良知)가 있으면 행이 따르지 않을 수 없으므로 지가 있으면서도 행하지 못하였다 하면 참앎[眞知, 良知]이 아니다. 그러므로 지는 행과 합하여 하나가 된다는 지행합일설(知行合一說)이 성립된다. 양명의 이 주장에 대한 퇴계의 비판은 다음 인용문에서 볼 수 있다.

아름다운 색을 보고 악취를 맡음을 지에 속한다고 하고, 아름다운 색을 좋아하고 악취를 싫어함을 행에 속한다고 말하면, 색을 보고 냄새를 맡을 때 이미 스스로 좋아하거나 싫어하지 보고 난 후에 좋아하는 마음이 생기는 것이 아니며, 맡고 난 후에 싫어하는 마음이 따로 생기는 것은 아니다. 이것으로 지행(知行) 합일(合一)의 증거로 삼는다면 그럴 듯하다. 그러나 양명이 믿는 바와 같이 사람이 선(善)을 보고 좋아함이 과연 아름다운 색을 보고 자연히 좋아함과 같을 수 있는가? 사람이 선하지 않음을 보고 싫어함이 과연 악취를 맡고 싫어함과 실제로 같을 수 있다는 것인가?……대체로 형기(形氣)에서 발(發)하는 사람의 마음이란 배우지 않고도 저절로 알고, 부지런히 힘쓰지 않아도 저절로 능히 할 수 있다. 좋아하고 싫어하는 소재(所在)의 표리(表裏)가 하나와 같다. 그러므로 아름다운 색을 보자마자 좋음을 알고 마음으로 좋아한다. 악취를 맡자마자 그 싫어함을 알고 마음으로도 실제로 싫어한다. 비록 행이 지에 의존한다고 하여도 무방하다. 의리(義理)에 이르러서는 이와 같지 않다. 배우지 않으면 알 수 없고, 부지런히 힘쓰지 않으면 행할 수 없다. 밖에서 하는 바가 반드시 안에서 성실한 바는 아니다. 그러므로 선을 보고도 선임을 모르는 사람이 있고, 선을 알면서도 마음으로 좋아하지 않는 사람이 있다. 선을 볼 때 자신이 좋아할 수 있다. 선하지 않음을 보고 악함을 알지 못하는 사람도 있고, 악함을 알아도 마음으로 싫어하지 않는 사람도 있다. 악함을 알 때 스스로 이를 미워할 수도 있다. 그러므로 《대학》에서 저 표리가 한결같이 좋아하거나 싫어함을 말하여 배우는 자에게 권하기를 스스로를 기만하지 않으면 가능하다고 한다. 양명은 저 형기(形氣)가 하는 바를 가져다가 의리(義理)의 지행설(知行說)을 밝히려 하니 매우 옳지 못하다. 의리의 지와 행을 합하여 말하자면 참으로 상수(相須)하고 병행(竝行)하므로 둘 가운데 어느 하나도 빠뜨려서는 안된다. 둘을 나누어서 말하자면 지는 행이라 말할 수 없고 행은 지라 말할 수 없다. 어찌 앎과 행함이 합하여 하나가 된다고 말할 수 있겠는가?[20]

퇴계가 양명을 비판하는 핵심은 앎과 행함이 합하여 하나가 되지도

---

20) 其以見好色聞惡臭屬知, 好好色惡惡臭屬行, 謂見聞時已自好惡了, 不是見了後又立箇心去好, 不是聞了後別立箇心去惡, 以此爲知行合一之證者似矣, 然而陽明, 信以爲人之見善而好之, 果能如見好色, 自能好之之誠乎, 人之見不善而惡之, 果能如聞惡臭, 自能惡之之實乎, 孔子曰我未見好德如好色者, 又曰我未見惡不仁者, 蓋人之心發於形氣者, 則不學而自知, 不勉而自能, 好惡所在表裏如一故, 才見好色卽知其好而心誠好之, 才聞惡臭卽知其惡而心實惡之, 雖曰行寓於知猶之可也, 至於義理則不然也, 不學則不知, 不勉則不能, 其行於外者未必誠於內故, 見善而不知善者有之, 知善而心不好者有之, 謂之見善時已自好可乎, 見不善而不知惡者有之, 知惡而心不惡者有之, 謂之知惡時已自惡可好, 故大學借彼表裏如一之好惡, 以勸學者之毋自欺則可, 陽明乃欲引彼形氣之所爲, 以明此義理知行之說則大不可故, 義理之知行合而言之, 固相須竝行而不可缺一, 分而言之, 知不可謂之行, 猶行不可謂之知也, 豈可合而爲一乎.(《退溪全書》上, 傳習錄論辯, p.924)

않고, 앎이 항상 행함을 표출하는 선행요인이 아니라는 데 있다. 즉, 성리(性理)의 실현을 문제삼는 당위의 실천이라는 면에서 볼 때 지에 따라서 행이 항상 일관되게 나타나지 않으므로, 지가 원인이 되어서 행이 표출된다거나 지행(知行)을 합하면 하나가 된다고 가정할 근거가 없다고 본다. 이 관점에서 보면 행이 결국 심의 지에 기인된다는 의미에서 석가(釋迦)의 유심론(唯心論)과도 크게 다르지 않다. 그러므로 퇴계는 심의 지와 행은 서로 구별되어야 하고 이 둘이 상수(相須)하고 병진(竝進)하는 과정을 설명한다.

퇴계가 양명학의 비판에서 전개한 논리를 보면, 현대 심리학의 측면에서 퇴계심학이나 양명심학 모두 주목해야 할 과제가 있는 점을 시사받을 수 있다. 양명이 지행합일설을 주창한 배경을 보면, 참앎[良知]이 성립됨으로써 이와 일치되게 행이 나타나는 조건만 관심의 대상이 된다. 달리 말하면 양명의 논리로 볼 때 행으로 일관되게 나타나지 않는 지는 참앎이라고 부르지 않는다. 또한 형기지사(形氣之私)에서 발한 인심(人心)의 상태와 본연지성이 나타난 도심(道心)의 상태를 총괄해서 양지(良知)라고 부르지도 않는다. 양명의 《대학》 해설에서 보는 바와 같이 참앎이란 밝은 덕을 밝히는 일[明明德]과 관련된 지(知)이다. 《대학》을 보면 이 덕(德)을 밝히는 일은 백성을 친(親)하고, 지극한 선에 그침에 있다[止至善]. 천하를 다스리려면[平天下] 나라를 다스려야 하고[治國], 나라를 다스리려면 집을 가지런히 해야 하며[齊家], 집을 가지런히 하려면 자신의 몸을 수양해야 한다[修身]. 몸을 수양하는 때는 마음을 바르게 하여야 하며[正心], 마음을 바르게 하려면 뜻을 정성스럽게 해야 하며[誠意], 뜻을 정성스럽게 하려면 격물치지(格物致知) 하여야 한다. 이 과정을 양명학은 격물치지부터 시작하여 평천하에 이르는 과정으로 설명하기 때문에, 인간이 본래부터 지니고 있는 양지의 치지가 평천하에 이르게 하는 행함[行]과도 합일된다고 주장한다. 그러므로 양명은 행과 합일되고 일관되는 양지만을 과제로 다룬다.

이렇게 본다면 양지가 아닌 지(知)도 있으므로 양명학에서는 이 지가 양지와 어떻게 다르며, 양지에 의해서 어떻게 제어되거나 조절될 수 있는지 설명해야 한다. 그러나 퇴계시대까지 이에 대한 해명이 이루어지지 못했다고 볼 수 있다. 그러므로 퇴계의 비판대로 성리학적으로 마땅히 해야 할 바[所當然]를 알면서도 행함으로 실행되지 않는 조건을 설명하는 데는 실패한 셈이다. 달리 말해서 본능적으로 지와 행이 연결된 형태로 생래적으로 획득된 행동 목록들과 달리, 성리학 이념에 근거하여 당위성을 알게 된 지식의 경우에는 항상 행동으로 일관되게 나타난다고 볼 수 없다. 그러므로 이 경우에는 이 지식이 심적으로 우세하게 작용하는 심리 조절과 행동으로 일관되게 나타나도록 하는 행동의 자기조절 과정을 거쳐서 지와 행의 관계가 도식화된 지식으로 습득되어야 한다. 퇴계의 지행호진설(知行互進說)을 양명의 이론과 대비시켜 보면 퇴계는 경(敬)의 과정에 의해서 지와 행이 연결될 수 있는 배경을 이론적으로 설명할 수 있도록 길을 열어 놓음으로써 지와 행이 호진(互進)되는 과정을 설명할 수 있게 되었다고 볼 수 있다.

한편, 퇴계의 지행호진설은 지와 행의 관계를 다루는 서양 심리학과 관련해서도 중요한 시사점을 제공한다. 지와 행의 관계를 다루는 서구의 사회심리학 이론들은 넓은 의미의 지에 해당하는 신념이나 태도가 행동과 어떤 관계를 이루는지 해명하고자 했다. 태도와 행동과의 관계를 다룬 초기 이론들에서는 대체로 태도가 행동과 일관된다고 가정했다.

그러나 태도와 행동의 관계를 다룬 연구들로부터 이 양자가 특정한 조건에서만 일관된다는 결과를 얻었다. 달리 말해서 인간은 특정한 조건에서만 신념과 행동이 일관된다는 사실을 알아냈다. 이 연구 결과를 수용하여 대안으로 제안된 이론들은 태도와 행동이 일관되는 특수한 조건들을 해명하거나 태도 이외에 행동을 매개하는 다른 요인들을 알아내려는 접근법을 취한다. 경 과정에 근거한 퇴계의 지행호진설로부터 신념과 행동의 관계에서 조절변인으로 경 요인을 다루게 되면 이 방면의 연구에 중요한 시사점을 얻을 수 있다.

경의 심리 및 행동특성 : 경을 구성하는 요소들을 중심으로 이에 관해서 좀더 상세히 살펴보자. 경의 심적 특징을 논할 때 학자마다 필요에 따라서 각각 다른 면을 강조한다. 경의 특성을 이해하기 위하여 심리와 행위의 표출로 나누어서 각각 중요한 특징들로 지적된 내용들을 종합해서 살펴보면 다음과 같다.

① 심리 특성(李相殷, 1973a, pp.239-252)을 들면, 경 상태에서는 1) 생생하게 활동하여 구체적 사물에 적절하게 대응할 수 있으며, 자주적으로 제자리를 지키는 심적 상태, 2) 허영(虛靈)의 자각상태, 3) 마음이 움직일 때나 고요할 때 모두 항상 순수하고 한결같이 한 곳에 집중할 수 있다[專一, 主一無適]. 다양한 특징들을 정리해 보면, 의식집중 상태, 사물지각과 판단의 객관성, 인지적 주의 집중, 심적·정서적 안정성, 사심 없음, 미발시(未發時) 계신공구(戒愼恐懼), 해이와 긴장의 중간 상태 등을 나타냄으로써, 때로는 심적 상태를 나타내기도 하고 어떤 경우에는 이 심적 상태로 인한 심적기능 혹은 기능의 결과를 지칭하기도 한다.

② 행동특성을 들면, 삼가고 근신함, 마음과 행동의 일치, 은미신독(隱微愼獨), 이성에 근거한 행동, 성실성, 외모와 의복의 정돈된 표출 및 이발시의 성찰 등을 나타낸다. 이 행동 특징들에서도 거경에 합당한 행동, 거경에 이르는 행동, 그리고 거경에 처했을 때 나타나는 행동적 기능 등을 포함하고 있다.

경의 심리 및 행동 특징들을 종합해 보면, 경 심리 및 행동 측면들에 이르게 되는 선행조건들, 경에 이르렀을 때의 상태, 경 상태에 있을 때 나타나는 후행의 심리 및 행동 사건의 특징들이 모두 관련된다. 그러므로 체계적 분석의 틀을 사용하여 정리하고 논의할 필요가 있다. 예를 들어서 2(경의 심리 및 행동 측면) × 3(경에 선행되는 유발 원인들, 경 상태의 특징 및 경 상태로부터 사회적 자극을 받아서 나타난 후행 결과의 특징들)의 분식 체계를 사용하면 경의 선행 원인, 경의 상태 및 경 상태로 인한 후행 결과의 상호관계를 연결지어서 연구할 수 있다.

경 상태에 이르게 하는 데 중요한 선행요인들, 경에 이른 상태의 기술 및 경 상태에 의해서 초래된 후행 결과들을 정리한다고 하더라도, 이는 경 상태에 이르는 과정을 설명하기 위한 재료들을 체계화한 데 불과하다. 그러므로 경 상태에 이르도록 하는 결정요인 및 후행되는 주관적 경험이나 행동의 표출이 이루어지는 과정에 관해서는 심리학적 설명이 미흡하다. 이 미해결 과제에 접근하는 한 방법으로 김성태(金聖泰, 1982, 1989)는 높은 수준의 경 상태를 주의집중 과정과 연결지어서 연구한 바 있다. 그는 경에 도달하는 기법들이 성공적으로 적용되면 객관적 지각과 판단이 이루어지며, 이에 따라서 수행의 유효성이 높아진다는 견해를 제안했다. 필자가 보기로는 경 상태는 주의집중 과정과 긴밀하게 관련되기 때문에, 경에 의해서 주의집중이 효과적으로 작동되는 과정을 설명할 수만 있다면, 이 관점은 이 방면의 연구에 중요한 공헌을 할 수 있다.

필자는 경을 행동의 실행 이전 주의과정과 연결짓지 않고, 또 다른 방향에서 경에 관한 심리학 이론을 개발할 수도 있다고 본다. 경 상태를 행동의 실행 이전 주의집중 과정의 유효성에만 관련짓게 되면, 퇴계가 가정하는 심리조절 효과를 모두 포괄하기 어렵기 때문에, 인지적 과정 가운데 사물 지각의 정확성에 초점을 맞추어서 논의가 한정되기 쉽다. 필자는 경 심리상태가 사물 지각뿐만 아니라 인간이 설정한 목표를 활성화할 때 동기 기능을 촉진하는 조건을 제공하며, 목표 추구 활동을 효과적으로 실행하도록 적합한 계획과 방략을 마련하는 인지 활동을 촉진한다고 가정한다. 또한 행동 표출이 학습되어 있는 조건이라면 자신의 판단에 일치하도록 학습된 행동을 방출하는 효과를 갖는다. 그뿐만 아니라 행위가 실행된 후에는 이 행위와 행위의 결과에 대한 환류과정을 촉진하게 된다.

요약하자면, 경 상태는 주의분산 없는 주의집중의 기능과 관련해서 사물 지각이나 판단에서 주관적 오류를 극복토록 하는 인지 기능도 지니지만, 인간의 목표 추구 활동을 활성화하고, 행동 표출을 자신의 판단에 일치시키도록 방향지워 주는 동기 기능도 지닌다. 그리고 행동 결과를 목표 설정의 기준과 비교함으로써 환류하는 기능도 지닌다. 따라서 경은 심적 자기조절이 이루어지는 전 과정에서 영향을 미친다.

필자의 이와 같은 가설은 다음과 같은 추론 근거에 의해서 이루어진다. 먼저 퇴계를 포함하는 성리학자들이 경 상태를 중요시하는 배경에 관해서 생각해 볼 필요가 있다. 〈성학십도〉에 명시된 대로 〈성학십도〉를 배우는 목적은 자신의 심리 상태나 행동 표출을 성인의 심리나 행동에 합당하게 이루려는 데 있다. 경 상태를 추구하려는 목표 역시 이 목적과 무관하다고 보면 퇴계 이론의 진의를 파악하기 어렵다. 따라서 경 논의에서는 명시되지 않더라도 적어도 묵시적으로 성인을 이루려는 목표가 항상 최종 목표로서 중요시된다. 만약 이와 같은 추론이 정당하다면 경의 상태가 성인이 되려는 목표의 추구 과정에서 주의집중 같은 인지과정 뿐만 아니라 목표 추구 동기의 촉진이나 심리 및 행동 전략의 개발에 유효한 조건을 형성한다고 가정할 수 있다.

이 가설이 성립될 만한 추론 배경이 이처럼 확보된다고 하더라도, 경 상태가 성인이 되려는 목표 추구 활동의 동기나 인지적 전략 개발에 기여하게 되는 과정이 설명되지 못한다면, 이론으로서의 요건은 다시 문제될 수 있다. 필자가 보기에 경 상태만으로는 성인이 되려는 목표 추구 활동을 활성화하는 필요충분조건이 되지 못한다. 다시 말해서 퇴계의 성리학에서 추구하는 성(性) 혹은 이(理)의 발현이라는 선행 목표가 확립되어 있어서 활성화의 방향이 정해지지 않는 한, 경 상태에 도달했다고 하더라도 성 혹은 이의 발현과 조화되는 심리 상태나 행동 표출이 항상 이루어질 수 없다. 성리학자에게 경 상태란 성인이 되려는 목표를 확고하게 지닌 경우에, 이 목표의 추구 활동을 효과적으로 이루도록 인지과정을 작동시키며 목표를 추구하는 동기를 강화시킨다는 점에서 중요하다. 이 점이 성리학자와 일반인의 차이점이다. 실제로 많은 사람들이 경의 훈련이 없더라도 일시적으로 경 상태를 경험할 수 있는데, 이때 객관화된 주의집중으로 지각이나 판단의 유효성이 확보될 수 있다. 그러나 이기적이고 개인적 목표를 지닌 사람의 경우에는 이 경 상태가 그 목표를 추구하는 데 있어서 유효성에 기여할 수 있다. 이상의 예를 통해서 살펴본 바와 같이, 퇴계의 심학에서 전개된 경의 심리적 과정을 논하려면 묵시적으로 심리의 전 과정에 걸쳐서 일관되게 가정되고 있는 성인이 되려는 목표와 함께 논의되어야 핵심을 파악할 수 있다.

(4) 인심(人心)과 도심(道心)

성리학에서 인간의 마음을 질적으로 구별할 때 인심(人心)과 도심(道心)의 구분법이 가장 자주 사용된다. 이 구분법은 《서경》(書經)의 우서(虞書) 부분에서 처음 언급된다. 그러나 인심과 도심을 이론으로 문제삼는 배경은 주희의 《중용》(1965, p.765) 서문이나 《심경》의 첫 머리에 다시 옮긴 다음 구절로부터 인용될 수 있다.

> 인심(人心)은 오로지 위태롭고 도심(道心)은 오직 은미하니, 오직 정(精)하며 오직 한결같아야[一] 진실로 중(中)을 잡는다.……이를 논하여 본다면 마음이 허령(虛靈)함과 지각(知覺)함이 하나일 뿐이지만, 인심과 도심이 다름이 있음은 하나는 형기(形氣)의 사사로움에서 생기며, 다른 하나는 성명(性命)의 바른 데서 근원함으로써 지각되는 바가 같지 않으니, 그러므로 혹 위태하고 편안하지 않으며, 혹 미묘하여 보기 어렵다.[21]

주희의 《중용》 서문에서 이 인용문 가운데 오직 정(精)함과 한결같음은 다음과 같이 해설된다.

> 정(精)함은 (위의) 두 가지 사이를 살펴서 섞지 아니함[不雜]이요, 한결같이 함[一]은 그 본심의 바름을 지켜서 떠나지 않음이니, 이를 일삼아 쫓아서 잠깐도 그침이 없도록 하여, 반드시 도심으로 하여금 항상 한 몸의 주재를 삼고, 인심이 매번 천명(天命)을 들으면 위태함이 안정되고 은미함이 나타나서 움직이고 고요하고 말하고 행함이 자연히 지나침이나 미치지 못하는 착오가

---

21) 人心惟危, 道心惟微, 惟精惟一, 允執厥中,……蓋嘗論之, 心之虛靈知覺, 一而已矣, 而以爲有人心 道心之異者, 則以其或生於形氣之私, 或原於性命之正, 而所以爲知覺者不同, 是以, 或危殆而不安, 或微妙而難見耳.(《中庸章句序》, 經書, pp.765-766)

없게 된다.[22]

퇴계는 주희의 설명과 유사하게 인심은 형기(形氣)에서 발생하는 인욕(人欲)의 근본이어서 위태로우니, 경 방법처럼 마음을 한가지로 함으로써, 성명지정(性命之正)에서 발생하는 미약한 도심이 우세하게 작용하도록 하여 이에 따라서 행동해야 함을 강조한다.

거경과 궁리를 통해서 형성된 마음의 상태는 일반적으로 인심과 구분되는 도심으로 볼 수 있는데, 도심과 인심의 분류법에 구애받지 않고 보면 마음의 상태는 다양하다. 〈성학십도〉의 심학도(心學圖)에서도 여섯 종류로 구분되는 심을 논하고 있다. 즉, 양심(良心), 본심(本心), 적자심(赤子心), 대인심(大人心), 인심(人心) 및 도심(道心)이다. 여기서 적자심이란 인욕에 더럽혀지지 않은 발가벗은 어린아이의 양심이며, 인심이란 인욕에 빠진 마음이다. 대인심이란 의리(義理)가 갖추어진 본 마음[本心]이며, 도심이란 의리를 깨우친 마음을 의미한다. 더구나 경과 관련지워 나타나는 마음까지 포함하면 심의 상태는 유일고집(惟一固執), 신독(愼獨), 극복(克復), 심재(心在), 구방심(求放心), 정심(正心), 사십부동심(四十不動心), 그리고 계구(戒懼), 조존(操存), 심사(心思), 양심(養心), 진심(盡心), 및 칠십이종심(七十而從心)에 이르기까지 다양한 종류로 구분해 볼 수 있다.

그러나 퇴계나 다른 성리학자들은, 개념의 정의에서 반드시 일치하지는 않으나, 대별해서 마음을 인심과 도심으로 나누는 양분법을 자주 사용했다. 퇴계심학에서 강조되고 있는 바와 같이 성리학에서는 질적으로 심리상태를 도심과 인심으로 양분해야 할 심리적 필요가 있다. 그러나 대부분의 경우 심리상태는 이 양자가 혼재되어 있어서 행동으로 발생된 후 사후 설명으로만 사용되는 일을 피하려면 도심과 인심이란 상대적

---

22) 精則察夫二者之間而不雜也, 一則守其本心之正而不雜也, 從事於斯, 無少間斷, 心使道心, 常爲一 身之主, 而人心, 每聽命焉, 則危者安, 微者著, 而動靜云爲, 自無過不及之差矣.(《中庸章句序》, 經書, p.766)

우세성을 양적 기준으로 구분해서 나타내기 위한 간편한 양분법으로 봄이 적절하다(鄭良殷, 1970, p.89 ; 1976, p.77).

퇴계는 이기호발성(理氣互發性)에 근거하여 이(理)가 발현된 심을 도심이라고 보고 기(氣)가 발로된 심을 인심(人心)으로 보아서 이원(二元)분석체계를 제안한다.

퇴계와 달리 율곡은 일원적 주기론의 입장에서 인심과 도심이 모두 내용에서만 질적으로 양분될 수 있을 뿐이라고 본다. 그는 다음과 같이 설명한다.

> 사의(私意)가 개재되면 처음에는 도심이었지만 인심이 되고, 형기(形氣)에서 발생한 인심이더라도 정리(正理)에 거스르지 않으면 도심과 다름이 없다. 형기에서 발생하여 정리에 거슬러도, 그 비(非)를 알아서 이를 제어함으로써 그 욕(欲)을 좇지 아니하면, 이는 처음에는 인심이었다가 마침내는 도심이 된다.[23]

이때 이 마지막 문장에 나타난 '비(非)를 알아서 제어함으로써 욕(欲)을 좇지 않음'은 이미 마음의 제어를 통해서 정서 경험이나 행동 표출이 이루어진 후 환류과정을 거치지 않고서는 판단하기 어렵다.

퇴계의 저술에서 거경 상태와 도심을 동일한 심리상태를 나타내는 개념으로 간주하거나 혹은 서로 바꾸어 쓸 수 있는 개념으로 본 경우가 많다. 그러므로 경을 이루려는 과정과 달리 이미 경이 이루어진 경 상태와 도심의 관계는 반드시 발생되는 시점의 차이를 강조할 필요가 없다. 그러나 도심과 사단(四端)의 차이를 진술하는 퇴계의 문장에서도 볼 수 있는 바와 같이, 도심과 사단은 개념을 다음과 같이 구별된다.

---

23) 聞之以私意, 則是始以道心而終以人心也, 惑出於形氣而不咈乎正理, 則固不違於道心矣, 或咈乎正理而知非制伏, 不從其欲, 則是始以人心而終以道心也.(蓋人心道心, 兼情意而言也, 不但指情也, 七情則統言人心之動有此七者, 四端則就七情中擇其善一邊而言也, 固不如人心道心之相對說下矣).(《栗谷全書》, 答成浩原, 壬申, p.192)

도심은 심(心)의 시종(始終)과 유무(有無)를 관통함을 말한 것이지만, 사단은 단(端)으로서 그 발견된 단서만을 가리켜 말한 것이므로 작은 차이가 없을 수 없다.[24]

여기서 사단이 개인의 정서 경험이나 행동표출을 통해서 관찰된 단서를 선제로 하는 개념인 점에 주목할 필요가 있다. 이 점은 퇴계의 다음 주장들에서도 볼 수 있다.

인심·도심의 두 가지가 각각 칠정(七情)과 사단(四端)이 된다는 말은 참으로 옳다.[25]

인심이란 인욕의 근본이요, 인욕이란 인심에서 흘러나온 것이다.……그러므로 인심이 먼저가 되고, 인욕은 나중이 된다고 본다.[26]

필자는 인심과 도심이 사단칠정에 선행되는 개념으로 정리한다. 그리고 인심·도심과 사단칠정을 구분하는 근거를 제안한 바 있다. 필자의 이 주장과 조화되는 인심과 도심의 해석은 배종호(裵宗鎬, 1974, p.83)에서도 부분적으로 볼 수 있다. 그는 인심과 도심의 시종(始終)에 대해서 언급한 율곡의 설명을 해석할 때 인심에서 도심으로 전환이나 도심에서 인심으로 전환[始終]을 성과 정뿐만 아니라 의(意)의 구조로 설명한다. 여기서 성 및 정과 아울러 지적된 의는 인간이 자율적으로 심리 조절을 할 수 있는 존재라는 가정에서 심리를 조절하는 주체를 가정하여 쓰인 용어이다. 그러므로, 인심과 도심의 시작과 끝을 주재하는 의의 작용 주

---

24) 然道心以心言, 貫始終而通有無, 四端以端言, 就發見而指端緖, 亦不能無少異.
    (《退溪全書》上, 答李平叔, p.849)
25) 人心爲七情, 道心爲四端, 以中庸序朱子說, 及許東陽說之類觀之, 二者之爲七
    情四端固無不可.(《退溪全書》上, 答李牛叔, p.849)
26) 人心者, 人欲之本, 人欲者, 人心之流, 夫生於形氣之心, 聖人, 亦不能無故, 只
    可謂人心, 而未遽爲 人欲也, 然而人欲之作, 實由於此, 故曰人欲之本, 陷於物欲
    之心, 衆人逐天而然故, 乃名爲人欲, 而 變稱於人心也, 是, 知人心之初, 本不如
    此, 故曰人心之流, 此則人心先, 而人欲後.(《退溪全書》上, 答喬姪問目, 中庸,
    p.897)

체를 가정할 때만 잘 설명될 수 있는 개념이다. 그러나 사단이나 칠정은 이와 달리 의를 작용시킨 심적 주체가 경험하게 되는 결과를 나타낸다.

(5) 사단칠정론

좁은 의미로 볼 때 정서 경험으로 해석되는 퇴계의 정(情) 개념은 마음이 성과 정을 주재하고 있어서 움직임이 없을 때 성의 상태[寂然不動爲性]와 대비되어 사용된다. 정은 사회적 자극에 감응되어 통하게 되면 나타난다(感而遂通爲情 ; 《退溪全書》上, 聖學十圖, 第六心統性情圖 上圖, p.204). 이때 일반적 자극에 대한 일반 정서와 달리 사회적 자극에 대한 반응은 성리학적 기준과의 관계에서 사회적 정서 경험으로 나타난다. 사회적 자극이 상황 의존적으로 지각되고 이해되는 바와 마찬가지로, 정서 경험이나 그 다음 과정인 사회행동도 상황 의존적으로 발생된다.

정서 경험에 관한 논의는 한국 성리학에서 중요한 역사적 의의를 지니는데, 16세기 한국 신유학에서 전개된 정서 경험의 발생 과정과 분류 체계에 관한 논쟁이 사단칠정론이다. 유학에서 사단칠정론이 대두된 배경에는 독특한 심리철학적 가정이 전제되어 있다. 즉, 사단 정서의 경험을 확충하고 칠정 정서의 경험을 조절하면 개인은 선해지며, 바람직한 사회가 형성된다는 가정이다. 이 가정과 연결시켜 본다면 사단칠정론이란 사단과 칠정이 각각 특출하게 경험되는 과정을 서로 다른 이론으로 설명하는 논쟁이다.

퇴계의 정서설로 보면 경 상태의 달성이 효과적으로 이루어진 높은 도심 상태에서, 자신이 직접 타인을 대면하거나 타인들의 사회정서 행동을 관찰함으로써 사회적 자극에 대면하게 되면, 사덕의 인, 의, 예, 지의 단서가 되는 측은, 수오, 사양, 시비의 네 정서가 각각 지배적으로 경험된다. 이처럼 사단 경험은 선행 과정으로 볼 때 성심정에서 성(性), 그리고 인심과 도심에서 도심과 관련된다. 사단 정서는 일반 사회관계 혹은 구체적 대인관계에서 유학의 평가 기준으로 볼 때 심적 과정이 순기능적으로 작용할 때 개인이 경험하는 정서의 내용을 지칭한다. 성리학에서 이처럼 가정되고 있기는 하지만, 사덕에 관한 가정과 유사하게, 놀랍게도 이 사단 경험이 친사회적 기능을 할 수 있다고 주장할 만한 이론적 근거는 발견하기 어렵다. 즉, 어째서 이 사단 경험이 성리학의 이념을 추구하는 데 중요한 기능을 할 수 있는지 심리 이론으로 설명되어 있지 않다.

사단 정서와 달리 인심 상태에서 사회적 자극에 대면하게 되면, 기쁨[喜], 노함[怒], 슬픔[哀], 두려움[懼], 애정[愛], 혐오감[惡], 욕심[欲]의 7가지 정서가 경험된다. 이 7가지 정서는 인심에서 발현되지만, 유학이념에서 주장하는 목표나 평가 기준에 비추어 볼 때, 상황과 정서의 적합성에 따라서 선한 정서로 평가될 수도 있고 악한 정서로 평가될 수도 있다. 칠정과 관련해서 퇴계가 강조하는 점은 인심에서 유발되는 칠정이 생리적·충동적 욕구와 관련되는 개인의 관점에서 이루어진다고 본 점이다[人心生於形氣之私]. 따라서 인심이 우세한 조건에서는 개인의 자기 중심적이고 이기적인 심적 지향에 의해서 정서나 행동이 이루어지기 때문에, 사단이 아니라 칠정이 경험된다. 그러나 유학이념에 근거를 두고 형성된 성선적 대인관계 지향의 관점에서는 사단이 우세하게 경험된다. 달리 말해서 도심이 형성된 조건에서 사회적 자극에 당면하면 사단이 경험된다. 그러나 인심과 달리 도심은 형성되고 발생되기 어려워서[道心惟微] 도심이 약화되고 인심이 강화된 상태에서는, 도심이 우세한 조건에 비해서, 성리학적 의미에서 상호의존적 대인관계나 사회관계의 기준에 어긋난 사고, 정서 및 행동이 나타날 가능성이 크다[人心惟危].

한국 성리학자들에 의해서 제시된 사단칠정론에 관해서 심리학의 측면에서 몇 가지 논의점과 미해결 과제를 제시할 수 있다. 필자는 사단칠정론에서 쟁점이 되었던 과제들을 다음 몇 측면으로 나누어서 검토하기로 한다. 퇴계와 고봉 사이에서 이루어진 사단칠정론의 쟁점 가운데 핵심은 사단칠정을 이기(理氣)와 연결짓는 문제이다. 퇴계는 맹자의 이론에 근거하여 사칠(四七)이 각각 이기와 연결됨을 다음과 같이 주장한다.

사단(四端)은 다만 이(理)의 발(發)일 뿐이다. 맹자의 뜻이 바로 사람들로 하여금(그 사단의 마음을) 확충하도록 함인데, 학자들이 체인(體認)하여 확충하지 않을 수 있겠습니까? 칠정은 이(理)와 기(氣)를 겸하여 가지고 발하지만 그 이(理)의 발함이 때로는 기를 주재(宰)하지 못하여 기의 흐름이 도리어 이(理)를 가리게 된다. 그러므로 학자들이 칠정의 발함에 있어서 성찰에 의하여 이(理)를 잘 다스리지 않을 수 있겠습니까? 이 또한 사단칠정의 명칭이 각기 있게 되는 까닭이니, 학자들이 진실로 이를 토대로 추구한다면 역시 절반 이상은 생각할 수 있게 된다.[27]

이 진술에서 해명이 필요한 첫 번째 과제로서 사단과 칠정을 이기(理氣)와 관련지어서 논의할 때 이기에 대한 심리학적 개념 정의가 필요하다. 우선 성정론을 이기론과 연결지음으로써 사단칠정을 논하려면 성정과 이기의 대응관계를 한정할 필요가 있다. 퇴계심학으로 보면 성과 정의 우세한 발현은 이기가 상대적으로 활성화된 수준에 의해서 정해진다. 이처럼 퇴계심학에서는 기와 마찬가지로 이(理)도 활성화된다고 개념화되었는데, 퇴계 이전 주희의 이론에서는 이 관계가 다소 불분명하고, 고봉 및 율곡 등 주기론에서는 기(氣)만 활성화된다고 주장한다. 만약 주희에서 처럼 이가 하나의 초심리적, 초물리적 원리이며, 그 자체가 활성화되지[發] 않는다고 보면, 퇴계는 이기가 모두 자체로서의 발현력을 지닌다고 가정하기 때문에 퇴계 이론과는 다른 방식으로 이(理)가 작용하여 사단으로 나타나는 과정을 설명해야 한다.

율곡의 이기론에서처럼 기의 활성화 과정에서 성과 연결되는 이(理)의 작용을 일원적으로 설명하거나 그렇지 않으면 이(理)가 활성화되는 과정을 달리 설명하여야 한다. 또한 이기를 각각 성과 정에 직접 대응시키더라도, 성은 그 자체로서 활성화되지 않는다고 가정되므로, 성이 활

---

27) 但四端只是理之發, 孟子之意正欲使人擴而充之, 則學者可不體認而擴充之乎, 七情兼有理氣之發, 而理之所發或不能以宰乎氣, 氣之所流亦有以蔽乎理, 則學者於七情之發, 可不省察以克治之乎, 此又四端七情之名義, 各有所以然者, 學者苟能由是以求之, 則亦可以思過半矣.(《退溪全書》上, 附奇明彦四端七情總論, p.442)

성화되는 과정을 설명하지 못하는 문제점을 지닌다.

이(理)를 우주·존재론적 사물의 원리 자체로 객체화하여 보지 않고 인간 심리에 투영된 성리학의 원리[性]로 보려는 관점이 이 논고의 시도이다. 이 관점에서 본다면 인간의 심리를 설명할 때 사용된 이(理)는 성리학이 가정하는 인간의 당위적 원리에 관한 지향성과 관련되고, 기는 생리나 심리의 동기 과정과 연결지을 수 있다. 이처럼 해석하면 이(理)와 기를 각각 심리의 원리와 작용이라는 배타적 대립 개념으로 파악하지 않을 수 있으므로 대립 구도를 가정했을 때 당면하는 문제점을 해결할 수 있다. 특히 퇴계의 이기론에서 이기가 모두 작용할 수 있다고 가정하기 때문에 이기 가운데 작용[發]의 기능을 기에만 부여할 필요가 없다. 그러므로 이(理)나 기의 활성화 수준을 나타내는 발(發)의 개념을 사용하게 되면, 발의 개념에 의해서 이와 기의 상대적 강도나 양자간의 상호작용 과정을 설명할 수 있다. 필자가 보기로는 발을 이처럼 마음의 작용을 의미하는 동기 개념으로 해석하면, 이 이기와 발을 포함하는 퇴계심학의 개념 체계가 현대 심리학의 개념 체계와 양립할 수 있으며, 최근 동기나 정서이론과 관련해서도 여러 가지 시사점을 제공할 수 있다.

원래 성리학에서 제안된 이(理)는 형이상학의 우주론적 원리로서 원리나 궁극 법칙을 의미하는 개념이다. 이와 달리 기는 작용하는 힘 혹은 형성의 원동력으로 이해될 수 있다. 그러나 퇴계 이후 한국 신유학에서 인간의 심리에 한정해서 이기를 적용한 경우에는 이기의 의미가 변질되었다. 국내에서 여러 학자들이 한국 성리학의 이기(理氣) 개념을 해석할 때 이(理)는 넓은 의미로 인지에 포함시킬 수 있는 이성 혹은 합리성으로, 그리고 기는 감성, 동기 혹은 비합리성으로 해석하고 있다. 이(理)를 이성 혹은 합리성으로, 그리고 기를 감성 혹은 동기로 해석하는 견해는 김경탁(金敬琢, 1965, p.5), 윤사순(尹絲淳, 1973, p.186-187) 및 배종호(裵宗鎬, 1974, p.83)의 주장에서도 볼 수 있다.

필자가 보기에 이기를 각각 이성과 감성으로 파악하는 이 해석은 서양철학의 관점에서 보면 사단칠정 명제를 서양철학의 개념을 사용하여 이해하는 데 도움이 될 수 있다. 필자 역시 이와 유사한 관점에서 퇴계의 사단칠정설을 해석할 때 이기를 각각 지성과 감성으로 해석해서 퇴계의 사단칠정론에 적용한 바 있다. 퇴계가 기고봉과의 논쟁 이후 결론 삼아서 사단은 이(理)가 발하여 기가 따르는 것이며, 칠정은 기가 발하여 이가 타는 것[28]이라고 주장했다. 필자는 이 명제를 다음과 같이 해석하고자 한다.

> 사단(四端)은 선을 지향하는 과정이 유발되어서 이 과정을 매개로 정서가 따르는 현상이며, 칠정(七情)은 감정이 유발되고 이 감정을 경험하는 이치가 얹히는 현상이다.

필자는 이 해석을 윤사순(1973, p.208)의 다음 해석과 비교해서 흥미 있는 유사점과 미해결 과제를 논의한 바 있다.

> 사단은 이(理)의 발(發)이라 할 수 있다. 그렇다고 이때 기가 없다는 것은 아니다. 기의 작위(作爲)가 순리(順理(隨之))로 이루어진 것을 말한다. 칠정은 기의 발이라 할 수 있는데, 그렇다고 기만으로 발하는 것은 아니다. 이때에도 이(理)는 있다[乘之]"

윤사순의 해석에서 이(理)와 기를, 필자의 해석대로 각각 선의 지향성과 이치로 대치시켜 보면 밑줄 친 부분만 제외하고 유사하다. 필자와 윤사순의 해석이 서로 다른 부분은 이(理)를 해석한 내용이다. 이 이(理)가 함축하는 내용을 윤사순은 순리로 해석했는데 그 근거를 추론해 보면 필자가 선의 지향성으로 대치시켜 놓았을 때와 유사하게 성리학의 도덕원리의 의미를 포함시키려는 의도로 보인다. 그러나 이처럼 해석하면 칠정과 사단의 이기론적 설명이 크게 다르지 않아서 차별성이 불분명해진다. 이 모순이 나타난 배경을 윤사순은 다음과 같이 논평한다. 즉,

---

28) 四端之情理發而氣隨之, (自純善無惡, 必理發未遂而揜於氣然後流爲不善,) 七者之情氣發而理乘之, (亦無有不善, 若氣發不中而滅其理則放而爲惡也.)(《退溪全書》上, 聖學十圖 心統性情圖說, p.205)

퇴계가 이기(理氣) 모두 작위(作爲)함을 가정함으로써 이기를 각각 가리켜 말한 내용[所指의 立場]과 이기가 서로 말미암아서 생긴 내용[所從來]을 동시에 한 문장에 나타내려는 데서 발생할 결과라고 본다. 즉, 이발(理發)의 가정 자체가 궁여지책이었다고 본다.

두 해석을 퇴계 이론과 연결시켜서 비교해 보면 필자의 이기(理氣) 해석에서는 이(理)인 이성 혹은 인지가 순선이 되는 조건이 명시되지 않는 한계가 있다. 반면 윤사순의 해석에서는 사단칠정의 설명에서 이기가 구별되지 않음으로써 상호 모순되는 문제점이 있다. 필자는 이(理)가 선이나 악이 될 수 있는 조건은 퇴계가 정리한 최종 사단칠정 명제를 떠나서 해결하여야 한다고 본다. 즉, 사단의 설명에서는, 칠정과 달리, 이(理)의 이성적 인지가 작용하더라도 이 인지에 퇴계가 주장하는 성리학적 도덕의 원칙이 포함된 경우를 지칭한다고 필자는 해석한다. 그러므로 필자의 해석에 의하면 사단과 칠정의 해석이 모순된다기보다 부가 조건의 설명이 덧붙여져야 한다고 본다.

그러나 윤사순의 해석대로 퇴계의 명제가 그 자체로서 모순된다면 이 모순은 어떠한 방식으로 해결될 수 있는가? 그는 퇴계의 학문 방법론까지 거슬러 올라가서, 칠정과 달리 사단의 해석에 이(理)가 발(發)한다는 퇴계의 주장은 "성선설의 궤도에 놓으려는 의도의 표명에 지나지 않고"(尹絲淳, 1973, p.209), "궁극적으로 타고난 선한 본성을 찾게 함으로써 인간의 동물화를 방지하여 인간으로 하여금 만물의 영장의 지위를 확립시키려 한 점에 있다"(위 논문, p.211)고 본다. 그러므로 필자나 윤사순의 해석 모두 퇴계가 진술한 명제 밖에서 각각 사단칠정이 발생하는 제한된 조건을 설명하거나 모순 발생의 근저를 유사한 내용으로 해명하려 한다는 점에서 퇴계의 진술이 지니는 한계를 드러냈다고 볼 수 있다.

이기(理氣)를 각각 이성 혹은 인지 및 감성 혹은 동기의 개념으로 해석하게 되면, 이성 혹은 인지와 감성 혹은 동기들이 각각 어떤 내용으로 구조화되고 작용하는지 물어야 한다. 왜냐하면 퇴계가 이기를 각각 선과 악의 성질을 지닌다고 보는 바와 달리, 심리학에서는 인지, 감성 혹은 동기 자체가 인지된 내용, 경험된 감성, 혹은 동기화된 내용이 무엇인가에 관계없이, 각각 좋거나 나쁘다고 말할 수 없기 때문이다. 필자가 보기로는 이 과제에 접근하는 방도를 퇴계심학에 대한 재해석을 통해서 찾아볼 수 있다. 핵심부터 말하자면 이 관점은 이(理)와 성(性)을 독립된 심적 차원으로 보는 방식이다. 즉, 이기는 각각 내용을 지칭하지 않은 일반 인지 및 동기의 개념으로 해석되고, 이기가 작용했을 때의 내용은 성과 정 각각의 상대적 우세성 수준에 의해서 구별하는 관점이다. 즉, 이기의 작용에 의해서 나타나는 인지나 정서 경험의 내용들은 심리 구조 가운데 성의 우세성으로 나타낼 수 있다. 심리 조절에 의하여 성이 우세하게 반영되도록 심리 경험이 이루어지고, 정이 도리에 맞게 제어되는 도심(道心)의 상태를 이루게 되면, 사덕에 의해서 표상되는 성이 마음에서 이(理)를 나타내는 이성 혹은 인지의 내용으로 우세하게 경험된다는 가설을 제시할 수 있다. 그러나 이와 반대로 성이 열세하게 경험되는 정이 우세하여 인심 상태를 이루게 되면, 인지와 정서의 경험 내용은 사덕과 직접 관련되지 않는다고 가정할 수 있다. 이처럼 성정(性情)과 이기(理氣)를 관련시키는 설명 방식이 설득력이 있다고 본다면, 퇴계가 이발(理發)된 심리 상태란 이미 성의 원리가 작용한 상태라고 주장하는 조건을 한정할 수 있다. 인지가 활성화된 이발의 여러 조건들 가운데 한 조건에서만 타당한 명제이다. 필자의 이 주장에 관해서 좀더 살펴보자.

　이(理)가 우세하게 활성화된 상태를 예로 들면 성이 우세하게 작용하는 조건과 성이 우세하게 작용하지 못하는 조건으로 나눌 수 있다. 인지[理]가 활성화된[發] 상태이면서 성이 우세하게 작용하는 조건이라면 성과 관련된 사단 정서가 우세하게 나타나는 심리 경험이 이루어진다. 퇴계는 이 조건이 성리학의 관점에서 중요한 조건임을 강조한다고 볼 수 있다. 그러나 인지인 이(理)가 발한 상태이면서도 성이 열세한 조건도 생각할 수 있는데, 이 조건에서는 사단이 우세한 심적 경험 내용이 될 수 없다. 또한 이(理)의 이발(已發) 조건만이 아니라 미발(未發) 조건까

지를 포함한다면, 이(理)의 미발과 이발의 두 조건과, 성이 우세한 조건
과 우세하지 못한 두 조건을 생각할 수 있다. 이렇게 본다면 모두 네 조
건들 가운데 성이 우세한 이발 조건에서만 사단이 심리가 우세하게 경
험된다고 볼 수 있다.

한편, 심리학의 관점에서 볼 때 퇴계와 고봉 이후 한국 신유학자들 간
에 계속해서 논의된 사단칠정 논쟁의 핵심문제 가운데 하나는 사단과
칠정을 구별짓는 기준과 사단과 칠정의 상호관계이다. 퇴계의 관점에서
보면 원리(理) — 구조(性) — 기능(道心)의 측면이 우세하게 작용함으로
써 사단이 경험된다. 사단은 유학에서 추구하는 상호지원과 상호의존의
대인관계 관점이 확립된 조건에서 경험될 수 있는 정서이다.

그러므로 퇴계가 칠정과 구별해서 사단을 강조한 이유는 유학이 지향
하는 당위의 세계를 준거체계로 지닐 때만 사단이 경험되기 때문이라고
보는 해석(當以然 ; 柳正東, 1979 ; 尹絲淳, 1973)이 성립될 수 있다. 이
해석에 따르면 칠정과 사단을 구분하는 기준은 유학의 대인관계 관점에
서 본 당위성의 작용 여부에 있다고 볼 수 있다. 그러므로 사단이 퇴계
의 성리학에서 큰 주목을 받는 이유도, 정서의 일반적 분류체계를 떠나
서 정서의 분류를 통해서 성리학의 윤리관을 해명하려는 데 목적이 있
기 때문이다.

사단칠정론에서 정서의 분류체계에 관한 논의 역시 장차 해결해야 할
과제로 남아 있다. 퇴계처럼 사단과 칠정 경험의 내용 차이 때문에 별개
범주에 포함되는 정서로 보고 각각 다른 범주로 분류하는 방식이 타당
성이 있는가? 그렇지 않으면 고봉이나 율곡처럼 정서의 일반 분류범주
로 칠정을 들고, 사단을 칠정에 포함되는 특수한 형태의 정서로서 설명
하는 방식이 타당성이 있는가? 이 문제들에 관한 논의 역시 현대 정서
심리학에 중요한 시사점을 제공할 수 있다(한덕웅, 1996 참조).

(6) 사회행동

사회행동은 사회상황에 당면하기 이전에 몸가짐과 동작을 자기조절

하는 선행과정의 산물로서 행위로 표출되기도 한다. 그러나 행동의 표출 후에는 환류(feedback) 과정인 일일삼성(一日三省)의 성찰 단계를 거쳐서 심리과정에 영향을 미치기도 한다. 달리 말해서 퇴계가 심리과정을 행동 표출의 선행과정으로 본 점에 비추어 볼 때, 심리과정→사회행동의 표출과정 → 행동과 결과의 환류과정 → 심리과정으로 연결되는 순환과 정에서 사회행동은 상호영향의 한 기점을 이룬다. 따라서 사회행동을 퇴 계심학의 관점에서 이해할 때 심리과정 → 사회행동의 표출과정 → 사회 행동과 행동 결과의 환류과정을 거쳐서 심리과정에 연결되는 경로들을 각각 따로 떼어서 보면 전 과정을 설명할 수 없다. 달리 말해서 퇴계심학 에서 심리조절은 전 과정에 걸쳐서 영향을 미친다. 이 관점은 서구 사회 심리학에서 보는 사회행동이론들과 크게 다르다. 최근까지 서구 사회심 리학에서 지배적 영향을 미치는 접근법에서는 대체로 사회상황 → 심리 과정 → 사회행동의 분석법을 사용함으로써, 사회행동을 결과로서만 문 제삼았다. 따라서 행동의 표출 후 심리과정이 다음 사회행동에 미치는 영향 경로의 중요성은 간과되었고, 최근에야 비로소 이 과정을 설명하는 이론이 소수 대두되고 있다.

퇴계의 심학에서 행동은 사회 자극에 당면하기 이전 몸가짐이나 언행 으로부터 사회 자극에 당면한 이후 사회행동에 이르기까지 다양한 방식 으로 설명된다. 그 가운데 주목해야 할 중요한 점은, 행동을 심리과정의 후행 결과로서만 다루지 않고, 자신의 몸가짐이나 언행을 조절하는 선 행조건이 있게 되면, 결과적으로 자신의 마음을 붙잡는 과정이 형성된 다고 주장하는 점이다. 몸가짐이나 언행의 조절을 통해서 사회적 자극 에 당면하기 이전에 심리상태를 조절한다는 면에서 보면, 이 행동의 선 행 유입(feedforward) 과정은 거경(居敬)에 포함시켜서 설명할 수도 있 다. 그러나 표출된 행동에 포함되는 모든 몸가짐이나 언행이 거경과 직 접 연결되지는 않는다. 표출될 행동들 가운데 퇴계심학의 가정을 볼 때 중요한 몸가짐이나 동작들이 선행 유입에 포함되는 행위의 목록을 구성 한다. 뒤에 살펴볼 구용(九容)의 아홉 가지 내용이 이의 예가 된다.

행동조절을 통한 심리과정의 형성 : 일상적이고 구체적인 행동의 조절을 통하여 심리 상태가 형성될 수 있음을 설명한 내용은 퇴계의 서신에 나타난다. 퇴계는 사회적 자극과 직접 관련되지 않는 자기 행동의 조절을 통해서 심적 조절력을 획득하는 구체적 예를 몸가짐에서 설명한다. 즉, 보고 들으며[視聽], 말하고 행동하며[言動], 말하는 투[辭氣], 얼굴 모습[容貌]을 법도대로 지키지 못해서 마음가짐을 바로잡지 못하는 경우에 이를 극복하는 방법을 제시한다.

증자(曾子)가 말한 대로 몸가짐이 난폭하거나 오만하지 않고, 얼굴빛을 바로잡고, 말투가 야비하거나 도리에 어긋나지 않는 세 가지 귀한 일[三貴]도 여기에 해당된다. 포괄적으로 말하자면 일상생활에서 지켜야 할 법도[規矩繩黙]에 맞게 몸가짐과 행위를 조절하면 마음과 행실이 온당하게 된다고 주장한다. 그러나 이 기준에 맞게 행동이나 몸가짐을 지키게 될 때 어째서 심리과정이 조절되는지 직접 해명하고 있지는 않다. 이는 장차 심리학 이론으로 해명하여야 할 과제가 된다.

필자가 보는 바로는 사회적 자극에 당면하기 이전에 수행되는 동작이나 몸가짐이 가져올 수 있는 효과는 미발 상태에서 형성되는 경(敬) 과정과 연결된다고 가정하는 데 있는 듯하다. 왜냐하면 미발 상태의 거경(居敬)과 연결되면 이발 후 주의집중을 포함하는 경 과정과 연결됨으로써 심리 조절의 유효성에 기여할 수 있기 때문이다. 퇴계 역시 이 행동들이 심리학적으로 심리 상태와 연결되는 배경을 설명하지 못한다. 다만 그는 이 행동 과정이 여러 의미로 설명되는 미발시의 경의 일부가 된다고 보고, 이 행동들은 핵심으로 볼 때, 이 가운데 한 가지 공부를 시작하면 다른 부분들이 모두 그 속에 포함됨을 다음과 같이 설명한다.

전날 현명한 이들이 경(敬)에 대하여 뜻새김을 일정하게 하지 않았는데, 이는 대체로 각자가 보는 바 형용에 따라서 말한 것이며, 어찌 사실과 다른 뜻이 있겠습니까? 지금 그대가 경을 지니는 공부를 하려 하면서 반드시 그 중에서 자기의 병통에 맞는 약을 구하려 하니, 이는 주자, 안자, 증자 세 분 선생들의 말에서 자기에게 가장 적절한 말을 골라서 행하려 함인데, 이렇게 할 필요는 없습니다. 병통을 치료하는 데 비유한다면, 경이란 모든 병폐의 약이요, 한 증상에만 쓰는 한 가지 약에 비할 일이 아니니, 어찌 반드시 그 병폐에 대한 처방만을 구하려 하겠습니까? 또 세 분 선생들의 네 조목(보며 듣고, 말하며 행동하고, 말하는 투 및 용모)에 대한 설명이 같지는 않지만, 주자는 일찍이 말하기를 그 실(實)이 모두 일반이라 하였으니, 또한 한 가지 공부를 시작하면 나머지 세 가지도 모두 그 속에 있다고 하였습니다. 이제 그 첫 번째로 손을 대어서 공부하는 곳을 구하려면 마땅히 정부자(程夫子)의 정제(整齊), 엄숙(嚴肅)을 다하고 오래도록 게을리하지 않는다면, 마음이 문득 하나로 되어서 그르고 사특한 생각이 범하는 일이 없게 된다는 말이 나를 속이지 않음을 체험하게 된다. 외모가 엄숙하고 중심이 한결같아서 이른바 마음을 한 가지 일에 오로지 몰두하여 잡념을 지니지 않거나[主一無適], 그 마음을 거둬 잡아서 어떤 물건도 그 안에 용납하지 않아서 이른바 항상 밝게 깨닫고[惺惺] 있음이 모두 그 가운데 있으니, 각 조목을 따로 공부할 필요가 없습니다. 그러므로 주자는 양자직(楊子直)에게 한 말에서 경을 지니는 일에 대해서는 많은 말을 할 필요가 없다. 다만 정제, 엄숙하라, 위엄있게 하고 조심하라, 용모를 바르게 하라, 모든 생각을 바로잡고 가지런히 하라, 의관을 바로 하고 보는 일을 공경히 하라는 등 몇 가지 말을 익혀서 음미하면서 실제 공부를 한다면, 이른바 안(마음)을 곧게 하는 일이든가 이른바 한결같음을 위주로 하는 일을 조작함을 기다리지 않아도, 몸과 마음이 엄숙해져 안팎(마음과 행동)이 한결같이 된다고 하였습니다.[29]

이 설명은 몸가짐이나 언행의 조절에 의해서 경 과정에 연결됨으로써 심리 상태가 달라질 수 있음을 명시적으로 언급한 내용으로 볼 수 있다.

---

29) 前賢, 訓敬不一, 蓋各以所見形容說出耳, 豈有他哉, 今公, 欲做持敬工夫, 而必欲求對病之藥, 則是於三先生之說, 欲揀取其尤切已著行之, 此則不須如此也, 譬之治病, 敬是百病之藥, 非對一證而下一劑之比, 何必要求對病之方耶, 且三先生四條說, 雖不同, 朱子嘗曰, 其實只一般, 又曰, 若從一方入, 三方入處, 都在這裏, 眞西山亦曰, 合三先生之言而用力然後, 內外交相養之道始備, 但今求下手用功處, 當以程夫子整齊嚴肅爲先, 久而不懈, 則所謂心便一, 而無非僻干者, 可驗其不我欺矣, 外嚴肅, 而中心一, 則所謂主一無適, 所謂其心收斂, 不容一物, 所謂常惺惺者, 皆在其中, 不待各條別做一段工夫也. 故, 朱子之諭楊子直曰, 持敬不必多言, 但熟味整齊, 嚴肅, 嚴威儼恪, 動容貌, 整思慮, 正衣冠, 尊瞻視等數語, 而實加工焉, 則所謂直內, 所謂主一, 自然不待安排, 而身心肅然, 表裏如一矣.(《退溪全書》上, 答金而精, p.683)

특히 이 인용문에서 주목해야 할 점은, 경이 성립된 조건에서는, 심리 상태와 몸가짐으로 나타나는 행동이 독립적으로 나타나는 두 가지 별개의 사건이 아니라는 주장이다. 달리 말해서 경 상태에서는 언행과 심리 상태가 일치되어 안팎이 한결같이 되는 경험이 이루어진다고 가정한다. 물론 경 상태에 이르는 과정은 거경과 궁리(窮理)라는 정적(靜的)이며 인지적 기법을 통해서도 도달할 수 있다. 그러나 특정한 사회적 자극에 당면하기 이전에 몸가짐을 조절함으로써 외모가 엄숙하고 중심이 한결같아도 주일무적(主一無適)이나 성성(惺惺)의 경 상태가 모두 그 가운데 있다고 본다. 그러므로 이 경우에는 이른바 안(마음)을 곧게 하는 일이든가 이른바 한결같음을 위주로 하는 거경과 궁리의 조작을 기다리지 않아도 마음과 행동이 한결같이 된다고 주장한다. 즉, 직접 심적 조작을 통해서 심리의 조절을 꾀하지 않더라도 몸가짐에 의해서 심리 조절이 이루어지는 특정한 조건이 있다고 주장한다.

몸가짐이나 언행에 의해서 심리 상태가 달라지는 과정은, 필자가 이 논고의 궁리 부분에서 퇴계의 지행호진설(知行互進說)을 논하면서도 부분적으로 언급한 바가 있다. 필자가 퇴계의 주장을 일반 가설로 정리해 보면 다음 명제로 진술할 수 있다. 성리학적으로 궁리한 배경에서 언행을 닦고, 일을 처리하고, 사물을 접하는 과정에서 자기 행동들에 대하여 성리학의 관점에서 계속 정보처리를 하게 되면, 사고의 유효성이 높아진다. 또한 이 결과로 자신이 믿고 있는 성리학 지식의 내용과 일치되도록 행동이 표출될 확률이 높아진다. 그러므로 그는 지(知) → 행(行) 과정이 행(行) → 지(知) 과정과 서로 맞물려서 서로 돕는다는 지행호진설과 일관되게 마음과 행동을 닦는 일을 두 가지의 서로 상관없는 일로 만들어서는 안된다고 본다. 두 과정이 떼어낼 수 없이 상호 연결되어 있음을 설명한 내용을 옮겨보자.

(공자가 사물(四勿)을 말할 때) 생각함[思]에는 언급이 없었으니, 이는 대체로 배우는 자로 하여금 볼 수 있고 지키기 쉬운 법칙으로부터 시작하여, 볼 수 없고 잡아맬 수 없는 마음을 기르게 하려고 한 때문이다. 이 일을 오래도

록 게을리하지 않으면, 안팎[心行]이 한결같아서 점차 사사로운 뜻이 용납될 곳이 없게 된다.……안팎으로 나누어서 두 가지의 일로 만들고서, 밖[行]은 거칠고 얕아서 행하기 쉽다고 하고, 안[心]은 미묘하여 미치기 어려운 공부라고 하여서는 안되겠습니다.[30]

이 인용문에서 자신이 볼 수 있고 지키기 쉬운 법칙부터 시작한다는 내용은 몇 가지 특징을 지닌다. 동작이나 외모의 정돈처럼 단순한 행동을 방출하고 환류하는 과정에서 명백한 기준이 있고, 복잡하고 계획된 행동과 달리 노력과 사고가 크게 요구되지 않는다. 그리고 행동 결과의 환류에서 정확한 정보가 제공될 수 있는 행동에서는 행위자가 직접 관찰함으로써 쉽게 성리학의 관점에서 자기 관련 정보처리를 할 수 있다. 또한 이와 같이 단순한 행동의 수행 과정에서 기준에 어긋난 행동이 방출될 때 교정하는 일을 오래 반복하면 의례적으로 자동화되어서 행동이 방출될 수 있게 된다. 이처럼 학습된 행동은 도식적 처리에 근거를 둔 실행이 가능하게 된다. 이처럼 해석한다면, 몸가짐이나 언행의 습득이 마음을 붙잡는 방법이 된다는 주장은 이 행동들이 도식화되어 처리되어서 행동으로 실행될 수 있도록 학습함으로써 주의의 분산이 없이 더 복잡하고 사회적 의미가 큰 행동에 주의를 집중하는 기능을 지니는 데 있다고 볼 수 있다.

사회적 자극에 당면하기 이전이나 이후에 자신의 행동을 조절하는 일이 심리과정에 영향을 미친다고 가정하고 유학의 기본 훈련으로 활용한 점은, 퇴계의 〈성학십도〉를 떠나 보더라도, 유학에서 오래 전부터 강조되었다. 군자의 몸가짐을 경계한 《예기》의 구용(九容)이나 몸가짐과 마음가짐에서 지켜야 할 생각을 적은 《논어》의 구사(九思) 등이 좋은 예이다. 구용이나 구사는 모두 《소학》에 수록되어서 아동의 유학교육 자

---

30) 夫子於四勿, 不及思焉, 蓋欲學者, 循期可見易守之法, 以養其不可見不可係之心也. 至於久而不懈, 則表裏如一, 而私意無所容矣. 今, 亦當以顔會爲法, 朱子爲師, 而期於久遠看如何, 不可分內外爲兩截事, 以外爲粗淺易做底, 以內爲微妙難及底功夫也.(《退溪全書》上, 答金而精. p.682)

료로서도 사용되었다. 구용이나 구사는 〈성학십도〉의 경제잠도를 다른 각도에서 명세화했다고 볼 수 있다. 구용과 구사의 중요성에 관해서는, 퇴계도 중요시하였지만, 율곡은 이를 더욱 강조한다. 율곡은 몸과 마음을 가다듬는 데 구용보다 더 절실한 일이 없고, 학문에 나아가고 지식을 더하는 데에는 구사보다 더 절실한 일이 없다고 주장한다(《擊蒙要訣》持身章).

구사(九思)와 구용(九容)에 대해서는 국내에서 적응심리의 관점에서 흥미있는 해석이 시도된 바도 있다. 구용은 불안이 생기고 난 후 이를 해소하기 위한 치료의 의미보다 건전한 성격의 발전과 유지에 필요한 행동 특성을 몸에 익히는 적극적 방법으로서 의미가 크다고 보는 관점도 제안되었다(任能彬, 1984, p.57). 즉, 구용이 행동적 문제가 발생한 후 이 문제를 치료 모형이기보다 성숙 성격을 지향하는 일종의 정신·신체적 건강론으로 보고자 했다. 그러므로 구용이 조작적 조건형성에 근거를 두는 행동수정과 연결지어서 논의할 여지도 있다고 주장한다. 그러나 이 주장은 퇴계 이론에서 심리과정을 강조한 점을 생각할 때 조작적 조건형성 원리에 근거를 두는 행동수정과는 조화되기 어려운 면이 있다. 필자가 보는 바로는 인간의 심리과정에서 사고 능력을 가정하는 인지행동수정이론들과의 관계에서 구용을 논의하는 일이 이론적으로 조화되어서 더 생산적일 수 있다. 또한 임능빈(任能彬)은 구용과 구사를 겸용하는 접근법을 모색하게 되면, 의식을 배제하고 행동만을 강조한 행동주의나, 의식 혹은 무의식을 각각 강조한 실존주의나 정신분석학을 부분적으로 극복할 가능성도 있다고 주장했다(1984, p.59). 이와 관련해서 명세화된 퇴계심학 이론을 개발함으로써 서구 이론들과 비교 논의할 수 있는 기반을 마련하는 일도 장래 과제로 남아 있다.

(7) 성찰(省察) : 일일삼성(一日三省)

거경(居敬)이나 성찰(省察)은 심리조절 과정에서 이루어지는 내용이다. 퇴계는 성찰을 넓은 의미에서 경(敬)의 개념 속에 포함시키기도 한다. 그러나 성찰의 전형으로 제안된 일일삼성(一日三省)은 자신의 의식, 정서 경험 및 행위가 일어난 후 이를 하루에도 여러 차례 점검하여 자기의 심리체계로 환류시키는 이발 후의 심적활동을 의미하므로, 거경에서 미발 상태를 중시하는 점과 구분할 필요가 있다. 성찰의 기본 틀이 되는 일일삼성은 공자의 제자인 증자(曾子)의 말에서 비롯되는데, 자기 행동의 환류에 초점이 맞추어져 있다. 증자의 말을 옮기면 다음과 같다.

> 내가 날마다 세 가지로 나 자신을 살피는데, 사람을 위하여 일을 도모함에 충실치 못하였는가, 벗과 사귀는 데 믿음이 없었는가, (경전에) 전한 가르침을 익히지 못했는가(혹은 전하고 익히지 않았는가)이다.[31]

이처럼 자기의 행동을 중심으로 이루어지던 일일삼성은 신유학으로 발전과정을 거치면서 행동은 물론 자신의 주관적 경험에 대한 성찰을 포괄하는 뜻으로 개념화된다. 퇴계의 〈성학십도〉에 삽입된 성찰 과정도 이와 같이 포괄적 성찰의 개념으로 보아야 마땅하다.

이 성찰 활동은 행동 표출이나 주관적 경험에 관한 정보를 획득하려는 데 목적이 있다. 그리고 이 정보 획득의 동기는 성(性)이 발현되는 도심(道心)의 경지에 도달하고자 하는 목표와의 관계에서 유발된다. 더 정확히 말하면 유학이 지향하는 개인 목표는 군자나 성인이 됨을 말하는데, 특수한 경우를 제외하면 대부분 사람의 실제 행동이나 정서 경험은 이 기준에 못 미친다. 만약 군자나 성인에 도달하고자 하는 목표가 확고한 조건이라면, 심리 조절 과정을 통해서 유학이 추구하는 이 기준과 비교함으로써, 자신의 정서나 행동과의 차이에 관한 정보의 환류가 이루어진다. 이 차이의 정보는 목표 수준에 맞는 정서나 행동을 이루고자 하는 동기를 직접으로 유발시키지는 못하더라도, 적어도 그 목표가 재설정되도록 하는 데 기여하는 기능을 한다.

또한 목표 수준에 도달하지 못한 경우, 유학의 판단 기준과 비교하여

---

31) 曾子曰, 吾日三省吾身, 爲人謀而不忠乎, 與朋友交而不信乎, 傳不習乎.(《論語》學而, p.59)

자기를 평가하게 됨으로써, 약한 자기조절체제에 대하여 자기 처벌의 제재가 가해질 수 있도록 만든다. 환류 정보를 사용하여 자기 평가를 수행함으로써 자기 처벌을 사용하는 예는, 성인의 경지에 이르지 못한 자신의 심리 혼란이나 행동 절제의 미흡을 성리학자들이 자기 비판하는 행위에서도 볼 수 있다. 그러나 심리 수양이나 행동의 심적 조절력이 약한 경우에는, 기존의 목표를 그대로 유지한 채 목표와의 차이를 경감시키는 방향으로 심리 상태나 행동 조절을 추구하지 않고, 처음에 설정했던 목표를 낮추는 현상이 나타날 수도 있다. 그러나 유학의 이념을 자신이나 사회에서 실현하고자 하는 목표가 우세하도록 성리학적 학습을 통해서 훈련되어 있다면, 목표가 개인적이고 이기적 심적 상태나 행동으로 하향 조정되는 일도 억제될 수 있다. 이 경우 자신의 심리나 행동에 대한 자기처벌이나 보상은 목표 추구 활동을 동기화하는 데 기여하는 기능을 한다. 이러한 이유에서 유학에서는 초기 발달단계부터 기본 원리와 목표에 대한 학습을 강조한다고 볼 수 있다.

한편, 비록 희귀하지만 일시적으로 목표 수준에 도달하거나 근사한 수준에 이른 경우에는 자기 평가를 통해서 자기효능감을 높여주는 자기 보강이 가해질 수 있다. 대체로 윤리적 행동에서 일회의 목표 도달은 자기 목표의 지속적 달성을 확보해 주는 충분한 조건이 되지 못하므로, 자족해도 된다는 판단의 단서보다는, 자기효능감이 높아짐으로써 높은 자기 목표의 달성을 지속적으로 추구하는 동기화가 강화된다.

자기 행동이나 주관적 정서 경험의 환류는 자신의 심리 조절에서 거경과 궁리(窮理)의 작용 결과를 평가할 단서도 제공함으로써 거경과 궁리의 기능도 촉진한다. 즉, 거경 과정을 통해서 성(性)에 맞는 도심(道心)이 형성된 경우, 유학의 해석 체계에 따라서 상황에 적합하게 사회행동이나 정서가 이루어지면, 이의 지속적 발생과 유시에 거경이나 궁리의 작용이 집중된다. 그러나 상황에 적합하게 정서나 사회행동이 이루어지지 못하면, 이는 성찰과 거성 과정을 통하더라도 도심을 형성하는 데 실패하여, 인심(人心)이 작용했음을 알게 되는 구체적 추론단서가 된다. 이 추론 단서와 관련지어 말하자면, 사단(四端) 정서의 경험이나 이와 조화되는 사회행동은 상황에 적합하다고 추론할 수 있는 판단의 단서가 되지만, 칠정(七情)은 사단의 원리에 어긋나지 않는지 여부에 따라서 상황 적합성을 가려야 하는 상황 의존적 추론 단서이다. 또한 주관적 정서 경험 수준과 구별하여 정서의 행동적 표출 수준에서 보면, 사단은 여러 행동을 포괄하는 추상적이며 일반적 추론의 단서인데, 칠정은 각 정서별로 구상적이며 구체적인 소수의 행동으로 한정되는 추론의 단서이다.

성찰에서는 자기 행동과 정서 경험의 환류를 아침 일찍 일어날 때부터 시작하여 밤에 잠들 때까지[夙興夜寐] 하루에도 여러 차례 자주 수행하는 일이 강조된다. 이는 일회적이거나 간헐적으로 이루어진 성찰의 심적 효과는 그리 크지 않음을 시사한다. 퇴계의 〈성학십도〉 가운데 제10도 숙흥야매잠도(夙興夜寐箴圖)는 퇴계가 말한 대로 성찰과 아울러 존양(存養)을 포함하는 광의의 경(敬)의 내용을 포함하고 있다. 이 그림에서 하루 동안 성찰해야 할 내용들이 제시되어 있다. 이 그림에 제시된 성찰해야 할 내용은 존양과 긴밀히 연결되므로 성찰해야 할 주관적 경험과 행동을 포괄하고 있는 점을 주목할 필요가 있다.

사회행동의 환류과정에서도 행동의 전형을 기준으로 자기 행동에 대한 반성과 평가가 이루어진다. 그런데 이 행동 결과의 환류 효과 역시 행동의 표출 이전 심리 태세나 기준들과의 관계에서 심리 과정에 미치는 영향력이 결정된다. 다시 말해서 퇴계심학에서 강조하는 높은 목표가 설정되어 있으며, 이 목표의 추구에 촉진적으로 작용하는 심리 태세가 확립되어 있는 조건에서, 사회적 행동 결과를 환류하는 활동도 강하게 활성화되고 효과도 높아진다. 이 경우 환류과정은 환류 후 심적 자기 조절 과정에도 큰 영향을 미치게 된다. 만약 심리 태세가 확립되지 못해서 목표로서 추구하는 구체적 행동기준이 마련되어 있지 않다면, 행동 결과의 환류만으로는 심리 조절 과정에 미치는 영향이 매우 적다. 이 경우에는 일일삼성이나 다른 어떠한 성찰도 심리 조절이나 행동 표출에,

큰 영향을 미치지 못한다. 왜냐하면 구체적 행동 기준이 있어야만 환류된 자기 행동의 결과와 기준의 차이가 파악되며, 이 차이가 파악되어야 목표로서 추구하는 기준에 도달하려고 노력할 활동의 방향이 명료화되기 때문이다. 달리 말하자면 행동의 전형으로 마련된 객관화된 사회 지향의 행동 기준이 있어야만, 주관적이고 자기 중심적인 행동 결과의 환류로부터 이기적이고 왜곡된 해석, 오귀인이나 귀인편향, 혹은 잘못된 평가들이 억제적으로 제어될 수 있다.

(8) 퇴계심학의 특징

퇴계심학을 개설하기 위하여 지금까지 제시한 논의를 간략히 요약해 보면 다음과 같다. 사덕(四德)이 체현되는 군자 혹은 성인이 되려는 높은 목표가 설정된 후에 사회 상황에 따라서 이 높은 원격목표와 조화되는 하위의 구체적 목표가 근접목표로 설정된다. 이때 궁극적 목표인 원격목표는 목표 추구 활동의 방향 설정에 영향을 미치는 미래상을 창출한다는 의미에서, 인지적이며 동기적 기능을 한다. 그리고 원격목표와 해석상 일관되게 구체적 현실 상항에 적합한 행동을 중심으로 근접목표가 설정된다. 근접목표는 목표를 추구하는 구체적 방향, 강도 및 지속을 결정짓는 동기기능과 함께, 목표를 달성할 계획과 방법을 개발토록 하는 인지기능을 지닌다. 이 근접목표는 유학이념과 사회상황 범주별로 제안되어 있는 정서나 행동의 일반규칙[五倫]에 적합하도록 상황에 맞게 정교화된다. 경(敬) 상태를 이룬 조건에서 근접목표가 설정된 경우에는 구체적 상황에서 경을 통해서 자기 조절 과정을 거처서 사회적 자극을 성리학적 범주에 의해서 정보처리하며, 정서 경험이나 정서의 행동 표출도 유학이념이나 행동 규칙에 맞도록 일관되게 나타난다. 상황에 적합하지 않은 정서 경험이나 행동으로 표출되면 경 상태가 이루어진 조건에서는 잦은 환류를 통해서 자기 보강이나 처벌 과정을 거침으로써 기준 목표의 유지나 재설정에 기여하게 된다. 퇴계심학에서 이 모든 과정들이 경 과정을 통해서 상호영향을 미치는 긴밀하게 연결된 체계를 이룬다고 가정하기 때문에 단위들로 나누기 어렵다는 점에 유의할 필요가 있다.

2) 율곡의 심리학

(1) 율곡의 이기론

율곡의 관점은 이발(理發)을 부정하고 기발(氣發)만을 긍정하는 정주(程朱)나 고봉(高峯)의 주장과 맥을 같이한다. 그러나 기만 작용하고 이(理)는 기에 얹히는 성질을 지닌다는 율곡의 기발이승일도설(氣發理乘一途說)은 화담(花潭) 서경덕(徐京德)이 모든 사물의 궁극적 실체로서 태허(太虛)의 담연(湛然)한 무형(無形)의 기를 주장하는 유기설(唯氣說)과는 다르다. 율곡 역시 이기가 서로 떨어질 수 없는 불리성(不離性)과 함께 섞어서 말할 수 없는 부잡성(不雜性)을 지닌다고 주장한다. 그러나 그는 궁극적으로 이기가 오묘하게 작용한다는 이기묘용(理氣妙用)에 근거를 두고, 이기가 서로 떨어질 수 없다는 이기불리성(理氣不離性)을 강조한다. 다시 말하여 율곡의 이기설에서 보면 발하는 바는 기이며 발하게 하는 바는 이(理)라고 보기 때문에, 기가 아니면 능히 발하지 못하고 이가 아니면 발하게 할 바가 없다고 주장한다. 율곡의 이 주장에서 특히 중요한 점은 이기가 시간적으로 선후가 없으며 공간적으로도 흩어지고 합해지는 이합(離合)이 없다고 본 관점이다. 이 관점에서 율곡은 퇴계가 시간적 선후나 공간적 이합으로 오해되기 쉬운 이기호발설(理氣互發說)을 제안한 데 반대한다. 발하는 성질은 기만 지닌다는 율곡의 이 주장만을 두고 본다면 율곡이 퇴계보다 회암(晦庵)의 이기론에 가깝다고 볼 수 있다.

먼저 율곡의 이론이 특히 퇴계의 이론과 대비되는 내용을 요약하여 정리하기로 한다. 심리학의 측면에서 율곡의 이기설이 지닌 특징은 기발이승일도설(氣發理乘一途說), 이일분수설(理一分殊說) 및 이통기국설(理通氣局說)에서 볼 수 있다. 이일분수설에서는 이(理)의 성질을 체용

론(體用論)으로 구분하여 설명한다. 즉, 이일분수설에서 이(理)는 본체
로서는 하나이면서 현상으로 보면 다양하고 특수하게 나타난다고 다음
과 같이 주장한다.

> 이(理)는 본래 하나인데 기가 고르지 않으므로 말미암아 얹히는 곳[所寓]
> 에 따라서 각각 하나의 이(理)가 되니, 이것이 나누어지는 이유이고, 이가 본
> 래 하나가 아니란 말은 아니다.[32]

율곡의 이론에서 이기의 성질을 구별하는 주장으로 이통기국설이 잘
알려져 있다. 이 설에 의하면 이(理)가 시간과 공간을 초월하는 불변적
이고 보편적 존재인 바와 달리, 기는 구체적 시간과 공간에서 작용하는
가변적이고 특수한 존재이다. 이통기국설에 관해서 율곡은 다음과 같이
해설한다.

> 이통(理通)이란 천지만물이 동일한 이(理)임을 말하며, 기국(氣局)이란 천
> 지만물이 각각 하나의 기[一氣]임을 의미한다.[33]

또한 이통기국설을 기발이승론과 연결지어서 다음과 같이 설명한다.

> 이(理)는 형체가 없으며 기는 형체가 있고, 이는 작용이 없지만[無爲] 기는
> 작용이 있다[有爲]. 형체도 없고 작용도 없으면서 형체와 작용이 있는 존재의
> 주재자가 되는 것은 이이고, 형체와 작용을 지니면서 형체와 작용이 없는 존
> 재를 담는 그릇은 기이다. 이는 무형이고 기는 유형이다. 그러므로 이는 작용
> 하는 바가 없고 기는 작용하는 바가 있다. 그러므로 기는 발동하고, 이는 기
> 에 얹힌다.[34]

---

32) (所謂一理分殊者,) 理本一矣, 理由氣之不齊, 故隨所寓而各爲一理, 此所以分殊
 也, 非理本不一也.(《栗谷全書》 권20, 聖學輯要, 二, p.457)

33) 理通者, 天地萬物, 同一理也, 氣局者, 天地萬物, 各一氣也.(《栗谷全書》 권20,
 聖學輯要, 二, 窮理, p.457)

34) 理無形也, 氣有形也, 理無爲也, 氣有爲也, 無形無爲而爲有形有爲之主者理也,
 有形有爲而爲無形無爲之器者氣也, 理無形而氣有形, 故理通而氣局, 理無爲而氣
 有爲, 故氣發而理乘.(《栗谷全書》 권20, 答成浩原, pp.208-209)

앞에 제시한 율곡의 세 이론은 인간의 심성을 설명하는 데에도 적용
된다. 성리학에서 마음의 작용들을 통칭하기 위하여 정(情)의 개념이 사
용되는데, 기발이승일도설(氣發理乘一途說)을 정의 발생에 적용하면 다
음과 같다.

　　무릇 정(情)이 발동함에 있어서 발동하는 것은 기이고 발동하도록 하는
　　까닭은 이이다. 기가 아니면 발동할 수 없고 이가 아니면 발동할 까닭이 없으
　　니 서로 떨어지지 못한다.[35]

율곡의 이 주장은 이와 기가 모두 발동하는 성질을 지닌다는 퇴계의
견해와 구별된다. 한편 이일분수설과 이통기국설을 함께 심리나 행동의
선악에 적용하여 다음과 같이 설명하기도 한다.

　　본연(本然)의 이(理)는 오로지 선하지만 기를 타고 유행(流行)할 때는 나
　　누어짐이 만가지로 달라지는데, 기품에 선악이 있으므로 이(理)도 또한 선악
　　이 있다. 무릇 이의 본래 모습은 오로지 선뿐인데 기를 탈 때 길고 짧고 하여
　　차이가 나서 한결같지 못하게 된다.[36]

또한 기에 따라서 선악이 달라지는 현상을 다음과 같이 설명하기도
한다.

　　선한 것은 맑은 기의 발동이며 악한 것은 탁한 기의 발동이지만 그 근본은
　　다만 천리(天理)일 뿐이다.[37]

이 설명에서 보는 대로 율곡이 이(理)가 하나임을 강조하면서 다시
이(理)의 분수(分殊)를 주장하는 이유는 성(性) 가운데 본연(本然)이 하

---

35) 凡情之發也, 發之者氣也, 所以發者理也, 非氣則不能發, 非理則無所發, 理氣混
　　融, 元不相離.(《栗谷全書》권20, 聖學輯要, 二, p.455)
36) 本然之理固純善, 而乘氣流行, 其分萬殊, 氣稟有善惡, 故理亦有善惡也, 夫理之
　　本然, 則純善而已, 乘氣之際, 參差不齊.(《栗谷全書》권9, 答成浩原, p.194)
37) 善者淸氣之發也, 惡者濁氣之發也, 其本則只天理而已.(《栗谷全書》권14, 人
　　心道心圖說, p.283)

나임과 기질이 여러 가지로 나누어짐[分殊]을 구별하는 데 뜻이 있다고
볼 수 있다.

(2) 율곡의 사단칠정론

한편, 율곡의 기발이승일도설(氣發理乘一途說)은 사단과 칠정을 구별
하여 설명하는 데도 적용된다. 간단히 말해서 성(性)이 발동해서 정(情)
이 된다 함은 기(氣)가 발동하여 이(理)가 얹히는[乘] 현상을 표현한 말
이다. 먼저 율곡의 성정론(性情論)을 보기로 한다.

> 성(性)이 기를 타서 발동하면 정(情)이 되므로 기를 떠나서 정을 구하면
> 어찌 잘못이 아니겠는가?[38]

율곡은 사단과 칠정의 관계를 다루면서 사단을 포함하는 인간의 기본
정서들이 칠정으로 수렴된다고 주장한다. 그는 사단과 칠정의 발생과정
을 구별하여 다음과 같이 설명한다.

> 정 가운데 선한 것은 청명한 기를 타고 천리(天理)에 따라서 곧바로 나와
> 서 그 중(中)을 잃지 않았기 때문에 인의예지의 단서가 된다. 그러므로 사단
> (四端)이라고 한다. 정 가운데 선하지 못한 것 또한 비록 이(理)에 근본을 두
> 지만 이미 더러운 기에 가리운 바가 되어서 본체를 잃고 어긋나게 생겨나서
> [橫生] 지나치기도 하고 혹은 못 미치기도 한다. 인(仁)에 근본을 두었으되
> 도리어 인을 해치고, 의(義)에 근본을 두었으되 도리어 의를 해치고, 예(禮)에
> 근본을 두었으되 도리어 예를 해치고, 지(智)에 근본을 두었으되 도리어 지를
> 해친다. 그러므로 사단이라고 할 수 없다.[39]

퇴계의 구분법과는 달리 기고봉이나 율곡은 기본정서인 칠정이 정서

---

38) 性之乘氣而動者, 乃爲情, 則離氣求情, 豈不謬乎.(《栗谷全書》권12, 答安應休,
   p.250)

39) 情之善者乘淸明之氣, 循天理而直出, 不失其中, 可見其爲仁義禮智之端, 故目
   之以四端, 情之不善者, 雖亦本乎理, 而旣爲汙濁之氣所淹, 失其本體而橫生, 或
   過或不及, 本於仁而反害仁, 本於義而反害義, 本於禮而反害禮, 本於智而反害智,
   故不可謂之四端耳.(《栗谷全書》권14, 人心道心圖說, p.283)

경험의 전체 범위를 나타내므로 사단이 칠정에 포괄될 수 있다고 주장한다. 사단이 칠정에 포괄될 수 있다는 고봉이나 율곡의 관점에서 보면, 사단과 칠정을 다른 범주로 묶는 이원 분류(李相殷의 이른바 對說) 방법은 기본정서들의 단일 차원 분류체계로는[因說] 적합치 않다. 율곡의 주장으로 볼 때 사단과 칠정은 각각 도심과 인심에 관련되는 정서 구분법이다. 다시 말해서 사단은 도심에서 경험될 수 있는 선한 정서만을 구분하여 나타내기 위한 명칭이다. 율곡은 사단칠정을 도심·인심 및 이기에 관련시켜서 다음과 같이 설명한다.

> 칠정 이외에 사단이 따로 있지 않다. 사단은 오로지 도심만 말한 것이고, 칠정은 인심과 도심을 합쳐서 말한 것이니, 인심과 도심이 양면으로 나누어진 것과는 아주 다르지 않은가?……사단을 주리(主理)라 함은 가당하지만, 칠정을 주기(主氣)라 할 수는 없다. 칠정은 이기를 포함하여 말한 것이니, 주기가 아니다.[40]

여기에 인용한 율곡의 설명을 이상은(李相殷, 1973, p.350)은 "인심·도심에는 주리(主理) 혹은 주기(主氣)의 설을 붙일 수 있지만 사단칠정에는 이렇게 말할 수 없는데, 왜냐하면 사단은 칠정에 들어있고, 칠정은 주기(主氣)를 겸한 까닭"이라고 설명했다. 도심이란 정보다는 성에 관련되므로 사단은 성이 우세한 조건에서만 경험되는 정서인 데 비해서, 정과 관련되는 인심에는 정과 성의 상대적 우세성이 다양한 수준으로 가정되었다고 볼 수 있다. 그러므로 성이 우세한 정서들을 사단이라고 부를 수는 있지만, 칠정은 성과 정이 다양한 수준으로 조합되는 기본 정서들을 모두 포괄한다고 해석할 수 있다.

이 율곡의 관점에서 사단이 칠정에 포함되는 정서라고 본다면, 기본 정서인 칠정의 분류범주로 볼 때[所以然] 사단이 각각 칠정 가운데 어떤

---

40) 七情之外, 更無四端矣, 然則四端專言道心, 七情合人心道心而言之也, 與人心道心之自分兩邊者, 豈不逈然不同乎,……且四端謂之主理可也, 七情謂之主氣則不可也, 七情包理氣而言, 非主氣也.(《栗谷全書》, 答成浩原, pp.199-120)

정서에 어떤 형태로 포함될 수 있는지 설명하여야 한다. 이 과제와 관련
해서 사단 가운데 칠정 각각에 포괄될 수 있는 정서의 분류체계가 율곡
에 의해서 시도된 바 있다. 이 분류체계에 의하면 사단은 칠정 가운데
특히 우세하게 관련되는 정서가 있다(위의 책, p.199). 사단 경험이 이루
어진 조건에서 사단이 각각 포함되는 대표적 칠정을 들면, 측은은 애정
에, 수오는 혐오(惡)에 공경[禮, 사양]은 두려움에 속한다. 그리고 시비
는 지(知)의 당연함과 부당함을 아는 일과 관련되므로 기쁨과 분노에
속한다고 본다.

　율곡은 칠정들 역시 조건에 따라서 사단 정서에 포함된다고 주장한
다. 칠정을 중심으로 칠정 각각이 사단에 포괄되는 현상은 다음과 같이
정리된다.

　　당연히 기뻐할 때 기뻐하고, 상사(喪事)에 당면하여서는 슬퍼하며, 친한
　이를 사랑하고, 진리를 보고서는 궁구(窮究)하려 하며, 어진 이를 보고서는
　그와 같이 되려고 하니, (이 喜, 哀, 愛, 欲의 네 가지 정은) 인(仁)의 실마리
　요, 노(怒)할 자리에서 노(怒)하고 미워할 사람을 미워하는[惡]의 두 가지 정
　(怒, 惡)은 의(義)의 실마리이며, 존귀한 사람을 보고 두려워 함[懼]은 예(禮)
　의 실마리이며, 희(喜), 노(怒), 애(哀), 구(懼)가 발할 때를 각각 당면하게 되
　면 당연히 기뻐해야 할 것을 알고, 성낼 자리를 당해서는 당연히 성낼 것을
　아는 것(이는 옳은 是에 해당)이거나 마땅히 기뻐하지 않고, 마땅히 성내지
　않으며, 마땅히 슬퍼하지 않고, 마땅히 두려워하지 않을 것을 아는 것(이는
　그름 非에 해당)은 지(智)의 실마리니, 선한 정이 발하는 것을 일일이 들 수
　는 없으나, 대개 이와 같다.[41]

이로 보면 희는 측은과 시비에, 노(怒)는 시비와 측은에, 애(哀)는 측

---

41) (七情之包四端, 吾兄猶未見得乎, 夫人之情), 當喜而喜, 臨喪而哀, 見所親而慈
　　愛, 見理而欲窮之, 見賢而欲齊之者, 已上喜哀愛欲四情, 仁之端也, 當怒而怒, 當
　　惡而惡者, 怒惡二情, 義之端也, 見尊貴而畏懼者, 懼情, 禮之端也, 當喜怒哀懼之
　　際, 知其所當喜, 所當怒, 所當哀, 所當懼, 此屬是, 又知其所不當喜, 所不當怒,
　　所不當哀, 所不當懼者, 此屬非此合七情而知其是非之情也, 智之端也, 善情之發,
　　不可枚擧, 大槪如此.(《栗谷全書》, 答成浩原書, p.199)

은과 시비에, 구는 사양과 시비에, 애(愛)는 측은, 오(惡)는 수오, 욕은 측은에 각각 속한 정서이다(《栗谷全書》제10권, 答成浩原書, p.199).

여기서 흥미있는 문제점을 두 가지 지적할 수 있다. 하나는 사단에 속하는 칠정들을 가려낼 때와 달리 칠정을 각각 사단에 귀속시킬 때는 사단과 칠정의 관련성이 서로 달리 분류된다는 점이다. 즉, 사단을 중심으로 각각의 대표적 칠정을 가려낸 결과와 칠정을 각각 사단에 포함시킨 결과를 비교해 보면, 측은은 희와 노에, 수오는 오에, 사양은 구에, 그리고 시비는 희와 노에 각각 관련된다고 본 점만 공통된다. 이 분석결과로 보면 사단칠정간의 관련성에 관한 율곡의 주장에는 이론이 결여되어 있고, 분석도 시론 단계였음을 시사한다.

다음으로 율곡은 희, 노, 애, 구가 각각 사단 가운데 하나 이상에 관련되면서도 이 정서들의 적절성 판단에서는 모두 지(智)의 시비(是非)와도 관련된 정서라고 본 점을 검토할 필요가 있다. 이는 적어도 이 네 정서의 경우 적절성 판단에서 의(義)가 작용한 시비를 가리는 인지과정이 크게 간여하고 있음을 시사한 지적으로 볼 수 있다. 또한 두 가지 이상의 사단이 함께 작용함으로써 칠정의 특정 정서로 표출될 수 있다고 주장한 점에서 정서현상의 복합성과 복잡성을 가정하고 있음을 알 수 있다. 이러한 복합성의 가정에 따르면 사단의 다양한 조합에 따라서 칠정과의 관련성이 여러 형태로 나타난다고 볼 수 있기 때문에 장차 중요한 연구과제가 될 수 있다. 또한 사단의 복합작용에 관한 가정이 적절하다면 둘 이상의 어떤 사단 조합에 의해서 각각 어떠한 칠정이 경험될 수 있는지 이론으로나 실증연구로 밝히는 과제도 다루어야 한다.

이상에서 제시된 사단과 칠정의 상호 관련성에 관한 율곡의 견해는, 퇴계의 이원적 정서론과 구별되지만, 단일 차원의 정서 분류체계에 대한 시도에 불과해서 포괄 관계를 종합하여 체계있게 제시하지는 못했다. 그러나 율곡의 가설을 밑받침할 만한 이론이 발전되면 퇴계의 이원적 정서설을 일원론과 대비시켜서 해명하는 데도 기여할 수 있으리라고 기대한다. 또한 사단칠정간의 일원적 상호 관련성에 관한 가설은 실증

연구를 통해서 검증될 수 있다는 면에서 이론 발전의 중요한 계기를 마련해 줄 수 있다(한덕웅·전겸구, 1991 ; 한덕웅, 1995, 1996, 1997, 1998).

(3) 율곡의 수양론

율곡은 기발이승일도설과 일관되게 기(氣)의 차이 때문에 선악의 차이가 나타남을 설명하기도 한다.

> 대저 성(性)은 곧 이(理)이다. 이(理)는 선하지 않음이 없으나, 다만 이(理)는 독립할 수 없고 반드시 기에 붙은 후에 성이 된다. 기는 맑음, 탁함, 순수함 및 잡스러움의 고르지 못함이 있기 때문에, 본래 모습으로 말하면 성은 선하고 정도 역시 선하지만, 기를 겸해서 말한다면 성도 선악이 있는데 정이 어찌 선악이 없겠는가?[42]

이 주장으로 보면 사람마다 지닌 기질에 따라서 맑거나 순수한 기가 발동하면 선이 되고, 탁하거나 잡스러운 기가 발동하면 악이 된다.

위에서 인용한 내용을 종합해 보면 정의 개념에 포함된 사고, 정서, 의지 및 행동 등 이미 마음에 작용한 모든 요소들은 개인마다 지니는 기의 작용에 따라서 선하거나 악하게 된다는 주장으로 정리될 수 있다. 이 명제로부터 선을 확충하려면, 이(理)가 자체로서 작용하는 속성을 지니지 않기 때문에, 기가 성(性)에 따라서 작용하도록 하는 일이 가장 중요함을 알 수 있다. 율곡은 이 과제에 대한 해답으로 기질을 바로잡을 수 있다는 관점을 제시한다. 이른바 교기질(矯氣質)이라고 부르는 이 관점에서 기질이 변화될 수 있다는 가능성을 전제로 변화의 방법까지 제시한다. 율곡은 교기질의 방법으로서 개인마다 서로 다른 기품의 차이에 근거하여 개인차에 따라서 극기 방법을 사용함으로서 편벽된 심성을 바로잡아서 새로운 심성과 행동을 습득하고 실천해야 한다고 주장한다.

---

42) 大抵性卽理也, 理無不善, 但理不能獨立, 必寓於氣, 然後爲性, 氣有淸濁粹駁之不齊, 是故以其本然而言, 則性善而情亦善, 以其兼氣而言, 則性且有善惡, 情豈無善惡乎.(《栗谷全書》 권20, 答安應休, p.249)

그는 기질을 바로잡는 일을 어려운 기예(技藝)를 연마하여 습득하는 과정에 비유하고 있다. 좀더 일반적으로 말한다면 기질을 바로잡는 방법은 성(誠)을 통해서 이루어진다고 볼 수 있다. 인간의 성실성을 의미하는 율곡 이론의 이 성은 퇴계 이론에서 경(敬)이 차지하는 위상에 비유될 만큼 중요하다. 먼저 율곡의 주장에 따라서 경과 성의 관계를 정립하고, 다음으로 성의 구체적 내용을 다루기로 한다.

> 성(誠)이란 하늘의 실리(實理)이며 마음의 본체인데, 사람이 그 본심을 회복하지 못하는 이유는 사사로운 사악함에 가려졌기 때문이다. 경(敬)을 주로 하여 사사로운 사악함을 모두 없애면 본체가 온전하게 된다. 경은 공을 쌓는 데 요체가 되며 성은 공의 효과를 얻는 토양이 되므로, 경으로 시작하여 성에 이르게 된다.[43]

율곡의 이 해설에 따르면 경이란 성에 이르기 위한 방편으로 요구되는 공부에 해당된다. 또한 천리(天理)와 심리(心理)를 연결시켜서 경과 성의 차이를 설명하기도 한다.

> 성이 아니면 천리(天理)의 본연을 보존할 수 없으며, 경이 아니면 한 몸의 주재자(主宰者 – 역자, 心)를 억제하고 단속할 수 없다.[44]

율곡의 이론에서 성(誠)은 격물치지(格物致知)를 위한 이치의 궁리(窮理)부터 뜻을 성실하게 하는 성의(誠意), 바른 마음을 지님[正心], 효도와 친애[孝親], 가정을 다스림[治家], 간악한 사람을 멀리하기[去姦], 백성을 보살피기[保民], 풍속과 사회 기강의 교화(教化)에 이르기까지 모든 단면에 일관되게 해당된다. 특히 율곡은 성에서 마음뿐만 아니라 독실하게 행동으로 힘써 실천하는 무실(務實)을 강조한다. 그는 격물치지를 위한

---

43) 誠者, 天之實理, 心之本體, 人不能復其本心者, 由有私邪爲之蔽也, 以敬爲主, 盡去私邪, 則本體乃全, 敬是用功之要, 誠是收功之地, 由敬而至於誠矣.(《栗谷全書》, 聖學輯要, 三, 正心章, pp.479-480)
44) (心者吾身之主宰, 而性情之統也,) 非誠無以存天理之本然, 非敬無以撿一身之主宰.(《栗谷全書》 권2, 四子立言不 同疑二首, p.1110)

궁리부터 무실역행[務實]에 이르는 전 과정에서 성실하게 되면 편벽된 기질을 바로잡는 일[嬌氣質]이 이루어진다고 주장한다. 그의 주장 가운데 특히 무실의 실(實)은 허(虛)와 대비되는 개념으로 성의를 다하여 일을 처리하는 실제 공부[實功]를 의미한다. 이 무실의 중요성은 실제 공부가 있으면 실질적 효과[實效]가 나타난다는 가정에 근거를 두고 있다. 율곡이 이처럼 성에 근거하여 무실을 강조하게 된 배경 요인으로 율곡이 당면했던 시대상황의 영향을 간과할 수 없다. 퇴계 시대와 달리 율곡이 당면한 조건은 사림(士林)의 유학자들이 정권을 담당하여 민생을 포함하는 정치적 과제를 해결해야 할 상황이었다. 이와 같은 상황에서 현실에 영향력을 발휘할 수 있는 무실사상이 성립되었다고 볼 수 있다.

인간 심리를 설명하기 위하여 제안된 율곡의 이기론을 간략히 정리해 보면 다음과 같이 말할 수 있다. 마음의 보편적 원리는 개별적으로 작용하는 심리적 현상의 작용을 떠나서는 해명할 수 없다. 그러므로 구체적 시간과 공간에서 이루어지는 심리와 행동에서 성실성을 유지하지 못한다면 보편적 도리의 실현은 이루어질 수 없다. 이렇게 본다면 율곡의 이통기국설(理通氣局說), 이일분수설(理一分殊說) 및 기발이승일도설(氣發理乘一途說)은 구체적 상황에서 작용하는 인간의 마음과 행동을 통해서 이(理)의 본체를 설명하고 있는 점에서 성실을 강조하는 그의 무실사상과 일관되게 연결된다고 볼 수 있다. 율곡이 기의 작용을 중요시하기 때문에, 퇴계가 주리론을 확립한 점과 구별하여, 주기론을 수립한 학자로 평가된다. 그는 기론(氣論)의 관점에 근거를 두고 이와 조화되게 정치, 경제, 군사, 교육 등 다방면에 걸친 현실적 경세론을 제안함으로써 조선 후기 실학(實學)과 연결될 수 있는 성리학을 확립했다는 평가를 받기도 한다.

3) 퇴계와 율곡 성리학의 심리학적 특징

앞에서 퇴계와 율곡이 각각 성리학의 관점에서 이기론을 심성론에 연결시킬 때 각각 어떤 관점을 취했는지 간략히 살펴보았다. 그러나 인간의 마음을 다룬 이 이기론은 심리학의 중요 과제를 그 당시 동양철학의 관점에서 설명한 데서 파생되었다. 그러므로 현재 시점에서 심리학적으로 해석할 때 이 논쟁이 어떤 시사점을 제공할 수 있는지 여러 측면에서 심도있게 해명하는 일이 매우 긴요한 과제가 된다. 이 과제는 심성론에서 제안된 이기관의 차이가 현대 심리학적으로 어떤 쟁점들을 제기한다. 또한 다산을 중심으로 살펴 볼 조선 후기의 유학에서 어떤 형태로 수용되거나 배척되는지 알아보는 중요한 계기를 제공할 수 있다.

(1) 성리학의 심통성정론

이 절에서는 퇴계와 율곡의 성리학에서 마음의 구조와 작용을 연결시켜서 설명하는 심성정론의 공통된 특징들을 간략히 살펴보기로 한다. 회암 이후 성리학에서 심(心)은 체용론(體用論)에 나타난 대로 본체와 작용이라는 이분법의 이중구조에 의해서 설명된다. 즉, 심은 작용하지 않은 상태를 지칭하는 미발(未發)의 체(體)와 이미 작용한 상태를 의미하는 이발(已發)의 용(用)으로 구분되어 설명되는데, 퇴계와 율곡이 이 점에서는 모두 공통된다. 이를 간략히 나타내면 다음(표 1)과 같다.

표 1. 퇴계(退溪)·율곡(栗谷)의 이론에서 마음[心]의 본체(體)와 작용(用)

본체(體 ; 未發)		작용(用 ; 已發)
心　性 ⎡ 本然之性(仁義禮智) 　　　⎣ 氣質之性(淸濁粹駁)		情(意志念慮思四端 등)

성리학에서 심의 본체(體)로서 존재한다고 가정하는 성(性)은 마음 가운데 마음이 작용하기 이전의 이(理)만을 지칭하는 개념이므로 미발이어서 성의 존재는 이미 발한 정에 의해서만 추론될 수 있다. 그리고 성은 미발의 속성을 지니므로 주희나 율곡의 이론에서는 이(理)와 연결되고,

정은 작용하는 속성을 지니므로 기(氣)와 연결된다. 그러므로 심이 이기(理氣)의 묘합(妙合)이라는 명제는 성과 정의 묘합이라고 풀이된다. 성리학에서 성이 하나의 학술용어로서 중요시되는 데에는 그럴 만한 이유가 있다. 성리학은 인간뿐만 아니라 삼라만상의 본질과 현상을 설명하는 이론체계이다. 그러므로 인간은 물론 우주, 동물, 식물, 무생물을 포함하는 이른바 삼재(三才)의 해명이 성리학의 과제이다. 하늘(天), 땅(地), 그리고 사람(人)의 삼재 가운데 인간만이 하늘로부터 가장 뛰어난 성품을 받고 태어난다는 영장관(靈長觀)이 성리학의 기초를 이룬다. 성리학에서 만물의 영장인 인간의 경우, 동물이나 식물 혹은 땅과 달리, 성(性)은 심(心) 가운데 이(理)만을 지칭하는 학술용어로 사용된다.

조선시대 퇴계와 율곡 이후 성리학에서 이 성이 인간과 동식물을 포함하는 모든 사물에 보편으로 존재하는 속성인지 문제삼게 되는데, 이 논쟁이 이른바 인간과 사물의 성이 같은지 혹은 다른지를 다루는 인성물성동이론(人性物性同異論)이다. 인성물성동이론에서 제안된 주장은 다양하지만 대체로 분류해 보면, 다음 세 가지로 정리된다. 즉, ① 사람과 동식물을 포함하는 모든 존재의 성(性)이 동일하다는 주장, ② 성 가운데 본연지성(本然之性)은 모든 존재에서 동일하지만 하늘로부터 부여받은[稟受] 기질지성(氣質之性)은 존재에 따라서 서로 다르다는 주장, ③ 모든 존재의 성이 서로 다르다는 주장으로 나눌 수 있다. 이 가운데 ①은 다분히 우주론적 이(理)의 관점에서 사람과 사물이 동일하다는 주장이어서, 인간의 심을 설명할 때 동물이나 사물과의 차별성을 설명하기 어렵다는 문제점을 지닌다. ②는 특히 주기론자들에 의해서 주장되는데, 이(理)는 모두 같지만 기(氣)는 서로 다르다는 가설[理通氣局說]을 중심으로 선호되지만, 인간이 하늘의 명령[天命]으로 부여받은 본래 착한 성질[性善]이 동물이나 사물에도 동일하게 존재한다고 가정해야 하는 문제를 지닌다. ③은 모든 존재의 성이 다르다고 주장할 때 동물성과 인간성의 차이를 어떻게 설명해야 하는가 하는 과제를 남긴다. 따라서 현상으로 작용하지 않는 미발의 본체론을 중심으로 인간과 사물의 본래 성질이 같은가 다른가를 다룬 이 논쟁[人性物性同異論]이 마음의 작용(用) 과정에서 나타나는 다양한 현상을 설명하는 데 효용성을 갖기 어렵다는 문제점을 지닌다. 이 때문에 뒤에 살펴볼 다산은 성리학이 공리공론에 흐른다고 비판한다.

(2) 마음의 작용과 사단칠정론

이상에서 간략히 살펴본 바와 같이, 심의 체용론에서 체를 다룬 본체론에서는 다양한 난제들이 제기되고 해결의 실마리를 찾기 어렵게 되었다. 그러나 조선시대 성리학에서 심의 작용을 설명하는 작용론(用論)에서는, 특히 사단과 칠정의 관계를 이기론으로 다룬 사단칠정론을 중심으로, 필자가 보기에 심리학적으로 접근할 수 있는 과제들이 발굴되고, 이 과제들에 대한 다양한 해법들을 제안하는 성과를 거두게 된다. 물론 필자의 이와 같은 평가에 대해서는, 성리학 자체가 체용론의 이원적 구조를 지닌다는 관점에서 볼 때, 본체론의 미해결 과제와 무관하게 심(心)의 작용을 설명할 수 있는지 반론을 제기할 수 있다. 그러나 만약 성리학에서 제안된 심의 체용 이원적 설명구조가 본질적으로 모순을 지닐 수밖에 없는 이론이라면, 본체론을 떠나서 심의 작용론을 떼어서 심리학적으로 논의하는 일이 무용하다고 주장할 근거는 없는 듯하다. 더구나 다산과 같은 일부 학자들은 성리학이 불교의 이론과 대립하는 과정에서 유학의 이론과 조화될 수 없는 불교의 체용론을 무비판적으로 수용했다고 비판하게 된다. 이와 같은 비판이 대두된 배경에도 필자의 견해와 유사한 관점이 깔려 있다고 볼 수 있다.

조선시대 성리학에서 심의 작용을 설명하는 이론은 이기론과 심성정론을 사단칠정에 도입함으로써 구체적 발전의 계기를 얻게 된다. 이론의 역사적 전개과정으로 볼 때 사단칠정론이 발전되는 결정적 계기는 퇴계에 의해서 마련된다. 구체적으로 말해서 회암의 심성론에서 단초가 발견되는 사단(四端)이 이의 발[理之發]이라는 이론을 퇴계가 일관성 있게 발전시킨 데서 다양한 과제들이 부각된다. 정주학(程朱學)에서는 이기묘합(理氣妙合)을 강조하되 이의 미발성[理未發]과 기의 발하는 성질[氣發]을 개념 정의의 핵심으로 삼은 데 대해서 퇴계가 반론을 제기했다고 볼 수 있다.

사칠론에서 제기된 논쟁점들 가운데 심리학적으로 중요한 주제들을 간추리기 위하여 먼저 다음과 같은 간단한 질문을 제기하는 방식이 유용할 수 있다. 과연 마음의 작용을 사단칠정에 초점을 맞추어서 이론화하려고 할 때 이기(理氣)는 심리학적으로 각각 어떤 기능이나 작용을 지칭하기 위하여 사용되고 있는가? 이 질문을 달리 정리하면 다음과 같다. 마음의 기능이나 작용에서 이와 기는 각각 어떤 성질의 개념으로 이해할 수 있는가? 또한 이 질문을 퇴계의 이론에 초점을 맞추어서 다시 묻는다면, 이가 발하는 성질[理發]을 지닌다는 퇴계의 이론을 다른 성리학자들이 사용한 이기의 개념정의와 모순없이 심리학 용어를 사용하여 정의할 수 있는가? 결론부터 말하자면 이 질문에 대한 필자의 대답은 긍정적이다. 이제부터 필자가 이 질문에 긍정적 태도를 보이는 배경을 설명해 보기로 한다.

퇴계의 이기론에서 강조된 이발의 주장에서 이(理)는 어떤 뜻으로 사용되는가? 그가 '그러한 바'[所以然]로 정의되는 원리, 원칙, 법칙으로서의 이(理)를 무시한다고 볼 수 없다. 그러나 퇴계 이론에서 이(理)의 개념으로 강조하는 측면은 맹자의 성선설에서 보는 대로 인간이 '마땅히 그렇게 해야 할 바'[所當然]로서 이(理)이다. 달리 말하자면 유학의 버팀목이 되는 '인간으로서 당연히 실현해야 할 도리'[道理]가 이(理)를 강조하는 배경이 된다. 인간으로서 당연히 실현해야만 한다고 가정하는 이(理)는 인간의 인간다움을 결정짓고, 인간을 다른 생물이나 사물과 구별짓는 특징점이 된다. 인간뿐만 아니라 다른 생물이나 사물에도 기(氣)의 작용은 어김없이 적용되는 보편적 작용의 원리이다. 그러나 인간의 경우에는 마땅히 그러해야만 하는 소당연(所當然)의 이(理)가 있기 때문에, 이 소당연의 이(理)가 작용한 인간심리의 그러한 이치[所以然]는 소당연의 이가 작용하지 않은 그러한 원리 혹은 이치와 구별되어야 한다.

퇴계가 강조하는 '이가 귀하고 기가 천하다'[理貴氣賤]는 관점은 그 근거가 인간으로서 마땅히 실현해야 한다고 믿는 소당연의 이(理)에 있다. 그러므로 퇴계의 사단칠정론에서 나타난 바와 같이, 사단은 이가 발함에 기가 얹히는[四端, 理發而氣乘之] 현상이라는 명제에서 이(理)는 '인간으로서 마땅히 해야 할 도리'를 실현하는 방향으로 기(氣)가 작용하는 현상을 강조한다고 볼 수 있다. 한편, 율곡은 기발이승일도설(氣發理乘一途說)에서 기가 작용할 때 구체적 상황에서는 도리에 맞는 방향으로 바로잡아야 도리가 실현된다고 본다. 율곡의 심리학에서 작용하는 성질을 지니지 않는 이(理)와 달리 작용하는 성질을 지니는 기가 성리학의 당위적 도리에 맞게 실현되려면 인간의 성실성(誠)에 근거를 두어야 한다고 주장한다.

퇴계와 율곡의 사단칠정론 역시 다산의 관점과 대비시킴으로써 특징점을 더 잘 부각시킬 수 있다. 그러므로 다산의 심리학을 논의하면서 퇴계의 심학이나 율곡의 심리학을 비교하여 다시 다루기로 한다.

3. 다산의 심리학

다산(茶山)은 그의 저서 가운데 일표이서(一表二書 ; 《經世遺表》, 《牧民心書》, 《欽欽新書》)를 통해서 실학자로 널리 알려져 있다. 그러나 다산이 자신을 유학자로 동일시하는 점에서 본다면 실학사상으로 간주되는 이 저술들이 유학사상을 근거로 이루어져 있는 점을 많은 학자들이 상대적으로 간과하고 있다. 실제로 실학에 관한 다산의 중요한 저술들은 그의 생애로 볼 때 18년에 걸친 강진의 유배생활 동안 유학의 경전에 대한 독자적 해석이 이루어진 후에 저술된다. 또한 다산은 자녀들에게 유학의 중요한 경전들을 통해서 경학(經學)을 공부한 후 경세론을 배우도록 권장하고 있다. 유학의 경전들에서 특히 마음과 행위의 수양이 강조되는 점을 고려할 때 다산의 이 관점은 자기수양을 전제로 세상을 다스려야 함을 강조한다 볼 수 있다. 특히 이 사실들로부터 다산의 실학이 경학을 근거로 이루어지고 있음을 알 수 있다. 그런데 그의 실학사상에 관한 연구는 일본에 강탈당한 국권회복의 차원에서 1930년대부터 시작된 바와 달리, 그의 경학사상은 국내에서 깊이있게 연구된 지 20여 년에 불과하다. 다산의 경학에 관한 연구가 이 수준에 머물러 있기 때문에 현재까지 다산의 경학과 실학의 연결 관계를 해명하려는 시도는 괄목할 만한 성과를 이루지 못했다고 볼 수 있다. 그러므로 그가 제안한 경학 해석의 심리학적 배경과 실학사상의 관계를 해명한 연구는 드문 실정이다.

다산의 실학을 평가할 때 정주(程朱) 성리학을 극복하거나 혹은 성리학을 벗어난 관점에서 경세치용학파(經世致用學派)와 이용후생학파(利用厚生學派)의 사상을 집대성했다고 평가되기도 한다(윤사순, 1996, p.39). 그러나 성리학이 성립되기 이전 공자와 맹자의 유학 정신으로 되돌아간다는 취지에서 이루어진 다산의 경학을 살펴보면 주자의 경학을 긍정적으로 평가한 부분들도 많다. 다만 다산은 주자학이 인성론에서 공허하고 난해한 이론으로 흐른 점에 주목하여 성리학이 인간의 심리를 설명할 때에도 현실의 실용성을 소홀히 다룬 한계를 통렬하게 비판한다. 그러므로 다산은 경학 연구를 통해서 주자의 성리학에 대한 자유로운 비판과 논의를 토대로(金文植, 1996, pp.209-216) 자신의 사상을 모색했다고 볼 수 있다. 그러므로 다산의 경학 사상에서 볼 수 있는 심리학 설들은 조선조 초기부터 중기까지 형성된 성리학의 심리학설들과 구별되는 특징점들을 지닌다. 이와 같은 이유 때문에 다산의 심리학설과 조선조의 다산 이전 성리학의 심리학설을 연결지어서 직접 비교하여 논의하기 어려운 점이 있다. 더구나 다산이 생존한 시점에서도 성리학은 여전히 국가의 통치 이념이었기 때문에 성리학을 명시적으로 비판할 수 없었다.

이 글에서는 다산의 경학에 나타난 심리학을 정리함으로써 다산의 심리학이 그의 유학사상과 실학사상을 어떻게 연결짓고 있는지 살펴보고자 한다. 다산의 심리학에 의해서 그의 경학사상과 실학사상이 일관된 논리 체계로 연결될 수 있다면, 다산 자신이 주장하는 대로, 그의 경학사상과 실학사상은 심리학적으로 모순되지 않는 일관된 이론 체계를 구성한다고 평가할 수 있다. 그러나 이와 달리 유학사상과 실학사상이 그의 성리학에 대한 비판을 통해서 심리학에 일관되게 연결되지 않는다면, 그의 주장과 달리, 성리학 이전의 공맹유학에 대한 향수와 실학에 대한 지향이 각각 별도의 심리학에 의해서 밑받침되고 있다고 보아야한다. 이 경우 그의 경학과 실학사상은 서로 다른 기준으로 평가되어야 마땅하다. 따라서 이 경우에는 실학이나 경학에 대한 평가에서 그가 모두 주목할 만한 업적을 인정받는다고 하더라도 그의 두 사상을 일관된 심리학 이론으로 연결시키는 데는 실패했다고 볼 수 있다. 그러므로 이 경우 각각 별개로 이루어진 다산의 경학과 실학을 일관된 심리학 체계로 연결지어서 발전시키는 일이 현 시점에서 다루어야 할 중요한 과제가 될 수 있다.

다산의 경학과 실학이 일관된 심리학 이론에 근거를 두고 발전되었다고 주장할 수 있는 지부터 살펴보기로 한다. 필자의 판단으로 결론부터 말하자면, 다산의 경학과 실학은 중요한 심리학 이론의 측면에서 볼 때 일관성을 획득할 수 있는 중요한 단서들을 제시하고 있다. 그러나 세부적으로는 이 두 사상의 이론적 배경이 일관된 심리학 이론에 근거를 두고 있다고 판단하는 데 장애가 되는 모순점들도 다수 발견된다.

이 글에서는 다산의 경학사상에서 발견되는 심리학 이론을 정리하는 데 일차적 목표가 있다. 아울러 그의 심리학 이론이 실학사상과 조화되게 연결되고 있는 근거를 확보했는지 알아보고자 한다. 이 목표를 달성하고자 다산의 심리학 이론을 16세기에 발전된 퇴계와 율곡 성리학의 심리학과 대비함으로써 18세기에 제안된 다산 심리학의 특징점을 제시하기로 한다. 다시 말해서 퇴계와 율곡을 중심으로 심리학 이론으로 발전을 보인 한국의 성리학 이론이 다산에 의해서 수용되고, 배척되고, 혹은 발전되는 내용을 중심으로 논의를 이끌어 가고자 한다.

(1) 마음의 구조

이 절에서는 마음의 구조와 작용에 관한 다산의 관점을 논의한다. 먼저, 그는 마음의 구조와 관련해서 퇴계와 율곡의 성리학설에 반론을 제기한다. 그는 성리학의 심리학설이 추상적 수준의 난해한 이론으로 변모되어서 인간의 심리를 이해하고 실천하기 어렵게 만든다고 비판한다. 성리학에서 성(性)은 마음 가운데 내재하는 이(理)이고, 성은 심(心)에 갖추어져 있어서, 심이 그 안에 성을 담고 있다고 가정한다. 그러므로 성 가운데 본래 선한 본연지성의 핵심요소들인 인의예지(仁義禮智)가 마음에 내재하는 구성 요소라고 본다. 이와 달리 다산은 성의 속성이나 심과의 관계에 관해서 퇴계의 성리학과 구별되는 다른 이론을 제안한다. 먼저 다산이 마음[心]의 정의와 관련해서 성리학에서 제안된 마음의 구조론을 비판한 내용을 살펴보자.

> 옛 경전에는 심(心)에 대하여 말할 때……오직 몸 안에 들어 있어서 가만히 있으면서도 밖으로 나타나서 운용하는 것을 심이라고 불렀다. 신(神)과 형(形)이 오묘하게 합쳐져서 그것이 발용(發用)하는 데에는 모두 혈기(血氣)를 필요로 한다. 그러므로 혈기를 주관함을 빌어서 마음[心]이라 하고, 마음[內衷, 衷心]의 총칭으로 삼았다. 마음이 여러 구멍을 뚫고 들어가서 마치 감나무에 열매가 매달려 있는 것처럼 있다는 의미에서 마음[內衷]이라고 쓴 것이 아니다.……요즈음 사람들(조선시대 성리학자들을 지칭하는 듯하다-역자)은 심(心)과 성(性)의 두 글자를 갖고 큰 논쟁거리를 만들고 있다. 어떤 이는 '심은 크고 성은 작다'고 말하기도 하고, 다른 이는 '성은 크고 심은 작다'고 말하기도 한다. '마음이 성정을 통섭한다'[心統性情]고 말하면 심이 크다는 주장이 되고, '성은 이(理)이고 심은 기(氣)다'라고 말하면 성이 크다는 주장이 된다. 마음이 크다고 주장하는 사람들은 신(神)과 형(形)의 오묘한 조화에 다만 한 마음[一心]이 있을 뿐이라고 주장하고, 성이 크다고 주장하는 사람은 성이 대체(大體)라고 보아서 법신(法身)만을 이른다고 생각한다. 그러나 만약 한 글자를 빌어서 대체를 부르는 이름으로 삼는다면 심(心)자가 근사한 말이 되며, 성(性)자를 쓰는 것은 옳지 않다.[5]

이 글에서 다산은 마음이 몸 안에 존재하며, 혈기를 주관하고, 밖으로 나타나서 행위를 실행하도록 부리는 성질을 지닌다고 정리했다. 다산은 대체로 이러한 성질을 지니는 개념을 고른다면, 성(性)은 적합하지 않고, 심(心)이 더 적절하다고 본다. 이처럼 다산은 마음의 다양한 성질을 총칭하는 개념으로 심을 사용하기 때문에 이 정의에 따르면 성이 심에 포함된다고 보고 있다. 그러므로 다산의 관점은 일종의 '심은 크고 성은 작다'는 주장이 된다. 이 주장만을 보면 외견으로는 다산이 성리학과 다른 견해를 지닌다고 생각할 수 있다. 그러나 성리학에서 '성이 크고 심이 작다'고 보는 관점이 성립된 배경을 주의깊게 살펴보고 다산이 과연 성리학의 심성관에 대해서 어떤 관점을 취했는지 검토할 필요가 있다.

앞에서 논의한 대로 성리학에서 심과 성은 각각 마음과 본성을 의미하는 일반 용어가 아니라 독특한 학술개념으로 사용되고 있다. 성리학에서 마음 가운데 이(理) 부분을 성(性)이라고 보는데, 이 이(理)는 하늘의 이치[天理]를 포함해서 인간이나 사물의 이치를 포괄하는 개념이다. 달리 말하자면 인간뿐만 아니라 모든 사물의 존재와 현상에 적용되는 법칙, 원칙, 혹은 원리를 지칭한다. 더구나 퇴계의 이론에서는 사물이나 사람이 존재하는 법칙과 원리[所以然의 理]만이 아니라 마땅히 존재해야 할 당위적 법칙과 원리[所當然의 理]도 강조된다. 성리학에서는 인간이 하늘의 명함[天命]을 받은 존재라고 보기 때문에 보편적 이(理)는 인

---

45) 若古經言心非大體之專名, 惟其含蓄在內運用向外者謂之心, 誠以五臟之中其主管血氣者心也, 神形妙合其發用處, 皆與血氣相須於是假借血氣之所主, 以爲內衷之通稱, 非謂此鑿七竅而懸如柿者卽吾內衷也, 故衷之內篤曰內心其外飾曰外心(見禮器), 衷之有憂者曰憂心(見國風), 其有喜者曰歡心(見孝經), 其篤愛者謂之仁心(見孟子), 其樂施者謂之惠心(見易詞), 欲爭奪者謂之爭心(見左傳), 設機巧者謂之機心(見莊子), 然則人心道心亦當與諸文同例, 不必以此疑心之有二也, 故朱子曰心之虛靈知覺一而已. 今人以心性二字作爲大訟, 或云心大而性小, 或云性大而心小, 謂心統性情則心爲大, 謂性是理而心是氣, 則性爲大, 以心爲大者主神形妙合只有一心而言之也, 以性爲大者把此性字以爲大體法身之專稱也, 然若必欲假借一字, 以爲大體之專名, 則心猶近之性則不可.(《與猶堂全書》, 心經密驗, 心性總義, pp.141-142)

간의 심성뿐만 아니라 인간을 넘어서 모든 사물에 적용되는 외연을 지닌다. 이 관점에서 성이 크고 심이 작다는 주장이 대두된다. 다산은 성리학에서 성의 개념이 이처럼 포괄적으로 정의되고 고도로 추상화되어서 난해한 학술용어로 사용된 데 따라서 초래된 부작용을 다음과 같이 지적한다.

> 오늘날 사람들은 성(性)자를 높이 받들어 하늘처럼 크게 하고, 태극음양설(太極陰陽說)과 혼합하고, 본연·기질설(本然·氣質說)과 뒤섞어서 아득하고 동떨어진 말로서 황홀해 하고 뽐내며, 이를 쪼개고 또 쪼개서 하늘과 사람[天人]에 관하여 분석함으로써, 일상적으로 사용하는 인간의 윤리[人倫]에는 아무런 도움이 없으니, 이 또한 무슨 유익함이 있겠는가? 이 점을 살펴보지 않을 수 없다.[46]

이 글의 핵심은 성리학에서 사용된 성(性)의 개념이 현실 세계에서 인간이 경험하는 심리현상과 행위를 설명하는데 효용성이 없다고 비판하는 데 있다. 이 비판에 근거를 두고 다산은 성에 관해서 독자적 이론을 제시한다.

(2) 성의 구조

다산은 심이 성을 포괄한다고 보는 심성관을 정립하고 성리학에서 사용된 성(性)의 개념을 비판했는데, 그렇다면 그는 심의 한 속성인 성의 개념을 어떤 의미로 사용하는가? 다산은 성이 본래 태어날 때부터 지니는 천성적 기호(嗜好), 선호(選好), 혹은 호오(好惡)에 의해서 이름이 붙여진 용어라고 본다. 이 주장이 이른바 성기호설(性嗜好說)이다. 다산은 성기호설에서 성을 중심으로 마음의 구조, 역동 및 행위의 실행에 관한 이론을 제안한다. 먼저 마음의 구조 가운데 성을 중심으로 설명해 보자.

---

46) 今人推尊性字奉之爲天樣大物, 混之以太極陰陽之說, 雜之以本然氣質之論, 眇芒幽遠怳忽誇誕, 自以爲毫分縷析窮天人不發之秘而卒之無補於日用常行之, 則亦何益之有矣, 斯不可以不辨.(위의 책, p.144)

그는 성을 기호라고 보았는데, 이 기호에는 두 가지가 있다. 하나는 영지의 기호[靈知之嗜好]이고, 다른 하나는 형구의 기호[形軀之嗜好]이다. 이 두 기호들 가운데 영지의 기호는 도의의 성[道義之性]이고, 형구의 기호는 기질의 성[氣質之性]인데, 이 두 기호의 성질은 다음과 같이 설명된다.

이 인간의 두 본성 가운데 영지의 기호인 도의의 성은 인간이 태어날 때부터 지니는 선호인데, 이 선천적 기호는 선을 기뻐하고 악을 미워하며[樂善而惡惡], 덕을 좋아하고 부정을 부끄러워함[好德而恥惡]을 보더라도 알 수 있다. 다산은 이 인간성이 생래적 본성임을 보이는 예로써 비록 도척(盜跖)처럼 악한 도둑이라도 남의 선한 행동을 보면 기뻐하고, 악한 행동을 대하면 미워하는 마음을 갖게 되는 인간의 심성을 든다. 비록 도둑이라도 훔친 물건을 지고 도망칠 때는 기분 좋아하지만, 착한 행실을 보이는 사람을 보면 속으로 자신의 행동을 부끄러워한다. 즉 자신의 선하지 않은 행동을 부끄러워하는 마음은 인간이면 누구나 태어날 때부터 선을 좋아하고 악을 싫어하는 기호를 지니기 때문에 생긴다. 그러므로 악한 사람이든 선한 사람이든, 혹은 지혜로운 사람이든 어리석은 사람이든, 선을 좋아하고 악을 싫어하는 본성은 생래적으로 지닌다.

다산은 인간의 본성이 선하다는 맹자의 기본 가정을 이처럼 도의지성의 기호로서 설명한다. 다산의 영지지기호 혹은 도의지성은 성리학에서 사용한 개념으로 보면 본연지성(本然之性)에 해당된다. 그런데 성리학에서 본연지성은 체용(體用) 이중구조 가운데 본체에 해당되므로 이 본체가 작용하는 현상은 직접 설명될 수 없다. 그러므로 본연지성의 존재가 가정되어 개념적 속성이 부여되더라도 심의 작용을 의미하는 정(情)의 기능을 통하지 않고는 본연지성의 성질을 규정할 방법이 없다. 필자가 보기에 성리학의 체용 이중의 이론 체계로 인해서 본연지성을 포함하는 성(性)의 논의가 고도로 추상화되고 실제 의미의 파악이 어렵게 되었다.

다산은 이 모순을 극복하기 위하여 본연지성의 개념을 취하지 않고,

다만 성의 성질을 기호로 설명하는 성기호설의 해법을 제안했다고 볼 수 있다. 이 관점에 근거를 두고 다산은 성리학에서 본연지성의 핵심요소들로 간주된 인의예지(仁義禮智)의 존재를 단지 실현이 가능한 가능태의 존재라고 주장한다. 달리 말하자면 인간이 마음으로 경험하는 측은, 수오, 사양 및 시비의 사단이 행위로 표출되는 과정을 통해서 비로소 인의예지가 성립된다고 주장한다. 이에 관해서는 마음의 작용을 설명하는 부분에서 다루기로 한다.

한편, 인간의 본성 가운데 형구의 기호인 기질의 성 역시 생래적 선호이다. 이는 성인(聖人)이나 평범한 사람이 모두 먹고 마시는 등으로 생명을 유지하는 활동을 좋아하는 사실에서도 알 수 있다. 이 기질의 성은 개인적, 사적인 욕망/욕심으로 나타나는데, 이는 유학의 관점에서 보는 선악과는 무관하다. 다산은 인간의 본성이 이처럼 선천적으로 상반되고 경쟁 관계에 있는 두 욕구로 이루어져 있다고 가정한다. 그는 이 가정에 근거를 두고 명시적으로 형구의 기호 역시 충족되어야 한다고 본다. 그의 이론은 이 두 욕구가 모두 충족되어야 한다고 본 점에서 성리학과 다르다. 다산이 형구지기호를 기질지성이라고 보았는데, 이 기질지성의 개념은 성리학의 용어이다. 퇴계 성리학에서 기질지성은 인간 신체가 지니는 사사로운 성질[形器之私]로 이해되어서, 본연지성과 대립되는 개념으로 사용된다. 그러므로 성리학에서는 인간의 사사로운 욕망[人欲]을 억제해서 하늘의 도리(道理)를 반영하는 본연지성을 보존해야 한다[遏人欲存天理]고 주장한다. 달리 말해서 본연지성에 따르는 천리를 보존하되 기질지성에 의해서 형성되는 사사로운 인욕은 억제해야 한다는 금욕주의적 욕구관을 제안한 바 있다. 이와 달리 다산은 기질의 본성을 긍정하는 토대 위에서 기질의 욕구를 충족시킬 때 도의의 욕구를 부정하는 방향이 되지 않아야 함을 강조한다. 이 관점에서 그는 지혜로운 사람과 어리석은 사람들이 이 욕심을 선에 합치되게 충족시키는 수준에서 서로 차이를 보인다고 주장한다. 이 주장에 근거하여 다산은 경제적 부(富), 사회적 지위[貴], 명예[功名] 등 사람들이 추구하는 각자의 욕구를 충족시킬 수 있는 제도와 행정이 이루어져야 한다는 실학사상을 제 안하게 된다.

(3) 마음의 작용

위에서는 성기호설에 의해서 인간성이 도의를 선호하고 생명의 유지 를 선호하는 두 성질로 이루어져 있다는 다산의 심리구조론을 살펴보았 다. 그렇다면 성(性)의 이 두 속성은 마음에서 어떤 과정을 거쳐서 어떻 게 작용하는가? 다산에 의하면 인간의 마음은 선하거나 악하게 될 수 있는[可善可惡] 자주적 권한[自主之權]을 하늘로부터 부여받았다. 이 자 주적 권한의 가정은 마음의 작용이 인간의 선택에 의해서 나타나며, 따 라서 선악으로 평가되는 결과는 궁극적으로 자율적 인간의 책임으로 귀 인됨을 시사한다. 윤사순(尹絲淳, 1996, pp.430-433)은 다산의 이와 같은 인간관을 자율적 주체를 가정한 인간관이라고 규정한 바 있다. 그렇다 면 인간이 자율적 주체라는 가정에 의해서 인간 본성인 도의의 기호와 기질의 기호의 작용은 어떻게 설명되는가? 이 두 기호가 마음에서 우세 하게 작용하는 상태가 각각 도심(道心)과 인심(人心)이다. 즉, 두 생래적 본성들이 마음에서 작용하여[發] 각각 도심과 인심이 된다. 인심은 기질 의 성이 추구하는 바에 따라서 인간의 생명체를 유지하는 생리적 욕구 나 부귀(富貴)와 명예를 추구하는 심리적 욕구들로 나타나기도 한다. 요 컨대 공적(公的) 선(善)을 추구하는 도심과 구별되는 인심은 사적(私的) 이며 개인적 욕구로 볼 수 있다.

그런데 다산의 이론에서 도심과 인심 가운데 어느 하나가 우세하게 되는 과정은 도의의 기호와 기질의 기호가 마음에 공존하면서 심적 갈 등을 유발하고, 서로 우세한 영향력을 확보하고자 싸운[相戰相克] 결과 로서 설명된다. 도심이나 인심의 상대적 우세가 결정되는 과정은 다음 두 측면에서 설명된다. 그 가운데 하나는 도심을 배양하고 보존하는 존 심(存心)의 수준이다. 다산은 존심을 설명하기 위해서 맹자의 주장을 재 해석하여 성리학과 다른 존심설(存心說)을 제안한다. 다산은 성리학에

서 마음을 보존하고 인간의 본성을 배양하는 존심양성(存心養性) 기법
으로 쓰인 경(敬)이나 고요히 앉아서 마음을 정돈하는 정좌(靜坐)의 방
법이 지니는 한계를 비판한다. 그는 공자와 맹자가 강조하는 마음의 보
존 방법[存心法]이 모두 실제 행동을 통해서 이루어진다고 주장한다. 이
에 관해서는 자기수양의 방법을 논의하는 부분에서 다루기로 한다.

도심과 인심의 상대적 우세성을 설명할 때 다산이 취한 두 번째 측면
은 마음에서 도심과 인심이 서로 경쟁할 때 인심이 우세해지는 현상을
기질이 욕망에 빠지는 과정으로 설명한다. 그는 다음과 같이 말한다.

> (인간이) 물욕(物慾)에 빠지게 되는 원인에는 여러 가지가 있다. 몸의 사사
> 로운 욕망[私慾], 관습화된 풍속의 오염[習俗의 汚染, 薰染] 혹은 외부 사물
> [外物]의 유혹으로 물욕에 빠지게 된다. 양심(良心)이 이 물욕에 깊이 빠지면
> 크게 악한 행동을 저지르는 데 이르게 된다. 어찌 하늘에서 부여받은 기질이
> 선하지 않는 데 원인이 있다고 하겠는가.[47]

이 인용문에서 볼 수 있는 다산의 주장이 성리학에서 악하게 되는 과
정을 설명하는 논리와 다른 점에 주목할 필요가 있다. 성리학에서 악함
은 하늘로부터 생래적으로 부여된 기질지성에 의해서 발생한다고 설명
한다. 즉, 성리학에서 기질지성은 하늘로부터 선천적으로 받았다고 가
정하고, 이 천부의 기질지성에 의해서 선함과 악함이 나타난다고 설명
한다. 그러나 다산은 인심에 의해서 악함이 우세해지는 경우도 안정되
고 불변하는 선천적 기질이 원인이 아니라고 본다. 이와 달리 인간이 추
구하는 개인적 욕망이 방향을 잘못 잡아서 물욕에 빠지기 때문에 발생
한다고 본다. 즉, 생래적인 사람의 욕심[人欲] 때문에 악함이 발생한다
기보다 사람의 자율적 선택과정을 거치는 동안 인간의 욕심이 이기적
물욕에 깊이 빠지기 때문에 나타난다고 설명한다. 인간의 자율적 선택
과정에서 기질의 성에 빠지기 때문에 악함이 발생된다는 이 주장은 기

---

47) 陷溺之術, 或以形氣之私慾, 或以習俗之薰染, 或以外物之引誘, 以此之故, 良心
陷溺, 至於大惡, 何得以氣質爲諉乎.(《孟子要義》 권2, pp.25-26)

질함익설(氣質陷溺說)이라고 부르기도 한다. 이 주장을 정확히 말한다면 인간이면 누구나 지니면서 선하거나 악할 수도 있는 기질이 악에 빠지는 경우만을 기질함익설로 설명한다고 볼 수 있다.

앞에서는 다산의 관점에서 도의의 성과 기질의 성이 갈등을 유발하고, 이 두 성질의 상대적 우세성이 자주적으로 결정됨에 따라서 인간이 선하거나 악하게 되는 과정을 살펴보았다. 이 관점을 간략히 정리하면 다음과 같다. 인간의 본성들 가운데 도의를 선호하여 이에 따르려는 경향과 기질의 선호로서 개인적 인욕에 따르려는 경향이 갈등을 일으키고, 이 두 경향의 상대적 우세성에 따라서 선하거나 악할 수 있다. 이처럼 다산은 도의의 선호와 기질의 선호가 서로 갈등을 일으키고 상대적 우세성이 정해지는 과정을 상대적 경중(輕重)의 가림으로 설명한다. 일종의 욕구 갈등설로 볼 수 있는 다산의 이 주장이 이른바 성(性)의 작용을 설명하는 권형설(權衡說)이다. 인간은 생래적으로 지닌 도의지성에 의해서 선할 수도 있고 기질지성에 의해서 악할 수도 있으나, 인간이 자율적이고 자주적 존재이므로, 이 권능의 작용에 따라서 이 양자의 상대적 우세성이 달라져서 선하거나 악하게 된다는 주장이다. 다산은 이 권형설을 다음과 같이 요약한 바 있다.

> 하늘은 이미 우리 인간에게 선할 수도 있고[可善] 악할 수도 있는[可惡] 권형(權衡)을 부여하였지만, 한편으로는 선하기는 어렵고 악하기는 쉬운 육체(肉體, 器具)를 주고, 또 다른 한편으로는 선을 좋아하고 악을 수치로 여기는 성(性)을 부여하였다. 만일 인간이 본성을 지니지 않았다면 예로부터 어느 한 사람이라도 하찮은 조그마한 선(善)마저 실행한 사람이 없었을 것이다. 그러므로 본성을 따르라[率性]고 말하고, 덕성을 존중하라[尊德性]고 말하는 것이다. 성인(聖人)이 성(性)을 귀중한 보배로 여겨서 이를 잃지 않으려 함도 이 때문이다.[48]

---

48) 天旣予人以可善可惡之權衡, 於是就其下面又予之以難善易惡之具, 就其上面又予之以樂善恥惡之性, 若無此性吾人從古以來無一人能作些微之小善者也. 故曰率性, 故曰尊德性. 聖人以性爲寶罔敢墜失者以此.(《與猶堂全書》, 心經密驗, 心性

(4) 마음의 작용에 의한 행위의 표출 효과

앞에서는 도의의 성에 따른 선의 지향성과 기질의 성에 따른 악의 지향성이 마음에서 작용하는 과정을 살펴보았다. 그런데 다산은 이 두 지향성이 행위를 통해서 표출되는 보편적 성향이 다르다고 주장한다. 즉, 인간의 본성에서는 도의지성에서 보는 바와 같이 성선설이 성립되지만 행위의 표출에서 볼 때는 선하기는 어렵고 악하기는 쉽다고 주장한다. 이 주장은 생래적 두 심적 지향성들 가운데 행위와 연결되는 우세성 혹은 강도가 차별적임을 시사한다. 이 주장이 이른바 실제로 일에 당면하여 행위를 실행하는 행사(行事)의 측면에서 본 성(性)의 속성이다. 그렇다면 다산은 어떤 근거에서 영지의 기호인 도의지성이 행동으로 표출되기는 어렵, 상대적으로 형구의 기호인 기질지성이 행동으로 표출되기는 쉽다고 주장하는가? 이 질문에 대한 다산의 답변은 앞서 제시한 기질함익설로 설명된다(《孟子要義》 권 2, pp.25-26). 즉, 인간이 선하게 행동하지 않는 원인은 생물학적인 일차적 욕구와 사적이고 이기적인 욕구에 빠지기 때문이라고 본다. 요약하면 기질에 빠지는 내적 요인으로는 몸의 사사로운 욕망(사욕)을 들고, 외부 요인으로는 관습화된 세속의 오염[習俗의 汚染]과 외부 사물의 유혹을 든다. 그 가운데 특히 다산의 이론에서 인간으로 하여금 나쁜 기질의 기호에 빠지도록 만드는 요인으로 외부 환경요인들이 중요시되는 점에 주목할 필요가 있다.

이 관점으로 볼 때, 다산이 자주적 행위주체의 선택을 강조하는 개인결정론과 아울러 환경결정론 역시 부분적으로 수용하여 일종의 상호결정론을 제안하고 있음을 알 수 있다. 이 가운데 다산의 환경결정론으로부터 나쁜 환경요인들의 개선이 선한 행위의 표출에서 중요함을 시사한다고 볼 수 있다. 인간이 악에 빠지도록 만드는 내적 요인으로 다산은 사사로운 개인의 욕망을 강조한다. 앞서 언급한 바와 같이, 이 요인은

總義, p.147)

성리학에서 주장하는 생래적이고 안정적이며 내적 요인인 기질지성(氣質之性)과 다르다. 다산은 기질에 빠져서 악한 행위를 표출할 때 행위자 자신이 지닌 권형(權衡)에 의해서 사사로운 욕망이 우세해진다고 주장한다. 이처럼 개인이 사사로운 욕망에 지배되는 현상은 자율적 선택의 결과이다. 그러므로 다산은 불안정적이고, 통제가 가능하며, 의도적이고, 내적인 요인에 의해서 사욕이 발생되고 행동으로 표출된다고 본다. 필자가 이처럼 해석하는 근거는 다산의 다음 글에서 볼 수 있다.

> 하늘은 인간에게 자주(自主)의 권능을 마련해 주어서 선하고자 하면 선을 실제로 행하고, 악하고자 하면 악을 실제로 행하게 하였다. 향방이 정해지지 않을 때도 그 권능은 자신에게 있어서, 짐승[禽獸]에게 고정된 마음[定心]이 있는 바와는 같지 않다. 그러므로 선을 행하면 자신의 공(功)이 되고, 악을 행하면 자신의 죄(罪)가 된다. 이것이 바로 심(心)의 권능이지 이른바 성(性)이 아니다.[49]

이상에서 살펴본 바에 근거를 두고, 마음의 작용에 의해서 행위로 표출되는 과정을 설명한 다산의 이론을 요약하면 다음과 같다. 도심과 인심은 인간이 천부적으로 지닌 자율적 권형에 의해서 상대적 영향력이 결정되지만, 사사로운 욕망이 우세하여 도심의 영향력이 작거나 외부 환경이 악(惡)을 유발하기 쉬운 조건에서는 악한 행위가 표출된다. 그런데 일반적으로 말하면 도의지성보다 기질지성의 행위 표출력이 상대적으로 강한 경향을 보인다. 다산이 주장하는 이 행위의 실행 이론은 일종의 개인과 환경의 상호결정론으로 볼 수 있는데, 성리학에서 상대적으로 생래적 요인을 강조하는 바와 대조된다.

앞에서는 다산의 성기호설(性嗜好說)을 중심으로 다산 심리학의 핵심을 설명하였다. 앞에서 설명한 내용은 다산 자신에 의해서 다음과 같

---

49) 故天之於人, 予之以自主之權, 使其欲善則爲善, 欲惡則爲惡, 游移不定, 其權在 己, 不似禽獸之有定心, 故爲善則實爲己功, 爲惡則實爲己罪, 此心之權也, 非所 謂性也.(《與猶堂全書》제2집, 孟子要義, 권5, p.111-112)

이 요약된다.

> 총괄해 보면 인간의 마음[靈體] 안에는 세 가지 이치[理]가 있다. **성(性)**으로 말하자면 선을 좋아하고 악을 수치로 여기니, 이는 맹자가 말하는 성선(性善)이다. **권형(權衡)**으로 말한다면 선할 수도 있고 악할 수도 있으니, 이는 고자(告子)가 말한 급히 흐르는 물[流水]의 비유나 양웅(楊雄)의 선악 혼합설이 발생될 수 있는 까닭이 된다. **행함[行事]**으로 말한다면 선하기는 어렵고 악하기는 쉬우니, 이는 순자(荀子, 荀卿)의 성악설(性惡說)이 발생될 수 있는 까닭이다. 순자와 양자(楊子)는 성자(性字)에 대한 인식이 본래 잘못되어서 그 말이 그릇되었지만, 인간의 마음 안에 본래 이러한 세 가지 이치가 없는 바는 아니다.[50]

(5) 사단칠정론

다산이 성리학에 대해서 비판적 관점을 지니는 점은 앞에서 살펴보았다. 성리학에서 사단칠정론은 이기론(理氣論)을 대입함으로써 다양한 이론으로 발전된다. 다산은 사단과 칠정을 대립시켜서 이론을 제안한 바 없다. 그러나 퇴계와 율곡의 사단칠정론에 대해서 다산 나름대로 두 편의 논문을 통해서 관점을 제시한 바 있고, 무엇보다도 사단에 관해서는 독자적 이론을 제안하고 있다. 따라서 다산의 행위론이 잘 나타나 있는 사단론을 살펴보기 위해서도 그의 사단칠정론을 살펴 볼 필요가 있다.

이해를 돕기 위해서 다산의 주장을 요점부터 정리하기로 한다. 그는 성리학의 이기(理氣) 개념정의에 따르면 이론적으로 율곡의 기발이승일도설(氣發理乘一途說)이 옳다고 본다. 그러나 행위의 실천이라는 측면에서 보면 퇴계 이론에서 이기가 의미하는 바가 각각 도심(道心)과 인심(人心)을 지칭하는 용어이므로 퇴계의 이론이 옳다고 본다. 이제부터 다산의 이러한 관점이 성립되는 배경을 살펴보기로 한다.

---

50) 總之 靈體之內厥有三理, 言乎其性則樂善而恥惡, 此孟子所謂性善也. 言乎其權衡則可善而可惡, 此告子湍水之喩楊雄善惡渾之說所由作也, 言乎其行事則難善而易惡, 此荀卿性惡之說所由作也. 荀與楊也認性字本誤其說以差, 非吾人靈體之內本無此三理也.(《心經密驗》, 心性總義, p.147)

다산이 초기에 사단칠정론에서 율곡의 기발이승일도설을 지지하는 이유는 이(理)가 작용하는 속성을 지니지 않는다고 주장하는 정주(程朱) 성리학의 관점을 수용하여 사단과 칠정이 모두 기(氣)의 작용에 의해서 나타난다고 보았기 때문이다. 필자가 이처럼 해석하는 근거는 다산의 다음 진술들에서 볼 수 있다.

> 이(理)를 드러내는 것은 기이며, 기가 발하는 근거가 이(理)다. 다시 말해서 "기는 스스로 존재하는 것이며[自有之物], 이(理)는 의존적이고 부수적이다. 의존하고 부수적인 것은 스스로 존재하는 것에 의지할 수밖에 없다. 그러므로 기의 발함[發]이 있자마자 곧 이(理)는 있게 된다. 그러므로 기가 발하여 이(理)가 얹힌다라고 말할 수 있으나, 이가 발하여 기가 따른다라고 할 수 없다. 어째서 그러한가? 이(理)는 스스로 작용할[自植] 수 없기 때문에 발하기 이전에 비록 이가 있다고 하더라도 발할 때를 당해서는 반드시 기가 앞선다. 율곡[東儒]이 말한 대로 발하는 바는 기이며 발하게 하는 바라는 학설은 참으로 정확하다. 누가 이 말을 바꿀 수 있겠는가?[51]

다산의 이 주장은 퇴계가 이(理)가 먼저 실재하며, 기(氣)는 이(理)에 따라서 발현 작용을 한다고 주장하는 바와 다르다. 다산은 다만 기가 발현하여 운동하게 되면 드러나게 될 법칙성[理]이 속성으로 포함되어 있다고 본다. 더 정확히 말하자면 이(理)가 기의 발함에 따라서만 드러나지만, 기가 발하기 이전에도 이(理)는 기 속에 속성으로 포함되어 있다고 생각한다. 말하자면 기가 발한 이후의 이(理)는 현실태이고, 기가 발하기 이전의 이(理)는 잠재태인 셈이다(유초하, 1992, p.373).

다산의 이 초기 견해가 어떤 근거에서 후기 관점으로 변모를 보이게 되는가? 요점부터 말하면 퇴계가 성리학의 심성론에서 사용한 이기는 회암 주희가 성리학의 우주 존재론에서 사용한 이기의 의미와 다르다고

---

51) 蓋氣是自有之物, 理是依附之品而依附者, 必依於自有者. 故纔有氣發便有是理, 然則謂之氣發而理乘之可, 謂之理發而氣隨之不可. 何者, 理非自植者, 故無先發之道也, 未發之前雖先有理, 方其發也氣必先之, 東儒所云發之者氣也所以發者理也之說眞眞確確. 誰得以易之乎.(《與猶堂全書》 제2집, 中庸講義補, p.93)

본 때문이다. 다산이 후기 관점을 형성하는 계기는 구체적으로 광암(曠菴 李蘗)과의 논쟁을 통해서 마련된다. 광암은 다산의 초기 관점에 대하여 다음과 같이 비판하여 다산이 스스로 착오를 바로잡도록 영향을 미친다.

이덕조(曠菴, 李德操, 李蘗)가 말하기를 만약 이(理)자와 기(氣)자의 원래 의미에 따라서 공식적으로 논한다면, 이 학설[四七氣發一途說]이 원칙적으로 그럴 듯하다. 그러나 만약 성리학자들이 말한 예에 따라서 분석하여 논한다면 이(理)는 곧 도심(道心)일 뿐이며 기는 곧 인심(人心)일 뿐이다. 마음 가운데 성령(性靈)에서 발한 것은 이(理)의 발함이 되고, 마음 가운데 몸[形軀]에서 발한 것은 기의 발함이 된다. 이렇게 본다면 퇴계의 학설은 매우 정교[精微]한 데 비해서 율곡의 학설은 우리가 따르면 안된다. 그(李蘗)는 결국 내(茶山)가 이 논의의 주된 가닥을 잘못이라고 지적한 것이다.[52]

다산은 이 논쟁을 계기로 퇴계와 율곡의 관점을 자기 나름대로 다음과 같이 정리하기에 이른다.

나는 이 두 선생의 책을 구해 읽고서 두 분의 견해가 갈라진 근원을 곰곰히 따져 보았다. 나는 두 분이 이(理) 혹은 기(氣)라고 함에 있어서 비록 사용하는 글자는 같으나 두 분이 가리키는 바가 전(專)과 총(總)의 차이가 있음을 알았다. 그런즉, 퇴계는 그 나름대로 하나의 이기(理氣)를 논하고, 율곡도 그 나름대로 하나의 이기를 논하고 있다. 따라서 율곡이 퇴계의 이(理)와 기(氣)를 그대로 가져다가 이를 부정하고 수정한 것은 아니다. 퇴계는 오로지[專] 사람의 마음에만 나아가서 위의 여덟 자(역주, 四端理發而氣隨之)를 해명하기를 이는 본연지성이고, 도심(道心)이며, 천리(天理)의 공(公)이라고 한다. 그리고 기는 기질지성이고, 인심(人心)이며, 인욕(人慾)의 사(私)라고 한다. 그래서 사단과 칠정의 발출에는 공사(公私)의 구분이 있으며, 사단은 이의 발함[理發]이 되고 칠정은 기의 발함[氣發]이 된다고 한다. 율곡은 태극(太極)

---

52) 李德操曰若就理字氣字之原義而公論之, 則此說固近之, 若就性理家所言之例而剖論之, 則理只是道心氣只是人心, 心之自性靈而發者爲理發, 心之自形軀而發者爲氣發. 由是言之退溪之說甚精微, 栗谷之說 不可從. 謂余錯主此論.(《與猶堂全書》2집, 中庸講義補, p.93)

의 전체를 모두[總] 붙잡고 이와 기를 싸잡아서 보편적으로[公] 논하기를 모든 천하의 사물은 발하기 이전에 비록 이(理)가 먼저 있더라도 발하게 될 경우에는 기가 반드시 앞선다. 그래서 율곡은 사단칠정이라고 하더라도 오직 일반적인 경우에 따라서 논의한다. 그러므로 사단칠정이 모두 기의 발함[氣發]이라고 한다. 그리고 이는 형이상(形而上)이며 사물(物)의 근본[本]이라고 하고, 기는 형이하(形而下)이며 사물(物)의 형질(形質)이라고 한다. 그래서 (율곡은) 심(心), 성(性), 정(情)에 대해서 절실하게 꼬치꼬치 언급하지 않았다. 퇴계의 언급은 치밀하고 세밀하며 율곡의 언급은 간단하고 간결하다. 그러나 주된 뜻[主意]에 따라서 지칭한 점은 서로 다르다.[53]

요점을 정리하여 말하면, 다산이 사단칠정론에서 초기에 율곡의 이론을 지지하다가 후기에 퇴계의 이론을 수용하는 근거는 이기(理氣)개념의 해석을 달리한 데 있다. 즉, 기가 작용[發]하는 속성을 지니는 개념이라고 보는데는 다산의 전, 후기 이론이 모두 일관된다. 그러나 다산은 심리현상을 설명하는 사단칠정론에서 이(理)를 초기에 율곡의 이론대로 해석하다가 후기에는 퇴계의 설명을 따르게 된다. 퇴계와 율곡의 성리학에서 이기 개념을 사용하여 설명을 시도한 대상과 의미가 다른 점을 이처럼 정리한 후, 다산은 후기 이론에서 퇴계 이론과 조화되게 다음과 같이 주장한다.

퇴계가 말하는 이란 곧 본연의 성[本然之性]이고, 도심(道心)이며, 천리(天理)의 공(公)이다. 그가 말하는 기란 곧 기질의 성[氣質之性]이고, 인심(人心)이며, 인욕(人欲)의 사(私)이다. 그래서 사단과 칠정의 발출에는 공과 사의 구분

---

53) 余嘗取二子之書而讀之, 密求其見解之所由分, 乃二子之曰理曰氣, 其字難同而其所指有專有總, 卽退溪自論一理氣, 栗各自論一理氣, 非栗谷取退溪之理氣而汩亂之爾, 蓋退溪專就人心, 上八字打開其云理者是本然之性, 是道心, 是天理之公, 其云氣者是氣質之性, 是人心, 是人欲之私, 故謂四端七情之發有公私之分而四爲理發七 爲氣發也. 栗谷總執太極以來理氣而公論之, 謂凡天下之物, 未發之前雖先有理, 方其發也氣必先之, 雖四端七情亦唯以公例例之, 故曰四七皆氣發也, 其云理者是形而上, 是物之本, 則其云氣者, 是形而下, 是物之形質, 非故切切以心性情言之也. 退溪之言較密較細, 栗谷之言較闊較簡, 然其所主意而指謂之者各異.(《與猶堂全書》 제1집, 理發氣發辨一, p.248).

이 있으며, 사단은 이발(理發)이 되고, 칠정은 기발(氣發)이 된다고 한 것이다.[54]

필자는 다산의 수정된 사단칠정론이 퇴계 이론과 단지 조화된다고 표현했는데, 그 이유는 다산이 이(理), 본연지성 및 도심의 세 개념들과 마찬가지로 기(氣), 기질지성 및 인심의 세 개념들이 동일한 의미를 지닌 용어로 사용하거나 적어도 유사한 의미로 사용하지만, 퇴계 이론에서는 이 용어들이 엄밀히 구별되므로 서로 바꿔 쓸 수 있는 개념이 아니기 때문이다(한덕웅, 1994/1996, pp.37-61, pp.97-103). 이 가운데 본연지성이나 기질지성은 마음의 본체를 의미하는 성(性)의 하위 범주로서 마음에서 작용하지 않은 잠재태를 지칭하는 용어이다. 필자의 관점에서 볼때 도심과 인심은 사회적 자극에 당면하기 전후의 심적 경험을 모두 지적하는 용어로 사용되지만 대체로 경험하지 않은 심적 잠재태를 지칭하기 위하여 사용된다. 즉, 퇴계 이론은 회암의 성리학과 마찬가지로 심(心)이 미발(未發)과 이발(已發)의 이중구조를 지닌다고 가정하는 성리학의 관점에서 이루어지기 때문에, 다산처럼 체용(體用)을 구분하지 않고 이(理), 본연지성 및 도심과 대비시켜서 기(氣), 기질지성 및 인심을 각각 일차원으로 이해할 수 없다. 이 주제와 관련해서 퇴계나 율곡이 이(理), 본연지성과 도심, 그리고 기(氣), 기질지성과 인심을 각각 차별적으로 정의하는 점에 관해서는 필자(한덕웅, 1994/1996, pp.37-61, 97-103, 108-134)가 상세히 논의한 바가 있으므로 여기서는 생략하기로 한다.

이렇게 본다면 위의 인용문 가운데 퇴계의 관점과 구별되는 다산의 특징점으로는 이(理)가 천리(天理)의 공(公)이며, 기(氣)는 인욕(人欲)의 사(私)라는 부분만 남는다. 이와 비슷한 설명은 퇴계의 저술에서도 발견되지만, 다산이 이 관점을 취하게 된 직접적 배경은 그가 흠모한 성호(星湖 李瀷)의 영향을 받은 듯하다. 이에 관해서는 사덕(四德)과 사단(四端)의 관계를 설명하는 다산의 관점을 다룰 때 다루기로 한다.

---

54) 위 책, 같은 쪽.

다산은 성리학에서 논의된 사단칠정론이 현실적 타당성이라는 측면에서 이론적으로 쓸모없는 방향으로 진전됐다고 보기 때문에 맹자(孟子)가 주장하는 사단의 확충에 관해서 큰 관심을 보인다. 다산의 사단론은 성리학과 구별되는 독자적 면모를 지니고 있고 심리학적으로도 시사하는 바가 크다. 그는 인의예지(仁義禮智)의 사덕과 측은, 수오, 사양, 시비의 사단의 관계를 다음과 같이 정립한다. 맹자를 해석할 때 그는 사단이 사덕의 단서(혹은 실마리, 緖, 尾)라고 보는 성리학자들의 관점을 비판한다. 회암, 퇴계, 율곡 모두 사단의 경험이 이루어지기 이전에도 이미 마음의 본체로서 발하지 않은 성(性)으로 사덕이 먼저 존재한다고 보았다.

그러나 다산은 맹자 사후 200여 년 뒤 서한(西漢) 시대 조기(趙岐)의 주장에 따라서 단(端)의 의미를 단초(端初), 시작 혹은 시발[始]로 해석한다. 이렇게 단을 해석하게 되면, 오히려 사단을 이루는 시작이 없고서는 사덕이라는 이름이 성립되지 않는다. 즉, 다산의 관점에서 보면 사단이란 많은 노력을 들여서 실행해야 하는 사덕의 근본[端本]이요, 시작[端始, 端頭, 端首]이다. 그러므로 사덕은 사단을 실천한 결과로서 얻는 덕목이 된다. 이처럼 사단이 사덕을 이루는 기초가 되기 때문에 사단의 실행을 통하지 않고서는 사덕의 성립이 불가능하게 된다. 달리 말해서 사단은 사덕의 실현을 가능하게 하는 선한 마음이 작용한 상태이다. 사덕과 사단에 관한 다산의 견해 가운데 특히 주목을 끄는 내용은 사단이 행위를 통해서 밖에서 이루어진다는 주장이다. 이 주장에 따르면 측은, 수오, 사양과 시비의 네 정서를 경험함으로써 그에 상응하는 선한 행위의 실천을 수반하지 않는다면 사덕의 이름이 성립되지 않는다. 다시 말해서 사회상황에 당면해서 각각 측은, 수오, 사양, 시비의 네 정서를 주관적으로 경험한다고 하더라도 이 경험만으로 각각 인의예지의 네 덕을 지닌다고 볼 수 없다. 개인이 당면한 구체적 사회상황에서 사단을 주관적으로 경험하더라도 그 상황에 적합하게 측은, 수오, 사양 혹은 시비에 해당하는 행위가 실행된 경우에만 인(仁), 의(義), 예(禮) 혹은 지(智)의 덕을 갖추었다고 말할 수 있다.

　다산은 이와 같이 선을 실행한다는 실천적 행위 중심의 사단론을 주장하는데, 이 주장은 특히 사단을 확충하는 방법론에서 성리학의 관점과 대비되는 견해를 낳게 된다. 성리학에서 주장하는 바와 같이 사단이 단지 사덕의 단서라고 해석한다면 사단을 확충하는 방법으로 사덕의 함양이 일차적 관심사가 된다. 달리 말해서 현상으로서 사단의 경험을 가능케 하는 본체의 사덕을 함양하면 사단의 확충이 이루어진다는 논리가 성립된다. 이 논리와 일관되게 성리학에서는 사단의 확충보다 본체의 성(性)인 사덕을 직접 함양하는 방법들이 모색되었다. 구체적으로 성리학에서는 고요히 마음을 지켜서 성을 보존하는 함양 방법으로 경(敬) 혹은 존심양성(存心養性, 存養)을 강조하기에 이른다. 마음을 다스리기 위하여 본성[性]을 길러야 한다는 성리학의 사단 확충 방법을 비판하고 다산이 대안으로 제안한 마음을 다스리는 방법[治心法]에 관해서는 다음 절에서 다루기로 한다.

　다산이 사덕과 사단의 관계를 설명하는 관점은 성리학을 지지하는 문산(文山 李載毅)과의 논쟁을 통해서 세련된 모습을 갖추게 된다. 문산은 성리학의 관점에서 단(端)을 단서로 해석한다. 또한 문산은 심(心)이 기(氣)이고, 성(性)은 이(理)이며, 성은 심에 갖추어져 있으며, 심이 성을 내포하고 있다고 주장한다. 즉, 문산은 인의예지 사덕의 이(理)가 심 속에 내재되어 있다고 본다. 그러나 문산 역시 정통 성리학의 주장을 완화하여 인의예지라는 명칭이 외부의 실천 행위에 의해서 이루어진다는 다산의 관점에는 동의한다. 두 사람의 관점에 나타난 유사점과 차이점은 다산에 의해서 다음과 같이 정리된 바 있다.

　　문산은 인의예지의 명칭은 밖에서 이루어지지만, 인의예지의 이(理)는 마음속에 구비되어 있다고 하였다. 다산은 인의예지의 명칭이 밖에서 이루어지지만, 인으로도 될 수 있고, 의로도 될 수 있고, 예로도 될 수 있고, 지로도 될 수 있는[可仁, 可義, 可禮, 可智] 이(理)는 마음속에 구비되어 있다고 하였다.[55]

---

55) 文山曰, 仁·義·禮·智之名, 成於外, 而仁·義·禮·智之理, 具於內. 茶山曰, 仁·義·

이 인용문에서 다산은 가(可)자를 더한 점만 문산과 다르다. 다산(위의 책, pp.21-22, 88-90)은 이 가(可)자가 매우 중요하다고 보는데, 이 글자를 없애면 사단(四端)의 단(端)이 시작인지 끝인지 해석하는 데 혼란이 생긴다고 보기 때문이다. 이 될 수 있다[可]는 글자가 있으면 성(性)의 핵심 요소들인 인의예지 사덕은 이(理)로서 본질적으로 가능태(可能態) 혹은 잠재태(潛在態)이다. 즉, 사덕은 자체로서 완성된 덕목이 아니고, 사람의 마음에 따라서 인의예지가 될 수 있는 가능성만을 지니게 되기 때문이다. 이와 일관된 논리에서 이 가능태가 실천적 행위를 통해서 현실태가 되는 경우에만 인의예지 사덕의 이름이 성립된다. 달리 말해서 다산은 사단 경험을 행위로 실현함을 시작으로 비로소 사덕이 성립된다고 본다. 다산처럼 해석하면, 심(心)이 성(性)과 정(情)을 통섭(統攝)한다는 관점과 일관되게, 사단의 경험과 실천 행위가 사덕의 시작을 의미하는 머리이며 근본임이 분명해진다.

지금까지 다산이 어떤 관점에서 사단을 해석하고 있는지 살펴보았다. 다산이 보는 사단의 핵심은, 성리학의 해석과 달리, 인간 마음의 주체적 작용에 의해서 사단의 경험과 실천적 행위가 시작되어야만 사덕이란 이름이 성립된다는 주장으로 요약할 수 있다. 이 관점은 마음을 다스려서 성(性)을 기르는 방법론에서도 성리학과 다른 견해를 낳게 된다. 이제부터 심(心)을 다스려서 성을 기르는 방법에 관해서 다산의 관점을 살펴보기로 한다.

(6) 수양론

정이천(程伊川) 이후 주희를 포함해서 퇴계와 율곡에 이르는 성리학자들은 본연지성이 마음에서 우세한 영향력을 지니기 위하여 존심양성(存心養性, 存養)하는 기법을 발전시켰다. 이들의 성리학에서 성(性)을

禮·智之名, 成於外, 而可仁·可義·可禮·可智之理, 具於內.(《實是學舍經學研究會》編譯, 1996, 다산과 문산의 인성논쟁, p.89)

기르는 기법의 핵심은 마음을 고요히 가라앉히는 존양(存養)과 자신의 사고, 감정 및 행위를 반성하는 성찰로 구성된다. 퇴계는 이를 통칭해서 경(敬)이라고 부르고, 율곡은 성(誠)이라고 불렀다. 특히 퇴계는 이 경(敬)의 수양이 잘되면 격물(格物)로부터 독실한 행동[篤行]에 이르기까지 이른바 도심에 조화되는 심리와 행동이 일관되게 이루어진다고 주장한다(한덕웅, 1994/1996, pp.76-96 참조). 다산은 마음의 수양 방법으로 성리학에서 제안한 이론들이 마음의 보존[存心]을 강조하는 맹자의 본래 뜻을 잘못 이해하고 있다고 비판한다. 다산의 해석에 따르면 맹자의 본래 취지로 볼 때 마음을 보존함[存心]이란 비록 태어날 때부터 지니기는 하지만 장차 없어지려는 선한 마음을 보존하는 데 의미가 있다. 즉, 일상생활의 모든 대인관계에서 사람만이 지니고 태어나는 미약한 도심에 어긋나거나 성실하지 않음이 없는 다음에야 비로소 마음을 잃지 않았다고 말할 수 있다고 본다. 그러므로 다산은 성리학에서처럼 존심의 의미를 파악할 때 마음속에 이미 갖추어져 있는 바를 잃지 않음으로 해석하면 맹자가 원래 주장한 바를 이해할 수 없다고 비판한다.

이 관점에서 다산은 성리학자들이 마음을 다스리는 방법으로 강조하는 존양 공부에 대해서도 비판한다. 일상의 바쁜 생활 속에서 아무 일도 하지 않고 어떻게 경(敬)을 지키기 위하여 말없이 앉아서 조용히 마음을 보존할[默坐靜存] 수 있는지 반문한다. 결국 다산의 성리학에서 다만 홀로 벽을 향해 앉아서 마음속을 들여다보는 기법을 사용해서 심체(心體)가 허하고 밝으며[虛明] 투철[通澈]하게 되도록 추구하는 향내적(向內的) 방법을 반박한다. 그는 이 방법으로 존심(存心)하려 하면 결국 마음[心]을 기르다가 구체적 현실을 외면하게 되는 결과를 초래한다고 주장한다.

다산은 유학에서 추구하는 자기수양 공부의 핵심이 힘써서 행함[行事]에 있다고 보기 때문에 행함을 통해서 마음을 다스려야[治心] 한다고 주장한다. 다산이 행위 중심의 마음 다스리기[治心] 기법을 강조하는 근거는 앞서 사단의 해석에서 사단에 맞는 행위가 실행되어야만 사덕을 이루는 시작이 된다고 주장한 바와 논리적으로 일관성이 있다. 즉, 사덕의 명칭이 사단의 실천을 통해서 이루어지는 바와 마찬가지로 마음을 다스리는 수양 공부 역시 수양에 합당한 행위의 실천이 이루어진 경우에만 수양이라는 이름이 성립된다. 그러므로 마음을 기르고자[養心] 하되 행위의 실행을 무시하고 마음의 수양에만 전념하면 일상생활의 일들을 그만두기[廢事]에 이른다고 본다. 그렇다고 해서 다산이 성리학에서 발전된 존심양성(存心養性, 存養)이 쓸모없다고 비판하지는 않은 점에 주목할 필요가 있다. 성리학에서 발전된 존심양성의 기법 가운데 몇 가지를 가려내어서 다산이 비판적으로 보거나 수용하는 내용들을 구별하여 다음 글을 살펴보자.

맹자의 조존법(操存法)은 없어지려는 것을 보존하는 것이고, 후세(성리학자들의) 조존법은 떠나가려는 것을 머물러 있게 함[住存]이니, 그 차이는 털끝만하지만 그 어긋남은 8척(尺)이나 한 장(丈)이 된다. 맹자의 이른바 존심(存心)이라는 것은 매양 일을 행할 때 사욕을 버리고 천명(天命)을 따르며 악을 버리고 선을 좋아서, 이 미미(微微)하여 장차 없어지려는 한 점 도심(道心)을 보존하는 것이니, 이는 이른바 보존(保存)이다. 후세(성리학의) 이른바 존심(存心)은 매양 고요히 앉았을[靜坐] 때 시선을 거두고 경(敬)을 주로 하여, 정신을 모으고 생각을 중지하여 조급하고 일정하게 안정되어 있지 못한 마음을 보존하는 것이니, 이는 (마음이 머물러 있도록 하는-역자) 주존(住存)이다. 주존의 공부도 참으로 좋지만, 맹자가 말한 바와는 다르다. 양성(養性)도 이와 같아서, 맹자의 이른바 양성이란 오늘 한 가지 착한 일을 행하고 내일 한 가지 착한 일을 행하여 의(義)를 모으고 선(善)을 쌓아서 선을 즐거워하고 악을 부끄럽게 여기는 본성을 길러서 호연지기(浩然之氣)를 (마음에) 가득 채워서 줄어들지 않게 하는 것이다. 그런데 후세(성리학)의 이른바 양성이란 눈을 감고 인물 조각상[塑像]처럼 앉아서 오로지 마음이 발(發)하기 이전의 기상을 살펴서 살아 움직이는 경지를 구하는 것이니, 이른바 함양(涵養)이라는 것이다. 함양도 좋은 것이기는 하지만 맹자의 뜻은 아니다. 그러므로 주자(朱子)는 존심(存心)을 논하면서 부자(父子) 사이에는 친애하는 마음을 보존하고, 군신(君臣) 사이에는 의(義)로운 마음을 보존한다 하였으니, 여기에서 그런 것임을 알 수 있다. 맹자 후세의 유학자들은 옛날의 존양(存養)을

동존(動存) 동양(動養)으로 여기지만, 오늘날 유학자(성리학자)들은 존양을
정존(靜存) 정양(靜養)으로 여긴다. 내가 생각하건대 두 가지 모두 다 좋지만
옛날에는 고요함을 주로 하는 주정설(主靜說)이 없었고, 오직 배우고 생각하
고, 생각하며 배운다는 말만 있었다.[56]

이 인용문에서 성리학의 존심(存心)이 맹자의 뜻과 달리 실행을 소홀
히 하고 존양과 양성으로 흐른 데 대한 비판이 핵심이 되고 있음을 알
수 있다. 예를 들면 부모와 자녀의 관계에서 부모나 자녀에 의해서 친애
하는 행위가 실행되어야만 비로소 친애하는 마음이 보존된다고 다산은
주장한다. 그러나 다산은 성리학에서 주장하는 존양이 비록 맹자의 뜻
과 다르다고는 하지만 그 나름대로 순기능을 할 수 있다고 평가한다. 그
러므로 다산이 강조하는 점은 성리학자들이 주장하는 정존(靜存) 정양
(靜養)보다 맹자 이후 제자들에 의해서 계승된 행위의 실천을 통한 동
존(動存) 동양(動養)의 상대적 중요성이다. 필자가 보기에 다산의 이 관
점은 다산이 당면했던 시대상황과 깊은 연관이 있다. 임진왜란과 병자
호란 뒤 민생이 어렵고 사회질서가 문란한 상황에서 유학자들이 실천적
행위가 결여된 성리학의 학문적 접근에서 탈피하지 못한 채 심적 수양
만을 중요시한 데 대한 비판으로 볼 수 있다. 또한 정이천(程伊川) 이후
회암, 퇴계, 율곡 등의 성리학자들이 경(敬)의 핵심으로 주일무적(主一
無適)을 드는 경우가 많은데, 이에 대해 다산은 다음과 같이 비판한다.

---

56) 孟子操存之法, 保存其將亡, 後世操存之法, 住存其將去, 其差雖若毫釐, 其違乃
至尋丈. 孟子所謂存心者, 每於行事之時, 去私而循命, 棄惡而從善, 以存此幾希
將亡之一點道心, 此所謂保存也. 後世之所謂存心者, 每於靜坐之時, 收視而主敬,
凝神而息慮, 以存此躁擾不定之人心, 此所謂住存也. 住存之工, 固亦甚好, 但與
孟子所言者, 不同耳, 養性亦然. 孟子之所謂養性者, 今日行一善事, 明日行一善
事, 集義積善, 以養其樂善恥惡之性, 使浩然之氣充然不餒也. 後世之所謂養性者,
瞑目塑形, 專觀未發前氣象, 以求浩瀁瀁地, 此所謂涵養也. 涵養自亦甚好, 但非
孟子之意, 故朱子論存心曰, 存得父子之心, 存得君臣之心(見小注), 斯可知也. 後
儒以古之存養爲動存動養, 以今之存養爲靜存靜養, 余謂二者皆善, 但古無主靜之
說, 惟有學而思, 思而學之語.(《與猶堂全書》, 心經密驗, pp.568-569, 李篪衡 譯
註, 茶山 孟子要義, p.380)

옛날 경전[古經]에는 일(一)자를 쓸 때 모두 지적하여 말한 바가 있었다. 그러나 오직 이천(伊川)의 주일(主一)이라는 일(一)자는 그 당시 명백한 해명이 없었고, 뒤에 전해오면서도 끝내 분명한 논의가 없었으니, 일(一)이 어떤 것인지 잘 알 수 없는데 장차 어떻게 주일(主一)할 수 있는가? 주자가 말한 대로 주일이란 마음이 다른 곳으로 가지 못하게 하는 것인데, 요즈음 사람들은 하나의 일을 마치기도 전에 또 하나의 일을 벌여서 마음속에 온갖 일이 얽히게 한다고 본다면, 이는 하나의 일에 강경하게 집착하여 끝까지 추구함으로써 다른 일로 그 하나의 일을 교란시키지 않음을 뜻한다. 그러나 이천(伊川)의 주경(主敬) 공부에서는 항시 마음에 하나의 일도 없기를 바라고 있다. 이 주장으로 보면 한 가지 일을 오로지 생각함이 주일이라고 보지 않는다. 또한 무적(無敵)이란 어디에도 향해서 가는 바가 없음이니, 만일 한 가지 일을 오로지 생각한다면 이를 어떻게 무적이라고 할 수 있는가? 이 뜻은 도저히 알 수가 없다.[57)]

이 인용문에서 볼 수 있듯이 다산은 정이천 이후 성리학에서 경(敬)의 핵심 요소 가운데 하나로 지목하는 주일무적(主一無適)이 난해하고 공소한 이론으로 흐른 점을 비판하고 있다. 위에서 본 바와 같이 다산은 존양에 대해서 맹자와 성리학자들이 제시한 관점들을 절충적으로 종합하여 결론적으로 마음을 다스리고 성을 기르는[治心養性] 방법을 다음과 같이 정리한다.

마음을 다스리고 성(性)을 기르는 방법에는 두 가지가 있다. 하나는 고요히 마음을 지켜서 함양(涵養)하는 것이고 다른 하나는 옳음[義]을 쌓아서 배양(培養)하는 것이다. 염계(濂溪, 周惇頤)와 정씨 형제(程明道와 程伊川)가 말한 바는 함양을 주로 한 것이 많고 맹자가 말한 바는 배양을 주로 한 것이 많다. 그러나 이 두 가지는 서로 닦고 아울러 진전시켜야 하며 한쪽에 치우치거나

---

57) (程子曰, 主一之謂敬, 無適之謂一, 案, 孔子謂曾子曰, 一以貫之, 一者恕也. 中庸曰, 所以行之者一也, 一者誠也.) 古經言一皆有指謂, 惟伊川主一之一, 當時未有明說, 後來遂無的論, 一之爲何物旣不可認, 將如何主一耶. 若如朱子說, 是不拘何事硬執一事, 推究到底不以他事交亂此事也. 然伊川主敬之工, 每要心中都無一事, 不應以專想一事爲主一, 且無適者謂都無所適, 若專想一事, 則豈可曰無適, 此意極不可曉.(《與猶堂全書》, 心經密驗, 易經坤之六二, 敬以直內章, p.152)

한쪽을 폐기해서도 안된다. 주자는 경재잠(敬齋箴)에서 움직일 때나 고요하게 있을 때나 어긋남이 없고 안과 밖을 서로 바르게 한다고 하였는데 이것을 가리킨 말이다. 함양(涵養)에 관한 학설을 보면 《주역》(周易)에서 군자는 종일토록 부지런히 힘쓰고 저녁에는 몸을 삼간다[戒身]고 한 말이나 《중용》(中庸)에서 군자는 보이지 않은 바에 경계하고 조심하며 들리지 않는 바에 두려워하고 삼간다고 한 말은 모두 옛 사람들이 함양하던 공부로서 다만 함양이라고 이름 붙이지 않았을 뿐이다. 맹자가 말한 바를 본다면 맹자가 일생동안 힘을 얻은 것이 의(義)를 모으고 선(善)을 쌓아서 호연지기(浩然之氣)를 배양(培養)하는 데 있었다. 그러므로(맹자는) 마음을 다스리고[治心] 성(性)을 기르는[養性] 방법을 논할 때 모두 인(仁)과 의(義)를 중심으로 말하였다. 인과 의는 의를 모으고 선을 쌓는 것에 대한 이름이다. 마음을 다스리는 방법으로는 선을 실행하는 것이 으뜸이요 숙면(熟眠)이 그 다음이다.···그러나 내가 이곳에서 적막할 때 자연스럽게(조용히 앉아서 내면을 진정시키고 마음을 회복시키고자ー필자) 정좌(靜坐)할 경우가 많아서 시험삼아 옛 사람들이 하였던 바를 연습한 일이 자주 있었다. 기(氣)를 가라앉히고 혈(血)을 조화시키고 정신을 거두어 단전(丹田)에 귀착시키는 과정을 여러 날 동안 하였더니 눈동자가 명료해지고 마음이 태연해짐이 느껴지는 것 같았다. 만약 이 공부에 힘을 쌓으면 밖에 나아가서 외부의 사물에 접촉하고 대응할 때도 또한 이(理)에 합당하게 되고 절도에 맞게 될 것이다. 이 방법은 비록 옛날 성인(孟子를 지칭하는 듯ー필자)이 언급한 바는 아니지만 그 안에도 무한히 깊은 맛이 있어서 학자가 감히 조금이라도 소홀히 할 수 없는 바이다. 그러나 이 방법에만 매달려 집착하고 실행(實行)과 실사(實事)에서 성(性)을 기르는 요체[要]를 삼지 않는다면 또한 그 폐단은 장차 공허하고 적막함[空寂]에 빠져서 결국 선(禪)하는 중[禪僧]이 하는 일이 되고 말 것이다. 이런 점에서 볼 때 안과 밖이 함께 나아가야 하며 한쪽에 치우치거나 또는 하나를 폐기하여서는 안 된다. 한쪽에 집착하는 것과 한쪽을 버리는 것은 그 잘못됨이 동일하다.[58]

---

58) 治心養性有二法, 一則靜存以涵養也, 一則積義以培養也. 濂落諸先生所言, 多主於涵養, 孟子所言多主於培養. 然二者當交修並進, 不可偏廢.『敬齋箴』曰, "動靜不違, 表裏交正", 此之謂也. 涵養之說, 其在古經曰, "君子終日乾乾, 夕惕若", 曰, "君子戒愼乎其所不睹, 恐懼乎其所不聞", 皆古人涵養之工, 特不以涵養爲名而已. 至於孟子所言, 則孟子平生得力, 在乎集義積善以養其浩然之氣. 故其論治心養性之法, 皆主仁義而言之. 仁義者集義積善之名也. 治心之法, 行善爲上, 熟睡次之. (與其行惡, 不如熟睡之爲寡過也. 故孟子欲養之以夜氣之所以善, 以熟睡之頃幸不

이 글을 요약하면 다산은 자기수양 방법으로 함양과 배양을 통해서 마음과 행동이 함께 수련되어서 함께 진전이 이루어져야 하며, 한쪽에 치우치거나 어느 하나를 폐기해서는 안 된다고 주장한다. 이처럼 정리 하면 퇴계와 같은 성리학자들의 수양 방법과 다산이 주장하는 수양 방법에 근본적인 차이는 없다고 볼 수 있다. 다산이 퇴계와 유사한 수양론을 제안했다는 필자의 주장은, 동일한 유학사상 안에서 발전되었으면서도 이들과 대비되는 관점을 보인, 조선시대 양명학과 비교하면 설득력을 더 얻을 수 있다. 퇴계의 심학을 설명할 때 간략히 언급한 바와 같이, 퇴계가 양명학(조선시대까지 심학이라고 하면 양명심학을 의미했다)을 이단이라고 비판한 이후, 조선시대 다산 이전까지 양명학 연구는 금기로 여겨서 괄목할 만한 성과를 이루지 못했다. 그러나 다산보다 1세기 앞서서 강화학파(江華學派)의 하곡(霞谷, 鄭齊斗)에 의하여 조선 양명학의 독특한 체계가 마련된다. 성리학과 대조시켜서 말하자면 양명심학의 핵심은 성(性)이 아니라 심(心)이 바로 이(理)라는 심즉리(心卽理)의 관점에서 지행합일설과 치양지설(致良知說)을 제안한 데 있다. 양명(陽明, 王守仁)은 천리(天理)를 몸소 깨달으면[致良知] 깨달은 사람의 마음이 그대로 이(理)라고 주장한다. 그러므로 참다운 깨달음이 발동되면 행함이 이루어져서 스스로 경험한 앎[知]과 행함[行]이 합하여 하나가 된다는 지행합일설을 주장하기에 이른다. 하곡은 참다운 깨달음을 일컫는 양지(良知)를 성리학에서처럼 본체와 작용으로 이원화하여 설명하는 양지체용론(良知體用論)을 제안했다. 그러나 하곡의 심학에서도 지행합일설은 그대로 수용된다.

行惡故也. 孟子所謂夜氣, 豈終夜靜坐之所得乎?) 然鄙人於此間寂寞時, 多自然靜坐, 試習古人之所爲者, 數矣. 不得氣, 和得血, 收得精神, 歸於丹田, 如是者數日, 似覺眸子瞭然, 心境泰然. 筍能積力於此, 其出而應事接物, 亦必中理而中節矣. 此雖古聖人之所未及明言, 而此間有無限淵味, 學者所不敢一分放意處. 然一於是而黏着, 不以行事爲養性之要, 則又其弊將淪於空寂, 畢竟做得禪和子事業而已. 由是觀之, 表裏交進, 不可偏廢. 執一搰一, 其失惟均.(吾輩之所當勉者, 願不在是歟!).(《實是學舍經學硏究會》編譯, 다산과 문산의 인성논쟁, pp.130-132)

이 지행합일설은 양지를 깨달은 마음이 발동되면 행함은 이 앎과 합하여 하나가 된다는 주장이므로 행위를 설명할 때 일종의 심적 결정론을 취한다. 그러므로 퇴계와 다산이 앎과 행함을 하나로 보지 않고 서로 독립되면서도 서로 보완하고 서로 증진하는[相補相資] 관계로 파악하는 바와 매우 다르다. 특히 퇴계의 심학에서 마음과 행함이 두 바퀴 혹은 두 날개가 되어서 서로 도움이 되고 서로 진전되어야 한다는 지행호진설(知行互進說)이 제안된 바 있다. 퇴계는 다산보다 포괄적으로 심적 과정, 행위의 표출, 행위 결과의 환류와 성찰을 거쳐서 다시 심적 과정에 연결되는 전 과정이 경(敬)에 의해서 긴밀히 연결된다고 주장한다. 그러므로 퇴계심학에서는 심적 과정과 행위 표출 과정의 내외 연결을 강조한다(한덕웅, 1994/1996, p.166, 205). 퇴계심학에서 외적으로 행위가 표출된 후 심적 환류에 의해서 마음을 다스리는 경로를 강조하는 점도 볼 수 있다(한덕웅, 1994/1996, pp.135-151). 이와 같이 본다면, 다만 퇴계 등의 성리학자들이 상대적으로 마음의 고요한 함양(涵養)을 강조하여 행위에 일관되게 연결되는 과정을 강조하는데 비해서, 다산은 맹자의 마음 다스리는 방법을 재해석해서 특히 행위를 중심으로 마음을 배양하는 측면을 상대적으로 강조한 점만 다르다고 볼 수 있다.

4. 한국 유학심리학의 현대 심리학적 시사점

지금까지 필자는 조선시대 인간의 심성과 행위를 수양하려는 목적에서 발전된 유학의 심리학이 어떤 틀을 이루고 있는지 퇴계·율곡과 다산의 심리학을 중심으로 논의하였다. 현대 심리학의 관점에서 볼 때 인간의 도덕적 심리와 행위에 초점을 맞추어서 전개된 한국 유학의 심리학에서 인간마음의 구조, 작용과정, 마음과 행동의 관계, 마음과 정서, 행동 결과의 환류와 심리의 관계 등에 관한 이론들이 주목을 끈다. 앞서 지적한 바와 같이 조선시대 유학에서 전개된 심리학설들을 해석하고 논의하는 이 작업은 한국 심리학사를 정리한다는 점에서도 반드시 해야 할 일이다. 그러나 이 심리학사의 정리에 못지 않게 중요한 일이 있다. 한국 유학의 심리학을 어떤 형태로 적용하거나 발전시켜서 현 시점에서 필요한 심리학 이론으로 재창출하고 연구할 수 있는지 모색하는 일이다. 여기서는 현재 시점에서 한국의 유학심리학을 발전시켜서 심리학 이론을 개발하고 실증연구에 기여할 수 있는 점을 논의하기로 한다. 논의를 전개하기 위하여 먼저 한국의 전통사상이나 토착심리학에 관해서 국내에서 이루어지고 있는 연구의 현황을 간략히 살펴보자.

현재까지 국내에서 서구심리학의 이론이나 방법론에 대한 대안으로 한국 심리학을 모색하고자 시도한 연구들을 보면, 대체로 전통 사상을 심리학 이론의 관점에서 재해석하여 현대 심리학에 시사하는 점을 논의하거나(예 : 정양은, 1970, 1976 ; 김성태, 1982/1989 ; 이동식, 1974 ; 윤호균, 1983 ; 한덕웅·전겸구, 1991 ; 한덕웅, 1993abc, 1994/1996, 1996ab ; 임능빈, 1995 ; 이장호, 1995 ; 조긍호, 1995abcd) 이른바 토착 심성이나 행위의 특징을 찾아내서 심리학적으로 설명하려는(예 : 차재호, 1983, 1994 ; 이수원, 1995ab ; 최상진, 1991, 1992, 1997) 두 방향으로 정리할 수 있다. 한국에서 발전된 심리학을 비판적으로 논의하거나 이른바 토착심리학을 연구함으로써 새로운 심리학을 모색한다는 관점에서 볼 때 이 두 방향의 연구가 모두 긴요함은 다시 말할 필요가 없다. 그러나 각각 독립적으로 이루어지고 있는 두 방향의 연구들을 심리학 이론으로 연결지으려는 시도가 없다면 한국에서 새로운 심리학의 모색이 체계적이고 활기있게 이루어지지 못할 수 있다. 필자의 이와 같은 주장은 현재 국내에서 이루어지고 있는 두 방향의 연구들이 지니는 특징적인 점에 근거를 둔다. 대체로 볼 때 전통사상을 심리학 이론으로 재해석하는 연구들은 심리학회 창설 이후 현재까지 극히 적은 양에 불과하다. 그리고 이 연구들은 상대적으로 심리현상을 이론적으로 설명하는 데 초점이 맞추어져 있다. 그러므로 현대 심리학의 요구에 맞게 검증이 가능한 가설 명제로 발전시키고 실제 연구를 통해서 이 가설을 검증하는 데 이르지 못하고 있다.

한편, 이른바 토착 심성이나 행위를 찾아내려는 연구들은 대체로 현상 자체의 존재를 해명하고 설득하는 데 초점을 맞추고 있다. 따라서 전통 사상이나 심리학들과 연결지어서 어째서 그러한 현상이 나타나는지 설명하는 심리학 이론을 만드는 데 어려움을 겪고 있다. 필자가 보기에 두 방향의 연구에서 각각 결여되고 있는 난제를 다른 방향에서 얻은 연구의 성과와 연결지어서 각 방향의 연구에서 타개하려는 시도가 없다면 한국에서 독특한 심리학을 발전시키는 일이 지체될 수밖에 없다. 필자는 이 관점에서 한국의 유학심리학 가운데 현재 시점에서 이론의 개발과 연구에 시사점을 제공할 수 있는 측면들을 선별적으로 몇 가지 가려내어서 각각 논의하기로 한다.

1) 퇴계·율곡과 다산의 심리학을 종합적으로 이해하는 틀

앞에서는 퇴계·율곡과 다산의 심리학이 각각 어떤 이론적 구조를 지니고 있는지 살펴보았다. 또한 다산의 심리학 이론을 다루면서 퇴계나 율곡의 이론과 심리학적으로 어떤 특징적 차이를 보이는지 논의하였다. 한국 유학에서 발전된 다양한 심학 이론들을 심리학적으로 해석하는 일은 한국 심리학사를 정리한다는 측면에서 중요하기 때문에 그 자체로서 의의가 있다. 그러나 현재 시점에서 더욱 중요한 과제는 이 심학들을 더욱 발전시켜서 현대 심리학 이론으로 재창출하고 연구할 수 있는 방향을 제시하는 일이다. 이 절에서는 이와 같은 관점에서 조선시대 발전된 한국 유학 심학이 이론이나 연구의 측면에서 현재 한국 심리학에 어떤 시사점을 제공할 수 있는지 논의하기로 한다. 이 과제를 다루기 위하여 먼저 퇴계·율곡과 다산의 심학을 현대 심리학의 관점에서 일관성 있게 연결시켜서 종합적으로 이해할 수 있는지 검토하기로 한다.

심학 이론들은 물론 양명심학까지 포함해서 넓게 보면 모두 유학사상의 기조 위에서 성립된다. 유학사상의 핵심을 자기의 수양을 의미하는 수기(修己)와 사회를 이끌어 가는 치인(治人)으로 요약할 수 있다면, 유학의 심학 이론들이 비록 다양하기는 하지만, 모두 이 두 축을 중심으로 구성된다고 볼 수 있다. 그런데 유학사상의 근본취지로 보면 수기(修己)와 치인(治人) 가운데 어느 하나도 등한히 할 수 없다. 비록 유학 심학마다 이 두 측면들 가운데 상대적으로 한 측면을 더 강조하지만, 궁극적으로 이 두 측면을 연결시켜서 모두 달성해야 한다고 보는 점에는 논란의 여지가 없다. 실제로 퇴계의 심학에서는 고려시대 국교인 불교 사상을 극복하여야 한다는 요구 때문에, 성리학의 심학에서 상대적으로 자기수양하는 수기의 측면이 강조되고, 개인내 심리적 과정을 설명하는 이론이 크게 발전되었다.

한편, 다산의 심학에서는 상대적으로 세상을 다스리는 치인의 측면이 강조되어서 사회적 과정과 개인의 행위가 사회에 미치는 영향 과정을 설명하는 이론이 제안되었다고 볼 수 있다. 그러나 수기와 치인을 추구하는 유학의 근본 사상으로 본다면 이 두 심학은 상호 보완 과정을 거쳐서 일관성 있는 종합 이론으로 재구성해야 할 과제를 지니고 있다. 이 과제를 성공적으로 수행할 수 있다면 두 심리학에서 볼 수 있는 한정된 지평을 넘어서 더 넓은 유학심리학의 지평을 제시할 수 있다. 그렇다면 퇴계나 율곡의 심학을 다산의 심리학과 연결하여 이론적으로 통합할 수 있는 근거를 찾을 수 있는가? 필자의 관점으로 본다면 현재 시점에서는 이 심학들을 통합하여 일관된 심리학 이론체계로 구성하는 일이 가능하다고 본다. 여기서 현재 시점이라고 말한 이유는 퇴계와 다산의 심리학이 각각 성리학의 발전이나 탈성리학을 이론 형성의 주된 목표로 삼은 시점에서는 통합을 시도하더라도 주목할만한 성과를 거두기 어렵다고 보기 때문이다(한덕웅, 1994/1996, pp.8-10).

잘 아는 바와 같이 심리학 특히 사회심리학의 경우에는 당면한 시대와 사회상황을 떠나서 이론을 구성하는 일이 무의미하다. 퇴계와 율곡이 심성론에서 크게 발전시킨 성리학은 조선 초기부터 유학을 국시로 삼은 사회상황에서 사상적으로는 불교를 극복하고 유학에 근거를 두는

왕도(王道) 정치 이념을 확립하기 위하여 주도적 역할을 감당하는 이론
이었다. 퇴계와 율곡 시대에 정치·사회적 갈등이 있었다고 하더라도, 퇴
계 시대는 유학자들이 왕도 정치를 실현하기 위하여 기존 세력에 대항
하여 정치적 영향력을 확보하려는 시점이었고, 율곡 시대는 유학자들이
정치력을 확보한 상황에서 정치적 책임을 수행해야 하는 시점이었다.
그러므로 이들은 대체로 성리학의 이념을 구현하기 위하여, 정치 이념
에 맞도록 유학사상을 정치적으로 확립하는 과정에서, 유학자 정치인의
개인 수양을 강조했다고 볼 수 있다. 두 학자가 처한 시대상황의 유사성
에도 불구하고 퇴계는 수양의 방법으로 경(敬)을 강조하여 내부지향적
특징이 더욱 강했고, 율곡은 성(誠)을 강조함으로써 외부지향의 단초를
제시한 점에서 두 사람이 다소 다른 심리학을 추구했다.

한편, 다산이 살던 시대는 임진왜란과 병자호란을 거쳐서 민생이 도
탄에 빠지고 사회가 혼란에 처한 18세기 후반부터 19세기 전반까지 였
다. 이 조선 후기 사회상황에서는 성리학이 이미 현실적 타당성을 잃은
이론이었지만 사상적으로는 정주(程子·朱子) 성리학과 배치되는 양명
심학이나 다른 이론들이 공개적으로 논의될 수 없는 시기였다. 실제로
다산은 자신의 심학이 정주성리학을 이어받은 퇴계나 율곡의 사상에서
벗어났다고 평가받게 되는 상황을 매우 두려워했다. 이렇게 본다면 다
산이 정치, 경제, 사회의 측면에서 사회 문제들에 대응해야 한다는 사회
의 요구에 맞도록 영향력을 발휘할 수 있는 심리학을 추구하되, 정주(程
朱) 성리학의 핵심 관점과는 배치되지 않는, 탈성리학의 심리학을 추구
했다고 볼 수 있다. 현재 시점에서 필자(한덕웅, 1994/1996, p.8)가 이러
한 역사적 배경을 고려하여 주자학을 계승하여 발전시킨 한국 성리학의
심학과 다산의 심리학을 심리학의 관점에서 연결시켜 본다면 대체로 다
음과 같이 말할 수 있다. 퇴계나 율곡의 심학에서 인간의 심석 과성이
행위에 연결되는 경로에 관심을 갖고 개인내 심적 과정을 설명하는데
치중했다면, 다산 심리학에서는 동일한 유학이념에 근거를 두고 인간의
행위가 사회의 현실세계와 연결되는 과정에 관심을 기울여서 행위의 설

명에 초점을 맞춘 심리학을 제안했다고 볼 수 있다.

그렇다면 현재 한국 심리학자들이 당면하고 있는 사회상황에서는 어떠한 심리학이 요청되는가? 필자의 생각으로는 현 시점에서 이 과제를 유학의 심리학과 관련지어서 말한다면 심리학자로서 개인의 성장과 바람직한 사회 공동체의 형성에 기여할 수 있는 심리학 이론들을 모색해야 할 상황이라고 본다. 이 말은 유학사상으로 본다면 수기(修己)와 치인(治人)의 양면적 요구에 심리학자들이 이론으로 대처해야 한다고 정리할 수 있다. 이 요구로 본다면 퇴계·율곡과 다산의 심리학을 특징짓는 요소들을 현 시점에서 어떤 형태로 통합할 수 있는지 검토하는 일이 도움이 될 수 있다. 이 과제를 다루기 위하여 필자가 보기에 퇴계, 율곡 및 다산의 심리학 이론들에서 상대적으로 강조된 요소들을 연결 지어 보면 그림 1의 개념도로 통합하여 나타낼 수 있다.

그림은 필자(한덕웅, 1994, 1996, p.37)가 퇴계 심리학을 설명하기 위하여 마련한 그림을 일부 수정하여 작성했다. 그림에 따라서 퇴계·율곡과 다산의 심리학에서 볼 수 있는 특징적인 점들을 간략히 설명하면 다음과 같다. 퇴계는 이 그림의 전 과정을 연결짓는 심리학을 제안했다고 볼 수 있지만, 상대적으로 마음을 지키고 선한 본성을 키우는[存心養性] 과정을 강조하면서, 행위[篤行]에 연결되는 과정에 관심을 갖고, 경(敬)을 중심으로 마음을 다스리는[治心] 방법을 제안한다. 즉, 존심양성을 거쳐서 도심 혹은 인심이 형성되고, 사회적 자극에 당면하여 정서를 경험하고 행위를 표출하며, 행위가 실행된 후에는 행위의 기준에 맞추어서 스스로 성찰하는 일련의 과정에 초점을 맞추어서 심리학을 제안했다. 그러므로 이론적으로 이른바 자기수양[修身]에서 마음의 다스림[治心]을 상대적으로 강조하여 개인의 내부 지향적 성장 과정의 설명이 우세하게 나타난다. 이 그림으로 보면 상대적으로 윗부분이 강조된다고 볼 수 있다.

사회적 자극
↓
존심(存心)·양성(養性) → 인심(人心)·도심(道心) → 정서 경험[四端七情]
↑ ↑
성찰(省察) ← 사회관계에의 영향 ← 사회적 행위
↓ ↑
사회적 환경

그림 1. 한국 유학 심리학 사상의 개념도

한편, 다산의 심리학은 심적 경험이 이루어지고 이에 합당한 사회적 행위가 표출되어서 이 행위가 대인관계나 사회적 환경에 영향을 미치는 과정에 초점을 맞추어서 설명이 이루어지고 있다. 다산의 이러한 설명은 일의 처리를 설명하는 그의 행위[行事]의 실행 이론이나 사단에 맞는 행위가 이루어져야 사덕이라는 이름이 성립된다는 주장에 잘 나타나 있다. 또한 다산은 마음을 지키는 방법[存心法]에서 사회적 행위가 묵시적으로 대인관계와 사회적 환경에 미치는 영향을 성찰하고 반성함으로써 마음을 기른다고 주장한다. 그러므로 다산은 상대적으로 개인의 행위가 대인관계나 사회상황에 미치는 영향을 강조하는 공동사회 지향의 행위 이론을 제안하였다. 이론적으로 선한 행위의 실천을 강조한다는 의미에서 다산의 심리학이 실천윤리적 특징을 지닌다고 평가되기도 한다(이을호, 1966). 이 특징점에서 본다면 다산은 상대적으로 그림의 아래 부분을 강조한다고 볼 수 있다. 다산의 심리학에서 강조된 점을 이처럼 정리할 수 있지만, 다산 역시 마음을 기름으로써[存心] 도심을 형성하는 과정을 통해서 행동을 표출하게 되는 경로를 소홀히 다룬다고 볼 수는 없다.

그러므로 퇴계와 다산의 심리학은 상대적으로 각각 수신(修身)과 치인(治人)을 강조하는 점에서 각각 개인과정과 사회과정에 초점을 맞추어 설명하는 특징적 차이를 보이지만, 그림 1에 나타난 전 과정 가운데 어느 부분을 소홀히 한다고는 볼 수 없다. 필자는 특히 현재 시점에서

한국의 유학심리학을 이해하고 이보다 발전된 심리학 이론을 창출하려 한다면 이 개념도가 시사하는 바가 적지 않다고 본다.

2) 사회공동체의 이념과 행동규범

한국의 유학심리학은 개인 과정이나 대인 과정을 설명하는 데 기여할 뿐만 아니라 사회 수준에서 지향해야 할 사회 공동체의 이념과 행동 규범을 마련하는 데 활용할 수 있는 이론을 지니고 있다. 이 점은 현실로서 이미 존재하는 사회를 이해하고 설명하기 위하여 객체화된 심리학 이론이나 지식을 추구하는 서양 사회심리학의 한계를 벗어나서 새로운 심리학을 모색하는 데 중요한 시사점을 제공한다. 서구심리학의 한계와 관련해서 디즈(Deese, 1985, pp.139-144)는 서구 사회심리학 교과서에서 발견되는 기본 가정들에 문제점이 있음을 지적한 바 있다. 그는 심리학자들이 인간 행위의 어떤 측면들이 각각 좋거나 나쁘다고 보면서도, 자연과학의 진리관에 의거하여 가치 중립적 접근을 표방함으로써, 단지 묵시적으로만 연구자의 도덕적 관점에서 연구 주제를 선택한다고 본다. 그 결과 서구 사회심리학에서 인간이 추구해야 할 사회행동이나 사회 공동체에 관한 모색은 연구의 대상에서 제외되었다. 디즈의 말을 옮기자면 "인간이 지니는 자유의 잠재력은 서구심리학에서 결정론의 악몽 속으로 사라졌으며, 이러한 서구심리학에 근거를 두는 사회과학 이론들로부터 도덕과 가치가 파생되어 나오거나 설명될 수 있다는 견해는 공허한 주장에 불과하다(Deese, 1985, p.216)."

필자가 생각하기에 현재 이미 존재하고 있는 사회 현상을 이른바 객관적으로 연구하는 접근법으로는 장래 존재하게 될 바람직한 사회 공동체의 형성에 기여할 수 있는 심리학 이론이 파생되어 나올 수 없다. 디즈는 이 한계를 극복하기 위하여 명시적으로 가치 개입적 접근법을 사용하여야 한다고 주장한 바 있다. 이와 유사한 관점에서 필자(1996)는 가치가 개입된 관점에서 바람직한 사회 공동체의 이념을 모색하고, 이 이념을 실현하는 데 기여할 수 있는 심리학 이론을 개발하고, 주관적이 거나 객관적 방법을 사용하여 이 가설을 검증하는 일에 심리학자들이 적극적으로 참여하여야 한다고 주장한 바 있다. 필자는 현재 존재하는 사회 현상을 연구하는 심리학을 '있는 사회의 심리학'이라고 부르고, 이 와 대비되게 연구자가 가치 개입된 접근법을 취하는 '있어야 할 사회심 리학'의 필요성을 제안한 바 있다.

그렇다면 한국의 유학심리학으로부터 이 주제에 관해서 어떤 시사점 을 얻을 수 있는가?

퇴계나 율곡 성리학에서 강조하는 바와 같이 인간이 하늘에서 부여받 아서 태어날 때부터 지니고 태어난다고 가정하는 당연히 지켜야 할 도 리[所當然의 理]는 현대 학문으로 해명하거나 입증하기 어려울 수 있다. 그러므로 이 가정에 근거를 두고 인간의 사사로운 욕망을 억제하고 하 늘로부터 부여받은 도리를 보존해야 한다고 주장하기는 쉽지 않다. 한 편 다산의 심리학에서 보는 대로 인간 개인의 욕망을 충족시킬 수 있는 이론을 제안하더라도 인간관계가 조화되는 사회를 형성하려면 어떤 형 태로 개인과 사회의 갈등을 해결할 수 있는지 제시하여야 한다. 이 과제 와 관련해서 필자는 사회 공동체에서 공공 생활을 영위하는 데 긴요한 기본 규범 혹은 원리를 마련할 필요가 있다고 본다. 그리고 이 과제를 다룰 때 유학심리학의 관점이 개인과 사회의 이해 갈등을 해소하는 방 향을 마련하는 데 유용하다고 본다. 한국의 유학심리학뿐만 아니라 유 학사상의 핵심을 사회 수준에서 설명하면 인의예지(仁義禮智)의 네 덕 목이 실현되는 사회가 바람직한 사회공동체라고 보는 데 있다. 이 네 덕 목들은 어짐[仁]에 의해서 포괄된다고 설명되기도 한다. 현대 시점에서 본다면 사회구성원들에 대한 애정있는 배려를 근거로 공공 생활에 필요 한 사덕의 원리와 규범을 만들어서 실행하는 일이 유학에서 실천해야 할 현실 기본 과제가 된다. 유학에서 어짐은 사회 수준 이외에 대인관계 의 유형이나 개인 수준에서도 설명된다. 유학에는 긴밀한 대인관계의 유형별로 어짐을 실현하는 당위적 도리(道理)의 내용을 규정하고 있다.

국가와 국민의 관계에서 정의(義)와 충성[忠], 자녀와 부모 관계에서 효도[孝]와 자애(慈愛), 남녀 관계에서 성별에 따른 한계에 근거를 두는 조화로운 역할 분담, 그리고 친구관계에서 신의(信義)가 각각 실현되면 바람직한 대인관계와 아울러 사회 공동체가 형성된다고 가정한다. 그러나 현재 시점에서 전형이 되는 역할관계에 따라서 구체적으로 필요한 덕목을 분류하기는 어렵다.

한편 유학의 심리학에서는 개인 수준에서 네 덕목이 개인의 마음에서 우세하여 측은, 수오, 사양, 시비의 사단을 경험하고 이 경험에 상응되는 행위로 표출하는 경우에 이른바 성숙한 인격이 실현된다고 가정한다. 즉, 사적 대인관계나 공적 사회관계에서 개인이 도리에 맞거나 혹은 맞지 않는 상황에 적합하게 사단을 경험하고 행위로 실천하면 바람직한 사회공동체가 형성된다고 주장한다.

지금까지 유학사상에서 바람직한 사회공동체를 지향하기 위해서 중요하다고 본 점을 간략히 정리해 보았다. 필자가 이처럼 정리를 시도한 이유는 유학사상의 타당성을 정당화하는데 있지 않다. 다만 유학사상에는 사회공동체 이론으로 갖추어야 할 요소들을 지니고 있는 점을 시사한데 의의가 있다. 물론 심리학자들이나 사회의 구성원들이 함께 공감하는 사회공동체 이념을 간추리기는 어렵다. 그러므로 사회구성원들의 다양한 논의를 통해서 공공생활 부문에서 서로 지켜야 할 도리 혹은 원리와 관련해서 최소한 기본 내용에서 합의를 도출할 필요가 있다. 이 합의를 이끌어내기 위한 논의 과정에서 검토할 내용으로 유학의 공동체 이념이 유용하게 사용할 수 있다. 달리 말하면 유학사상은 바람직한 사회공동체 이론에서 요구되는 이념적 목표, 사회관계에서 필요한 규범, 그리고 개인 수준에서는 이 상위 수준의 요구와 일관되는 당위적 심성과 행위의 특성을 기술하고 있는 점에 주목하여야 한다. 아울러 유학에는 당위적 심성과 행위에 관해서 상황별로 명세화한 예학(禮學)이 잘 발달되어 있는 점도 주목할 만하다. 비록 전통적으로 유지되어 온 유학의 예학이 현 시점에서 사회 현실에 맞지 않게 보수적 측면을 지니는 점은 부인하기 어렵다. 그러므로 적어도 공공생활에 관련되는 예속(禮俗)에 관해서는 다양한 의견을 수렴하여 심리적으로나 물질적으로 현실에 적합해서 행위자에게 지나친 부담을 주지 않는 방향으로 수정하여 합의를 모색할 필요가 있다(예속에 관해서는 車載浩, 1983, pp.375-376도 참고할 수 있겠다. 또한 유학의 사회 공동체관에 근거를 두는 문화설계론에 관해서 필자(1994/1996, pp.231-300)가 상세히 논의한 바 있다).

3) 유학심리학의 위계적 이론체계

앞에서 언급한 내용에서 볼 수 있듯이 한국의 유학심리학에는 사회적 행위에 이르는 심적 과정을 설명하는 이론은 물론 행위의 표출이나 심적 과정에 영향을 미치는 상위 신념 수준을 설명하는 이론도 있다. 이와 같은 유학심리학의 위계적 이론체계는 현 시점에서 심리학 이론의 개발이나 연구에 중요한 시사점을 지닌다. 이 시사점을 논의하기 위하여 먼저 퇴계·율곡 성리학과 다산 사상의 핵심을 이루는 구성개념들을 간략히 정리하면 표 2와 같다.

유학심리학의 위계적 이론체계가 지니는 이론적 시사점을 우선 다음의 두 측면에서 살펴보자. 첫째, 이 위계에서 추상적 상위 위계에 해당되는 형이상학적 가정들을 살펴보자. 유학에서 우주론과 존재론으로 제안된 태극론, 이기론, 천명론, 및 천도론은 유학사상에서 볼 수 있는 독특한 관점이다. 이 관점은 우주와 존재를 설명하기 위하여 제안된 서구 사상과 대비된다. 예를 들면 기독교의 유일신(唯一神) 사상은 신에 의한 우주와 존재의 섭리를 가정한다. 그러나 유학에서는 다분히 자연주의적 관점에서 우주와 존재를 설명한다. 개인이 이 관점을 중요한 신념으로 지닌 경우 이 신념들이 심적 경험에 영향을 미친다고 볼 수 있다. 예를 들면 천명론(天命論)은 상제(上帝)로부터 인간의 도리를 다하도록 명령을 받는다는 사상이다. 여기서 상제는 하늘의 주재자를 의미하는데 서구에서 발전된 기독교의 인격신(人格神)의 개념과 다르다. 현재 시점에

표 2. 조선시대 한국 유학 심리학의 이론적 위계

구성개념의	위계수준	사상위계	퇴·율 성리학의 심학	다산의 심리학
		형이상학 : 우주론·존재론, 태극론·이기론·천명론, 천명론·천도론		

사상위계
(추상)

↑

↓

하위위계
(구체)

심리학 :

인성론·
심성론

↓

행위론

본체론 : 성선설(성즉리) 성선설 ─ 영지의 기호
　　　본연지성·기질지성 성호기설 　(도의지성)
　　　　　　　　　　　　　　　　　　└ 형구의 기호
　　　　　　　　　　　　　　　　　　　(기질지성)

작용론 : 정(정), 4단7 심의자율성(가선가악)
정론, 심통성정, 인심도 권형설(기질함익설,
심, 수양론(존양, 성찰, 　　　　기호갈등설)
독행, 경, 성)　　　　　　존심설

오류, 독행, 무실역행, 예론 오류, 행사설, 예론

↓

사회과학 : 실학론 　　　　경세론 　　　　실학의 경세론

서 이 종교적 믿음에 해당하는 내용이 많은 사람에게 설득력 있게 받아
들여질지 반문할 수도 있다. 그러나 유학자들은 이 신념 체계 위에서 심
성론, 행위론, 실학론을 구축하고 있는 점에 유의할 필요가 있다. 어떠한
가치관이나 신념을 가정으로 지닌 경우와 마찬가지로 이 신념 체계를
지니게 되면 의식이나 무의식과정을 거쳐서 심적 지향성을 형성하고 심
리나 행위에 영향을 미치는 점을 부인하기 어렵다.

　표 2 가운데 추상성에서 심리학 수준으로 보면 인간의 심리나 행위를
설명하는 이론들이 한국 유학심리학의 핵심을 이룬다. 상대적으로 말하
자면 퇴계와 율곡의 성리학에서 심적 과정에 초점을 두는 반면, 다산 심
리학에서는 행위 과정에 초점을 맞춘 설명을 제안했다. 그런데 성리학
에서 심적 과정을 중요시했다고 하더라도 서구심리학처럼 의식과정에
한정되지 않는 점에 유의하여야 한다. 예를 들면 퇴계의 경(敬)을 의식
경험에 한정하면 본래의 개념을 이해할 수 없다. 필자(예 : 1994/1996,

1997)는 퇴계의 경 사상이 의식만 아니라, 무의식, 전의식은 물론 의식 수준에 상관없이 도식화된 실행 지식의 활성화를 포괄하는 용어라고 해석한 바 있다. 표 2의 위계와 관련시켜 볼 때 퇴계심학에서 경(敬)은 형이상학 – 심성론 – 행위론을 일관되게 연결시키는 기능이 가장 중요하다고 볼 수 있다.

둘째, 심리학 이론에서 위계 수준의 중요성은 표출된 행위의 의미를 이해하는 데서 잘 드러날 수 있다. 이 위계의 연결 관계를 염두에 둘 때 유학심리학에서는 행위의 의미가 유학의 우주론-존재론과 심성론의 관점에서 이해되고 해석된다. 달리 말하자면 마음에 이미 표상화된 우주론-존재론 및 심성론과의 관계에서 행위가 표출되므로, 행위의 의미는 이 상위 위계의 표상과의 관계에서 해석되고 평가된다. 예를 들면 어려움에 당면한 사람을 도와주는 행동은 천명에 합치되게 인(仁)이 실현되어서 나타나는 측은한 감정과 일관된 도심의 행동표출로서 이해되고, 따라서 선한 행동이라고 평가된다. 이 주제의 중요성을 부각시키기 위하여 필자의 주장을 이른바 도덕적 행위에 한정하지 않고 다양한 사회행동에 적용할 수 있도록 더 일반화하여 설명해 보기로 한다. 사덕이나 사단 정서에서 볼 수 있는 바와 같이, 유학의 중심 사상은 사회관계 혹은 대인관계의 상호의존성에 초점이 맞추어져 있다(한덕웅, 1994, 1996, 1997). 이 관점은 개인이나 타인 가운데 어느 하나만을 독립된 단위로 보는 관점과 구별된다. 따라서 타인과의 관계에서 자기를 바라보고 타인도 바라보는 관계 중심의 관점이 우세하다. 이 관점을 달리 말하자면 자기의 목표를 추구하고자 행동할 때 자기와 타인에게 모두 관심을 보이게 된다고 설명할 수도 있다. 오륜(五倫)에서 보는 대로 유학에서 대인관계 유형별로 정형화된 역할 규범을 규정하고 있는 점을 고려하면, 사회관계에서 자신에게 부여된 역할에 민감할 뿐만 아니라 타인에게 부여된 역할이 어떻게 실행되는 지에도 관심을 보이게 된다. 이 관계 중심의 양면적 관점이 우세하기 때문에, 행위자는 대인관계에서 부여된 자기 역할에 합당한 행동인지 민감하게 되고, 대인관계를 형성하는 타인으로부터 역할에 합당한 행동이 나타날지 민감하게 된다. 필자가 보기로는 이러한 양면적 민감성이 작용하기 때문에 결과적으로 자기의 체면을 따지고 존중하며, 타인의 행동을 감지하려는 눈치가 발달될 수 있다. 자기와 타인에 관한 이 양면적 민감성의 요구가 우세하기 때문에 한국 문화에서 체면이나 눈치가 발달되는 근거가 되었다고 해석할 수 있다.

필자가 이 예를 통해서 강조하려는 점은 유학사상이 한국인의 심성이나 행동에 미친 영향이 크다고 주장하려는 데 있지 않다. 이른바 토착 심리를 이론적으로 설명할 때 유학심리학의 위계적 관점을 대입하면 다양한 이론을 모색해 볼 수 있는 구체적 계기가 마련된다는 점이 중요하다. 예를 들어서, 한국인의 토착 심리로서 체면이나 눈치를 연구하는 경우에 이 심리나 행동 특징들이 어떤 의미를 지니는지 이론적으로 해명해야 하는 문제가 대두된다. 필자가 여기서 강조하려는 점은 다음과 같다. 유학심리학의 상호의존적 대인관계관을 설명개념으로 사용하면 집합주의 성향, 인정, 체면, 눈치, 염치, 겸양(겸손), 사양, 수치에 해당되는 심성이나 행위가 우세하게 나타나도록 영향을 미친다는 이론을 개발할 수 있다. 이 이론의 타당성은 장차 연구해야 할 과제로 볼 수 있다. 그러나 이와 같은 이론이 성립된다면 유학심리학에서 발견되는 핵심개념들을 설명의 근거로 삼아서 한국의 토착 심리나 행동을 연구할 수 있다. 이 경우 적어도 전통사상과 조화되는 더 나은 이론을 모색하는 계기가 마련될 수 있다. 달리 말하면 이 접근법을 적용하면 한국인의 토착 심성이나 행위를 단편적으로 다룰 때보다 다양한 현상을 포괄하여 내적으로 일관된 이론을 모색하도록 촉진할 수 있다. 필자의 이 주장에 대해서 혹시 있을지도 모르는 오해의 소지를 없애기 위하여 이 주제의 결론 삼아서 필자의 주장을 요약해 보자. 국내의 이른바 토착 심리의 연구들은 이론의 측면에서 상당한 성과를 보이고 있지만, 이 이론과 조화되는 전통 심리학 이론들과 연결짓게 되면 한국 심리학의 이론을 더욱 발전시킬 수 있는 중요한 계기가 마련된다.

4) 한국 유학심리학에 관한 현대 심리학적 연구방법론

동양이나 한국 사상으로부터 현재 시점에서 통용될 수 있는 심리학 이론을 도출하려는 연구들도 흔히 이론 개발의 가능성을 논의하는 수준에 머물러 있다. 이 한계를 극복할 수 있는 연구방법을 모색하지 못한다면 전통 사상에 관한 심리학 연구가 심리학계에 미칠 수 있는 충격은 한정된다. 앞에서도 지적한 바와 같이 전통사상에 관한 심리학적 접근은 심리학사를 정리한다는 측면에서 그 자체로서도 의의가 크다. 또한 전통사상으로부터 현 시점에서 통용될 수 있는 이론으로 개발을 시도할 때, 비록 잘 개발된 이론이 아닌 경우라도, 적어도 이론 개발의 단초를 마련하기가 상대적으로 덜 어렵다. 왜냐하면 심리학사의 정리에 목표를 둔 경우에도 역사인 이상 현재의 시점에서 미래와 연결시켜서 각 이론이 지니는 의의를 해명해야 하기 때문에 새로운 이론을 모색할 계기를 얻을 수 있다. 그러나 전통 한국 유학의 심리학도 심리학인 이상 다른 학문 분야보다 연구방법론에 관한 다각적 모색이 긴요하다. 이론 연구에서는 연구의 전형을 모색하여, 이론 가운데 어떤 형태로든지 실증연구가 가능한 가설들이 마련된 경우에, 이 전형을 토대로 실증연구를 수행하는 일이 중요하다. 필자(1994/1996, 1996ab)는 유학심리학들 가운데 경(敬)이나 사단칠정을 포함하는 몇 주제들에 관해서 이러한 시도를 발표한 바 있다. 여기서는 이 논문에서 검토한 사단칠정론을 연구할 수 있는 틀을 예로 들어서 이 점을 논의하기로 한다.

유학심리학에서 사단칠정은 선악의 차원에서 구별되는 정서들로 가정되었다. 정서들을 선악 차원에서 구분할 수 있다는 주장은 서구에서도 아리스토텔레스 이후 철학자들에 의해서 제안된 바 있다(Solomon, 1993). 그러나 서양철학은 물론 현대 심리학에서도 이 주장을 이론적으로나 실증적으로 연구하지 않는 형편이다. 이와 달리 한국 철학자들은 조선시대는 물론 현대까지 이 주제가 중요하다는 견해를 보인다(예. 민족과 사상연구회, 1992). 일종의 심리철학에 해당하는 이 주제는 심리학자나 사회학자가 한국철학자와 협동하여 연구할 필요가 있다. 정서에 관한 유학심리학을 심리학자들이 다루게 되면, 서구 정서 심리학자들의 연구성과를 비판적으로 수용하는 데 기여할 수 있을 뿐만 아니라, 동서양의 정서 연구를 연결지어서 상호보완적 연구영역을 개척할 수 있다.

필자가 이처럼 주장하는 근거를 구체적 예를 들어서 제시해 보기로 한다. 유학심리학에서 사단과 칠정이 선악 차원에서 다르다고 주장하는 기본 가설은 검증할 수 있는 여러 가설들로 재해석할 수 있다. 퇴계·율곡은 물론 다산도 사단은 순선(純善)이라고 주장한다. 이 주장은 최소한 사단 경험이 선하게 평가된다는 가설로 옮길 수 있다(사단순선가설). 칠정이 선하거나 악함이 정해지지 않은 정서라는 유학심리학의 가설과 연결시키면, 적어도 사단은 칠정보다 선한 정서로 평가된다는 가설로 정리할 수도 있다(사단칠정 평가차이가설). 또한 유학심리학의 사단칠정론이 정서이론으로서 더욱 중요한 점은 사단과 칠정 정서가 선악의 차원에서 차이가 난다고 주장하는 근거이다. 성리학에서 이 근거는 이(理)·기(氣)의 차이로 설명되는데, 이기가 각각 현대 심리학에서 어떤 의미를 지니는지 연구자의 해석에 따라서 여러 대안의 가설들로 발전시킬 수 있다. 만약 퇴계심학에서 보는 대로 이(理)를 인간으로서 당연히 지켜야 할 도리라고 해석한다면 이 도리를 기준으로 선악을 판단했을 때 사단과 칠정이 달리 평가되는지 검증할 수 있다. 이 경우 성리학의 이기론에 근거하여 사단칠정 가설을 직접 검증하는 접근법이 된다. 그러나 이와 달리 간접 접근법을 사용함으로써 다른 대안 가설들을 다양하게 발전시킬 수도 있다. 예를 들면 유학심리학자들이 사단칠정이 선악 판단에서 다르다고 주장한 근거가 실제로는 이 정서들을 경험하는 사람들에게 미치는 기능적 영향이 다르다고 가정한 데 있다고 볼 수도 있다. 이 경우 사단이나 칠정을 각각 경험한 개인이 심적 기능의 측면에서 착한 마음을 지니게 되거나, 대인관계를 선한 방향으로 이끌어 가거나, 사회 공동체에 기여하는 기능들을 사단이나 칠정에 따라서 차별적으로 경험하는

지 평가하여 연구할 수 있다. 또한 다산(茶山)의 주장대로 사단을 경험하고 이 경험을 사회적 행동으로 표출하게 되면 단지 주관적으로만 사단을 경험할 때보다 더 선하다고 평가되는 지도 검증할 수 있다.

필자(1996, 1997, 1998)는 위에서 설명한 직접 검증이나 간접 검증 방법을 사용하여 사단칠정을 실증적으로 연구할 수 있는 전형을 모색하고자 시도했다. 이 시도에 의해서 장차 더 나은 연구에 필요한 과제들을 논의할 수 있다고 본다. 이 주장의 핵심은 전통 사상을 현대 심리학 이론으로 발전시키고자 하면 현재 시점에서 통용될 수 있는 이론으로 재수립하고, 실증연구가 가능한 부분은 될 수 있는 대로 검증이 가능한 가설로 정리하고, 실제로 검증하는 실증연구의 전형을 가꾸어 나가야 한다는 데 있다.

5) 한국 유학심리학의 주체적 학문관

전체가 심리학이라고 볼 수 있는 불교 사상도 마찬가지지만, 유학심리학에서는 객체화된 타인의 심리학보다 자기 관여되어 주체화된 심리학 지식을 추구한다. 이 심리학하는 방법이 전통 한국 심리학의 중요한 특징이 될 수 있다. 사실 이 주제는 앞에서 다룬 가치 개입된 심리학의 지향과 긴밀히 관련된다. 예를 들면, 자연과학적 접근법에 의해서 객체화된 지식을 추구하는 서구심리학의 관점에서 퇴계의 심리학 이론들을 피상적으로 이해하면 퇴계심리학이 주관주의에 빠져서 연구할 수 없는 영역에 속한다고 오해할 수도 있다. 그러나 비록 퇴계심학 가운데 독단적 주관주의에 빠진 요소가 있다고 하더라도(윤사순, 1978, pp.110-112), 자세히 살펴보면 퇴계심학의 핵심이 주관주의에 근거를 두고 성립된다고 판단할 수 없다. 퇴계 심리학의 특징점은 어떠한 심리학 이론을 지닌 사람이든지 그 이론이 타당한지 검증하려면 이론에 합치되게 자기 관련된 처리와 행위가 이루어지는 과정을 직접 경험함으로써 검증하라는 주장으로 볼 수 있다. 퇴계뿐만 아니라 유학심리학에서는 이처럼 이론을 검증하는 학자가 주체가 되어서 자신의 지식과 행동을 통해서 이론이 타당화되는지 능동적으로 경험해야 한다고 강조한다. 특히 퇴계심학은 이 특징 때문에 학문하는 사람의 학문적 연마가 자기 성장과 맞물려 있다는 의미에서 자기수양을 위한 학문[爲己之學]이라고 부르기도 한다. 그런데 이 주장에서 유의해야 할 점이 있다. 이 학문적 접근법이 현대 심리학에서 볼 때 주관주의로의 회귀가 아니냐는 반론이다. 그러나 학자 자신이 주체가 되어서 능동적으로 자기 관련 처리하여 이론을 검증한다고 해서 반드시 주관주의에 빠지지 않는 점에 유의할 필요가 있다. 심리학의 연구방법으로 단일 사례 연구가 인정되는 현 시점에서 보면 이 주장은 단일 사례로서 자신의 경험을 연구해야 한다는 의미이므로 이 비판은 설득력이 없다. 그뿐만 아니라 동일한 이론을 지니는 사람들을 대상으로 이른바 객관적 연구에 필요한 자료를 얻을 수도 있다. 이 경우 여러 사례의 연구자료들로부터 이른바 객체화된 지식도 얻을 수 있다. 그러므로 유학심리학이 주관주의에 빠졌다는 비판은 퇴계·율곡이나 한국 유학 철학자들이 사용했던 이론 검증 방법이 심리학의 기준으로 볼 때 적절하지 못했기 때문에 생긴 평가일 수 있다. 따라서 현 시점에서는 심리학에서 잘 발달된 방법을 적용하여 이 주장이 오해인지 더 잘 검증할 수 있다. 이 주제와 관련해서 제시한 주장의 요점을 정리해 보면 다음과 같다. 심리학이 객체화된 지식을 추구할 수도 있지만, 학문하는 주체로서 연구자가 추구하는 가치와 일관되게 자기 관련 처리된 지식이나 행동을 연구할 수도 있다. 이 주장의 타당성과 중요성에 관해서도 장차 깊이 있게 논의할 필요가 있다.

6) 한국 유학심리학에서 발전된 사회적 표상

필자(1994/1996, pp.20-22)는 유학심리학이 서구심리학과 구별되는 독특한 사회적 표상을 발전시키도록 영향을 미침으로써, 이 사회적 표상과의 관계에서 사회적 자극을 해석하고 행위를 이끌어 내는 심적 틀을 제공한다고 주장한 바 있다. 이 주장을 상세히 논의함으로써 서구심리학과 비교되는 유학심리학의 차별성을 부각시킬 수 있기 때문에 여기서는 이 주장이 제시되는 근거와 시사점을 논의하기로 한다.

핵심부터 말하면 조선시대 유학이 우세한 영향을 미친 사회상황에서는 유학을 신봉하는 사람들에게 유학의 이념, 인간론, 심성론, 대인관계론, 사회적 당위론을 주축으로 현실을 반영하는 사회적 표상이 형성되었다. 일정한 시점에서 사회적 표상은 개인과 사회 문화적 특성의 상호작용 관계에서 형성되는 만큼, 해당 시점에서 우세한 사상과 현실의 영향을 반영하게 된다. 교육 면에서 말하자면, 조선시대 교육받은 가정에서는 5, 6세경부터 대인관계나 사회 공동체에서 상호의존적으로 살아나가는 데 필요한 행위나 이념을 유학에서 배우기 시작했다. 이 교육의 내용은 《소학》에 실려 있다. 행위의 측면에서 《소학》을 공부함으로써 자고 일어나서 잠자리를 정리하고, 옷을 단정하게 입고, 몸을 깨끗이 하고, 식사를 하고, 마당을 쓸고, 부모나 형제를 대하고, 손님이 오실 때 인사하고 접대하는 방법을 배운다. 이 기본 교육에서 가장 중요한 점은 거의 무의식적 수준에서 이러한 행위들이 자동적으로 실행될 수 있도록 반복하여 익히는 일이다. 달리 말하면 각 사회 상황에 따라서 적합하다고 추천된 행위의 실행이 도식 처리될 수 있도록 학습하는 일을 강조한다. 퇴계와 율곡은 물론 다산에 이르기까지 《소학》 공부의 중요성은 한결같이 강조된다. 이들은 모두 《소학》을 철저히 공부하여 몸에 익힌 후에 경전을 공부해야 한다고 주장한다. 유학자들이 특히 어린 시절에 기본 사회 행위의 실행 지식을 습득하여 도식 처리하는 일이 중요하다고 보았기 때문에 소학의 중요성을 강조했다고 볼 수 있다.

《소학》에는 지적 교육에 대해서도 연령에 따라서 학습 과제를 제안하고 있다. 예를 들면 여섯 살에는 수와 지리의 방위를 배우고, 아홉 살에는 날짜를 계산하는 법을 배우고 글쓰기와 셈하기도 배운다. 열세 살에는 음악, 시, 무용 등을 배우고, 열다섯 쯤에는 활 쏘고 말 타는 기술을 배운다. 이와 아울러 예법으로 몸가짐을 명세화한 구용(九容)과 사고해야 할 내용을 담은 구사(九思) 등을 배운다. 필자가 이 예를 든 이유는 연령에 따른 유학의 학습 과제가 적절한지 검토하는 데 있지 않다. 현재 시점에서 특히 지적 교육은 상당 부분 학교 교육에서 담당한다. 그러나 몸가짐이나 사람을 대하는 사회적 행위의 학습은 현재에도 가정 교육의 틀에서 크게 영향을 받도록 되어 있다. 그렇다면 현재 가정 교육에서 바람직한 상호의존적 사회공동체를 형성하는 데 필요한 사회적 행위의 학습이 어느 정도나 적절히 이루어지고 있는가? 달리 물어서 유학에서 예절로서 학습해야 한다고 본 사회적 행위들 가운데 현재 시점에서도 역시 중요한 행위들이 가정이나 학교 교육을 통해서 어느 정도나 학습되고 있는가? 어떤 경로를 통해서든지 어려서 이러한 사회적 행동에 관한 학습이 이루어지지 않는다면 이상적이거나 당위적 행위에 관한 사회적 표상은 잘 습득되지 못한다. 시대적으로 유학이 교육의 중요한 내용이었던 조선시대와 비교한다면 현 시점에서 사회적으로 이상적이거나 당위적 행위에 관한 교육이 약화된 것이 사실이다. 그러나 비교문화적으로 보면 한국에서는 현재도 가정이나 사회 교육을 통해서 서구의 개인주의적 교육보다 사회공동체관계의 교육이 큰 영향을 미친다. 이처럼 주장하는 근거가 타당하다면 한국인들이 이와 같은 교육을 받지 않은 문화권의 국민들보다 바람직한 사회 공동체의 지향에 요구되는 사회관계의 표상을 우세하게 지닌다고 볼 수 있다. 이 사회 관계의 표상은 구체적으로 당면한 대인관계에서 발생하는 행동적 사건을 해석하는 심적 상황 모형의 형성에 영향을 미치게 된다. 또한 사회적 행위의 반복된 학습을 통해서 이 심적 상황 모형과 일관되게 실행 지식이 도식화되어 있는 경우에는, 각 사회관계의 원형에 따라서, 의식과정을 거치지 않고도 도식적으로 행위가 표출될 수 있다. 반면, 사회적 행위의 실행 지식이 도식화되어 있지 않거나 사회 상황이 도식에 잘 부합되지 않는 경우에는 사려깊은 의식과정을 거쳐서 처리되는 동안 우세한 사회적 표상을 기준으로 실행하게 될 행위가 고안된다. 그러므로 이 경우에는 의식과정을 거쳐서 고안된 행위의 의도가 실행으로 표출되기에 얼마나 용이한

가에 따라서 의도가 행위와 일관되게 실행되는 수준이 달라진다고 볼 수 있다.

지금까지 사회적 표상이 대인관계에서 당면하는 사회적 자극의 해석이나 행위의 실행과 관련해서 어떤 영향을 미치는지 간략히 논의하였다. 그런데 유학에는 행위의 실행과 관련되는 비교적 구체적인 사회적 표상뿐만 아니라 매우 추상적 이념 수준에서 사회적 표상의 형성 과정을 논의할 수 있는 내용이 포함되어 있다. 예를 들면 '소학'의 첫 문장은 다음과 같이 시작된다. "자사(子思)가 말하기를 하늘이 명령한 바를 성(性)이라 하고, 이 성(性)을 따름을 도(道)라고 이르며, 이 도(道)를 닦음을 가르침[敎]이라고 한다"[子思子曰, 天命之謂性, 率性之謂道, 修道之謂敎, 小學, 立敎篇]. 이 인용문은 어린이들을 교육하기 위한 소학 교재의 첫 문장이다. 현대의 독자들은 이 내용이 어린이들이 학습하기에 과연 적절한지 반문할 수 있다. 또한 어린이의 지적 발달수준에서 이해하기 어려운 이 내용의 학습이 과연 필요하거나 의미가 있는지 반론을 제기할 수도 있다. 필자도 독자들의 이러한 반문이나 반론에 동의한다. 이른바 형식도야설에 해당될 법한 이 학습법의 효과가 한계가 있음은 잘 알려져 있다. 그러나 필자가 사회적 표상의 형성과 관련해서 독자를 설득하려는 핵심은 이 교육 방법의 효과를 평가하는 데 있지 않다. 만약 성(性) → 도(道) → 교(敎)가 연결된다는 이론을 습득하고 이에 합당한 사고와 행동을 학습하게 되면, 배우는 내용에 접하거나 사회상황에서 당면하는 행동적 사건을 도(道)와 성(性)에 관련지어서 해석하고 처리한다는 사실이 중요하다. 달리 일반화해서 말하자면 배우고 실행하는 과정에서 학습한 내용이나 행동적 사건을 이미 형성한 사회적 표상과의 관계에서 처리하고 해석하게 된다.

이 절에서는 유학의 지식이 습득됨으로써 사회적 표상이 형성되고 이 사회적 표상이 사회행동의 실행에 영향을 미치는 과정을 간략하게 설명해 보았다. 그러나 이 설명은 조선시대뿐만 아니라 현재 시점에서 유학이나 특정한 사상을 선호하고 배우는 사람들의 마음을 설명하는 데 적

용될 수 있다. 잘 아는 바와 같이, 유학은 유학을 배우는 사람들뿐만 아
니라 한국인의 심성이나 행동에 큰 영향을 미쳤다. 비록 유학이 한국에
서 토착화되는 과정에서 한국문화를 잘 반영하는 특징들을 수용하고 반
영했다고 하더라도, 일단 한국에서 유학이 형성되고 발전되면 한국문화
의 특징들 가운데 이 사상과 잘 어울리는 측면을 선택적으로 강화해 주
는 효과를 지니게 된다. 이 주장이 설득력이 있다면, 한국 유학과 문화
의 특성이 한국인의 심성에서 유학과 조화되는 사회적 표상을 형성하는
데 큰 영향을 미친다고 볼 수 있다.

7) 동서양 심리학의 비교를 통한 한국 유학심리학의 위상 정립

동양사상에 관하여 심리학적 해석을 시도할 경우에도 해당되지만, 한
국 유학심리학이 지니는 특징점을 부각시키기 위해서는 동서양에서 제
안된 이론들 가운데 비교가 가능한 이론들을 가려내어서 유사점과 차이
점을 논의할 필요가 있다. 지금까지 국내에서 이루어진 이 방면의 연구
들을 보면, 대체로 각 사상이나 이론이 제안된 시점에서 서로 대립되어
논쟁점이 부각되거나 조화되는 이론들과 비교하여 논의가 이루어지고
있다. 사상이나 이론이 발전된 역사적 배경을 이해해야 한다는 심리학
사의 측면에서 보면 이와 같은 논의가 매우 중요하다. 그러나 현재 당면
한 시대상황에서 심리학 이론이나 연구과제를 개발해야 한다는 현실의
요구에서 본다면, 이러한 접근법은 소극적이어서, 한국 심리학자들에게
미치는 충격이 크지 않을 수 있다. 그렇다면 어떤 접근법을 사용하면 한
국 심리학자들이 동양 사상이나 심리학에 관심을 갖고 적극적으로 새로
운 이론을 모색하도록 자극할 수 있는가? 동양에서 발전된 사상이나 심
리학을 특히 서구심리학에서 비교적 잘 발달된 이론들과 비교하여 논의
하게 되면 각 이론의 특징점을 이해하고, 상호보완적 요소들을 가려내
고, 새로운 이론을 모색하는 데 필요한 과제들을 찾아낼 수 있다. 이 절
에서는 이러한 적극적 접근법을 적용할 때 나타날 수 있는 장점과 한계

점을 간략히 논의하기로 한다.

먼저 필자가 제안한 적극적 접근법을 사용할 때 당면하게 되는 한계점을 살펴보자. 잘 아는 바와 같이, 동양 사상이나 심리학들은 학문으로서 심리학을 보는 관점, 연구하는 목적, 인간성에 관한 기본 가정, 이론을 만들 때 관심을 보인 주제, 설명을 시도한 심리나 행동의 성질, 이론으로서 갖추어야 한다고 요구하는 설명의 정교성 수준, 이론의 구성에 사용된 개념의 체계 등에서 서양 심리학과 현저한 차이를 보인다. 동서 심리학의 학문적 정보소통을 시도할 때 당면하는 이러한 현저한 차이점 때문에 동서심리학을 비교하여 논의하는 일이 불가능하다고 생각해서 일종의 무력감을 느낄 수도 있다. 그러나 우리가 어떤 형태로든지 이 벽을 넘어서서 새로운 지평을 열지 못한다면 지금까지와 마찬가지로 동서양의 심리학이 모두 두 울타리 안에 각각 갇히고 만다.

필자는 이 벽을 허물기 위한 시도로서 주제에 따라서 이론의 내용이나 형식에서 한국 유학심리학과 유사점이 발견되는 서양의 심리학 이론들과 비교하여 논의를 시도한 바 있다(한덕웅, 1994/1996, pp.3-19, 301-500). 이러한 시도가 여러 심리학자들에 의해서 여러 방면에서 이루어지게 되면 좀더 세련되고 유익한 논의가 가능하다고 본다. 앞에서 지적한 바와 같이, 적극적 접근법을 사용하는 이러한 시도는 새로운 이론을 창출한다는 목표에 부합되도록 동서 심리학 이론에서 상호 보완해야 할 과제들을 드러낼 수 있기 때문에 유익할 수 있다. 달리 말해서 한국 유학심리학자들이 제기한 과제들을 서구심리학과 비교하여 논의하면 학문적으로 정보 소통이 가능한 현대 심리학 이론으로 발전시키는 데 중요한 시사점을 제공할 수 있다.

여기서는 필자가 한국 유학심리학과 비교하여 논의하기에 중요하다고 본 서구심리학 이론들의 선별 기준을 살펴보기로 한다. 이 논문의 앞부분에서 다룬 바와 같이, 한국 유학심리학에서는 인간성이 선하다고 가정한다. 성선설을 가정하는 서구의 심리학 이론들 가운데 올포트(Allport, 1955), 매슬로우(Maslow, 1970), 로저스(Rogers, 1961, 1980)

등도 인간의 본성이 선하다고 가정한다. 그러나 유학심리학과 이들이 모두 성선설을 가정하더라도 이들은 인간 본성이 실현되는 과정을 한국 유학심리학자들과 달리 설명한다. 예를 들면 퇴계나 다산이 인간의 선한 본성이 실현되는 과정을 설명하기 위하여 제안한 이론은 위의 서구 이론들과 다르다. 그러므로 인간 본성에 관한 가정이라는 소주제의 유사성에 착안하여 서구 이론들과 비교하여 한국 유학심리학을 논의하게 되면 한국 유학심리학의 위상은 더 잘 이해될 수 있다.

한편 퇴계의 심학에서는 도덕적 생활 목표를 설정하고 이 목표를 달성하기 위하여 심적으로나 행동을 통해서 자기조절하는 과정도 다루고 있다. 이 특징점을 나타내기 위하여 필자(1993, 1994/1996, p.13)는 퇴계의 이 이론을 도덕적 생활목표의 심적 자기조절론이라고 부른 바 있다. 이 이론은 서구의 성격이론들과 최근 발전되고 있는 자기조절이론(自己調節理論)들과 비교함으로써 심리학 이론으로서 갖추어야 할 내용들을 논의할 수 있다. 예를 들면, 올포트의 성격이론, 로저스의 자기이론, 밴듀라(Bandura)의 사회적 인지적 이론(social cognitive theory), 카버와 샤이어(Carver & Scheier, 1981)의 제어이론(制御理論, control theory), 로크(Locke, 1990)의 목표설정이론(目標設定理論, goal setting theory), 슈랜크와 웨이골드(Schlenker & Weigold, 1989)의 자기정체화이론(自己正體化理論, self-identification theory), 듀발과 위크런드(Duval & Wicklund, 1972)의 객관적 자기인식이론(客觀的 自己認識理論, objective self-awareness theory), 마커스와 루볼보(Markus & Ruvolvo, 1989)의 가능한 자기이론(可能한 自己理論, theory of possible selves), 히긴스(Higgins, 1989)의 자기차이이론(自己差異理論, self-discrepancy theory) 등과 비교하여 논의할 수 있다. 필자(1994, 1996, pp.301-500)는 퇴계의 심학 이론을 위의 서구 이론들과 비교하여 논의한 바 있다. 이 서구 이론들이 한국 유학심리학들과 비교하여 논의하기에 적합한 요소들을 충분히 지닌다고 볼 수는 없다. 더구나 비관적으로 보면 이론을 구성하는 개념체계가 다르기 때문에 비교하여 논의할 준거 틀이 없다고 주장할 수도 있다.

여기서는 필자가 서구심리학 이론과 비교하여 논의함으로써 얻을 수 있다고 기대하는 성과에 대해서 언급하기로 한다. 먼저, 유학의 심리학 이론들은 도덕적 심리와 행위에 관한 특수이론이므로 필자가 시도한 이 비교 논의에 대하여 직접 비교하기 어려운 이론들이 포함되었다고 평가할 수도 있다. 그러나 이처럼 표면적 단서들에 의해서 평가가 이루어지는 경우에도, 평가가 이루어진 근거를 비판적으로 제시하여 열린 토론의 계기를 마련하면, 장차 동서 심리학의 비교 논의는 촉진될 수 있다. 또한 필자는 유학의 심리학 이론들이 일종의 자기조절 과정을 강조하고 있는 점에서 일반화 가능성을 검토한 바 있다. 따라서 상호 비교 논의한 내용 가운데 상대적으로 설득력이 있는 부분과 그렇지 못한 부분을 구체적으로 지적하면 이 방면의 연구가 더욱 빠르고 심도있게 촉진될 수 있다. 필자가 이 주제와 관련해서 주장하는 핵심을 정리해 보면 다음과 같다. 동서 심리학 이론을 적극적으로 비교하여 논의함으로써, 동양심리학 혹은 한국 유학심리학의 위상을 동서 심리학의 전체 틀에서 이해하는 지평을 모색하고, 이론에서 상호 보완이 필요한 점을 개방적으로 논의함으로써 새로운 이론을 모색하는 계기로 삼아야 한다.

5. 요 약

조선시대에 발전된 심리학설들은 매우 다양하다. 고려 후기 이후 조선 중기까지 주희의 성리학을 토대로 크게 발전된 조선시대 성리학의 심학은 심리학의 측면에서 볼 때 매우 정교한 형태로 제안되어서 그 후 다른 유학심리학들에 큰 영향을 미치게 된다. 송(宋)나라 상산(象山, 陸九淵)과 명(明)나라 양명(陽明, 王守仁)의 이론을 성리학과 대비시켜서 발전시킨 하곡(霞谷, 鄭齊斗)의 이론도 조선 유학의 심리학으로 중요하다. 그러나 이 논문에서는 이른바 이 양명심학 계열의 하곡 심리학설은 포함되지 않았다. 그러므로 구체적으로 이 논문에서는 조선시대 유학에서 발전된 퇴계(退溪, 李滉, 1501-1570), 율곡(栗谷, 李珥, 1536-1584) 및 다산(茶山, 丁若鏞, 1762-1836)의 심리학설을 중심으로 한국 유학심리학의 이론적 근간을 정리하고, 현재 시점에서 이 학설들이 이론이나 연구의 측면에서 심리학의 발전에 시사하는 점들을 논의하는데 목표를 두었다. 이 두 목표들 가운데 비록 개관이나마 조선시대 유학의 심리학설을 세 학자를 중심으로 정리하는 일은 한국심리학사를 조선시대까지 연결짓는 의의도 있다.

이어서 이 유학심리학들이 유학의 핵심 요소인 자기수양[修己, 修身]과 정치·경제·사회·문화적 현실 문제를 해결한다는 치인(治人) 가운데 상대적으로 강조하는 점만 다를 뿐이어서 현 시점에서는 일관된 심리학 이론체계로 재구성될 수 있음을 논의하였다.

특히 이 논문에서는 한국의 전통 유학에서 전개된 심리학 이론들 가운데 어느 단면이 현재 시점에서 현실적 타당성이 있는 이론으로 발전될 가능성이 있는지 모색하고자 했다. 여러 학자들이 다양한 관점에서 이와 같은 모색을 시도하게 되면 한국 전통 유학의 학설과 조화되는 현대 심리학 이론들을 개발하는 데 기여할 수 있다.

한국심리학회 창설 이후 현재까지 심리학 가운데 인문과학이나 사회과학 분야조차 서구심리학에서 개발된 개념과 방법을 사용하는 연구에 관심을 기울여 왔다. 이 논문에서 한국 유학심리학에서 제안된 이론들로부터 장차 연구해야 할 소재들도 간략히 정리한 바 있다. 과거에 성립된 이론들이 현재 상황에 그대로 적용될 수는 없다. 새로운 이론으로 재창출되려면 이 논문에서 다룬 바와 같이 이론의 발전 가능성을 검토하고, 실증연구의 과제들을 발굴할 필요가 있다. 장차 한국의 유학심리학에 관해서도 여러 학자들이 활발한 연구를 수행함으로써 한국 심리학의 발전에 기여할 수 있기를 기대한다.

▌ 참고문헌

李珥 (1958). 栗谷全書. 성균관대학교 대동문화연구원.

이익 (1973). 心經附註疾書. 星湖全集. 성균관대학교 대동문화연구소.

李滉 (1958). 退溪全書. 성균관대학교 대동문화연구원.

정약용 (1970). 增補 與猶堂全書. 경인문화사.

정약용 (1970). 心經密驗. 增補 與猶堂全書(卷 二). 경인문화사.

주희 (1959). 四書集注, 孟子, 經書. 성균관대학교 대동문화연구원.

金文植 (1996). 朝鮮後期 經學思想 研究―정조와 경기학인을 중심으로. 일조각.

金聖泰 (1982/1989). 敬과 注意(增補版). 고려대학교출판부.

杜維明 (1978). 李退溪의 心性論. 退溪學研究院. 退溪學報 13.

민족과사상연구회 편 (1992). 四端七情論. 서광사.

裵宗鎬 (1974). 韓國儒學史. 연세대학교출판부.

實是學舍經學研究會 編譯 (1996). 다산과 문산의 인성논쟁. 한길사.

安炳周 (1987). 退溪의 學問觀―心經後論을 중심으로. 단국대학교 퇴계학연구소. 퇴계학연구. 제1집.

安炳周 (1995). 退溪心學과 未來 社會. 退溪學報. 87·88 합본.

유승국 (1976). 한국의 유학사상 개설. 이상윤·이병도 외(역). 한국의 유학사상―퇴계집·율곡집. 삼성출판사.

유초하 (1992). 정약용의 사단칠정관. 민족과사상연구회 편. 四端七情論. 서광사.

尹絲淳 (1971). 退溪의 心性觀에 관한 研究―四端七情論을 中心으로. 고려대학교. 亞細亞研究.

尹絲淳 (1978). 退溪 哲學의 理想主義的 性格. 退溪學研究院 退溪學報. 19.

尹絲淳 (1980). 退溪哲學의 研究. 고려대학교출판부.

尹絲淳 (1996). 정약용의 인간관. 한국사상사연구회 편. 실학의 철학. 예문서원.

윤호균 (1983). 삶, 상담, 상담자. 문지사.

임능빈 편 (1995). 동양사상과 심리학. 성원사.

이동식 (1974). 韓國人의 主體性과 道. 일지사.

이수원 (1995a). 한국인의 인정―그 심리학적 함의(Ⅰ). 임능빈 편집. 동양사상과 심리학. 성원사.

이수원 (1995b). 한국인의 인정―그 심리학적 함의(Ⅱ). 임능빈 편집. 동양사상
　　과 심리학. 성원사.

李乙浩 (1966). 茶山經學思想硏究. 박영사.

이장호 (1995). 상담의 동양적 접근. 상담심리학(3판). 박영사.

李篪衡 역주 (1994). 茶山孟子要義. 현대실학사.

鄭良殷 (1970). 感情論의 比較 硏究―社會的 感情을 中心으로. 韓國心理學會誌.
　　제1권 3호.

鄭良殷 (1976). 心理構造理論의 東西 比較. 韓國心理學會誌. 제2권 2호.

조긍호 (1995a). 맹자에 나타난 심리학적 함의(Ⅰ)―인성론을 중심으로. 임능빈
　　편집. 동양사상과 심리학. 성원사.

조긍호 (1995b). 맹자에 나타난 심리학적 함의(Ⅱ)―교육론과 도덕실천론을 중
　　심으로. 임능빈 편집. 동양사상과 심리학. 성원사.

조긍호 (1995c). 순자에 나타난 심리학적 함의(Ⅰ)―천인관계론에 기초한 연구
　　방향의 정초. 임능빈 편집. 동양사상과 심리학. 성원사.

조긍호 (1995d). 순자에 나타난 심리학적 함의(Ⅱ)―인성론을 중심으로. 임능빈
　　편집. 동양사상과 심리학. 성원사.

차재호 (1983). 국민성 활성화 시안 : 시안의 심리학적 접근. 한국정신문화연구
　　원 편. 한국인의 윤리관.

차재호 (1994).한국문화의 분석. 문화설계의 심리학. 서울대학교출판부.

최상진,임영식, 유승엽 (1991). 핑계의 귀인/인식론적 분석. 韓國心理學會 年次
　　學術大會 學術發表論文集.

최상진,유승엽 (1992). 한국인의 체면에 대한 사회심리학적 한 분석. 한국심리학
　　회지―사회. 6(1).

최상진 (1997). 한국인의 심리특성. 한국심리학회 편. 현대심리학의 이해. 학문
　　사.

崔大羽, 鄭炳連, 安晋吾, 李己浩 (1989). 丁茶山의 經學―論語, 孟子, 大學, 中庸
　　硏究. 민음사.

한국사상사연구회 편저 (1996). 實學의 哲學. 예문서원.

한덕웅 (1993a). 退溪의 性理學에 관한 性格 및 社會心理學的 接近(1). 退溪學硏
　　究院. 退溪學報 78.

한덕웅 (1993b). 退溪의 性理學에 관한 性格 및 社會心理學的 接近(2). 退溪學硏

究院. 退溪學報 79.

한덕웅 (1993c). 韓國 性理學의 心的 自己調節論―退溪의 心學을 中心으로. 韓
國心理學會 年次學術大會 심포지엄 '韓國人의 特性―心理學的 探索'.

한덕웅 (1993d). 退溪의 性理學에 관한 性格 및 社會心理學的 接近(3). 退溪學研
究院. 退溪學報 80.

한덕웅 (1994/1996). 퇴계심리학―성격 및 사회심리학적 접근. 성균관대학교출
판부.

한덕웅 (1996a). 집단행동이론의 비판적 개관(Ⅱ)―집단간 관계 이론을 중심으
로. 한국심리학회지―사회 10(1).

한덕웅 (1996b). 퇴계심학의 실증적 연구 방향 모색 퇴계학연구원. 退溪學報 89
(특집호).

한덕웅 (1996c). 대인관계에서 사단4정 정서의 발생 경험. 韓國心理學會學術大
會 年次學術發表論文集.

한덕웅 (1997). 한국 유학의 사단칠정 정서설에 관한 심리학적 실증연구. 韓國
心理學會學術大會 年次學術發表論文集.

한덕웅 (1997). 한국 유학의 심리학적 기초와 현대 심리학적 의의. 한국심리학
회지 : 일반, 16권 1호, 40-79

한덕웅 (2000). 대인관계에서 4단7정 정서의 경험. 한국심리학회지 : 사회 및 성
격, 14권 3호.

한덕웅,전겸구 (1991). 情緖過程說로서의 退溪의 四·七論. 韓國心理學會 年次學
術大會 學術發表論文集 別刷本.

한덕웅,전겸구 (1995). 퇴계심학의 사단·칠정론에 관한 정서 이론적 접근. 임능
빈 편집. 동양사상과 심리학. 성원사.

Allport, G. W. (1955). *Becoming : Basic considerations for a psychology of
personality.* New Haven : Yale university Press.

Bandura, A. (1986). *Social foundations of thought and action : A social
cognitive theory.* N. J. : Prentice Hall, Inc.

Carver, C. S. & Scheier, M. F. (1981). *Attention and self-regulation : A
control theory approach to human behavior.* N.Y. : Springer-Verlag.

De Bary. (1989). *The message of the mind in neo-confucianism.* N.Y. :
Columbia University Press.

Deese, J. (1985). *American freedom and the social sciences.* N.Y. : Columbia University Press.

Duval, S. & Wicklund, R. A. (1972). *A theory of objective self-awareness.* N.Y. : Academic Press.

Higgins, E. T. (1989). Self-discrepancy theory : What patterns of self-beliefs cause people to suffer?. In L. Berkowitz(Ed.). *Advances in experimental social psychology.* Vol. 22, N.Y. : Academic Press.

Kalton M. C. (1988, translation). *To become a sage : The ten diagrams on sage learning by Yi Toe'gye.* N.Y. : Columbia University Press.

Locke, E. A. & Latham, G. P. (1990). *A theory of goal setting and task performance.* N. J. : Prentice Hall.

Markus, H. & Ruvolvo, A. (1989). Possible selves : Personalized representations of goals. In L. A. Pervin(Ed.). *Goal concepts in personality and social psychology.* Hillsdale, N. J. : Erlbaum.

Maslow, A. H. (1970). *Motivation and personality*(2nd ed.). N.Y. : Harper & Row.

Rogers, C. R. (1961). *On becoming a person.* Boston : Houghton Mifflin Co.

Rogers, C. R. (1980). *A way of being.* Boston : Houghton Mifflin Co.

Schlenker, B. R. & Weigold, M. F. (1989). Goals and the self-identification process : Constructing desired identies. In L. A. Pervin(Ed.). *Goal concepts in personality and social psychology.* N. J. : Lawrence Erlbaum.

Solomon, R. C. (1993). The philosophy of emotions. In M, Lewis & J. M. Haviland(Eds.), *Handbook of emotions.* N.Y. : The Guilford Press.

제4장 중용의 심리학적 탐구

1. 머리말

동양심리학에 대한 탐구는 대체로 두 가지 방향으로 전개될 수 있다. 하나는 동양철학이나 사상에 나타난 인간이해에 대한 견해를 분석하고 이에 대해서 심리학적 설명을 시도하는 것이다. 다른 하나는 동양문화에서 특징적으로 나타나는 심리적 현상을 기술하고 이러한 현상이 나타나게된 배경에 대해서 탐구하는 것이다. 이 글에서는 전자의 방법을 통해서 유학의 핵심사상의 하나인 중용(中庸)에 대한 접근을 모색해 보았다.

《중용》(中庸)은 유학의 경전인 사서 가운데 하나로서 사상형식을 갖추고 나타난 최초의 경전이라고 볼 수 있다. 《중용》은 많은 이설이 있지만 대체로 자사(子思)에 의해서 저술된 것으로 알려져 왔다. 중용의 의미는 바로 그 제목 자체에 있다. 중용은 원래 치우치지도 기울지도 않으며 지나치지도 모자라지도 않은 상태를 가리킨다. 중용은 조화의 산물이다. 중용은 누가 옳고 누가 그르고의 시비를 초월하여 글자 그대로 어느 쪽에도 치우침이 없이 중립적 입장에 서는 것이다.

조선시대 명재상인 황희(黃喜) 정승의 일화에서 중용의 참뜻이 잘 드러나고 있다. 어느 날 집에서 부리는 하인들이 싸움을 하다가 그 중 한 하인이 공에게 가서 자기의 옳음을 하소연하였다. 그러자 공은 "네가 옳다" 하고 돌려보냈다. 그런데 이번에는 상대방 하인이 와서 자기가 옳다고 주장하였다. 그러자 공은 다시 그에게도 "네가 옳다"고 말하였다. 옆에서 이를 지켜보던 부인이 어이가 없어서 "한쪽이 옳으면 한쪽이 그른 것이지, 어떻게 양쪽이 다 옳을 수 있습니까?" 하고 한마디 하자 공은 다시 부인에게도 "그 말도 옳다"고 하였다.

이 일화에는 갈등을 다루는 황희 정승의 기지가 잘 나타나 있다. 그는 누가 옳고 누가 그르고의 시비차원에서 이 갈등을 보지 않고 있다. 옳고 그르다의 시비차원(是非次元)이나 좋다 나쁘다의 호오차원(好惡次元)을 초월하고 있는 것이다. 그럼으로써 그는 두 하인 중에서 어느 쪽에도 치우침이 없이 중립적 입장에 설 수 있었다. 뿐만 아니라 하인들이 진정으로 바라던 주인의 인정을 양쪽 모두에게 줄 수 있었다. 이 일화는 옳고 그름의 시비를 초월하여 중용의 방법을 좇아 갈등을 해결하는 길을 보여주고 있다. 중용은 누가 옳고 누가 그르고의 시비를 초월하여 글자 그대로 어느 쪽에도 치우침이 없이 중립적 입장에 서는 것이다. 그리하여 양쪽 모두가 만족할 수 있는 방식으로 갈등을 해결하는 것이라고 볼 수 있다.

이 글에서 필자는 중용에 이르는 과정을 심리학적으로 해명해 보고자 하였다. 좀더 구체적으로 말해서 이 글에서는 갈등장면에서 시비를 초월하는 과정이 어떻게 일어나는 것인가를 밝혀보고자 하였다. 갈등은 다양한 방식으로 해결될 수 있다. 이들 방법들은 크게 분배적 해결방식과 통합적 해결방식으로 구분될 수 있다(Walton과 Mckersie, 1965). 전자는 갈등당사자들이 분배되는 전체 자원을 한정되어 있는 것 즉, 영합(zero-sum)으로 인식하여, 주어진 자원 중에서 자기에게 돌아오는 이득을 최대화하려 하고, 손실을 최소화하려 할 때 나타나는 방식이다. 여기서는 상대방의 이득이 곧 자기의 손실로 나타나기 때문에 갈등당사자간에 경쟁적 관계가 형성된다. 한편 후자는 분배되는 전체 자원을 한정되어 있지 않은 것 즉, 비영합(nonzero-sum)으로 인식하여, 갈등당사자들이 양쪽에 돌아가는 전체 자원을 확대하려 할 때 나타나는 방식이다. 따라서 전체 자원을 확대하기 위해서 서로 공개적으로 정보를 교환하고, 공동으로 문제를 해결함으로써, 갈등당사자간에 협조적 관계가 형성된다.

분배적 해결방식은 갈등을 승패(勝敗)방법으로 해결하는 것이다. 여기서 대표적인 방법은 "누가 힘센가"의 힘의 대결이나 "누가 옳은가"의 시비를 가리는 것이다. 따라서 이 방식에서는 갈등이 해결된다 하더라도 양쪽 모두 또는 어느 한쪽이 결과에 대하여 불만을 가질 수밖에 없다. 반면에 통합적 해결방식은 갈등을 승승(勝勝)방법으로 해결하는 것이다. 여기서는 갈등당사자들이 양쪽에 분배되는 전체 자원을 확대함으로써 서로가 이득을 보는 것이다. 따라서 이 방식에서는 누가 지고 누가 이기고 하는 것이 아니라, 모두가 이기는 것이기 때문에 양쪽이 모두 만족하게 된다.

갈등 해결의 한 방법으로서 중용은 분배적 해결방식이라기보다는 통합적 해결방식이라고 볼 수 있다. 중용의 방법은 한쪽이 이기고 한쪽이 지는 승패방법이 아니다. 모두가 이기는 승승방법이다. 중용의 상태는 옳고 그름이나 좋고 나쁨을 초월한 상태이기 때문에 승패는 여기서 문제가 되지 않는다. 승패는 시비차원이나 호오차원에서 일어나는 것이다. 시비차원에서는 한쪽이 옳으면 반드시 한쪽은 그른 것이 된다. 따라서 승패가 분명히 갈린다. 그러나 시비차원을 넘어서게 되면, 누가 옳고 누가 그른 것이 아니라, 양쪽 모두가 옳을 수 있다. 따라서 앞의 일화에서처럼 양쪽 모두가 이길 수 있다. 그렇다면 이것이 어떻게 가능한 것인가? 우리는 옳고 그름 또는 좋고 나쁨을 어떻게 초월할 수 있는가? 이 글에서는 이 물음에 대한 해답을 찾고자 하였다. 그리하여 이에 대한 해답을 통해서 중용의 실체를 밝혀 보고자 하였다.

2. 중용의 뜻

중용이라는 말은 《논어》(論語)에 처음 등장한다. 《논어》에서 "중용의 덕은 지극한 것인데 이를 지속해서 행하는 사람이 별로 없다"[1]라는 표현이 나온다. 여기서 나오는 중용이라는 표현이 중(中)이 용(庸)과 결합하여 나타나는 효시이다. 물론 '중'의 개념은 고대로부터 존재하여 왔다. '중'은 중국사상의 핵심을 이루는 개념이다. 그런데 고대에 있어서 그것은 '용'과 결합되어 쓰이지 않았다. 논어에서 최초로 '중'이 '용'과 결합되어 사용되었다. 그러나 논어에서는 중용의 참뜻이 무엇인가에 대해서 더 이상 부연하고 있지 않다.

중용의 의미는 자사가 지은 《중용》에서 비로소 구체화되어 나타난다. 주희(朱熹)의 《중용장구》(中庸章句)에서 보면 중(中)은 두 가지 의미를 갖고 있다. 첫째는 치우치지도 기울지도 않은 상태[中者不偏不倚]이며, 둘째는 지나치지도 모자라지도 않은 상태[中者無過不及]이다. 《중용》에서는 치우치지도 기울지도 않는 상태를 다음과 같이 비유하고 있다.

> 자로(子路)가 공자에게 강(强)에 대해서 묻자 다음과 같이 말씀하셨다. 남방의 강함인가, 북방의 강함인가, 또는 너 자신의 강함인가? 관대하고 유하게 가르치고 도리에 어긋난 것도 감싸주는 것은 남방의 강함이니 군자는 이렇게 행동한다. 창칼과 갑옷을 깔고 누워 죽음도 마다하지 않는 것은 북방의 강함이니 힘센 사람은 그렇게 행동한다. 그러므로 군자는 세상 모든 것과 조화를 이루지만 세상에 빠져 거기에 휩쓸리지 않는다. 강하도다! 가운데[中]에 위치하여 어느 쪽으로도 기울지 않으니 강하도다! 나라의 도가 세워져 높은 자리에 올랐어도 어려웠던 시절에 품었던 뜻을 변치 않으니 강하도다! 나라의 도가 무너져 곤궁하게 지내어도 죽을 때까지 지조를 변치 않으니 강하도다![2]

또한 중용에서는 지나치지도 모자라지도 않은 상태를 "공자께서 말씀하시기를 도(道)가 행해지지 않는 까닭을 내가 알고 있다. 지혜로운 자는

---

1) 子曰 中庸之爲德也 其至矣乎 民鮮久矣(《論語》雍也篇 27장)
2) 子路問强 子曰 南方之强與 北方之强與 抑而强與 寬柔以敎 不報無道 南方之强也 君子居之 衽金革 死而不厭 北方之强也 而强者居之 故君子和而不流 强哉矯 中立而不倚 强哉矯 國有道 不變塞焉 强哉矯 國無道 至死不變 强哉矯(《中庸》10장)

지나치고, 어리석은 자는 모자란다. 도가 밝아지지 않는 까닭을 내가 알고 있다. 어진 사람은 지나치고, 못난 사람은 모자란다"[3]고 표현하고 있다. 이렇게 '중'의 존재 양식은 시공간 차원에서 '중립성'을 특징으로 하고 있다. 그런데 여기서 이와 같은 중립성은 단순히 일차원상의 양극단에서 중간지점을 가리키는 것이 아니다. 《중용》에서 말하는 중립성은 위고문상서《위고문상서》(僞古文尙書)에 나와 있는 윤집궐중(允執厥中)의 '중'을 뜻하는 것이다. 여기서 '윤집궐중'은 양극단을 파악하여 그 가운데를 취하는 것이다. 중용에서는 이것을 가리켜 "양극단을 붙잡아 [執其兩端] 그 가운데를 쓴다[用其中]"[4]라고 표현하고 있다. 이렇게 《중용》에서 말하는 '중'은 양극단을 파악하여 중간을 쓰는 상태를 가리킨다.

이 상태는 양극단과 거리를 두지만 그러나 양극단을 포용하고 있는 상태이다. 따라서 이러한 중립성은 그 속에 양극단이 포용되어 있는 상태를 가리키는 것이다. 이렇게 볼 때 '중'의 존재양식으로서의 중립성은 양극단을 모두 포용하고 이를 초월하고 있는 상태라고 볼 수 있다. 그리하여 필요하다면 언제든지 양극으로 전개될 수 있는 일체의 가능성을 내포하고 있는 것이다.

《중용》(中庸)에서 용(庸)의 개념은 반복을 통한 지속적인 쓰임[用]을 뜻한다. '용'을 주희는 매일 매일의 일상적인 행위 즉, 평상적 행위로 풀이했으며, 정자(程子)는 변치 않는 원리적 법칙성 즉, 천하에 정해진 이치로 풀이했다. 이렇게 볼 때, '용'은 원리적 법칙성의 끊임없는 반복적 행위로서 볼 수 있다. 여기서 원리적 법칙성의 구현은 《중용》에서 강조하는 중절(中節) 상태를 가리키는 것이다.

《중용》에서는 이러한 중절 상태를 다음과 같이 기술하고 있다. "희노애락(喜怒哀樂)이 아직 나타나지 않은 상태를 중(中)이라 하고, 나타나서 모두 절도에 맞는 것을 화(和)라고 하니, 중이라는 것은 천하의 대본

---

3) 子曰 道之不行也 我知之矣 知者過之 愚者不及也 道之不明也 我知之矣 賢者過之 不肖者不及也(《中庸》4장)
4) 執其兩端 用其中於民(《中庸》6장)

(大本)이요, 화라는 것은 천하의 달도(達道)다. 중과 화를 이루면 하늘과 땅이 제자리를 잡게 되고, 세상의 만물이 제대로 길러진다."[5] '중'은 희노애락의 감정이 아직 일어나지 않은 상태로서 인간의 본연의 성(性)을 나타내는 것이다. 그것이 바깥 사물과 접촉하여 감정을 발하되 모두 절도에 맞으면 '화'를 이루게 된다. 이렇게 볼 때 '중'은 인성의 본체를 가리키고, '화'는 운용의 법칙을 나타낸다고 볼 수 있다. 중화(中和)는 천지만물의 조화의 원리로서, 만물이 이로부터 제자리를 잡게 되어 생성 양육되는 것이다.

또한 이렇게 바깥 사물과 접촉하여 모두 절도에 맞아 '화'를 이루게 되는 것을 《중용》에서는 시중(時中)의 개념으로 형상화하고 있다. 여기서 시중의 경지는 외부에서 자기에게 어떤 것이 들어오더라도 그것을 담을 수 있도록 자기를 비워 놓은 상태라고 볼 수 있다. 예컨대, 빨강과 파랑과 같은 색채의 대비에서 중용은 '투명'이라고 볼 수 있다. 왜냐하면 투명에다가는 두 색깔을 조금도 손상시킴 없이 있는 그대로 담을 수 있기 때문이다. 시중의 경지는 바로 이러한 상태를 나타낸다. 시중은 《중용》에서 군자와 소인의 차이를 가지고 설명하였다. "군자는 중용을 따르고 소인은 중용을 거슬린다. 군자가 중용을 따른다는 것은 때에 맞춰 행한다는 것이며, 소인이 중용을 거슬린다는 것은 기탄 없이 행동한다는 것이다."[6]

시중은 '때'를 자신에게 맞추는 것이라기보다는 자신을 '때'에 맞추는 것이다. 이 사실을 《중용》에서는 다음과 같이 표현하고 있다.

군자는 사신의 처지에 맞게 행동하고, 그 밖에 것은 비라지 않는다. 부귀(富貴)에 처하면 부귀를 누리고, 빈천(貧賤)에 처하면 빈천을 즐기고, 오랑캐 나라에 가면 오랑캐의 풍속을 따르며, 환란을 맞게 되면 피하지 않고 받아들

---

5) 喜怒哀樂之未發 謂之中 發而皆中節 謂之和 中也者 天下之大本也 和也者 天下之達道也 致中和 天地位焉 萬物育焉(《中庸》1장)

6) 仲尼曰 君子中庸 小人反中庸 君子之中庸也 君子而時中 小人之中庸也 小人而無忌憚也(《中庸》2장)

인다. 군자는 어느 곳에 처하든지 자득(自得)하지 못할 데가 없다. 윗사람이
되면 아랫사람을 업신여기지 않고, 아랫사람이 되면 윗사람에게 아첨하지 않
는다. 자신을 바르게 세워 남에게서 구하지 않으니 원망할 것이 없다. 위로는
하늘을 원망하지 않으며, 아래로는 사람에게 원한을 갖지 않는다. 그러므로
군자는 평탄하게 처신하면서 천명을 기다린다. 그러나 소인은 위험한 행동을
서슴지 않으면서 요행을 바란다. 공자께서는 "활쏘는 것은 군자와 유사한 데
가 있다. 정곡(正鵠)을 맞추지 못하면 돌이켜 자신에게서 그 원인을 찾는다"
고 말씀하셨다.[7]

그런데 여기서 이와 같은 '시중'의 처신이 주관이 없다든지 또는 자기
가 없기 때문에 일어나는 것이 아니다. 만일 그렇다면 시중이라는 것이
오히려 소신을 갖고 기탄 없이 행동하는 소인의 처신만도 못한 것이다.
군자는 소인들의 옳고 그름의 판단이 결국 사람들의 이해관계에 좇아
나타난 허상(虛像)임을 깨닫는 것이다. 그럼으로써 군자는 특정한 이해
관계에 매이지 않고 사물을 볼 수 있게 되는 것이다. 군자가 자기를 비
운 상태에서 사물을 바라보게 되면, 사물의 특성이 있는 그대로 드러나
게 된다. 그리하여 군자는 자기를 사물에 맡길 수 있게 되는 것이다. 여
기서 사물의 특성이 있는 그대로 드러난다는 것은 사물 속에 내재하여
있는 속성을 객관적으로 볼 수 있다는 것을 뜻한다.

중용의 경지가 사사로운 욕심에서 벗어나 사물을 있는 그대로 보는
상태라는 것은 《위고문상서》에 잘 나타나 있다. 이 글에서 보면 순(舜)
임금이 우(禹)임금에게 임금자리를 물려주면서 "인심(人心)은 위태하고
도심(道心)은 은밀하니, 오직 정(精)하고 일(一)해야만 진실로 그 중(中)
을 잡을 수 있다"[8]는 말씀을 전해 주었다고 한다. 여기서 인심은 개인적
욕심[人慾之私]에서 비롯되는 마음을 가리키며, 도심은 공공적 천리[天

---

7) 君子素其位而行 不願乎其外 素富貴行乎富貴 素貧賤行乎貧賤 素夷狄行乎夷
   狄 素患難行乎患難 君子無入而不自得焉 在上位不陵下 在下位不援上 正己而不
   求於人則無怨 上不怨天 下不尤人 故君子居易以俟命 小人行險以徼幸 子曰 射
   有似乎君子 失諸正鵠 反求諸其身(《中庸》14장)
8) 人心惟危 道心惟微 惟精惟一 允執厥中(《僞古文尚書》大禹謨篇)

理之公]에서 비롯된 마음을 가리킨다. 이 두 가지가 한 치의 작은 마음[方寸]속에 섞여 있어서 이를 잘 다스리지 못하면, 위태로운 것이 더욱 위태로워지고, 은밀한 것이 더욱 은밀해져서, 결국 욕심이 천리를 이기게 된다.

여기서 정(精)은 이 두 가지가 섞이지 않도록 살피는 것이며, 일(一)은 천리의 바른 것을 지켜 떠나지 않게 하는 것이다. 그리하여 도심이 주인이 되어 인심이 이에 따르게 되면 위태로운 것은 없어지고 은밀한 것이 드러나서, 중용의 경지에 도달하게 된다고 주희는 《중용장구》에서 풀이하였다. 중용의 경지는 이렇게 개인적 욕심을 초월한 상태를 나타낸다. 개인적 욕심이 개입되면 필연적으로 한쪽으로 기울게 마련이다. 중용은 사사로운 이해관계에서 벗어나 사물을 있는 그대로 볼 수 있을 때 도달하는 경지인 것이다.

일상생활에서 중용의 실천은 양극단을 파악하여 그 중간을 쓰는 것이다. 《중용》에서는 이를 용중(用中)의 개념으로 형상화하였다. 용중에 대해서 《중용》에서는 다음과 같이 기술하고 있다.

> 순(舜)임금은 위대한 지혜를 가지셨다. 그는 묻기를 좋아했고 허잘 데 없는 말도 살폈으며, 다른 사람의 허물은 덮어주고, 착한 일은 드러냈다. 매사에 양극단을 파악하여 그 가운데(中)를 취하여 백성에게 베풀었으니, 이것이 순임금이 된 까닭이다.[9]

> 공자께서는 "사람들은 스스로 지혜롭다고 말하지만 그물이나 덫이나 함정에 빠져들면서도 피할 줄을 모른다. 사람들은 스스로 지혜롭다고 말하지만 중용을 실천하여 한 달을 버티지 못한다"라고 말씀하셨다.[10]

그런데 일상생활에서 중용을 행하는 것이 얼마나 어려운 것인가에 대

---

9) 子曰 舜其大知也與 舜好問而好察邇言 隱惡而揚善 執其兩端 用其中於民 其斯以爲舜乎(《中庸》6장)

10) 子曰 人皆曰予知 驅而納諸罟擭陷阱之中 而莫之知辟也 人皆曰予知 擇乎中庸而不能期月守也(《中庸》7장)

해서 《중용》에서는 매우 강조하고 있다. "도(道)가 행하여지지 않을 것
이다"[11]라는 말씀이나, "천하와 국가를 고르게 다스릴 수 있으며, 벼슬과
봉록도 사양할 수 있으며, 날이 선 칼날도 밟을 수 있으나, 중용은 실천
할 수 없다"[12]라는 말씀을 통해서 중용의 실천이 매우 어렵다는 것을 반
복해서 표현되고 있다. 일상생활에서 사람들은 대부분 중용에 반(反)하
는 행동을 하면서, 마치 그것이 정도인양 생각하는 것이다. 《중용》에서
는 이것을 "공자께서 말씀하시기를 은벽(隱僻)한 것을 찾으며 괴이한
것을 좇는 것을 후세에 사람들은 칭송할 것이지만 나는 그렇게 하지 않
을 것이다"[13]라고 말하고 있다.

그러나 중용의 실천은 만물을 화육(化育)시키는 근원이다. 《중용》에
서는 이를 일컬어 "중(中)과 화(和)의 덕을 지극히 하면 천지가 제자리
를 잡고 만물이 자라난다"[14]라고 말하고 있다. 또한 "성(誠)은 만물의 처
음이자 끝이다. 성이 없으면 만물도 없다. 그러므로 군자는 성을 귀하게
여긴다. 성은 스스로 자기를 이룰 뿐만 아니라 또한 만물을 이루게 하는
것이다. 자기를 이루게 하는 것은 인(仁)이요, 만물을 이루게 하는 것은
지(智)이다. 성(性)의 덕으로 말미암아 안과 밖이 하나로 합쳐져, 때에
맞춰 이루어지는 것이다."[15] 그리고 "그러므로 성(誠)을 이루는 것은 그
침이 없고, 그침이 없으므로 오래 간다. 오래 가므로 징험(徵驗)이 나타
나고, 징험이 나타나므로 유원해진다. 유원해지므로 넓고 두터워지며,
넓고 두터워지므로 높고 밝아진다. 넓고 두터움은 만물의 싣는 것이요,
높고 밝음은 만물을 덮는 것이요, 멀고 오램은 만물을 이루는 것이다."[16]

---

11) 子曰 道其不行矣夫(《中庸》5장)
12) 子曰 天下國家可均也 爵祿可辭也 白刃可蹈也 中庸不可能也(《中庸》9장)
13) 子曰 素隱行怪 後世有述焉 吾弗爲之矣(《中庸》11장)
14) 註 5) 참조.
15) 誠者物之終始 不誠無物 是故君子誠之爲貴 誠者非自成己而已也 所以成物也
    成己仁也 成物知也 性之德也 合內外之道也 故時措之宜也(《中庸》25장)
16) 故至誠無息 不息則久 久則徵 徵則悠遠 悠遠則博厚 博厚則高明 博厚所以載
    物也 高明所以覆物也 悠久所以成物也(《中庸》26장)

"크도다! 성인의 도여! 만물을 발육(發育)시켜 그 높고 큼이 하늘에 닿았도다"[17]라고 표현하고 있다.

그렇다면 일상생활에서 중용을 실천하려면 어떻게 해야 하는 것인가? 위에서 인용한 《위고문상서》에 나와 있는 "인심(人心)은 위태하고 도심(道心)은 은밀하니, 오직 정(精)하고 일(一)해야만 진실로 그 중(中)을 잡을 수 있다"는 글을 통해서 그 실마리가 드러난다. 이 글에서 인심은 개인적 욕심[人慾之私]에서 비롯되는 마음을 가리키며, 도심은 공공적 천리[天理之公]에서 비롯된 마음을 가리킨다. 중용의 상태는 이렇게 사사로운 욕심을 벗어난 경지를 나타낸다. 사사로운 욕심이 발동하면 필연적으로 반중용 즉, 한쪽으로 치우치거나 기울게 마련이다.

3. 시비의 원천

시비(是非)나 호오(好惡)는 개인의 이해관계에서 비롯되는 것이다. 개인의 이해관계가 사물을 지각할 때 어떻게 작용하는가에 대해서는 굴원(屈原)의 〈어부사〉(漁父辭)에 잘 나타나 있다. 어부사의 내용은 굴원이 초나라의 관직에서 쫓겨나 창랑의 강가에서 우수와 탄식으로 세월을 보낼 때, 세상을 피하여 몸을 숨겨 강가에서 고기를 낚으며 사는 어부를 만나, 문답을 나누는 것으로 되어 있다. 굴원은 세상이 모두 혼탁한데 자기만이 홀로 깨끗하여, 이 혼탁한 무리들과 어울려 살기보다는, 차라리 창랑에 몸을 던져 청백을 지키느니만 못하다고 심경을 토설한다. 이에 어부가 한 수의 노래를 지어 자신의 생각을 전하고 있다.

창랑의 물이 깨끗하면 내 갓끈을 씻을 것이요, 창랑의 물이 더러우면 내 발을 씻으리로다.

---

17) 大哉 聖人之道 洋洋乎發育萬物 峻極于天(《中庸》27장)

어부의 이 노래는 사람들이 갖고 있는 이해관계가 사물에 대한 인식에서 어떻게 작용하는가를 잘 보여준다. 이 노래에서 사물은 사람들이 그것을 어디에다 쓰려는가에 따라 달리 지각된다는 것이 드러난다. 즉, 갓끈을 씻으려고 하는가 또는 발을 씻으려고 하는가에 따라 물의 깨끗함과 더러움이 달리 지각된다. 발을 씻을 때는 깨끗했던 물이 갓끈을 씻으려니까 더럽다고 지각되는 것이다. 어부는 물의 깨끗하고 더러움이 사람들의 이해관계에 따라서 달라짐을 노래하고 있다. 그런데 사람들은 그렇게 생각하지 못하고 물 자체가 더럽거나 깨끗하다고만 생각한다. 물 자체가 청탁의 성질을 갖고 있는 것처럼 생각하는 것이다. 그래서 더러운 물과 깨끗한 물 즉, '옳은 것'과 '그른 것'을 분별한다. 그리고 이 분별이 자기의 이해관계에서 비롯되었음을 모르는 것이다.

여기서 이해관계는 사람들이 자기 밖의 사물에 대하여 갖는 사사로운 욕심 또는 관심을 가리킨다. 위의 물의 비유에서 보면 물의 '쓸모'에 대하여 사람들이 갖는 욕심 또는 관심을 가리키는 것이다. 발을 씻는 데 쓸 것인가 또는 갓끈을 씻는 데 쓸 것인가가 이해관계이다. 그리하여 이해관계에 따라 물에 대한 인식도 달라지는 것이다. 인간의 이해관계가 세계를 인식할 때 어떻게 작용하는가는 인간과 세계와의 관계를 문제삼은 전유화(appropriation)의 개념을 통해서 잘 드러난다. 전유화는 레온티프(Leontiev, 1981) 등의 활동이론(activity theory)에서 전개된 개념이다. 전유화는 우리가 살고 있는 세계가 인간의 정신적 신체적 활동을 통해서만 진실로 인간적 환경이 된다는 것을 뜻한다. 또한 이렇게 환경을 전유하는 과정을 통해서 인간 자신도 탈바꿈된다는 것이다.

활동이론의 전개에서 중요한 위치를 차지하고 있는 러시아의 어문학자 바흐친(Bakhtin, 1981)은 언어사용자의 주관적 세계에서 단어의 역할에 대해서 다음과 같이 기술하고 있다. "언어의 단어는 절반은 소외된 단어이다. 말하는 자가 자기의 의도와 억양을 가지고 그 단어에 숙달하려 하고, 그 단어에 의미를 부여하고 표현하려고 노력할 때 '자기자신의 것'이 된다. 단어를 전유하는 그 순간까지 그 단어가 중립적이고 정체불

명의 언어로서 존재하는 것이 아니고, 타인들의 의도에 이용되어 소외
된 맥락 즉, 타인들의 입술 위에서 존재한다. 여기서 그 단어는 취택되
며, 그리고 자기의 것으로 만들어지는 것이다."(p.106) 단어는 항상 그밖
에 어떤 것들의 절반이라는 이 말은 전유화의 핵심을 드러낸 말이다. 그
는 단어를 능동적 개인과 사회적 세계 사이에 존재하는 '경계선적 현상'
으로서 간주하였다. 인간은 정신적 신체적 활동을 통해서 소외된 단어
를 자기의 것으로 만드는 주체인 것이다.

여기서 인간의 정신적 신체적 활동은 그의 목표지향적 이해관계와 연
관되어 나타나는 것이다. 트르제빈스키(Trzebinski, 1989)는 개인의 사
회적 지식이 행위지향적 목표(action-oriented goal)의 산물이라고 보았
다. 그는 사람들이 사회적 현실을 자신의 목표실현과 관련시켜 이해하
고 기억한다고 주장하였다. 그리하여 이렇게 얻어진 사회현실에 대한
표상을 통해서 사회적 지식이 형성된다고 보았다. 이렇게 볼 때 개인의
사회적 지식에는 행위자, 행위목표 및 목표실현을 위한 수단과 같은 의
도적 사회행위가 반영되어 있는 것이다. 이러한 사실은 개인의 사회적
지식의 내용을 분석함으로서 드러날 수 있다. 실제로 그는 사회적 지식
의 핵심 내용으로서 볼 수 있는 인지도식의 내적 구조가 행위목표를 중
심으로 짜여져 있음을 발견하였다.

그의 주장에 따르면 개인의 이해관계는 대상에 대해서 갖는 행위지향
적 목표라고 볼 수 있다. 그리하여 이 행위지향적 목표에 따라 개인의
인식이 결정되는 것이다. 주어진 대상이 이 행위지향적 목표를 실현시키
는데 도움을 주는 대상인가 또는 장애가 되는 대상인가에 따라 그 대상
에 대한 인식이 달라지는 것이다. 주어진 대상이 행위지향적 목표에 도
움이 된다고 지각할 때 그 대상에 대해서 긍정적 태도를 갖게 되며, 한편
장애가 된다고 지각할 때 그 대상에 대해서 부정적 태도를 갖는 것이다.

그의 이러한 주장은 최근에 히긴스와 트로프(Higgins & Trope,
1990)가 주장하는 활동이행이론(activity engagement theory)을 통해서
도 뒷받침되고 있다. 이 이론에서는 사람들이 이행하는 모든 활동은 그

정체가 다양한 방식으로 동일시될 수 있다고 보았다. 예컨대, "공원에 산책가는 것"은 "구경을 하기 위한 활동"으로 동일시될 수도 있으며, "운동을 하기 위한 활동"으로 동일시될 수도 있다. 또한 "직장에서 일을 하는 것"은 "생계를 유지하기 위한 활동"으로 동일시될 수도 있으며, "자기실현을 이루기 위한 활동"으로 동일시될 수도 있다. 그런데 사람들은 그것들 중에 어떤 한 가지로 주어진 활동을 동일시하고 또 그렇게 이름 붙이는 것이다.

그런데 여기서 동일한 활동이라 하더라도 그것의 정체가 어떻게 동일시되는가에 따라 그에 대한 지각이 전혀 달라진다. 예컨대, 손으로 빚어서 만든 도자기 커피 잔이 있다고 하자. 이 도자기 커피 잔의 정체는 그냥 단순히 커피 잔으로 동일시될 수도 있고 또는 예술품으로 동일시될 수도 있다. 그런데 사람들이 이것을 커피 잔으로 동일시할 때와 예술품으로 동일시할 때 그 물건의 속성에 대한 지각이 완전히 달라진다. 커피 잔으로 동일시할 때는 그것의 무게가 너무 무겁지 않은지, 손잡이를 잡기가 쉬운지, 내용을 얼마나 담을 수 있는지, 열이 쉽게 식지는 않는지 등과 같은 것에 대해서 관심을 갖고 보게 된다. 그러나 예술품으로 동일시할 때에는 그것을 어떤 흙으로 빚었는지, 유약은 무엇을 썼는지, 어떤 방법으로 구웠는지, 디자인의 독창성이 있는지, 제작자의 예술혼이나 장인정신이 있는지 등과 같은 것을 보게 되는 것이다.

여기서 손잡이의 형태나 유약의 종류와 같이 양쪽에서 모두 중요하게 생각하는 속성이라 할지라도 그것들에 대한 평가는 같지 않다. 커피 잔으로 동일시할 때 손잡이를 커피를 마실 때 얼마나 잡기가 쉬운가에 입각해서 보게 되며, 유약은 그것이 커피 맛에 어떠한 영향을 미치는가에 입각해서 보게 된다. 그러나 예술품으로 동일시될 때는 손잡이를 전체 구도와 조화를 이루는가에 입각해서 보게 되며, 유약은 도자기의 색감에 미치는 효과에 입각해서 보게 된다. 뿐만 아니라 이렇게 도자기의 속성에 대한 지각이 달라짐으로써 그 물건에 대한 평가도 달라진다. 예술품으로 동일시될 때 미적인 차원에서 좋게 평가되는 도자기 안쪽에 바른 유약이 커피 잔으로 동일시될 때는 커피 맛에 나쁜 효과를 가져오는 것으로 평가될 수도 있다. 또한 커피 잔으로 동일시될 때 잡기가 쉬워 좋게 평가되는 손잡이가 예술품으로 평가될 때는 전체의 조화를 깨트려 나쁘게 평가될 수도 있다. 이렇게 볼 때 어떤 사건이나 활동에 대한 사람들의 평가는 그들이 그것의 정체를 어떻게 동일시하는가에 따라 달라진다는 것을 알 수 있다. 사람들이 갖고 있는 이해관계는 이렇게 대상에 대한 정체를 달리 동일시하게 만들어 그에 대한 평가를 달리하게 하는 것이다.

그런데 여기서 사람들은 이렇게 지각된 사물의 모습을 그 사물의 원래의 실제 모습으로서 생각하는 경향이 있다. 이 사실을 가장 잘 보여주는 비유는 동굴 속에 있는 사람에 대한 철학자 폴라니(Polanyi, 1966)의 이야기이다. 한 사람이 깜깜한 동굴 안에서 막대기를 가지고 발밑을 더듬는다고 하자. 처음에는 막대기가 인식된다. 손바닥에 막대기에 대한 감촉이 의식된다. 그러나 막대기가 동굴을 탐색하는 자신의 분신으로서의 '도구'가 되면서 막대기에 대한 의식은 사라지게 되고 그 대신 막대기 끝을 통해서 전달되는 동굴에 대한 의식이 전면으로 등장하게 된다. 동굴의 모양이 의식의 '초점'으로 등장하고 막대기가 '배경'이 되는 것이다. 여기서 이 사람이 자기가 지금 쥐고 있는 막대기가 어떤 막대기인지를 모른다면 어떤 일이 일어날까? 아주 짧은 막대기를 쥔 사람은 앞이 벼랑이라고 느낄 것이다. 끝에 고무가 달려 있는 막대기를 쥔 사람은 앞이 늪지대라고 생각하게 될 것이다. 이와 같은 상황에서 동굴에 대한 지각은 그것을 지각할 때 인식의 틀이 된 막대기에 의해서 달라진다. 동굴에 대한 지각이 인식의 틀인 막대기에 의해서 구속되는 것이다.

그런데 사람들은 그렇게 지각된 동굴의 모습이 막대기 때문에 빚어진 것이라고 생각하지 않고 동굴의 모습이 원래 그렇다고 생각한다. 그렇게 지각된 동굴의 모습을 동굴의 실재의 모습으로서 생각하는 것이다. 왜 그럴까? 위의 비유에서 막대기는 인식의 주체로서의 '자기'를 의미한다. 세상을 지각할 때 인식의 주체로서의 자기는 항상 인식의 틀이 된다. 자기가 도구가 되어 세상이 지각되는 것이다. 그런데 이 과정에서 인식의 틀로서의 자기는 직접 지각되지 않는다. 인식의 틀인 '내'가 '나'를 지각할 수는 없다. 마치 눈이 자기 눈을 볼 수 없는 것과 같은 이치이다. 이런 상황에서 인식의 대상은 항상 자기 밖의 세상이 된다. 인식의 주체인 나는 지각될 수 없다. 따라서 세상에 대한 인식이 절대화된다. 세상을 지각할 때 자기가 도구가 되었다는 것을 지각하지 못하기 때문에 자기가 보고 있는 세상을 절대적으로 그렇게 실재하는 것으로 인식하는 것이다.

모든 갈등은 인식의 이와 같은 '절대화' 때문에 야기되는 것이다. 위의 동굴의 비유에서 한 사람은 짧은 막대기를, 다른 사람은 긴 막대기를 쥐고 있다고 하자. 이들 사이에 갈등은 필연적이다. 전자는 앞이 내리막이라고 느낄 것이며, 후자는 그것을 오르막이라고 느낄 것이다. 그리고 이들은 동굴에 대한 자기들의 지각이 막대기에 의해서 구속되었다는 것을 모르기 때문에 동굴의 모양이 원래 그렇게 생겼다고 생각할 수밖에 없다. 이런 상황에서 어떻게 상대방의 주장을 받아들일 수 있겠는가? 각자가 쥐고 있는 막대기가 다르다는 것을 깨닫지 못하는 한 상대방의 주장이 터무니없는 것으로 들릴 것이다.

4. 역지사지

위의 동굴의 비유에서 짧은 막대기를 쥔 사람은 앞이 내리막이라고 주장하고, 긴 막대기를 쥔 사람은 그것이 오르막이라고 주장한다면 이 갈등을 어떻게 해결할 수 있는가? 물론 상대방을 설복시키거나, 권위로 누르거나, 타협을 하는 등의 여러 가지 방법이 있을 수 있다. 그러나 이런 방법들은 문제를 본질적으로 해결한 것이 아니다. 더 이상 갈등이 일어나지 못하게만 막은 것이다. 이 장면에서 갈등을 본질적으로 해결할 수 있는 유일한 길은 각자가 쥐고 있는 길이가 다르다는 깨달음에 이르

는 것이다 이제까지 자기의 분신이 되어 동굴을 지각할 때 '인식의 틀'
이 됐던 막대기에로 인식의 전환이 일어나야 한다. 그리하여 각자가 갖
고 있는 막대기의 길이가 서로 다르다는 사실을 깨달아야 한다. 그래서
동굴에 대한 인식이 막대기에 의해서 구속되었다는 사실을 자각해야 한
다. 이때 우리는 인식의 틀인 '막대기'의 길이에 구속받지 않고 동굴의
모습을 정확히 지각할 수 있게 된다.

그런데 앞 절에서도 말한 것처럼 자기가 자신의 인식의 틀을 직접 인
식할 수는 없다. 인식의 주체로서의 '내'가 '나'를 인식할 수 없는 것이다.
인식의 주체가 되면서 동시에 인식의 대상이 될 수는 없는 것이다. 그것
은 마치 눈이 자기 눈은 볼 수 없고, 도끼가 자기 자루를 찍을 수 없는
것과 같은 이치이다. 이를 인식하기 위해서는 자기가 자신의 인식을 틀
밖에 설수 있어야 한다. 따라서 갈등에서 갈등상대방의 인식의 틀이 지
각된 후에 그의 인식의 틀에서 자기를 되돌아 볼 때 자기의 인식의 틀이
지각되는 것이다. 이때 갈등상대방과 처지를 바꾸어서 생각해 보는 역
지사지(易地思之) 즉, 역할수용(role taking)은 중요한 기제가 된다.

《중용》에서는 이 사실을 공자의 말씀을 빌려 다음과 같이 말하고 있다.

　도(道)는 사람에게서 멀리 떨어져 있지 않다 따라서 어떤 사람이 행동할
때 사람을 멀리하면, 그 사람은 도를 터득할 수 없다. 《시경》에 "도끼 자루
찍네. 도끼 자루 찍네. 그 법이 멀지 않다"고 하였다. 사람들은 도끼 자루를
잡고 도끼 자루를 찍으면서, 멀다고 생각한다. 그러므로 군자는 사람으로서
사람을 다스려, 깨우치면 거기서 그친다. 충서(忠恕)는 도에서 멀지 않다. 자
기가 받고 싶지 않은 것을 남에게 베풀지 말라. 군자의 도가 넷이 있는 데 구
(丘)는 아직 한가지도 제대로 하지 못하였다. 자식에게 받고 싶은 것을 아버
지에게 해드리지 못하였고, 신하에게 받고 싶은 것을 임금에게 해드리지 못
하였으며, 동생에게 받고 싶은 것을 형에게 해드리지 못하였고, 친구에게 받
고싶은 것을 친구에게 먼저 해주지 못하였다.[18]

---

18) 子曰 道不遠人 人之爲道而遠人 不可以爲道 詩云 伐柯伐柯 其則不遠 執柯以
　　伐柯 睨而視之 猶以爲遠 故君子以人治人 改而止 忠恕違道不遠 施諸己而不願

《대학》에서는 이를 혈구지도(絜矩之道)로서 기술하였다. "군자는 혈구지도를 지닌다. 윗사람에게서 싫다고 느꼈던 것을 아랫사람에게 시키지 않으며, 아랫사람에게서 싫다고 느꼈던 것을 가지고 윗사람을 섬기지 않으며, 앞사람에게서 싫다고 느꼈던 것을 가지고 뒷사람을 이끌지 않으며, 뒷사람에게서 싫다고 느꼈던 것을 가지고 앞사람을 따라하지 않으며, 오른쪽 사람에게서 싫다고 느꼈던 것을 왼쪽 사람에게 건네지 않으며 왼쪽 사람에게서 싫다고 느꼈던 것을 오른쪽 사람에게 건네지 않는다."[19] 여기서 혈은 '헤아린다'는 뜻이며 구는 '잣대'를 뜻한다. 따라서 혈구지도는 내 마음을 잣대로 삼아 남의 마음을 헤아린다는 것이다.

갈등장면에서 중용에 이르는 길은 이렇게 입장을 바꾸어 상대방의 입장에서 그를 이해하는 것이다. 상대방의 처지에서 생각하는 역지사지가 중용에 이르는 지름길인 것이다. 그렇다면 역지사지가 어떻게 해서 중용에 이르는 지름길이 되는 것인가? 역지사지는 글자 그대로 타인의 처지 또는 역할에 서 보는 것이다. 이렇게 사람들이 타인의 처지나 역할에 서게 되면, 이제까지 미쳐 보지 못했던 것을 보게 된다. 즉, 이제까지 타인의 실체로서 간주했던 그의 모습이 사실은 그에게 부여된 '역할'이었으며 '개인'이 아님을 보게 되는 것이다. 역지사지를 통해서 타인의 역할이 되어 봄으로서 얻게 되는 체험 중의 하나는 자기도 그와 같은 역할에 놓였더라면, 그가 한 행동과 같은 행동을 할 수밖에 없다는 것을 깨닫는 것이다. 그의 처지나 역할에서는 그와 같이 행동할 수밖에 없다는 것을 되돌아 볼 수 있게 하는 것이다.

따라서 상대방의 행동이 그의 역할에서 비롯된 것이지 개인에서 비롯된 것이 아님을 알게 된다. 왜냐하면 자기도 그의 처지나 역할에 놓이게

亦勿施於人 君子之道四 丘未能一焉 所求乎子 以事父 未能也 所求乎臣 以事君 未能也 所求乎弟 以事兄 未能也 所求乎朋友 先施之 未能也(《中庸》 13장)

19) 君子有絜矩之道也 所惡於上 毋以使下 所惡於下 毋以事上 所惡於前 毋以先後 所惡於後 毋以從前 所惡於右 毋以交於左 所惡於左 毋以交於右 此之謂絜矩之道(《大學》傳 10장)

되면, 그와 같은 행동을 하게 되기 때문이다. 또한 여기서 상대방의 행동에 대한 이와 같은 깨달음은 자신의 행동에 대해서도 되돌아보게 한다. 왜냐하면 상대방의 역할에 놓이게 되면, 자기의 행동도 달라진다는 것을 볼 수 있기 때문이다. 그리하여 상대방과 마찬가지로 자기의 행동도 자신의 맡은 역할에서 비롯된 것임을 보게 되는 것이다. 이렇게 역지사지는 갈등관계에서 자기와 상대방의 행동이 각자가 처한 처지나 역할에서 비롯된 것이며, 개인에서 비롯된 것이 아님을 깨닫게 만드는 기제인 것이다. 이 기제는 이제 자기와 타인에 대한 지각에서 역할과 개인을 분리해서 지각할 수 있도록 만들어 준다.

그런데 여기서 '역할'과 '개인'은 모두 개인의 자아정체를 구성하는 부분들이다. 사회심리학자 터너(Turner, 1985)는 개인의 자아정체가 두 가지로 구성되어 있다고 보았다. 하나는 개인정체(personal identity)로서 개인의 성격, 지식, 또는 신체적 특징과 같은 그 개인에게 고유한 특성들로부터 얻어지는 자아정체이다. 다른 하나는 사회정체(social identity)로서 개인이 속한 집단이나 범주의 구성원 중의 일원으로서 얻어지는 자아정체이다. "나는 키가 크다", "나는 유별나다"와 같은 것은 전자에 속하는 것이며, "나는 의사이다", "나는 남자이다"와 같은 것은 후자에 속하는 것이다.

개인의 자아가 이 두 정체 중에 어떤 정체로 동일시되는가는 상황에 따라서 수시로 바뀐다. 전쟁중에 적군과 만났을 때는 '적군'과 구별되는 '아군'으로서의 사회정체로 자기를 동일시하지만, 길거리에서 친한 친구와 만났을 때는 '너'와 구별되는 '나'로서의 개인정체로 자기를 동일시한다. 그런데 여기서 개인의 자아가 개인정체와 사회정체 중 어느 것으로 동일시되는가에 따라 그의 행동도 완전히 달라진다. 개인의 자아가 사회정체로 동일시될 때에는 개인정체로 동일시될 때에 나타나는 인격적이고 개성적인 행동은 사라지고, 몰인격적이고 탈개성적인 행동이 나타나게 된다. 이 때 개인의 행동을 지배하는 것은 그가 속한 사회범주의 목표가 된다. 사회범주의 목표가 곧 개인의 목표가 되는 것이다. 그리하여 이 순간에 개인은 사회범주의 일원으로서만 존재하게 된다.

이 상태에서 개인은 그가 속한 사회범주의 목표를 실행하는 대행자이다. 자기가 소속되어 있는 사회범주의 목표에 구속되어 세계를 인식하고 그에 쫓아 행동하는 볼모인 것이다. 그런데 사람들은 자기를 그렇게 받아들이지 않는다. 자기를 사회범주의 볼모라고 보지 않고, 스스로의 의지에 따라 행동하는 것으로 생각한다. 왜냐하면, 자기를 사회정체로 동일시할 때는 자기의 자아정체가 사회범주의 일원으로서 규정되기 때문이다. 이 상태에서 사회범주와 자가가 따로 존재하지 않는다. 사회범주가 곧 자기인 것이다. 따라서 이 상태에서 사람들은 사회범주의 목표를 추구하면서 자기의 이해관계를 추구한다고 생각하게 된다. 즉, 자기가 속한 사회범주의 볼모가 되어 행동하면서도 자기의 의지를 좇아 행동한다고 생각하는 것이다. 물론 이것은 개인의 자아가 사회정체로 동일시되어 있을 때에만 그러한 것이다. 개인의 자아가 개인정체로 동일시되어 있을 때는 그가 속한 사회범주의 목표가 그의 목표가 될 수 없다. 따라서 이 상태에서는 사회범주의 목표를 추구하는 것을 스스로의 의지에 의한 것으로 받아들이지 않게 된다.

여기서 필자는 사람들이 특정한 역할관계에 맥락화되어 얻어진 타인에 대한 모습을 그의 실재 모습으로 절대화하여 지각하는 역할맥락화 현상에 대해서 주목하였다(이수원, 1994). 역할맥락화는 특정한 역할관계에서 얻어진 상대방의 모습을 그의 실재의 모습으로 지각하는 것이다. 상대방의 모습이 자기와 그와의 특정 역할관계에서 얻어진 것으로서 주어진 역할관계에 맥락화되어 얻어진 것임을 모르는 것이다. 그리하여 특정 역할관계에서 얻어진 상대방의 모습을 특정 역할관계의 맥락을 초월한 그의 원래의 모습으로 생각하는 것이다. 예컨대, 며느리가 자기의 입장에서 본 시어머니의 모습을 시어머니의 원래의 실재 모습이라고 생각하는 것이다. 딸의 입장에서는 시어머니의 모습이 달리 보일 수도 있다는 것을 미처 생각하지 못한다. 역할맥락화는 지각자가 자신의 자아정체를 사회정체로 동일시할 때 일어나게 된다. 이때 앞에서도 말한 것처럼 사람들은 자신의 역할행동을 자기의 자아에서 비롯된 것으로 보기 때문에 타인의 역할행동도 그의 자아에서 비롯된 것으로 지각하는 것이다.

그런데 여기서 역지사지는 '역할'과 '개인'을 분리해서 볼 수 있게 함으로써 역할행동을 개인행동으로 인식하는 잘못으로부터 벗어나게 해 준다. 타인의 자아정체에서 사회정체와 개인정체를 분리해서 볼 수 있게 함으로써 사회정체를 개인정체로 동일시하는 오류로부터 벗어나게 하는 것이다. 그리하여 이제 타인의 정체를 개인정체로서 동일시할 수 있도록 만들어 주는 것이다. 역지사지의 이와 같은 기능은 인간관계에서의 만남을 '역할' 대 '역할'의 만남에서 '개인' 대 '개인'의 만남으로 바꾸어 준다. 그 동안 두 사람 사이의 개인적 만남을 가로막고 있던 '역할'을 제거함으로써 이들간의 진정한 인간적 만남 즉, '개인' 대 '개인'의 만남을 실현시켜 주는 것이다.

그뿐만 아니라 역지사지는 개인의 자아정체도 사회정체에서 개인정체로 바꾸어 준다. 그 동안 사회정체로 동일시되어 있던 개인의 자아정체를 개인정체로 바꾸어 주는 것이다. 개인의 자아정체가 이렇게 개인정체로 동일시됨으로서 세상을 인식하는 그의 인식의 틀도 바뀌게 된다. 개인정체가 인식의 주체로서의 인식의 틀이 되는 것이다. 이렇게 인식의 틀이 개인정체로 바뀜으로써 이제까지 인식의 틀이었던 사회정체를 인식의 대상으로 '대상화'할 수 있게 되는 것이다. 여기서 역지사지의 가장 중요한 기능 중의 하나는 이렇게 지각자로 하여금 그동안 세상을 지각할 때 '도구'로 사용했던 인식의 틀 즉, 자기의 사회정체를 인식의 대상으로 대상화하여 이를 객관적으로 볼 수 있게 하는 것이다. 세상을 인식할 때 인식의 틀이었던 자기자신의 사회정체, 좀더 구체적으로 말해서 사회범주의 목표 또는 이해관계는 그동안 볼 수 없었다. 왜냐하면 위에서도 말한 것처럼 그것이 바로 세상을 인식하는 인식의 주체이었기 때문이다. 그런데 역지사지는 이것을 객관적으로 대상화해서 인식할 수 있도록 해주는 것이다. 그리하여 이제 자기의 인식의 틀을 이렇게 대상화해서 볼 수 있게 됨으로써 인식의 절대화에서 벗어나게 되는 것이다.

역지사지의 이와 같은 기능은 갈등 해결에서 중요한 역할을 한다. 무엇보다도 이제까지 절대적으로 옳다고 생각했던 자기의 주장이 '절대적'이 아님을 되돌아보게 하는 것이다. 그 주장이 자신의 이해관계 즉, 자신의 인식의 틀로부터 비롯된 상대적인 것이었음을 보게 하는 것이다. 역지사지를 통해서 자기의 사회정체를 반성적으로 볼 수 있게 됨으로써 자기와 상대방의 주장이 모두 각자가 처한 사회범주의 목표에 구속되어 얻어진 것임을 볼 수 있게 된다. 그리하여 그동안 절대적으로 옳다고만 생각했던 자기의 주장과 절대적으로 그르다고만 생각했던 상대방의 주장이 모두 '절대적인 것'들이 아니며, 주어진 인식의 틀에서 비롯된 '상대적인 것'임을 깨닫게 하는 것이다.

5. 표상구조의 변화

역지사지(易地思之)를 거쳐서 일어나는 인식의 전환 즉, 절대화된 인식에서 상대화된 인식으로의 전환은 인식의 지평이 새롭게 탈바꿈하는 인식에서의 혁명이라고 볼 수 있다. 왜냐하면 인식이 '존재'로부터 해방되기 때문이다. 이제까지 인식이 지각자의 인식의 틀에 의해서 구속되었다가 이 구속으로부터 벗어나게 되는 것이다. 이 과정은 전경과 배경의 역전현상을 통해서 일어난다. 이제까지 주의의 초점이었던 자기 밖의 인식의 대상이 관심 밖으로 밀려나고 그 대신 자기 안의 인식의 틀이 주의의 초점으로 대두됨으로써 자신의 인식의 틀을 반성적으로 볼 수 있게 된다. 이렇게 인식의 틀을 인식의 대상으로 '대상화'해서 볼 수 있을 때 인식의 틀의 구속에서 벗어나게 되는 것이다.

인식이 인식의 틀의 구속에서 벗어난 상태를 연암(燕巖) 박지원(朴趾源)은 아래와 같이 묘사하고 있다. 백호(白湖) 임제(林悌)가 잔칫집에 갔다가 술이 거나하게 취하였다. 집에 돌아가려고 잔칫집을 나와 말을 타려는데 하인이 말하였다. "나으리! 신발을 잘못 신으셨습니다요. 왼발에는 가죽신을, 오른발에는 나막신을 신으셨네요." 그러자 백호가 대답하였다. "이놈아! 길 왼편에서 보는 자는 내가 가죽신을 신을 줄로 알터이고, 길 오른편에서 보는 자는 내가 나막신을 신은 줄 알 터이니 무슨 상관이란 말이냐? 어서 가자" 하였다 한다.

　이 일화는 우리가 사물을 바라볼 때 어느 한쪽에서만 바라보면 안 되며 양쪽에서 동시에 바라보아야 한다는 것을 빗대어 말하고 있다. 여기서는 말의 앞쪽에서 바라볼 때 신발이 다른 것을 알게 된다는 것이다. 연암은 진정한 견식이 이쪽과 저쪽 중에 어느 한쪽에서 볼 때에는 나타나지 않으며, 이쪽과 저쪽의 '사이'에서 볼 때 나타난다고 생각하였다. 이쪽과 저쪽의 사이에 설 때 우리의 인식이 특정한 인식의 틀에서 얻어진 산물이라는 것을 돌아볼 수 있다는 것이다.

　여기서 이렇게 인식이 인식의 틀의 구속에서 벗어났을 때와 그렇지 못했을 때 갈등에 대한 표상구조가 본질적으로 달라지게 된다. 인식의 틀에 구속되어 있을 때는 대립되는 두 주장을 양극구조(兩極構造)로서 표상하지만, 인식의 틀의 구속에서 벗어날 때는 이원구조(二元構造)로서 표상하게 된다. 양극구조와 이원구조에 대한 설명은 그림 1에서 제시하였다.

정적 태도　　　　　　부적 태도　　　　　　　　　　　　부적 태도

그림 1. 정적 태도와 부적 태도에 대한 두 표상구조

　이 그림에서 정적 태도와 부적 태도는 갈등관계에서 대립되는 두 주장을 가리킨다. 여기서 양극구조는 정적 태도와 부적 태도를 단일차원상의 양극단에 위치하는 것으로 표상하는 것이다. 따라서 이 구조에서는 정적 태도와 부적 태도를 서로 상반된 것으로서 배타적인 관계를 갖는 것으로 보게 된다. 한편 이원구조는 정적 태도와 부적 태도를 주어진

대상을 인식의 틀을 달리해서 볼 때 얻어지는 두 모습으로서 표상하는
것이다. 따라서 이 두 태도를 서로 독립적인 것으로서 양립될 수 있는
것으로 보는 것이다(Kerlinger, 1967).

위에서도 본 것처럼 인식이 인식의 틀에 구속되어 있을 때는 인식의
절대화가 일어나 자기가 보고 있는 세계를 절대적으로 '실재'하는 것으
로 보게 된다. 자신의 인식이 자기의 인식의 틀에서 비롯되었다는 것을
보지 못하기 때문에 사물 자체가 원래 그러한 속성을 가졌다고 생각하
는 것이다. 이 상태에서는 자기가 보고 있는 세계가 사람에 따라 달리
인식될 수 있다는 것을 받아들일 수가 없다. 따라서 자기가 보고 있는
세계는 갈등상대방도 그렇게 보고 있으며 또한 그렇게 보아야 한다고
생각하게 된다. 그렇기 때문에 만일 자기와 상대방의 주장이 대립되면
두 주장 중의 어느 한쪽은 반드시 잘못되었다고 생각한다. 그리하여 이
렇게 두 주장을 한쪽은 옳으며 다른 쪽은 그르다고 보기 때문에, 이들을
상호 배타적인 것으로서 서로 양립될 수 없는 것으로 보게 되는 것이다.

그러나 인식의 틀의 구속에서 벗어났을 때는 갈등관계에서 각자의 주
장이 그들이 처한 처지나 역할의 차이에서 비롯되었음을 볼 수 있다. 대
립되는 두 주장이 주어진 사물을 서로 다른 인식의 틀에서 바라 본 산물
임을 볼 수 있는 것이다. 이제까지 한쪽은 옳고 다른 쪽은 그르다고 생
각했는데 그런 것이 아니고 이들 두 주장이 사물을 바라보는 시각의 차
이에서 비롯되었음을 알게 되는 것이다. 그리하여 각자의 주장이 이제
까지 생각한 것처럼 옳다 그르다의 시비차원에서 판별될 수 있는 성질
의 것이 아님을 인식하게 된다. 이들 두 주장을 시비차원에서 굳이 판단
해야 한다면 모두 옳은 것이라고 볼 수밖에 없다. 왜냐하면 각자의 처지
나 역할에서는 그와 같이 주장할 수밖에 없다는 것을 알기 때문이다. 물
론 여기서 양쪽 주장이 모두 옳다는 것은 각자의 인식의 틀에 국한해서
볼 때 그렇다는 것이다. 각자가 처한 처지나 역할에서는 누구라도 그와
같은 주장을 할 수밖에 없다는 것을 받아들이는 것이다. 그리하여 이렇
게 양쪽 주장이 각자의 인식의 틀에 국한해서 볼 때 모두 옳다고 받아들

임으로서 이제 이들을 양립될 수 있는 것으로 보게 되는 것이다.

필자(1995)는 사형제도에 대한 태도에서 정적 태도(사형제도에 대하여 긍정적 태도진술들로 구성된 척도에서 측정한 태도)와 부적 태도(사형제도에 대하여 부정적 태도진술들로 구성된 척도에서 측정한 태도)의 두 태도에서 양극구조를 가진 사람과 이원구조를 가진 사람이 나뉘어진다는 것을 발견하였다. 여기서 양극구조를 가진 사람은 정적 태도와 부적 태도를 동일한 준거에 기초해서 형성하는 반면에 이원구조를 가진 사람은 정적 태도와 부적 태도를 서로 다른 준거에 기초해서 형성하고 있었다.

이원구조를 가진 사람은 정적 태도에 대해서는 '사회정의' 가치에 기초해서 태도를 형성하는 반면에, 부적 태도에 대해서는 '인도주의' 가치에 기초해서 형성하였다. 이때 정적 태도에서의 준거가 부적 태도에서는 준거가 되지 못하였으며, 이와 반대도 마찬가지였다. 반면에 양극구조를 가진 사람은 정적 태도와 부적 태도를 동일한 준거에 기초해서 형성하고 있었다. 여기서는 개인의 태도에 따라서 준거가 바뀌었다. 사형제도를 찬성하는 사람들은 정적 태도의 준거인 '사회정의' 가치에 기초해서 정적 태도와 부적 태도를 모두 형성하는 반면에, 사형제도를 반대하는 사람들은 부적 태도의 준거인 '인도주의' 가치에 기초해서 정적 태도와 부적 태도를 형성하였다.

이렇게 볼 때 정적 태도와 부적 태도에 대한 표상구조가 개인에 따라 다름을 알 수 있다. 정적 태도와 부적 태도를 상호 배타적이고 상반된 관계로 지각하는 사람이 있는 반면에, 상호 독립적이고 공존적 관계로 지각하는 사람이 있는 것이다. 전자는 정적 태도와 부적 태도의 두 태도를 동일한 인식의 틀에 준거해서 형성하는 반면에, 후자는 서로 다른 인식의 틀에 준거해서 형성한다. 따라서 전자에서는 그의 인식의 틀이 되는 준거가치가 인도주의 가치인가 또는 사회정의 가치인가에 따라 정적과 부적의 두 태도 중에 한쪽이 옳은 것이 되면 다른 쪽이 그른 것이 된다. 사회정의 가치에서 보게 되면 정적 태도는 옳은 것이며 부적 태도는 그른 것이다. 반면 인도주의 가치에서 보면 이와 반대로 나타난다. 그리하여 정적 태도와 부적 태도를 상호 배타적인 것으로서 양립될 수 없는 것으로 지각하는 것이다.

한편 후자는 정적 태도와 부적 태도를 서로 다른 인식의 틀에 준거해서 형성하기 때문에 두 태도를 옳은 것 아니면 그른 것과 같이 양극적으로 보지 않는다. 오히려 한 태도대상에 긍정적 측면과 부정적 측면이 공존하는 것으로 본다. 사형제도는 사회정의를 구현시켜 준다는 긍정적인 면도 있지만 인도주의에 어긋난다는 부정적인 면도 있다는 것을 동시에 함께 볼 수 있는 것이다. 그런데 여기서 한 태도대상에 대해서 옳은 것과 그른 것을 동시에 보는 사람의 태도를 옳고 그름의 시비차원에다 기술하는 것은 적절하지 않다. 그의 태도를 굳이 옳고 그름의 시비차원상에서 표현하게 되면 '중립적 입장'에 설 수밖에 없다. 어떤 태도대상에서 옳은 면과 그른 면을 동시에 보고 있는 사람에게 이를 시비차원에서 판단하라고 시킨다면 이때 그가 할 수 있는 길은 중립적 입장 즉, 중용(中庸)을 택하는 길밖에 없는 것이다.

6. 인식차원의 전환

그렇다면 이원구조를 가진 사람이 태도대상을 옳고 그름의 시비차원에서 인식하지 않는다면, 대체 어떤 차원에서 인식하는 것인가? 이 물음에 대한 해답을 찾기 위해서 우리는 먼저 일상언어가 가지고 있는 의미의 이중성에 관해서 주목할 필요가 있다. 왜냐하면 인식이 인식의 틀의 구속에서 벗어날 때와 그렇지 못할 때 주어진 대상을 서로 다른 의미공간에서 인식할 가능성이 있기 때문이다. 즉, 전자는 세상을 평가적 의미공간에서 인식하는 반면에 후자는 서술적 의미공간에서 인식할 가능성이 있다. 여기서 '평가적 의미'와 '서술적 의미'의 구분은 언어학에서 제안된 것으로 이들 두 의미상의 차이는 어떤 말이 갖고 있는 이중적 의미를 분석함으로서 드러난다(Hayakawa, 1964).

 '하늘'이나 '책상'이라는 낱말은 그 자체 아무런 평가적 뜻이 없이 다만 어떤 사물 또는 사물의 양태를 지칭 또는 기술한 뿐이다. 이에 반해서, '정직'이나 '불순'이라는 낱말은 좋다나 나쁘다의 평가적인 뜻을 갖고 있다. 또한 어떤 낱말 예컨대, '쓰레기'나 '암'과 같은 낱말은 객관적인 사물을 지칭하는 동시에 평가적인 뜻도 함축하고 있다. 쓰레기나 암은 가능한 한 없으면 좋은 것이다. 따라서 이것들은 가치중립적으로 인식될 수가 없다. 이런 경우 주어진 낱말의 평가적인 의미는 그것의 지칭적 의미에 토대를 두고 있다. 따라서 어떤 낱말의 평가적 의미와 서술적 의미 사이에는 서로 뗄 수 없는 관계가 있다. 그렇지만 경우에 따라서는 주어진 낱말의 평가적 또는 서술적 의미 중에 한쪽 의미만이 강조되어 쓰이던가 또는 오로지 한쪽 의미만으로 사용되는 경우가 있다. 똑같은 낱말이 이렇게 서로 다른 의미로 쓰어지기 때문에 혼란을 야기하는 수가 있다.

 인간의 가치를 서술하는 용어들도 이와 같이 이중적인 의미, 즉 서술적 의미와 평가적 의미가 혼동되어 사용되는 것 중의 하나이다. 모든 가치에는 서술적 의미와 평가적 의미의 이중적 의미가 함축되어 있다. 서술적 의미는 개개의 가치들이 지칭하고 있는 내용이다. 예컨대, '정의' 가치의 서술적 의미는 '정의'와 '인도'의 의미의 차이를 비교할 때 '인도'와 다른 내용을 지칭한다는 뜻으로서의 '정의'가 갖고 있는 의미이다. 이 의미는 개별적 가치들의 내용에서 질적 차이를 드러내는 것이다. 반면에 평가적 의미는 개개의 가치가 함축하고 있는 옳고 그름 또는 좋고 나쁨의 정도를 나타낸다. '정의' 가치의 평가적 의미는 '정의'와 '불의'의 의미 차이를 비교할 때 드러난다. 이 두 가치에서 지칭하고 있는 가치의 내용은 같다. 다른 점은 전자는 좋고 옳으며, 후자는 나쁘고 그르다는 것이다. 즉 '정의' 가치의 평가적 의미는 좋다와 나쁘다 또는 옳다와 그르다 차원에서 이 가치가 갖는 의미이다.

 그런데 여기서 가치의 의미가 평가적 의미와 서술적 의미 중에 어떤 의미로 쓰이는 가는 그것을 사용하는 사람들의 표상구조와 관련이 있다. 대립되는 두 주장을 양극구조로서 표상하는 사람은 두 주장을 평가적 의미공간에서 변별하는 반면에, 이원구조로서 표상하는 사람은 두 주장을 서술적 의미공간에서 변별한다. 왜냐하면 앞에서도 본 것처럼 양극구조에서는 태도 대상을 바라보는 인식의 틀이 정적 태도의 준거가치와 부적 태도의 준거가치 중에 어느 한쪽 준거가치만을 가지고 있기 때문에 그들의 인식차원이 평가차원으로 되어 있다. 사형제도에 대해서 정적 태도를 가진 사람은 그들의 준거가치가 '정의' 가치(정의롭다-불의하다)이며, 부적 태도를 가진 사람은 '인도' 가치(인도적이다-비인도적이다)이다. 따라서 그들은 태도대상을 '정의롭다-불의하다'나 '인도적이다-비인도적이다'의 평가차원상에서 보게 된다.

그리하여 전자의 가치에서 볼 때 '사형제도를 실시하는 것'은 '정의로운 것'으로 옳고 좋은 것이지만, '사형제도를 폐지하는 것'은 '불의한 것'으로서 그르고 나쁜 것이다. 후자의 가치에서 보게 되면 이와 반대가 된다. 이 때에는 '정의' 가치나 '인도' 가치의 의미가 평가적 의미로만 쓰이게 된다. 따라서 이렇게 평가적 의미로만 쓰이는 '인도'나 '정의' 가치를 인식의 틀로 해서 지각되는 태도대상의 의도도 자연히 평가적 의미로서 나타날 수밖에 없다. 왜냐하면 태도대상을 지각하는 인식차원 자체가 평가차원으로 구성되어 있기 때문에 태도대상에 대한 의미도 이 차원상에서 표상될 수밖에 없는 것이다.

한편 이원구조에서는 가치의 의미가 평가적 의미와 함께 서술적 의미로도 쓰여진다. 이때에는 사람들이 정적 태도의 준거가치와 부적 태도의 준거가치를 동시에 함께 가지고 태도대상을 지각하기 때문에 서술적 의미가 살아난다. 위의 예에서 '정의' 가치와 '인도' 가치를 동시에 함께 가지고 지각하는 사람은 '사형제도를 실시하는 것'은 정의롭기도 하지만 비인도적이라고 보게 되며, '사형제도를 폐지하는 것'은 인도적이지만 불의하다고 보게 된다. 즉, 이때에는 '사형제도를 실시하는 것'과 '사형제도를 폐지하는 것'이 서로 다른 가치를 실현시켜 주는 것임을 볼 수 있다. 전자는 '정의' 가치를 실현시켜 주는 제도인 반면에, 후자는 '인도' 가치를 실현시켜 주는 제도임을 볼 수 있게 된다. 따라서 이때에는 '정의' 가치와 '인도' 가치의 서술적 의미가 살아나게 된다.

여기서 가치의 서술적 의미가 살아난다는 말은 가치를 평가적 의미로 쓸 때에는 가치의 서술적 의미가 무시되기 때문에 그렇게 표현한 것이다. 가치를 평가적 의미로 쓸 때에는 모든 가치들의 의미가 모두 '옳은 것'과 '그른 것' 또는 '좋은 것'과 '나쁜 것'으로 환원된다. 이때 가치들간의 서술적 의미에서의 차이는 모두 무시된다. '정의'와 '인도'는 그것들이 '옳은 것'이라는 의미에서 같은 의미를 가진 것으로 취급된다. 마찬가지로 '불의'와 '비인도'도 그것들이 '그른 것'이라는 의미에서 같은 의미를 가진 것으로 취급된다. 여기서 '정의'와 '인도'가 다른 종류의 가치를 지칭하고 있다는 내용의 '의미'가 살아나기 위해서는 서술적 의미로 관심의 전환이 일어나야 한다.

따라서 이렇게 서술적 의미로 쓰이는 정의나 인도 가치를 인식의 틀로 해서 얻어지는 태도대상의 의미도 자연히 서술적 의미로서 표상되게 된다. 서술적 의미에 입각해서 태도대상을 지각하기 때문에 이렇게 얻어지는 대상의 의미도 서술적 의미로 나타나게 되는 것이다. 이렇게 볼 때 양극구조를 가진 사람들은 태도대상의 옳고 그름이나 좋고 나쁨의 평가적 의미공간에서 지각하지만, 이원구조를 가진 사람들은 평가적 의미공간에서는 물론 또한 서술적 의미공간에서도 지각한다고 볼 수 있다. 여기서 태도대상을 서술적 의미공간에서 지각할 때와 평가적 의미공간에서 지각할 때의 차이는 전자는 주어진 대상을 '정의롭다' 또는 '비인도적이다'와 같이 개별적 가치에 따라서 지각하는 반면에, 후자는 '옳다' 또는 '그르다'의 시비나 '좋다' 또는 '나쁘다'의 호오에 따라서 지각하는 것이다.

전자는 사형제도를 시행하는 것은 '정의로운 것'이며 사형제도를 폐지하는 것은 '인도적인 것'이라고 지각하는 것이다. 후자는 사형제도를 시행하는 것은 '옳은 것'(또는 그른 것)이며, 사형제도를 폐지하는 것은

'그른 것'(또는 옳은 것)이라고 지각하는 것이다. 따라서 전자에서는 개인의 태도가 정의와 인도 중 어떤 가치가 더 중요한가 즉, '가치판단'에 기초해서 결정된다. 반면에 후자에서는 사형제도의 시행과 폐지 중 어떤 제도가 옳은가 즉 '시비판단'에 기초하여 결정되는 것이다.

그렇다면 여기서 가치판단에 의해서 결정되는 태도와 시비판단에 의해서 결정되는 태도가 서로 어떻게 다른 것인가? 중용과 관련시켜 나타나는 한가지 차이점은 전자는 주어진 상황에 따라서 태도가 바뀌지만 후자는 바뀌지 않는다는 것이다. 전자에서는 개인의 태도가 가치선호에 의해서 결정되기 때문에 상황에 따라서 태도가 달리 나타나게 된다. 개인의 태도가 상황의 요구를 좇아 바뀌는 것이다. 주어진 상황이 정의가치를 요구할 때에는 사형제도의 실시를 찬성하고, 인도가치를 요구할 때에는 사형제도의 폐지에 찬성을 하는 것이다.

한편 후자에서는 개인의 태도가 시비판단에 의해서 결정되기 때문에 상황이 어떻게 바뀐다 하더라도 태도는 바뀌지 않는다. 이때에는 앞에서도 말한 것처럼 인식의 절대화 때문에 자신이 그와 같은 태도를 갖게 된 것이 태도대상 자체가 그와 같은 속성을 갖고 있기 때문이라고 생각한다. 따라서 상황이 어떻게 바뀌더라도 태도는 바뀔 수가 없다. 그러나 태도대상을 서술적 의미공간에서 기각할 때에는 태도가 개인의 인식의 틀에서 비롯된 것으로서 인식의 틀이 달라지면 태도가 바뀐다는 것을 알기 때문에 태도가 주어진 상황에 따라서 바뀌게 된다.

그런데 이렇게 상황에 따라 그때 그때 수시로 바뀌는 태도는 개인의 내적 성향을 반영하는 태도라고 볼 수 없다. 개인의 내적 성향은 상황에 따라 수시로 바뀔 수 없는 것이다. 상황에 따라서 개인의 반응이 수시로 바뀐다면 그에게 일정한 성향을 부여할 수 없다. 따라서 상황에 따라 바뀌는 태도는 개인의 성향을 반영하는 '성향에 기초한 태도'는 아니다. 오히려 상황의 요구를 반영하는 '상황에 기초한 태도'라고 볼 수 있다. 따라서 이러한 상황에 기초한 태도는 성향에 기초한 태도보다 자기의 태도에 대해서 자아가 관여되어 있지 않다고 보아야 한다. 성향에 기초한 태도는 자아가 개입되지만, 상황에 기초한 태도는 상황의 요구에 따라서 유발되는 것이기 때문에 개인의 자아가 개입될 여지가 없다.

그런데 이러한 '상황에 기초한 태도'는 우리가 앞에서 언급한 시중(時中)의 경지와 매우 흡사한 것이다. 시중의 경지는 앞에서도 말한 것처럼 외부에서 자기에게 어떤 것이 들어오더라도 그것을 담을 수 있도록 자기를 비워 놓은 상태라고 볼 수 있다. 그럼으로써 특정한 이해관계에 매이지 않고 사물을 볼 수 있게 되는 것이다. 위에서 언급한 굴원의 어부사에서처럼 청탁의 분별이 물의 성질에서 비롯되었다기보다는 자신의 이해관계에서 비롯되었다는 것을 깨달음으로서 이제 이해관계를 초월해서 물의 청탁을 볼 수 있게 된 상태이다. 그리하여 자신의 이해관계를 좇아 물의 청탁을 선택하지 않고, 오히려 자기의 이해관계를 물의 청탁에 맡기는 것이다. 이 상태는 주어진 상황에 따라서 그때그때 자신의 태도를 바꾸는 상황에 기초한 태도와 그 상태가 같다고 볼 수 있다. 상황에 기초한 태도도 시중에서와 마찬가지로 태도가 자기의 자아에 의해 결정되지 않고, 상황의 요구에 따라 결정되는 것이다.

7. 가치의 발견

앞 절에서 자기를 비운 상태에서 사물을 보게 되면 사물의 특성이 있는 그대로 드러나게 된다고 보았다. 여기서 사물의 특성이 있는 그대로 드러난다는 것은 사물 속에 내재하여 있는 가치들을 객관적으로 볼 수 있다는 것을 뜻한다. 주어진 사물을 양극구조에서처럼 평가적 의미공간에서 지각하는 것은 진정한 의미에서 사물 속에 있는 가치를 보는 것이 아니다. 사물을 '좋다'와 '나쁘다' 또는 '옳다'와 '그르다'로 판단하는 것은 사물 속에 있는 가치를 지각하는 것이라기보다는 자신의 이해관계에 좇아서 사물의 가치를 판단한 것이다. 사물 속에 있는 가치를 객관적으로 보기 위해서는 자신의 이해관계에서 벗어나서 자기를 비워야 한다. 이

때 사물 속에 있는 가치들이 있는 그대로 드러나는 것이다.

앞에서도 말한 것처럼 사형제도에 대하여 양극구조와 이원구조를 가진 사람에게 각각 그들이 왜 그 제도를 찬성하는가를 물으면, 모두 '정의'를 구현시켜 주기 때문이라고 답변한다. 그런데 여기서 이들이 말하는 '정의' 가치의 의미가 서로 다르다. 전자는 '불의'와 대립되는 의미에서 '정의'를 말하는 것이며, 후자는 '인도'와 대립되는 의미에서 '정의'를 말하는 것이다. 그리하여 전자에서는 '정의'가치가 평가적 의미로 쓰이며, 후자에서는 서술적 의미로 쓰이는 것이다. 그런데 양극적 표상구조에서 이렇게 주어진 가치의 의미를 평가적 의미공간에서 표상할 때에는 개별적 가치들의 고유한 특성이 무시되기 때문에, 사물의 가치가 드러나지 않는다. 이때에는 모든 사물들이 옳다와 그르다 또는 좋다와 나쁘다로서만 지각되는 것이다. 사물 속에 내재하여 있는 가치들이 지각되기 위해서는 이원적 표상구조에서 나타나는 것처럼 가치들의 지칭적 또는 서술적 의미가 살아나야 한다. 이때 사물 속에 있는 가치들의 개별적 속성들이 드러나는 것이다.

사실 우리 주위에 있는 모든 사물 속에는 인간이 아직 발견하지 못한 가치들이 무한히 잠재되어 있다. 지각심리학자 깁슨(Gibson, 1979)은 환경 속의 모든 사물들은 유인(affordance)을 갖고 있다고 보았다. 유인은 사물이 지각자에게 제공하는 가치로서, 지각자의 행동을 이끌어 내는 계기가 된다. 천둥은 "나를 두려워하라"라는 유인을 갖고 있으며, 물은 "나를 마셔라"라는 유인을 갖고 있다. 이때 사물이 제공하는 수많은 유인 중에서 지각자가 어떤 것에 주목하는가는 그의 지각적 조율(attunement)에 달려 있다. 지각적 조율은 지각자의 개인적 경험, 이해관계 및 문화적 배경 등에 의해서 결정된다. 개인의 경험이나 이해관계 또는 문화적 배경에 따라 사물 속에 내재되어 있는 유인에 대한 지각이 제약을 받는 것이다.

이렇게 볼 때 갈등장면에서 분배되는 자원 속에는 갈등당사자들이 미처 발견하지 못한 유인 즉, 가치들이 많이 있다고 보아야 한다. 그런데 여기서 이와 같은 새로운 가치는 갈등이 일어나지 않으면 발견하기 어려운 것이다. 왜냐하면 이 가치는 원래 갈등상대방이 주어진 자원에 부여하고 있는 것이기 때문이다. 따라서 갈등이 일어나지 않으면 발견할 수 없는 것이다. 또한 갈등이 일어난다고 해도 인식의 절대화 상태에서는 상대방의 인식의 틀을 볼 수 없기 때문에 이를 발견할 수 없다. 역지사지를 통해서 상대방의 인식의 틀이 자신의 인식의 틀과 다르다는 것을 볼 수 있을 때 비로소 발견할 수 있는 것이다. 이렇게 볼 때 갈등이 가져다주는 순기능 중의 하나는 주어진 사물 속에서 이전에는 보지 못했던 새로운 가치를 볼 수 있게 해주는 것이다.

갈등관계에서 자원확대의 대표적인 실례는 이집트와 이스라엘간의 평화협정의 체결을 꼽을 수 있다. 이스라엘은 1967년의 6일 전쟁을 통해서 이집트의 영토였던 시나이 반도를 점령하였다. 이집트는 이스라엘이 점령한 영토를 반환할 것을 수 차례에 걸쳐 요구하였지만, 이스라엘은 이에 응하지 않았다. 그리하여 이집트는 전쟁도 불사하겠다고 최후통첩을 보냈다. 미국의 중재로 1978년 캠프 데이비드에서 역사적인 회의가 열렸다. 수십 년 동안 쌓인 두 국민들의 원한과 증오에 비추어 볼 때 누구도 이 회의에서 어떤 타결이 이루어지리라고 생각하지 않았다. 사실 양쪽이 들고 나온 주장은 처음부터 양립될 수 없는 것이었다. 이스라엘은 시나이 반도의 일부를 자기들의 통치하에 두겠다고 주장하였다. 한편 이집트는 시나이 반도에서 1인치의 땅도 양보할 수 없다고 주장하였다.

그런데 이 갈등이 이집트와 이스라엘이 시나이 반도를 자기 것으로 함으로서 얻게 되는 가치에로 관심을 돌림으로써 의외로 쉽게 해결되었다. 이스라엘이 시나이에 대해서 관심을 가졌던 것은 국가의 안보였다. 그들은 이집트의 탱크가 국경지역에 주둔하는 것을 원치 않았다. 이집트가 시나이에 관심을 가졌던 것은 주권의 회복이었다. 시나이는 파라호 왕조시대 이래로 이집트의 영토였다. 이집트의 사다트 대통령과 이스라엘의 베긴 수상은 서로 상대국이 시나이에 대해서 부여하는 가치가 자국과 다르다는 것을 발견하고, 이를 교환함으로써 평화협정에 서명하기에 이르렀다. 이들은 시나이를 이집트의 주권 하에 두지만 단, 이스라엘의 안보를 보장하기 위하여 이 지역에서 무장해제를 선포하는 것에 합의하였다. 그리하여 시나이 전역에는 이집트의 국기가 게양되었다. 그렇지만 이집트의 탱크는 그 어느 곳에서도 찾아볼 수 없었다. 이 평화협정의 타결은 양쪽에서 내세우는 주장보다는 양쪽의 이해관계에 초점을 맞추어서, 시나이에 대해서 양쪽이 부여하는 가치가 다르다는 사실을 발견함으로써 갈등을 해결한 본보기 중의 하나라고 볼 수 있다.

최근에 우리 나라의 많은 기업에서는 임금제도로 인해서 진통을 겪고 있다. 이 진통은 임금제도를 연공서열로 하는가 또는 능력급제로 하는가의 논쟁에서 비롯되고 있다. 그동안 우리 나라 기업의 임금제도는 연공서열을 채택하는 것이 관행으로 되어 왔다. 그리하여 임금제도와 연공서열제도가 거의 같은 의미로 쓰이다시피 했다. 임금제도에서 인식의 절대화가 일어난 것이다. 그런데 최근에 능력급제가 새로운 임금제도로 대두되면서 많은 기업에서 갈등을 겪고 있다. 이 갈등의 원천은 주로 장기근속자와 단기근속자 간에서 일어나고 있다. 대체로 장기근속자들은 연공서열제를 선호하는 반면에, 단기근속자들은 능력급제를 선호하고 있다.

그런데 임금제도에서 연공서열제와 능력급제는 각각 추구하는 가치가 서로 다르다. 연공서열제를 도입할 때 얻게 되는 주요 가치는 조직원 간의 '인화'를 이룰 수 있는 반면에, 능력급제를 도입할 때 얻게 되는 주요 가치는 조직원의 '능률'을 올릴 수 있다. 따라서 각각의 제도는 그 나름의 순기능을 갖고 있다. 그러나 한편 이들 제도들은 역기능도 갖고 있다. 이 역기능은 두 제도를 대비시킴으로써 드러나게 된다. 연공서열제의 역기능은 능력급제에 비해서 능률이 떨어진다는 것이며, 능력급제의 역기능은 연공서열제에 비해서 인화가 깨어진다는 것이다. 즉, 한쪽 제도에서의 순기능이 다른 쪽 제도에서는 역기능으로 나타나는 것이다. 여기서 각 제도의 순기능과 역기능에 대한 이와 같은 인식은 두 제도가 갈등관계에 있기 때문에 발견되는 것이다.

기존의 연공서열제도에서는 임금제도를 통해서 얻어질 수 있는 가치가 인화만으로 제한되었다. 그런데 능력급제가 도입되면서 임금제도를 통해서 능률도 얻어질 수 있다는 사실을 새롭게 발견하게 된 것이다. 따라서 이러한 갈등을 통해서 임금제도는 그것을 어떻게 운영하는가에 따라서 인화 가치 이외에 능률 가치도 얻게 만든다는 것을 새삼스럽게 인식시키는 계기가 되었다고 볼 수 있다. 여기서 새로운 가치에 대한 이와 같은 인식은 임금제도를 연공서열제로 해야 한다든지 또는 능력급제로 해야 한다든지 하는 주장들과는 다른 것이다. 이같은 주장들은 임금제도에서의 논쟁을 옳고 그름의 시비차원에서 보기 때문에 갈등을 승패방법으로 해결하려 드는 것이다.

그런데 새로운 가치의 발견은 자원의 확대를 가능하게 해준다. 임금제도에서 자원의 확대는 연공서열제와 능력급제의 순기능과 역기능을 동시에 함께 다룸으로써 가능하게 된다. 여기서 자원의 확대는 두 제도가 갖고 있는 순기능을 동시에 함께 살리는 새로운 제 삼의 제도를 만드는 것이다. 연공서열제의 순기능인 인화와 능력급제의 순기능인 능률을 함께 구현시켜주는 제도를 창출하는 것이다. 이와 같은 제도의 창출은 연공서열제와 능력급제의 역기능을 제거하고 순기능만을 살려주기 때문에 제도적 차원에서 자원의 확대가 일어난 것이라고 볼 수 있다. 사실 어떤 기업이 이와 같은 임금제도를 갖게 된다면 그 기업은 다른 연공서열제나 능력급제를 실시하는 기업에 비해서 조직효율성이 월등히 높게 될 것이다. 조직원간의 인화가 이루어지지 않는 능력급제를 채택한 기업은 이 두 가치를 동시에 실현시키는 임금제도를 갖고 있는 기업과 비교할 때 처음부터 경쟁이 될 수 없는 것이다.

이렇게 볼 때 갈등장면에서 분배되는 자원 속에는 갈등당사자들이 미처 발견하지 못한 유인 즉, 가치들이 많이 있다고 보아야 한다. 여기서 중용에 의한 갈등 해결 방법은 주어진 자원 속에 내재되어 있는 이러한 가치들을 발견할 수 있도록 해주는 것이다. 그리하여 이렇게 새로운 가치들을 발굴함으로써 주어진 자원의 이용가치를 보다 풍부하게 만들어 준다. 이렇게 볼 때 중용에 의한 갈등 해결은 주어진 자원 속에 있는 가치를 새롭게 발견하여 자원을 확대시킴으로써, 갈등관계에서 유발되는 변화의 동력을 성장의 에너지로 바꾸어 주는 방법이라 볼 수 있다. 사실 중용에서 용중(用中)의 개념 속에는 바로 이러한 뜻이 함축되어 있다. 맹자(孟子)는 이것을 "만물이 나에게 맡겨져 있다. 내가 천(天)의 뜻에 따라 그것을 찬화(贊化)해서 만물을 대성케 한다면 그보다 더 큰 즐거움이 어디에 있겠는가"고 말했으며, 《중용》에서는 "천지의 화육(化育)을 도와 천지경영에 참여하는 것은 오직 성인만이 할 수 있는 일이다"고 말하여 그것이 인간 최대의 존재가치임을 역설하고 있다.

8. 맺는말

이 글에서는 동양문화에서 갈등 해결의 이상적인 모형으로 알려져 온 중용에 이르는 과정을 심리학적으로 설명해보고자 하였다. 중용은 유학의 근간을 이루는 사상으로서 그 이론체계가 심오하고 방대하기 이를 데 없다. 이 글에서는 중용의 이와 같은 방대한 이론체계 중에서 극히 일부만을 다루었다. 이 글에서는 중용을 시비(是非)나 호오(好惡)를 초월한 상태로 이해하였다. 그리하여 사람들이 시비심이나 호오감이 어디서 연유하는 것이며, 어떻게 하면 이에서부터 벗어날 수 있으며, 이에서 벗어나게 되면 인식이 어떻게 달라지는가를 심리학적 지식들을 통해서 해명하려고 하였다.

그러나 막상 이들 문제에 대한 심리학적 지식을 고찰하면서 당혹감에 빠지지 않을 수 없었다. 왜냐하면 심리학에서는 그동안 시비나 호오를 초월하는 과정에 대해서는 아무런 연구도 진척되어 있지 않았기 때문이다. 시비나 호오의 초월과정과 가장 관련이 깊은 분야는 아마도 태도 및 신념의 변화라고 볼 수 있다. 그러나 이 분야에서도 태도의 초월과정 즉, 태도 대상을 호오차원을 넘어서서 인식하는 과정을 탐구한 연구는 찾아볼 수 없었다. 그동안 태도의 변화와 관련하여 이루어진 연구들은 거의 모두가 호오차원상에서의 양적 변화만을 다루었다. 태도대상에 대한 개인의 인식차원이 호오차원으로부터 벗어나 새로운 차원에로 질적 탈바꿈을 하는 과정에 대해서는 연구가 전무하였다.

따라서 필자는 시비나 호오의 초월과정을 연구하기 위해서 처음부터 새로 시작할 수밖에 없었다. 필자는 이런 여건에 대해서 처음에는 무척 곤혹을 느꼈다. 그러나 연구를 진행하면서 보람도 많이 느끼게 되었다. 이러한 보람은 무엇보다도 기존의 심리학의 패러다임이 갖고 있는 한계를 볼 수 있게 된 것이었다. 시비나 호오의 초월과정을 연구하기 위해서는 부득불 기존의 연구에서 채택했던 패러다임을 포기하지 않으면 안 되는 경우가 비일비재하게 나타났다. 예를 들면 태도변화에 관한 기존의 패러다임에서는 태도변화를 호오차원상에서의 위치의 변화로서 규정하여 왔다. 사실 이제까지 이루어진 태도변화 연구들은 천편일률적으로 태도변화를 호오차원상에서의 위치의 이동으로 지표화하였다. 즉, 태도의 양적 변화만을 다루었다.

그런데 시비나 호오의 초월과정을 연구하려면 어쩔 수 없이 이와 같은 태도변화의 정의를 포기할 수밖에 없었다. 시비나 호오의 초월과정은 태도대상에 대한 인식차원 자체가 탈바꿈하는 질적 변화도 일어난다는 것을 전제로 하지 않으면 안 된다. 그리하여 시비나 호오차원을 초월하는 새로운 인식차원에 대한 기대는 이제까지 다루지 않던 태도의 질적 변화에로 관심을 전환시켜 주었다. 이 글에서는 이 새로운 차원을 앞에서도 본 것처럼 서술차원으로 상정하여 이를 형상화시키려고 노력하였다. 물론 여기서 이 차원이 정말 태도의 평가차원에 이어서 나타나는 새로운 인식차원인가에 대해서는 아직 더 많은 연구가 수행되어야 한다. 그러나 태도대상에 대한 인식차원 자체가 바뀐다는 이와 같은 착상은 기존의 태도변화 연구들의 패러다임을 바꾸어 주는 계기가 되는 것만은 확실하다. 기존의 태도변화에 관한 연구들은 태도의 '양적 변화'만을 생각했으며 태도의 '질적 발달'은 생각하지 않았던 것이다.

기존의 태도변화 연구들의 패러다임은 사회적 대상에 대한 우리의 인식이 일생 동안 좋다와 나쁘다의 호오차원에서만 머물다가 끝난다고 보는 것이다. 정말 그런 것인가? 사회적 대상에 대한 우리의 인식은 호오차원상에서의 양적 변화만 있는 것이며 새로운 차원으로의 질적 발달은 없는 것인가? 만일 그렇다면 그것은 발달심리학의 기본 전제들을 근본적으로 뒤집는 것이다. 발달심리학자들은 인간의 모든 정신기능이 시간이 경과함에 따라 질적으로 탈바꿈된다는 것을 기본 전제로 받아들이고 있다. 그렇다면 왜 태도변화에서는 유독 양적 변화만을 가정하는 것인가? 기존의 태도변화 연구에서 이렇게 양적 변화만을 다루게 된 배경에는 태도연구가들이 태도의 본질에 대해서 갖고 있는 '암묵적 합의' 즉, 패러다임이 작용했기 때문이다. 이러한 패러다임 중의 하나는 모든 개인의 태도는 호오차원상에서 하나의 점으로 위치시킬 수 있다는 생각이다. 이 패러다임은 태도의 측정에서 잘 드러난다. 우리가 알고 있는 것처럼 이제까지 개발된 모든 태도척도는 개인의 태도를 호오차원상에서 하나의 점으로 위치시켜 주는 측정기법인 것이다.

그런데 여기서 문제는 이렇게 모든 개인의 태도를 호오차원상에다 위치시킬 때, 개인에 따라 그러한 위치시킴이 적절하고 정당한 사람이 있는 반면에, 그렇지 못한 사람이 있다는 것이다. 모든 개인의 태도를 호오차원상에다 위치시킬 때, 다음의 세 종류의 사람들이 '중립'위치에 놓이게 된다. 첫째는 주어진 태도대상에 대해서 아무 것도 모르는 사람과, 둘째는 태도대상에 대해서 긍정적인 측면과 부정적인 측면의 양 측면을 모두 알고 있는 사람과, 셋째는 태도대상에 대해서 중립적인 측면만을· 알고 있는 사람이다. 여기서 세 번째 사람의 태도를 호오차원상에서 중립에 위치시키는 것은 정당하고 적절하다. 그러나 첫 번째와 두 번째 사람을 중립에 위치시키는 것은 적절하지도 정당하지도 않다. 태도대상에 대해서 아무 것도 모르는 사람과 좋은 점 나쁜 점을 모두 알고 있는 사람은 본질적으로 호오차원상에다 그들의 태도를 위치시킬 수 없는 사람들이다.

왜냐하면 태도의 호오차원은 이 차원에서 양극단을 이루는 좋다와 나쁘다가 서로 상반적 관계에 있다는 것을 전제로 성립된 것이다. 여기서 상반성은 '좋다' 반응이 극대화될 때 '나쁘다'반응은 극소화되는 것이며, 이와 반대로 '나쁘다'가 극대화될 때 '좋다'는 극소화되는 것이다. 이렇게 이 양자의 관계가 상반적이라는 가정 밑에서 태도의 호오차원이 성립되는 것이다. 그런데 주어진 태도대상에서 좋은 점도 나쁜 점도 양쪽 다 모르는 사람과 좋은 점과 나쁜 점을 양쪽 다 아는 사람들에서는 '좋다' 반응과 '나쁘다' 반응이 서로 상반적 관계로 나타나지 않는다. 이들에게서는 '좋다' 반응이 극대화될 때 '나쁘다' 반응이 극소화되지 않는다. 따라서 이들의 태도를 호오차원상에다 나열하는 것은 호오차원의 기본 가정에 어긋난다.

필자는 이 연구를 수행하면서 능력의 한계를 많이 느꼈다. 그럼에도 불구하고 착상이 새로운 것이라는 점에서 한 가닥 위로를 받기도 하였다. 사실 우리가 동양심리학을 탐구하려 할 때 처음에는 누구라도 어쩔 수 없이 필자와 같은 처지에 놓이게 될 것 같다. 특히 필자처럼 동양에서 생성된 개념을 서양의 방법론을 가지고 분석하려 할 때는 더욱 그렇다고 볼 수 있다. 동양에서 생성된 개념은 동양문화의 패러다임에 기초해서 형성된 것이다. 그것을 서양에서 발전된 방법론을 가지고 천착하는 것은 비교문화심리학의 에믹(emic)의 논리에도 맞지 않는 것이다. 에믹현상은 특정한 문화에서만 발생하는 것으로, 이에 대한 진정한 이해는 그 문화의 맥락에서만 가능한 것이다.

그럼에도 불구하고 필자가 동양적 개념을 서양적 방법론을 동원하여 탐구하게 된 것은 그 길만이 중용을 현대심리학자들에게 학문적으로 소개할 수 있다고 보았기 때문이다. 우리가 알고 있는 것처럼 방법론은 학문이 성립하기 위해서 필수불가결한 것이다. 심리학도 여기서 예외가 아니다. 따라서 심리학자들에게 중용을 학문적으로 소개하기 위해서는 심리학에서 통용되는 방법론을 동원하지 않고는 현재로서는 다른 방도가 없다고 보았던 것이다.

▌참고문헌

屈原. 楚辭
論語
大學
孟子
朴趾源. 燕岩集
僞古文尙書
中庸
朱熹. 中庸章句
黃喜. 黃喜全書

이수원 (1994). 사회적 자아중심성 : 타인이해에서 성향주의의 원천. 한국심리
　　학회지 : 일반, 13권 1호.
이수원 (1995). 양극구조에서 이원구조로 : 개인내 태도구조의 발달. 한국심리
　　학회지 : 일반, 14권 1호.

Baktin, M. M. (1981). *The dialogical imagination*. Austin, Tx : University of
　　Texas Press.
Gibson, J. J. (1979). *The ecological approach to visual perception*. Boston :
　　Houghton.
Mifflin. Hayakawa, S. I. (1964). *Language in thought and action*. Harcourt,
　　Brace & World Inc.
Higgins, E. T. & Trope, Y. (1990). Activity engagement theory : Implications
　　of multiple identifiable input for intrinsic motivation. In E. T. Higgins &
　　R. M. Sorrentino (Eds.). *Handbook of motivation and cognition*. New
　　York : Guilford Press.
Kerlinger, F. N. (1967). Social attitude and their criterial referents : A
　　structural theory. *Psychological Review, 74*.
Leontiev, A. N. (1981). *Problems of the development of the mind*, Moscow :

Politizdat.

Polanyi, M. (1966). *The tacit dimension.* New York : Doubleday.

Trzbinski, J. (1989). The role of goal categories in the representation of social knowledge. In L. A. Pervin(Ed.). *Goal concept in personality and Social psychology.* Hillsdale, NJ : Erlbaum.

Turner, J. C. (1985). Social categorization and the self concept : A social cognitive theory of group behavior. In E. J. Lawler(Ed.). *Advances in group process : Theory and research.* Vol. 2. Greenwich. JAI Press.

Walton, R. E. & Mckersie, K. B. (1965). *A behavioral theory of labor relations.* New York : McGraw Hill.

제5장 불교의 연기론과 상담

1. 머리말

불교는 불타의 삶과 깨달음에서 비롯되어 수많은 사람들의 삶과 사유에 엄청난 영향을 끼쳤다. 불타는 왕자로 태어났지만 그 역시 인간의 몸으로 태어났으며 여느 사람이나 마찬가지로 삶과 죽음, 질병과 노화라는 인간실존의 문제들을 피할 수 없었다. 그는 이러한 문제들을 회피하거나 대강 얼버무리지 않고 정면으로 마주하여 씨름하고자 출가를 결행하여, 여러 해에 걸친 수행 끝에 이 문제들을 해결하고, 이 해결책을 다른 사람들에게도 널리 권유함으로써 그들을 삶의 괴로움들로부터 벗어나도록 도왔다.

심리상담도 인간의 실존에서 부딪히는 문제들을 해결하려는 하나의 시도이다. 인류 역사상 수많은 종교와 신앙, 철학과 사상, 민속들이 인간의 보다 나은 삶과 구원을 위해 각기 나름대로 기여를 했다. 프로이트 이후 수많은 정신과 의사나 심리학자들 역시 인간의 심리적·정신적 문제들의 해결을 위해 집중적인 노력을 기울여 왔다. 우리나라에서도 정신 의학과 심리학이 서구로부터 도입되면서 서양의 중요한 치료법, 상담 방법들이 대부분 알려졌다. 그러나 어떤 치료나 상담의 이론과 기법도 인간의 심리적인 문제의 해결을 위한 왕도라고 인정할 만한 것은 되지 못하고 있다. 여러 이론이나 기법들이 새로 나타났지만 대부분 금새 사라져버리고 소수만이 비교적 오랜 기간 명맥을 유지해 오고 있다. 오랫동안 치료나 상담 분야에서 영향력을 행사한다는 것은 그만큼 나름대로의 설득력과 효용성이 있기 때문일 것이다.

이제 필자 인간의 실존과 관련된 문제들에 관한 선각자들의 지혜들 가운데 이천 년 넘게 수많은 사람들에게 영향을 끼쳐온 불교의 가르침들을 재음미해 보면서 상담이나 치료를 위한 새로운 가능성을 검토해보고자 한다. 불교나 상담 모두 인간의 실존적인 문제들에 대한 해결 시도로 볼 수 있으므로 이러한 검토는 의미있는 것이라 여겨진다. 이미 국내외에서 이러한 검토들이 진행되어 오고 있지만(예 : 권석만, 1997 ; 윤호균, 1983 ; 이동식, 1968, 1974 ; 이장호, 1990 ; 이죽내, 1981 ; 정창용, 1968 ; Epstein, M, 1995 ; Rubin, J. B., 1996 등), 필자는 이 글에서 불교의 핵심사상인 연기론(緣起論)과 관련하여 상담 및 치료를 위한 함의를 살펴보고자 한다. 연기론은 불교의 핵심 그 자체이며 불교의 대표적 특징이라 할 수 있기 때문이다.

2. 인간의 괴로움과 그 원인

불교는 궁극적으로 고통으로부터 벗어나는 것을 목표로 한다. 불교의 기본교리는 잘 알려져 있다시피 사성제(四聖諦)로 표현된다. 즉 고(苦 ; 괴로움), 집(集 ; 괴로움의 원인), 멸(滅 ; 괴로움에서 벗어난 상태) 그리고 도(道 ; 괴로움에서 벗어나는 길)가 불교에서 가르치고자 하는 네가지 성스런 진리라는 것이다. 또한 불교의 특징은 흔히 사법인(四法印)으로 나타내진다. 즉 일체개고(一切皆苦 ; 삶 일체가 괴로움이다), 제행무상(諸行無常 ; 모든 현상은 덧없이 변한다), 제법무아(諸法無我 ; 모든 존재는 主宰하는 실체가 없다) 그리고 적정열반(寂靜涅槃 ; 本然의 상태는 항상 고요하다)이 현상세계와 진리세계에 대한 불교의 특징적인 관점이다. 사성제건 사법인이건 결국 불교는 인간을 삶의 고해(苦海)로부터 열반의 경지로 깨달아 들어가는 길을 안내하고자 한다. 불교에 의하면, 깨닫지 못한 상태에 있는 중생의 삶이 괴로움이라면, 깨달은 이의 삶은 열반의 즐거움이다. 괴로움이 그것을 초래하는 원인 때문이듯이 열반 또한 그것을 초래하는 계기 때문이다. 따라서 불교의 모든 가르침은 열반에 이르는 길을 안내하기 위한 것이라 할 수 있다. 괴로움으로부터 벗어나 열반의 평화로움에 이르는 길을 안내했기 때문에 부처를 대의왕(大醫王)이라 하기도 하였고, 깨달은 이의 한 특징인 자비(慈悲)를 괴로움을 빼내고 즐거움을 주는 것[拔苦與樂]을 뜻하는 것으로 보았다.

괴로움을 불교에서는 어떻게 보는가? 흔히는 태어남[生], 늙음[老], 병듦[病], 죽음[死]을 네 가지 괴로움[四苦]이라 본다. 여기에 사랑하는 사람과 헤어져야 하는 괴로움[愛別離苦], 미워하는 사람과 만나야 하는 괴로움[怨憎會苦], 얻어 갖고 싶지만 얻어 갖지 못하는 괴로움[求不得苦], 그리고 채워질 줄 모르는 왕성한 심리적 욕구로 인한 괴로움[五陰盛苦]을 보태어 여덟 가지 괴로움[八苦]이라 하기도 한다. 이러한 분류를 하지 않은 채 통틀어서 오온(五蘊) 즉 육체적 정신적 존재 자체가 괴로움이라고도 한다. 말하자면 인간의 존재 자체, 삶 자체가 괴로움이라는 것이다. 앞의 네 가지 괴로움 즉 태어나고 늙고 병들고 죽는 괴로움은 인간의 신체적 생리적 존재와 관련된 것들이며 첨가된 네 가지 괴로움은 심리적 정신적 욕구와 관련된 것들이라 할 수 있다. 결국 신체적으로든 심리적으로든 존재로 남아 있는 한 괴로움은 피할 수 없다고 보는 것 같다. 그러면 이러한 괴로움은 무엇 때문에 그리고 어떤 과정을 거쳐 생겨나는 것으로 보는가? 근본 불교에서는 그것이 미혹함[惑]과 그에 따른 작용 또는 행위[業]의 결과(果)라고 보면서 십이연기론(十二緣起論)을 전개한다. 연기란, 모든 현상이 원인(因)과 조건[緣]의 상호작용으로 나타난 결과[因緣生起]임을 뜻한다. 연기를 경전에서는 흔히 다음과 같이 표현하고 있다.

이것이 있으므로 저것이 있다.
이것이 생기므로 저것이 생긴다.
이것이 없으므로 저것이 없다.
이것이 사라지므로 저것이 사라진다.[1]

이 연기법은 불타의 깨달음의 핵심으로 흔히 간주되는 바, 일체 존재는 그 자체로서 존재하는 것이 아니라 다른 것들에 의해 조건지워져 있다는 것이다. 위의 인용문 가운데 첫째와 셋째 문장은 모든 존재 또는 현상이 공간적으로 서로 조건지워져 있음, 즉 공간적 상관관계성(空間的 相關關係性)을 나타낸다. 그리고 둘째와 넷째 문장은 모든 현상이 시간적으로 서로 조건지워져 있음, 즉 시간적 인과관계성(時間的因果關係性)을 나타낸다. 즉 연기론은 모든 현상들이 상호 무관한 것이 아니라 시간적으로나 공간적으로나 상호간에 철저히 연관되고 조건지워져 있다는 것이다. 따라서 현상들은 각각 독립적으로 떼어서 볼 수 없는 불가분의 것으로서 전체와 역동적으로 관련되어 있다. 그리하여 한 시인의 "한 송이 국화꽃을 피우기 위하여 봄부터 소쩍새는 그렇게 울었나 보다"라든지 어느 과학자의 "베이징(北京)의 한 마리 나비의 춤이 뉴욕에 한바탕 회오리를 일으킨다"라는 표현이 가능해진다.

연기가 모든 현상들의 시간적 공간적 상호연관성을 나타낸다면, 연기에 관한 불타의 십이연기론은 인간의 괴로움이 12 과정들을 거쳐 나타나는 것으로 표현하고 있다. 그 과정들은 다음과 같다.[2]

· 무명(無明)이 행(行)을 초래하고(진리에 대한 무지가 무의식적인 무지의 작용을 일으키고)
· 행이 식(識)을 초래하고(무의식적인 무지의 작용이 마음의 움직임을 초래하고)
· 식이 명색(名色)을 초래하고(마음의 움직임이 정신적 신체적 자극대상을

---

1) 《阿含經》권12.
2) 연기과정에 대한 ( )안의 해석은 전통적 해석이라기보다는 필자 자신의 개인적인 견해를 많이 덧붙인 것임.

초래하고)

· 명색이 육입(六入)을 초래하고(정신적 신체적 자극대상이 감각기관 및 의식을 자극하고)

· 육입이 촉(觸)을 초래하고(감각기관 및 의식상의 자극이 심리적 신체적 자극대상과의 접촉을 초래하고)

· 촉이 수(受)를 초래하고(심리적 신체적 자극대상과의 접촉이 감각적 느낌 — 괴로움·즐거움·덤덤함 — 을 초래하고)

· 수가 애(愛)를 초래하고(감각적 느낌이 애증의 감정을 초래하고)

· 애가 취(取)를 초래하고(애증의 감정이 접근하거나 회피하려는 의지 혹은 동기, 즉 집착을 초래하고)

· 취가 유(有)를 초래하고(집착이 그에 따른 행동을 초래하고)

· 유가 생(生)을 초래하고(접근하거나 회피하는 행동이 삶의 모습을 초래하고)

· 생이 노사(老死)를 초래한다(삶의 모습에 따라 늙고 죽는 모습이 달라지게 된다).

결국 생·노·병·사 및 기타의 괴로움은 일련의 연쇄과정을 거쳐 나타난다는 것이다. 즉 진리에 대한 무명(無明)이 무의식적으로 발동[行]되어, 마음[識]이 심리적 신체적 자극대상[名色]을 감각기관과 의식[六入]을 통해 감촉(觸)하여 그 결과 괴롭거나 즐겁거나 덤덤한 감각적 느낌[受]을 경험하게 된다. 이런 감각적 느낌이 일면 괴로운 느낌은 싫어하고 즐거운 느낌은 좋아하는 애증(愛憎)의 감정[愛]이 생기고, 잇따라서 좋아하는 것을 가까이하려 하고 싫어하는 것을 멀리하려는 집착심[取]이 발동된다. 이런 집착하는 마음이 일어나면, 그에 따른 행동[有]을 하게 되고, 그 결과로 그에 상응하는 삶, 늙음, 죽음[生, 老死] 등이 나타난다는 것이다. 십이연기의 이 같은 연쇄과정을 전생·현생·후생에서의 인과관계로 보기도 하고, 한 찰나에서의 인과관계로 보기도 한다. 전생·현생·후생이라는 삼세윤회(三世輪廻)에서 과거생에서의 삶의 행위가 현재생에서의 삶의 원인이 되고 현재생에서 삶의 행위가 미래생에서의 삶의 원인이 된다는 삼세양중인과(三世兩重因果)는 영겁에 걸쳐 삶이 십이연기의 과정을 거쳐 윤회한다고 보는 것이다. 이러한 설명은 현생에서의 삶의 행·불행이 과거생에서의 삶의 모습의 과보로 나타났듯이 미래생에서의 행복한 삶을 담보하기 위해선 현재의 삶을 올바르게 할 것을 요구한다. 반면 찰나인과(刹那因果)에서는 한 찰나의 삶 속에 십이연기과정을 거쳐 전개되는 원인과 결과가 완벽하게 갖추어져 있다고 보는 것이다. 이는 영겁이 일념(一念) 속에 갈무리되어 있으니 과거와 미래를 후회하거나 걱정할 것 없이 매순간 맞이하는 삶을 그 순간에서 충만하게 살 것을 요구한다고 볼 수 있다.

십이 연기의 전개과정에서 인과가 교차하여 사슬을 이루고 있다. 즉 무명(無明)이 원인이 되어 행(行)을 일으켜 식(識), 명색(名色), 육입(六入), 촉(觸), 수(受)라는 결과가 초래되고, 다시 수를 토대로 하여 애(愛)와 취(取)가 나타나게 된다. 이 애와 취가 원인이 되어 유(有)를 일으켜 생(生)과 노사(老死)라는 결과가 초래된다. 이러한 연쇄과정에서 원인이 되는 것은 무명과 애·취이다. 결국 삶에서 부딪히는 온갖 괴로움의 원인은 불교에 의하면 무명과 애·취에 있다는 것이다. 그러면 무명과 애·취는 좀더 구체적으로 무엇인가?

무명은 진리 즉 자신과 세계의 실상(實相)에 대한 무지이다. 다시 말해서 무명은 일체의 현상이 인연(因緣)의 산물이기 때문에 인연의 변화에 따라 끊임없이 변하며 또한 어떤 불변의 고정적인 실체로서의 주재자가 없다는 사실을 모르는 것이다. 제행무상(諸行無常), 제법무아(諸法無我)의 진리, 즉 연기법에 대한 무지이다. 따라서 무명에 빠져 있는 사람은 어떤 현상이 변함없이 항상 같은 모습이며, 그 현상을 좌우하는 확고한 실체가 존재한다고 믿는 것이다. 즉 어떤 사람이나 사물이 고정불변하는 실체로서 항상 같은 모습으로 엄존한다고 믿을 뿐, 그것이 순간순간 마음이 인연에 따라 구성해 내는 것임을 깨닫지 못하는 것이다. 무명을 《대승기신론》(大乘起信論)에서는 불각(不覺)이라고도 한다. "불각은 신여법이 하나임을 여실히 알지 못하는 것이다. 그러므로 마음이 움직여 망념(妄念)이 생겨남을 알지 못한다. 망념은 그 자체의 모습이 없으며 본각(本覺)을 떠나 있지 않다"[3] 즉 불각은 자신과 세계에 대한 관념이 마음의 움직임의 산물임을 알지 못하는 것을 의미한다. 즉《화엄경》(華嚴經)에 나와 있는 "모든 것은 마음이 지어낸 것"[一切唯心造]이라든지 "모든 것은 마음을 좇아 난 것"[一切從心轉]이라는 진리를 알지 못하는 것을 뜻한다. 다시 말해 무명 혹은 불각이란, 현상에 대한 인간의 표상 또는 경험내용은 그의 마음의 산물이라는 사실을 알지 못하는 것을 뜻한다고 할 수 있다. 자신과 세상에 대하여 한 인간이 지니는 어떤 고정된 관념이나 주체로서의 고유특성은 그의 마음이 인연 따라 만들어 낸 구성개념일 뿐 사실이 마음에 투영되어 나타난 것이 아니다. 따라서 무명이란 것은 자신과 세계라는 현실이 실제로는 인간의 마음이 인연에 응하여 만들어 낸 구성개념에 불과하다는 것을 알지 못하는 것을 뜻한다.

다음으로 애(愛)는 갈애(渴愛) 즉 간절한 감정이다. 즉 대상과의 접촉에서 얻어지는 감각적 느낌[受] 가운데 마음에 드는 즐거운 상태를 좋아하고 마음에 거슬리는 괴로운 상태를 싫어하는 것을 애라 한다. 그리고 취(取)는 애의 연장선상에 있는 욕구로서, 좋아하는 것을 가까이 하고 소유하려 하며 싫어하는 것을 멀리하고 피하려 하는 동기(動機)를 뜻한다. 자신과 세상에 대하여 지니는 좋아하고 싫어하는 감정과 그에 따른 취사선택, 결정, 의도, 의욕 등이 삶에서 경험하게 되는 온갖 근심과 걱정, 슬픔과 갈등, 건강과 불건강, 행복과 불행을 초래한다는 것이다. 요컨대, 갈애와 탐욕이 온갖 번뇌와 생사 윤회의 원인이 된다는 것이다.

여기서 주목할 것은 십이연기는 무명에서 시작되어 노사에서 끝나는 것이 아니라 끊임없이 순환한다는 점이다. 무명이라는 인(因) 앞에는 또 다른 과(果)가 있고, 노사라는 과(果) 뒤에는 또 다른 인(因)이 있어 인과 과가 서로 인이 되고 과가 되면서 순환적인 연쇄과정을 계속한다는

---

3) 所言不覺義者 謂不如實知眞如法一故 不覺心起而有其念 念無自相 不離本覺 (은정희 역주,《대승기신론 소·별기》, p.186)

것이다(김동화, 1954, p.164). 이러한 연쇄과정의 반복이 다름 아닌 윤회
라 할 수 있다.

규봉 종밀(圭峰 宗密, 唐)은《선원제전집도서》(禪源諸詮集都序, 이하
'도서'로 약칭함)에서 인간이 괴로움에 빠지는 과정을 미십중(迷十重)으
로 다음과 같이 설명한다.

· 본각(本覺) : 모든 중생에게는 모두 본각의 진심이 있다.[一切衆生 皆有本
覺眞心]

· 불각(不覺) : 좋은 벗의 가르침을 만나지 못하여 자연 그대로 본래부터
깨닫지 못하고 있다.[未遇善友開示 法爾本來不覺]

· 염기(念起) : 깨닫지 못한 까닭으로 자연히 망념이 일어난다.[不覺故 法爾
念起]

· 견기(見起) : 망념이 일어나기 때문에 능견상을 갖는다.[念起故 有能見相]

· 경현(境現) : 능견상을 갖기 때문에 헛되게도 자신과 세계가 있는 것처럼
나타나 보인다.[以有見故 根身世界妄現]

· 집법(執法) : 이것들(자신과 세계)이 자기의 망념에서 나온 것임을 알지
못하기 때문에 그것들이 실제로 존재하는 것으로 집착하는 것을 법집(法
執)이라 한다.[不知此等 從自念起 執爲定有 名爲法執]

· 집아(執我) : 일체 존재가 실제로 존재하는 것으로 집착하기 때문에 자기
와 남이 다르다고 보는 것을 아집(我執)이라고 한다.[執法定故 便見自他
之殊 名爲我執]

· 탐진치(貪嗔痴) : 이 사대(四大)가 내 몸이라고 집착하기 때문에 자연히
마음에 드는 경계나 대상에 대해서는 탐내어 나를 윤택하게 하려고, 마
음에 거슬리는 경계나 대상에 대해서는 화내고 싫어하며 나에게 손해를
입히거나 괴롭게 하지 않을까 염려하여, 어리석은 마음이 여러 가지로 헤
아리고 비교한다.[執此四大 爲我身故 法爾貪愛順情諸境 欲以潤我 嗔嫌違
情諸境 恐損惱我 愚痴之情 種種計較]

· 조업(造業) : 이런 고로 선악 등의 업을 짓는다.[由此故 造善惡等業]

· 수보(受報) : 업이 형성되면 피하기 어려워……업에 해당하는 육도의 괴
로움을 받는다.[業成難避……受六道業繫苦相]

십이연기론에서나 마찬가지로 미십중에서도 불각에서 수보에 이르기까지의 과정은 불각에서 시작되고 수보에서 끝나고 마는 것이 아니라 순환적인 연쇄를 이루어 수보가 다시 불각의 원인이 되어 돌고 돈다. 그리하여 번뇌와 괴로움은 어느 한순간에 완전히 끝나는 것이 아니라 깨달음에 이를 때까지는 끊임없이 윤회한다는 것이다.

　미십중의 과정에서 특히 주목해야 할 과정은 불각, 법집 그리고 아집이다. 불각은 앞에서도 설명했듯이 이 세상과 자신이 마음의 나툼인줄 모르는 것, 또는 자신이 경험하는 일체의 현상이 마음에서 벌어지는 인(因)과 연(緣)의 일시적 이합집산(離合集散)의 결과이기 때문에 무상하고 무아한 것임을 분명하게 알지 못하는 것을 뜻한다. 이 불각 때문에 미십중의 악순환은 시작된다. 모든 사람에게는 본래부터 본각의 진심이 있으므로 깨달음을 통해 불각의 잠에서 깨어나기만 한다면 본래 아무 일 없어 편안함을 알겠지만, 보통 사람들[衆生]은 그렇지 못하여 계속되는 미혹의 잠 속에서 악몽의 시달림을 받는다는 것이다. 다음으로 법집(法執)은 자기가 스스로 만들어 낸 자신과 세계가 허망한 관념의 산물임에도 불구하고 그것들이 바깥에 실제로 그런 모습으로 고정불변한 실체로서 존재하는 것으로 믿고 당연시하는 것을 말한다. 그리고 아집(我執)은 관념적 구성물의 하나인 '나'를 특별한 존재로 여기는 것, 즉 자신의 몸과 마음을 여타의 사람이나 사물과는 완전히 별개의 독립적인 실체라고 믿는 것을 말한다. 이러한 아집이 있기 때문에 아집 다음의 탐진치에 나와 있는 것과 같이 자신의 욕구나 감정 또는 생각 등을 만족시키고 그런 것들에 거슬리는 것은 피함으로써 자기를 유지·확장·향상시키려 한다. 그러므로 아집은 자기 중심성의 핵이라 할 수 있다. 결국 미십중에서는 인간이 괴로움을 겪게 되는 까닭은 근본적으로는 인간의 현실이 그의 마음의 산물 즉 심리적 구성물이라는 것에 대한 무지(즉 불각) 때문이며, 겉으로는 세상과 자신의 존재에 대한 잘못된 생각과 믿음(즉 법집과 아집) 때문이라는 것이다.

　십이연기이건 미십중이건 연쇄과정을 순환적으로 반복한다는 것에 유의할 필요가 있다. 즉 …무명 → 행 → 식 → 명색 → 육입 → 촉 → 수→ 애→ 취→ 유 → 생 → 노사 → 무명…, 또는 …불각 → 염기 → 견기 → 경현→ 집법 → 집아 → 탐진치 → 조업 → 수보 → 불각……으로 순환이 거듭됨으로써 윤회하게 된다. 이 순환적인 연쇄과정에서 앞부분 즉 무명, 행이나 또는 불각, 염기 쪽으로 거슬러 올라갈수록 그 작용이 미세하여 깨닫기 어려워지고, 뒷부분 즉 생, 노사나 또는 조업, 수보 쪽으로 진행되어 갈수록 그 작용은 더욱 뚜렷해지고 알아차리기 쉽다. 다시 말해서 연쇄과정의 단초(端初) 쪽일수록 무의식적으로 진행되고 허구성이 적고 그 세력이 미약한 반면 말단 쪽으로 갈수록 의식하기 쉬워지고 그 허구성이 증가하고 그 세력도 강력해진다. 그러므로 무명에서 괴로움에 이르기까지의 과정을 아홉 단계로 나누어 설명하는《대승기신론》의 구상차제(九相次第)에서는 앞의 세 단계를 '미세하다'[細]고 하고 뒤의 여섯 단계를 '굵다'[麤]고 보아 삼세육추(三細六麤)라고 표현하고 있다.

이상에서 얘기한, 괴로움과 그 원인에 대한 십이연기와 미십중의 설명을 간추린다면 다음과 같다. 첫째, 괴로움은 자신과 세계가 마음의 현현(顯現)임을 자각하지 못하는 데서 근원한다. 개인이 지각하고 느끼고 생각하는 세계 즉 그의 세계는 그 자신이 만들어 낸 환영(幻影)일 뿐이다[不覺]. 둘째, 괴로움은 특정 원인의 산물이 아니라 일련의 연쇄과정의 산물이다[緣起]. 분명한 깨달음을 통해 이 연쇄과정의 구속으로부터 벗어나지 않는 한 괴로움의 악순환은 계속된다[輪廻]. 셋째, 자신과 세계가 고정불변하는 실체라는 집착[法執]과 별개의 존재로서의 자기에 대한 집착[我執]이 모든 괴로움의 핵심에 자리하고 있다. 넷째, 괴로움을 야기하는 일련의 연쇄과정에서 과정의 앞부분일수록 자각하기 어렵고 그 세력이 미약하고, 뒷부분일수록 자각하기 쉽고 그 세력도 강하다.

인간의 괴로움과 그 원인에 대한 이러한 불교의 설명이 상담이나 치료에서 다루는 심리적인 문제와 그 원인에 대한 이해에 어떤 도움을 줄 것인가? 나는 이와 관련한 논의를 위의 네 가지로 요약한 것을 중심으로 전개해 보고자 한다.

첫째, 자신과 세계 일체가 마음의 현현이며 일종의 환영이라는 불교의 설명은 세계의 객관적 실상에 대한 진술이라기보다는 주관적 현실에 대한 진술이라고 여겨진다. 명상이나 수도의 경지가 높아지면 세계의 실상에 대한 이해도 보다 정확해질 것으로 추측된다. 그러나 그 이해의 정확성은 명상자나 수도자의 마음이 어떤 주관적 편견이나 선입견에서 벗어난 정도를 반영하는 것일 뿐 그의 생리적 심리적 한계를 벗어난 것은 아니라 생각된다. 비록 깨달은 이라 하더라도 세계와 자신에 대한 그의 파악은 유기체로서의 한계와 심리적 능력의 한계 내에서만 가능하다. 그러한 한계를 극복해 내는 일은 수도자나 명상자의 관심사가 아니라고 보여진다. 그러므로 수도자들은 신통력에 관심을 두는 것을 꺼려온 것이다. 그러한 한계의 극복은 오히려 과학자들의 관심사일 터이다. 불타가 사법인(四法印 ; 苦, 無常, 無我, 涅槃)이나 사성제(四聖諦 ; 苦, 集, 滅, 道)를 펼 때 그의 관심은 삶의 객관적 조건 즉 신체적 건강이나 환경조건 등을 개선하려는 데 있었던 것은 아니다. 그것은 마음을 밝히는 것[明心], 성품을 보는 것[見性]이었다. 그러므로 "마음 밖에 한 물건도 없다"[心外無一物]라든지 "오직 마음 뿐"[唯心]임을 사무쳐 아는 것이 깨달음의 핵심에 자리하는 것이다. 어차피 자신과 세계의 객관적 실상은 어느 누구도 확실하게 알 수 없을 터이고 단지 제한된 범위 안에서 추정해 볼 수 있을 뿐이라 생각된다. 중요한 것은 그러한 객관적 세계에 있다기보다 인간이 보고 듣고 느끼고 아는 세계, 즉 주관적 세계 혹은 심리적 세계이다. 달리 말해 한 개인의 삶의 세계는, 그의 마음에 반영되고 그의 마음에 의해 구성된 공상의 세계일 뿐이다. 이에 대한 철저한 자각이 없을 때 그는 허상(虛像) 또는 환영(幻影)을 쫓아 그의 몸과 마음을 수고롭게 하는 것이다.

둘째, 괴로움 혹은 심리적 고통은 몇몇 특정한 원인들에서 비롯된 필연적 결과가 아님을 연기론은 보여준다. 오히려 그것은 시간적으로 이어지는 일련의 연쇄과정 및 동시적으로 작용하는 여러 요인들간의 상호작용의 종합적 결과로 볼 수 있다. 어떤 특정한 충격적인 사건 자체 혹은 어떤 억압된 성적 욕구나 적개심 자체가 불안이나 우울 등의 심리적 문제를 야기하는 것이 아니라, 그러한 사건이나 욕구가 촉발하는 심리적 신체적 연쇄반응들이 문제를 야기하는 것으로 볼 수 있다. 예컨대 같은 충격적 사건이라 하더라도 그것이 어떤 개인에게 어떻게 받아들여지고 느껴지고 평가되는지 그리고 그 사건 당시의 주변 사람들의 태도나 행동은 어떠했는지에 따라 문제가 초래될 수도 있고 그렇지 않을 수 있다. 어떤 사건이나 욕구도 그 자체로 독립적이고 독자적인 것이 아니라 다른 여러 사건들이나 욕구, 감정, 생각 등과의 관계맥락에 따라 달라질 수 있다. 다시 말하면 어떤 심리적인 문제나 괴로움도 어느 특정한 원인의 독자적인 결과가 아니라 여러 요인들간의 역동적 상호작용의 결과이다.

셋째, 자신과 세계가 고정불변하는 실체라는 생각과 자신이 남들과 다른 정체성(正體性)을 지닌 별개의 존재라는 생각이 괴로움의 생성과 정에서 핵심을 이룬다는 불교의 설명은 특히 유의할 필요가 있다. 앞에서 보았듯이 자신과 세계가 자신의 상념(想念)을 투사시켜 구성된 것임에도 불구하고 그것들이 자기가 보는 바대로 실제로 존재하는 것처럼 여기는 것이 법집이고, 자신의 개별적인 독자성, 정체성을 믿고 지키려는 것이 아집이다. 자신과 세계는 그 자체의 구성요소들의 이합집산 양상에 따라 시시각각 변하면서 생성·지속·변화·소멸[生·住·異·滅]할 뿐만 아니라, 그 자신과 세상을 바라보는 자신의 상태에 따라 시시각각 달라지게 된다. 따라서 '물질이 곧 빈 것이요, 빈 것이 곧 물질이다'[色卽是空 空卽是色]라는 《반야심경》(般若心經)의 구절처럼 자신과 세계는 엄밀한 의미에서는 '있음'[有]과 '없음'[無] 사이를 끊임없이 오가며 변화하는 무상하고 무아한 존재라 할 수 있을 것이다. 그러나 양자역학의 세계처럼 극미의 세계에서는 그러한 무상과 무아가 비교적 쉽사리 이해될 수 있을 것이나 인간의 삶 속에서는 그것은 이해되기도 어렵거니와 설사 이해된다 하더라도 오로지 무상과 무아만을 믿는다면 낙공(落空)에 빠져 오히려 혼란과 문제를 일으킬 수 있을 것이다. 즉 자신과 세계가 완전히 텅 비어 있고 실체가 없는 것으로만 본다면 그의 일체의 생각과 행동이 무의미하고 삶 자체가 허무한 것이 되고 말 것이다. 따라서 무상과 무아의 의미를 오로지 '존재 자체의 부정'으로 보기보다는 '존재에 대한 집착'을 뗌으로써 인간의 삶을 해방시키기 위한 방편으로 보는 것이 온당할 듯싶다. 어떤 현상이나 존재든 끊임없이 변하고 있으며 비록 당장은 변하지 않는 것처럼 보일지라도 항상 변화 가능성 속에 있기 때문에 인간은 항상 새롭고 자유로울 수 있는 것이다. 어떤 현상이나 존재를 전혀 변하지 않고 늘 같은 모습이라고 보는 것은 그의 '생각의 고정성'을 반영한 것일 뿐 '사실'의 반영이 아니다. 아무리 괴롭더라도 그것은 한순간의 흘러가는 괴로움일 뿐이며, 아무리 즐겁더라도 그것 역시 한순간의 흘러가는 즐거움일 뿐임을 안다면, 그의 삶은 좀 덜 괴롭고 좀더 겸허할 수 있을 것이다. 이것이 집착으로부터의 탈피이고 괴로움으로부터의 해탈이며 항상 새롭고 신선할 수 있는 자유가 아닐까.

자기에 대한 집착 즉 아집이 괴로움의 핵심이라는 것은 자기 중심성이 심리적인 문제나 괴로움을 초래하는 데 결정적으로 중요하다는 것을 나타내는 것으로 볼 수 있다. 자신과 세계를 일방적으로 자신의 욕구, 감정, 생각 등을 중심으로 해서만 보려 드는 것이 괴로움을 초래한다. 자기가 좋아하는 것을 꼭 소유하려 하고 싫어하는 것을 항상 피하려 하며 자신의 감각적 만족이나 관념적 만족만을 추구하는 것이 문제를 야기한다. 그러한 소망들이 반드시 이루어지는 것도 아니며 그것이 반드시 바람직한 것도 아니기 때문이다. 오히려 그러한 욕구나 감정이 강렬할 수록 그만큼 좌절이나 실패가 더 괴로운 것이다. 자신과 세계가 자기가 보는 대로 바라는 대로 되기를 바라는 것은 공상일 뿐이며 그러한 공상으로부터 자유롭지 못하는 한 괴로움은 피할 수 없다. 실제로 대부분의 심리적인 문제들은 그것이 나타나는 양상이 어떻든 간에 근본적으로 아상(我相) 또는 아집(我執)과 관련된다. 자기가 원하고 바라는 것 그리고 자기가 두려워하는 것 — 그것들의 내용이 무엇이든 관계없이 — 이 괴로움과 문제의 핵심에 자리하고 있다고 볼 수 있다. 만일 지키려 하고 확장시키려 하는 '자기'가 없다면 그에게 무슨 괴로움과 문제가 생길 것인가.

법집이든 아집이든 그것이 집착이기 때문에 괴로움을 자아낸다. 집착의 대상 혹은 내용이 무엇이든 마음이 그것을 실제로 인정하고 그것에 사로잡히고 묶이면 그 마음이 경직되어 자유롭지 못하고 융통성을 잃게 된다. 따라서 상황이 바뀌어도 그 변화에 응해서 마음을 자유롭게 쓰지 못하고 고정된 종래의 방식에 묶이게 된다.

마지막으로 십이연기나 미십중의 연쇄과정에서 과정의 앞부분일수록 작용하는 힘이 미묘하고 약하여 자각하기 어려운 반면 사실에 대한 왜곡이 적은 편이고, 뒷부분일수록 작용하는 힘도 강해져 자각하기 쉽고 사실에 대한 왜곡도 심한 편임을 시사하고 있다. 실제로 심리적인 문제나 증상이 어떤 상황에서 어떻게 해서 시작되고 어떤 과정을 거치는지 알려면 자기 마음의 흐름에 대한 분명한 자각이 있어야만 비로소 가능할 수 있다. 흔히는 그러한 과정이 꽤 진행된 결과만을 자각하게 된다. 우울이나 불안, 망상, 강박적 행동이나 비행 등은 연기과정의 후반 또는 종말 부분이라 할 수 있다. 따라서 이러한 증상이나 문제행동들의 생성과정을 이해하려면 그 이전의 심리과정을 면밀히 파악해야만 할 것이다.

3. 십이연기, 경험의 구성 및 공상으로서의 삶의 세계

필자는 지금까지 불교의 입장에서 심리적인 문제의 발생과정을 살펴본 셈이다. 다시 한번 요약하면, 인간은 원래 아무런 문제가 없는 데서 평지풍파를 일으켜 괴로워하게 된다는 것이다. 그 평지풍파의 과정이 말하자면 십이연기나 미십중으로 표현된 연쇄과정이다. 그리고 이 연쇄과정에서 진리 혹은 실상에 대한 무지가 문제의 근원이 되고 자신과 세계에 대한 공상과 집착이 문제를 초래한다는 것이다. '문제 없음'의 상태에서 '문제 있음'의 상태로 왜곡되어 가는 과정이 말하자면 십이연기 혹은 미십중의 과정이다. 즉 십이연기나 미십중은 대상으로부터 자극이 수용되고 경험된 뒤 어떤 방식으로 표현됨으로써 그 결과가 다시 자극이 되어 되돌아오는 순환과정을 나타낸 것으로 볼 수 있다. 십이연기의 과정을 경험의 순환과정을 나타내는 것으로 보아 다음 그림 1과 같이 그려볼 수 있을 것이다.

　그림 1은 과거로부터 현재를 거쳐 미래에 이르기까지 괴로운 삶의 윤회를 나타낸다. 즉 현재까지 계속 깨닫지 못한 상태에 있으므로 진리를 모르는 무지의 작용(무명·행)은 거듭되어 현재 경험하는 바와 같은 지각적 경험(식[주체]·명색[객체]·육입 및 의식[감각기관]간의 촉[접촉]에서 발생한 수[감각적 느낌])을 하게 된다. 그리고 이 지각적 경험에 대하여 감정적 내지 동기적 반응(애·취)을 가미한 행동(유)을 하게 되고 그 결과로 현재와는 또 다른 미래의 삶(생·노사)을 전개하게 된다는 것이다. 요컨대, 무지가 현재 경험하는 바의 지각적 경험을 발생시키고, 이 지각이 감정과 욕구를 일으키고, 이 감정과 욕구가 행동을 유발하고, 이 행동이 또 다른 삶을 초래한다는 것이다. 이러한 연기과정은 경험의 시간적 연쇄과정을 잘 표현하고 있는 듯하다. 그러나 십이연기의 이러한 단선적(單線的) 표현은 경험의 흐름을 시간계열만으로 나타낸 것일 뿐, 경험요소들 간의 동시적 상호작용은 적절히 나타내지 못하고 있다.[] 예컨대, 식(識)이 명색이라는 심리적 물리적 대상을 초래한다든지 명색

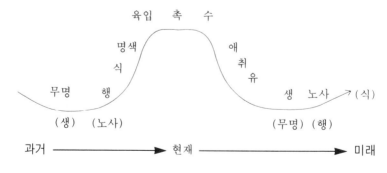

그림 1. 십이연기의 과정(A)

---

4) 불타 당시부터 경전의 결집(結集)이 이루어지기까지는 설법내용은 암송의 형태로 구전(口傳)되었으므로 연기 요소들간의 계시적이고도 동시적인 관련성을 계시적 관련성만으로 단순화시켰을 가능성도 있으리라 추측된다.

이 육입이라는 감각기관을 초래한다는 것은 현대과학의 입장에서 받아들이기 어렵다. 어떻게 식이 만물을 생성해 내며 대상이 감각기관을 생성해 낸단 말인가? 뿐만 아니라 감각·지각(촉·수)에서 감정(애)과 욕구(취)가 초래된다는 것 역시 받아들이기 어렵다. 같은 감각과 지각 내용에 대해서도 사람들마다 얼마나 다른 감정과 욕구를 경험하는가. 예컨대, 같은 창(唱)을 듣고도 국악에 빠진 사람은 즐거워하지만 서양음악에 빠진 사람은 시큰둥하지 않은가. 사실 연기라는 말은, 앞에서 보았듯이 여러 요소들간의 불가분의 관련성을 나타내며, 여기에는 계시적(繼時的)인 인과관계는 물론 동시적인 상호관계까지 포함된다. 따라서 십이연기의 과정은 이 두 가지 관계를 함께 아우를 수 있도록 표현되어야 한다. 다음 그림 2는 십이연기 요소들간의 인과관계와 상호관계를 필자 나름대로 함께 표현해 보고자 한 것이다.

그림 2를 보면 짐작할 수 있듯이 의식이 대상을 초래한다든지 대상이 감각기관을 초래하는 것이 아니라, 불교에서 흔히 지적하듯이 마음[識], 대상[명색, 즉 境], 감각기관 및 의식[육입, 즉 根]이라는 세 가지 요소들간의 상호작용이 이루어졌을 때 감각적 경험[촉·수]이 발생한다. 또한 어떤 대상을 좋아하거나 싫어하고 가까이하거나 멀리하려는 감정[애]이나 욕구[취] 역시 감각·지각[촉·수]에 의해서만 결정되는 것이 아니라 진리에 대한 무지[무명]와 정신적 자극[名]에 의해서도 좌우된다. 따라서 동일한 감각이나 지각 내용에 대해서도 개인이 지닌 무지와 정신적 자극[名]의 내용이나 정도에 따라 느끼는 감정이나 욕구가 달라진다고 볼 수 있다. 또한 표현행동[유] 역시 욕구나 의지[취]에 의해서만 좌우되는 것이 아니라 무지에 의해서도 영향을 받는다.

또한 그림 2는 마음, 감각·지각, 감정·욕구, 그리고 행동 등이 되돌이켜 무지[무명]와 정신적 자극에 피드백 되어 영향을 남긴다는 것을 나타낸다. 이런 의미에서 무명과 정신적 자극의 내용물은 깨닫지 못한 상태에서 경험한 모든 의식, 감각과 지각, 감정과 욕구 및 행동 등의 흔적(혹은 저장)이라 할 수 있다.

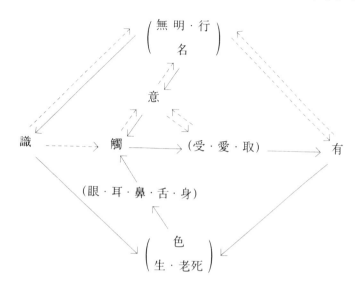

(˙은 十二緣起에 나타나지 않았으나 실제로는 화살표 방향으로 영향을 끼치는 것
으로 간주할 수 있다.)

그림 2. 십이연기의 과정(B)

그림 3. 경험의 구성과정

십이연기와는 별도로 필자는 경험의 구성과정을 위의 그림 3과 같이 나타낼 수 있다고 생각한다. 여기에서 '유기체적 경험'(有機体的經驗)은 대상으로부터 오는 자극에 대한 유기체로서의 심신의 즉각적이고 자연 발생적인 총체적 반응을 말한다. 이것은 지금 여기에서의 자연적이고 거의 반사적인 감각·감정·생각·욕구·느낌 및 생리적 반응을 나타낸다. 말하자면 자극에 대한 유기체의 비교적 순수한 반응이라 할 수 있다. 이 유기체적 경험의 일부는 그대로 현상적 경험으로 유지되지만, 일부는 변별평가체계의 변별과 평가를 거쳐, 받아들여질 수 있는 형태로 변형 되어 현상적 경험으로 된다. 이 '현상적 경험'(現象的經驗)은 한 개인이 자각할 수 있는 지각, 감정, 욕구 등으로서 그의 변별평가체계의 평가와 해석이 덧붙여진 것이다.

따라서 현상적 경험은 그의 유기체적 경험이 변별과 평가에 의해 확 대 혹은 축소되거나 변형 또는 왜곡된 경험이라 할 수 있다. 즉 유기체 의 자연스런 감각·욕구·생각·감정 등이 그의 특유한 변별평가체계에 따라 가공되고 채색되어 변형된 것이다. 그러나 이 현상적 경험이 그의 주관적 세계이며 그의 삶을 지배한다. 이 현상적 경험의 일부는 표현을 통해 외부로 드러난다. '표현'(表現)은 수의적 반응과 불수의적 반응 또 는 언어적 반응과 비언어적 반응 그 어느 것으로도 나타날 수 있다. 예 컨대, 말과 행동, 표정 및 기타 신체적 생리적 반응 등으로 나타난다. 이 표현반응은 대상에 영향을 끼친다. 이 '대상'(對象)은 그를 둘러싼 환경 은 물론 자기자신의 신체와 마음까지도 포함한다. 표현을 통해 대상에 끼친 영향은 대상을 자극하여 반응을 초래하고, 대상의 이 반응은 원래 의 개인에게 되돌아와 영향을 끼친다. 이리하여 반응의 흐름은 끝없이 이어지고 이 연속적 순환과정에서 반복되는 경험내용들은 조건화되고 자동화되며 강화되고, 변별평가체계에 피드백되어 저장된다.

경험의 구성과정 중 '변별평가체계'(辨別評價體系)는 그 자체가 자극 의 원천이기도 하지만 유기체적 경험, 현상적 경험 및 표현에 의해 자극 또는 영향을 받게 된다. 이 체계는 유기체적 경험, 현상적 경험과 표현

반응을 변별하고 해석하고 평가하고 판단하여, 주어진 대로 받아들이거나 거부 또는 변형시킨다. 변별과 평가의 기준들의 집합체인 이 체계는 개인이 살아오는 동안 경험한 유기체적 경험이나 현상적 경험 및 표현들로부터의 정보가 피드백됨으로써 학습된 것이다. 말하자면 과거 경험의 집적이라 할 수 있다. 이 체계는 채워지지 않은 현재와 과거의 감정이나 욕망 및 이들과 관련된 생각 또는 기억, 그리고 그가 습득한 언어, 논리, 지식, 태도, 신념, 규칙, 삶의 목표, 습관 등으로 구성되어 있다. 여기엔 당연히 그의 한(恨), 바람, 두려움, 분노 등도 포함된다. 이런 것들이 일단 변별평가체계로 형성된 다음에는 어떤 사건, 사물, 사람 및 기타 그가 경험하는 내적 관념이나 심상 또는 신체적 반응 등을 이 체계의 기준에 비추어 분류하고 명명하며, 호오·시비·선악·미추 등을 분별·평가·판단하며 의미를 부여하고 해석한다. 따라서 이 변별과 평가의 과정에서 유기체적 경험 가운데 어떤 것은 있는 그대로 현상적 경험으로 받아들여지고, 어떤 것은 확대 혹은 축소시키거나 왜곡 또는 거부된다. 마찬가지로 현상적 경험으로 받아들여진 것이라 하더라도 이것이 표현될 때에는 다시 변별과 평가과정을 거쳐 그대로 표현되거나 변형 또는 억압된다. 따라서 이 변별평가체계야말로 유기체로서의 인간의 내적 외적 반응들의 흐름을 좌우하는 조절체계(regulatory system) 역할을 한다고 할 수 있다.

이 변별평가체계 내용 가운데 괴로움을 유발하는 데 가장 중요한 것은 '바람'과 '두려움' 그리고 '자기'와 관련된 것이다. 우리는 끊임없이 좀 더 낫고 좋아 보이는 것들을 바라고 요구하며, 못나 보이고 무섭게 여겨지는 것들을 싫어하고 회피하려 한다. 그리하여 그러한 바람이 이루어지지 않고 두려운 것들을 피할 수 없을 때 우리는 괴로워하는 것이다. 이러한 바람과 두려움은 결국 자기와 관련된다. 이 자기는 자신이 정의하고 규정한 허구적인 구성개념임에도 불구하고 '나'와 '나의 것'이라고 생각되는 나의 신체나 나의 개인적인 감정·욕구·생각·의견 등을 자극하는 유기체적 경험들은 민감한 갈등과 불안을 촉발하기도 하고 흥분과 만족을 유발하기도 한다. 따라서 불안과 갈등 또는 불만을 촉발하는 유기체적 경험들은 현상적으로 경험되거나 표현될 때에 흔히 억압·억제되거나 변형된다. 따라서 유기체적 경험과 현상적 경험 사이에 괴리가 생겨나고, 환경 또는 대상과의 소통이 부적절해질 수 있다. 이러한 괴리와 부적절한 소통이 수많은 괴로움 즉 여러 가지 갈등과 마찰, 불안과 긴장, 비행, 기타 각종의 병리적 증상을 초래할 수 있다.

그러나 변별평가체계의 평가가 늘 역기능적인 것은 아니다. 오히려 살아가면서 변별과 평가는 피할 수 없을 뿐만 아니라 많은 도움을 준다. 무질서하고 무의미한 것처럼 보이는 수많은 자극들이 이 변별평가체계의 변별과 평가를 거침으로써 질서와 의미를 갖게 되고 개인의 안녕과 복지에 기여할 수 있다. 따라서 변별평가의 유무가 문제가 아니라 특정한 변별과 평가에 따른 '집착'이 문제이다. 그러므로 현상적 경험 가운데 집착이 가장 강력하다고 할 수 있는 '나'와 '나의 것'과 관련되는 경험내용들이 괴로움을 초래하는 데 가장 결정적인 역할을 한다고 할 수 있다.

자기 또는 자기 존재에 대한 의식과 집착은 '자기'와 '자기 아닌 것'의 구별이 의식되면서부터 어쩔 수 없이 부딪히는 인간의 굴레이다. 그가 미분화에서 벗어나 분화와 통합이라는 발달과정을 거쳐 다행히 초월에 이르기까지는 '자기'의 중압감으로부터 해방될 수 없다. 그는 의식하든 못하든 항상 모태(母胎) 속에서의 안락과 같은 상태로 되돌아가길 희구한다. 자기자신의 아무런 노력 없이도 모든 것이 충족되던 완전한 합일 상태에 대한 그리움이 낙원, 유토피아, 열반, 이상향 등으로 투사되기도 하고, 사랑과 성, 마약, 환락, 삼매경(三昧境) 등을 통하여 자기 의식의 중압감으로부터 벗어나고자 발버둥치게 하는 것 같다.

이상에서 십이연기의 과정과 경험의 구성과정을 살펴보았다. 필자의 생각으로는 십이연기의 과정은 경험의 구성과정을 나타내는 것으로 해석해도 무방하리라 여겨진다. 그림 2의 '십이연기의 과정(B)'과 그림 3의 '경험의 구성과정'은 둘 다 비슷하게 다이아몬드형으로 그려져 경험의 순환과정을 나타낸다. 그림 2와 그림 3을 비교하면 알 수 있다시피

'십이연기의 과정'과 '경험의 구성과정'을 비교하면, 연기의 과정에서 감각을 나타내는 '촉'은 경험의 흐름에서는 '유기체적 경험'으로 표현되었고, 지각, 느낌, 감정, 생각, 욕구를 나타내는 '수', '애'와 '취'는 '현상적 경험'으로, 그리고 행동을 나타내는 '유'는 '표현'으로 나타내었다. 그리고 진리에 대한 무지와 그 작용인 '무명'과 '행' 그리고 명색은 '변별평가 체계'로, 자극요인인 '명색' 가운데 물질적 자극인 '색'과 과보로서의 '생'과 '노사'는 모두 '대상'으로 나타내었다. 그리고 십이연기과정에서의 '식'[마음]과 '육입'[감각기관과 의식]은 경험의 구성과정에서 생략되었다. '유기체적 경험'과 '현상적 경험' 모두 마음속에서 이루어지는 현상이라고 보여지므로 심리적 경험의 구성과정을 다룸에 있어서 식을 별도의 독립된 요소로 다루지 않았다. 또한 감각기관 및 의식 역시 심리적 경험을 다루면서 별도로 다룰 필요가 없어 보인다.

그런데 중요한 것은 감각[촉]이 유기체적 경험에, 지각, 생각, 느낌, 감정과 욕구[수·애·취]가 현상적 경험에, 그리고 진리에 대한 무지[무명]와 정신적 자극[명]이 변별평가체계에 대응되는 것으로 볼 수 있는가 하는 것이다. 간단히 결론부터 말한다면, 그 어느 것이나 경험의 진행과정에서 중요한 측면을 나타내고 있지만, 강조되는 측면에서는 서로 차이가 있다. '경험의 구성과정'에서의 유기체적 경험과 현상적 경험은 다 같이 개인의 감정, 생각, 욕구, 지각 등의 측면들을 포함하고 있으나, 그 자각의 정도와 왜곡과 변형의 정도에서 차이를 보일 뿐이다. 즉 유기체적 경험은 현상적 경험에 비해 덜 자각되고 덜 왜곡된, 자동적이고 직관적이며, 총체적이고 순수한 반응이라 한다면, 현상적 경험은 좀더 자각되고 선별되었으며 변형된 반응이라 할 수 있다. 그러나 십이연기과정에서는 식의 흐름에서 먼저 또는 뒤에 나타나는 핵심적인 경험내용의 측면을 중심으로 구분하고 있다. 즉 감각은 지각, 느낌, 감정, 생각, 욕구보다 시간상 먼저 나타난다고 보아 촉을 수나 애와 취의 앞에 두고 있는 것으로 보인다. 다음으로 경험의 구성과정에서의 '변별평가체계'와 십이연기에서의 무명(無明) 자극요인인 명(名) 또한 반드시 상응하는 내용을 뜻하지는 않는다. 둘 다 과거경험의 집적이며 그 내용 역시 대부분 일치한다고 할 수 있지만, 변별평가체계는 순기능적인 측면과 역기능적인 측면 모두를 가지고 있는 반면, 무명(無明)과 명(名)은 역기능적 측면만을 강조하고 있다. 즉 변별과 평가 그 자체는 경우에 따라 개인에게 도움이 될 수도 해가 될 수도 있으나, 무명과 명(名)은 주로 괴로움을 초래하는 원인이 될 뿐이다.

그러면 지금까지 장황하게 살핀 십이연기의 과정이나 경험의 구성과정이 인간의 괴로움을 해명하는 데 있어서 어떤 의미가 있는가?

우선 개인의 삶의 세계는 그것이 행복한 것이든 불행한 것이든 그 자신의 마음의 산물, 즉 공상(空想)이라는 것이다. 즉 그가 느끼는 행복 또는 불행, 안녕 또는 불안, 자존감 또는 열등감, 갈등 또는 우울, 그리고 기타 수많은 심리적 반응들은 그의 외부에 존재하는 사물이나 사건 그 자체에 대한 반응이 아니라 그것에 대한 그의 일련의 심리적 과정의 결과이다.

예컨대, 어떤 사람이 꽃을 사랑한다 하자. 이 꽃에 대한 그의 사랑은 꽃이라는 존재 자체가 불러일으킨 것이라기보다는 그 꽃에 대한 그의 지각과 기억을 토대로 한 그의 변별과 평가의 결과이다. 이때 그가 어떻게 지각하고 어떤 기억을 떠올리고 어떤 변별과 평가를 할 것인가는 전적으로 그 자신의 과거와 현재의 개인적 경험에 기초한 것이며, 꽃이 그에게 사랑을 강요한 것이 아니다. 뿐만 아니라 그에게 주어지는 환경 역시 많은 부분 그 자신이 한 말과 행동 등의 결과이다. 즉 그가 반응하는 바에 따라 주어지는 환경이 달라진다. 따라서 그의 삶은 그가 지어낸 바라 할 수 있다. 이런 의미에서 인간은 자기 삶의 기획·연출·연기자이며 감상자라 할 수 있다. 그러나 그의 기획·연출·연기 등은 주어진 조건에서 이루어질 수밖에 없다. 그의 출생과 사망, 그의 부모 형제 등은 그 스스로 기획하고 선택하고 연출한 것이 아니라 주어진 것이다. 즉 그의 삶의 무대와 소재 및 소도구 등은 그것들이 그에 의해 어떻게 쓰여지든 거기에 그렇게 존재한다. 따라서 그는 자유로운 존재이면서 동시에 조건지어진 존재라 할 수 있으며, 스스로 살아가는 존재이면서 동시에 살리어지는 존재이다. 그러므로 그는 그의 삶의 주인공이면서 동시에 우주적 드라마의 일부라 할 수 있다.

이 우주적 역동 속에서 그가 그의 삶을 연출·연기하고 감상하는 과정이 십이연기의 과정이며 경험의 구성과정이다. 말하자면 이 과정들은 그의 주관적 세계 또는 현상적 경험이 생성되고 표현을 통해 드러나는 과정이다. 어느 누구도 이른 바 객관적 세계를 있는 그대로 보고 느끼고 상대할 수 없다. 그는 그가 만들어낸 세계 즉 그의 심적 구성물로서의 세계만을 경험할 수 있다. 십이연기에서는 마음[識], 감각기관 및 의식[六入], 대상[名色]의 인연화합으로 감지하고 느낀 것을 무지[無明] 때문에 확고부동한 실체로 간주하고 그것에 대해 좋아하고 탐내거나 싫어하고 피하려는 마음[愛·取]을 내어 그에 따라 행동하게 된다[有]는 것이다. 마찬가지로 경험의 구성과정에서도 대상에 대한 심신의 반응(유기체적 경험)이 변별평가체계의 변별과 평가를 거치면서 개인마다 각기 자기 나름대로 보고 느끼고 생각하고 바라게 되고(현상적 경험), 반응하게 되는(표현) 것이다. 따라서 십이연기과정이건 경험의 구성과정이건 모두 개인이 그의 삶의 세계, 즉 공상의 세계를 구성하고 만들어 가는 과정을 나타내는 것이다.

이처럼 개인의 경험세계는 그 스스로 구성해 낸 공상의 세계이므로 그의 창작이며 예술이라 할 수 있다. 그의 창작이고 예술이기 때문에 고정불변의 실체가 아니며 언제든지 달라질 수 있다. 따라서 그의 경험세계는 항상 새롭게 바뀔 수 있으며 그만큼 그는 자유롭다 할 수 있다.

그의 경험의 세계가 항상 바뀔 수 있고 자유로운 것임에도 불구하고 그것을 고정불변하며 실체가 있는 것으로 여겨 거기에 마음이 묶여 집착하게 될 때 심리적인 문제가 발생한다. 십이연기에서는 일체가 마음의 소산임을 모르기 때문에 그는 자기자신이나 특정 대상에 대한 생각, 감정, 욕구에 집착하게 된다고 보는 것이다. 경험의 구성과정에서는 변별평가체계 중 어떤 폐쇄적이고 경직되고 자기중심적인 변별평가 요인

때문에 특정한 현상적 경험에 집착하게 되는 것이다. 이렇게 집착하게
된 현상적 경험이 유기체적 경험이나 변별평가체계와 심하게 괴리될 때
심리적인 문제가 생기는 것이다.

이상에서 인간의 괴로움과 그것이 생겨나는 과정을 살폈다. 이제는 그
러한 괴로움으로부터 벗어난 상태와 그에 이르는 길을 살펴보기로 한다.

4. 괴로움으로부터 벗어남과 그에 이르는 길

열반(涅槃)은 괴로움을 일으키는 마음속의 번뇌망상을 없애 "일심(一
心)이 공(空)해졌을 때, 주객(主客)이 명합하여 피차(彼此)가 하나가 되
는 경지에 나타나는 것"[5]이다. 즉 마음 가운데서 갈애(渴愛)와 탐욕(貪
慾)에 대한 집착과 어리석음[無明]에서 벗어나 주체와 객체의 분별이 사
라지고 참 마음이 뚜렷이 드러날 때 나타나는 것이다. 모든 현상은 인연
화합(因緣和合)이어서 끊임없이 변하며[無常] 고정된 실체가 없어서[無
我] 허망한 것임을 깨달아 그러한 현상에 대해 갈애와 탐욕을 내지 않게
되었을 때 본래의 공적(空寂)하고 신령스런 지혜가 나타난다는 것이다.
이때 그는 유지하고 확장해야 할 자기도 없으며 집착할 대상도 없으며
더 이상 인연의 굴레에 구속되지 않는다.

열반은 깨달음[覺], 즉 성품을 봄[見性]으로써 도달된다. '미혹을 끊고
진리를 증득한다'[斷惑證理]든지 '마음을 밝혀 성품을 본다'[識心見性;明
心見性]든지 '미혹함을 돌이켜 깨달음을 연다'[轉迷開悟] 등의 표현이
모두 깨달음의 다른 표현이다. 이 표현들에서 알 수 있듯이 깨달음은 경
전이나 사물의 이치를 연구한다든지 어떤 외부의 대상을 따르거나 그에
헌신함으로써 이루어지는 것이 아니라 마음을 거두어 들여 안으로 비춤
[攝心內照 ; 廻光反照 ; 廻心]으로써 이루어진다.

---

5) 金東華, 《佛敎學槪論》, p.102

마음을 거두어 들여 안으로 무엇을 비추는가? 그것은 '일체가 마음의 지은 바'[一切唯心造]라든지 '일체가 마음이 변화하여 나타난 것'[一切從心轉]이라든지 하는 《화엄경》의 표현처럼 인간이 경험하는 모든 것은 자기 스스로의 마음이 만들어 낸 것임을 깨닫는 것이다. 앞에서 보았듯이 십이연기나 미십중의 과정이 바로 세계를 만들어 내는 과정이라 할 수 있다. 무명 때문에 자신과 세계가 고정불변하는 실체로 틀림없이 존재한다고 착각하고 그 세계나 자신에 대하여 여러 가지 감정과 생각, 욕망을 내고 집착하는 것이다. '모양을 가진 모든 존재는 모두 허망한 것'[凡所有相 皆是虛妄][6]인데도 '마음이(여러 가지 그림을 마음대로 그려내는) 화가처럼 몸과 마음의 여러 가지 상태를 그려낸다. 세상의 어느 것치고(마음이) 지어내지 않은 것은 없다'[心如工畵師 畵種種五陰 一切世間中 無法而不造][7]고 한다. 즉 그가 실재(實在)로 여기는 자신과 세계는 그의 마음이 그려낸 마음속의 허망한 그림일 뿐이라는 것이다. 그러나 이런 그림을 그려내는 그의 참 마음은 결코 대상화될 수 없고 알 수 없는 것이다. 이 마음은 그려내어진 어떤 모습과도 동일시될 수 없고 어떤 의미로도 규정지어질 수 없는 것이다. 참마음[眞心] 혹은 자기 성품[自性]의 이러한 초월성, 비규정성을 경전에서는 다음과 같이 표현하고 있다.

> 태어나지 않고 생성되지 않으며 창조되지 않고 조건 지어지지 않는 것이 있다. 만약 태어나지 않고 창조되지 않고 조건 지어지지 않는 것이 없다면, 해탈은 태어나고 생성되고 창조되고 조건지어진 것으로부터 알려질 수 없다. 그러나 태어나지 않고 생성되지 않는 것 때문에 해탈은 태어나고 생성되며 창조되고 조건 지어진 것으로부터 알려진다(自說經 VII. 3).[8]

결국 깨달음은 생각·감정·욕망의 충족을 위해 마음이 바깥의 대상에 홀리게 하는 무명에서 벗어나 이러한 현상을 펼쳐 내는 본원적인 자성

---

6) 《金剛經》
7) 《華嚴經》 夜摩天宮菩薩說偈品
8) 고엔카 저·인경 역, 《지혜의 개발》, 1991, p.182에서 재인용.

(自性)을 깨닫는 것을 말한다. 즉 십이연기에서 삶[生]과 늙고 죽음[老死]이 자신의 감정과 욕망[愛·取]에서 비롯하고 다시 이 감정과 욕망은 무지[無明]에서 비롯함을 깨닫고, 이 무지의 구름이 걷힘으로써 맑고 깨끗한 마음[淸淨心]이 드러나는 것을 깨달음이라 할 수 있다. 이는 다시 말하면 십이연기의 역관(逆觀)으로서 다음과 같이 전개된다.

'무명'이 소멸되면 '행'이 소멸되고
'행'이 소멸되면 '식'이 소멸되고
'식'이 소멸되면 '명색'이 소멸되고
'명색'이 소멸되면 '육입'이 소멸되고
'육입'이 소멸되면 '촉'이 소멸되고
'촉'이 소멸되면 '수'가 소멸되고
'수'가 소멸되면 '애'가 소멸되고
'애'가 소멸되면 '취'가 소멸되고
'취'가 소멸되면 '유'가 소멸되고
'유'가 소멸되면 '생'이 소멸되고
'생'이 소멸되면 '노사'가 소멸된다.(중부아함경 38)[9]

다시 말해서 감정과 욕망의 만족을 위해 밖으로 향하는 마음을 돌려 그 마음의 뿌리를 밝혀나가면, 결국 무명 때문에 생긴 괴로움에서 벗어나 열반에 이를 수 있다는 것이다.

그러면 어떻게 무명에서 벗어나 열반에 이를 것인가? 열반에 이르기 위한 수행법은 종파에 따라 여러 가지로 다르지만 불타가 처음부터 강조한 수행법은 팔정도(八正道)였다. 팔정도는 정견(正見), 정사유(正思惟), 정어(正語), 정업(正業), 정명(正命), 정정진(正精進), 정념(正念), 그리고 정정(正定)이다. 정견(올바른 이해)은 사물을 있는 그대로 이해하는 것으로서, 모든 것은 인연의 이합집산(離合集散)에 따라 생멸하는 것, 즉 연기(緣起)하는 것으로 보는 것을 말한다. 정사유(올바른 생각)는

---

9) 앞의 책, p.83 참조.

무상하고 무아한 현상 또는 존재에 갈애와 탐욕을 내고 집착하는 것을 벗어나 사심없이 생각하는 이욕(離欲)·초탈(超脫)·자비(慈悲)의 사고를 말한다. 정어(올바른 말), 정업(올바른 행동), 정명(올바른 직업)은 자신이나 타인에게 유익하고 친절하고 자비스런 말과 행동을 하고 그런 직업을 택하여 사는 것을 말한다. 정정진(올바른 노력)은 선한 마음은 개발·강화하며 악한 마음은 억제·소거하려는 끊임없는 노력을 말한다. 또한 정념(올바른 알아차림)은 자신의 심신의 상태와 움직임에 주의를 기울여 순간 순간 알아차리는 것을 말한다. 마지막으로 정정(올바른 집중)은 마음이 들뜨고 산란하거나 침체되고 멍해짐이 없이 한 가지 대상에 주의를 집중하여 마음이 고요하면서 평화로운 상태[三昧]에 있는 것을 말한다.

팔정도는 계(戒), 정(定), 혜(慧)의 삼학(三學)을 계발하는 데 도움이 된다. 팔정도 가운데 정어, 정업, 정명은 계를 닦는 데에 도움이 되고, 정정진, 정념, 정정은 정을 닦는 데에 도움이 되며, 정견과 정사유는 혜를 닦는 데에 도움이 된다. 삼학 중 계는 자기중심적인 감정과 욕망을 자제하고 모든 생명체에 대해 사랑과 자비를 베푸는 것을 말한다. 정은 정신적 수행을 닦아 마음이 안정되고 평화로운 상태에 있는 것을 말한다. 그리고 혜는 집착에서 벗어나 사물을 있는 그대로 보는 것을 말한다.

다음에서는 팔정도 가운데 진리 체득에 가장 적합한 것으로 여겨 불교수행자들이 즐겨 채택하는 수행법인 명상법들 가운데 대표적인 것들, 즉 정념과 정정, 그리고 이들의 변형이라 할 수 있는 선(禪)에 대하여 살펴보기로 한다.

정념의 대표적인 수련법으로 개발된 것은 사념처관(四念處觀)이다. 즉 네 가지 대상 중 어느 한 가지에 주의를 집중하여 있는 그대로 관찰하는 것이다. 네 가지 대상은 몸(身), 느낌(受), 마음의 상태(心), 그리고 마음의 내용(法)이다. 여기서의 관찰은 직접적으로 경험 그 자체를 관찰하는 것이다. 이를 《염처경》(念處經)에서는 다음과 같이 표현하고 있다.

여기서 수행자는 철저한 이해와 깨달음, 몸 안에서의 몸의 관찰, 느낌 안에서의 느낌의 관찰, 마음 안에서의 마음의 관찰, 마음 내용 안에서의 마음 내용의 관찰에 대한 뜨거운 노력을 견지하여[10]……

즉 몸이나 마음에서 벌어지는 현상들을 그 현상에 즉해서 관찰하는 것이다.

또한 지금의 상태나 움직임을 어떤 생각이나 감정 또는 욕망을 개입시킴 없이 그러한 현상이 일어나는 그대로 관찰한다. 예컨대 몸의 관찰과 관련하여 염처경에 나온 바를 보면 다음과 같다.

> 그는 안으로나 밖으로 혹은 안과 밖을 동시에 몸 안에서 몸을 관찰하여 조용히 머문다. 그는 몸 안에서 일어나는 현상을 관찰하여 조용히 머문다. 그는 몸 안에서 일어났다 사라지는 현상을 관찰하여 조용히 머문다. 깨어 있음의 상태가 유지되면서 '이것이 몸이다'라는 사실이 저절로 드러나게 된다. 이 깨어있음은 오직 철저한 이해와 관찰만이 남는 상태까지 발전하여 그는 세계의 그 어떤 것에도 집착하지 아니하고 초연하게 머문다.[11]

즉 몸에서 일어나는 현상이 생겨나고[生] 지속되고[住] 변화하고[異] 사라지는[滅] 것을 있는 그대로 놓치지 않고 관찰함으로써 그 현상이 인연 따라 무상하게 생멸할 뿐 어떤 고정된 실체로 존재하지 않는다는 것을 철저히 절감하는 것이다. 몸 안의 어떤 현상도 무상하고 무아한 것임을 깨닫는 것이다. 몸에 대해서와 마찬가지로 느낌이나 마음의 상태에 대해서도 그러한 현상이 생겨나고 사라지는 것을 있는 그대로 관찰한다.

더 나아가서, 현상을 관찰할 때 어떤 강렬한 감정이나 생각이 일어나더라도 거기에 주의를 빼앗기거나 머물러 두지 말고 체계적이고 조직직으로 관찰해야 한다. 예컨대, 고엔카(1991)는 느낌[受]의 관찰과 관련하여 다음과 같이 말한다.

---

10) 고엔카, 앞의 책. pp.220-221, 재인용.
11) 고엔카, 앞의 책, p.222, 재인용.

우리는 교대로 신체의 모든 부분에 계속적으로 주의를 집중시키고 조직된 순서에 따라 의식 집중을 움직여 본다. 우리는 보다 강한 느낌에 의해 과도하게 이끌어진 주의에는 따라가지 않고 의식적으로 선택한 대상에 주의를 고정시키는 노력을 발전시킨다(p.142).

즉 사념처관에서의 관찰은 주의가 가는 대로 관찰하는 것이 아니라 일정한 순서에 따라 체계적으로 이루어지는 것이다. 그렇게 함으로써 관찰이 흥미나 관심에 따라 그때 그때 좌우되지 않고 일정한 체계에 따라 조직적으로 이루어짐으로써 주의가 감정이나 욕망에 따라 흩어져 산만하게 되지 않고 집중되며 현상들의 전모가 드러나 완전한 이해가 이루어지게 된다는 것이다.

요컨대, 사념처관에서의 관찰은 특정한 대상 한 가지에 대해서만 이루어지는 것이 아니고 몸과 마음의 모든 현상들에 대해서 체계적으로 이루어진다. 그리고 그 관찰은 어떤 현상이 벌어지는 그때 그 자리에서 아무런 관심이나 기대 또는 감정을 개입시킴 없이 객관적으로 있는 그대로에 주의를 집중해서 이루어진다.

이러한 관찰을 통해서 수행자는 모든 현상이 무상하며 무아한 것이며 자기가 지어내는 공상임을 확실하게 경험으로 깨닫게 된다는 것이다. 더구나 관찰의 대상이 주로 자신의 몸과 마음에서 벌어지는 현상들, 즉 자기 신체에서 일어나는 생리현상, 감각, 지각, 그리고 감정 및 욕구, 생각 등에 관한 것이므로 그러한 현상들이 지속되는 것도 아니고 실체가 있는 것도 아님을 체험적으로 이해하게 되는 것이다. 즉 어찌할 수 없다고 여겼던 수많은 감정과 욕망이 대부분 일시적인 것들이며 더구나 구체적인 근거도 없이 자기 스스로 만들어낸 공상에 불과하다는 것을 깨닫게 된다. 이러한 깨달음을 통하여 수행자는 자기중심적인 자신의 갈애와 탐욕에 대한 집착, 즉 아집으로 인한 공상으로부터 벗어날 수 있게 되는 것이다.

정념과 마찬가지로 팔정도의 하나인 정정(正定) 역시 대표적인 수행법의 하나이다. 정정은 일체의 망념 망상을 쉰다는 의미에서 지법(止法)

으로도 알려져 있는 것으로 관법(觀法)으로 알려져 있는 정념과 쌍을 이루어 흔히 수행되고 있다[定慧雙修]. 정정은 올바른 선정(禪定)이라는 뜻으로 이를 닦음으로써 마음이 하나로 통일된 상태[心一境性], 주체와 객체간의 분리가 사라진 무아의 경지 혹은 삼매경(三昧境)에 도달할 수 있다는 것이다. 선정에서는 하나의 대상에만 주의를 집중한다. 그 대상은 호흡이나 걸음걸이 같은 신체활동일 수도 있고 촛불이나 만다라 같은 시각대상일 수도 있고 '옴'이나 '옴마니밤메훔' 등의 진언(眞言)에서처럼 청각대상일 수도 있다. 또한 양미간이나 가슴의 한가운데 같은 신체의 특정부위에 집중할 수도 있고, 부처나 보살의 모습을 마음속에 떠올려 그 심상에 집중할 수도 있다. 이러한 집중을 통해서 수행자는 집중대상 이외의 외부대상이나 내면의 욕구나 감정, 생각, 행동 등으로 생기는 마음의 동요에서 벗어나 안정과 평화를 누릴 수 있다. 전통적으로 선정은 주의가 분산되고 흐트러지거나 불안하고 혼란스럽거나 들뜰 때 이를 가라앉혀 마음의 안정과 평화를 되찾기 위해 많이 쓰였다.

요컨대, 선정을 통해서 수행자는 자신을 혼란스럽게 하고 괴롭히는 어떤 감정이나 욕망, 생각, 행동 등으로부터 벗어날 수 있다. 말하자면 자신의 갈애나 집착에서 벗어날 수 있는 것이다. 그리고 깊은 주의집중 가운데서 신비한 체험이나 무아의 체험을 함으로써 일상적으로 경험하는 세계 너머의 새로운 세계를 경험할 수도 있고 그러므로 일상적인 욕구나 감정 등으로부터 해방될 수도 있다.

수행법과 관련하여 마지막으로 선(禪) 혹은 참선(參禪)에 대해 살펴보기로 한다. 선의 종지(宗旨)는 "문자에 의지하지 않고 가르침 밖으로 특별히 전한 것, 곧바로 사람의 마음을 가리켜 성품을 보아 부처를 이룬다"[不立文字 敎外別傳 直指人心 見性成佛]에 잘 나타나 있다. 우선 선의 목적은 성품을 보아 부처가 되는 데 있다. 성품을 본다는 것은 인연 따라 온갖 지각, 감각, 생각, 감정, 욕구 등을 지어내는 자기 마음의 본바탕 즉 본래성품 혹은 참마음을 깨닫는 것이다. 자기와 세계가 자기 성품의 나툼이며, 일체가 마음의 지어낸 바이며, 그 참마음은 조건 지워질

수 없고 규정 지어질 수 없으며 묘사될 수도 없는 것으로 오로지 체득됨
으로써만 깨달을 수 있다는 것이다. 즉 연기를 일으키는 '그것'을 깨닫는
것이다. 규봉 종밀(圭峰宗密)에 따르면 깨달음에 이르는 십단계(즉 悟十
重)[12]를 구분할 수 있는데 선을 닦는 사람은 무엇보다도 먼저 "선지식
(善知識, 진리를 잘 아는 사람)의 가르침을 듣고서 사대(四大, 즉 자기의
몸)가 자기가 아니고 오온(五蘊, 즉 신체적 심리적 존재와 기능)이 빈 것
임을 알고, 자기의 진여(眞如, 즉 본래성품)와 삼보(三寶)를 믿는"[13] 것
이 필요하다. 서산(西山) 역시 참선공부에는 세 가지 요건이 있는데 그
첫째가(자기가 부처라는) 믿음이라 하였다.[14] 즉 선을 닦아 깨닫고자 한
다면 무엇보다도 자기 마음이 곧 부처임을 믿고 출발해야 한다는 것이
다. 그런 믿음과 이해 없이 수행한다면 '모래를 삶아 밥을 지으려는 것
과 같다'[15]고 보조는 얘기하고 있다. 아무튼 선은 자기의 '성품을 보는

---

12) 깨달음에 이르는 10단계는 다음과 같다.(—圭峰 宗密,《禪源諸詮集都序》)
　　① 覺頓悟 起四信 : 진리를 잘아는 분[善知識]의 가르침을 듣고 자기의 육체
　　　나 마음이 진정한 자기가 아니며 빈[空] 것임을 알고, 참성품[眞如]이 자
　　　기의 참모습이라는 것을 믿고, 부처와 불법과 스님을 믿고 받드는 것.
　　② 發菩提心 : 자비심(悲心), 알고저 하는 마음[智心], 온갖 행(行)을 닦고자
　　　하는 마음[願心]을 내어 깨달음을 성취하고자 마음 먹는 것.
　　③ 學修五行 : 보시, 지계, 인욕, 정진, 선정, 지혜 등의 육파라밀행(六婆羅蜜
　　　行)을 닦음.
　　④ 大菩提心開發 : 참성품[眞如]을 항상 마음챙김[直心], 선행(善行)을 즐겨
　　　하는 마음[深心]과 중생의 고통을 제거해 주려는 마음[悲心]이 나타남.
　　⑤ 證我空 : 자기가 빈 것임을 증득함, 즉 자기라는 것이 헛 공상임을 깨닫
　　　는 것.
　　⑥ 證法空 : 세계가 빈 것임을 증득함, 즉 세계라는 것이 헛 공상임을 깨닫
　　　는 것.
　　⑦ 色自在 : 물질세계에 융통자제함.
　　⑧ 心自在 : 자기 마음에 자유자재함.
　　⑨ 離念 : 생각이 움직이기 시작하자마자 기미를 알아차려 여읨.
　　⑩ 成佛 : 깨달음을 성취함.
13) ……今得悟解 四大非我 五蘊皆空 信自眞如 及三寶德(—圭峰 宗密, 앞의 책)
14) 參禪須具三要 一有大信根 二有大憤志 三有大疑情(西山,《禪家龜鑑》)
15) 若言心外有佛 性外有法 堅執此情……如蒸沙作飯(普照,〈修心訣〉)

것'[見性]이 곧 성불임을 지적하고 있다.

이때 성품을 본다는 것은 선의 종지를 나타내는 앞부분, 즉 '문자에 의지하지 않고 가르침 밖으로 특별히 전한 것'에 나타난 바와 같이 말이나 글로 배우고 익히거나 생각으로 헤아리고 따지는 것이 아니다. 성품을 보아 깨달음에 이르는 것은 '말을 여의고 생각이 끊어지고'[離言絕慮] '말 길이 끊어지고 마음 갈 곳이 사라진'[言語道斷 心行處滅] 상태에서 이루어지므로 언어와 사고를 통한 지적인 이해와 분별로서는 불가능하다는 것이다. 따라서 지식을 쌓고 사고를 깊이 함으로써 깨달으려 하는 것을 '알음알이의 병'[知解之病]이라 하여 크게 경계하고 있다.[16] 아무튼 깨달음은 경전을 읽거나 설법을 들음으로써가 아니라 직접 자기 스스로 맛보고 경험함으로써만 이루어질 수 있다. 즉 깨달음은 수행자 스스로 자신의 경험의 장 속에서 사회분별을 넘어서서 직접 체험적으로 느끼고 자각함으로써만 달성될 수 있다.

선에는 마음을 끝없이 비워 가는 묵조선(默照禪)과 모순되고 역설적인 수수께끼 같은 문제인 화두(話頭)에 큰 의심을 품는 간화선(看話禪) 두 가지 유파가 있지만, 이들 모두 언어와 사고를 통한 논리적이고 지적인 추구를 버리고 순일한 마음으로 직접경험을 통해 깨달을 것을 요구하는 점에서는 동일하다. 묵조선에서는 수행자는 어떤 감정이나 욕망, 선입견 등이 떠오르더라도 억압하지도 말고 빠져들지도 말고 무심하고 담담하게 바라보기만을 요구한다. 어떤 일이 벌어지고 무엇이 들리고 보이건 무슨 생각이나 감정, 욕망이 일어나건 그런 현상들이 그냥 그렇게 인연 따라 나타나고 사라질 뿐임을 알고 담담하게 바라볼 뿐, 그 현상 자체와 무관한 개인적인 기억이나 감정 또는 소견을 개입시켜 특별히 더 좋아하고 탐닉하거나 싫어하고 회피하거나 하지 말아야 한다. 이

---

16) 大慧 宗杲 禪師는 그의 《書狀》에서 10종의 知解의 병을 지적하고 있다. 이후 普照 知訥은 〈看話決疑論〉에서 그리고 西山 休靜은 《禪家龜鑑》에서 마찬가지로 이를 경계하였다.

처럼 담연하고 묵묵하게 비추다 보면 어느 순간 자기 성품을 깨닫게 된다는 것이다. 간화선에서는 오로지 화두에 대한 의문만 간절하게 유지할 뿐 머리를 굴려 해결책을 궁리하고 찾거나 섣부른 결론을 내리지 말 것을 요구한다. 무슨 일을 하고 어떤 상태에 있든 오로지 자신의 화두에만 주의를 기울일 뿐 그 밖의 일에는 관심을 두지 않는다. 이처럼 화두에만 온 정신이 가 있을 때 한 순간 화두에 대한 의문이 풀리면서 자신의 성품을 직접 보게 된다는 것이다. 묵조선이건 간화선이건 개인적인 망념의 개입이 사라진 무심한 상태 또는 의문만이 뚜렷한 상태에서 직관적으로 자기의 성품을 보게 됨으로써 깨달음에 이른다는 것이다.

이상에서 우리는 괴로움에서 벗어난 상태와 그에 이르는 길에 관한 불교의 가르침을 살폈다. 이들을 요약하면 다음과 같다. 첫째, 괴로움이 사라진 열반(涅槃)의 경지는 마음 가운데서 갈애와 탐욕에 대한 집착과 어리석음에서 벗어나 참 마음이 뚜렷이 드러날 때 나타난다. 둘째, 열반에 이르려면 밖으로 향하는 마음을 되돌이켜 마음을 밝히고 성품을 보아야 한다[明心見性]. 이 성품은 대상화될 수 없고 규정될 수 없으며 알려질 수 없는 마음 그 자체이다. 셋째, 한 개인이 경험하는 일체의 외적인 현상이나 내적인 현상은 마음이 인연 따라 그려내는 공상인 줄 알아 속지 않고 즐길 수 있을 때 인연의 굴레로부터 벗어날 수 있다[緣起過程의 逆觀 ; 唯心의 自覺]. 넷째, 깨달음을 위해서는 팔정도를 닦아 일상생활과 수행에서 망념의 지배를 벗어나 성품에 맡길 수 있어야 한다[八正道]. 다섯째, 자신과 세계의 실상을 보기 위해서는 심신의 상태와 작용을 아무런 선입견, 감정, 욕망 등을 개입시키지 않고 무상하고 무아한 것임을 있는 그대로 관찰해야 한다[正念 혹은 觀法]. 여섯째, 특정한 하나의 대상에 주의를 집중함으로써 마음이 안정되고 평화로워지며 불필요한 생각·감정·욕망 등의 간섭에서 자유로워질 수 있다[禪定 또는 止法]. 일곱째, 온갖 망념을 비워나가 무심한 상태에서 또는 특정한 화두에 대한 의문에 온 몸과 마음이 몰두된 상태에서 직관적으로 자기의 성품을 보아 깨달음에 이를 수 있다[禪]. 마지막으로 깨달음에 이르기 위한 첫째 조건은 부족함 없는 자기의 본래 성품에 대한 확고한 믿음과 이해를 갖는 것이다[大信].

지금까지 인간이 괴로움에서 벗어난 상태와 그 상태에 이르기 위한 방법들에 대한 불교의 가르침을 살펴보았다. 이제 이러한 가르침들이 상담에 어떤 의미가 있는지를 검토해 보기로 하자.

5. 공상에 대한 집착으로부터의 탈피와 상담

앞에서 살핀 바와 같이 불교의 근본적인 목표는 깨달음을 통해서 괴로움에서 벗어나는 것이다. 이것은 수행자가 느끼고 생각하고 바라는 모든 것이 원인과 조건의 일시적인 이합집산(離合集散)일 뿐, 그 어느 것도 영원하거나 불변하는 실체로 존재하는 것이 아님을 깨닫는 것을 통해서 이루어진다. 그가 느끼고 생각하고 바라는 모든 감정·생각·욕구 등은 그의 마음이 인연과 접촉하여 그려내는 그 순간의 그림일 뿐 참된 실체가 아니다. 따라서 그가 완상하고 즐길 것일지언정 그것에 마음 아파하고 정신없이 빠져들 만한 것이 아니다. 그러므로 "허깨비인 줄 알면 여읠 수 있고 방편(方便)을 사용할 필요가 없다. 허깨비를 여의는 것이 곧 깨달음이니라"[17]고 하였다. 이처럼 마음속에서 벌어지는 모든 현상들에 사로잡히거나 휘둘리지 않고 그런 현상들이 일어나고 사라지는 그 당처 혹은 본체가 청정한 마음임을 알게 되었을 때 그는 '성품을 보았다' 또는 '깨달았다'고 할 수 있을 것이다.

이러한 깨달음은 새로 무엇을 배워서 얻는 것이 아니라, 그가 자신과 세계의 실상을 왜곡하거나 부정하지 않고, 있는 그대로 총체적으로 보게 될 때 자연히 나타나는 것이다. 즉 미망(迷妄)으로 인한 착각으로부터 깨어남일 뿐이다. 어떤 괴로움이나 고통 또는 즐거움이나 열반도 마음속에서 명멸(明滅)하는 현상들일 뿐이다. 따라서 괴로움이나 고통에

---

17) 知幻卽離 不作方便 離幻卽覺(《圓覺經》普賢菩薩章)

서 벗어나기 위해 주의를 기울여야 할 것은 자기 마음뿐이다.

상담에서도 그 목적은 내담자의 심리적 발달 또는 성숙을 촉진하거나 그의 문제나 증상을 해결 또는 완화하는 것이다. 이 같은 성장이나 발달 또는 문제의 해결은 대부분의 상담접근에서 내담자의 자기 이해를 통해서 성취된다. 그가 의식하거나 자각하지 못하고 있던 자기 마음, 즉 그의 무의식적인 동기나 감정 또는 신념이나 생각 등을 이해하고 이를 수용하거나 수정함으로써 이루어지는 것이다. 그러한 이해와 수용 또는 수정을 통해서 그의 무의식 또는 기저의 생각·감정·욕구의 지배로부터 놓여날 때 그는 문제 또는 증상으로부터 벗어나는 것이다.

결국, 불교 수행이나 상담에서 다루는 내용은 주로 자기 마음이다. 수행자나 내담자의 삶의 조건을 바꾸거나 그의 행동방식을 변경하는 것은 부수적이라 할 수 있다. 그는 외부로 향하는 마음을 거두어들여 자기의 내면을 탐색함으로써 즉 회광반조(廻光返照)함으로써 깨달음을 성취하거나 자기의 문제로부터 벗어나는 것이다. 이러한 자기탐색은, 불교에서는 관법이나 선으로 이루어지고 상담에서는 자유연상이나 치료적 대화로 이루어진다. 불교의 수행이나 내담자를 위한 상담은 주의가 이처럼 자기의 내면으로 향한다는 점에서 유사하다.

불교의 수행과 상담은 자기 탐색말고도 둘 다 '있는 그대로를 보려 한다'는 점에서도 유사하다. 마음 가운데서 생멸하는 여러 가지 감정·생각·욕구 등을 부정하거나 왜곡함 없이 나타나고 사라지는 그대로의 실상을 자각 또는 의식하려 한다. 따라서 불안이나 갈등 또는 죄책감을 촉발하는 어떤 생각이나 감정 또는 욕구라 하더라도 가능한 한 방어나 저항 없이 진행되는 바 그대로를 보려 한다. 그렇게 함으로써 스스로 만들어 내는 착각으로부터 벗어나 있는 그대로의 진상을 보려 한다. 있는 그대로의 자기마음을 봄으로써 불교 수행자는 자기가 중생에 불과하다는 착각 또는 자기나 세계 및 그 속에서 진행되는 현상들이 지속되며 실체로서 존재한다는 착각에서 벗어나게 되고, 상담에서 내담자는 공상을 현실로 여기는 착각에서 벗어나게 된다.

착각에서 벗어나게 한다는 점에서는 불교수행이나 상담이 동일하지만, 착각으로 여기는 것의 내용에서는 차이가 있다. 불교에서는 우리가 현실이라고 여기는 자기 자신과 세계 그리고 그 안에서 벌어지는 모든 현상을 실제라고 보는 것이 착각이라고 여긴다. 반면 상담에서는 그러한 것들은 모두 실재하는 현실이지만 그러한 현실을 자신의 감정이나 동기, 욕구에 따라 왜곡하거나 부정함으로써 일반 사람들이 경험하고 생각하는 것과는 전혀 다르게 보고 느끼고 생각하는 것을 착각이라 한다. 먼저, 불교 수행에서는 '자기'의 죽음, 몰락, 초월 즉 무아(無我)를 강조한다. 불교에서는 인간의 모든 문제, 괴로움의 발단은 있지도 않는 자기를 있다고 보고 그것을 유지·확장하려는 데서 생긴다고 보는 것이다. 따라서 문제로부터 해방되려면 자기존재[我相]를 다른 사람이나 존재로부터 분리시키고 그 분리된 자기존재에 집착하는 것으로부터 벗어날 수 있어야 한다는 것이다. 그리하여 불교 수행자는 끊임없는 자기해체(自己解體) 또는 자기로부터의 탈동일시(脫同一視)를 거친다. 그는 '나는 무엇인가?'라는 자기에 대한 질문을 계속함으로써 자기가 허구에 불과함을 깨달아 가는 것이다. 그러나 상담에서는 자기라는 존재는 부정할 수 없는 현실이며 이 자기를 유지·확장·실현할 것을 강조한다. 따라서 자기의 해체·소멸이 아니라 자기의 확대·강화가 상담의 핵심을 이룬다. 또한 불교수행에서는 자기만이 아니라 인간이 보고 느끼고 생각하는 현실이 모두 인연 따라 일시적으로 나타났다 사라지는 허깨비[幻], 허공꽃[空華]이라고 봄으로써 현상들의 실체성을 부정한다. 따라서 인간의 괴로움이나 문제 역시 헛것을 진짜로 여기는 착각일 뿐 진정으로 문제라 할 만한 것은 본래부터 존재하지 않는다는 것이다. 존재하는 것이 있다면 오직 마음뿐이라는 것이다. 이에 반해 상담에서는 자기와 현실 그리고 문제라는 것이 실제로 존재한다고 본다. 따라서 상담의 과제는 그처럼 현실적으로 존재하는 자기 및 세계와 관련하여 문제를 실질적으로 해결하는 것이다. 그러한 해결을 위해 상담자는 신경증적 혹은 병리적인 동기나 감정, 생각 등을 찾아내어 이를 바로잡거나 외부현실을 변화시킴으로써 좀더 현실적이고 보다 잘 적응할 수 있도록 돕는 것이다.

또 다른 차이점은 불교수행은 지도하는 사람이 있기는 하지만 수행자가 주로 혼자서 말과 생각을 떠나[離言絶慮] 침묵 속에서 고요히 자기 마음이 작용하는 모습을 관찰하거나 그러한 관찰까지도 떠나 무념무상의 상태에 있는 것이다. 이러한 명상에서는 일체의 언어·논리·추리·지식 등은 자기를 있는 그대로 살피는 데에 방해가 될 뿐이라고 보는 것이다. 이에 반해 상담에서는 내담자가 상담자와 만나서 함께 대화를 나누고 인격적으로 만나는 것을 통해서 이루어진다. 여기에선 언어, 논리, 생각, 추리, 지식 등은 배제되어야 할 것이 아니라 활용되어야 할 것이 된다.

지금까지 우리는 불교 수행이나 상담이 다 같이 주의를 자기 마음의 움직임으로 돌려 그것을 있는 그대로 보는 것임을 살폈다. 그러나 "있는 그대로 본다"는 것이 무엇을 어떻게 보는 것인지에 대해서는 깊이 있게 다루지 않았다. 따라서 이제는 있는 그대로 본다는 것이 무엇인지 살펴보기로 한다.

흔히 불교는 믿음을 강조하는 다른 종교에 비해 상대적으로 이해를 더 강조한다 하여 이해의 종교로 일컬어지기도 한다. 실제로 대승불교(大乘佛教)에서 이상적인 인간상으로 내세우는 보살(菩薩)은 "위로 지혜를 구하고 아래로 중생을 교화(제도)한다"[上求菩提 下化衆生]는 것을 모토로 삼을 정도로 지혜를 중시한다. 그리고 그 지혜란 앞에서 살핀 바와 같이 현상들이 연기하므로 그것이 있긴 있되 영구불변하는 것도 아니요 주재(主宰)하는 실체가 있는 것도 아닌 텅 빈 것[空]임을 깨닫는 것을 의미한다고 생각된다. 그러나 상담에서는 불교에서처럼 모든 현상이 빈 것으로 여기지 않고 그것들을 경험적으로 실재하는 사실들로 간주한다. 물리적인 현상들뿐만 아니라 심리적인 현상들도 그것이 영구적인 것은 아닐지언정 어느 기간 동안 실재하는 실체로 보고 다루어야 할 대상으로 보는 것이다. 물리적인 사물이나 현상들은 개인이 의식하든 의식하지 못하든 객관적으로 실재하며, 심리적인 현상들도 그것이 욕구이든 생각이든 감정이든 개인의 의식 여부와 관계없이 그의 내부에 실재하는 것으로 여긴다. 그리하여 상담자는 내담자가 마땅히 의식하여야 할 물리적 또는 심리적 현실들을 의식하여 그러한 현실들의 요구와 적절하게 타협하거나 그러한 현실들을 변경시킴으로써 그가 당면하는 문제나 괴로움을 없애거나 완화시키려 한다.

영겁의 시간과 무한한 공간을 상정할 때 우리가 보는 태양과 지구는 물론 온갖 천체들이 무한한 허공 가운데서 생겨났다 다시 그 허공 속으로 사라지는 존재라고 생각된다. 따라서 우주라는 것도 허공의 역동일 뿐이다. 더구나 물리적인 영역을 떠나 심리적인 영역으로 오면, 우리의 생각과 감정 그리고 욕망들이야말로 빈 데서 나왔다가 빈 데로 돌아감을 인정해도 좋을 듯 싶다. 사실 우리의 삶의 세계는 바로 이 심리적인 세계요 이 심리적인 세계야말로 십이연기의 산물이요, 경험의 구성과정의 산물이다. 그 십이연기의 순환 속에서 또는 계속되는 경험의 구성과정 속에서 우리는 괴로움과 즐거움, 갈등과 환희, 불행과 행복을 느끼는 것이다. 앞에서 본 바와 같이 십이연기에서 보면, 괴로움의 씨앗은 사랑과 미움[渴愛] 그리고 탐욕과 혐오[取]다. 그리고 이들 사랑과 미움, 탐욕과 혐오의 씨앗은 무지[無明]이다. 이 무지야말로 "보이고 들리고 생각나는 모든 현상은 모두가 허망하고 덧없는 것"[一切有爲法 皆是虛妄]이라는 텅 빔[空]의 이치, 연기의 이치를 모르기 때문이라는 것이다. 이는 우리의 현상적 경험 또는 현실이란 것이 유기체적 경험과 변별·평가의 합성작품이며, 또한 이들 유기체적 경험과 변별·평가 역시 현상적 경험을 반영하고 그것에 의지하고 있음을 생각할 때 이들 모두가 확실한 근거가 없는 '텅 빈 생각' 즉 공상(空想)을 토대로 하여 나타났다 사라지는 것들이라 할 수 있다. 물리적 세계가 허공 가운데서 나타났다 사라지는 것이듯이 심리적 세계도 텅 빈 마음속에 공상으로 나타났다 사라지는 것이라 할 수 있다. 이러한 맥락에서 우리의 삶은 공상에 기반하고 있다 할 수 있다. 따라서 있는 그대로 본다는 것은 우리가 부동의 사실이라고 믿고 있는 현실들이 실제로는 공상에 기초하고 있으며, 행위나 작용의 주체로 여기는 자신과 타인들 및 사물들 역시 공상 속에서만 주체로 인정될 수 있음을 깨닫는 것을 의미한다.

이러한 맥락에서 우리가 경험하는 세계는 우리 자신이 그려낸 그림이며, 떠올린 공상이라 할 수 있다. 그러나 그것을 사실 또는 실제로 착각하는 순간 그것은 현실적인 힘을 지니고 우리를 구속하게 된다. 필자의 소박한 생각으로는 관법(觀法)은 자신의 몸과 마음의 부단한 변화를 면밀하게 관찰함으로써, 그리고 선(禪)은 화두에 주의를 집중하여 화두의 역설을 돌파함으로써 지금껏 엄연한 고정불변의 실체로 여겨왔던 자기 자신과 세계가 무상하고 무아한 허깨비이며 자기가 그린 공상(空想)임을 깨닫게 하는 것으로 보인다. 자기나 세계를 면밀히 관찰하면 순간순간 변화하며 한 순간도 동일한 모습으로 고정되어 있지 않다. 단지 그렇게 지속되는 것처럼 보일 뿐이다. 또한 자기와 세계는 각각 어떤 의지를 가진 주재자(主宰者)가 아니다. 단지 우리가 그렇게 여길 뿐이다. 단 몇 분이라도 우리의 마음을 우리 의지대로 유지할 수 있는지 관찰해 보면 우리의 의지와는 상관없이 우리의 마음이 제멋대로 요동치는 것을 알 수 있다. 따라서 자기나 세계가 지속된다거나 주재자가 있다고 보는 것은 우리의 공상일 뿐이다. 심리치료나 상담에서도 내담자의 의식을 오가는 생각·감정·욕구를 지배하는 무의식적 혹은 잠재의식적 욕구나 감정 또는 관념들을 드러내어 그것들이 현실적 타당성이 없는 공상임을 깨닫게 하는 것이 상담자나 치료자의 핵심과제라 할 수 있다. 그러나 상담이나 심리치료가 불교와 다른 점은 앞에서도 언급했듯이 대다수의 사람들이 사실이라고 믿거나 논리적으로 합당하다고 믿는 욕구나 감정 또는 생각들을 '사실들'로 간주한다는 점이다. 연기설의 입장에서 본다면 그러한 '사실들'까지도 실상은 공상이라고 간주된다. 이런 점에서 상담이나 심리치료 이론들은 현실이 공상에 기반하고 있음을 믿는 데 있어서 연기론만큼 철저하지는 않다고 보여진다. 우리의 현상적 경험의 근거인 감각적 사실로서의 유기체적 경험이나 관념적 사실로서의 변별평가체계 역시 부동의 사실이 아니라 우리의 경험적 현실인 현상적 경험에 의존하고 있다는 점에서 공상에 터하고 있다 할 수 있다.

상담에서 상담자는 내담자가 어찌할 수 없는 현실이라고 믿고 거기에 묶여 버리는 그의 현상적 경험들이 실제로는 부동의 현실이 아니라 무상하며 실체가 없는 자신의 공상에 기반하고 있을 뿐이므로 그러한 경험들에 사로잡혀 있을 필요가 없음을 깨닫도록 돕는 것이 상담자로서의 주된 과업이라 할 수 있다. 즉 내담자를 그의 현상적 경험에 대한 집착으로부터 놓여나도록 돕는 일이다. 그리하여 내담자로 하여금 그의 현상적 경험들을 담담히 받아들이거나 즐길 수 있게 하는 것이다. 어차피 우리가 삶이라고 여기는 것은 현상적 경험들의 연속일 뿐이며 그것들에 대하여 우리가 취하는 태도에 따라 삶이 자유로울 수도 있고 질곡일 수도 있다고 생각된다. 이른 바 문제 또는 증상이란 것들은 우리가 경험하는 것들에 실재성을 부여하고 그것들에 묶여 있음을 뜻하며, 깨달음이란 것은 그러한 경험들의 허구성을 깨닫고 그것들에 대하여 자유로운 청정한 성품(性品)에 온전히 자신을 맡길 수 있음을 뜻한다고 보인다. 우리의 마음에 나타났다 사라지는 현상적 경험들은 그것들이 어떤 고민이나 갈등이든 마치 텅 빈 허공에 문득 나타났다 사라지는 한 줌의 구름 같은 것들이다. 구름의 모양이나 색깔이 허공의 역동의 표현이듯이 우리의 고민이나 갈등도 우리의 마음이 그려내는 그림일 뿐 우리가 어찌할 수 없는 운명적 사실이 아니다.

관법수행에서 수행자는 앞에서 살핀 것처럼 자신의 몸·생각·감정·욕망 등의 움직임을 그것들이 나타나고 사라지는 대로 면밀하게 관찰하면서 그것이 지속되는 것이 아니라 무상하며, 불변의 실체가 아니라 인연의 이합집산임을 깨달아 간다. 또한 십이연기의 과정을 순차적으로 또는 역순차적으로 추적해 가며 검토해 보노라면 우리의 경험이 무지와 감정, 욕망에 의해 굴절 혹은 채색되는 것을 분명히 깨달을 수 있다. 우리의 경험이 이처럼 여러 인연들의 이합집산에 따라 변화무쌍하게 변모해 가는 것을 보면서 그것이 얼마만큼이나 공상인지를 깨달을 수 있다.

우리는 다음에 몇 가지 구체적인 경우를 살펴보면서 경험의 허구성을 살펴보기로 하자.

어느 여름 필자는 치주염으로 흔들거리는 이를 뺀 적이 있었다. 의사는 이를 뺀 뒤 복용해야 할 아무런 약도 주지 않았다. 귀가하는 전철에서 필자는 상당한 통증을 경험하게 되었고 앞으로 곪아 고생하지나 않을까 걱정되기 시작했다. 다시 치과에 가서 복용할 약을 달라고 해야겠다는 생각까지 들었다. 그러나 문득 이 통증을 관법에서 하는 것처럼 자세히 관찰해 보자는 생각이 들었다. 실제로 그렇게 했을 때 통증은 대단한 것도 끊임없이 지속되는 것도 아니었다. 그것은 약간의 감각이 나타났다 사라졌다를 반복하는 것일 뿐이었다. 그제야 필자는 스스로 치통을 만들어 내고 있음을 알고 안심할 수 있었다. 필자의 또 다른 경험은 한때 아침마다 잠에서 깨어나면서 우울한 감정에 빠져들곤 하였다. 필자는 이 감정이 무엇 때문에 나타나는지를 자세히 살펴보니 잠에서 깨어나자마자 그 날 해야 할 일들을 생각하고 짜증과 중압감을 느끼고 이것이 우울한 감정으로 발전하는 것임을 알 수 있었다. 따라서 그 날의 업무들의 의미와 즐거운 면들, 그리고 업무 이외의 즐거운 일들도 떠올리기 시작하면서 우울한 감정은 사라졌다. 그밖에도 외로움·분노·죄책감 등 여러 경우에도 그것들이 필자 자신의 공상에서 비롯한 것임을 깨달음으로써 그러한 감정이나 생각들에서 벗어날 수 있었다.

상담에서의 경우로 한 남자 대학생의 예를 보자. 그는 형제 중 둘째인데 대학에 들어간 뒤부터 대형 강의실, 식당, 도서관, 붐비는 거리, 시장이나 백화점, 전철 등을 이용하기를 두려워하기 시작했다. 내가 본 그의 첫인상은 이목구비가 수려했으나 마음 고생으로 많이 상해 있었다. 학생을 데리고 온 그의 아버지를 상담실에서 내보낸 뒤 면담을 하였다. 그의 형은 소위 일류 대학에 다니고 있어 형제 경쟁을 의심할 만하였다. 그러나 나는 그의 현재 증상이 발생되는 한 가지 상황, 즉 전철에서의 그의 내적 반응의 연쇄과정을 탐색하였다. 그럼으로써 문제가 그의 어떤 일련의 공상에서 비롯하는지 알아보고자 하였다. 탐색의 결과 다음과 같은 일련의 반응계열을 거쳐 증상들이 나타났다. '전철을 탄다 - 사람들이 쳐다본다 - 그들이 나를 무시한다 - 창피하다. 전철에서 내리고 싶다 - 답답하고 가슴이 뛰기 시작한다 - 얼굴이 붉어져서 사람의 시선을 피한다 - 이런 증상들이 의식된다 - 증상들이 증폭되고 더욱 두려워진다.' 그 학생에게 이런 일련의 연쇄반응들에 대하여 그 반응들의 연결의 적합성을 생각해 보도록 하였다. 그는 처음에는 당연한 것 아니냐고 하였다. 필자는 반응들의 연결들을 하나 하나씩 학생과 함께 검토하였다. 예컨대, '전철을 탄다 - 사람들이 쳐다본다'에서 모든 사람들이 쳐다보느냐고 물었을 때 그는 꼭 그렇지는 않다고 하였다. 다음에 '사람들이 쳐다본다-그들이 나를 무시한다'에서 쳐다보는 것이 무시하는 것을 뜻하냐고 물었을 때 그는 그렇지 않으냐고 반문했다. 필자는 그러면 "네가 다른 사람을 쳐다보는 것도 무시하는 것이냐?"고 물었다. 이에 대해 학생은 "그렇진 않다"고 하였다. 그래서 필자는 "그렇다면 다른 사람들이 너를 쳐다보는 것이 무시하는 것이라고 여기는 것은 너의 공상이 아니냐?"고 하였다. 이 질문에 그는 수긍하고 빙긋이 웃으며 재미있어 하였다. 이런 식으로 전철 탈 때의 반응들의 연쇄들을 하나 하나 짚어나갔을 때 자기가 얼마나 많은 공상으로 자신을 힘들게 만들었는지를 이해하고 흥미로워 했다. 다음 상담시간에 그 학생은 그 첫 면담이 끝난 뒤 자기가 두려워하는 상황들에서 자기 반응들의 연쇄과정을 검토해 보니 재미있었으며 이제 더 이상 상담을 하지 않아도 되겠다고 하였다. 필자는 3회의 상담을 더 하면서 비슷한 검토를 계속함으로써 내담자의 대인불안을 해결할 수 있었다. 이 학생처럼 극적인 호전을 보이는 경우는 흔치 않다. 그러나 이 면담의 의미는 충분히 음미할 만하다고 생각된다. 나는 그의 문제를 그의 입장에 서서 정말 심각한 문제라는 것에 공감하였다. 그러나 그가 그 문제를 충분히 극복할 수 있는 훌륭한 자질을 갖고 있음을 그의 현재와 과거의 경력을 들으며 확신할 수 있었고 이러한 확신을 그에게 분명하게 전달하였다. 그는 필자의 이 말들에는 별다른 반응을 보이지 않았으나 자신의 일련의 반응의 연쇄들을 있는 그대로 보게 되면서 자신이 공상을 통해서 문제들을 만들고 있음을 분명히 자각하게 되었다. 이러한 자각이 그로 하여금 자신의 문제와 증상으로부터 벗어나게 하였다.

우리는 지금까지 있는 그대로 봄으로써 불교의 수행자는 공상을 실제라고 여겨 집착해 온 착각으로부터 해방되고 상담에서의 내담자는 과거경험으로 인한 공상과 사실의 혼동으로부터 벗어남을 살폈다. 따라서 있는 그대로 본다는 것은 수도나 상담의 핵심으로 여길 수 있다. 그러면 수행자나 상담자가 어떤 상태에 있을 때 있는 그대로 보는 것을 잘 할 수 있는가?

불교수행에서는 앞에서 살핀 바와 같이 정(定)과 혜(慧)를 함께 닦는 것 즉 정혜쌍수(定慧雙修)를 강조한다. 자신과 세계의 실상을 있는 그대로 보는 혜(慧)가 밝아지려면 자신의 마음이 고요하고 안정되고 평화로워야 한다. 그러한 마음의 안정과 평화를 이루기 위한 방편으로 선정(禪定)을 닦는다. 마음이 고요하면 마음이 맑아지고, 마음이 맑아지면 마음이 밝아지고, 마음이 밝아지면 사물이 있는 그대로 비친다고 할 수 있다. 따라서 마음을 고요하게 하는 일이 사물을 있는 그대로 보는 데에 필수적이라 할 수 있다. 마음을 고요하게 하려면 자기 중심적인 욕구·감정·생각 등 때문에 생기는 갈애와 집착이 사라져 무심(無心)할 수 있어야 한다. 그러나 그러한 욕구·감정·생각 등의 그 뿌리가 공상임을 깨닫기도 어렵거니와 깨달았다 하더라도 그것들의 영향력이 쉽사리 사라지지도 않는다. 따라서 우선 선정을 닦아 마음의 파도를 가라앉힐 필요가 있다.

상담자도 내담자를 좀더 잘 이해하고 수용하며 보다 잘 돕기 위해서는 자신의 심리적인 문제나 이론적인 편견에서 어느 정도 자유로워야 한다. 이를 위해 개인상담이나 교육분석이 요구된다. 수행에서 마음의 안정이 지혜의 개발에 필요하듯이 상담에서도 자기문제에 대한 이해와 극복이 상담자로서의 능력개발에 필요하다. 그러나 자기문제의 이해와 극복이 많은 시간과 노력을 요하고, 설사 그렇게 되었다 하더라도 때로 어려운 상황에 처하면 옛 문제에 다시 빠져들기 쉽다. 따라서 상담자들도 평소에 또는 마음이 흔들리는 상황에서 마음의 안정을 가져오는 명상을 하는 것이 바람직해 보인다. 바람이 자면 물결이 잦아들 듯이 명상을 통해 상담자의 자기중심적인 감정과 욕망의 출렁임이나 개인적인 편견에 대한 집착이 잦아들면 내담자의 마음이 상담자의 마음에 그대로 비쳐질 것이다. 그리하여 상담자는 내담자의 생각과 감정 및 욕망으로 인한 갈등과 불안, 좌절과 고통들을 있는 그대로 이해하고 수용할 수 있게 되고 이에 더해 보다 납득할 수 있고 유익한 해결책을 함께 찾아 나갈 수 있게 될 것이다. 이러한 상담자의 활동은 어떤 인위적이고 유위적(有爲的)인 노력이나 활동이 아니라 내담자와의 상호작용에서 자연스럽게 발생하는 무위적(無爲的)인 작용이라 할 수 있을 것이다. 로저스(Rogers)도 상담자의 이러한 자연발생적인 활동의 중요성을 인식하였기에 성장촉진적인 관계의 특징들로서 종래(1957)에 언급해 왔던 상담자의 진솔성, 무조건적인 긍정적 관심 및 정확한 공감에 더하여, 상담자 자신의 직관적 자기와의 밀착을 강조하기에 이른 것 같다. 그의 말을 살펴보자.

> 내가 집단 촉진자 또는 치료자로서 최상의 상태에 있을 때 나는(촉진적 관계의) 또 다른 특징을 발견한다. 내가 나의 내적 직관적 자기에 밀착해 있을 때, 내가 어찌해서 내 안의 미지의 것과 접촉하고 있을 때, 아마도 내가 약간 변경된 의식 상태에 있을 때, 그때에는 내가 무엇을 하든 최고로 치유적으로 되는 것처럼 보인다. 그때에는 단순히 나의 '존재'가 상대방에게 구원적(救援的)이고 도움이 된다. 나는 억지로 이러한 경험을 만들어낼 수는 없다. 그러나 내가 편안하고 나의 초월적인 핵심에 접근할 수 있을 때, 나는 관계에서 생소하고 충동적인 방식—그것은 내가 합리적으로 설명할 수 없고, 나의 사고과정과는 아무런 관계가 없는 방식—으로 행동하게 되는 것 같다(Rogers, 1980, p.129).

로저스가 지적한 상담자의 이러한 상태는 상담자가 내담자를 대할 때 어떤 종류의 자기의 흔적—그것이 어떤 자기중심적인 욕구·감정·생각이든 내담자를 돕기 위한 이론이든—도 사라진 상담자의 순수한 마음에 내담자의 마음이 있는 그대로 비쳐지고 그에 따라 자연발생적으로 반응하는 상태일 것이다. 내담자의 그 순간의 마음 이외에 어떤 것으로 인해 상담자의 마음이 동요되거나 사로잡히지 않은 평화롭고 고요한 상태일 것이다. 아무튼 상담자가 이러한 안정된 상태에 있을 때 내담자의 마음을 있는 그대로 보게 될 것이다.

불교나 상담은 보아온 것처럼 있는 그대로를 보는 것을 강조하지만, 이는 수행자나 내담자의 천변만화(千變萬化)하는 마음의 모습에 관한 것일 뿐이다. 수행자나 내담자는 그러한 마음의 모습을 넘어 자신의 마음 그 자체를 보기를 요구한다. 모습에 홀리고 사로잡히지 않으려면 그 모습의 정체를 있는 그대로 보아야 하지만 또한 모습을 넘어 그것을 만들어내는 마음 그 자체를 보아야 한다.

불교에서는 "이 세상의 모든 사물은 꿈이나 허깨비나 물거품이나 그림자와 같으며 이슬과 같고 번개와 같은 것"[18]이라고 볼 것을 강조하며, 그런 사물이나 현상의 근거가 되고 그것들을 일으키는 "태어나지 않고 생성되지 않으며 창조되지 않고 조건 지어지지 않은 것"[19] 즉 성품(性品)을 깨달을 것을 강조한다. 이 성품은 "일체의 중생이 모두 가지고 있는 부처의 성품"[20]이며, "부처와 중생이 한 가지로 가지고 있는 성품"[21]이며, "텅 비고 고요한 신령스런 앎"[空寂靈知]으로서 절대·유일(絶對·唯一)의 현실이라고 한다. 이 성품은 한 개인의 생각·감정·욕구·행동 등의 선악이나 시비와 관계없이, 그리고 그의 빈부나 지위의 고하, 지적인 능력, 외모나 건강, 과거경력이나 현재의 조건 등과 관계없이 그에게 본래부터 갖추어져 있는 것이다. 이 성품은 《반야심경》(般若心經)에 나오는 것처럼 "생성되지도 않고 소멸되지도 않으며, 더럽지도 않고 깨끗하지도 않으며, 향상되지도 않고 손상되지도 않는다"[不生不滅 不垢不淨 不增不減]. 또한 어떤 식으로도 규정지을 수도 없고 비교되거나 헤아

---

18) 一切有爲法 如夢幻泡影 如露亦如電(《金剛經》)
19) 고엔카, 앞의 책, p.182.
20) 一切衆生 悉有佛性(《大般涅槃經》제32)
21) 心佛及衆生 是三無差別(《華嚴經》夜摩天宮菩薩說偈品)

려 알 수도 없는 절대적인 것이다. 이 성품이 인간과 생명체(나아가서는 우주만물까지 포함해서)의 소중함의 근거이다. 그 어느 존재도 불성의 드러남 아닌 것이 없다는 것이다. 따라서 어떤 사람이나 사물의 드러난 모습이나 작용, 즉 그의 생김새나 마음 씀씀이 및 행동 등이 어떤 것이든 그 드러난 것에 따라 분별하고 평가하는 것을 넘어서서 그 모든 것이 그때 그때의 상황과 조건에 따른 성품의 나타남일 뿐임을 확연히 깨달아야 한다는 것이다. 우리가 보고 듣고 생각하며 분별하고 평가하는 모든 것은 우리 자신의 마음이 그려내는 공상의 산물일 뿐이므로 그것에 사로잡히거나 빠져서는 안 된다는 것이다. 그러한 공상의 산물들을 공상의 산물인 줄 알고 공상을 펼쳐내는 성품 그 자체를 소중히 여기고 그것에 깨어 있어야 하는 것으로 볼 수 있다. 경전에 나오는 앙굴마라의 예[22]는 이를 잘 나타내 준다고 할 수 있다. 외도 수행자 앙굴마라는 속히 도를 성취하려면 백 사람을 죽여 각 사람의 손가락으로 다발을 엮어 머리에 쓰고 오면 된다는 자기 스승의 말을 들었다. 그는 주저하고 망설이다가 도를 빨리 이루려는 욕심으로 거리에 나가 사람들을 죽이기 시작하여 99명을 죽였으나 한 명이 부족하였다. 그때 마침 불타가 다가오자 그 한 사람을 채우기 위해 죽이고자 하였으나 죽일 수가 없었다. 그는 마침내 회개하고 불타의 제자가 되기를 청했을 때 기꺼이 받아주었다. 이러한 수용은 앙굴마라가 끔찍한 살인자였다는 것은 그의 망상에 기인한 것일 뿐 그의 성품과는 아무 관계가 없다고 보았기 때문일 것이다.

상담에서는 내담자를 무조건적으로 수용한다. 그가 어떤 생각·감정·욕구를 가지고 있고 어떤 행동을 했건 그것을 가지고 판단·평가하지 않고 조건없이 한 인간으로 받아들인다. 이 또한 겉으로 드러난 그의 모습이나 그가 품고 있는 생각이나 감정, 욕구와는 관계없이 인간 그 자체에 대한 존중이라고 할 수 있다. 상담자가 보고 듣고 느끼고 생각하는 내담자의 모습을 가지고 그를 판단하거나 규정하지 않고 내담자의 보이지

---

22) 《신편 불교성전》, 불교출판사. 1972. pp.177~182.

않는 인간성에 대한 신뢰라고 할 수 있다. 상담자의 이런 태도는 경험적 사실과 논리를 중시하는 과학자로서의 태도에 대한 일종의 역설이라 할 수 있다. 그것은 '존재 너머'를 신뢰하는 종교적 태도라고 해야 마땅할 것이다.

불교든 상담이든 존재를 넘어서 공상을 넘어서 성품 또는 인간성을 중시하지만 구체적인 수행과 상담의 실제에서는 다른 접근법을 택한다. 불교에서는 수행자는 자신의 일거수 일투족, 순간 순간의 감정과 생각 등을 모두 성품의 다양한 모습들로 보고 그 모습 너머의 성품을 깨닫기를 요구한다. 처음부터 끝까지 '성품을 보아 부처 이루기'[見性成佛]이다. 그리하여 수행의 첫걸음부터가 자기의 육체나 마음이 진정한 자기가 아니며 빈 것임을 알고 진여(즉 성품)가 곧 자기의 참 모습이라는 것을 믿어야 한다는 것이다. 무슨 생각 무슨 행동을 하건 그것은 공상에 기인한 것이므로 그것에 신경쓰지 말고 그것을 일으키는 자기의 성품에 깨어 있어야 한다. 그러나 상담에서는 내담자에 대한 수용은 상담자의 몫이며 내담자에게 자신의 인간성을 보기를 강력하게 요구하지는 않는다. 오히려 내담자는 일거수 일투족에서 자신의 신경증적 혹은 병리적 욕구나 감정 또는 생각을 깨달아 바로잡아야 하는 것이다. 이러한 병리적인 상태는 통찰되어야 하고 일거수 일투족에서 그것의 영향이 통제되어야 한다. 그렇게 되었을 때 비로소 내담자는 자신의 건강한 욕구·감정·생각을 회복하게 되는 것이다. 불교에서처럼 인간의 일체의 생각·감정·욕구를 공상으로 취급하고 본래의 성품만을 깨달아야 할 유일한 현실로 보도록 요구하는 것과 상담에서처럼 비현실적이고 역기능적인 생각과 감정 등을 현실적이고 기능적인 것으로 바꾸도록 요구하는 것 가운데서 어느 것이 좀더 내담자의 상담에 효과적일 것인지는 흥미있는 연구과제라 할 수 있을 것이다.

▌ 참고문헌

1. 불교 원전

金剛經

大般涅槃經

般若心經

신편 불교성전. 신편불교성전간행회. 불교출판사. 1972.

圓覺經

雜阿含經

華嚴經

大慧. 書狀

馬鳴. 大乘起信論 (은정희 역주, 元曉 大乘起信論 疏·別記. 일지사, 1990.)

普照. 普照法語

西山. 禪家龜鑑

宗密. 禪源諸詮集 都序

2. 일반 문헌

강석헌교수 회갑기념논문집 간행회 (1998). 공감과 인간관계. 대구 : 강석헌교
　　수회갑기념논문집간행회.

고엔카 (1991). 인경 옮김, 지혜의 개발. 길출판사.

권석만 (1997). 인지치료의 관점에서 본 불교. 심리학의 연구문제. (서울대학교
　　심리학과), 4, 279~321.

김동화 (1954). 불교학개론. 서울 : 백영사.

윤호균 (1983). 삶, 상담, 상담자. 서울 : 문지사.

이동식 (1968). 한국에서의 상담과 정신치료의 철학적 정조 서설. 윤태림 박사
　　회갑기념논문집. 서울 : 숙명여자대학교출판부.

이동식 (1974). 한국인의 주체성과 도. 서울 : 일지사.

이장호 (1990). Comparisons of oriental and western approaches to counseling
　　and guidance. 상담과 심리치료, 3, 1~8.

이죽내 (1981). 선과 분석심리학적 정신치료에 있어서 기본전제와 태도의 비교.

도와 인간과학 (소암이동식선생 회갑기념논문집). 서울 : 삼일당.

정창용 (1968). 정신치료에서 요구되는 자아의 자각에 있어서의 東西간의 차이. 신경정신의학, 3, 1~8.

Epstein, M. (1995). *Thoughts without thinker.* New York : Basic Books.

Rogers, C. R. (1957). The necessary and sufficient conditions of therapeutic personality change. *Journal of Consulting Psychology, 21.*

Rogers, C. R. (1980). *A Way of being.* Boston : Houghton Mifflin.

Rubin, J. B. (1996). *Psychotherapy and Buddhism.* New York : Plenum

제6장 한국인의 마음

1. 한국인의 마음을 이해하기 위한 틀

필자는 지난 20여 년간 서구의 심리학을 강의해 왔고, 지난 10여 년간 한국인의 심리특성에 관한 연구를 해 오면서 서구의 심리학 이론들이 한국인을 이해하는 데는 부적합하다는 생각에, 한국인의 일상대화에서 흔히 사용되는 심리적 개념들을 찾아 이를 일반인 심리학(folk psychology)의 입장에서 심리학적으로 개념화하는 작업을 시도해 왔다 [예를 들어, 정(최상진, 1997 ; 최상진·김지영·김기범, 1999 ; 최상진·유승엽, 1995 ; 최상진·이장주, 1999 ; 최상진·최수향, 1990 ; Choi, 1991 ; Choi, Kim & Kim, 1999), 한(최상진, 1991, 1997 ; Choi & Kim, U., 1993), 체면(최상진, 1997 ; 최상진·김기범, 1998 ; 최상진·유승엽, 1992 ; Choi & Choi, 1991 ; Choi & Kim, 1999c ; Choi, Kim, U. & Kim, 1998 ; Choi & Kim, U., 1992), 눈치(최상진, 1997 ; 최상진·최연희, 1989 ; 최연희·최상진, 1990 ; 최상진·진승범, 1995 ; Choi & Choi, 1990, 1992), 평계(최상진, 1997 ; 최상진·임영식·유승엽, 1991), 의례성(최상진, 1997 ; 최상진·유승엽, 1994), 우리성(최상진, 1993, 1997 ; 최상진·박수현, 1990 ; Choi & Choi, 1990, 1994), 심정(최상진, 1993, 1994, 1997 ; 최상진·김기범, 1999b ; 최상진·김정운, 1998 ; 최상진·유승엽, 1996 ; Choi, 1994 ;

Choi & Kim, 1999a, 1999b ; Choi & Kim, C., 1997), 한국인의 자기(최상진, 1992 ; 최상진·김기범, 1999a ; Choi, 1993), 아줌마(최상진·김지영·김기범, 1999)].

다른 한편, 문화를 심리학의 연구영역에 끌어들인 분야인 비교문화심리학을 공부하는 과정에서 본인이 경험한 문제점은 먼저, 미국의 실험심리학의 특징으로 나타나는 탈맥락적, 탈문화적, 단편적인 개념들을 문화간 비교에서의 파라미터(parameters)로 사용하고 있다는 점이었다. 비록 그 파라미터가 미국인의 미국인 심리학에서는 매우 중요한 심리현상이라 할지라도 한국인에게는, 적어도 상식수준에서는 한국인의 심리를 이해하고 설명하는 데에서 중요하거나 의미가 큰 파라미터가 되지 못하는 경우가 많다. 뿐만 아니라 미국의 심리학에서처럼 이미 그 기본구조의 틀이 잘 짜여져 있고 또한 세부적인 여러 심리현상에 대해 비교적 많은 연구가 이루어져 있는 미국의 현실상황에서는 그러한 말초적 현상에 대한 연구나 세분화된 개념이 미국인의 심리를 이해하는 데 도움이 될 수 있다(최상진, 1997, 1999 ; Choi, 1998).

그러나 문화심리학적 측면에서 한국인을 조망할 수 있는 개념적 틀이 아직 형성되지 않았으며, 한국인을 이해하는 데 기초가 되는 심리학적 기본개념조차 발굴·분석되지 않은 한국의 상황에서는 그러한 말초적 단편적 개념과 지식이 한국인 심리의 이해에 크게 기여하지 않는다. 또한 사회심리학 및 비교문화심리학에서 사용되는 미국 중심적 개념이 '한국인의 심리'라는 커다란 문화심리적 틀 속에서 어떻게 유기적으로 통합(fit in)되고 정위(locating)될 수 있는가에 대한 문제는 고도의 난제이기도 하다.

한국인 심리학의 현 단계 즉, 한국인 심리학의 틀과 그 주요개념이 아직 충분히 구성되어 있지 않았고, 또한 공식적 체계화가 이루어지지 않은 상태에서 서구의 심리학이 한국의 심리학과 어떻게 다르며, 그것이 서로 어떤 관계에 있으며, 더 나아가 어떻게 유기적으로 통합될 수 있느냐의 문제에 대한 논의는 시기상조이다. 적어도 두 개의 것을 비교할 때는 비교에 앞서 각기 그 자체로 정체성을 분명히 가지고 있으며 밖으로 이를 드러낼 수 있어야 한다. 그럼에도 불구하고 오늘의 현실은 한국인 심리학의 체계화가 미처 이루어지지 않은 상태에서 동서의 심리학에 대한 비교문화심리학적 논의가 진행되어 오고 있으며, 이러한 논의는 현실의 당면적 요구이기도 하다. 이러한 현실에서 한국을 비롯한 동양에서는 미처 준비되지 않은 자신들의 문화심리학을 어떤 형태로든 서양의 심리학자들에게 말하지 않으면 안되게 되었다. 이러한 요구에 부응하여 필자는 한국문화심리학의 구성에서 핵심적 개념이라고 생각되는 것들을 탐색적 연구 수준에서 분석해 왔다. 그리고 이러한 분석을 토대로 한국문화심리학의 구조적 틀을 잠정적으로 급조해서 이를 국내외의 심리학계에 발표해 왔다.

필자는 비교문화 심리학적 공동연구 과정에서 개념화나 이론화에 앞서 일상적 관찰과 상식적 심리학을 동원하여 공동연구자에게 연구현안의 개념과 현상에 대해 공동연구자와 거의 완전 동의에 이르는 수준까지 충분한 토의를 갖는다. 이 단계에서는 공동연구자가 연구대상인 개념 및 현상에 대해 충분한 이해의 수준에 도달했다고 해도 과언이 아니다. 그러나 다음 단계로 개념화나 이론화의 과정에 진입하면 공동연구자는 무의식적으로 우리가 합의한 상식심리학적 이해를 서구의 심리학 틀 속으로 다시 전환시키는 원점회귀성향을 벗어나지 못했다. 이 과정에서 필자 자신도 부지불식간에 미국심리학의 틀 속에 빠져들게 되고 결과적으로 산출된 논문은 본래 구상했던 한국인 심리학과는 거리가 먼, 문화적 적이 없는 인공심리학으로 전락됨을 뒤늦게 깨닫게 된다.

흔히 비교문화 심리학자나 문화심리학자들이 비공식적 좌석에서 서로 상대국 사람의 심리특성에 대해 이야기(discourse)하는 과정에서는 상당한 수준의 이해에 상호 근접한다. 그러나 이들이 서로 상대국 사람의 심리에 대한 논문을 썼을 때는 이미 자국의 심리학적 관점에서 상대국의 문화를 개념화하거나 이론화하는 이중적 역 토착화(double reverse indigenization)현상을 나타내 보인다. 여기서 우리는 '문화심리'

의 이해와 '문화심리학'의 구성간의 괴리를 지적할 수 있다.

만일 필자가 미국심리학은 차치하고라도 한국심리학에 대해서 적어도 일정한 체계와 전제적 가정을 분명히 가지고 있고, 이를 공동연구자에게 명시할 수만 있다면 공동연구자도 미국심리학적 틀을 벗어날 수 있는 명확한 준거 틀을 가질 수 있었을 것이다. 그러나 문제는 필자 자신도 한국인 심리학이 어떠해야 하며, 어떤 틀을 가져야 하는가에 대한 분명한 지식이 없는 상태에서 파편적인 개념을 선택해서 이를 이론화하려할 때 공동연구자는 어쩔 수 없이 자신이 가지고 있는 미국심리학적 틀의 부분적 변형 그 이상을 벗어나기 어려울 수밖에 없다.

이제 동양의 문화심리학자들은 자국인의 심리학을 구성해야 할 필요성과 중요성을 모두 절실히 느끼고 있다. 아래 한국인의 문화심리 구성에서 기축이 될 것으로 생각되는 심리적 개념과 현상들을 필자 및 공동연구자들의 연구를 중심으로 요약하고, 이에 기초하여 한국인의 문화사회심리학에 합당하다고 판단되는 연구의 패러다임을 제시하고자 한다.

1) 한국인의 문화심리 구성의 기초

사회생활에서 가장 중요한 기술 또는 과업으로, 필요한 사람들과 친밀한 인간관계를 맺는 일과 사회적 행동에 대한 해석에서 사회적으로 통용되는 인식과 감정반응을 공유하는 일을 꼽을 수 있을 것이다. 사회심리학적으로 이를 표현하면 1) 원만한 인간관계 형성과 2) 사회적 행동에 대한 규범적 지각, 인지구성, 적절한 정서 및 행동반응이다. 한국인의 심리를 이해하고 한국인의 심리학을 구성하기 위한 필수적 선행과제는 이두 가지 측면에서 한국인의 특성을 조망해 보는 일이라고 가정하였다.

(1) 한국인 인간관계의 틀

한국인 인간관계의 틀은 서구의 인간관계의 틀을 대비시킬 때 가장 효과적으로 부각시킬 수 있다. 그 동안 비교문화 심리학자들은 '개인주의와 집합주의'라는 구성개념을 통해 동양과 서양의 대인관계와 자기(self)의 문제를 거론해 왔다. 이 두 개의 범주는 비록 언어 표현적으로는 동등한 중요성과 대비적 특성을 총괄하는 것처럼 보이나 그 실질적 내용을 들여다보면, '개인주의'를 먼저 설정해 놓고 그 다음에 논리적으로 상정될 수 있는 대치 개념인 '집합주의'라는 말을 만들어 냈다고 볼 수 있다. 따라서 개인주의에 대한 규정에 있어서는 명확한 준거와 속성 및 이와 연계된 심리특성들이 유기적으로 통합된 실체성이 선명하게 두드러지나, 집합주의는 개인주의가 아닌 또는 개인주의와 상치되는 속성들의 단순한 모음(collections) 또는 기타범주라는 인위적 구성의 성격이 짙다. 이러한 이분법적 분류체계에서 한국은 흔히 집합주의로 분류되며, 여기서 한국인의 심리특성은 중국인, 일본인 또는 태국인과 구분되지 않는다.

그럼에도 불구하고 한국인의 인간관계를 부각시키는 데는 서구의 개인주의를 대비 준거로 삼는 것이 도움이 될 수 있다는 전제하에 먼저 서구의 개인주의 속성을 정리해 보면 다음과 같다. 서구의 개인은 독립적으로 기능하는(self-contained functional unit) 독특한 완성체(unique solid entity)로서 구성되고 있으며(최상진·김기범, 1999a), 따라서 인간관계에서 개인은 부분적 조정은 있을지언정 본인의 자기를 그대로 유지한다. 따라서 자신의 특성은 우리 속에서의 자기역할 및 기능에 의해 규정되며, 그것이 자신의 자기구성에서 핵심적 요소가 된다(최상진, 1992 ; 최상진·김기범, 1999a ; Choi, 1993 ; Choi & Choi, 1990). 한국인의 우리관은 동질성, 하나됨, 상호의존, 상호보호, 상호수용 등을 그 내재적 속성으로 한다는 점에서 개별적 자아와 우리성 자아가 동심원적인 중첩성을 갖는다.

한국인의 인간관계에서 가장 일차적이고 가장 중요한 목적은 우리성 집단을 구성하고 확인하고 유지하는 일이다. 그 이유는 한국사람은 독립된 개인으로서는 이 세상을 살아가기 어려울 뿐 아니라 사회적으로 제기능을 할 수 없다는 불완전 부분자(imperfect partial individual)라는 개인관, 인간관을 가지고 있기 때문이다(최봉영, 1994). 이러한 생각은 마커스와 기타야마(Markus & Kitayama)가 말하는 상호의존적 자기 (interdependent self)에 가까운 개인관이다(Markus & Kitayama, 1991). 따라서 한국인은 자신과 공동운명에 있는 또 다른 부분자(partial individual)를 우리관계 속에 포함시킬 때, '자기정체 불충만성'은 줄어들게 된다. 그러므로 한국인에게는 부단히 다른 부분자들을 우리 속에 포함시키고, 동시에 우리 속에 포함된 부분자들간의 우리성 관계를 강화시키는 것이 곧 인간관계의 제1차적 기본 축이 된다(최상진·김기범, 1999a).

일단 우리성 관계가 형성되면 그 속에 있는 부분자들은 서로를 집안 식구처럼 아껴주고 상호의존하며 희생적으로 상호 봉사하는 것을 이상적인 모델로 생각한다. 또한 우리성 관계에서는 이해관계나 물질적 교환관계의 차원을 넘어 마음과 마음의 관계, 마음이 통하는 관계, 마음으로 대화하는 관계, 나의 마음과 상대의 마음이 구분되지 않는 관계를 관계 맺음과 상호작용의 기본 틀로 수용하고 발전시키게 된다. 한국인은 밖으로 나타난 행위보다는 행위의 이면에 있는 마음을 중요시하고 따라서 한국인 대인관계의 주화폐는 마음이 된다(최상진, 1997 ; Choi, 1998).

한국인의 우리성 관계에서는 서로가 상대의 마음을 알아주고, 동의해주며, 지원해 주는 담론양식과 상호작용이 중요시되며, 이상적인 우리성 관계에서는 상대에게 자신의 마음을 말로 표현하지 않더라도 상대의 마음을 미리 알아차리는 것이다. 그 이유는 말하지 않고도 알 수 있다는 것은 마음이 통하는 가까운 우리성 관계라는 것을 암시하기 때문이다.

한국인에게 우리와 우리성이 형성된나는 것은 우리 속의 사람들이 동질적인 하나로 연결되었음을 뜻하며, 다른 한편으로 우리성 관계에 포함되지 않는 타인은 등한시되거나 배척된다는 것을 암시한다. 한국인에게 타인(the other person)의 의미는 '나'나 '우리'가 아닌 제3자(the third person)를 뜻한다기보다는 우리 속에 포함되지 않는, 마음으로 연결되지 않은 '거리가 먼' 사람, 비호의적 관계에 있는 사람, 이질적인 사람을 의미하는 경우가 많다(최상진·박수현, 1990).

한국인들은 남의 관계에 있는 사람을 대할 때 무관심하며 불친절하고 심지어는 적대시하거나 배척하는 경향까지 나타내 보인다. 한국인들이 이처럼 '우리'와 '남'에 대해 대하는 방식이 극명하게 대비되는 것은 명백히 구분되는 두 개의 마음틀(mental set)이 상대를 어떤 관계로 인식하느냐에 따라 이분법적으로 작동되고 적용되기 때문이다. 즉, 우리관계에서는 우리편 마음틀이, 남남의 관계에서는 상대편 마음틀이라는 편가르기식 사고가 자동적으로 작동, 개입된다.

그러나 서양사람들은 우리냐 아니면 제3자냐에 따라 대하는 방식이 그렇게 흑백적으로 달라지지는 않는다. 한국인에게 우리성 관계의 마음틀을 작동시키는 중요한 사회적 표지단서들은 혈연, 지연, 학연 등과 같은 연고성이며, 이러한 연고단서들이 확인될 때는 상대와의 접촉경험이 없는 상황에서도 우리성 마음틀이 즉각적으로 작동되고, 따라서 '우리성 인간관계'의 유형을 나타내 보인다. 예컨대, 공적인 만남에서 상대가 같은 고향사람이라는 것을 알게 될 때 그 동안 상대를 남으로 대하던 마음틀과 행동양식은 순간적으로 우리성 마음틀과 행동양식으로 전환된다. 즉 불친절, 무관심, 부정적 태도에서 이미 오래 전부터 친하게 사귀어온 사람에게 대하는 태도와 행동양식 예컨대, 호의, 친절, 보호, 편안함, 허물없음 등과 같은 행동과 태도를 나타내 보인다. 미국인에게 이러한 행동은 일관성과 객관성이 없는 행동으로 보일 수 있을 것이다.

그러나 한국인에게는 전혀 이상한 행동이 아니다. 물론 우리성 관계도 얕은 관계에서부터 깊은 관계에 이르기까지 그 수준이 다양하며, 우리성 관계를 맺는 집단이나 개인의 수도 하나가 아닌 여러 개 있을 수 있다. 우리성 관계의 정도에 따라 상대를 대하는 태도와 행동은 큰 차이를 보일 수 있으며, 우리성 집단의 수가 적을수록 더욱 깊은 우리성 관계를 유지할 수 있다. 그러나 만일 아주 가까운 우리성 관계에 있다고 생각하는 사람이 이에 못 미치는 얕은 우리성 관계 행동을 해 보일 때 한국인들은 '섭섭함'과 '야속함'을 느낀다(최상진, 1993, 1997 : Choi, 1994).

  여기서 섭섭함과 야속함의 감정을 느끼는 것은 상대가 자신을 남처럼 대했다는 것에서 비롯된 감정이다. 이러한 감정은 서양인의 우리성 관계에서도 나타날 수 있겠으나, 한국인에게 있어서는 이러한 감정의 농도와 강도가 크며, 우리성 관계에서 자주 나타난다. 한국인들이 가까운 관계에서 토라지기를 잘하며 싸움도 많이 하는 것은 바로 이와 같이 가까울수록 섭섭함과 야속함을 쉽게, 강하게 경험하게 만들 수 있는 한국인의 독특한 우리성 심리구조가 발달되어 있기 때문이다. 즉 한국인은 우리성 관계에서 상대를 자기처럼 느끼기 때문에 상대가 이러한 기대에 못 미치는 행동을 하게 될 가능성이 크며, 따라서 섭섭함이나 야박의 감정경험 가능성도 커진다. 한국인이 우리성 관계에 있다고 말할 때 그 속에는 정을 주고받는 또는 정으로 묶어진 관계임을 뜻한다. 한국인의 정은 서양인의 애정(affection), 사랑(love)과 그 기본성격 면에서는 유사하나 그 구체적 감정구조와 인지구조의 성격은 다르다.

  한국인들은 정을 우리성을 만드는 접착제로 믿으며, 마음속에 실재하는 심리적 실체로 생각한다. 정의 발생은 장기간의 동거나 접촉을 통해 형성되는 일체감, 인간적 다정다감성의 공유 경험이 축적되면서 생기는 마음이다(최상진·김지영·김기범, 1999 ; 최상진·이장주, 1999 ; 최상진·최수향, 1990). 정은 장기간에 걸친 접촉을 통해서 가랑비에 옷이 젖는 것처럼 자신도 모르게 서서히 쌓이는 것이며, 일단 든 정은 떨어지기도 힘들다고 믿는다. 또한 정은 의도적으로 쌓여지는 것이 아니라 우물에서 물이 샘솟듯 저절로 우러나오는 것이며, 일단 정이 들면 미운 행동도 정이라는 틀 속에서 수용된다. 정은 합리적, 독립적, 개인주의적, 유능한 사람에게보다는 그 반대 극에 있는 비합리적, 의존적, 관계지향적, 어수룩한 사람에게 더 많이 들게 된다.

  이러한 정의 심리에서 보면, 개별자 지향적인 서양인에게, 다테마에(Tatemae)의 일본인에게 한국인이 정을 느끼기 어렵다. 한국에 체류하는 서양인, 일본인들은 한국인의 정을 자신들이 이해하기 어려운 신비한 이국적 감정으로 경험하며, 정 때문에 한국인을 좋아한다는 이야기를 이구동성으로 한다. 그러나 다른 한편으로는 정의 관계에 있을 때 상대를 자기로 주관화하는 데서 오는 지나친 관여와 참견을 부담스럽게 생각하거나 불편해 하기도 한다. 한국인에게 정으로 맺어졌다 함은 곧 상대가 자기이며 자기가 상대인 것처럼 생각하고 경험하는 '하나됨'을 뜻하며, 이질성의 결합이 아니라 동질성의 공유를 뜻한다. 한국의 부부는 사랑보다는 정으로 살고, 한국인에게 있어 정을 나눌 친구가 없다는 것은 '불완전성'과 '결함'을 뜻하며 그러한 당사자는 고독을 경험한다.

한국인의 정의 발달은 부모의 자녀 양육방식과 한국의 가족관계적 특성에서 그 배경을 찾아볼 수 있다(최상진, 1997 ; 최상진·김지영·김기범, 1999 ; 최상진·최수향, 1990). 한국의 부모는 자녀에게 무한의 정을 주며, 한국의 가정은 이성이나 의리보다는 정으로 뭉쳐진 집단이다. 한국의 부모는 자식을 자기자신과 동일시하며 '자식을 위해서 살고, 자식을 위해서 희생한다. 한국의 가족관계에서는 개인은 없고 우리식구만 있을 뿐이다. 따라서 가족간에서는 끊임없이 동질성, 하나됨, 상호의존, 상호보호, 상호수용을 이상적 관계와 교류의 양식으로 삼는다. 가족에서 자타의 미분화는 항상 일체감의 강조를 통해서 육성되며, 한국인은 같은 이불, 같은 밥솥, 같은 밥상을 공유하는 것을 식구라고 한다. 여기서 '같다'라는 말은 동질성을 뜻한다. 한국인에게는 동질성이 곧 '우리'이며, 가족을 떠난 사람과의 우리성은 바로 이러한 '가족성 우리'의 확대-연장이라고 볼 수 있다.

따라서 우리성과 정은 동전의 양면과 같다. 우리성은 정이라는 심정성 감정을 전제로 해서 이루어지는 일체감의 인지이며, 정은 우리성의 관계에서 경험되는 감정적 질이다. 정이 없이는 우리성이 형성될 수 없으며, 우리성이 없이는 정도 성립될 수 없다(최상진, 1997).

집단주의가 발달한 일본인에게 있어서도 우리성은 매우 중요한 사회적 성취의 대상이 된다. 어떤 면에서 일본인의 우리성은 한국인보다도 강하다고 할 수 있다. 그러나 일본인의 우리성과 한국인의 우리성은 유사하면서도 차이점이 있다(최상진, 1993). 일본인의 우리성은 수직적,

조직-활동중심적, 의리중심적, 행동지향적인 반면, 한국인의 우리성은
자타 무경계적, 가족관계적, 정(情)중심적, 관념적인 성격이 강하다. 한
국인의 우리성의 원형은 서로 터놓고, 상대를 자신처럼 생각하며, 뗄레
야 뗄 수 없으며, 서로 동질적인 특성을 갖는 가족관계에서 비롯된 것으
로 생각해 볼 수 있다. 한국의 기업이나 회사에서 강조하는 팀워크는 서
로 속마음을 터놓고 이야기할 수 있는 가족형 우리성의 형성을 뜻한다.

반면, 일본인의 우리성은 계급과 직분이 있으며, 합의된 공동의 목표
가 분명하고 일과 활동을 중심으로 구성된 조직형 우리성이 강하다고
생각된다. 물론 일본인에게도 인정과 같은 가족관계형 인간관계가 한국
에서처럼 나타나나, 일반 사회관계나 조직에서는 인정보다는 직분에 가
까운 의리가 강조된다.

(2) 사회적 행동에 대한 해석과 감정반응

앞서 한국인에게는 우리성 관계의 형성이 중요하며, 우리성 관계에서
는 마음 특히, 정의 마음의 공유가 필수적임을 언급하였다. 이는 한국인
의 사회적 행동에 대한 해석에서도 '우리성'과 '정 마음'의 틀이 중요하
게 관여될 수 있음을 시사한다. 개별자가 발달한 서양인들은 사회적 행
동의 해석에서 상대와 자신과의 관계성에 따라 해석의 틀이 크게 달라
지지 않는다. 그러나 한국인에게는 사회적 행동의 주체가 자신과 어떤
관계에 있느냐에 따라 해석의 틀과 감정반응의 양식이 크게 달라진다.
일반적으로 자신과 무관한 타인의 사회적 행동의 해석에서는 '제3자적
입장'에서 사물과 사건을 객관적으로 대상화하여 평가하는 사회규범성
인식의 틀을 적용한다. 이는 개인주의와 합리주의가 발달한 서양인이
타인의 행동을 해석하는 양식인 '자기 비관여적 인식'의 틀에 해당된다.
여기서는 행위자와 사신과의 연고관계(혈연, 지연, 학연 등)나 우리편-
정관계에서 나타나는 호의적 해석편향은 되도록 억제된다.

그러나 한국인의 경우를 보면 자신과 어떤 형태로든 우리성 관계에
있는 사람의 사회적 행동의 해석에서 제3자적 입장에서의 해석 틀 즉,

합리성, 객관성, 보편적 타당성 등의 사리 논리적 해석준거 틀은 약화된
다. 여기서는 앞에서 언급된 우리성-정관계에서 개입되는 심정논리의
심리 틀이 상대행위의 해석을 주도하게 된다. 이러한 우리성-정의 심정
심리 틀이 개입될 때, 상대와 자신간의 간주관성(intersubjectivity)을 바
탕으로 한 해석의 양식이 제3자적 해석의 양식을 대체하게 된다. 따라서
우리성-정관계에서는 상대행위의 해석에서 상대방의 심리에 대한 간주
관적 감응이 활성화되며, 상대의 행위를 행위자의 입장에서 해석하는
상대 주관의 자기 주관화가 현저하게 활성화된다. 즉, 상대 마음의 주관
화와 더불어, 상대 행위의 이면에 있는 동기 및 의도성에 대한 간주관화
가 상대 행위에 대한 옹호 및 지지적 해석에 작용한다. 결과적으로 상대
행위의 해석은 객관성, 합리성이 아닌 주관성, 편향성의 방향으로 나타
난다(최상진, 1997).

우리성-정관계에서 상대의 행위를 해석할 때 개입되는 간주관화와
주관화는 기형성된 상대에 대한 일체감의 자기 내적 활성화와 더불어
수반되는 정의 심정을 바탕으로 이루어진다. 여기서 정의 심정이라 함
은 정의 관계가 감응될 때 나타나는 상대에 대한 동일시와 상대의 마음
과 감정의 감응공감을 뜻하며, 정의 심정이 발동될 때 상대행위의 해석
은 상대의 마음-심정 중심적으로 이루어지게 된다.

2) 우리성·정(情)과 심정(心情)의 역동관계

한국인의 인간관계와 사회적 행동에 대한 해석에 대한 분석에서, 우리
성-정과 심정이 중핵개념이 됨을 앞에서 논의하였다. 이들 세 중핵개념
들은 서로 구분되는 개념이며 동시에 서로 붙어 다니는 일가개념(family
concepts)이다. 즉 정이 있는 곳에 우리성이 있으며, 정과 우리성이 있는
곳에 심정이 활성화되고 중요하게 관여된다. 이와 같은 세 요소 간의 공
존관계를 보면 어느 한 가지 요소가 있을 때 나머지 두 가지 요소의 심적
상태가 자동적으로 개입되거나 수반될 가능성이 높다. 즉, 우리성 관계

라고 경험되거나 인식되는 순간 정의 감정이 발기되며, 동시에 심정적 경험과 심정담론이 활성화된다. 역으로 정이 아직 들지 않은 제3자와 심정담론을 하게 되면 두 사람간의 관계가 묵시적으로 우리성-정관계임을 함축하며 동시에 정의 마음과 행동이 촉진되고 수반된다.

이러한 세 요소간의 상호함축성 및 상호수반성은 이 세 가지 요소가 본질적으로 우리성이라는 동질의 속성을 공유함을 뜻한다. 따라서 정과 우리성을 언어로 전달할 때 그 말은 자동적으로 심정의 언어로 표현된다. 그러나 모든 심정의 언어가 곧 정과 우리성의 언어는 되지 않는다. 심정은 그 발생의 근원이 우리성-정관계에 있으며, 우리성-정언어가 곧 심정의 언어이기는 하지만, 심정이란 말은 우리성 관계 밖의 대화맥락에서 정 이외의 감정을 심정상태로 경험하고 표현할 때 사용된다. 예컨대, 우리성-정관계에 있지 않은 제3자에게 자신의 외로운 심정이나 자신의 답답한 심정을 토로하기도 한다. 심정이 이처럼 여러 감정경험과 관련해서 사용되는 것은 심정에서 심(心)을 뜻하는 마음에는 정의 마음 외에 다른 마음이 다 포괄될 수 있기 때문이다. 그리고 심정이란 말은 앞에서 설명한 바와 같이 정태적 상태가 아닌 동태적 상태의 '느껴진 마음'이므로, 마음이 발동되었을 때이면 그 내용에 따라 '외로운' 심정, '슬픈' 심정 등 심정이란 말 앞에 어떠한 감정상태의 마음도 들어갈 수 있다. 심지어는 '증오'의 심정, '때려 죽이고 싶은' 심정 등도 성립한다(최상진, 1997 ; 최상진·김기범, 1999b, 1999c ; 최상진·유승엽, 1996).

그러나 앞에서 심정담론은 우리성-정관계에서의 기본적 교류양식이며 심정은 우리성-정관계를 함축한다고 지적한 바 있다. 심정담론 양식이 갖는 이러한 심리석 함축은 부정적 감정의 담론화 상황에서도 그대로 적용된다. 예컨대, 증오의 감정을 증오 그 자체로 나타낼 때와는 달리, 증오를 심정담론의 형태로 전달할 때 상대나 제3자는 이를 증오 그 자체로 받아들이지 않는다. 오히려 화해나 친밀 관계의 재형성 또는 이러한 기대와 원망의 심리를 함축하는 것으로 이해한다. 심정이 이처럼 긍정적 관계를 지향함은, 심정에 대한 한국인의 독특한 심리구성에 기인한다. 한국인에게 심정은 의도성을 갖지 않는다. 심정은 상대의 행위에 의해 자신의 마음속에 저절로 생기게 된 불가항력적, 비의도적 심리상태이다(최상진·유승엽, 1996).

　담론상황에서 상대가 자신에 대한 부정적 심정을 토로할 때, 그 상대의 심정에 대해 수긍이 가지 않더라도 상대를 비방하거나 증오할 수 없다. 만일 잘못 형성된 심정이라면 그 과정에 관여된 오해를 말할 수는 있다. 그러한 경우에서까지도 부분적 책임은 그러한 오해를 불러일으키게 한 자신에게도 있는 것으로 느끼게 된다. 심정을 이처럼 존중하는 데는 한국인의 심정에 대한 '진실-진정관'에서 비롯된다. 여기서 진실관은 '사실대로 존재한다'는 믿음이며, 진정관은 '그 사람의 실존적 체험'에 대한 믿음이다. 한국인의 일상언어 속에 "말은 속여도 심정은 못 속인다"는 말이 있다. 이 말은 심정진실관을 뜻한다(최상진·김기범, 1999b, 1999c ; 최상진·유승엽, 1996). 또한 "내 심정도 내 마음대로 안 된다"는 말이 있다. 이 말은 심정이 실존적 심리상태이므로 뜻대로 바꿀 수 없음을 시사한다.

　이러한 심정진실-진정관은 한국인의 마음관이기도 하다. 따라서 한국인에게 마음과 심정은 친밀 인간관계성 담론과정에서 항상 중요한 주악보가 되며 궁극적으로는 관여된 당사자들의 마음과 심정이 통하고 통합되는 부분을 확대 심화시키는 것을 이상으로 삼는다. 전자를 담론양식으로서의 심정악보라 한다면, 후자는 담론목표로서의 심정공감대형성이라 할 수 있다. 전자가 심정담론이라면 후자는 심정담론의 목표이다. 우리성-정관계에서의 심정담론은 아껴주는 심정, 일체감의 심정 등을 확대·심화시키는 데 기여한다(그림 1 참조).

　심정담론 양식은 우리성 관계의 사람뿐 아니라 일반 사회적 관계에서도 보편적으로 사용하는 한국인의 담론양식이기도 하다. 한국인에게 심정담론 양식이 발달하고 세분화된 것은 심정에 대한 심정진실-진정관과 더불어 심정담론 양식이 갖는 우리성 시향과 유관하다고 볼 수 있다(최상진·유승엽, 1996). 한국의 TV 홈드라마, 한국의 정치적 담론, 한국

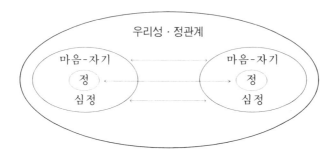

그림 1. 한국인의 우리성 · 정관계 속에서의 심정교류 및 마음교류

의 문학, 한국의 예술 등에서 심정과 심정담론양식은 기소축이 된다. 이
는 한국문화의 기본 색조가 심정이라는 한국인의 문화심리적 원형 위에
서 구조화되고 채색되었음을 시사한다.

한국의 지식인들은 한국의 문화를 정(情)과 한(恨)의 문화로 규정지
어 왔다(윤태림, 1970 ; 김열규, 1986 ; 이어령, 1982). 앞에서 논의한 바
와 같이 정은 심정이 생겨난 배경이 된다. 그러나 한은 정과는 반대방향
에 있는 한국인의 정서이다. 한은 부당한 피해를 받았을 때 생겨나는 감
정으로 영어의 'anger'와 유사한 의미를 갖는 것처럼 보인다. 그러나 한
의 심리상태는 anger와 다르다. anger는 가해의 당사자에 대한 증오의
감정이다.

그러나 한은 가해당사자에 대한 증오가 약화된 상태의 상대원망 감정
과 더불어 피해를 당한 자기자신을 자책하며 가엾게 여기는 슬픈 감정
상태를 내재한다. 즉 한은 활성화된 증오보다는 피해를 당한 자신의 신
세에 대한 심정이 주조를 이룬다. 따라서 증오와는 달리 한은 상대가 자
신의 아픈 마음을 심정적으로 알아줄 때 풀린다. 따라서 심정담론을 통
해 자신의 한이 상대에 의해 공감될 때 한은 상당히 풀릴 수 있으며, 한
의 심정담론에 관여된 사람들은 우리성-정관계의 자장 내로 들어올 가

능성이 커진다. 이는 정의 상반극에 있는 한도 심정담론을 통해서 정의 관계로 전환될 수 있음을 말한다(최상진·김정운, 1998). 우리말에 '싸우면 정든다'는 말은 이를 간접적으로 지지한다고 볼 수 있다.

지금까지 위에서 우리성, 정, 심정간의 역동을 논하였다. 또한 심정과 심정담론양식이 한국의 사회적 관계에서 왜 중요하며, 한국의 정치, 사회, 문화, 예술 등의 문화적 여러 장에서 심정이 주조적 악보로 관여됨을 지적하였다. 즉, 한국의 문화문법의 핵심은 심정문법임을 시사하였다. 더불어 한국인 및 한국문화에서 중핵개념으로 제시되어 왔던 정과 한도 심정을 매체로 한 개념이며, 심정담론양식으로 전달되고 경험되는 현상임을 언급하였다. 이러한 한국인과 한국문화의 심리적 특성은 서구인과 서구문화의 심리적 특성과 큰 차이를 보인다. 서구인에게는 우리보다 개인이, 정보다 이성이, 심정보다 행동이 중요하다.

흔히 서구의 문화를 저맥락문화(low context culture)라 하고, 동양의 문화를 고맥락문화(high context culture)라고 부른다(Hall, 1966). 그 동안 저맥락문화에서 발달한 서구의 사회심리학을 한국을 비롯한 동양문화권에서 수입하여 사용해 왔다. 미국과 같은 저맥락문화권에서는 사회적 관계에 관여된 사람들간의 관계가 개개인이 구축한 개성적, 독립적 자기(self)유지원칙을 희생할 정도로 사회적 맥락의 영향을 크게 받지 않는다. 이러한 저맥락문화권에서는 사회적 관계나 사회적 지각의 양식이 개인의 심리적 구성 속에 내재되어 있다. 따라서 연구자는 개인에 대한 객관적 분석을 통해 그 개인의 사회적 관계와 세계를 추론할 수 있다. 따라서 연구자는 사물을 분석하는 방식대로 독립된 개인을 연구대상으로 하여 제3자적 입장에서 관찰하고 분석하면 된다.

그러나 한국을 비롯한 동양의 고맥락문화권에서는 사회적 관계에 관여된 사람들의 '관계적 맥락'을 무시하고 개인을 '개별화'시켜 '제3자적 입장'에서 연구하는 것은 적합하지 않다(Ho, 1998). 한국인의 사회적 심리와 관련하여 서구적 접근방법과 이론이 왜 적합하지 않는가와 더불어 한국에 적합한 사회심리적 접근방법을 아래에 제시해 보기로 한다.

3) 당사자 심리학으로서의 한국인 심리학

심리학이 일반 사회인의 심리를 그 운행의 법칙 면에서 체계화하는 학문이라면, 일반 사회인의 심리에 충실해야 한다. 개인주의가 발달한 미국인의 사회적 관계는 개인의 독립성과 정체성의 유지를 금과옥조로 삼으며, 따라서 사회적 관계에 있어서도 자신의 정체성과 독립성을 충실히 반영한다. 즉 미국인은 상대를 자신과 분리된 별개의 실체로 대상화(objectify)한다. 이는 사회적 관계의 주체가 집단이 아닌 개인임을 뜻하며 따라서 상대의 자기정체성을 객관적으로 파악하는 것이 사회적 관계의 출발점이 됨을 뜻한다.

그러나 한국인에게 사회적 관계의 기본 축은 개인이 아닌 우리성이다. 한국인의 사회적 인간관계에서 개인은 독립적이라기보다 타인과의 하나됨 형성을 지향한 '관계성 개인'이다. 이러한 우리성 관계는 마음을 공유하는 데서 이루어지며, 여기서는 우리성, 정, 심정이 중요하게 관여된다. 한국인에게서 우리의 개념은 우리구성원간의 동질의 마음공유를 통한 간주관성의 형성 위에서 구축되는 실체적 개념이며 동시에 심리적 구성체이다.

한국인은 이러한 동질성의 간주관화를 통해 우리성 관계 속에 있는 상대를 주관화한다(최상진·김정운, 1998). 따라서 한국인의 우리성 관계에서 상대는 자신과 심리적으로 기관여된 '관계당사자'가 되며, 나 자신도 상대에 대해 관계당사자가 된다. 즉, 우리성 관계 속의 사람들은 서로 당사자적 입장에서 복삽한 인간관계의 문제에 깊이 개입된 사람들이다. 요약하면, 한국인의 사회적 관계는 심리적으로 기관여된 당사자적 사회적 관계로 특성화된다.

물론 한국인도 일반적 사회관계, 즉 한국적 의미의 남남관계에서는 서양인과 마찬가지로 제3자적 관계에서 상호작용하나, 한국인에게서 이러한 남남간의 인간관계나 사회적 관계는 주요한 관심의 대상이 되지 않는다. 앞에서 언급하였듯이, 한국인의 인간관계는 심지어 남남관계에 있어서도 우리성 인간관계의 형성이라는 관념적 틀 속에서 이루어지므로 한국인의 사회관계 및 인간관계의 기본 지향성 및 주축은 우리성 관계이다. 따라서 한국인의 인간관계나 사회심리는 우리성 관계의 틀 속에서 접근되어야 한다.

우리성 관계는 정을 바탕으로 한 심정관계이다. 심정관계에서는 마음과 마음을 맺는 것이 중요하며, 서구의 개인주의에 적합한 행동중심적, 객관적, 개인주의적, 합리적, 사리논리적, 이성적 마음틀과 담론양식이 되도록 억제된다. 반대로 정중심적, 간주관적, 사적관계적, 상대배려적, 심정논리적, 감성적 마음틀과 담론형태가 주도적 상호작용 및 인식-경험의 틀로 작용한다. 즉 서구인은 사회관계 속의 상대를 준사물화, 대상화시켜 '사물'을 대하는 방식으로 상대를 지각하고 상호작용한다면, 한국인은 사회관계 속의 상대를 자신과 관계된 '사람'을 대하는 방식으로 상대를 지각하고 상호작용한다(최상진, 1997 ; 최상진·김기범, 1999c).

서구에서의 상대는 나에게 제3자가 되므로 사물을 보는 객관적 방식으로 상대를 보는 것이 합당할 수 있으나, 한국인에게서의 상대는 나에게 제3자가 아닌 관여된 당사자가 되며 동시에 나도 상대에게 관여된 당사자가 되므로 사물을 보는 방식으로 상대를 지각하고 대할 수 없다. 이처럼 서로 당사자적 관계에서 상호작용할 때 관여되는 심리는 제3자적 관계에서 사물을 대하는 심리와는 질적으로 다르다. 당사자적 관계에서는 관여된 사람간의 상호작용 역사(history), 상대가 자신에 대한, 그리고 자신의 상대에 대한 마음, 상호작용 과정 속에서 시시각각 일어나는 심정, 자신의 행동이 상대의 심정에 미치는 영향 등이 복합적으로 관여된다.

이 과정에서 이들 당사자들의 심리는 마음과 심정이라는 복잡한 심리과정을 통해 누적적으로 형성되고 재구성된다. 우리는 흔히 '남 부부싸움에 끼여들지 마라'는 말을 들을 수 있다. 이 말 속에는 부부싸움의 '당사자'가 아니면 처방을 내리기 어렵다는 것을 암시한다. 또한 고부간의 갈등에서 친구들이 충고할 때, '그런 소리 말아라, 당해보지 않으면 모른다'고 쏘아붙이는 말도 흔히 우리는 듣는다. 이 말은 복잡한 당사자들의 심정이나 마음을 제3자적 입장에서는 이해하지 못한다는 것을 암시한다고 볼 수 있다.

한국인의 사회적 관계와 인간관계가 이처럼 복잡한 당사자심리의 관여를 통해 이루어진다면 서구와는 다른 새로운 사회심리적 틀이 필요하다고 할 수 있다. 즉 당사자의 심리에 적합한 심리학이 구성되어야 한다고 볼 수 있다. 반면 상대를 제3자적 입장에서 조망하고 상호작용하는 서구인에게는 현재의 서구심리학에서와 같이 연구자가 상호작용하는 개인을 제3자적 입장에서 연구하는 제3자적 심리학이 합당할 수 있다고 사료된다(최상진, 1997).

당사자심리와 제3자 심리를 특징짓는 또 하나의 준거차원은 경험의 양식차원이다. 우리는 사물(예컨대, 남산)을 볼 때 '저기 있는' 물건으로 보고 평가할 따름이다. 여기서는 나와 대상이 따로 존재한다. 그러나 자신과 심리적으로 관여된 사람이나 사건을 접할 때에는 그저 '저기 있는' 존재나 사건이 아니라, 나와 대상이 구분되지 않은 상태에서 '현실-실존적으로 일어나는 체험'이 존재한다 : 여기서는 '현재로 일어나는 경험'이 현저하게 작용하여 나와 대상이 객관화 의식으로 체험되지 않는다. 이를 미술감상에 비유해서 표현하면, 전자는 대상화된 그림을 '인식하는' 상태라 한다면, 후자는 미술품에 빠져 그림을 '경험하는' 상태라고 말할 수 있다.

이 예를 사회적 관계에 적용해 보면, 제3자 심리에서는 저기 있는 상대를 사물을 볼 때처럼 객관화하여 인지적으로 지각하고 평가하는 것이라면, 당사자심리는 상대를 주관화하여 자타가 구분되지 않은 심리상태에서 상대의 행위와 사건을 자신의 경험 틀 속에 실제로 체험하는 심리상태라고 볼 수 있다. 물론 서양인도 우리성 친밀 관계에서는 한국인처럼 당사자적 경험과 우리성 행동을 나타내 보인다. 그러나 그 체험의 강도나 관여의 정도는 한국인처럼 강하지 않으며, 그러한 당사자 체험의 폭도 한국인처럼 넓지 않다고 볼 수 있다. 서양인에게 한국적 의미의 농도 높은 우리는 그 대상에서 매우 제한되어 있다고 볼 수 있다. 이 점에서 서양인은 당사자적 체험에서 한국인보다 저관여, 소폭적이라고 말할 수 있다. 반면 한국인은 고관여, 광폭적이라고 볼 수 있다.

흔히 말하는 것처럼 '한국인이 싸움도 잘하고, 흥분도 잘한다'는 것이 사실이라면, 그 이유는 한국인이 대인관계에서 '당사자적 경험'이 발달했기 때문인 것으로 이해해 볼 수 있다. 또한 서양인의 사회적 관계에서는 인지적 요소가 중요하게 개입되며, 한국인의 사회적 관계에서는 감정이 더욱 짙게 관여되는 것도, 서양인의 제3자 심리성향과 한국인의 당사자 심리성향으로 풀이해도 큰 무리는 없을 것으로 사료된다.

앞에서 언급한 바와 같이 동양의 문화를 고맥락문화(high context culture)라고 한다면, 동양인의 사회심리는 제3자적 심리학에서 접근하는 것보다는 당사자적 심리학에서 접근하는 것이 더 합당하다고 생각된다. 물론 당사자 간에 관여되는 주요한 심리적 파라미터(parameter)와 이들 간의 역동(dynamism)에 따라 동양인간에 동질적이면서도 상이한 당사자 심리학이 구성될 수 있을 것이다. 물론 이러한 시각은 저맥락문화권인 서구의 문화 속에서도 다양성이 있다는 점에서 똑같이 적용될 수 있다.

4) 한국인 마음의 구성

이상에서 언급한 바와 같이, 필자는 한국인과 한국문화권에서의 당사자심리학이 어떤 형태로 구성될 수 있는가에 대한 예시적 논의를 지금까지 발굴된 한국인 심리학의 기본개념들을 중심으로 시도하였다. 우리성·정관계에 있는 사람들은 상대방의 마음이나 심정을 당사자적 입장에서 이해하고 알아주며 서로 마음을 통해 교류하게 된다. 친구지간에도 친밀 행동을 얼마나 자주 하느냐보다 마음이 실린 친밀 행동인가가 더욱 중요하다. 따라서 한국인들은 자신의 마음에 반하는 행동을 하는 경우에서까지도 자신의 마음이 그대로 있다고 믿는 한 그러한 행동에 대한 부조화나 후회는 크게 일어나지 않는다. 반대로 자신의 마음에 따라 행동한 것이 상황에 적합하지 않아서 상대방에게 부정적 감정을 유발했을 때에는 오히려 자기-부적합함을 경험하고 불편감을 느낀다. 이러한 점들을 감안할 때 한국인들에게 있어 자신이 생각하는 자신의 올바른 마음이 변했다고 생각하지 않으며, 동시에 자신의 마음과 일치되지 않는 행동을 할 때 그러한 행동을 하게 된 이유를 알고 있는 한 자기 불일치감이나 자기 불편감은 느끼지 않는다.

따라서, 한국인의 심리적 특성과 행동을 이해하기 위해서는 한국인의 마음을 이해하는 것이 필수적이다. 또한 한국인의 마음을 이해하기 위해서는 한국인의 기본 심성인 심정과 정을 이해해야 하고 무엇보다도 먼저 '한국인의 자기(自己)는 어떤 모습인가'에 대한 이해가 선행되어야 한다. 그러나, 마음은 직접 볼 수도 없고 만질 수도 없다. 이것은 상대방은 물론 당사자도 마찬가지이다. 따라서 밖으로 나타난 행위와 그 행위가 나타난 정황으로 미루어 자신이나 상대의 마음을 추론하는 도식이 발달하게 된다. 그러나 이러한 도식이 모든 마음을 추론해 줄 수 있도록 완벽하게 발달된 것은 아니다. 따라서 마음의 해독은 많은 경우 문제된 사안별로 스스로 추론해야 하는 주관적 과제로 남게 된다. 특히 갈등적 상황이나 오해의 여지가 이미 내재해 있는 상황에서 상대의 행위를 마음으로 해석해야 하는 경우, 행위 당사자와 해석자간에 해석의 불일치가 일어날 가능성은 높다. 이러한 상황이나 본래의 진실한 마음이 해석이 어려운 상황이나 자신의 마음이나 상대의 마음을 헤아리는 데 사용되는 단서가 심정이다.

한국인의 우리성 관계는 '마음과 마음이 하나로 맺어지는 관계'를 뜻한다고 말한 바 있다. 또한 한국인들은 우리성 관계에서 상대가 자신에 대해 행한 행동을 그 자체로 평가하는 차원을 넘어 그러한 행동에 실려 있는 마음 써 주기의 크기나 양으로 전환해석하여 상대의 행동을 평가하는 경향이 크다. 이러한 맥락에서 한국인의 우리성 대인관계의 주화

폐는 행위교환이라기보다는 '마음 주고받기'라고 볼 수 있다.

필자는 정을 두 가지의 특징으로 구분한 바 있다(최상진, 1997). 하나는 심층적 성격특질로서의 정이다. "아무개는 정이 많은 사람"이라거나, 이광수의 소설에 나오는 "정이 많은 년"이란 말은 성격특질로서의 정을 일컫는 말로서, 여기서 뜻하는 정은 그 사람의 심층성격구조에 정의 섬유질이 풍부함을 일컫는다. 다른 또 하나의 의미는 인간관계에서 특정 상대와의 관계를 통해 마음속에서 생겨난 대상지향적 정이다. "나는 아무개에게 정이 많이 들었다"는 말은 아무개와의 특수한 역사적 관계맥락과 상호작용 역사 속에서 아무개에게 정의 마음이 우러나온다는 것을 뜻하는 '아무개'지향적 정이다. 따라서 아무리 정이 많은 사람이라도 정 형성 역사가 개입되지 않거나, 정이 붙지 않는 성격특질이나 행동양식을 가진 사람에게는 정을 느끼지 못할 수 있다. 한국인이 정이 많다는 것은 이 두 가지 의미의 정이 모두 발달되어 있음을 말한다.

따라서, 한국인의 정은 사회적 인간관계에서 관여된 사람들 사이에 애착과 친밀감을 만들어 주는 사회관계적 원자재라고 볼 수 있다. 서양의 사회관계를 개인주의적이라고 할 때, 한국의 그것은 관계주의적이다. 한국인은 타인과의 관계에서 자신을 규정하며, 자신의 가치를 발견한다. 바로 이처럼 중요한 타인과의 관계는 정의 끈이 이어졌을 때 생겨난다. 정은 서로가 상대를 아껴주는 '마음'에서 생기며, 아껴주는 마음을 상대로부터 느꼈을 때, 상대는 '남'이 아니라 '우리'로 경험된다. 또한 한국인은 '우리의식'을 체험할 때 심리적 안정감과 자기 가치를 느낀다. 즉 '우리의식'은 정을 느낄 때 생겨나고, 정은 아껴주는 마음에서 비롯되며, 정을 느끼면 남이 우리로 경험되고 우리가 있으면 행복하고 편안하다(최상진, 1993).

결국 한국인의 사회적 대인관계는 정이라는 개념의 도입 없이는 이해될 수 없다고 할 수 있다. 한국인이 정이 많다는 말을 하기 위해서는 정이 어떤 현상이며, 어떤 상태의 심리인가를 먼저 이야기할 수 있어야 하고, 그러한 배경 위에서 한국인이 정이 많다는 이야기를 해야 할 것이다. 따라서 정과 같은 개념은 한국인의 행동을 이해하기 위한 설명개념의 차원을 넘어 그것이 어떤 심리적 속성을 골자로 하고 있으며, 그러한 심리현상이 나타나는 심리적 역동과정은 무엇인가를 밝히는 일이 뒤따라야 한다. 정과 같은 한국인의 심리특성 개념들은 한국인의 심리를 설명하는 설명개념의 차원을 넘어, 이 현상 자체가 어떤 것인가를 밝히는 즉 '설명되어져야 할' 개념인 것이다. 이 점에서 정과 같은 한국인의 심리특성 기술개념에 대한 심리학적 심층분석이 현시점에서 절실히 요구된다.

필자는 이러한 문제점에 착안하여, 한국인의 의식구조를 기술하는 그동안의 논저에 대한 고찰을 통해 한국인의 핵심적 심리특성 개념을 일차적으로 추출하고, 다음 단계로 이들 개념 각각에 대한 심리학적 심층분석을 시도해 왔다. 지금까지 분석된 개념으로는 심정, 정, 한, 자기, 우리성, 체면, 눈치, 평계, 의례성 등이 있는데, 본 장에서는 한국인의 자기, 정, 심정을 중심으로 이들 개념에 대한 연구들을 정리해서 제시하기로 하였다. 서론 부분에서는 한국인 심리학을 이해하기 위한 틀로써 당사자 심리학[1]을 제시하여 한국인의 마음을 이해하기 위한 기초로서 활용하고자 하였고, 다음 부분에서는 한국인의 자기 모습[2]과 정[3]을 다루고, 심정[4]에 대해서는 마지막 부분에서 다루기로 하였다.

---

1) 제3자 심리학과 당사자 심리학은 1997년에 한국심리학회 추계심포지엄에서 발표한 원고를 재정리한 것이다.
2) 한국인의 self에 관한 글은 1999년 《한국심리학회지 : 사회 및 성격》, 13권 2호에 실린 글을 실었다.
3) 한국인의 정에 관한 글은 1990년부터 1999년까지 여러 편의 논문들을 재검토하고, 새로운 자료들을 분석하여 구성한 것이다.
4) 심정에 관한 글은 1999년 대만에서 열린 아시아사회심리학회에서 발표한 원고를 기초로 하여 새롭게 구성하였다.

2. 한국인의 마음속의 자기 모습

한국인들에게 '너는 누구냐(Who are you? 혹은 What are you?)'라고 물으면 무엇을 묻는지를 몰라 황당해 한다. 황당해 하는 이유는 여러 가지가 있다. 먼저 이러한 질문을 과거에 받아본 적이 거의 없었기 때문에 이에 대한 대답을 심각하게 생각해 보지 못했거나 구체적인 대답을 마련해 놓지 못했다는 점을 들 수 있다. 또한 그러한 질문에 대한 대답을 하는 데 대한 맥락이 없기 때문이다(최상진, 1992 ; 최상진·김기범, 1999a ; Choi, 1993). 한국에서는 너는 누구냐와 같은 포괄적인 질문이나 이에 대한 해답보다는, '너는 어떤 사람이 되고 싶으냐', '너는 어떤 직업을 갖고 싶으냐', 또는 '너는 친구와의 관계에서 어떤 사람이라고 생각하느냐' 등과 같이 구체적(나은영·민경환, 1998)이며 의도성 지향적인 질문이 일상생활에서 보다 자연스러운 질문이 된다.

한국의 가정이나, 교육의 장면에서 또는 한국사회에서 '너는 누구냐'와 같은 존재론적인 자기(自己) 규정을 요구하거나 물어보는 질문은 흔하게 일어나는 일이 아니다. 이처럼 자기자신을 규정하는 요구나 질문이 자주 일어나지 않는 이유에 대해서는 여러 가지로 설명할 수 있으며, 이 문제에 대한 논의는 이 글의 핵심 주제로서 후론하겠으나, 여기서 우선 도출될 수 있는 시사점의 하나는 '한국인에게 있어 현재의 존재적 자기를 발견하고 구성하는 일은 현실의 생활에서 서양인에게 있어서처럼 중요한 일은 아니다'는 점이다(최상진, 1992 ; 최상진·김기범, 1999a). 서구에서 self라는 개념과 현상을 대상으로 한 일상적 담론이 보편적이며 자연스럽게 일어날 수 있는 것은 self가 무엇을 뜻하며 어떤 기능을 하는가(Miller, 1999) 등에 대한 공유된 인식체계가 존재함을 전제한다.

오늘날 서구의 일반인 사회에서 self라는 개념은 대저 다음과 같은 개념으로 통용되고 있다. 먼저 self는 개인의 마음속에 존재하는 자기실체로서 자신의 성격, 정서, 행동, 의지 등과 같은 심리적 여러 현상에 광범위하고도 중요한 영향을 미친다(Danziger, 1997). 둘째, 개인의 self는 개인 자신의 고유한 특성을 그 구조 속에 내재하고 있다. 셋째, 이러한 self는 당사자인 나 자신이 이성의 인식을 통해 찾아내고 논리의 언어로 체계화해야 한다(Harre & Gillett, 1994). 넷째, self는 자신의 일상적 삶 과정에서 참고의 준거로 활용되어야 한다는 것이다. 끝으로, self가 형성되지 않은 사람은 비정상적인 사람이다. 이러한 인식에 따라 서구에서는 어려서부터 가정에서나 사회에서 나 자신의 self를 구축하도록 요구하며, 일상의 대화나 자기자신에 대한 반성과정에서 '나는 누구인가'에 대한 질문을 자주 하게 된다(Giddens, 1991).

이와 같은 서구인의 self 개념 속에는 다음과 같은 서구문화적 기본 전제(truism)가 깔려 있다. 첫째는 사람의 마음속에 있는 self도 물질(entity)의 성격을 닮고 있다. 따라서 이성적 인식과 분석의 대상이 될 수 있다. 둘째, self는 마음과 행동의 주관주체(主管主體)가 된다. 셋째, self는 사람의 얼굴이 고유한 것처럼 사람마다 다르다. 그래서 개인 자체가 자기 삶의 주체가 된다. 넷째, self는 마음이 발동과 행동의 발현에 있어서 자신이 원하는 것을 자유 선택하는 주체가 되며, self의 선택에 따르는 것이 합리적인 것이며 궁극적으로는 자기를 실현하는 것이다. 즉 오늘날 서구의 문화적 가치인 물질주의, 합리주의, 개인주의, 자유주의의 사상을 그대로 반영한 것이 서구의 self이며(Bruner, 1990), 이를 역으로 해석해 보면 서구인이 이와 같은 self를 구성했기 때문에 서구의 문화적 사상이 합리화 내지 정당화 될 수 있었다고 볼 수 있다.

그러면 한국인에게도 서구적 의미의 self가 있을까? 만일 있다면 그러한 self는 서구의 self와 유사한 구조와 기능을 가시고 있는 것일까? 또는 만일 한국인에게 서구적 의미의 self가 없다면 이에 상응하는 다른 형태 또는 성질의 self가 있는 것일까? 이러한 문제에 대한 질문은 서구의 '자기심리학'(self psychology)을 한국인들에게 전달하고 한국문화권에 적용해 보는 과정에서 서구적 의미의 self가 한국 상황에 그대로 적용되기 어렵다는 필자의 경험에서 제기된 것이었다. 동시에 단지거

(Danziger, 1997)의 자기 고백적 경험 즉 서구의 심리학은 인도네시아인의 심리학과 접목될 수 없다는 생각과 마커스와 기타야마(1991)의 독립적 self와 상호의존적 self의 개념화에 접하면서 필자는 한국인의 self에 대한 관심을 더욱 공고히 하게 되었다. 한국인의 self가 그 성격 면에서 어떠한 것인가를 규정하기 위해서는 기존의 이미 잘 형성된 서구의 self 개념과 비교해 보는 것이 도움이 된다고 판단되어 본 내용에서는 서구의 self 개념과 비교해 보는 방식을 채택하였다.

1) 한국의 '자기'(自己)

서구에서 self의 개념은 'I'를 뜻하면서 동시에 'I' 속에 있는 '존재론적 자기 실체'(ontological being)를 뜻한다. 후자의 경우 의식하는 '나'가 'I' 속에 있는 '존재론적 자기 실체'를 대상화(objectify)하여 내성(introspect)하고 체제화하고 또는 적극적으로 재구성할 수 있다. 한국에서 서구의 self 개념을 도입할 때 이에 적합한 또는 상응하는 일상언어 속의 한국말을 찾을 수가 없어 영어의 'I'의 뜻에 해당되는 '자기'라는 말을 번역어로 사용하였다. 한국말의 '자기'는 일상 대화에서 'I'를 뜻하는 의미로 사용되는 것이 보통이다. 그러나 '자기'가 심리적 특성을 함축하는 서술어와 접합되어 사용될 때, 예컨대 '자기 형성'(I-shaping), '자기 발견'(I-finding) 등에서 'I'는 '인격이나 능력을 구유한 나'를 함축하기도 한다(최상진·김기범, 1999a). 그렇지만 한국에서의 '자기'는 영어에서의 'selfing'(self 찾고 만들기, McAdams, 1997)과 같은 동사형태로는 사용되지 않는다. 이는 '자기'라는 말이 탈맥락 속에서 그 의미가 자체로 드러나지 않는 개념임을 시사한다.

한국인의 일상언어에서 서양의 'I'에 해당되는 '나'라는 말은 곧 '자기'와 동의어로서 '자기'보다 더 흔하게 사용되는 말이다. '자기'라는 말이 사용되는 경우와 맥락은 매우 제한되어 있다. 영어에서와 마찬가지로 일상대화에서 '나'라는 말은 이 말이 사용되는 기호적 맥락에 따라 나에 속하는 그 어떤 것도 뜻할 수 있다. 예컨대, '나는 급하다'라고 말할 때 나는 나의 성격을, '나는 똑똑하다'라고 말할 때 나는 나의 지적 능력을, '나는 citybank에 다닌다'라고 말할 때 나는 나의 직업을, '나는 최씨다'라고 말할 때 나는 나의 혈통을 함축하는 나이다. 따라서 '나'라는 말은 이 말이 사용되는 맥락에 따라서 '나'의 어떤 것을 지칭하는 것인가가 규정된다. 그러나 영어의 self에 바로 해당되는 한국말이 없다고 해서 한국인에게 self가 없다는 단정을 미리 내리기는 어렵다.

그러나 적어도 self와 같은 심리적 구성 세계(Kelly, 1955 ; Shweder & Miller, 1991)의 경우, 이처럼 외래적 개념에 상응하는 자국 언어가 없을 때 자국인이 그 개념이 지칭하는 현상을 찾아내어 사용하는 데는 많은 어려움이 따르며, 그 개념에 부착된 사회적 표상과 그 개념이 함축하는 사회적 현상은 그 개념이 존재하는 문화권에서처럼 현저화되어 있다고는 보기 어렵다(Harre & Gillett, 1994). 교과서에서 영어의 self를 '자기'로 번역하여 사용할 때 한국 학생들은 '자기'가 무엇을 뜻하는지를 가늠하지 못한다. 따라서 서구의 self 개념을 소개하고 "이것이 '자기'이다"라고 말해 줄 때 "아! '자기'가 그런 것이구나"라고 새롭게 알게 된다. 이러한 현상은 곧 self가 한국인에게 분명히 새로운 개념임을 시사해 준다.

그렇다고 한국인들이 서구의 self에 해당되는 '자기도식', '자기반성'(reflection)이나 '자기경험'까지도 전혀 없다고는 보기 어렵다. 왜냐하면, 한국인에게 있어서도 사람이 된다는 것은 전통적으로 강조되어 왔으며, 이해 가능하고 예측 가능한 자신이 되기 위해서는 적어도 서구의 self에 유사한 자신의 정체성이 존재한다는 기본전제가 사회와 개인의 마음속에 있어야 하기 때문이다. 실제의 일상적 한국인의 사회적 상호작용이나 삶의 과정에서 자신의 특정한 특징을 들어 "나는 이런 사람이다" 또는 "너는 어떠한 특성을 가진 사람이다"라는 말은 물론 이러한 뉘앙스를 함축하는 언행은 얼마든지 발견할 수 있다. 그러나 이러한 말이나 뉘앙스가 사회에 존재한다고 해서 서구인이 믿고 있는 것과 같은 본체적이고 존재론적인 self는 한국 사회와 한국인의 마음속에 구성-정착되었다고 보기는 어렵다.

그러나 다른 한편, 한국인의 언어 생활을 보면, self 찾고 만들기 (selfing)를 요구하거나, 강요하거나, 고무하는 면이 매우 약하다는 것을 알 수 있다. 한국인들은 '나' 즉 'I'나, '나의' 즉 'my'를 쓰는 것이 적합한 상황에서 '우리' 즉 'we'나, '우리의' 즉 'our'를 사용하는 경우가 비일비 재하다(최상진, 1993 ; 최상진·김기범, 1999a ; Choi & Choi, 1994 ; 나은영·민경환, 1998). '나의 학교'를 '우리 학교'로 칭하는가 하면 심지어 'my wife'를 'our wife'로 말하기도 한다. 한국인들이 'I'를 조심해서 사용하는 데는 여러 가지 측면에서 그 이유를 찾아볼 수 있겠으나, 한 가지 분명한 것은 한국문화에서 '나'를 강조할 때 개인주의적인 사람으로 비춰지기 때문이다. 한국에서 개인주의는 이기주의와 비슷한 뉘앙스를 갖는다. 이와 관련해서 나를 강조하는 것은 상황맥락에 따라서 상대를 내집단(ingroup)에서 제외 또는 배척하는 것으로 해석될 수 있다(최상진, 1993 ; Choi & Choi, 1994). 한국말에서 'the other person'을 뜻하는 '남'이라는 말은 서구적 의미의 'the third person'이라는 중립적 의미를 넘어 '나(I)'의 반대편에 있는 사람이란 감정가를 내재하고 있다. 따라서 한국인은 'I'라는 말보다는 'we'라는 말을 쓰는 것을 선호하고 습관화하고 있다.

이러한 상황에서는 대화에 관여된 화자(interlocuter)들은 자신의 self에 대한 관심부여(focused attention)나 자신의 self에 대한 자의식(self-consciousness)이 민감화, 활성화될 가능성이 약화되기 쉽다. 이와는 반대로 화자들 사이에 공구성하거나 공확인할 수 있는 우리성 연계 단서를 발견하고 확인하는 일이 더욱 활성화된다고 볼 수 있다. 즉 한국인들은 사회적 관계에서 'self 나타내고 self대로 행위하기(doing self)' 보다는 'self 안 나타내고 self대로 행위하지 않기(undoing self)'를 오히려 요구 또는 강요받고 상호 고무한다고 볼 수 있다. 이러한 관점은 동서의 문화를 대비시키는 데 사용되어 왔던 개인주의 대 집합주의적 관점과 상응하는 것이기도 하다.

2) 문화심리적 측면에서의 한국인의 '나'

(1) 서구인의 'I'와 'self'관

서구에서 self를 연구할 때 물어보는 방식은 자신의 self라는 말을 직접 사용하여, 자신의 self를 직접 물어보는 방식과 더불어 우회하여 '나'에 대한 기술이나 질문을 통해 self를 추정하기도 한다. 일상의 대화에서도 나에 대한 기술은 흔히 자신의 self에 대한 기술로 동일시되는 경우가 많다(Goffman, 1959). 한국인의 경우 앞에서 언급한 바와 같이 self에 해당되는 적합한 언어가 없으므로 두 문화권에 동시에 존재하는 언어인 '나'가 어떻게 다르게 구성되었는가를 비교하는 방식을 통해 서구와 한국인의 self를 간접적으로 추론해 보기로 한다.

앞에서 언급한 대로 서구인의 self는 서구인이 규정하는 'I'와 동일시된다. 또한 서구인의 'self'와 'I'는 서구의 문화-사상적 이데올로기를 반영하고 있다(Bruner, 1990). 즉 모든 개인은 서로 다르며, 그러한 개인은 자기 삶의 주체가 되며, 개인이 삶의 주체가 될 수 있는 것은 '나'나 'self'가 그 자체로 완성된 기능을 할 수 있는 잠재력을 갖고 있다고 서구인은 믿는다(Miller, 1999 ; Rose, 1996). 이러한 이데올로기는 self에 대한 사회적 표상에도 그대로 반영되고 있다. 즉 self는 독특(unique)하고 남으로부터 경계지어진(bounded) 것으로 즉 개인적인 것(individuality)이며 (Danziger, 1997), 독립적(independent ; Markus & Kitayama, 1991)이며 자율적인 것(autonomous ; Hofstede, 1980 ; Rose, 1996 ; Triandis, 1995) 즉 수관주체적인 것(agentivity)으로서, 그 자체로 기능하는(self-functioning ; Miller, 1999) 자기 운용(運用)체계(self-contained system)를 가지고 있는 것 즉 자율적 기능체계(autonomously functioning system ; Danziger, 1997)이다. 서구의 개인주의 이데올로기는 바로 이러한 self에 대한 이데올로기와 일치한다(Harre & Gillett, 1994).

따라서 서구인에게는 자신의 이성적 의식을 통해 이러한 성격의 self

를 발견하고, 발달시키고, 통합된 형태로 조직화하는 것이 중요한 'I'의 과제가 되며, 이러한 self에 따라 행위(Wertsch, 1991)하고 살아가는 것이 곧 자기 실현(self-actualization)이 된다. 여기서 '나' 즉 나의 self가 성숙되기 위해서는 self가 통합된 체계로 구축되어 구조물과 같은 형태의 체제(structure)를 갖추어야 한다. 따라서 self를 설명할 때 흔히 체계나 set라는 말을 사용한다(즉, a set of theories, a system of values, a set of concepts and explanations, a set of belief system 등). 이처럼 서구의 self가 구조물성을 갖고 있다는 것은 곧 그러한 self의 주인인 'I'가 자신의 self를 대상으로 한 자기 관찰 또는 자기 내성이 가능하다는 것을 시사한다. 이는 마치 자신이 자신 밖의 사물을 관찰할 수 있는 것처럼 자기 안의 사물인 self를 관찰할 수 있다고 보는 시각이다.

물론 이러한 self는 물성과 의식성이 혼합된 형태로 구성되었다는 점(James, 1890 ; self를 구성하는 데는 불가피하게 의식이 관여가 됨)에서 자기의 self에 대한 관찰은 자기 밖의 사물을 관찰하는 것처럼 용이하거나 확실하지는 않다. 따라서 자신의 self를 관찰하는 데는 특별한 노력과 주의집중이 요청된다. 서구인들은 성장과정에서 '나' 즉 자신의 self를 발견하는 일을 부단히 요구받고 또한 자발적으로 이 일을 수행해 나간다. 예컨대, 부모들은 자녀 양육과정에서 자녀에게 독립성, 자율성을 강조하고 자신의 마음속에 묻혀 있는 self의 분석을 통해 '나다움'을 구성할 것을 부단히 요구한다. 따라서, 서구에서는 어떤 선택 행동을 할 때 그것을 자신의 self와 연결시키고 동시에 자신의 self를 준거(reference)로 하여 선택 행동을 결정한다. 이 점에서 서구인들은 자신의 self에 대한 관여가 강하다(Giddens, 1991).

서구인들에게 self는 자신의 존재를 확인하는 증거물이 되며 따라서 self는 나의 존재 근거를 정당화시켜 주는 자기 내적 신(God)이라고 은유될 수 있다. 서구인들은 이러한 자기 내적 신을 찾기 위해 자기자신을 대상으로 한 자기 관찰을 자주 수행한다. 자기 관찰을 통해 얻어진 자기 속의 신, 즉 self를 찾았을 때 결과되는 것이 자기개념(self-concept)이다. 즉 자기개념은 자신이 발견한 자신의 self이다. 따라서 자기개념이 자신의 진정한 자기(real self)에 근사하게 형성될수록 그러한 자기개념은 성숙하고 정상적인 것이 된다. 자신의 진정한 자기를 올바르게 이해하기 위해서는 자신의 self에 대한 관심부여(self-focused or directed attention)를 통해 self의 성격과 움직임을 분석하고 명료화(articulation)해야 한다. 따라서 서구인들은 자신의 속에 있는 self를 내성하는 일, 즉 자기 내적 관찰에 익숙하고 습관화되어 있다.

캠벨과 라빌레(Campbell & Lavallee, 1993)가 개발한 자기개념 명확성(self-concept clarity) 척도의 한 문항을 보면 다음과 같다 ; It is often hard for me to make up my mind about the things because I don't really know what I want. 이 문항에서는 자신의 self를 확인하지 못할 때 선택 행동을 하기 어렵다는 명제(postulate)를 반영하고 있다. 또한 'what I want'를 'I really know' 한다는 것이 중요하다는 것을 전제하고 있다. 여기서 또한 내적 마음(inner mind), 즉 'what I want'를 'know'한다는 표현은 자기에 초점을 맞춘 주의를 통해 자신의 내적 자기(inner self)를 정확하게 명료화한다는 것을 함축한다. 내적 자기를 명료화하는 것이 중요하다는 생각의 배경에는 진정한 자기가 견고하며 안정적이고, self를 구성하는 요소들간에 일치성이 높다는 명제가 전제되어 있다(Holland, 1997). 또한 이러한 self는 자신이 하는 다양한 형태의 선택 행동에 광범위하게 영향을 미친다는 전제가 숨어 있다. 이런 점들을 감안할 때 서구인의 self는 물질적인 안정성, 기계론적 질서관, 원형적 구성체관을 신념으로 해서 구성된 사회적 표상이며, 일반인의 상식이다.

(2) 한국인의 '나'관

앞에서 언급한 바와 같이, 서구의 self에 해당되는 한국말이 없는 상황에서 서구의 self와 기능면에서 유사한 한국의 개념을 구성해 본다면 '나의 마음(my mind 또는 my mentality)'이다. 한국에서 마음이란 말이 사용되는 맥락을 보면 지향성(intentionality), 정신(spirit), 생각(thinking & thought) 등을 포함하는 정신 세계의 내용과 기능을 모두 포함한다. 또한 마음은 존재하는 것이면서 동시에 상태를 뜻하는 의식과 감정의 형태이기도 하다. 그러나 마음이란 말이 주로 사용되는 맥락은 지향성(intentionality ; Shweder, 1991)을 함유하는 의식과 의식의 상태를 지칭할 때이다. 지향성을 함유하는 마음은 자연스럽게 생겨나기도 하고, 자신의 의지에 의해 만들어지기도 한다. '나의 마음'이 서구의 'my self'에 비견되는 것으로 보는 배경에는 마음이 장기간에 걸쳐 자연스럽게 구성된 것이며, 이러한 마음이 자신의 행위의 지향성과 선택을 결정하는 데 중심적 역할을 한다는 즉 마음의 주관주체성에 대한 믿음이다.

따라서 한국을 비롯한 동양에서는 이러한 '자신의 마음'을 사회적 이상이나 종교적 가르침의 수준으로 닦고 끌어올리는 것을 사회적 가치로 수용, 권장하고 있다. 예컨대, 불교에서는 '진아'(眞我 ; universal real self)를 찾는 것을 이상으로 삼으며, 물질적 욕구와 사리(私利)를 지향한 마음의 욕구를 버릴 때 진아를 만나게 된다는 것이다. 이러한 불교의 관점에서 보면 서구적 의미의 개인적 self는 세속적인 것이며, 따라서 권장하기보다는 없애버려야 할 대상이 된다. 왜냐하면, 진아는 세속적 self를 초월한 태생적 self를 뜻하는 것으로 진아의 발견은 세속적 경험의 구속을 탈피할 때에만 가능하다고 믿기 때문이다(박아청, 1998 ; 이광준, 1996).

유교에서는 인간의 본성을 '성'(性 ; given nature)이라 하고 이러한 본성이 밖으로 드러난 것을 '정'(情 ; expression of given nature)이라 한다(금장태, 1998). 유교에서 인간의 본성은 선한 것으로 보며 특히 이러한 본성 중 사덕(四德) 즉 인(仁), 의(義), 예(禮), 지(智)를 인간의 시작이며 동시에 목표로 삼고 있다. 이러한 '성과 정'을 지배하는 것이 마음(心)이며, 따라서 마음이 성을 따를 때 성인(聖人)이나 대인(大人) 또는 선비가 될 수 있다고 말한다. 사덕을 기르는 수양(修養)은 타고난 성을 보존(存)하고 배양(養)하는 것이다. 따라서 한국문화에서의 자기개발

(自己開發)은 곧 심성개발(心性開發)을 의미한다.

이와 같은 종교적 가치나 사회적 이상과 관련하여 파생된 중요한 또 다른 가치의 하나는 개인의 마음을 사회의 질서나 목표에 합일화시켜야 한다는 사회지향적 자기관이다. 서구의 원자화된 개인이 아니라 사회의 한 부분으로의 개인관이 동양의 인간관이며, 따라서 성숙된 사람일수록 사인(私人)이 아닌 공인(公人)의 마음과 인격을 가져야 한다고 믿는다. 따라서 한국에서의 자녀교육방식에서는 서구에서 요구하는 개인 중심적, 자기 개성적, 자기 독립적 개인보다는, 개인-사회 조화적, 사회공동선적(社會共同善的), 상호 협동적 인간 또는 인격을 더욱 중요시하고 이상화한다. 즉 서구에 비해 독특성, 차별성을 덜 강조한다고 볼 수 있다 (Choi, 1991). 물론 현재와 같은 자본주의적 경쟁사회에서 이러한 동양적 가치가 현실적으로 실현되고 있는가의 문제에 대해서는 이론이 제기될 수 있으나 적어도 학교 교육을 비롯한 이상 지향적 자녀교육상황에서는 이러한 동양적 가치가 적어도 의식수준(비록 행동수준에는 못 미칠지 모르지만)에서는 강조되고 있다고 볼 수 있다.

앞에서 서구의 self에 해당되는 한국의 개념으로 '나의 마음'을 언급하였다. 만일 이 두 가지의 '나' 개념이 동일하거나 유사하다면 너는 누구냐 혹은 무엇이냐(What are you?)의 질문대신에 너는 어떤 마음을 가진 사람이냐(What is your mind?)의 질문을 한국인에게 물을 때 서구에서처럼 일관되며 높은 일치성을 갖는 대답이 나와야 할 것이다. 그러나 한국인에게 이러한 질문을 던질 때 서구인의 self에 대한 자기 기술과 같은 형태의 응답은 나오지 않는다. 서구의 self는 '상호연관된 명제'(inter-connected propositions) 형태로, 논리적으로 체계화된 구조물의 형태를 지닌다. 그러나 한국에서는 '나는 마음이 착한 사람', 또는 '남을 돕는 사람' 등과 같은 자신의 성격 또는 인격과 관련된 단편적 대답만이 나오게 되고 논리적 구성형태의 구조물성은 나타나지 않는다(최상진, 김기범, 1999a). 여기서 한국인에게 self가 있다고 하더라도 그러한 self는 서구의 self와 그 성질 및 성격 면에서 다를 것이라는 추론의 근거가 생긴다. 또한 앞에서 언급한 바처럼, 서구의 self는 물성과 같은 성격을 부여받고 있다. 그러나 마음은 존재 또는 상태의 형태로 이해된다. 또한 self는 구조물(structured object)의 성격을 부여받고 있다면 마음은 주관주체(agency) 또는 역능성(力能性, potency)의 성격이 짙다.

서구의 self는 객관적인 관찰의 대상으로 설정하기 용이하며 분석을 통해 명료화하기 쉬우나, '자기 마음'은 객관적인 관찰을 통한 명료화가 매우 어렵다. 철학에서 자기 마음을 연구하는 것이 별다른 성과를 올리지 못한 것만 보더라도 마음을 특정한 정체성과 안정성을 갖는 개념으로 요약하거나 추상화하는 일은 쉽지 않다. 심리학에서도 내성법을 버리지 않았던가! 오히려 벰(Bem, 1972)이 말한 것처럼 자신의 행위를 보고 자신의 마음을 추론하는 간접적 자기 마음 읽기 방식이 보다 일반적인지도 모른다. 자기 마음을 남에게 전달할 때 흔히 사용하는 양식은 사건 전개에 따라 수반된 행위의 연계를 마음의 전개형태로 말하는 이야기전개(story telling)방식으로 이루어진다. 이는 자기 지각이론의 타당성을 간접적으로 지지해 주는 것이라고 볼 수 있다. 내성법을 쓰건 Bem의 자기 지각법에 의존하건 사람들은 의사소통 과정에서 '자신의 마음이 어떠어떠하다', 또는 '내 마음이 어떠하다는 느낌이나 생각이 든다'라는 말을 사용한다. 이러한 말들의 배경에는 '내 마음을 느낌으로 짐작한다'[感知]라는 함축이 공통적으로 깔려 있다.

따라서 한국인에게는 대자적 자기(對者的自己)가 서구처럼 발달될 가능성이 낮다. 또한 한국인의 자기는 행위나 생각의 준거대상으로 관여되는 경우도 낮다고 볼 수 있다. 동시에 개인의 고유성, 주체성과 독립성이 강조되지 않는다는 점에서 존재론적 self의 규정도 강하게 요구받지 않는다. 또한 자신의 self에 대한 반성도 서구에서처럼 빈번하게 일어날 필요도 적다. 이처럼 서구적 형태의 self를 구축해야 할 필요성이 강하지 않은 데에는 한국말에서 서구적 의미의 self 개념이 없다는 것 이외에도, 한국의 문화적 성격도 중요하게 작용하고 있는 것으로 보인다. 앞에서 언급된 것처럼, 한국인에게는 사회적으로 부여된 사회-문화적 가치와 이상을 내면화하는 일이 개인을 개성화하는 일보다 더욱 강조되고 더 높은 사회적 기능성을 갖는다. 또한 한국인에게는 '남과 다른 나'를 구축하는 일보다는 '남보다 나은 나'를 구축하는 것이 더욱 중요한 관심사가 된다(최상진·김기범, 1998 ; 최상진·박정열, 1997).

이 점에서 한국인의 self는 자기자신에게 고유하게 실재하는 것을 스스로 찾고 구성하는 것이라기보다, 사회적으로 규범화된 이상적인 또는 바람직한 심성과 가치를 자신의 마음에 내면화시키고 실천하는 것으로 규정해 볼 수 있다. 따라서 한국인에게는 자신의 self를 발견하는 일보다 사회적으로 부여되고 규정된 사회적인 이상적 자기(ideal self)를 자기의 마음속에 내면화하고 성장시키는 것이 보다 중요하고 중심적인 과제가 된다. 한국인에게 자기 반성이란 말은 자신의 self를 확인한다는 의미보다 사회적으로 부여된 self에 반(反)하거나 미달된 행동을 한 자신을 깨닫고 회개하는 의미로 통용된다. 따라서 한국인에게 중요한 것은 자기의 self에 대한 충실함보다는 자기자신의 세속적 욕구나 생각을 제약하는 '마음 다스리기'이다.

한국인에게 개인적 self가 발달될 필요성을 약화시키는 또 다른 요인으로 자신이 상호작용하는 대상과 상황에 따라 자신의 생각과 행동을 적응시켜야 하는 사회-문화적 맥락주의를 들 수 있다. 흔히 이처럼 접촉하는 대상과 상황에 따라 언행을 바꾸는 한국인의 행동을 보고 서구인들은 이중인격이라는 인상을 받기도 한다. 한국인의 self에 관한 연구 결과(Kim, 1998 ; Jang & Kim, 1996)를 보면, 한국인은 자신이 대하는 상대와의 관계 및 심리적 거리에 따라 행동이 극명하게 달라진다. 가까운 관계일수록 자신의 마음에 따른 행동을, 먼 관계일수록 역할수행이나 상대 지향적인 행동을 해 보이는 것으로 나타났다. 이처럼 대상과 상황에 따라 언행을 바꾸는 데는 한국인에게 있어 또는 한국문화권에서는 언행의 일관성 못지 않게 언행의 상황적 적합성을 중요시하는 데 근거한다.

아무리 자신의 self가 분명하게 규정되어 있다고 하더라도 상황에 따라 언행을 달리해야 하는 문화권이라면 그러한 self는 중요한 것으로 인식되기 어려우며, 발견해야 할 필요성이 약화될 것이다. 이러한 맥락에서 보면, 한국인에게 있어 서구적 의미의 self를 발견하고 구축할 필요성은 낮다고 하겠다. 반대로, 한국인에게 중요한 것은 상황에 따른 적합한 행동을 유연하게 해 내면서 동시에 자신의 마음을 사회적 가치와 일치시키는 성숙 속의 유연성이다.

(3) 서구의 '물성자기'(entity-self)와 한국의 '마음자기'(mind-self)의 구성형태

앞에서 서구의 'I'는 물성(物性, entity)으로서의 self로 규정되며, 한국인의 '나'는 심리적 존재나 상태로서의 '마음'으로 구성된다는 것을 논하였다. 서구인의 경우처럼 self를 물질로 구성할 때 한 사람의 self는 다른 사람의 self와 분명하게 경계를 그을 수 있으며, 물체가 갖는 속성에 대한 인식 방식을 자신의 self에 대해 그대로 적용할 수 있다. 즉 self는 물체처럼 자명하게 존재하는 것, 객관적 분석과 재구성의 대상이 될 수 있는 것으로 취급할 수 있고 구체성과 구조성을 갖는 것으로 구성될 수 있다. 서구인의 self는 이처럼 자명한 물성 구조물처럼 구성되는 것이어서, 자신의 생각이나 행동에 대한 반성적 평가에서 안정성 있고 믿을 만한 준거적 참조의 대상 및 잣대로 이용될 수 있다(예를 들면, "나의 self야, 너는 누구냐?", "나의 self야, 너는 무엇을 원하느냐?", "나의 self야, 너는 무엇을 가치롭게 생각하느냐?" 등의 질문을 자신에게 할 수 있다). 즉 이성적 탐구대상으로서의 self라고 할 수 있다. 그러나 한국인의 경우처럼 self를 '마음'으로 구성할 때, 위에서 언급한 바와 같은 self의 속성과 기능은 약화되게 된다.

우선 '마음'은 물체와는 달리 객관적이며 실체적인 현물성이 약하다. 따라서 물체를 대상으로 한 인식의 형태 즉 자신과 타인과의 명백한 경계설정, 안정성 있고 자명한 존재성 인식, 객관적 분석의 대상으로서의 적합성 등의 소여성(affordance)이 약하다. 따라서 자기 마음에 대한 자신의 지각이 어려우며 어떤 것이라고 지각되었을 경우라도 그에 대한 확신은 실물의 경우처럼 강하지 않다. 또한 마음은 가변적이어서 안정성이 낮고 자기 마음이 어떤 것인가에 대한 확신있는 포착이 어렵다. 또한 마음은 사물의 경우처럼 그 구성요소가 분석적으로 파악되기 어려우며 따라서 자기 마음의 분석은 좀더 추상적인 형태인 성향(disposition)으로 기술되고 파악된다. 즉 '나'는 '무엇'이 아니라 '어떤 성향이 강한 또는 약한 사람'으로 개념화된다.

따라서 한국인의 '나'의 발견과 구성은 서구의 self처럼 다양한 요소(예컨대 spiritual self, material self, social self, physical self 등)들이 전체적이며 통합적인 형태로 구성되는 정체성보다는 자신의 대표적 성향특성을 추출하는 것으로 특징지워진다. 그러나 마음은 가변적이고 상황의 영향을 많이 받으며 또한 마음은 자신의 마음먹기에 따라 달라질 수 있다는 점에서 한국인의 '나' 구성은 가변성이 높으며, 구성된 '나'에 대한 확신도 서구인의 self에 대한 경우에서처럼 강하지 않다. 따라서 한국인의 구성된 '나'는 자신의 생각과 행동을 참조하는 준거기준으로서의 기능 면에서도 서구의 self의 경우처럼 강하지 않다. 또한 한국인의 구성된 '나'는 서구의 self처럼 물체성이 강하지 않으므로 개인과 개인간의 경계성도 강하지 않다. 이러한 한국인의 '나'를 종합해 볼 때, 한국인의 '나'는 '즉자(卽者)적 나'의 성격이 강하다고 볼 수 있다.

따라서 한국인들이 자신들의 self를 파악하는 대표적 인식양식은 추론(inference)이나 추단(reasoning)이 된다. 자신의 마음은 자신의 다양한 행동이나 여러 가지 생각에 분산되어 있는 것으로 믿으며, 이러한 자신의 행동과 생각에 내재된 대표적이며 공통적이고 중요한 성향을 추론이나 추단을 통해 믿음의 형태로 추출된다. 이때 자신의 마음을 추출하는 방식은 자기 검증이나 자기 확인이라기보다는 '자기 모습 그리기' 형태의 계략적 자기구성(heuristic self-configuration)의 성격을 띠고 있다는 점에서 정보처리이론에서의 분산처리 방식과 유사하다고 생각된다. 이러한 점들을 감안할 때, 한국인의 자기는 '추론적 마음자기'(inferential mind-self)라 한다면 서구인의 자기는 '준거적 물성자기'(referential entity-self)로 특성지울 수 있다(최상진·김기범, 1999a ; Landrine, 1995). 즉 한국인의 추론적 마음자기는 '자기 마음의 모습'(self-portrait)을 그리는 것이고, 서구인의 준거적 물성자기는 자기 마음속에 있는 self를 명료화하고 확인하는 과정이라고 할 수 있다. 이처럼 서로 다른 특성을 지닌 서구인의 self와 한국인의 자기가 갖는 속성을 대비시켜 보면 표 1과 같다.

표 1. 서구인의 Referential Entity-Self와 한국인의 Inferential Mind-Self의 특징

준거적 물성자기 (Referential Entity-Self)	추론적 마음자기 (Inferential Mind-Self)
본체적(substantive)	상태적(static)
존재적(ontological)	성향적(dispositional)
구조적(structured)	비구조적(non-structured)
실제적(real)	심리적(psychological)
참조적(referential)	형태구성적(configurational)
초월적(transcendental)	맥락적(contextual)

3) 한국인의 관계-맥락적 마음

그림 2에서 보는 것처럼, 서구인의 '나'와 '나의 self'는 나 자신의 존재 근거를 타인에 대해서(against) 확인시키는 준거가 된다. 즉 나의 self를 통해 나의 독립성을 선언한다. 그러한 self는 또한 대상과 상황을 초월하는 '초월적 자기'(transcendental self)로서의 성격을 부여받는다(Holland, 1997). 한국과 같이 관계지향적인 사회에서 개인의 마음은 대상과 상황에 따라 맥락적으로 규정되며(Kim, 1998 ; Jang & Kim, 1996), 따라서 마음은 서구의 self와 같은 사태 초월적 일관성과 항상성을 실현하기 어렵다. 따라서 한국인에게 '나의 마음'은 서구의 self처럼 초월적 성격을 갖지 않는다. 한국인에게 '나 마음'의 초월성의 약화는 관계지향적 한국문화와 밀접히 관계된다.

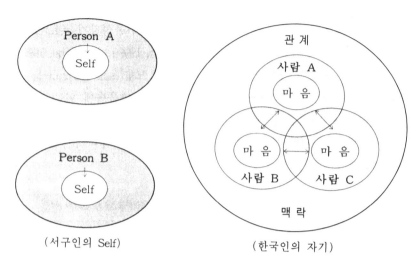

그림 2. 서구인의 Self와 한국인의 자기

한국사람들은 상황에 따라 언행을 달리하는 경우가 많다(최상진·김기범·Yamaguchi, 1998). 한국사람들에게 대인관계나 상호작용에서 문제된 사안에 대한 자신의 생각이나 의견을 정확하게 개진하는 일보다 더욱 중요한 것은 상대의 기대나 상대와의 관계성을 배려하는 것이다. 따라서 한국인들은 자기 아닌 자기를 나타내 보일 때가 많으며 이러한 현상을 상대나 제3자가 인식하더라도 위선자나 거짓말쟁이로 평가절하하지 않는다. 예컨대, 한국인의 문화심리적 특성으로 나타나는 상대 체면 세워주기(최상진, 1997 ; 최상진·김기범, 1998 ; 최상진·유승엽, 1992 ; Choi & Kim, 1999), 의례성(최상진, 1997 ; 최상진·유승엽, 1994), 눈치(최상진, 1997 ; 최상신·신승범, 1995 ; 최싱진·최연희, 1989 ; 최연희·최상진, 1990) 현상들은 모두 자신의 생각보다 상대의 기대, 권위, 능력, 지위, 심정 등을 배려해서 나타나는 행동이며 현상이다(최상진, 1993, 1994, 1997 ; 최상진·김기범, 1999b, 1999c ; 최상진·김정운, 1998 ; 최상진·유승엽, 1996 ; Choi, 1998 ; Choi & Kim, 1999a, 1999b).

이러한 현상이 압축적으로 잘 나타나는 상황이 조직에서의 회의상황

이다. 조직회의에서 합의의 형식을 빌어 결정된 사안에 대해 한국인들
은 사후에 특히 비공식적인 대화 상황에서 자신은 이에 찬성하지 않는
다는 말을 종종 한다. 이러한 현상을 목격한 외국인들은 그런 생각을 가
졌다면 왜 공식회의에서 그런 말을 하지 않았느냐고 반문한다. 외국인
들은 이러한 언행을 일관성이 없는 행위 혹은 자기기만 행위라고 생각
하기 쉽다. 그러나 한국인들은 이런 행위를 보고 반드시 부정적으로만
은 보지 않는다. 오히려 그 상황에 적합한 행위라고 생각하기도 한다.
예를 들어, 그 회의를 주재하는 사람이 상급자, 연장자, 또는 자신과 밀
접한 인간관계를 맺어 온 사람이라고 가정해보자. 이때 그 회의의 주재
자가 원하는 방향과 상반되는 의견을 제안할 때 그 주재자는 "아무리
그런 생각이 옳다고 하더라도 어떻게 회의 상황에서 그런 말을 할 수
있단 말인가"라고 생각하게 되고 그 사람에 대해 '내 체면을 깎은 사람',
'내 권위를 떨어뜨린 사람', '나를 무시한 사람', '내 심정을 몰라주는 사
람' 등으로 생각하게 된다(최상진, 김기범, 1999b).

따라서 한국인들은 상대의 속마음을 읽는 일에 매우 민감하다. 만일
상대 자신이 자기가 원하는 생각이나 기대를 당사자에게 분명하게 말해
줄 때 상대의 속마음을 읽는 일은 불필요하다. 그러나 한국인들은 아주
절친한 관계가 아닌 사람에게 자신의 속마음을 분명히 전달하기보다 상
대가 미리 알아채고 자신의 속마음에 맞는 행동을 해 주기를 기대한다.
바로 이런 사람이 자신과 가까운 사람이다. 따라서 자신의 속마음을 상
대에게 분명히 말하는 것 자체가 묵시적으로 상대를 믿지 않거나 가깝
지 않다는 것을 암시하는 언행이기 때문에 가능하면 자기 속마음을 상
대에게 드러내지 않는다(최상진, 1997 ; 최상진, 김기범, 1999b ; Choi &
Kim, 1999b).

따라서 한국인들은 상대의 속마음을 읽는 활동과 기술인 눈치가 매우
발달되어 있다. 눈치는 상대와의 접촉경험과 상대가 처한 상황 등을 종
합적으로 검토하여 상대가 원하는 것을 미루어 추론해 내는 활동과 기
술이다. 한국속담에 "절에 가도 눈치가 있으면 젓국을 얻어먹는다"라는

말이 있다. 젓국과 같은 것은 절에서 매우 먹기 어려운 귀한 음식이다. 그러나 눈치를 잘 이용하여 절 사람들이 원하는 행동을 잘하기만 하면 젓국 같은 음식도 먹을 수 있다는 속담이다(최상진, 1997 ; 최상진, 최연희, 1989).

의례성은 상대의 심정에 맞추어 자신이 생각하는 것과 상반되는 언행을 하는 것을 말한다(최상진·유승엽, 1994). 이때 상대방은 그 언행이 자신의 속마음이 아니라는 것을 알 수도 있고 모를 수도 있다. 그러나 비록 그러한 언행이 속마음과 다르다고 하더라도 상대방은 불쾌하게 생각하지 않는다. 왜냐하면, 그런 말의 배경에는 자신을 배려하는 속마음이 개입되어 있기 때문이다. 흔히 서양인들이 한국사람의 "예"라는 대답을 믿지 않는다고 한다. 이때 한국사람의 예(Yes)라는 대답은 의례적인 말일 수 있다. 그러나 이러한 의례적인 말을 문자 그대로 의례적인 말로 받아들이더라도 상대방은 반드시 불쾌하게 느끼지는 않는다. 단지 이러한 말은 상황에 적합한 말로서 그 진위여부가 문제되지 않는다.

앞에서 언급한 체면, 눈치, 의례성 등은 모두 상대의 속마음을 배려하는 데서 나타난 현상이다. 한국인에게 있어 '속마음'은 '심정'이란 말로 표현되는 경우가 많다. 심정에 가장 가까운 영어는 '느껴진 마음'(felt mind)이다(최상진·김기범, 1999b ; 최상진·김정운, 1998). 즉 느낌(feeling)을 통해 읽혀진 마음이다. 따라서 이성이나 객관적 분석을 통해서 명료화된 마음과는 다르다. 심정은 대인관계에서 친밀성을 형성하고 유지하는 데 가장 중요한 심리적 매개물이 된다. 한국인들은 자신의 심정을 몰라주는 사람을 친구라고 생각하지 않는다. 또한 심정적인 대화가 없으면 친구가 되지 않는다. 심정은 사물의 논리인 사리(事理)보다 마음의 논리인 정리(情理)에 따른다. 정(情)은 한국인의 우리성을 만드는 원소재이다. 정의 마음은 상대를 아껴주는 마음으로 축약된다(최상진, 1993, 1997 ; 최상진·김기범, 1999b ; 최상진·김지영·김기범, 1999 ; 최상진·최수향, 1990 ; Choi, Kim & Kim, 1999). 즉 상대를 자기자신처럼 배려해 주고 사랑해 주는 마음이다. 한국에서는 정이 없는 사람을 비인간적인 사람이라고 하여 이를 문화적으로 부정시한다. 따라서 정리에 따른 한국인의 인간관계에서는 정서적 연대감이 위주가 되고 합리적이거나 이성적 판단은 상대적으로 약화된다.

친밀한 사람들과의 관계에서 상대가 자신이 기대했던 정리에 상반되거나 기대에 못 미치는 행동을 했을 때 당사자인 자신은 심정을 상하게 된다(최상진, 1997). 이때 흔히 나오는 말은 "네가 어쩌면 나한테 그럴 수 있어" 또는 "네가 어떻게 나한테 그런 말을 할 수가 있어" 등과 같은 실망(disappointment 혹은 rejection)조의 말이다(최상진·김기범, 1999c ; Choi & Kim, 1999a). 이러한 심정은 가까운 사람들간의 대인관계에서 항상 고려해야 하며, 따라서 상대의 심정에 따른 자기행동 조절이 상황에 따라 부단히 일어나게 된다. 대인관계에서 심정이 이처럼 중요하게 관여될 때 서구의 경우에서처럼 자신의 self에 충실한 자기표현 행동은 흔히 이기적인 행동으로 해석되기 쉽다. 또한 심정이 한국인의 대인관계에서처럼 광범위하게 그리고 중요하게 작용할 때 서구에서와 같은 self의 개입이나, 자신의 일관성은 현실적으로 중요한 사안으로 의식될 가능성은 매우 적다.

이상에서 보는 바와 같이, 서구인들은 자신이 구성한 self가 진정한 자신의 self를 반영하며, 이러한 자신의 self에 충실한 즉 일관성 있는 삶을 자아실현이라 부르고 이것을 지선으로 삼는다. 따라서 자신의 삶과 행위를 자신이 구성한 self에 수시로 참조하고 이에 일관성이 결여되면 부적절감을 경험한다. 즉 자기 아닌 자기를 경험한다. 그렇다면 한국인의 자기도 똑같은 기능을 하는 것일까? 앞에서 한국인의 자기는 추론적 마음자기로 규정하였다. 또한 추론적 마음자기는 한국인의 사회적 행동을 규제하는 참고적 준거로 작용하는 힘이 약하다고 언급하였다. 만일 이를 그대로 받아들인다면 한국인의 자기는 개인의 삶과 삶의 지향에 중요한 영향을 미치지 않는 것으로 이해될 수 있다. 이와 관련해서 간과해서는 안될 점은 한국인의 자기 지향이 사회적 윤리-가치 지향적이라는 점이다. 다시 말해 '나는 무엇이다'보다 '나는 어떠해야 한다'가 한국인에게는 중요하다.

따라서 한국인의 자기 차원은 한국사회의 중요한 윤리-가치 차원으로 구성되며, 한국인의 자기반성은 바로 이러한 획일화된 차원상에서 자신의 위치를 가늠하고 평가하는 것이 주종을 이룬다. 물론 이러한 평가에 기초하여 더 낮거나 바람직한 위치의 자기로 성숙해야 한다는 의식과 동기가 생겨나게 된다. 이런 맥락에서 한국인의 자기실현은 곧 '사회적 자기실현'이 된다고 볼 수 있다. 한국인들은 사회적 자기실현을 흔히 출세라고 부른다. 여기서 출세라는 말은 사회적으로 존경받고 인정받는 사람이 되는 것으로 세속적으로는 지위와 권력을 갖는 위치를 갖는 것으로 받아들여지기도 한다. 존경받는 사람이 지위와 권력을 가진 사람이라는 등식은 한국적 역사-문화 심리에서 그 연원을 찾을 수 있다. 전통적으로 한국에서는 학식과 덕망이 높은 선비들이 관료나 정치인이 되는 것으로 믿어 왔으며(유학의 전통) 또한 실제로 그러했다. 이러한 전통 속에서 한국인들은 '지위-인격 합치관'(최상진·김기범, 1998 ; 최상진·유승엽, 1992 ; Choi & Kim, 1999c)을 규범시 해왔다.

이러한 배경에서, 한국인들은 사회적 존경과 세속적 출세를 엄격히 구분하지 않은 상태에서 사회적 자기실현을 좋은 의미의 출세와 연결시켜 왔다. 따라서 한국 대학생들에게 자기실현에 대해 기술하라고 요구할 때 이들이 기술하는 내용을 보면, 서구적 의미의 자기실현에 관계된 내용보다는 사회적 자기실현의 내용이 주류를 이룬다. 또한 한국인의 자서전을 보면 마찬가지로 자신이 어떤 직업과 위치를 가진 사람으로 살아왔는가를 역사-기술식으로 나레이션(narration)하는 형태를 띠는 것이 일반적이다. 이러한 관점에서 보면 한국인의 자기는 서구인의 self보다 미래 지향적 목표지향성이 오히려 크며, 사회현실과 본인이 처한 입장을 보다 구체적으로 반영한다는 점에서 현실성과 구체성이 높다고 하겠다.

다음으로 제기될 수 있는 문제는 한국인들이 대상과 상황에 따라 행동이 변한다는 점에서 자기 정체감이나 자기-일관성이 약화될 수 있지 않느냐의 문제이다. 서구의 입장에서 보면 정체감 혼란이나 일관성 결

여는 개인의 심리발달은 물론 사회적 관계에서 심각한 문제로 인식되고
또한 실제로 심각한 문제를 유발할 수도 있다. 그러나 한국인들은 대상
과 상황에 따라 행동을 달리한다는 사실을 크게 문제삼지 않는다. 한국
인들은 이러한 상황에서 불일치에 대한 인식은 물론 불일치에서 오는
불편감도 서구인처럼 느끼지 않는다. 이처럼 마음과 행동을 연계시키지
않는 배경은 한국인들이 자신의 속마음과 외현적 행동을 구분하는 문화
심리적 관습에서 찾아볼 수 있다. 한국인들은 자기 마음이 담겨있지 않
은 언행을 하루에도 수없이 한다. 하도 많이 해서 자신의 언행과 마음이
일치하지 않는 것조차 느끼지 않고 그러한 언행을 한다.

여기서 한 가지 강조할 점은 한국인들이 마음을 중요시한다는 점이
다. 친구지간에도 친밀 행동을 얼마나 자주 하느냐보다 마음이 실린 친
밀 행동인가가 더욱 중요하다. 따라서 한국인들은 자신의 마음에 반하
는 행동을 하는 경우에서까지도 자신의 마음이 그대로 있다고 믿는 한
그러한 행동에 대한 부조화나 후회는 크게 일어나지 않는다. 반대로 자
신의 마음에 따라 행동한 것이 상황에 적합하지 않아서 상대방에게 부
정적 감정을 유발했을 때에는 오히려 자기-부적합함을 경험하고 불편
감을 느낀다. 이러한 점들을 감안할 때 한국인들에게 있어 자신이 생각
하는 자신의 올바른 마음이 변했다고 생각하지 않으며, 동시에 자신의
마음과 일치되지 않는 행동을 할 때 그러한 행동을 하게 된 이유를 알고
있는 한 자기 불일치감이나 자기 불편감은 느끼지 않는다.

끝으로, 오늘의 한국 젊은이들은 구세대와는 달리 서구적 가치를 많이
수용하고 있어 서구적 개인주의와 서구적 자기관을 갖고 있다는 생각을
해 볼 수 있다. 물론 오늘의 한국 젊은이들은 행동이나 사고방식면에서
구세대와 많은 차이를 보인다고 한국인들은 믿고 있다. 그러나 아직도
한국 젊은이들의 심리적 특성은 전통적인 한국인의 문화심리적 특성을
반영하는 것으로 나타나고 있다는 점도 주목할 필요가 있다. 예컨대, 전
통적인 한국인의 문화심리인 정, 심정, 체면, 의례성, 눈치, 겸손, 관계주
의 또는 집단주의적 특성 등이 가장 높은 교육을 받고 있는 대학생들에

게서까지 그대로 나타나고 있다(최상진, 1997). 이러한 심리적 특성들은 사적이며 비공식적인 인간관계에서 자주 나타나는 특성들로서 이러한 영역에서의 심리특성은 서구의 영향을 덜 받는 것이라고 추론된다. 반면 공공적, 정치적, 사회적 의식과 행동에서는 서구화가 두드러지게 나타나고 있는 것으로 미루어보아 공적, 공식적, 사회적 관계에서의 의식과 행동은 서구문화의 영향을 많이 받는 삶의 영역으로 생각해 볼 수 있다.

3. 정(情)의 마음

한국이 당면하고 있는 경제문제에 대해 외국의 경제전문가들은 그 문제의 발단을 '정실자본주의'(crony capitalism)로 돌리고 있다. 여기서 함축하는 문제의 초점은 유교 문화권인 한국의 경제운영이 서구적 경제원리에서 이탈하여, 정(情)을 바탕으로 한 인간관계 중심의 경제운영이 경제구조를 취약하게 만들었다는 것이다. 이러한 진단이 옳건 그르건 외국인들은 한국인의 인간관계를 정을 바탕으로 한 '편짜고 봐주기'식으로 보고 있는 것은 사실이다. 한국에 어느 정도 살아 본 외국인들은 거의 대부분 한국인의 심성에 정(情)이 특징적인 것으로 파악하며, 한국인과의 인간관계에서 가장 중요한 것이 정을 주고받는 것이라고 생각하고 있다(예를 들면, 여동찬, 1987). 프랑스계 한국인인 두봉(杜峰) 주교는 40여 년 동안 한국에 살면서 한국인의 인정에 반했다는 말과 더불어 이를 세계에 수출할 한국인의 심리상품이라고 말한 바 있다(《고대교우회보》, 1994년 10월 5일자). 그러나 다른 한편으로는 한국인의 정이 서구인이나 일본인에게 부담감을 주는 것으로 받아들여지기도 한다(최상진·유승엽, 1994).

한국인들의 심성이나 심리특성 중 가장 특징적인 것으로 정을 들고 있는 것은 비단 외국인뿐만이 아니다. 한국인들 스스로도 가장 한국인다운 한국적 심성으로 정을 꼽고 있다(김열규, 1986 ; 이규태, 1990 등).

비록 정이란 말은 사용하진 않지만 우리는 스스로 '한국사람은 착하다'라고 생각하거나 말한다. 이 '착하다'는 말도 그 속내에는 '정이 많다'는 것을 뜻한다. 또한 한국인은 소위 마음이 통하는 이상적인 인간관계를 지칭할 때 흔히 '인간적인 관계'라고 말하며, 여기서 인간적인 관계의 핵심은 '정이 통하며 정으로 맺어진' 관계를 함축한다. 최근 들어 한국인들이 겪고 있는 IMF가 한국인이 갖고 있는 정의 부정적 측면에서 기인한다고 보는 일부 외국인의 시각과는 달리, 근대화와 더불어 우리문화에서 사라져 가는 정을 오히려 회복하고 육성해야 할 한국인의 문화적 심성으로 생각하는 경향이 늘어나고 있다. 〈정 때문에〉라는 텔레비전 연속극이 온 국민의 관심을 집중시키는가 하면, 최근 유행적 인기를 타고 증가하고 있는 복고풍의 한국적 광고(예컨대, 초코파이)에서 소구(訴求)의 대표적 주제는 한국인의 정이다(김용석, 1999 ; 최상진·유승엽, 1996).

이처럼 우리 사회에서 밥먹듯이 회자되는 정이란 말의 역사적 흐름을 여기서는 이루 논할 수는 없으나 조선시대는 물론이고 고려시대의 가요에서도 정이란 말을 찾아볼 수 있다. 그 지은이와 연대가 밝혀지지 않은 고려가요 〈만전춘별사〉에서도 현재와 같은 의미로서 사용된 정이란 말의 용례가 나타나고 있다.

> 어름우희댓닙자리보와님과나와어러주글만뎡어름우희댓닙자리보와님과나와어러주글만뎡**정(情)**둔오늘밤더듸새오시라더듸새오시라(만전춘별사 中 1연, 악장가사).

이 가사의 내용은 '얼음 위에 대자리를 깔고, 나와 님이 얼어죽을 망정 정든 오늘밤은 새지 않았으면 좋겠다'는 것으로 여기서의 정은 오늘날의 연인간 정의 용례와 크게 다르지 않음을 알 수 있다. 또한 이규보의 《동국이상국집》(東國李相國集) 지리지(地理誌)에서 〈동명왕편〉(東明王篇)을 보면 다음과 같은 대목이 나온다.

그러나 정식으로 통혼하지 않고 무단히 딸을 겁탈하는 해모수를 옳지 않게 여긴, 유화의 아버지이며 물의 신(神)인 하백(河伯)은 크게 노하였다. 그는 사신을 보내 천제의 아들로서 실례를 범한 해모수를 크게 꾸짖었다. 해모수가 부끄러워 방에 들지 못하고 유화를 놓아 보내고자 하였는데, 유화가 **정이 들어** 차마 떠나지 못하고 해모수와 함께 하백의 나라에 갔다(장덕순, 1973).

위의 인용 대목에서 '정이 들어'는 남녀간의 애정을 의미하는 것으로 현대어의 쓰임과 동일함을 알 수 있다. 다음은 《심청전》 중에서 심봉사가 뺑덕어미에게 속아 혼자 남겨진 자신의 신세를 한탄하며 자책하는 대목이다. 여기에서도 위와 같은 의미로 쓰인 '정'을 찾아 볼 수 있다.

공연히 그런 잡년을 **정 들였다가** 가산만 탕진하고 중로에 낭패하니 도시 나의 신수소관이라. 수원수구(誰怨誰咎)하랴……

다음의 대목도 《심청전》에서 발췌한 부분인데 남녀간의 애정과는 다른 정의 용례가 나온다.

여러 왕의 덕을 입어 죽을 몸이 다시 살아 세상에 나가오니 은혜 난망이오, 모든 시녀들도 **정(情)이 깊도다.** 떠나기 섭섭하오나 유현이 노수한 고로 이별하고 가거니와 수궁의 귀하신 몸이 내내 평안하옵소서(최운식, 1984).

인당수에 빠졌던 심청이 수십 일을 용궁에서 융숭한 대접을 받다, 용궁을 떠나올 때 하직인사하는 말이다. 여기서 심청은 자신에게 지성으로 시중든 시녀들과 정이 들어 떠나기 섭섭하다는 말을 한다. 현재 우리 사회에서 정이란 말은 부부관계, 부자관계와 같은 가족관계 상황에서는 물론 붕우관계, 사제관세, 직장에서의 상하관게 등 다양한 인간관계의 맥락에서 두루 사용되고 있다. 심지어는 무르익은 연인관계마저도 '사랑이 깊어졌다'는 말보다는 '정이 들었다'는 말을 사용하며, 사랑이 식었거나 애증이 뒤섞인 부부관계에서도 흔히 '정 때문에 산다'고 말한다. 정을 말할 때 흔히 우리는 '미운 정, 고운 정 들었다'고 말한다(최상진, 1997 ; 최상진·김지영·김기범, 1999 ; Choi, Kim & Kim, 1999). 이와 같은 맥락에서 '흉 각각 정 각각'이라는 속담이 있다. 여기서 흉이 있으면 미워질 수 있다고 상정해 볼 때 일단 든 정은 상대방의 흉이나 나쁜 점까지도 수용되거나 심지어는 긍정적으로 지각되기도 한다는 것을 암시한다. 성인들의 일상대화에서 '지긋지긋한' 또는 '원수 같은' 남편이니, '바가지 긁는' 또는 '짐 보따리 같은' 여편네니 하는 말을 자주 듣는다. 그러나 정작 이러한 부부들도 그저 헤어지지 않고 살아가며 그 이유를 물으면 '정 때문에 사는 것뿐'이라고 말한다. 그래서 부부싸움을 한국인은 '칼로 물 베기'라고 말하지 않던가!

한국인에게 정이라는 말이 사용되는 맥락을 보면 정이 무엇을 뜻하는 개념이며 현상인가를 어느 정도 가늠해 볼 수 있다. 정이란 말의 동사형 용례로서 가장 보편적인 말이 '정이 든다(들다)'이다(Choi & Kim, U., 1998). 여기서 든다는 '깃든다(들다)'의 준말로서 '아늑하게 서려들다'로 풀이된다(《우리말 큰사전》, 1994). 최상진(1997)은 정이 드는 과정을 '이슬비에 옷 젖듯 잔잔하게 쌓여져서 느껴지는 누적적 감정상태'(p.725)로 기술한 바 있다. 이는 정이 사랑처럼 강렬하고 급속하게 생기거나 느껴지는 속성의 감정이라기보다는 천천히 점진적으로 쌓여져 자신도 모르게 서려드는 감정상태임을 시사한다. '신정(新情)이 구정(舊情)만 못하다'는 우리 속담과 '옷은 새 옷이 좋고 사람은 헌 사람이 좋다'는 속담은 모두 정이 장기간의 접촉관계를 통해 서서히 생겨나는 심리적 밀착과정을 필요로 한다는 것을 암시한다. 정이 드는 동사적 과정을 말할 때 '붙는다'거나 '떨어진다'는 말로 표현하는바, 이는 정이 생기는 과정이 '만들다'(make)와 같은 능동적이며 작위적인 과정이 아님을 간접적으로 시사한다. 이와는 반대로 정은 당사자들의 의지(intentionality)와 무관하게 일상의 생활과정 속에서 자연스럽게 생성되는 성질의 것임을 뜻한다.

대인관계 맥락에서 사용되는 정이라는 말에서 정이 어떤 심리적 속성을 갖는 개념이며 현상인가를 간접적으로 얼추 가늠해 보는 데는 우리의 일상적 대화에서 이른바 '정이 많은 사람'이라는 말이 어떤 사람을 두고 하는 말인가를 검토해 보는 일이 도움이 된다. 흔히 '정이 많은 여자'라든지 '정이 많은 선생님'이라는 말이 자주 사용되며, 보통 정이 많은 사람(여자)은 '모질지 못한 사람', '마음이 여린 사람', '어리석을 정도로 착한 사람', '눈물이 많은 사람', '이성보다 감정이 풍부한 사람', '사무적이기보다 인간적인 사람' 등으로 특정된다(최상진·최수향, 1990). 물론 정이 많은 사람은 남에게 정을 많이 주고 결과적으로 다른 사람과 정 관계를 잘 맺는 사람이기도 하다. 어떻게 보면, 정이 많은 사람은 소위 '어진 사람'이라고 불리는 사람의 심리적 속성을 많이 가진 것처럼 보인다. 또 다른 관점에서 보면, 정이 많은 사람은 바보스러울 정도로 마음이 약해 큰 일을 하기 어렵고 이 세상을 살아가면서 손해만 보는 적합하지 못한 사람으로도 평가되기도 한다. 누가 인자(仁者)와 바보는 통한다고 말하지 않았던가.

여기서 정이 많은 사람이 남에게 정을 잘 주고 많이 주는 사람이라는 한국인의 정쉐마(Schema) 속에는 대인관계에서의 정이 사람의 '마음씨(씀)'와 깊이 연계되어 있음을 시사한다. 정과 정마음씨 간의 관계는 심정이라는 말을 통해 조망해 볼 수 있다. 심정은 문자 그대로 '마음'[心]과 '정'이 붙은 말이다. 즉 마음속에 일어난 정이다(최상진·김기범, 1999b). 여기서 정은 이 글에서 말하는 의미로서의 정이라기보다는 유학에서 말하는 성(性)이 발현된다는 의미로서의 정(情)을 뜻하기도 한다. 즉, 심정은 발동된 마음이며, 발동된 마음은 섭섭한 심정, 야속한 심정, 억울한 심정, 답답한 심정 등 다양한 감정질의 심리상태로 구성되고 느껴지며 표출될 수 있다. 흔히 심정은 '나'라고 하는 자기가 관여된 인간관계 상황에서 상대의 행동이 자신의 기대와 일탈될 때 생겨나는 마음과 마음의 자각(自覺) 즉 '자각된 마음 상태'를 지칭한다. 심정이란 말은 긍정적 감정상태의 심정(예컨대, 고마운 심정, 기쁜 심정 등)보다는 부정적 감정상태의 심정(예컨대, 섭섭한 심정, 억울한 심정, 때려 죽이고 싶은 심정 등)과 관련하여 더욱 많이 사용된다(최상진·김기범, 1999b, 1999c ; 최상진·유승엽, 1996 ; Choi, 1994 ; Choi & Kim, 1999a, 1999b).

부정적 감정의 심정 중에 가장 큰 부분을 차지하는 심정의 감정질은

오랫동안 쌓아온 정 관계에서 볼 때 자신의 기대에 못 미치는 상대방의
행동에서 발생되는 질의 감정이다. 예컨대 '섭섭하다', '야속하다', '너무
한다', '억울하다' 등과 같은 정 미흡적 또는 정 배반적 행위에서 유발되
는 '자기비하감', '자기모멸감'과 관련된 부정적 감정이다. 흔히 가까운
사람끼리 싸움도 잘하고 갈라서기도 잘하는 것은 바로 자신이 정을 주
었다고 생각하는 상대가 이에 못 미치거나 상반되는 행동을 했거나 한
다고 판단될 때 생겨나는 상대와 상대의 마음에 대한 부정적 인식판단
과 감정이 생겨났기 때문이다. 기실 모르는 남과의 갈등관계에서는 심
정이라는 말 자체도 별로 사용되지도 않으며 적합하지도 않다. 정으로
맺어진 상대가 어렵거나 고통스러운 상황에 있는 것을 알게 될 때 당사
자는 흔히 '네 심정 내가 안다'라고 표현한다. 이때 상대는 자기자신의
아픈 심정을 헤아려 위로해 주는 데에 대해 고맙게 느끼며 그런 말을
한 상대가 진정한 친구이며 정으로 맺어진 친구라고 생각한다. 즉 정의
관계는 심정이 통하는 관계이며, 역으로 심정이 통할 때 정으로 맺어진
친구로 느낀다(최상진·김기범, 1999b ; 최상진·유승엽, 1996). 따라서 정
의 관계에 있는 사람들간에는 심정대화가 많으며 동시에 이러한 관계에
서 심정대화가 적합성을 갖는다.

　앞에서 정은 가랑비에 옷 젖는 것처럼 자신도 모르게 스며드는 것으
로 비유한 바 있다. 정은 이처럼 스스로 인식되기 어려운 속성을 갖는
다. 가장 가까운 부부지간에도 정이 드는 것을 깨닫거나, 정이 드는 과
정을 스스로 의식하기란 매우 어렵다. 그래서 흔히 '살다보니 정이 들었
다'는 애매한 표현을 하는 경우가 많다. 그 속에는 왜 또는 어떻게 해서
정이 들었다고 느끼거나 생각되었다는 연유나 상황이 없다. 따라서 조
금씩 쌓여진 정에 대한 자의식은 흔히 자신이나 상대의 마음속에서 일
어난 심정을 통해 생겨나게 되는 경우가 많다(최상진, 1997). 예컨대, 어
려움에 처한 자신을 보고 상대가 마음 아파하는 것, 즉 상대의 아픈 심
정을 읽게 될 때 상대가 자신에게 정을 주고 있음을 간접적으로 느끼게
된다. 또한 그 역의 과정, 즉 상대가 어려울 때 마음 아파하는 자신의

심정을 스스로 자의식할 때 상대에게 정이 들었음을 스스로 확인하게 된다. '주고 싶은 마음, 받고 싶은 마음'이라는 한 광고문안에서 시사하는 것처럼 정의 관계에서는 발동된 정의 마음, 즉 정의 심정을 주고 싶고 받고 싶어한다. 왜냐하면, 정은 흔히 심정을 통해 확인되고 소통되며, 정의 심정을 깔고 있는 정 행위, 즉 '정의 마음속에서 우러난 정 행위'가 진정한 정으로 느껴지고 받아들여진다(최상진·김기범, 1999b, 1999c).

따라서 정이 있고 없음의 판단은 정의 마음씀이 있는가 없는가, 또는 깊은가 얕은가의 판단을 통해 이루어지며, 어떤 행위가 정행위인가 아닌가를 판단하는 기준은 그 행위 속에 정마음이 얼마나 크게 실려 있는가 또는 그 행위가 정마음에서 비롯된 행위인가에 대한 판단이 된다(최상진·김기범, 1999b). 우리는 친한 사람으로부터 선물을 받고도 섭섭해한다. 이 같은 섭섭한 마음은 정마음 쓰기의 깊이나 무게가 기대보다 낮거나 가벼울 때 생긴다. 또한 선물을 할 때 항상 최고급 상표나 비싼 가격의 물건을 주는 경우가 많다. 이러한 행동을 보고 외국인들은 이를 과시행동이나 비합리적 행동으로 해석한다. 그러나 한국인들의 이러한 행동 속에는 선물의 가격이나 상표가 정마음 쓰기의 크기에 비례한다는 생각이 숨어 있으며, 정마음의 크기는 자신이 상대를 위해 얼마나 큰 희생을 감수했느냐에 비례한다는 한국인의 정(情) 문화심리와 관계된다. 상가(喪家)에 가면 친할수록 함께 밤을 새야 된다고 생각하는 이유는 상대를 위한 자기희생의 정도가 클수록 정마음이 크다는 정 심리논리가 관여되었기 때문이다. 상대방의 입 속에 있는 음식물이 묻은 술잔을 그대로 돌려가며 술을 마시는 행위, 한 그릇의 찌개를 놓고 함께 떠먹는 행위 등은 분명 비위생적인 행위임을 한국인이라고 해서 모를 리 없다. 그러나 이러한 행동의 이면에는 불결함이나 비위생도 감수한다는 자기희생의 표현심리가 묵시적으로 관여되어 있다.

상대를 위해 희생하는 행위를 보고 우리는 '마음을 써 준다'는 말로도 표현한다. 어떤 행위가 '어느 정도의 마음이 실려 있고' 또는 '어느 정도의 마음을 써 주는 것인가'에 대한 판단은 쉽지 않다. 그러나 한국인은 행위는 물론 말의 내용과 말하는 방식, 얼굴 표정과 자세 등을 보고, 그것이 진정한 속마음인가 아닌가, 깊은 마음 써주기인가 아닌가, 상대와의 관계에 비추어 넘치는 마음 써주기인가 부족한 마음 써주기인가 등에 대한 '마음읽기'가 매우 세분화 또는 발달되어 있다고 볼 수 있다. 한국인에게 눈치읽기가 섬세하게 발달한 것은 바로 이러한 마음읽기의 발달과 밀접히 관련되어 있다고 볼 수 있다(최상진, 1997, pp.749-753). 뿐만 아니라 한국인의 체면(최상진·김기범, 1998 ; 최상진·유승엽, 1992 ; Choi & Choi, 1991 ; Choi & Kim, U., 1992, Choi & Kim, 1999c)이나 의례성(최상진·유승엽, 1994) 및 핑계(최상진·임영식·유승엽, 1991)도 궁극적으로는 상대방의 마음읽기와 밀접히 관련되었다고 볼 수 있다. 상대가 심정을 상했을 때 이러한 마음 상태를 읽고 상대의 체면을 남 앞에서 세워주는 행위, 상대가 액운을 당해 괴로워하는 마음을 읽고 '액땜했다'는 의례적인 말로 위로하는 행위, 수업에 늦게 온 학생이 흔히 "교수님 책에 빠져 시간가는 줄 몰라 늦었습니다"고 말함으로써 교수의 자존심을 회복시키려는 선의의 핑계(상대 자아 고양성 핑계 ; 최상진, 1997, pp.753-764) 등에는 필수적으로 상대의 마음을 읽는 과정이 개입된다.

여기서 자신이 아닌 타인을 위해 자신을 희생하면서까지 하게 되는 마음 써 주기 행위나, 구태여 신경을 써가며 상대의 마음을 읽고 상대의 마음을 기쁘게 하거나 상대의 마음에 들게 언행을 행하는 행위의 동기는 무엇인가에 대한 질문이 자연스럽게 뒤따를 수 있다. 단면적으로 보면, 이러한 행위는 이타적인 행위이며, 한국사람들이 스스로 자신들에 대해 '착한 사람들'이라고 말하는 것처럼 인자한 행위이다. 과연 그럴까? 한국을 방문하는 외국인들은 한국인의 심성에 대해 상반된 견해를 자주 표현한다(《조선일보》, 〈특집- 서울에 살다보니〉, 1997년 3월 5일자 참조). '한국인은 유대인처럼 이기적이며 남을 생각할 줄 모른다'는 식의 부정적 시각에서부터, '한국인은 착하고 남을 도와주기를 잘한다'라는 긍정적 시각에 이르기까지 다양하다. 물론 이러한 시각들은 단편적인 자신들의 경험에 기초하는 경우가 많으며 또한 어떤 말이 옳건 그르건 간에 정과 직접적인 관계가 없는 또 다른 한국인의 심리가 이타적이거나 이기적인 행동을 유발할 수도 있다.

그러나 이러한 행동들을 한국인의 정과 밀접히 관련되어 있다고 상정할 때, 이와 같은 상반된 측면의 관찰은 정의 본질과도 밀접히 관련된다. 정 특히 대인관계에서의 정은 적어도 관여된 당사자들에게는 위기적(爲己的)인 기능을 갖는다. 즉 정은 정을 주는 당사자들에게 좋은 것이고 이로운 결과를 일반적으로 가져온다. 한국인이 '정은 좋은 것'이라고 생각하는 배경에는 적어도 관여된 당사자들에게 부정적인 기능보다 긍정적인 기능이 크다고 느끼기 때문이다. 남에게 정을 받는다는 것은 자신이 정을 받을 만한 가치가 있는 사람이라는 자기 가치감과 자기 보람감을 갖게 해 줄 수 있다. 반대로 남에게 정을 주는 행위를 할 때, 자신이 '인간적인 사람'이라는 긍정적 자아관을 느끼게 해주거나 부추기는 데 기여할 수 있다. 그러나 이러한 자기만족적 자기고양(自己高揚)이라는 측면보다 더욱 실질적이며 중요한 정의 기능은 한국인에게 중요한 우리집단 또는 '우리편' 만들기에 정이 도구적 수단이 된다는 점이다. 한국인 인간관계의 궁극적 목표는 '우리성' 의식의 형성을 통한 '우리편' 만들기이다(최상진, 1993, 1994, 1997 ; 최상진·김기범, 1999c ; 최상진·박수현, 1990 ; Choi & Choi, 1990).

한국인의 '우리편'은 서양의 '우리'나 사회심리학에서 말하는 '내집단'(內集團)과는 달리 그 밀착성의 정도가 매우 강하다. 한국인의 '우리편'을 실제의 행동이 아닌 사회적 표상수준에서 보면 일심동체 즉 하나됨(oneness), 동체(同體)가 됨(sameness)을 뜻한다(최상진, 1997). 따라서 우리편이 있으면 남이 무시하지도 못하며, 남이 피해를 주기도 어려우며, 어려울 때 도움을 받을 수도 있으며, 외로울 때 의지하고 위로를 받을 수 있다. 즉 우리편이 있으면 구성원으로부터 큰 도움을 받을 수 있을 뿐만 아니라, 필요할 때 뜻대로 활용할 수 있는 가용성(可用性, availability)이 높다는 점에서 살아가는 데 있어서 큰 도움의 방편(方便)

이 된다. 그러나 우리편의 반대쪽에는 항상 남의 편이 있으며, 남의 편이 존재한다는 가정 위에서 우리편이라는 말도 성립한다. 우리성의 밀착 강도와 이해 결합이 클수록 남의 편은 무시되거나 피해를 받을 가능성도 커진다는 점에서 소위 집단 이기성 성격의 '배타적 우리성'은 우리성 밖의 타집단 및 그 구성원에게 피해를 줄 수 있다. 따라서, 한국인이 착한 사람인가 아니면 착하지 않은 사람인가의 관찰은 관찰자가 본 상대가 우리편에 속하며, 그 상대가 우리편 구성원으로서의 행동을 하는 것을 보았는가, 아니면 우리편 밖의 사람이 자신을 포함한 우리편에 대해 행하는 행동으로 보았느냐에 따라 달라질 수 있다. 외국인이 본 한국인 체험에 기초한 한국인 심성판단은 이 두 가지가 혼합되어서 나타날 수 있다는 점에서 상반된 관찰이 될 수도 있다.

이러한 한국인의 우리편 만들기에 관여되는 우리성 의식은 정을 바탕으로 구성된다. 한국인의 일반인 심리학(folk psychology)적 틀 속에서 보면 정은 우리성 형성의 원자재라는 도식을 발견할 수 있다. 즉 우리의식은 정을 느낄 때 생겨나며, 정은 아껴주는 마음에서 비롯되며, 정을 느끼면 상대가 우리로 경험된다(최상진, 1997, p.720). 그러나 정은 앞에서 언급된 것처럼 쉽게 인식의 대상으로 직접 스스로 떠오르지 않는 성격을 가지고 있다. 따라서 정의 인식은 흔히 우리성 인식의 객관적 가용단서(可用端緖)를 통해 이루어지는 경우가 많다. 예를 들어, 함께 고생을 했다거나, 함께 방을 쓰며 살았다거나, 또는 같은 학교나 학급에서 공부했다는 것들은 우리를 함축하는 객관적 가용단서들로서, 이러한 단서와 정마음의 표현형으로 해석될 수 있는 언행이 복합될 때, 그 언행은 정으로 해석될 가능성이 커진다.

정과 우리성이 서로 결합되는 과정은 양방향적이다. 정 관련 행동이 먼저 나타나고 그 행위를 원자재로 우리성 인식이 나중에 생겨날 수도 있고, 반대로 우리성 인식이 먼저 되고 정이 그 속에 담겨질 수도 있다(최상진·김지영·김기범, 1999). 한국인은 관심있는 사람을 처음 만나는 순간부터 먼저 고향이나 출신교를 묻는 경우가 많다. 이러한 행동은 우리성인식의 객관적 가용단서를 찾기 위한 행위이며, 이러한 우리성 단서가 확인되는 순간 한국인은 손쉽게 정을 주고받는 관계로 진입하는 경우를 일상생활에서 쉽게 목격할 수 있다. 따라서 정과 우리성은 서로가 서로의 성격을 규정하는 필수적인 개념이자 단서가 되며, 둘 중 어느 하나가 없을 때 정이나 우리성의 성격은 불투명해진다. 이 점에서 정과 우리성은 '역환적 이형동체'(逆換的異形同體)라고 규정해 볼 수 있다. 따라서 정이 '느껴진 우리성'이라 한다면, 우리성은 '인식된 정'이라고 해석해 볼 수 있다(최상진·김지영·김기범, 1999 ; 최상진·이장주, 1999).

　최상진과 그의 공동연구자들은 정에 대한 분석적이며, 실증적인 연구들을 반복해 오면서, 정의 성격과 정이 드는 과정 등을 다음과 같이 정리한 바 있다(최상진, 1997 ; 최상진·김지영·김기범, 1999 ; 최상진·김의철·유승엽·이장주, 1997 ; 최상진·유승엽, 1994 ; 최상진·이장주, 1999 ; 최상진·최수향, 1990 ; Choi, 1991 ; Choi, Kim & Kim, 1999 ; Choi & Kim, U., 1998). 먼저 정의 속성은 1) 감정과 같은 속성을 지니며, 2) 오랜 접촉을 통해 자연발생적으로 생기며, 3) 이해와 포용, 도움 등의 아껴주는 인간관계 속에서 생기며, 4) 한번 생기면 오래 지속되며 쉽게 없어지지 않는다. 다음으로 정이 드는 조건은, 첫째 함께 고생하고 함께 즐거움을 나눌 때, 둘째 상대를 자신처럼 아껴주고 배려해 줄 때, 셋째 상대에 대해 격이 없고 상호의 경계가 없어졌을 때, 넷째 이해관계를 초월할 때, 다섯째 함께 오랜 시간을 보냈을 때 등을 들고 있다. 그리고 우리성 인식이 생길 때 정의 감정이 생겨나는가를 알아보기 위해, 우리 집단 밖의 사람이 우리 집단 구성원으로 신입(新入)되었을 때, 그 사람에 대해 느끼는 감정과 행동의 변화는 첫째 가깝게 느끼며, 둘째 이해심이 생기며, 셋째 비밀이 없어진다 등으로 밝혀졌다. 또한 정이 많은 사람의 성격 특성은 첫째 상대에 대해 관심을 가지고 걱정해 주며, 둘째 상대의 어려움을 자기 어려움처럼 받아들이며, 셋째 남에게 덕을 베푸는 성격을 지닌 사람으로 나타났다.

　위에서 이루어진 연구결과들은 주로 질문지를 이용해서 정에 대한 사회적 표상을 추출하는 방식을 통해 얻어진 결과들이다. 즉 일반인들이 정을 어떤 개념 및 현상으로 파악하고 있는가를 직접 묻거나 구조화된 질문지에 응답하도록 하는 표상채취방법을 통해 얻어진 것들이다. 여기서 한 가지 특기할 사실은 정에 대한 일반인의 개념구성과 설명체계 및 정에 대한 상식심리학적(naive psychological) 이론 구성이 응답자간에 상당히 높은 합치성을 보인다는 점이다. 이는 정에 대해 일반인들이 공통적인 사회적 쉐마를 구성하고 있음을 말해 주며, 동시에 정은 한국인에게 충실한 실체성(實體性)과 구상성(具象性)을 가진 사회적 표상이며 문화심리적 구성체가 되어 있음을 시사하는 것이다(Moscovici, 1981, 1984 참조).

그러나 이와 같은 표상 연구가 갖는 취약점은 정이 구체적인 사회적 실제상황에서 어떤 행동과 방식으로 소통되며, 정 관계를 맺으려는 심리적 동기와 정이 작용하는 긍정적 기능은 무엇인가 등에 대한 현실상황적 실증자료를 제공하는 데는 미흡함이 있다는 점이다. 머리 속에 있는 정 구성과 실생활 속에서 작용하는 정 현상은 반드시 일치하지는 않을 수도 있다. 따라서 이 글에서는 정관계가 일상생활에서 작동되고, 기능하는 상황 속에서 실제로 일어나는 정의 구체적 행위와 활동(practical activity)이 어떻게 이루어지고 있는가를 밝히는 데 초점을 두고 있다(Vygotsky, 1978 ; Leontiev, 1981 ; Ratner, 1997 ; 최상진·김지영·김기범, 1999 ; 최상진·이장주, 1998 참조). 최상진과 이장주(1998)는 문화심리학의 접근과 이론을 크게 '인지중심적 문화심리학'과 '활동중심적 문화심리학'으로 대분한 바 있다. 지금까지 한국인의 정 연구에 사용된 표상중심적 정 연구는 전자의 접근에 속한다면, 행위 및 활동분석연구는 후자의 접근에 가깝다고 볼 수 있다(최상진, 1999 ; 최상진·한규석, 1998).

비고츠키(Vygotsky)를 비롯한 그의 후계자들(Leontiev, 1981 ; Cole, 1996 ; Ratner, 1997 등)은 인간의 의식 즉 인지는 실제적 행위 및 활동 속에서 구성되는 사회적 삶경험의 산물로 파악한다. 이러한 인간의 사회적 삶은 그 자체로 인간의 생존과 적응에 기능적 유용성을 갖는다는 점에서 그 기능을 목적론적 기능(teleological function), 사회적응적 기능(social function)과 자기정체감 유지 기능(subjective self maintenance) 등으로 구분하기도 한다(Habermas, 1984). 물론 그 기능의 분류방식에는 학자에 따라 약간의 상이점을 보이나, 여기서 중요한 점은 우리의 의식 형성은 삶이라는 긴절(緊切)한 현실 속에서 이루어지는 행위와 활동의 기능과 연계해서 구성된다는 점이다(Bronckart, 1995). 행위와 활동을 중심으로 한 분석은 머리 속에 구성된 표상의 구체적 준거(reference)가 될 수 있다는 점에서 표상의 초석이 되는 현실이라고 볼 수 있다. 따라서 행위와 활동에 대한 분석은 머리 속 표상이 구성되는 과정과 배경을 이해하는 데 필수적이다.

이러한 점에 착안하여, 이 글에서는 정 표상을 중심으로 정의 심리적 구조와 정 표상의 구체적 행위 및 활동형태를 분석하는 데 목적이 있다. 먼저 개념화를 위한 자료의 분석에는 내용분석법을 사용하였다. 분석의 절차는 먼저 응답내용을 모두 컴퓨터에 입력시킨 후, 일단계로 어휘적 의미(동일한 단어 사용)를 중심으로 소단위로 묶고, 다음 단계로 일단계에서의 의미중심적 묶음다발 속에 포함된 항목들의 심리적 질을 검토하여 이와 동질의 다른 항목과 묶어 그 성격을 규정하는 다단계 묶음화(grouping) 방법을 적용하였다. 이 과정에서 이 연구의 목적과 분류방법을 숙지한 대학원생 3명이 참가하여 평정자간에 2/3 이상의 일치를 보는 방식으로 분류하였으며, 얻어진 자료분석 결과는 기존의 연구결과와 비교하여 해석하였다. 또한 구조화된 질문지를 사용하여 피험자들의 반응을 통계적인 방법(예를 들어, 요인분석, 공변량 구조분석 등)으로 분석하였다.

1) 정의 심리적 구조

정을 심리적 구조, 정 행위 및 감정과 정의 기능 등을 알아보기 위해 대학생들과 일반인들을 대상으로 광범위한 연구를 수행하였다. 먼저 대학생들에게 '정든다'라는 말을 들었을 때 머리 속에 연상되는 것이 무엇이냐고 물어 정과 관련된 연상의 내용을 범주화해 본 결과 다음과 같다.

표 2. 정 관련 연상내용

1) 역사성(오랜 세월, 추억, 어린 시절…… 등)
2) 동거성(동고동락, 같이, 가깝게…… 등)
3) 다정성(포근함, 푸근함, 은근함, 애틋함…… 등)
4) 허물없음(이해, 수용, 믿음직, 든든…… 등)

위의 응답자 범주에서 볼 수 있는 바와 같이 정은 일정한 지속성을 가지고 접촉하고, 공동으로 경험하고 상호의존적인 관계에서 삶과 활동을 영위하는 역사성을 중요한 차원으로 함유하고 있다. 이와 관련된 요소인 정의 두 번째 속성 차원은 동거성이다. 이는 공간적으로 공유하는, 또는 가까운 관계에서 함께 삶을 영위하거나 서로 접촉하고 친숙하게 관계를 맺게 되는 공간적 밀착성을 말한다. 따라서 이 차원에서 정의 대상은 반드시 사람일 필요는 없으며 경우에 따라서는 집, 고향 산천, 오래 기르는 개, 또는 부엌과 같은 사물과 동물 등이 정의 대상이 될 수 있다.

위의 역사성과 동거성은 그 자체의 성격상 개인의 심리학적 속성이라고는 보기 어려우며, 따라서 정의 현상은 반드시 심리적 속성으로만 구성된 현상이 아님을 시사한다. 그러나 역사성과 동거성의 비심리적 속성도 반드시 시공 환경적 속성으로만 개념화 할 수는 없다. 왜냐하면 정과 관련된 이 두 속성은 반드시 심리적, 즉 인지적 정의적 측면에서 표상화 될 수 있으며 따라서 심리적 속성을 동시에 구유하는 이중적 성격을 띠고 있다.

세 번째 속성 차원은 다정성으로, 여기에는 친근, 친밀, 푸근함과 같은 상대방의 인지, 감정, 태도, 즉 인간으로서의 특정한 성격특성과 관련된 내용들을 담고 있다. 따라서 이 범주에서 보면 정이라는 현상이 상대방의 특정한 특성에서 비롯되는 현상임을 암시한다. 끝으로 네 번째 범주인 허물없음은 제3범주인 다정성과 중복되면서도 그 나름대로의 특이성을 갖는 내용들로 구성된다. 구체적 반응에서 볼 수 있는 것과 같이 상대방의 성격적 특성보다는 상대와 자신과의 관계성과 상호작용의 경험에 더 초점을 맞추고 있다. 즉, 이 차원은 일종의 인간관계의 특성 면에서 기술되는 차원으로 가족관계에서 그 극단적 원형을 찾아볼 수 있다. 이러한 나와 타인간의 경계가 불분명하며 경계심이 불필요할 정도의 밀착 관계는 두말할 필요 없이 오랜 기간의 접촉을 통해 이루어진다. 그리고, 이러한 접촉은 공간적으로 밀접되며 외(外) 공간과는 구분되는 우리 공간적 공유상황에서 생성되기 쉽다. 뿐만 아니라 허물없는 관계는 역사성, 동거성 이외에 상대방의 성격적 속성에도 의존하는바, 기실 이 속성은 나머지 세 가지 속성의 결과적 산물일 수도 있다. 지금까지의 네 가지 차원을 보다 보편적이며 추상적 차원으로 개념화해 보면 역사성은 시간적 차원, 동거성은 공간성 차원, 다정성은 인성 차원, 허물없음은 관계성 차원으로 명명해 볼 수 있다.

본래 이 연구는 정이 본질적으로 어떤 현상이며 (그것이 사람의 마음 속에 있는 심리상태인지 아니면 두 사람간의 인간관계의 특정한 형태인지, 또 그렇지 않으면 특정한 시·공간적 특성과 관련된 환경 상태적 특성 형태인지), 또 심리학적으로 어떻게 정의되어야 할 현상인지에 대한 해답을 추구하는 데 목적을 두었다기보다는, 단순히 정의 심리적 상태를 구조적 분석을 통해 알아보는 데 목적이 있었다. 그러나 결과적으로 정 현상에 대한 언어상의 분석과 범주화의 결과는 정이 어떠한 차원의, 어떤 구체적 속성을 지니는 현상인가에 대해 매우 시사적인 자료를 제시해 주고 있다. 이 자료에 의하면 정은 정을 느끼는 대상의 특성만을 지칭하는 것도 아니며 특정한 시·공간적 구조상황에서만 비롯된 것도 아니다. 결국 여기서 정의 토폴로지(topology)라는 새로운 개념을 구성할 수 있다(최상진·최수향, 1990). 이를 도식화하면 그림 3과 같다.

그림 3에서 네 가지 차원의 상호 접합과 관련성이 점선으로 표현되어 있으며 이는 이 네 가지 차원이 정의 기본구조를 이루는 기본적 차원 요소인 동시에 이들 차원은 독립적이라기보다는 상호의존적이며 중복

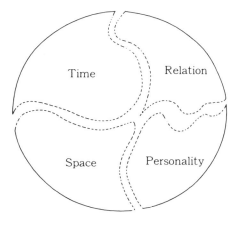

그림 3. 정 Topology

적인 측면을 지니는 보완적 관계임을 시사한다. 따라서 정은 어느 한 차원의 측정만을 가지고는 필수적이기는 하나 충분하지는 못하며, 동시에 정의 측정에서 어느 한 차원의 측정은 측정되지 않은 다른 차원의 근사한 대리적 추정치로 사용할 수는 있으나 그렇다고 그 두 차원이 동일한 속성이 아님도 동시에 시사한다.

　필자는 한국문화에서 정은 우리성을 구성하는 원초적인 힘, 곧 아교풀의 역할을 할 것으로 추정하여 본 연구가 발달되었음을 암시하였다. 이러한 추정은 정의 토폴로지에서 나타난 바와 같이 상당히 그럴듯한 추정임이 증명되었다. 우선 우리성을 구성하는 구조적 특성은 함께 오랫동안 동거하거나 상호작용하며, 동시에 상대방과의 지적, 정의적 관계가 동(同) 단위 관계처럼 허물이 없으며 동시에 상대방과의 인성 특성이 자신에게 다정한 것으로 받아들여질 때 느끼고 인지되는 현상이라고 할 때, 이는 곧 정의 토폴로지와 완전히 일치한다. 여기서 다음과 같은 추론이 가능하다. 우리성은 정을 기본적 지반으로 하여 문화심리적으로 구축된 밀착적 관계성의 연상망이며 동시에 동(同) 집합단위와 관련된 사회 심리적 속성으로 구성된다는 점이다.

(1) 정이 드는 상황과 조건

이번에는 '정은 언제, 어느 때 드는가'라는 질문을 하여 얻어진 응답을 내용분석하여 이를 유사성 또는 동의미성의 준거에서 범주화해 본 결과 다음과 같은 네 개의 범주를 추출할 수 있었다.

첫 번째 범주인 장기 우리성 접촉은 앞서 추출된 정 토폴로지의 제1차원(역사성)과 2차원(동거성)에 포함될 수 있는 응답내용으로 구성되어 있다. 이는 정 현상 반응에서는 역사성과 동거성이 분리된 차원으로 추출되었으나 정드는 조건에 대한 반응에서는 이 두 차원이 서로 혼합된 하나의 범주로 뭉뚱그려진 것은 우리 일상의 생활경험에서 시간과 공간이 동시에 개입되는 경험의 질 때문이다.

두 번째의 '이해와 포용' 범주와 세 번째의 '도와줌' 범주는 모두 정이 드는 대상인의 인성적 특성에 해당되는 것으로, 우리의 일상적 용어로 표현하면 소위 인간적인 심성을 강조하는 범주이다. 이로 보아 정이 드는 상황은 공식적인 자아보다는 비공식적인 자아 측면에서 상대로부터 공감 어린 사회적 관계를 맺게 될 때 구성되는 것으로 알 수 있다. 눈치와 체면이 공식적인 자아의 모습을 중심으로 이루어지는 사회심리적 현상이라고 하면, 정은 이와 같이 비공식적인 혹은 사적 수준에서 일어나는 사회심리적 현상이다.

네 번째 범주 '동고동락'은 앞서의 다른 범주와 달리 일반적이라기보다는 특수한 질의 공동 경험을 지칭하는 것으로 볼 수 있다. 특히 이 특수한 질의 공동 경험이 고생이니, 싸움, 고민과 같은 다소 부정적인 측면의 경험을 포함한다는 사실을 주시해야 한다. 고운 정만 있는 것이 아니라 미운 정이 있다는 우리의 속담이 이 '정스럽지' 못한 정의 속성을 단적으로 드러내 준다. 정은 다른 감성적 경험과는 달리 각 개인간에서 공동체적인 운명을 경험하게 되는 계기가 있을 때 생겨나는 바, 이러한 공동체적인 경험 그 자체가 우리성이라는 쉐마를 촉발시키는 방아쇠 역할을 한다. 특히 그 경험이 쓰고 괴로운 것일수록 우리성의 의식은 높아

표 3. 정드는 조건

Topology 차원 범주	내용특성 범주	주요 응답내용
역사성(시간) 동거성(공간)	장기 우리성 접촉경험	- 오랜 시간 - 반복적 경험 - 많은 이야기 나눔 - 동반자적 경험
다정성(인성)	이해와 포용 도와줌	- 화해의 경험 - 솔직함 - 나를 이해, 사랑
역사성(시간성) 동거성(공간성) 허물없음(관계성)	동고동락	- 어려움을 같이 경험 - 고생을 같이 경험 - 고민을 같이 경험 - 운명을 같이 경험
허물없음(관계성)	유사성	- 같은 취미 - 같은 처지 - 감정 교환 - 생각 일치

질 뿐 아니라 비참한 공동운명의 공유자라는 상호의존 의식이 생기게
된다. 이는 앞서 가정한, 정이 우리성을 구축하는 힘이라는, 본 연구의
기본적 틀을 지지해 주는 결과라고 생각된다.

다섯 번째 범주인 유사성은 정이 초기에 성립되는 과정에 관련된 개
인간의 상호작용 속성이다. 유사성은 혈연, 지연, 학연과 같은 연고적 측
면에서 뿐만 아니라 성격, 행동, 또는 신체적 특성과 같은 심리적 동질
성까지도 포함한다. 서로의 구유한 특성이 유사하다는 것은 '우리'라는
범주화를 촉진시키며 동시에 상호간의 호감을 증진시키는 데 기여한다.
어떤 면에 있어서는 앞서 논의된 동고동락도 함께 동일한 경험을 했다
는 점에서 유사성의 범주에 중복되는 현상이라고 볼 수 있다. 이러한 유
사성 속성들은 우리성 쉐마가 촉진된 이후에도 계속 그 촉진된 우리성
을 유지시키는 기능을 발휘할 수 있어, 실상 정의 실체는 이와 같이 유
사성에서 비롯되고 유지되는 우리성의 일면으로 이해할 수 있겠다.

이상에서 보는 바와 같이, 정이 드는 상황이나 조건에 대한 연상 내용과 상황을 분석해 본 결과 네 가지 차원(시간성, 관계성, 공간성, 인성)이 추출되었고, 이 결과를 토대로 하여 정이 드는 상황이나 조건에 대해 구조화된 질문지를 개발해 자료를 모아 분석해 본 결과(1, 2, 3차), 모두 어느 정도의 일관성 있는 차원을 나타내고 있다(표 4 참조).

표 4. 정드는 조건 및 상황 범주 비교

정드는 조건(1차 연구)	정드는 조건(2차 연구)	정드는 조건(3차 연구)
동고동락	동고동락	우리성-일체감
	아껴주는 마음	아껴주고 믿어주기
이해와 포용	상호 이해와 포용	상대에 대한 인간적 이해
허물없음	사적 밀착성	격의없이 대하기
장기 우리성 접촉경험 (동거성/역사성)	동거 역사성	동거 역사성

정이 드는 조건에 대한 범주(1차)를 2, 3차 연구와 비교해 보면 2, 3차 연구의 제1요인인 동고동락(우리성-일체감)은 동일한 범주이고, 3차 연구의 제2요인인 아껴주고 믿어주기는 2차 연구의 아껴주는 마음과 유사하다고 볼 수 있다. 제3요인인 상대에 대한 인간적 이해 또한 1, 2 차 연구의 상호이해와 포용과 같은 응답범주가 존재하며, 제 4 요인인 격의 없이 대하기는 1차 연구의 허물없음, 2차 연구의 사적 밀착성과 유사하고, 제5요인인 동거역사성은 2차 연구 결과와 1차 연구의 정이 드는 조건범주인 장기 우리성 접촉 경험과 응답내용이 유사함을 알 수 있다.

정이 드는 조건에 대한 구조화된 질문지(Likert 5점 척도)의 항목과 각 항목의 평균 및 표준편차는 다음의 표 5와 같다.

표 5에서 정이 드는 조건으로 높은 평정치를 나타내 보인 순서대로 제시해 보면, 함께 고생할 때(문항 3), 함께 살 때(문항 2), 즐거움과 어려움을 함께 할 때(문항 14), 고생을 함께 겪을 때(문항 16), 함께 많은

표 5. 정이 드는 조건

문 항 내 용	표준편차	평 균	순 위
1) 함께 많은 시간을 보낼 때	.748	3.98	5
2) 함께 살 때	.797	4.28	2
3) 함께 같이 고생할 때	.682	4.50	1
4) 굳이 동고동락이나 함께 일을 하지 않더라도 그저 함께 살면 정이 생긴다	.742	2.81	
5) 정을 붙이려고 노력할 때	.771	2.84	
6) 자신의 비밀을 숨김없이 털어놓을 때	.840	3.53	10
7) 상대에 대해 진지하고 성실하게 대할 때	.838	3.85	7
8) 자신의 사생활과 상대의 사생활을 구분할 때	.749	2.13	
9) 어리석을 정도로 착하게 행동할 때	.831	2.49	
10) 상대에 대해 합리적으로 대할 때	.752	2.28	
11) 어린 시절을 함께 보냈을 때	.849	3.48	
12) 상대를 칭찬해 줄 때	.775	2.72	
13) 같은 운명에 처할 때	.881	3.67	8
14) 즐거움과 어려움을 함께 할 때	.693	4.20	3
15) 기쁨을 함께 나눌 때	.802	3.58	9
16) 고생을 함께 겪을 때	.737	4.17	4
17) 흥미와 관심이 서로 비슷할 때	.759	3.26	
18) 특정한 상대에 대해 특별히 혜택을 베풀어 줄 때	.868	2.98	
19) 상대에 대해 친절하게 대해 줄 때	.762	3.13	
20) 대화를 많이 할 때	.790	3.49	
21) 상대가 가치롭고 훌륭한 사람일 때	.850	2.66	
22) 상대를 좋아할 때	.848	3.98	5

시간을 보낼 때(문항 1), 상대를 좋아할 때(문항 22), 상대에 대해 진지하고 성실하게 대할 때(문항 7), 같은 운명에 처할 때(문항 13), 기쁨을 함께 나눌 때(문항 15), 자신의 비밀을 숨김없어 털어놓을 때(문항 6), 대화를 많이 할 때(문항 20), 어린 시절을 함께 보냈을 때(문항 11) 등의 순으로 나타났다.

이러한 결과를 재분류하여 내재되어 있는 구조를 살펴보면 첫째, '함께'의 속성이 대표적이라 할 수 있다. 예컨대, 함께 고생, 함께 살 때, 즐거움 함께, 함께 시간 보냄, 기쁨 함께 등에서 잘 나타나 있다. 둘째, '호감성' 속성이 내재되어 있다고 볼 수 있다. 이러한 속성은 '상대를 좋아할 때'의 조건이 높은 평정치를 나타내 보인 결과에서 추론된다. 셋째 속성은 '격이없음성'이라고 볼 수 있다. 이러한 속성은 자신의 비밀을 숨김없이 털어놓을 때와 대화를 많이 할 때 등의 조건에서 잘 나타나 있다. 넷째는 '성실성' 요인이다. 이것은 상대에 대해 진지하고 성실하게 대할 때의 조건에 잘 내재되어 있는 것으로 해석된다.

(2) 정의 인간적 속성
① 정을 느끼는 대상

이상에서 본 바와 같이 정은 '함께 하고', '아껴주고', '격의 없이 대하고', '일체감을 느끼고', '서로를 이해할 때' 생긴다고 할 수 있다. 그렇다면 정은 누구에게 드는 것일까라는 의문과 정이 많은 사람은 어떤 사람이며 정이 드는 사람의 특성은 어떠한가 등의 질문을 갖고 연구를 실시하였다. 정을 느끼는 대상을 묻는 질문에 대한 응답은 '전혀 그렇지 않다'(1점)에서 '아주 그렇다'(5점)의 범위를 갖는 5점 척도(어느 정도 그렇다=3점)상에서 평정하도록 구성하였다. 각 항목별 표준편차, 평균과 상대적 순위는 표 6과 같다.

표 6에서 보면, 정을 느끼는 대상에 대한 그 정도를 묻는 질문에 대해 응답자들의 평정치를 상대적 순위별로 나열해 보면 다음과 같다. 나의 어머니(문항 1), 나의 아버지(문항 2), 나의 형제나 자매(문항 5), 고등학교 때 친구(문항 9), 흥미와 관심이 비슷한 친구(문항 11), 어렸을 때 친구(문항 8), 나의 할머니(문항 3) 능으로 나타났다. 이러한 결과는 한국의 문화가 유교문화에 바탕을 둔 가족주의 문화라는 기존의 연구자들의 견해(박명석, 1993 ; 이규태, 1991 ; 차재호, 1988 ; 최재석, 1989)를 뒷받침해 주는 것이라고 할 수 있다. 즉, 어머니, 아버지, 형제자매 순으로 가족의 구성원에 대한 정을 많이 느끼며, 또한 이러한 결과는 한국의 가정의 구성원간에 연결 고리 역할을 하고 있는 감정이 곧 정의 감정이라

표 6. 정을 느끼는 대상에 대한 정도

문 항 내 용	표준편차	평 균	순위
1) 나의 어머니	.709	4.56	1
2) 나의 아버지	.934	4.15	2
3) 나의 할머니	1.245	3.40	7
4) 나의 할아버지	1.390	2.74	
5) 나의 형제나 자매	.883	4.13	3
6) 촌수가 가까운 친척들	.858	3.05	
7) 자주 만나는 친척들	.853	3.27	
8) 어렸을 때 친구	.885	3.50	6
9) 고등 학교 때 친구	.824	3.94	4
10) 대학 친구	.820	3.27	
11) 흥미와 관심이 비슷한 친구	.770	3.53	5
12) 자주 말다툼을 했거나 싸운 친구	.931	2.93	
13) 나와 같은 학과의 모든 입학 동기생들	.726	2.78	
14) 나를 알고 있는 모든 사람들	.695	2.65	
15) 내가 아는 동네의 이웃사람들	.779	2.35	
16) 나를 가깝게 대해 주시는 선생님들	.829	3.11	
17) 나를 꾸짖거나 벌을 주신 선생님들	.877	2.77	
18) 나를 가르쳐 주신 모든 선생님들	.779	2.63	
19) 내가 한번 싫어했다가 친해진 사람들	.919	3.16	
20) 관심 분야가 나와 비슷한 사람들	.724	3.28	
21) 한이 많은 사람들	1.053	2.43	

는 해석도 가능하다고 하겠다.

또 다른 흥미 있는 결과는 정을 느끼는 대상으로 친구간의 순위에서 나타난다. 즉, 고등학교 때 친구가 가장 정을 많이 느끼는 대상이며, 다음으로 흥미와 관심이 비슷한 친구, 어렸을 때 친구, 대학 친구 등의 순으로 나타났다. 여기에서 어렸을 때 친구라는 응답의 내면에 있는 심리를 파악해 보면, 한국인들에게 있어 정은 유년기 시절에 대한 향수성을 짙게 띠고 있다(최상진, 유승엽, 1996)는 점을 알 수 있다. 즉 정은 고향에 대한 관념적 향수가 내재되어 있는 심리적 상태라고 할 수 있다. 이러한 정의 관념성은 나의 할머니라는 응답에서도 엿볼 수 있는 바, 여기에서 할머니는 특정 대상으로서의 할머니일 수도 있으나 막연히 손자를 사랑하는 농촌(고향)에 살고 있는 관계 속에 존재하는 할머니일 수도 있다.

② 정이 많은 사람과 무정한 사람

정이 인간적인 차원에서, 사적인 관계에서, 공동운명체의 상황에서, 서로 동일한 연고와 특성의 기반 위에서 형성된 것인 만큼 이는 공식적이며, 사무적이며, 계약적이며, 상업적인 관계와는 정반대 극에 있는 공동체 사회적 인간관계 및 심리의 특성이라고 추론해 볼 수 있다. 따라서 이익사회의 관계 법칙인 합리성, 공정성, 상업성, 계약성 등은 정을 떼게 하는 섭섭하고 야박한 행동들로 받아들여질 수밖에 없다. 우리는 남에게 당연히 할 수 있는 이야기도 하지 못하고 자기 속에서 삭이지 않으면 안 되는 경우가 많다. '차마 어떻게'의 심리 속에는 합리적이고 옳고 타당한 행위인지 알면서도 그 행위나 말이 정을 깨는 것이라고 염려하여 나오는 갈등의 표현이라고 생각해 볼 수 있다.

표 7. 인정 많은 사람의 조건

1) 애타성
2) 인간적 연약성
3) 우선성(愚善性)
4) 타인 관심성

이러한 탈합리적인 정의 특성은 다음의 결과에서도 경험적으로 확인될 수 있다. 다음의 세 문항에서는 인정이 많은 사람, 정이 안 드는 사람, 그리고 무정한 사람에 대해 질문하였다. 여기서는 정과 관련된 사람의 특성을 양극선상에서 그 정도별로 변별하였다. 먼저 인정이 많은 사람의 특성에 대한 응답을 범주화해 본 결과 아래와 같은 네 개의 범주를 추출하였다.

위의 표에서 인정이 많은 사람은 무엇보다도 남을 사랑하고 도와주며(애타성), 남의 어려움이나 감정, 처지에 대해 감정공감과 관심(타인 관심성)을 보이는 특성을 지닌다. 그러나 중요한 사실은 이러한 특성만으

로는 인정이 많은 사람으로 평가되지 않을 수도 있다는 점이다. 예컨대
서구적 합리성이나 기독교적 박애주의 및 정의감에 근거한 자선적 행동
이나 애타적 관심은 인정으로 연결되지 않을 수도 있다. 비록 그러한 감
정, 관심, 행동은 그 표현형에서 다른 바 없으나, 한국적 '인정 심리'는
이러한 합리성과 당위성이 내재된 자선행위를 고마움의 차원이나 혹은
인위적인 인정의 차원으로 받아들여지기는 하나 내면적인 인정의 차원
으로 전화시키지는 않는다.

그러한 자선행위와 고마움이 인간적인 개념인 인정으로 승화되기 위
해서는 그 행위를 하는 사람의 인간성이 연약하고 우직하며, 실속 없이
착하고, 혹은 미련해야 한다는 특수성이 요구된다. 여기서는 이러한 범
주의 특성을 '인간적 연약성'과 '우선성'(愚善性)의 범주로 수렴하였다.
어떻게 보면 이러한 연약성과 우선성이 소위 한국인이 말하는 '인간적'
이라고 하는 말의 본체일지도 모르겠다. 중요한 사실은 인정은 합리적인
자선보다는 이러한 좀더 인간적인, 즉 비합리적인 인간 특성 속에서 발
생하는 한국인의 특수한 사회심리 현상이라는 점이다. 한국인의 '우리
성'이 정을 바탕으로 한 개념이라는 사실을 주시할 때, 한국인의 우리성
은 곧, 합리적인 혹은 공식적 관계 속의 우리나 서구적 사태 상황적 동질
성에 기초한 우리가 아닌, 탈합리적, 인간적 관계 속에서 정을 바탕으로
한 개인간의 인간 지향적 연계단위(과업 지향적이 아닌)임을 알 수 있다.

반면에, 정이 많은 사람의 반대 극에 있는 무정한 사람의 특성에 대한
반응 내용을 범주화해 본 결과는 다음과 같다.

여기서 '타인 고통 무감정성'과 '이기성'의 범주내용은 냉혈적인 금수
성(타인 고통 무감정성)과 상업성 또는 타산성(이기성)을 함축하는 특
성이며 동시에 상대에게 불만족을 유발할 수 있는 부정적 특성이다. 그
러나 논리적으로 수긍하기 어려운 나머지 두 가지 특성, 즉 이지성과 비
감정성이 무정한 사람의 특성으로 표현된 것은 매우 흥미로운 사실이
다. 이는 앞에서 거론한 바와 같이 한국인의 정의 합리적, 이성적 차원
의 반대 극에 있는 인간적, 감정적 차원의 특성에서 연원하는 심리적 속

표 8. 무정한 사람의 조건

1) 타인 고통 무감정성
2) 이기성
3) 이지성
4) 비감정성

성임을 지지하는 것이라 하겠다.

무정한 사람의 속성을 묻는 구조화된 질문지를 통해 얻어진 결과는 표 9와 같다. 표 9에서 무정한 사람의 속성으로 높은 평정치를 나타내 보인 항목은 타인의 고통이나 어려움에 대해 동정심이 없는 사람(문항 1), 이기적인 사람(문항 2), 냉정한 사람(문항 3), 감정이 없는 사람(문항 4), 인간적인 관계를 맺기 어려운 사람(문항 8), 개인주의적인 사람(문항 9) 등의 상대적 순위로 나타났다.

표 9. 무정한 사람의 속성

문 항 내 용	표준편차	평 균	순 위
1) 타인의 고통이나 어려움에 대한 동정심이 없는 사람이다.	.82	3.99	1
2) 이기적인 사람이다.	.86	3.95	2
3) 냉정한 사람이다.	.97	3.71	3
4) 감정이 없는 사람이다.	1.14	3.54	4
5) 남의 도움을 원치 않는 자립적인 사람이다.	.97	2.70	8
6) 독립성이 강한 사람이다.	.95	2.47	9
7) 신뢰하기 어려운 사람이다.	1.14	3.02	7
8) 인간적인 관계를 맺기 어려운 사람이다.	1.01	3.45	5
9) 개인주의적인 사람이다.	.99	3.39	6

위의 결과가 시사하는 바는 첫째, 타인 고통 무감정성(문항 1과 3)과 이기성(문항 2와 9)은 집단생활 및 대인 상호작용 상황에서 정이 민감하 게 작용하는(최상진, 최수향, 1990) 한국의 문화에서는 상대에게 불만족 을 유발할 수 있는 부정적 특성이다. 둘째, 비감정성(문항 4)은 앞에서

거론한 바와 같이 한국인의 정이 합리적, 이성적 차원의 반대 극에 있는 인간적, 감정적 차원의 특성에서 연원하는 심리적 속성임을 지지하는 결과라 하겠다. 즉 '무정한 사람'은 남에게 피해를 주는 경우뿐 아니라 인간적인 접촉을 회피하거나 등한시하는 경우에도 해당되는 개념이다. 따라서 우리의 문화심리 속에 "인정머리 없다"는 말은 곧 "인간성이 없다"는 심리 논리가 이러한 인정의 구조적 특성에서 비롯되는 것이라고 생각된다. 이러한 인간적 속성이 정의 개념을 반영하듯, 우리문화심리 속에서 흔히 사용되는 "인정머리 없다"는 말은 곧 인간적이지 못하다는 뜻이다. 이는 곧 '인간적임'이 한국의 '정 심리 문법'의 요체임을 암시한다고 하겠다.

이와 같은 무정한 사람의 속성에 대한 빈도분석의 결과와 결부하여 요인분석을 실시한 결과, 제1요인에 높은 부하량을 보인 문항은 냉정한 사람(문항 3), 이기적인 사람(문항 2), 타인의 고통이나 어려움에 대한 동정심이 없는 사람(문항 1), 감정이 없는 사람(문항 4)으로 나타났다. 이와 같은 문항의 내재된 공통 속성을 살펴보면 냉정하고 이기적이며 동정심이 없고 감정이 없는 특성을 지닌 것으로, 이 요인을 '무감정성'이라고 명명하였다. 이와 같은 결과는 앞의 응답경향성 분석의 시사점에서 지적한 바와 같이 한국인의 정의 속성이 인간적, 감정적 차원의 특성에서 연원하는 심리적 속성임을 지지하는 또 하나의 결과라고 해석된다.

둘째, 제2요인에 높은 부하량을 보인 문항은 신뢰하기 어려운 사람(문항 7), 인간적인 관계를 맺기 어려운 사람(문항 8), 개인주의적인 사람(문항 9)으로 나타났다. 이러한 문항들의 공통적인 속성을 파악해 보면 개인주의적이며 인간관계를 맺기 어려운 특성을 나타내는 것으로, 이 요인을 자기 중심성으로 명명하였다. 다음으로 제3요인에는 독립성이 강한 사람(문항 6)과 남의 도움을 원치 않는 자립적인 사람(문항 5)이 높은 부하량을 나타내 보였다. 이러한 특성은 정이 드는 조건의 비타산성과 반대 극에 있는 특성으로 독립성이라고 명명하였다.

③ 정 드는 사람과 정이 안드는 사람

어떤 사람에게 정이 들고 어떤 사람에게 정이 안가거나 정이 들지 않는가에 대한 연구결과는 다음과 같다.

표 10. 정 안드는 사람의 조건

---
1) 위선 – 자기 현시성
2) 타산 – 이기성
3) 무관심 – 냉정성
4) 자기 중심성
5) 독립 – 완벽성

표 10에서 정이 안 드는 사람의 범주로 위선-자기 현시적, 또 타산-이기적 속성이 포함된 바 이들 특성은, 인정이 많은 사람의 특성인 이타성, 타인 관심성과 상반되는 특성이란 점에서, 그리고 이러한 범주들은 상호작용에서 상대에게 피해를 줄 수 있으며 자신의 목적적 이기성을 추구하는 특성이라는 점에서 대인간에 호감을 손상시키는 성격특성이다. 그러나 나머지 세 범주인 무관심-냉정성, 자기 중심성, 독립-완벽성은 적어도 타인에게 명백한 피해는 주지 않을 수 있다는 점에서 그 자체로 부정적인 인성특성이라고는 보기 어렵다.

어떤 면에서 이 세 범주는 서구적이며 현대화된 도시인 또는 능률 지향적인 와스프(WASP) 집단의 특성이기도 하다. 개인주의와 능률주의의 속성인 이들 특성이 한국의 사회심리 문화권에서는 인정과 관련해서 부정적 소인으로 작용한다는 점에 대해 주의할 필요가 있다. 즉, 이러한 결과는 적어도 한국인의 정이 개인주의와 능률주의에 상반되는 편에 서 있는 심리적 속성임을 시사한다. 그 이유는 인정이라는 현상이 아(我)와 타(他)의 분리, 개체와 집단의 분리가 아니라 이타의, 개체와 집단의 상호의존과 인간적인 결합에 기초한 심리현상이기 때문이다. 즉 우리성을 조장하는 인간특성을 가진 사람이 정이 많은 사람임을 시사한다.

이와 같은 결과를 토대로 정이 들기 어려운 즉 정을 붙이기 어려운 사람에 대한 구조화된 질문지를 통해 얻어진 자료를 분석하였다. 정이

들기 어려운 또는 정 붙이기 어려운 사람의 속성을 묻는 질문에 대한 응답은 '전혀 그렇지 않다'(1점)에서 '아주 그렇다'(5점)의 범위를 갖는 5점 척도(어느 정도 그렇다=3점)상에서 평정하도록 구성하였다. 각 항목별 표준편차, 평균과 상대적 순위는 표 11과 같다.

표 11에서 보면 정 붙이기 어려운 사람의 성격특성으로 높은 평정치를 나타내 보인 내용은, 위선적인 사람(문항 1), 교만한 사람(문항 4), 이기적인 사람(문항 7), 자기 중심적인 사람(문항 15), 타산적인 사람(문항 11), 핑계를 잘 대는 사람(문항 23), 냉정한 사람(문항 14), 개인주의적인 사람(문항 19), 남에게 무관심한 사람(문항 13), 항상 눈치를 보는 사람(문항 22), 책임감이 없는 사람(문항 18) 등의 순으로 나타났다. 이러한 결과를 종합하여 해석해 보면 솔직성 결여(위선, 교만, 핑계, 눈치 등), 자기 현시성(교만, 위선) 그리고 이기적 타산성(이기성, 타산성), 냉정 무관심성, 자기 중심성 등의 속성을 지닌 대상에 대해서 정을 붙이기 어렵다고 생각하는 것으로 볼 수 있다.

따라서 이러한 속성은 한국인의 정이 집단생활 및 대인관계에서 더욱 민감하게 작용하며, 발달적으로 세분화되고, 정교화된 쉐마 체계와 감정조직이 있으며 따라서 한국문화적 감정 체계임을 시사한다고 하겠다.

2) 정의 사회-문화적 기능

앞에서 언급한 바와 같이, 지금까지의 정에 대한 경험적 표상 연구가 갖는 취약점은 정이 구체적인 사회적 상황에서 어떤 행태(behavioral type)로 소통되며, 정관계를 맺으려는 심리적 동기와 정이 작용하는 긍정적 기능은 무엇인가 등에 대한 실증자료를 제공하는 데는 미흡함이 있다는 점을 들 수 있다. 그래서 지금부터는 정관계가 일상생활에서 작동되고, 기능하는 상황 속에서 실제로 일어나는 정의 구체적 행위가 어떻게 이루어지고 있는가를 밝히고 그 기능은 무엇인시에 대해 알아보고자 한다. 한국문화의 일상적 맥락에서 '미운 정 고운 정'이라는 내적인

표 11. 정 붙이기 어려운 사람의 속성

문 항 내 용	표준편차	평 균	순 위
1) 위선적인 사람	.821	4.48	1
2) 어리석을 정도로 착한 사람	.863	2.45	
3) 나와 늘 싸워온 사람	1.037	3.19	
4) 교만한 사람	.756	4.46	2
5) 내 성격과 아주 다른 사람	1.058	3.09	
6) 나에게 시련을 주는 사람	.974	3.63	
7) 이기적인 사람	.780	4.36	3
8) 결점이 많은 사람	.946	2.87	
9) 경쟁심이 강한 사람	.946	3.43	
10) 어리석은 사람	.905	3.05	
11) 타산적인 사람	.869	4.05	5
12) 만나도 재미가 없는 사람	.883	3.30	
13) 남에게 무관심한 사람	.891	3.72	8
14) 냉정한 사람	.965	3.83	
15) 자기 중심적인 사람	.850	4.16	4
16) 독립성이 강한 사람	.895	2.81	
17) 완벽한 사람	.931	3.37	
18) 책임감이 없는 사람	.911	3.69	9
19) 개인주의적인 사람	.951	3.76	7
20) 자립성이 강한 사람	.883	2.58	
21) 체면을 지키는 사람	.937	3.17	
22) 항상 눈치를 보는 사람	.854	3.69	9
23) 핑계를 잘 대는 사람	.845	3.93	6
24) 순박한 사람	.827	1.87	
25) 사업가처럼 이해관계가 밝은 사람	.988	3.00	
26) 합리적인 사람	.786	2.54	
27) 경우가 밝은 사람	.830	2.16	
28) 사무적인 사람	.801	3.35	

활동은 정을 표현하는 외적인 행위와 정 심리가 한국문화에서 가지는 의미있는 기능간의 관계를 통해 분석 가능하다(최상진·김지영·김기범, 1999 ; 최상진·이장주, 1999).

(1) 정 관계에 드는 감정

정든 관계에 있는 사람들 사이에서 느끼는, 느낄 수 있는 감정의 질은 가장 먼저 '편안함'이다. 이는 정의 목적론적 기능인 '정서적 안정감'과도 깊은 관계가 있다고 할 수 있다(최상진·김지영·김기범, 1999 ; 최상진·이장주, 1999). 부수되는 감정으로는 '기쁨'과 '즐거움', '든든함'과 '안정감' 등이 있고 그밖에 '만족감, 여유로움, 고마움' 등이 있다(표 12 참조). 한국인들이 정을 그리워하고, 정을 찾고, 정에 대한 욕구와 의도가 있다는 것은 '정서적 안정'을 얻기 위한 것이라고 할 수 있다. 이는 곧 정서적 안정감을 얻음으로써 의지할 수 있다는 '든든함'을 느낀다고 할 수 있다.

(2) 정의 표현행위

표 13에서 보는 것처럼, 정의 표현행위는 크게 1) 아껴주는 행위(도와줌, 자주 만남, 선물함 등) 2) 격의 없는 행위(솔직히 대함, 퉁명스럽게, 얄밉게 말하는 언행 등) 3) 본심적 행위(예의, 형식을 차리지 않는 솔직한 표현) 4) 다정다감한 행위(연락하고 만남, 직설적으로 애정을 표현, 말로 표현 등) 등으로 구분할 수 있다.

정 행위의 핵심적인 내용은 상대방, 즉 정든 상대에 대한 아껴주는 행위이고 이러한 행동은 다정다감하고 격의 없는, 본심적 행위를 야기한다고 할 수 있다. 정든 관계에 있는 가까운 사람들끼리 정을 나누고, 교환하는 정 상호교류 행위를 통해 정관계는 유지되고 우리성 관계 또한 강화된다고 할 수 있다.

(3) 정의 기능

인간관계가 정으로 맺어질 때 나쁜 점에 대한 정도를 5점 척도 상에서 평가하도록 하여 표 14와 같은 결과를 얻었다.

표 14에서 정으로 맺어진 인간관계에서 좋지 않은 점으로 높은 평정

표 12. 정으로 맺어진 인간관계의 나쁜 점에 대한 정도

문 항 내 용	표준편차	평 균	순 위
1) 상대가 이러한 정에 호소하여 나를 자신의 목적달성에 이용할 수 있다.	1.03	3.06	7
2) 정으로 맺어진 집단이나 조직에서의 의사결정에서는 합리성과 공정성을 잃게 된다.	.77	3.38	3
3) 정으로 맺어진 집단이나 조직의 의사결정에서는 문제해결 중심적인 냉정한 판단이 흐려지게 된다.	.73	3.38	3
4) 정의 인간관계에서는 남에게 신경을 써야 하므로 감정의 소모가 너무 크고 피곤하다.	.93	2.94	
5) 정의 인간관계에서는 상대의 잘못된 행동도 참고 그대로 받아들여야 하는 문제가 있다.	.94	3.15	6
6) 정의 인간관계에서는 서로가 상대에게 지나치게 의존한다는 문제점이 없다.	.87	2.50	
7) 정으로 맺어진 집단에서는 서로 남을 믿는 바람에 일을 주도적으로 리드해 나가는 사람이 없게 된다.	.90	2.43	
8) 정의 인간관계에서는 개인의 개성이 함몰되기 쉽다.	.74	3.16	5
9) 정의 인간관계에서는 남을 위해 내가 희생해야 하는 문제가 발생한다.	.79	3.46	1
10) 정의 인간관계에서는 내가 수용하기 어려운 상대의 요구를 거부하기 어렵게 된다.	.81	3.45	2
11) 정으로 맺어진 집단이나 조직에서는 정의나 공정성보다는 정실주의가 나타나기 쉽다.	.86	3.45	

표 13. 정 관계에 드는 감정

반응 유형	빈 도
1. 편안함	76
2. 기쁨/즐거움	40
3. 든든함/안정감	28
4. 기타(속 시원함, 만족감, 여유로움, 고마움 등)	22

치를 보인 항목을 보면, 남을 위해 내가 희생해야 하는 문제가 발생한다 (문항 9), 내가 수용하기 어려운 상대의 요구를 거부하기 어렵게 된다 (문항 10), 집단이나 조직에서의 의사결정시 합리성과 공정성을 잃게 된 다(문항 2), 의사결정시 문제해결 중심적 냉정한 판단이 흐려지게 된다 (문항 3), 개인의 개성이 함몰되기 쉽다(문항 8) 등의 순으로 나타났다.

이러한 결과는 한국인들이 '우리' 집단에 속하는 경우, 개인이 함몰된 다고 한 이규태(1991)의 지적과도 상통한다. 최상진 등(1990)의 연구결 과에서 나타난 바와 같이 우리 집단의 구성원들이 느끼는 감정의 근간 을 이루고 있는 것은 바로 '정'이라는 감정질인데, 정을 바탕으로 한 '우리관계'가 형성되면 공과 사, 아(我)와 타(他)가 분리되기 어려우며, 이렇게 되면 객관성, 합리성과 공정성, 냉정성 판단을 상실하기 쉬워, 자 기자신을 희생하고 개성이 상실되는 결과를 초래할 수 있다는 것이다.

표 14. 정의 표현행위 유형

반응 유형	빈 도
1. 연락/만남	65
· 같이 시간을 보냄	
· 자주 전화함	
2. 도와줌	33
· 어려울 때 도와줌	
3. 선물함	26
· 선물	
· 생일 등을 챙겨줌	
4. 솔직히 대함	12
5. 기타(말로 표현, 표현 안함 등)	43

반면에, 표 15에서 보는 바와 같이 인간관계가 정으로 맺어질 때 좋은 점으로 높은 평정치를 나타내 보인 항목을 상대적 순위별로 제시해 보 면, 서로 마음을 의지할 수 있음(문항 5), 어려울 때 서로 조언이나 문제

해결책을 주고받을 수 있음(문항 6), 서로 신뢰할 수 있음(문항 1), 소속감을 가질 수 있음(문항 7), 서로가 헌신적일 수 있음(문항 2), 협동작업에 도움이 될 수 있음(문항 11) 등의 순으로 나타났다. 이와는 반대로 남에게 피해를 주거나 받을 위험이 없음(문항 3), 물질적 도움을 주고받음(문항 8), 나를 보호해줌(문항 4), 우울감을 줄일 수 있음(문항 10), 고독감을 줄일 수 있음(문항 8) 등의 항목에서는 낮은 평정치를 나타내 보였다.

표 15. 정으로 맺어진 인간관계의 좋은 점

문 항 내 용	표준편차	평 균	순 위
1) 서로 신뢰할 수 있다.	.74	3.88	3
2) 서로가 상대에게 헌신적일 수 있다.	.76	3.69	5
3) 남에게 피해를 주거나 남으로부터 피해를 받는 위험이 없다.	.85	2.85	
4) 내가 피해를 받게 될 경우에 나를 보호해 준다.	.77	3.33	
5) 서로 마음을 의지할 수 있다.	.76	3.99	1
6) 어려울 때 서로 조언이나 문제해결책을 주고받을 수 있다.	.79	3.93	2
7) 내편이 있다는 소속감을 가질 수 있다.	.78	3.86	4
8) 서로 물질적 도움을 주고받을 수 있다.	.71	3.05	
9) 고독감을 줄일 수 있다.	.82	3.57	
10) 우울한 감정을 줄일 수 있다.	.84	3.36	
11) 여럿이 함께 해야 하는 일을 하는 데 도움이 된다.	.78	3.64	
12) 개인의 자신감을 높이는 데 기여한다.	.96	3.18	

정과 그 활동 및 기능간의 구조 방정식 모델을 검증해 본 결과(그림 4, 5 참조), 기존의 정 연구에서는 정이 가지는 긍정적인 측면만이 부각되었으나 '미운 정 고운 정'이라는 말 속에도 존재하듯이 정이 갖는 부정적 상호작용과 부적 기능 또한 정의 한 부분으로 볼 수 있고, 이는 심리내적 활동과 심리외적 활동의 양 측면에서 접근이 가능함을 알 수 있었다. 정은 격의없이 대하기와 우리성 일체감, 상대에 대한 인간적 이해, 아껴주

고 믿어주기와 동거 역사성으로 구성된다. 특히 미운 정 고운 정의 경우 문헌적 고찰에서도 드러나듯이 밉고 싫어도 헤어질 수 없는, 뗄레야 뗄 수 없는 부부간, 고부간 등의 친밀-밀착관계에서 형성된다고 할 수 있다. 즉 미운 정은 고운 정과 달리 어느 정도 강제적인 관계, 가장 가까운 관계에서, 그러한 관계성을 떠난다면 미워할 수밖에 없는 상대에 대한 감정이 인간적 이해나 격의 없는 대하기를 통해 정으로 승화된 것이라 추론 가능하다. 또한 기존의 정 연구에서 밝혀졌던 정의 구성요소인 동거-역사성, 다정성, 허물없음성은 고운 정과 유사하다고 할 수 있다. 그림 4에

그림 4. 정의 구조와 표현행위 및 기능과의 관계

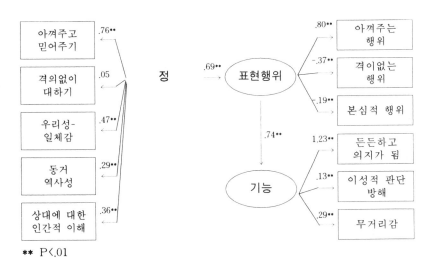

** P<.01

그림 5. 정의 구조와 표현행위 및 기능과의 구조적 관계

서처럼, 이러한 정은 행위를 매개로 하여 정의 심리적 기능에 영향을 미치고 있다(최상진, 김지영, 김기범, 1999 ; Choi, Kim, & Kim, 1999).

정을 표현하거나 나타내는 행위는 정의 구성요소에 있는 아껴주는 마음을 바탕으로 상대방을 아껴주는 행위와 우리성일체감에서 비롯된 격의없는 행위 및 비록 상대에게 밉거나 마음을 상하게 하는 행위이지만 본 마음은 그렇지 않다는 것을 암시하는 본심적 행위로 구성되어 있고, 이러한 행위는 기능과 상당히 높은 관련을 나타내고 있다. 정은 기능적으로 든든하고 의지가 되고, 상호작용하는 상대와의 심리적 거리감을 느끼지 못하게 하는 기능을 한다고 볼 수 있다.

결과적으로 정과 행위, 기능에는 긍정적 측면과 부정적 측면이 혼재하고, 정 심리는 정 표현행위를 매개로 하여 기능에 영향을 준다고 할 수 있다. 이러한 표현행위의 측면은 물질적이고, 가시적이라기보다는 따뜻하게 대한다든지, 이해해주고, 걱정해주고, 아껴주는 등의 지극히 감정적, 정서적 측면이다. 정 관계에서 정 행위가 작동되고 교환되는 이유는 정서적 안정감이나 든든하고 의지가 되고 일체감을 느낄 수 있기 때문이다. 그러나 정이 들었기 때문에 혹은 정 때문에 공과 사를 구분하지 못하거나 합리적이고 이성적인 판단을 저해할 우려도 있다(최상진·김지영·김기범, 1999 ; Choi, Kim & Kim, 1999).

4. 심정(心情)

한국인들은 대인관계 특히 가까운 사람들간의 대인관계에서 '억울하다'거나, '섭섭하다', '야속하다', '너무한다' 또는 '그가 나에게 어떻게 그럴 수 있느냐' 등과 같은 말을 자주한다(최상진, 1993, 1994, 1997 ; 최상진·김기범, 1999b ; 최상진·김정운, 1998 ; 최상진·유승엽, 1996 ; Choi, 1994 ; Choi & Kim, 1999b). 이러한 말들은 모두 대인관계에 관여된 당사자들의 마음속에서 일어나는 심리내적 경험을 표현하는 말들이다. 한국인들은 가까운 사람들간의 대인관계에서 자신의 행위나 자신과 관련된 사건과 관련해서 상대의 마음속에서 일어나는 심적 경험을 자신이 스스로 느끼는 형태로 공감하고 이를 배려하여 행동하는 것을 매우 중요하게 생각한다. 따라서 한국인들은 우리성-정관계와 같은 친밀인간관계에서 상대의 마음속에서 일어나는 심적 경험을 자기자신의 경험으로 치환하여 공경험(共經驗, co-experience)하는 일에 민감하며 습관화되어 있다. 이 점에서 한국인들은 상대의 경험을 당자사적(제3자적이 아닌) 입장에서 주관화(subjectify)한다고 볼 수 있다(최상진, 1997 ; Choi, 1998).

이때 상대의 마음속에서 이루어지는 상대의 사적인 심리경험을 한국인들은 '심정'(心情)이라 칭한다. 한국의 신문이나 TV의 연속극을 보면, 심정이란 말이 빈번하게 등장한다. 예를 들어, 권좌(權座)에 있던 사람들이 불행한 사건으로 권좌에서 물러나게 되었을 때 그들이 느끼는 심정을 언론기사의 제목으로 끌어내어 '김영삼 전대통령의 심정', '전두환 전대통령의 심정', '노태우 전대통령의 심정', 심지어는 이들의 부인들 심정까지도 대중매체의 기사로 등장시키는 경우가 허다하다. 심정표현이나 심정담론은 보통 사회-합리적 사고나 이성적 담론이 요구되는 공정 상황에서는 적합하지 않으나, 가까운 우리성-정관계와 같은 사적인 관계에서는 오히려 규범적인 형태의 상호작용 모형이다.

심정은 '마음'을 뜻하는 '심'(心)과 '일어남'을 뜻하는 '정'(情)의 합성어로 '마음이 일어난 상태와 상황'(《신국어 대사전》, 1974)을 말한다. 즉 심정은 '움직인 마음과 움직인 마음의 정황'을 뜻한다(최상진, 1997 ; 최상진, 김기범, 1999b ; 1999c). 한국어에서 마음이란 말은 영어의 mind보다 좁은 의미로 사용된다. 영어의 mind는 이성(reason)과 감정(passion)을 모두 포괄하나(The Oxford Dictionary 2nd Ed.), 한국말의 마음은 주로 passion과 관계가 많다. 즉 마음은 감정, 기분, 의지, 관심, 의향 등을 포함하는 intentionality(지향성)에 해당되는 것으로 thinking을 뜻하는 '생각'과는 구분된다. 마음의 의미는 마음이란 말이 사용되는 맥락을 보면 두드러진다. '마음이 아프다', '마음이 상했다', '마음이 안놓인다', '마음에 든다', '마음에 걸린다', '마음이 내킨다', '마음에도 없다', '마음이 약하다', '마음먹다' 등과 같은 마음이라는 말의 사용맥락에서 보면 마음이 지향성을 갖는 심리적 개념으로 정서적 측면과 동기적 측면을 포괄하는 것임을 알 수 있다(최상진·김기범, 1999b ; Choi & Kim, 1999).

따라서 마음은 '~에 대하여(about)' 일어나는 것으로 마음이 일어나는 대상은 사람뿐 아니라 물건, 사건, 상황 또는 추상적인 개념 등이 될 수 있다. 심정(心情)이란 현상과 말은 보통 우리성 집단과 같은 가까운 사람들간의 관계 속에서 상대의 특정한 행동이나 상대와 연관해서 작위된 특정한 사건과 관련해서 나타나거나 사용한다. 마음속에서 일어난 심정을 표현하는 말 중에 자주 사용하는 심정표현 언어를 보면, '섭섭한 심정', '야속한 심정', '억울한 심정', '답답한 심정', '죽고 싶은 심정', '서러운 심정', '울고 싶은 심정' 등이 있다(최상진, 1997 ; 최상진·김기범, 1999b ; Choi & Kim, 1999b). 이러한 심정표현 언어의 기저를 보면 그러한 심정을 표현하는 사람 속에 무엇인가를 '추구하거나, 원하거나, 싫어하거나 회피하려는 욕구나 동기가 전제되어 있다. 보통 이러한 욕구나 동기가 원하거나 기대하는 방향으로 결과되지 않을 때 심정은 발동한다. 즉 마음이 동요된다. 반대로, 원하거나 기대하는 방향으로 결과되었고 동시에 그러한 결과를 낳은 상대의 행동에 기대이상의 좋은 마음이 실려 있을 때에도 '눈물겹도록 고마운 심정'과 같은 심정이 일어날 수도 있다. 그러나 일반적으로는 부정적 결과에 대한 심정이 보편적이다(최상진, 1997 ; 최상진·김기범, 1999b ; Choi & Kim, 1999b).

대인관계 속에서 상대에 대해 갖게 되는 다양한 감정이나 마음은 모두 심정으로 발동되고 경험될 수 있다(Gergen, 1997 참조). 예컨대, 정(情)의 심정, 한(恨)의 심정, 사랑의 심정, 증오(憎惡)의 심정, 부러운 심정 등 대부분의 감정은 심정의 형태로 전환되고 체험될 수 있다. 이러한 맥락에서 심정은 발동된 상태의 감정이라고 볼 수 있다(최상진·김기범, 1999b ; Choi & Kim, 1999b). 그러나 심정이란 말속에는 발동된 감정이

라는 측면 이외에 다음과 같은 심정의 특수한 성격이 문화적으로 첨가
되어 있다. 첫째, 심정이란 말속에는 발동된 감정이나 마음에 대한 자의
식이 전제되어 있다. 즉 여기에는 발동된 마음과 발동된 마음을 읽는 의
식의 마음이 함께 관여된다. 의식의 마음은 마음속에서 일어난 것을 느
끼고 감지하는 마음이다(최상진·김기범, 1999b ; Choi & Kim, 1999b).

둘째, 심정이란 말속에는 나쁜 감정 또는 좋은 감정과 같은 평가적 감
정과 더불어 그러한 감정이 발동된 이유나 배경에 대한 심리과정적 설
명이 적어도 당사자의 입장에서는 구성되어 있음을 전제한다(최상진·
김기범, 1999b ; Choi & Kim, 1999b). 여기서 심리과정적 설명은 예컨대
자신이 상대의 자신에 대한 특정한 말 때문에 섭섭한 심정을 느끼게 되
었다면 왜 그러한 심정이 느껴지게 되었는가에 대한 심리과정적 설명을
자기의 내적 마음 과정에 대한 내관자(內觀者, introspector)적 입장에서
이야기(narration)하는 형태를 갖는다(Choi & Kim, 1999b). 위에서 제시
된 심정의 성격 및 속성에 대한 설명(elaboration)을 바탕으로, 심정이
일상생활에서 사용되는 방식을 중심으로 심정을 정의하면 다음과 같다.
심정은 '마음속에서 일어난 것을 느끼는 마음과 느껴진 마음의 내용'으
로 정의된다(최상진·김기범, 1999b, 1999c ; Choi & Kim, 1999a, 1999b).
이와 같은 심정과정 설명양식은 사물(事物)과 사리(事理)에 대한 합리
적 설명양식과 대비되는 것으로 전자는 심정논리(心情論理)로 후자는
사리논리(事理論理)로 명명된다(최상진, 1997 ; 최상진·김기범, 1999b,
1999c ; 최상진·유승엽, 1996 ; Choi, 1998 ; Choi & Kim, 1999a, 1999b)
(표 16 참조).

셋째, 심정은 우리성-정관계에서 상대의 특정한 행동에 함축된 상대
의 자신에 대한 마음 씀씀이가 자신이 상대에 대해 가지고 있는 기대와
격차(정적 방향이든 부적 방향이든)가 나는 것으로 판단될 때 발생하는
마음의 발동된 상태이다(최상진·김기범, 1999b ; Choi & Kim, 1999b).
심정이 발동하기 위해서는 관여된 두 사람간의 관계로 미루어 보아 '이
정도의 마음 써 주기'는 있어야 한다는 기대가 형성되어 있어야 한다.

표 16. 심정논리와 사리논리

심정논리	사리논리
우리성 논리	개별자 상호작용 논리
사적 논리	공적 논리
마음의 교류 논리	이해관계의 교환논리
간주관성의 논리	객관성의 논리
정의 논리	이성의 논리

이러한 기대는 상대와의 상호작용 사건-역사에 대한 반성적(反省的) 회고를 통한 상대와의 관계거리 판단을 통해 설정된다. 따라서 심정이나 심정의 발동에서 관여된 사람들간의 관계사(關係史)는 상대의 행위에 대한 해석에 중요하게 관여되는 기초자료가 된다. 같은 맥락에서 심정의 토로에서는 반드시 상대와의 관계사가 심정유발행동의 해석에서 '잘됨-잘못됨의 판단'에 중요한 기준자료가 된다. 예를 들면, 깊은 우리성 관계를 장기간 맺어 왔던 친구가 어떤 부탁을 들어주지 않을 때, "우리가 지금까지 사귀어 온 우정으로 보아 네가 거절하다니, 말이 되느냐"라는 심정토로 속에는 두 사람의 관계사에 비추어 상대가 기대치 이하의 박절한 마음 씀씀이에 대한 불만족을 함축한다. 심정토로에는 이러한 역사적 관계맥락에 대한 서술이 이루어지는 것이 보통이며 따라서 심정토로는 보통 이야기전개방식(story telling)으로 이루어진다(최상진·김기범, 1999b ; Choi & Kim, 1999b).

넷째는 심정이 갖는 그리고 심정이 감정과 구분되는 가장 중요한 속성으로서, 심정발동과정 속에 개입되는 자기신세조망이다(최상진, 김기범, 1999b, 1999c ; Choi & Kim, 1999a, 1999b). 일반적으로 감정은 '자기 밖의 어떤 것'에 대해 일어난다(Harre, 1986, 1998 참조). 증오나 사랑, 질투와 같은 감정은 이러한 감정을 유발하는 대상에 대해 나타나는 감정이다. 심정도 그 발생의 시초는 외적 대상 즉 상대의 행동에 대해 일어난다. 즉 이러한 행동이 상대의 마음으로 해석되고 그러한 행동이 상대에 대한 자신의 기대치에 못 미칠 때 부정적 감정이 생긴다. 그러나 심정은 이 단계에서 끝나는 것이 아니다. 상대로부터 자신의 기대치에 못 미치는 대우를 받는 것 자기자신에 대한 자기 비하감이나 자기 모멸감이 복합적으로 나타나는 상태가 심정의 최종단계이다(최상진, 김기범, 1999b ; Choi & Kim, 1999b). '서러운 내 신세', '불쌍한 내 신세', '가없은 이내 신세', '남에게 동정받는 나' 등과 같은 자기 조망적 자기 평가가 부정적 감정과 결부되어 나타나는 것이 심정이다(최상진·김기범, 1999b ; Choi & Kim, 1999b).

따라서 심정은 상대의 행위에 의해 직접 발생된 일차적 감정과 더불어 자기의 신세조망에서 발생하는 이차적 감정의 복합체이다. 또한 심정토로 양식은 자기 신세토로의 양식과 매우 유사하다. 따라서 심정토로가 흔히 신세타령으로 오인되는 경우가 많은 것은 바로 이 때문이다. 심정이 나타나는 형태와 과정을 도식화하면 그림 6과 같다.

지금까지 위에서는 심정이 우리성-정관계에서 어떠한 형태로 어떤 과정을 통해 발생하는가에 대해 고찰해 보았다. 그러나 이 과정은 반드시

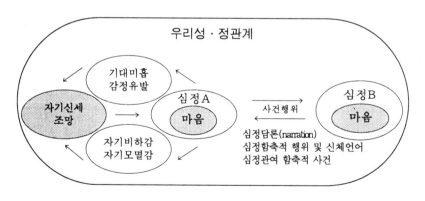

그림 6. 심정 발동의 심리적 과정 및 심정교류

일방적으로 이루어진다기보다는 양방적으로 일어난다. 즉 심정은 우리
성-정관계 속에서 생길 뿐 아니라 이러한 심정은 역환적으로 우리성-정
관계를 재구성하는 방향으로 작용하기도 한다. 예컨대, 우리성-정관계
에서 부정적 심정이 발생했다고 할 때, 이러한 부정적 심정은 다시 우리
성-정관계의 재구성 즉 이 경우에는 평가절하로 이어진다. 일반적으로
우리성-정관계에서는 관계적 역사성이 중요시되며, 이러한 관계적 역사
성에 대한 반성적 고찰을 통해 우리성-정관계는 머리 속에서 구성되어
지는 성격이 강하다. 예를 들어, 같이 동고동락을 했다거나 함께 오래
지냈다거나 하는 등의 사건-역사에 대한 반성적 인식을 기초로 '우리는
정이 들었다' 등과 같은 명제형태로 우리성-정관계가 구성되는 것이 일
반적이다.

그러나 심정은 관계역사에 대한 반성적 조망이라기보다는 '지금-현
재-여기서' 일어난 사건이나 상대의 행위에 의해 직접 경험적으로 발기
된 감정상태와 이에 뒤따르는 반성적 자기조망형태의 자기신세조망이
복합되어 나타나는 '현장적 감정경험상태'라 할 수 있다. 따라서 직접경
험(immediate experience)적 성격이 매우 짙다. 반면에, 우리성-정관계
경험은 직접경험적 성격보다는 간접경험(mediated experience)적 성격
이 강하다. 그러나 현실적으로 이 두 가지 형태의 경험은 동전의 양면처
럼 맞물려 있으면서 어느 한쪽이 없이는 다른 한쪽이 온전치 못한 상보
적 관계에 있는 경험이다. 예컨대, 심정으로 발현되지 않는 정은 정이
아니며, 심정의 발현이 쌓일 때 정은 두터운 것으로 지각되고 경험된다.
따라서 이 두 형태의 경험이 복합되어 우리성-정관계 인식을 구성하게
된다. 똑같은 맥락에서 심정 발현의 반성적 인식은 우리성-정관계를 확
인하는 단서로도 사용된다. 예컨대, 상대와의 관계성이 명확하게 인식
되지 않은 상태에서 상대의 행동에 의해 발동된 자신의 심정을 단서로
하여 상대의 자신에 대한 마음쓰기 정도를 확인하고 상대와의 관계성을
확인하기도 한다(최상진·김기범, 1999b ; Choi & Kim, 1999b).

끝으로, 우리성-정관계에서 외생적 심정발동의 과정과 내생적 심정

발동의 과정을 검토해 보기로 한다. 앞의 그림 4에서는 우리성-정관계에 있는 상대에 의해 발생되는 심정발동의 문제를 도식화한 바, 여기서는 시간적 차원의 심정 발생문제를 고려하지 못하고 있다. 정의 마음이나 심정의 마음은 비록 한 순간이나 시점에서 생기고 느껴졌다 하더라도 이러한 발동된 상태의 정 마음과 정 느낌이 삶의 과정 속에서 끊임없이 연속적으로 지속되는 것은 아니다. 의식이 깨어있는 상태의 시간흐름 속에서 정이나 심정의 마음이 발동되는 것은 어느 한 시점에서의 순간에 불과하다. 그러면 어느 순간 또는 어떤 순간에 정이나 심정이 발동하고 느껴질까의 문제가 제기될 수 있다. 가장 먼저 생각할 수 있는 것은 앞의 그림 4에서와 같이 우리성-정관계에 있는 상대의 특정한 행동에 의해 정이나 심정이 발동하고 느껴지는 경우이다. 그러나 상대의 특정한 행동이 없는 상황에서도 정이나 심정이 발동되는 경우도 많다. 이러한 경우, 과거의 상대 행동에 대한 회상이 단서로 작용하거나 상대 또는 과거의 상대행위에 대한 재해석이나 재구성, 또는 자신과 상대와의 과거 관계사 및 사건사에 대한 재해석이나 재구성이 단서로 작용하여 상대에 대한 정 경험이나 심정이 발동하고 느껴질 수도 있다. 이러한 맥락에서 볼 때 심정의 발동에는 반드시 상대의 행위가 전제될 필요는 없다. 그러나 어느 순간에 원인없이 자연적으로 나타나는 것과 같이 보이는 심정의 발생 배경에는 앞에서 언급한 바와 같은 심리내적 심정유발 단서가 관여되어 있을 가능성이 높다.

1) 우리성·정관계에서의 심정교류

앞에서 우리성-정관계는 마음으로 교류되고 마음으로 맺어지는 관계임을 언급하였다. 또한 앞에서 정의한 바와 같이 심정이 발동된 마음이라면, 마음의 교류 중에서 가장 생생한 교류는 심정의 교류이다. 흔히 심정의 교류는 말을 매개로 하여 이루어지기보다는 비언어적 심정전달 단서를 통해 이루어진다. 심정의 교류에 언어가 들어갈 때 마음이 아닌

'생각'(thinking and cognition), '본마음'이 아닌 '꾸민 마음'이 들어갈 수 있는 소지가 있기 때문이다. 따라서 한국을 비롯한 한자 및 유교문화권에서는 우리성-정관계에서 마음을 마음으로 전달하는 방식, 즉 이심전심(以心傳心)의 마음교류방식을 이상적인 것으로 받아들이고 있다. 이러한 이심전심의 마음교류에서 심정은 가장 동적이면서 생생한 마음교류의 수단이며 매체가 된다. 우리성-정관계에서 어느 한 사람 즉 A의 마음속에 발생한 심정은 상대 즉 B의 마음에 공감이 되고, 다시 이러한 공감을 바탕으로 생겨난 B의 A에 대한 심정이 다시 A에게 공감되는 심정교류가 이루어질 때 이심전심의 마음교류가 된다(최상진·김기범, 1999b ; Choi & Kim, 1999b).

이심전심의 마음교류가 가장 빈번하고 원활하며 관습화된 집단은 가족집단이다. 한국의 가족구성원들은 특히 부모-자식관계에서 부모는 자식이 자신의 마음을 부모에게 말하지 않더라도 이를 읽고 자식의 마음을 배려하여 행동하는 것이 자연스럽게 발달되어 있다. 또한 자식은 부모에게 하고 싶은 말도 부모의 마음을 배려하여 하지 못하거나 않게 되는 경우가 많다. 따라서 부모와 자식간의 관계에 있어서는 항상 서로 상대에게 밖으로 드러내놓지 않는 심정을 주의깊게 읽고 이에 따라 민감하게 반응하는 심정교류 양식이 매우 발달되게 된다(최상진·김기범, 1999b ; Choi & Kim, 1999b). 한국의 홈드라마에서 보면, 외지에 있다 돌아온 자식을 어머니가 상면할 때 서양의 어머니처럼 서로 껴안고 기쁨의 감정을 직접 표현하지 않는다. 왜냐하면 심정은 사적인 특별한 마음의 감정이므로 은밀히 교류되는 것으로써 그것이 외적인 행동이나 말로 표현될 때 은밀성의 깊이는 얕아지기 때문이다. 전철역 앞에서 일어난 모자간의 심정대화를 예로 들어보자.

비가 오는 날, 엄마가 학교에서 돌아오는 자식을 맞기 위해 전철역 앞에서 우산을 가지고 기다리고 있다. 자식이 엄마를 보자마자 "엄마, 누가 우산 들고 나오라고 했어"하며 화를 낸다. 이에 엄마는 "애야, 엄마가 우산 들고 나와서 미안하다"라고 대답한다.

여기서 두 사람의 대화내용은 그 자체는 일종의 자식의 엄마에 대한 불만토로와 엄마의 자식에 대한 사과이다. 그러나 이러한 대화의 이면에는 진한 심정의 교류가 깔려 있다. 엄마가 자신이 비 맞는 것을 걱정하여 우산 들고 기다리는 것을 본 자식이 어찌 엄마에 대해 감사하지 않으랴. 그러나 자식은 그러한 감사를 고마운 심정으로 표현하지 않고 불만으로 표현했다. 또한 자식의 불만스러운 불만표현적 말을 들은 엄마가 어찌 화가 나지 않을까. 그러나 엄마는 미안하다는 말로 응답했다. 이 두 사람은 자신의 심정을 모두 은폐하고 심정과는 정반대로 말함으로써 은밀한 심정관계를 더욱 강하게 체험시키고 있다. 이처럼 한국의 부모자식관계 특히 모자관계는 두터운 심정관계이며 이러한 심정관계를 통해 강력한 심정결속(bonding)이 구축된다. 여기서 심정결속이라 함은 서로 상대의 심정이 자신의 심정으로 체험되는 관계로서 상대의 기쁨이 자신의 기쁨으로 또는 상대의 아픔이 자신의 아픔으로 체험되는 일심동체(一心同體) 관계가 이루어짐을 말한다. 이러한 일심동체 관계에서는 심정의 상호의존관계가 이루어져 심정의 감화(contagion)와 같은 심정상호작용관계가 이루어져 어느 한쪽의 심정이 상대의 심정으로 그대로 전이되는 결과를 가져오기도 한다(최상진·김기범, 1999b ; Choi & Kim, 1999b).

한 인질 사범의 예를 보자. 한국에서는 젊은 사람이 다방의 여종업원을 인질로 하여 결혼을 강요하는 인질극이 과거에 종종 일어났다. 이때마다 그 어머니를 불러 자식에게 마이크를 통해 자수를 호소하는 방식을 자주 사용한다. 이때 어머니가 하는 말은 "○○야, 니 에미 심정을 생각해서라도 자수해라"라고 권유한다. 여기서 경찰은 부모와 자식간의 심정결속을 알고 있기 때문에 어머니를 동원하고 어머니는 자신의 아픈 심정을 자식에게 알린다. 이러한 어머니의 아픈 심정을 인질범이 자신의 아픈 심정으로 공체험할 때 자식은 어머니에게 죄의식을 느끼며 어머니를 위해 자수할 마음을 갖게 된다. 즉 엄마와 자식간의 심정전이(Shimcheong transference)를 통한 설득방식이다.

그러나 심정교류가 항상 이심전심 형태로 일어나는 것은 아니다. 부모자식관계처럼 장기간 함께 생활해 온 사람간에는 심정읽기 단서가 그 강도에서 미약하거나 명확하지 않을 때에도 상대의 심정을 읽을 수 있으나 일반적 동료관계나 친밀 인간관계에서는 이보다는 명확하거나 자극단서가 큰 심정전달통로와 방식을 사용한다. 어른이 사촌의 머리를 쓰다듬는 행위, 가까운 친구를 만났을 때 손을 꼭 잡아주는 행위, 친구가 어려움을 당했을 때 같이 한숨을 쉬는 행위 등은 상대에 대한 자신의 심정을 전달하는 일반적 통로이며 방식이다. 보통 이러한 행위에 대한 심정적 해석은 관계 및 상황의 맥락 속에서 이루어진다. 한국사회에서는 비록 정형화되어 있지는 않더라도 묵시적인 형태의 해석 틀이 매우 섬세하게 발달되어 있고 사용되고 있다(최상진·김기범, 1999b ; Choi & Kim, 1999b). 한국에서 가장 장기간 방영되는 홈드라마인 전원일기라는 연속극에서는 배역들간의 심정교류가 대인상호작용의 중심적 관심거리가 되며, 심정전달에서 나타나는 감정의 다양성과 미묘함이 시청자들의 마음을 사로잡는다. 만일 이 드라마가 심정과 심정쉐마가 한국처럼 발달하지 않은 서구에서 방영되었다면 한국에서와 같은 대중적 인기를 누리기 어려웠을 것으로 생각된다.

한국의 선거에서는 동정표라는 말이 있다. 동정표는 불쌍한 후보를 동정해서 그를 찍어주는 표를 말한다. 한국의 국회의원선거에서 옥중당선이란 말이 한때 유행한 적이 있다. 이 말은 감옥에 들어가면 동정을 받아 당선이 된다는 비유이다. 또한 한국의 투표에서는 한 번 떨어진 사람이 두 번째 출마할 때 당선될 가능성이 높다고들 말한다. 한 번 떨어진 후보를 불쌍하게 생각해서 찍어주게 된다는 것이다. 동정표, 옥중당선, 떨어진 경험이 있는 사람 찍어주기 등과 같은 말은 모두 상대의 어려운 심정에 대한 동정심이 한국인에게 강하게 작용하며 동시에 한국인이 심정에 약함을 간접적으로 암시한다.

동양의 문화권을 흔히 서구인들은 비언어적 문화권으로 규정해왔다. 동양인이 비언어적 의사소통에 대한 의존이 크다고 한다면, 그 이유 중의 하나는 앞에서 논의된 바와 같이 동양에서는 마음을 마음으로, 심정을 심정으로 직접 전달하는 것이 마음이나 심정을 있는 그대로 전달하는 것이라는 동양인의 문화심리에서 찾아볼 수 있을 것이다. 필자의 생각으로는 심정이 대인관계에서 가장 중요하고 빈번하게 관여되며, 심정 쉐마와 심정소통방식이 가장 발달한 민족은 한국인이라고 추측된다. 근대한국문학에서 가장 높이 평가받는 시인인 김소월의 시는 자신의 심정을 반어적(反語的)으로 전달하는 방식에 전적으로 의존하고 있다. 예컨대, "나보기가 역겨워 가실 때에는 죽어도 아니 눈물 흘리리다"와 같은 시구는 자신을 버리고 떠나는 님에 대한 절절한 마음 아픈 심정을 반어적으로 전달하는 것으로 해석해 볼 수 있다. 한국의 문학, 한국의 음악, 한국의 연극 등은 삶을 살아가면서 겪게 되는 곤경들을 심정으로 표현하고 전달하는 내용과 형태에 크게 의존하고 있다고 볼 수 있다(박정진, 1990). 이러한 것들을 종합해 볼 때, 한국문화와 한국인의 심리를 이해하는 데 가장 중요하고 핵심적인 개념은 심정이다. 심정을 읽으면 한국문화가 보이고 한국인이 읽힌다(최상진, 1997 ; 최상진·김기범, 1999b ; Choi & Kim, 1999b).

2) 한국인의 심정심리적 담론

앞에서 한국인에게 심정쉐마와 심정 의사소통(communication)이 매우 발달되어 있음을 지적하였다. 뿐만 아니라 한국의 문화와 한국인의 심리는 심정 chemistry와 심정 역동(dynamics)으로 특징됨을 언급하였다. 이러한 맥락에서 볼 때, 한국인에게 심정심리적 담론(discourse)이 매우 발달되었을 것이라는 추정은 자연스럽게 도출될 수 있다. 한국인의 대인관계가 우리성-정 지향적이고 동시에 우리성-정이 마음 특히 심정을 중심으로 형성된다는 것은 곧 관계맺음의 매체인 대인상호작용과 대인 담론이 심정전달 및 심정반응을 주축으로 이루어진다는 것을 시사한다. 심정의 전달은 다양한 양식과 통로를 통해서 일어나게 된다. 앞에서 언급한 바와 같이 심정은 비언어적인 형태로 이루어지는 것이 이상적이다. 그러나 심정의 전달과 소통이 모두 비언어적인 형태로 이루어질 수는 없다. 따라서 심정은 불가피하게 언어적 과정을 통해 전달되고 소통되기도 한다(최상진, 1997 ; Choi, 1998 ; Choi & Kim, 1999). 그러나 심정이 언어적으로 전달되는 경우에 있어서도 언어의 사전적 의미보다는 그러한 언어의 발화를 유발하는 발화자의 동기가 더욱 중요한 심정전달의 기능을 담당하게 된다(최상진·김기범, 1999b ; Choi & Kim, 1999b). 예컨대, 한국인들은 친한 사람을 만나면 '어디 가느냐'거나 '밥 먹었느냐' 등을 묻는다. 여기서 발화자가 실제로 전달하고자 하는 것은 그 말의 내용이 아니라 그 말 발화의 뒤에 있는 상대에 대한 관심이나 배려가 더욱 중요한 전달내용이다.

또한 심정의 전달은 나레이션이나 담론의 형태를 통해서도 이루어진다. 앞에서 언급한 바와 같이 1) 심정논리적 담론양식이나, 2) 자기 마음속에서 일어난 속마음을 자기보고형 이야기 하기(story-telling) 형태로 전달하는 양식, 3) 자신의 마음속에서 일어난 감정을 타자적 입장에서 회고적으로 서술하고 해석하는 나레이션 양식, 4) 자신의 마음속에서 일어난 진실된 속마음을 사적인 욕구나 감정의 개입없이 담담한 형태로 진솔하게 밖으로 내보이는 양식 등 심정전달의 방식과 양식은 매우 다양하다(최상진·김기범, 1999b ; Choi & Kim, 1999b). 참고로 한국에서 인기리에 방영되었던 홈드라마인 '파트너'의 1회분을 78명의 대학생들에게 보여주고 심정적 상황이나 대화를 찾아내도록 한 후, 왜 그러한 장면이 심정으로 지각되었는가에 대한 심정탐지단서를 기술하도록 하여 얻어진 반응을 내용에 따라 범주화한 결과를 보면 다음과 같다. 포함된 반응 응답수의 크기에 따라 첫 번째 범주는 '자신의 속마음을 이야기하기 때문에', 두 번째 범주는 '말하기 어려운 자신의 부끄럽거나 아픈 부분을 말하기 때문에', 세 번째 범주는 '아무에게나 말못할 자신의 답답한 상황을 탁 터놓고 이야기하니까' 등으로 나타났다(손영미, 최상진, 1999). 이 결과를 바로 앞에서 언급한 심정전달의 나레이션이나 담론의 형태에 따라 관련시켜 보면 첫 번째 응답범주는 2)의 항목에, 두 번째 범주는 3)의 항목에, 세 번째 범주는 4)의 항목에 가깝게 근접하고 있다. 그러나 본 내용에서 제시한 1)의 항목인 심정논리적 담론양식에 대해서는 응답자인 대학생들이 심정단서로 찾아내지 못하고 있다. 이는 응답자들이 심정논리적 담론양식을 몰라서라기보다는 심정담론양식을 스스로의 말로 구성할 수 있는 능력의 부족에서 나타난 결과로 해석된다.

한국인이 위에서 언급된 다양한 심정탐지의 방식과 양식을 접할 때 이를 심정의 전달이나 심정의 토로로 이해하고 동시에 청자나 담론의 참여자들은 자신의 경청 및 반응태도를 심정 모드로 구성(framing)한다. 앞에서 언급한 바와 같이 심정의 토로와 담론양식은 사리(事理)의 토로나 담론양식과 크게 다르며, 심정담론과정에 관여되는 마음의 틀(mental set)도 사리담론에 관여되는 마음의 틀(mental set)과는 현격히 구분된다(최상진·김기범, 1999b ; Choi, 1998 ; Choi & Kim, 1999b).

한국문화권에서 마음과 심정에 대한 개념구성은 매우 독특하다. 한국인들은 마음과 심정이 인위적으로 만들어지는 것이 아니라 자연적으로 생긴다는 '자연적 발생관'을 마음과 심정에 대해 가지고 있다. 이처럼 마음과 심정은 자연적으로 발생되는 것이므로 그 사람이 나쁜 마음으로 자신의 마음과 심정을 바꾸려 해도 바꿀 수 없다는 '마음-심정 순수관'을 한국인들은 갖고 있다. 따라서 한국인들은 당사자가 자신의 마음과 심정을 있는 그대로 진실하게 말한다고 믿는 한 그 마음과 심정의 내용이 듣는 사람에게 부정적인 내용을 담고 있는 것까지도 그러한 마음과 심정을 갖는 당사자의 책임이나 잘못으로 귀인하지 않는다(최상진·김기범, 1999b ; 최상진·김지영·김기범, 1999 ; Choi & Kim, 1999b ; Choi, Kim & Kim, 1999).

따라서 한국인들은 인간관계에서 갈등이나 불화가 생겼을 때 심정토로나 심정담론의 양식을 빌려 자신이 속마음으로 느껴진 경험을 상대에게 표현하고 이러한 자신의 주관적 경험이 잘못 경험된 것인가를 상대로부터 검토 받음으로써 상대와의 관계를 개선하는 방식을 취하는 경우가 많다. 한국인들이 인간관계에 문제가 생길 때 술좌석을 만들고 술좌석에서 심정토로와 심정담론을 통해 자신의 또는 상대의 오해나 곡해를 해소하는 방식을 규범시하는 것도 바로 이 때문이다. 물론 이 과정에서 자신의 심정표현에 대한 상대의 불쾌감이나 오해를 막고, 대화의 분위기를 건설적으로 구성하며, 자신의 의도가 갈등이나 불화보다는 우리성-정관계의 회복에 있음을 함축하기 위해 자신의 심정토로에 앞서 상대와의 우리성-정관계를 과거의 사건사와 관계사를 통해 재확인하는 과정이 선행되는 경우가 많다(최상진·김기범, 1999b ; Choi & Kim, 1999b). 예컨대, 당신과 내가 얼마나 오랜 친구이었거나 가까운 관계였다는 것을 심정토로의 서두에 하고 나서 '그런데 아쉽게도'로 시작하는 심정토로가 그 후에 수반된다.

한국인들의 심정토로가 긍정적 관계맺음에 매우 효과적인 배경에는 한국인들의 대인관계적 관계맺음의 양식과도 관계된다. 앞에서 한국인들의 정은 우리성을 맺는 원소재임을 밝힌 바 있다. 정의 핵심적 질은 '생각하는 것'보다 '느끼는 것'이다. 여기서 느낀다는 것은 머리보다는 가슴으로, 이성보다는 감성으로, 분석적이기보다는 통합적으로, 행위보다는 마음으로 상대를 경험함을 말한다. 즉 한국인들은 '상대를 사고하기'보다는 '상대를 느낀다'. 이것이 흔히 한국인은 '감으로 사람을 사귄다'는 말로 표현되기도 한다. 심정은 바로 상대의 마음, 자신의 마음을 느끼는 것으로 '느낌의 인간관계'와 가장 밀착된 현상이며 개념이다. 따라서 가장 가까운 사람들과의 담론은 서로 상대의 심정을 느끼며 서로 상대의 심정을 배려하는 심정감응적 담론이라고 볼 수 있다. 심정감응적 담론이 우리성과 정을 확인해 주는 가장 중요한 단서가 된다(최상진·김기범, 1999b ; Choi & Kim, 1999b).

그러나 경우에 따라서는 자신의 심정에 대한 나레이션(narration)이나 심정토로가 관계의 개선보다는 자신의 마음속에 있는 부정적 심정을 상대나 제3자에게 알림으로써 자신의 어려움이나 입장에 대한 공감을 얻으려는 동기가 우세하게 관여되는 경우도 있다. 특히 이러한 경우에는 부정적 심정을 일으킨 상대가 아닌 제3자에게 자신의 심정을 말하는 경우가 많으며 이러한 형태의 심정토로를 보통 '하소연'이라고 부른다. 하소연은 정신분석학에서의 정화(catharsis)와 매우 유사한 기능을 하는 것에 덧붙여 정화와 다른 점은 제3자로부터 자신의 이러한 감정과 심정과정에 대한 공감과 사회적 지지를 얻는 기능을 포함한다(최상진·김기범, 1999b ; Choi & Kim, 1999b).

요약하면, 이러한 심정담론의 관계 심리적 함의 및 그 기능은 '우리성-우리편 정관계'의 확인과 '사적' 마음이 서로 통(intersubjectivity의 형성)하며, 당사자적(제3자적이 아닌) 진실성 마음의 관여 관계임을 확증해 주고 자기자신에 대한 반성적 구성과 사건이 연계된 감정이 자기자신을 재구성하게 한다는 것이다. 이러한 함의를 갖고 그 기능을 갖는 것은 심정 담론이 '머리'로 하는 말이 아닌 '가슴'으로 하는 말이고, 상대를 특별히 아껴주고 마음 써 주는 말 즉 '우리편 정언어'의 형태를 띠며, '상대의 주관화', '무거리화', '탈경계화', '하나됨'의 언어적 특성을 갖기 때문이다. 그리고 제3자적 입장에서의 객관 논리적 현상 기술/분석이 아닌 당사자적 입장에서의 심리내적 마음경험 표현의 말이기 때문이다.

지금까지 앞에서 한국인의 심정이 어떤 것이고 그것이 어떻게 발생되며, 인간관계 특히 우리성-정관계에서 심정이 어떤 기능을 하는가를 밝히고, 한국인의 심정담론의 양식이 어떤 형태를 띠는가를 논하였다. 한국인의 역사-문화적 삶 속에서 심정이라는 현상과 개념은 구성되고 실체화한 실재계(實在界)로서 한국인의 일상적 사회관계 및 사회적 상호작용에서 현실적으로 생생한 작용과 중요한 기능을 하는 현상학적 심리경험계이다.

심정은 행위를 포함한 구체적 대상은 물론 명제형태의 인지적 구성체에 대한 자기관여적 지향관계가 관여되는 상황에서 일어나는 감정상태의 마음의 발기와 더불어 일어난 마음의 의식과정과 내용을 대상화하여 이야기 하기(story-telling) 형식의 경험으로 구성되는 사적인 경험체계를 일컫는 개념이다. 심정에는 이처럼 자신의 심리내적 경험에 대한 원인이나 이유형태의 인지적 귀결과 해석이 필수적으로 관여된다는 점에서 심리에 대한 문화적 구성 및 해석방식이 심정의 구성에 개입될 소지가 매우 크며, 따라서 생물학적 생존기제와 결부된 원초적 감정과는 그 경험의 질에서 차이가 있다.

한국인들은 일상의 대인관계에서 심정에 대해 상대의 자신에 대한 심정은 물론 상대에 대해 발기된 자신의 심정에 대해 매우 민감하게 경험하고 대처 내지 반응할 뿐 아니라, 발기된 심정의 질과 내용을 대인관계의 맥락에서 매우 의미있고 중요한 현상으로 받아들인다. 특히 한국인의 대인관계 지향은 우리성-정관계의 형성과 강화에 있으며, 우리성-정관계의 형성징표와 수단은 관여된 당사자들간에 서로 상대에 의해 유발된 긍정적 질의 심정을 스스로 체험하고 또한 상대가 체험하는 긍정적 질의 심정을 서로 공체험(共體驗)하고 공확인하는 심정의 산경험(live experience)이다. 따라서 서로 상대에 대한 긍정적 질의 심정이 상호전이되는 과정이 의도성의 개입없이 자연스럽게 나타나고 이에 대한 자체험(自體驗)이 스스로 확인될 때 한국인들은 심정이 통하는 친구라 말하고 심정이 통하는 친구는 상대와 내가 구분되지 않는 일심동체의 우리성-정관계가 된다.

심정의 구성과 기술에 관여되는 심정문법체계와 심정문법에 들어가는 심정문장(심정 narration)의 구성요소는 한국인의 역사-문화적 삶 속에서 현재적 사실로 진화되어 온 심리의 언어체계이며 직접경험적 현실체계이다. 그러나 문화가 모든 심리과정과 심리체계를 구체적 현실과 관련해서 완벽하게 규정해 놓을 수 없는 것처럼, 심정의 구성요소와 구성체계도 문화적으로 자명하게 명세화되어 있지는 못하다. 따라서 동일한 심정체험의 장에서도 구성되고 귀결되는 심정의 질과 내용은 다를 수 있으며, 더구나 서로 다른 성장배경과 관계역사를 가진 사람들이 심정을 경험하고 구성하는 과정에는 심정사건에 대한 해석과 심정구성방식에서 개별적 특수성과 차이점을 가질 수 있다. 따라서 심정현상은 사회-문화적 제약 속에서 개별적 특수성을 갖는다.

심정은 외국인에게는 존재하지 않고 한국인에게만 독특하게 존재하는 심리적 경험이며 현상이라고 생각하지 않는다. 서양에서의 감정이입 (empathy), 동정(sympathy)과 같은 현상은 심정을 함축적으로 내포한 다. 한국인에게 심정이 독특한 현상이라고 말할 때 다음과 같은 것을 의 미한다. 하나는 한국인이 심정을 민감하게 경험하고 심정의 경험과 심 정의 기초한 반응을 중요시한다는 것과 둘째는 한국인은 대인상호작용 에서 일어나는 활동과 현상 또는 사건들을 심정이라는 현상이나 개념 틀 속에서 조망하거나 해석하거나 심정의 동질적인 또는 심정 자체로 지각하는 성향과 강도가 크다는 점, 셋째는 심정심리적 설명양식 즉 심 정심리과정의 인지적 구성양식과 심정감정의 연계방식이 한국문화와 한국인의 심리에 독특한 문법 및 구성체계를 가지고 있다는 점, 넷째 심 정의 communication 방식 즉 심정토로나 심정담론양식이 한국인에게 독특하게 발달되고 정교화되어 있다는 점 등에서 한국인의 심정은 독특 할 것이라는 가정이 성립한다.

한국인의 심정이 한국의 문화적 현상이란 점에서 한국인의 심정은 사 회 속에 실재하며 살아 움직이는 현상이다. 사제관계에서, 부하와 상사 간의 관계에서, 심지어는 법정에서까지도 심정심리와 심정논리는 편재 화되어 있으며, 적어도 한국인들은 심정 나레이션이나 심정담론의 상황 적 적합성은 문제삼을지언정 심정 그 자체와 심정토로에 대해서는 공감 하는 것이 일반적이다. 왜냐하면, 한국인들은 심정은 순수한 인간의 마 음으로 여기며, 따라서 심정의 토로는 진실된 마음의 표현인 동시에 심 정토로의 당사자에게는 진실하며 긴절(exigent)한 마음의 경험으로 받 아들여지기 때문이다. 특히 한국인이 지향하는 우리성-정관계에서는 심정적 담론양식이 긴밀한 관계성을 함축하며 확인하는 단서가 되며 또 한 긴밀한 우리성-정관계를 희구하는 동기로 받아들여지기 때문에 일 상적 대인관계에서 심정 양식의 담론이 폭넓게 그리고 빈번하게 일어난 다. 심정 담론이 발달되었다 함은 곧 심정적 사고와 감정이 발달되었음 을 함축하며, 따라서 한국인의 예술, 음악, 문학의 영역에까지도 심정은 한국인의 심리적 기조(keynote)로서 자리잡고 있다. 한국문화와 한국인을 이해하는 데 가장 중요한 핵심단어는 심정이다.

▌ 참고문헌

고대교우회보. 1994년 10월 5일자.

금장태 (1998). 퇴계의 삶과 철학. 서울 : 서울대학교출판부.

김열규 (1986). 한국인 우리들은 누구인가. 서울 : 자유문학사.

김용석 (1999). 대한민국 국민과자, 대한민국 대표캠페인-오리온 초코파이 정 (情). *Cheil Communications. 10,* 64~68.

김지영 (1999). 정의 구조, 행위, 기능간의 관계성 탐색 : 미운 정 고운 정을 중심으로. 중앙대학교 석사학위 논문.

나은영·민경환 (1998). 한국문화의 이중성과 세대차의 근원에 관한 이론적 고찰 및 기존 조사자료 재해석. 한국심리학회지 : 사회문제, 4(1), 75~93.

박명석 (1993). 동과서 : 그 의식구조의 차이. 서울 : 탐구당

박아청 (1998). 자기의 탐색. 서울 : 교육과학사.

박정진 (1990). 한국문화 심정문화 서울 : 미래문화사.

손영미·최상진 (1999). 한국인의 심정적 대화상황분석을 통한 심정심리분석. 한국심리학회 연차학술대회.

여동찬 (1987). 異邦人이 본 韓國 韓國人. 서울 : 중앙일보사.

윤태림 (1970). 한국인. 서울 : 현암사.

이광순 (1996). 한국적 치료심리학. 서울 : 행림출판.

이규태 (1990). 한국인의 의식구조. 서울 : 신원문화사.

이규태 (1991a). 한국인의 의식구조 1. 서울 : 신원문화사.

이규태 (1991b). 한국인의 버릇. 서울 : 신원문화사.

이어령 (1982). 중앙일보. 1982. 9. 22.

임태섭 편저 (1995). 정, 체면, 연줄, 한국인의 인간관계. 서울 : 한나래.

장덕순 (1973). 한국고전문학의 이해. 서울 : 일지사.

조선일보 (1997). 특집- 외국어대 외국인교수 서울에 살다보니. 1997. 3. 5.

차재호 (1988). 한국인의 성격, 국민성의 활성화. 서울 : 한국정신문화연구원.

최봉영 (1994). 한국인의 사회적 성격(Ⅰ)-일반이론의 구성. 서울 : 느티나무.

최상진 (1991). '한'의 사회심리학적 개념화 시도. 한국심리학회 '91연차대회 학술발표논문초록. 339-350.

최상진 (1992a). 한국인의 문화-심리적 自己. 중앙대학교인문과학논문집, 제35집, 203-224.

최상진 (1992b). 한국인의 문화적 자기 : 하나의 자기 발견적 탐색. 한국심리학회 연차대회 학술발표논문초록, 263-274.

최상진 (1993). 한국인의 심정심리학 : 정과 한에 대한 현상학적 한 이해. 한국심리학회연차대회 심포지엄발표자료집, 5-21.

최상진 (1993). 한국인과 일본인의 '우리'의식 비교. 한국심리학회 연차대회발표논문집, 229-244.

최상진 (1994). 한국인의 심정심리학. 사회과학연구(중앙대학교 사회과학연구소), 제7집, 213-237.

최상진 (1997). 당사자 심리학과 제3자 심리학 : 인간관계 조망의 두 가지 틀.《한국심리학회 추계심포지엄 자료집, 131-143.

최상진 (1997). 한국인의 심리특성. 한국심리학회 편. 현대심리학의 이해. 서울 : 학문사. 695-766.

최상진 (1999). 문화와 심리학 : 그 당위성, 이론적 배경, 과제 및 전망. 한국심리학회 하계심포지엄 자료집.

최상진, Susumu Yamguchi, 김기범 (1998). 사회정의와 집단성의 갈등상황에서의 문화적 차이. 한국심리학회 연차대회 학술발표논문집, 547-557.

최상진, 김기범 (1998). 체면의 내적 구조. 한국심리학회 연차대회 학술발표논문집, 559-577.

최상진, 김기범 (1999a). 한국인의 self의 특성 : 서구의 self 개념과 대비를 중심으로. 한국심리학회지 : 사회 및 성격, 13(2), 275-292.

최상진, 김기범 (1999b). 한국인의 self에 대한 문화심리적 조명. 한국심리학회 연차학술대회.

최상진, 김기범 (1999c). 한국인의 심정심리 : 심정의 성격, 발생과정, 교류양식 및 형태. 한국심리학회지 : 일반, 18(1), 1-16.

최상진, 김기범 (1999d). 한국인의 심정심리 : 심정의 성격, 발생과정, 교류양식 및 형태. 한국심리학회 연차학술대회 발표논문집.

최상진, 김기범 (1999e). 한국문화적 심리치료접근으로서의 심정치료. 한국심리학회지 : 상담 및 치료, 11(2), 1-17.

최상진, 김기범 (1999f). 한국문화적 심리치료접근으로서의 심정치료. 한국심리
학회 연차학술대회 발표논문집.

최상진, 김의철, 유승엽, 이장주 (1997). 한국인의 정표상. 한국심리학회연차대
회 학술발표논문집, 553-573.

최상진, 김지영, 김기범 (1999a). 미운정 고운정의 심리적 구조, 표현행위 및 기
능분석. 한국심리학회 연차학술대회.

최상진, 김지영, 김기범 (1999b). 아줌마의 사회적 표상과 역능고찰. 한국심리학
회 연차학술대회.

최상진, 김정운 (1998). *Shim-Cheong psychology as a cultural psychological
approach to collective meaning construction*. 한국심리학회지 : 사회 및
성격, 12(2), 79-96.

최상진, 박수현 (1990). '우리성'에 대한 사회심리학적 한 분석. 한국심리학회연
차대회 학술발표논문집, 69-78.

최상진, 박정열, 이장주 (1997). 한국인의 우쭐심리. 한국심리학회연차대회 학술
발표논문집.

최상진, 유승엽 (1992). 한국인의 체면에 대한 사회심리학적 한 분석. 한국심리
학회지 : 사회, 6(2), 137-157.

최상진, 유승엽 (1994). 한국인의 의례적 언행과 그 기능. 한국심리학회 연차대
회 학술발표논문초록, 369-385.

최상진, 유승엽 (1995). 한국인과 일본인의 '정'에 관한 심리학적 비교분석. 인문
학연구(중앙대학교 인문과학연구소.), 제21집.

최상진, 유승엽 (1996a). 문화심리적 측면에서 본 한국적 광고. 한국심리학회 연
차대회 학술발표논문초록, 201-214.

최상진, 유승엽 (1996b). 심정심리학의 개념적 틀 탐색. 한국심리학회 연차대회
학술발표논문초록, 369-385.

최상진, 유승엽 (1996c). 문화심리적 측면에서 본 한국적 광고 : 그 이론석 배경
과 방법론적 탐색. 한국심리학회 연차대회 발표논문집, 201-214.

최상진, 이장주 (1999). 정의 심리적 구조와 사회-문화적 기능분석. 한국심리학
회지 : 사회 및 성격, 13(1), 219-234.

최상진, 이장주 (1998). 문화심리학의 성격고찰 : 한국인심리학 연구와 관련하
여. 한국심리학회 연차대회 발표논문집, 523-529.

최상진,임영식,유승엽 (1991). 평계의 귀인/인식론적 분석 한국심리학회 연차대

회 학술발표논문초록, 339-410.

최상진, 진승범 (1995). 한국인의 눈치의 심리적 표상체계 : 대학생을 중심으로. 한국심리학회 연차대회 발표논문집, 511-521.

최상진, 최수향 (1990). 정의 심리적 구조. 한국심리학회 연차대회 학술발표논문 초록, 1-9.

최상진, 최연희 (1989). 눈치의 사회심리학적 구조 : 눈치의 개념화를 위한 탐색 적 시안. 한국심리학회 연차대회 학술발표논문초록, 212-221.

최상진, 한규석 (1998). 심리학에서의 객관성, 보편성 및 사회성의 오류 : 문화심 리학의 도전. 한국심리학회지 : 일반, 17(1), 73-96.

최연희, 최상진 (1990). 눈치기제가 유발되는 상황과 이유에 대한 연구. 한국심 리학회 연차대회 학술 발표논문초록, 293-302.

최운식 (1984). 심청전 해제. 서울 : 시인사.

최재석 (1989). 한국인의 사회적 성격. 서울 : 개문사.

한글학회 (1994). 우리말 큰사전. 서울 : 어문각.

Bem, D. J. (1972). Self-perception theory. In L. Berkowits (Ed.), *Advances in experimental social psychology* (Vol. 6). New York : Academic Press.

Bronckart, J-P. (1995). Theories of action, speech, natural language, and discourse. In J. V. Wertsch, P. Del Rio, A. Alvarez (Eds.), *Sociocultural studies of mind.* NY : Cambridge University Press.

Bruner, J. S. (1990). *Acts of meaning.* MA : Harvard University Press.

Campbell, J. D. & Lavallee, L. F. (1993). Who am I? : The role of self concept confusion in understanding the behaviour of people with low self-esteem. In R. F. Baumeister (Ed.), *Self-esteem : The puzzle of low self-regard.* New York : Plenum.

Choi, S. C. (1991). Cheong : The socio-emotional grammar of Koreans. *Paper Presented at the Colloquium Series, Dept of Psychology, University of Hawaii, January.*

Choi, S. C. (1993). The nature of Korean selfhood : A cultural psychological perspective. *The Korean Journal of Social Psychology, 7(2),* 24-33.

Choi, S. C. (1994). ShimJung psychology : The indigenous Korean perspective. *Paper presented at the Asian Workshop, Asian Psycho-*

logies : *Indigenous, Social and cultural perspectives, Seoul, Korea.*

Choi, S. C. (1998). The third-person-psychology and the first-person psychology : Two perspectives on human relations. *Korean Social Science Journal, 25,* 239-264.

Choi, S. C. & Choi, S-H. (1990). The conceptualization of Korean tact, Noon-chi. *Paper presented at the 10th International Congress for International Association for Cross-cultural Psychology.*

Choi, S. C. & Choi, S-H. (1990). We-ness : The Korean discourse of collectivism. *Paper Presented at the International Conference, Individualism and Collectivism : Psychocultural Perspectives from East and West. July 9-13, Seoul, Korea.*

Choi, S. C. & Choi, S-H. (1992). The conceptualization of Korean tact, Noon-Chi. *Innovations in Cross-Cultural Psychology.* Swets & Zeitlinger B.V., Amsterdam/Lisse.

Choi, S. C. & Choi, S-H. (1994). We-ness : A Korean discourse of collectivism. In G. Yoon, & S. C. Choi (Eds.), *Psychology of the Korean people : Collectivism and individualism.* Seoul : Dong-A Publishing & Printing Co. Ltd.

Choi, S. C. & Kim, C. W.(1997). Shim-Cheong psychology as a cultural psychological approach to collective meaning construction. *Paper presented at the Berlin Conference of International Society for Theoretical Psychology, 27 April ~2 May 1997.*

Choi, S. C., Kim, J-Y & Kim, K.(1999). Sweet Cheong and hateful Cheong. *Paper presented at the 3rd Conference of the Asian Association of Social Psychology, August 4-7, Taipei, Taiwan.*

Choi, S. C. & Kim, K.(1999a). The Shim-Cheong(心情) therapy for Koreans : A formulation of an indigenous cultural approach. *Paper presented at the 2nd World Congress of the World Council for Psychotherapy, Vienna, July 4-8, Austria.*

Choi, S. C. & Kim, K. (1999b). Shimcheong : The key concept for understanding Koreans' mind. *Paper presented at the 3rd Conference of the Asian Association of Social Psychology, August 4-7, Taipei,*

Taiwan.

Choi, S. C. & Kim, K. (1999c). The psychological structure of Chemyon. *Paper presented at the 3rd Conference of the Asian Association of Social Psychology, August 4-7, Taipei, Taiwan.*

Choi, S, C. & Kim, U. (1992). Multifaceted analyses of Ch'emyon(Social face) : An Indigenous Korean perspective. *Paper presented at the Colloquium at the Center for Korean Studies, University of Hawaii, May 7.*

Choi, S, C. & Kim, U. (1993). Indigenous form of lamentation in Korea, Han : Conceptual, philosophical, and empirical analyse. *Chung Ang Journal of Social Sciences, 6.*

Choi, S, C. & Kim, U. (1998). Conceptual and empirical analysis of the Korean concept of Cheong(Affection) : An indigenous perspective. *Paper presented at the Conference of the International Association for Cross-Cultural Psychology, USA.*

Choi, S. C., Kim, U. & Kim, D-I. (1998). Multifaceted analyses of Chemyon("Social face") : An indigenous Korean perspective. In K. Leung, U. Kim, S. Yamaguchi, & Y. Kashima (Eds), *Progress in Asian Social Psychology Volume 1*(pp.3-22). Singapore : John Wiley & Sons, Inc.

Choi, S-H. & Choi, S. C. (1991). Che-myun : Koreans' social face. *Paper Presented at the Colloquium Series, Department of Psychology, University of Hawaii, January.*

Cole, M. (1996). *Cultural Psychology : A once and future discipline.* MA : Harvard University Press.

Danziger, K. (1997). *Naming the mind : How psychology found its language.* London : Sage.

Danziger, K. (1997). The historical formation of selves. In R. D. Ashmore & L. Jussim (Eds.). *Self and identity : Fundamental issues*(pp.137-159). New York : Oxford University Press.

Gergen, K. J. (1997). *Realities and relationships : Soundings in social construction.* Cambridge, MA : Harvard University Press.

Giddens, A. (1991). *Modernity and self-identity : Self and society in the late modern age.* Stanford, CA : Stanford University Press.

Goffman, E. (1959). *The presentation of self in everyday life.* Garden City, NY : Doubleday Anchor Books.

Habermas, J. (1984) *The theory of communicative action : Reason and the rationalization of society, Volume 1*(T. McCarthy, Trans.). Boston : Beacon.

Hall, E. T. (1966). *The hidden dimension.* New York : Doubleday.

Harre, R. (1986). *The social construction of emotions.* N.Y : Blackwell.

Harre, R. (1998). Emotion across cultures. *Innovation 11(1),* 43-52.

Harre, R. & Gillett, G.(1994). *The discursive mind.* London : Sage.

Ho, D.(1998). Interpersonal relationships and relationship dominance : An analysis based on methodological relationalism. *Asian Journal of Social Psychology, 1(1),* 1-16.

Hofstede, S.(1980). *Culture's consequences : International difference in work-related values.* Beverly Hills, CA : Sage.

Holland, D. (1997). Selves as culture : As told by an anthropologist who lacks a soul. In R. D. Ashmore & L. Jussim (Eds.), *Self and identity : Fundamental issues* (161-190). New York : Oxford University Press.

James, W. (1890). *Principles of psychology.* New York : Henry Holt.

Jang, M-H & Kim, K. (1996). The self-concept in the Korean family. *Paper presented at the 50th Anniversary Conference of the Korean Psychological Association, June 27-29, Seoul, Korea.*

Kelly, G. A. (1955). *The psychology of personal constructs.* New York. Norton.

Kim, D-I. (1998). Self-concept clarity in Korea : Personality, self-consciousness and behavioral correlate. *A thesis submitted to the Department of Psychology, the Graduate School of Chung-Ang University, in conformity with the requirement for the masters degree, Seoul, Korea.*

Landrine, H. (1995). Clinical implications of cultural differences : The referential versus the indexical self. In N. R. Goldberger & J. B. Veroff (Eds.), *The culture and psychology* (pp.744-766). New York : New York

University Press.

Leontiev, A. N. (1981). The problem of activity in psychology. In J. V. Wertsch (Ed.). *The concept of activity in Soviet psychology* (pp.37-71). NY : Sharpe.

Markus, H. R. & Kitayama, S. (1991). Culture and the self : implications for cognition, emotion, and motivation. *Psychological Review, 98,* 224-253.

McAdams, D. P. (1997). The case for unity in the (post) modern self. In R. D. Ashmore & L. Jussim (Eds.), *Self and identity : Fundamental issues* (pp.46-78). New York : Oxford University Press.

Miller, J. G. (1999). Cultural psychology : Implications for basic psychological theory. *Psychological Science, 10(2),* 85-91.

Moscovici, S. (1981). On social representations. In J. P. Forgas (Ed.) *Social cognition : perspectives on everyday understanding.* London : Academic Press.

Moscovici, S. (1984). The phenomenon of social representations. In R. Farr & S. Moscovici (Eds), *Social representations.* CA : Cambridge University Press.

Ratner, C. (1997). *Cultural psychology and qualitative methodology : Theoretical and empirical considerations.* NY : Plenum.

Rose, N. (1996). *Inventing our selves : Psychology, power, and personhood.* Cambridge University Press.

Shweder, R. A. & Miller, J. G. (1991). The social construction of the person : How is it possible?. In R. A. Shweder, *Thinking through cultures : Expeditions in cultural psychology.* Cambridge, MA : Harvard University Press.

Triandis, H. C. (1995). *Individualism and collectivism.* Boulder : Westview Press.

Vygotsky, L. S. (1978). *Mind in society : The development of higher psychological processes.* Cambridge : Harvard University Press.

Wertsch, J. V. (1991). *Voices of the mind : A sociocultural approach to mediated action.* Cambridge, MA : Harvard University Press.

찾아보기

488